LA DESAPARICIÓN DEL UNIVERSO

La Disappearance de la Universe.

Gary R. Renard

Luis Antonio Ramirez Cervantes

the
disappearance
of the
universe

STRAIGHT TALK ABOUT ILLUSIONS,
PAST LIVES, RELIGION, SEX, POLITICS,
AND THE MIRACLES OF FORGIVENESS

gary r. renard

LA DISAPPEARANCE DE LA UNIVERSE

¿Qué opinan los revisores sobre *la desaparición del* Universo?

"Un viaje apasionante de la mente ... le resultará difícil separarse de este libro ".

- Revista ***Venture Inward*** , Asociación de Investigación y Desarrollo de Edgar Cayce Iluminación

"Un libro fascinante, con mucha verdad, poder y belleza. Yo estaba especialmente intrigado por su sugerencia de que podemos recibir ayuda de los seres iluminados podemos convertirnos en el futuro ".

- **Richard Smoley** , autor de *Inner Christianity* y coautor de *Hidden Sabiduría: una guía para las tradiciones interiores occidentales* ; ex editor, ***Gnosis***
revista.

"En el proceso de lectura de este libro, el lector puede aprender lo suficiente de ***Un curso en*** la filosofía de ***Miracles*** para decidir si este es un camino que él o ella quiere seguir.... yo.   Creo que el excelente libro de Gary Renard contribuirá en gran medida a popularizar este camino particular hacia la paz ".

- **Sam Menahem, Ph.D.** , psicoterapeuta y presidente de la Asociación de Espiritualidad y psicoterapia, Nueva York "El libro de Gary Renard es un curso de espiritualidad refrescante y sin restricciones que realineé mi resistencia instintiva a enviar mensajes de texto y hablar de Jesús. Este libro me tenía diciéndome a mí

mismo una y otra vez: 'Eso tiene sentido'. Muy recomendable

para los estudiantes de *Un curso de milagros* , pero posiblemente más valioso para personas como

yo que he sido reacio a leer sobre el Curso debido a nociones preexistentes y total ignorancia ".

- **Bob Olson** , editor de *ofspirit.com*

"Con más de 400 páginas, *The Disappearance of the
Universe* es un libro bastante largo, pero el autor Gary
Renard tiene una forma honesta e irreverente de expresarse, lo que lo hace agradable e interesante de
leer. Renard no se esconde detrás de la pretensión de
hacer siempre todo bien a lo largo del camino espiritual. Muchos Se comparten sin temor ejemplos de sus
propios pensamientos mezquinos. Renard también
tiene la bienvenida y rara habilidad para reformular
inteligentemente algunos de los cursos más compli-
cados ideas en un lenguaje sencillo que todos puedan
entender y aplicar. Sin tonterías jumbo. No comprometer los principios espirituales para ajustarse a los
psicología. No espiritualizar el dinero ni el sexo. Todo
es tan refrescante ... "

- **Karen Bentley** , editora *espiritualreviewer.com* y au-
tora de *The Book of* Amor.

LA DESAPARICIÓN DEL UNIVERSO

HABLAR DIRECTO SOBRE ILUSIONES, VIDAS PASADAS, RELIGIÓN, SEXO, POLÍTICA Y LOS MILAGROS DE PERDÓN

CONTENIDO

Acerca de un curso de milagros

PREFACIO

Cuando Gary Renard puso en contacto conmigo acerca de cómo obtener una evaluación profesional de manuscrito que se convertiría en este libro, mis respuestas iniciales fueron perfectamente sensatas. Primero, cuando Gary me dijo que su manuscrito tenía 150.000 palabras, le dijo que ningún editor en su sano juicio produciría tal libro en un volumen. Tendría que dividirlo en dos libros, o mejor aún, editarlo en un proyecto manejable de menos de 100.000 palabras. Tanto pude decir él sin siquiera ver el manuscrito.

Gary dijo que no creía que ninguno de los dos enfoques fuera posible con lo que había escrito, pero lo pensaría. Mientras tanto, ¿podría echar un vistazo a esto? proyecto, que comprende en gran parte una serie de conversaciones prolongadas con dos "Maestros ascendidos"? Fue entonces cuando tuve mi segunda respuesta perfectamente sensata, que no tuve compartir con Gary: *Oh no*, pensé, *otro extenso manifiesto de espiritualidad tonterías escritas por un pobre idiota que piensa que las voces en su cabeza son manifestaciones de algo divino* . En casi dos décadas de trabajar como periodista, revisor, editor y editor en el campo de la espiritualidad alternativa, yo había visto más montones de basura de los que podía recordar. No pude evitarlo recuerdo una cita de San Juan de la Cruz, quejándose de los escribas engañados en su propio día: "Esto sucede con mucha frecuencia, y muchas personas se engañan enormemente por ella, pensando que han alcanzado un alto grado de oración y están recibiendo comunicaciones de Dios. Por lo tanto, escriben esto o hacen que estar escrito, y resulta ser nada, y no tener la sustancia de ninguna virtud, y solo sirve para alentarlos en la vanidad ".

Pero este compañero Renard estaba dispuesto a pagar por una crítica completa de su trabajo; ese lo puso de mi lado bueno. Aprendí escribiendo decenas de evaluaciones literarias que siempre se puede encontrar *algo* útil que decir sobre el trabajo de un escritor, algunos tipo de "crítica constructiva" que hará más que alentar a un aspirante la vanidad del autor. Así que le dije que sí, podía enviarme su libro de aspirantes y yo haría un examen cortés y completo.

No había avanzado mucho en este manuscrito cuando me alegré de no haber compartido mi segundo, respuesta privada con Gary, porque eso significaba que no tendría que comer mis palabras. Tan extraña como su historia parecía en la superficie, no obstante sorprendentemente legible, incluso cautivador. Las conversaciones que Gary tuvo grabado con sus instructores espirituales inesperados y más inusuales, Arten y Pursah, eran inteligentes, divertidos y libres de la pseudo-profundidad untuosa que yo vienen a esperar del llamado material canalizado. Además, el trabajo no parecen hacer mucho para alentar la vanidad de Gary. De hecho, su compañera de otro mundo lo molestaron sin piedad por ser un vago y un asno inteligente, aunque también le dieron mucho estímulo cariñoso sobre la disciplina espiritual en la que lo impulsaban.

Los lectores pronto descubrirán que esta disciplina es la conocida por millones en todo el mundo a través de la moderna guía espiritual llamada *A Course in Miracles* ® (ACIM ®). Sin duda Gary se puso en contacto conmigo debido a mi trabajo publicado sobre el curso, incluida *la historia completa del curso,* un resumen periodístico de la historia de esta enseñanza, los principales profesores y divulgadores, así como sus críticos y algunas controversias que ha generado. También era posible que Gary contactara conmigo porque tenía un reconocimiento inconsciente de nuestras similitudes psicológicas. Si bien de ninguna manera soy un holgazán como el Sr.Renard, ciertamente tengo mi parte de tendencias inteligentes. Como guía didáctica complementaria de los principios del curso, el manuscrito de Gary tenía otra característica notable: era absolutamente intransigente en su compromiso con la filosofía espiritual de UCDM de "no dualismo puro" y su interiormente activista credo de perdonar, perdonar y luego más perdonar hasta el perdón se convierte en un hábito mental permanente. Si bien ha habido un puñado de libros muy exitosos que se basan en los principios del Curso para su atractivo principal, el los más populares también han sido los más diluidos y, a menudo, mezclados con más nociones agradables de la Nueva Era y la variedad de autoayuda. Me impresionó ver que el manuscrito de Gary se mantuvo fiel tanto a la metafísica incondicional como a la exigente disciplina de entrenamiento mental del Curso, generalmente en términos inequívocos.

Fueran lo que fueran y de donde vinieran, Arten y Pursah eran Claramente, no son cómplices del último y aburrido taller de Iluminación en un fin de semana. Por lo tanto, mientras leía el manuscrito por primera vez, estaba empezando a siente que, después de todo, merecía la publicación, pero tenía probabilidades aún mayores apiladas en contra de lo que había estimado en un principio. De hecho, fue demasiado largo; estaba escrito en un formato de conversación de tres vías que sería un no-no a los ojos de la mayoría editores convencionales; y finalmente, reclamó fuentes metafísicas que relegarlo al reino de la Nueva Era, mientras que el texto era demasiado duro para algunos de esa audiencia.

A medida que mi preocupación profesional pasó de proporcionar a Gary una evaluación de su manuscrito para ayudarlo a encontrar un editor, me di cuenta de que no podía pensar de una sola casa, grande o pequeña, que asumiera este proyecto y resistiera el impulso muy práctico de cortarlo, cortarlo en trozos y "mainstream". De Gary comunicaciones dejaron en claro que buscaba un editor que preservara esta obra en su totalidad, manteniendo tanto su formato como su coherencia temática.

Me inclinaba a pensar que cualquier editor que aceptara un manuscrito así ya que este, por un autor completamente desconocido, realmente debería hacerse examinar la cabeza.

Fue entonces cuando me di cuenta de *que* lo iba a publicar.

Hay más que una pequeña ironía en esa decisión porque ni siquiera creo en maestros ascendidos, en gran parte porque ninguno ha aparecido nunca en mi estrecho campo de visión. A pesar del gran bien que *Un curso de Milagros* tiene traído a mi vida, siempre me he sentido ambivalente acerca de su supuesta paternidad literaria. Por muy impactante que pueda parecerles a otros estudiantes de UCDM, nunca he le importaba mucho si Jesucristo tenía algo que ver con eso. La autenticidad de el Curso ha sido verificado para mí porque *funciona*, creando una experiencia positiva y cambio dramático en mi vida y en la vida de muchos otros a quienes he conocido y entrevistado, pero *no* porque pretenda tener una fuente divina. En esto sentimiento, en realidad estoy en armonía con Arten y Pursah, quienes repetidamente recordarle a Gary en este libro que siempre es la verdad innata del mensaje lo que cuenta, no la especialidad de los mensajeros.

Curiosamente, el mensaje de este libro me llegó precisamente a la derecha tiempo para revitalizar mi propio estudio del Curso. Mientras leo a través de Gary manuscrito, seguía pensando: *Oh, de eso se trataba y me había olvidado eso* y el *perdón, me pregunto si eso realmente funciona.*

Cuando llegué al final del manuscrito, me di cuenta de que estaba funcionando para mí tal como los maestros de Gary lo pretendían para él y los futuros lectores: como un estimulante curso de actualización sobre la espiritualidad del futuro. Lo pongo de esa manera porque, a pesar del rápido crecimiento de su audiencia desde su publicación en 1976, *A El curso de milagros* todavía tiene un número relativamente pequeño de seguidores, y creo que es es probable que permanezca así durante generaciones. Su metafísica es demasiado diferente de lo que la mayor parte del mundo cree, y su disciplina transformadora es demasiado exigente, para que se convierta en la base de un movimiento espiritual de masas durante un largo hora. Sin embargo, como predicen los maestros de Gary, tengo la sensación de que ese momento eventualmente llegar.

Si bien el Curso puede parecer absolutista e inflexible, uno de sus gracias es que afirma ser sólo una versión de un "plan de estudios universal", generalmente respaldando los otros caminos espirituales y psicológicos del mundo para su sabiduría innata. Sin embargo, afirma que el estudiante serio progresará por este camino *más rápido* que por cualquier otro método. Como pragmático espiritual, yo apreciar ese punto de venta.

De hecho, el Curso deja caer periódicamente la indirecta mano dura de que reconocer y cumplir las tareas del perdón ahorrará "miles de años" en el proceso de desarrollo espiritual. Dado que nunca he invertido mucho en reencarnación, no sé muy bien qué hacer con *eso*. He tenido lo extraño sensación de estar ahorrado mucho sufrimiento futuro por decisiones que he tomado bajo la influencia de UCDM: decisiones que implicaban la liberación de resentimiento, ira debilitante y miedo auto limitado.

Antes de encontrarme con el Curso, decididamente no estaba en un camino hacia tal una sabiduría sublime y activista. Me encontré con ese peculiar libro azul cuando lo necesitaba lo más, y me complace informar que no soy el único que se ha beneficiado de mi encuentro aparentemente casual con una enseñanza milagrosa. Estoy seguro de que No hubiera llegado a miles de lectores de una manera útil con mi propio libros si no hubiera emprendido la disciplina del Curso.

De hecho sentí la inconfundible influencia del Curso al decidir publicar la primera edición de este libro, y no pasó mucho tiempo antes de que quedara claro que todos los valía la pena correr los riesgos que había presentado este manuscrito. El libro rápidamente encontró una audiencia devota entre miles de estudiantes del Curso, así como buscadores espirituales que aún no estén familiarizados con UCDM. Después de un año bajo los intrépidos Libros impresos, este proyecto llegó a Hay House, una gran empresa independiente prensa con credenciales insuperables en la espiritualidad contemporánea, y con ambas el entusiasmo y los medios para llevar este libro al siguiente paso en todo el mundo distribución. Gary y yo estamos agradecidos por la generosidad y la flexibilidad inusual de su nuevo editor, quien acordó inmediatamente que este libro debería permanecer en la misma forma que la edición original, sin cambios en el contenido, estilo o impacto de la enseñanza provocativa que proporciona.

Este libro no sustituye a *Un curso de milagros*, pero estoy seguro de que Servirá para muchos como un anticipo vigorizante o una revisión radical de la enseñanza principios fundamentales. Y los lectores a los que no les importa el curso encontrar mucho aquí para reírse, discutir o maravillarse. Si eres como yo, descubrirás que este libro no es en absoluto lo que esperabas, pero seguro que es uno paseo infernal. Como dirían Arten y Pursah: ¡Diviértete!

D. Patrick Miller
Libros intrépidos
Septiembre de 2004

Nota del autor y agradecimientos

Mientras que viven en una zona rural de Maine que fue testigo de una serie de in-the-carne apariciones de dos maestros ascendidos llamados Pursah y Arten, quienes eventualmente identificaron sus encarnaciones anteriores incluyendo las de Santo Tomás y San Tadeo. (A pesar del mito popular, esas vidas como dos de las discípulos no fueron sus últimos.)

Mis visitantes *no* vinieron para repetir algunos de los trivialidades que muchas personas ya pueden creer. Más bien, revelaron nada menos que los secretos del universo, discutió el verdadero propósito de la vida, habló en detalle sobre *el Evangelio de Tomás,* y clarificó sin rodeos los principios de un asombroso documento espiritual que se está extendiendo por todo el mundo para marcar el comienzo una nueva forma de pensar que prevalecerá más en el nuevo milenio.

No es esencial que crea que estas apariciones tuvieron lugar para poder obtener beneficios de la información contenida en este libro. Sin embargo, puedo dar fe de la Es muy improbable que este libro sea escrito por un profano sin educación como yo mismo sin la inspiración de estos maestros. En cualquier caso, se lo dejo a los lectores pensar lo que elijan sobre los orígenes del libro.

Personalmente creo que *La Desaparición del Universo* puede ser útil, lectura que ahorra tiempo para cualquier persona de mente abierta que esté en un camino espiritual. Después experimente este mensaje, puede que sea imposible para usted, como lo fue para mí, volver a mirar tu vida o pensar en el universo de la misma manera.

El siguiente texto relata hechos ocurridos a partir de diciembre de 1992 hasta diciembre de 2001. Se presentan en el marco de un diálogo que tiene tres participantes: *Gary* (ese soy yo), y *Arten* y *Pursah,* los dos maestros ascendidos que se me aparecieron en persona. Mi narración no está etiquetada a menos que interrumpa el diálogo, en cuyo caso simplemente se etiqueta como "NOTA". Las muchas palabras en cursiva que verá indican un énfasis en la parte del Altavoces. Tenga en cuenta que no cambié sustancialmente este diálogo ni siquiera, aunque fue difícil para mí revisar este material y tolerar algunas de las cosas inmaduras y críticas que dije durante el lapso de tiempo cubierto por este libro. Mirando hacia atrás, me di cuenta de que solo durante los últimos capítulos realmente estaba practicando el perdón.

Aunque hay declaraciones hechas por los maestros en estas páginas que puede parecer duro o crítico en su forma impresa, puedo ser testigo de que su *La actitud* siempre debe tomarse para incluir gentileza, humor, humildad y amor.

Como analogía, un buen padre a veces sabe que es necesario que los niños firmemente corregido de una manera que puedan entender, pero la motivación detrás de la, la corrección es de naturaleza positiva. Entonces, si estas discusiones parecen ser un poco áspero, debería recordarse que para *mi* beneficio, Arten y Pursah son hablándome deliberadamente de una manera que pueda comprender, con el propósito de llevándome hacia la meta de su enseñanza. Pursah me dijo que su estilo fue diseñado para que preste atención. Quizás eso lo diga todo.

He hecho todo lo posible para hacer bien este libro, pero no soy perfecto y esto el libro tampoco es perfecto. Pero si hay errores de hecho en estos capítulos, Puedo estar seguro de que son mis errores y no fueron cometidos por mis visitantes. También en el interés de la divulgación completa, creo que debería decir de antemano que he ampliado algunas de estas discusiones con diálogo que recordé después del hecho. Esto era hecho con la bendición y el aliento de Arten y Pursah, y algunos de sus instrucciones para mí están incluidas en estas conversaciones. Por tanto, este libro debe ser considerado un proyecto personal que fue iniciado y consistente guiado por ellos, incluso en los casos ocasionales donde no es una literal transcripción de nuestras reuniones.

Referencias a *Un curso de milagros,* incluida la introducción de cada capítulo. Cita, se anotan y se enumeran en un índice en la parte posterior. La gratitud ilimitada va a la Voz del Curso, cuya verdadera Identidad se discute aquí.

También agradecemos profundamente a las siguientes personas por sus muchos años de conversaciones útiles y apoyo: Chaitanya York, Eileen Coyne, Dan Stepenuck, Paul D. Renard, Ph.D., Karen Renard, Glendon Curtis, Louise Flynt, Ed Jordan, Betty Jordan, Charles Hudson y Sharon Salmon. Finalmente, aunque no estoy afiliado a ellos, me gustaría tomar este oportunidad de extender mi más sincero agradecimiento a Gloria y Kenneth Wapnick, Ph.D., fundadores de la Fundación para *un curso de milagros* en Temecula, California,
en cuyo trabajo se basa gran parte de este libro. El lector verá que mi

los visitantes sugirieron que también debería convertirme en un estudiante de las enseñanzas de los Wapnick,

y este libro no puede evitar reflejar todas mis experiencias de aprendizaje.

[Las ideas aquí representadas son la interpretación personal y comprensión del autor y no están necesa-

riamente respaldados por los derechos de autor titu-
lar de *Un Curso de Milagros.*]

Gary R. Renard

Sobre el Autor

Gary R. Renard, nació en la histórica North Shore de Massachusetts, donde finalmente se convirtió en un exitoso guitarrista profesional. Durante el Convergencia Armónica de 1987, escuchó un Llamado y comenzó a quitarse la vida en una dirección diferente. A principios de la década de 1990, se trasladó a Maine, donde experimentó un poderoso despertar espiritual.

Según las instrucciones, escribió lenta y cuidadosamente *The Disappearance of the Universo* durante un período de nueve años. Hoy en día, es un inversor privado que escribe:

viaja y discute principios metafísicos con otros buscadores espirituales.

Para mamá y papá
No estamos separados

Hay quienes han llegado a Dios directamente, sin dejar rastro de mundanalidad.

límites y recordar perfectamente su propia Identidad. Estos podrían llamarse Profesores de profesores porque, aunque ya no son visibles, su imagen todavía se puede recurrir. Y aparecerán cuando y donde sea útil para que lo hagan. Para aquellos para quienes tales apariencias asustarían, ellos dar sus ideas. Nadie puede invocarlos en vano. Ni hay nadie de quien ellos no se dan cuenta.

– UN CURSO DE MILAGROS

UN SUSURRO EN TU SUEÑO

Aparecen Arten y Pursah
La comunicación no se limita a la pequeña
gama de canales del mundo. Reconoce.

Durante la semana de Navidad de 1992, me di cuenta de que las circunstancias de mi vida y mi estado mental había ido mejorando lentamente durante aproximadamente un año. En el la Navidad anterior, las cosas no habían ido nada bien. Entonces yo habia estado profundamente preocupado por la aparente escasez de mi vida. Aunque yo hubiera estado exitoso como músico profesional, no había logrado ahorrar mucho dinero. Yo estaba luchando en mi nueva carrera como operador del mercado de valores, y estaba en el proceso de demandar a un amigo y ex socio comercial que sentí que me había tratado injustamente. Mientras tanto, todavía estaba en proceso de recuperación de una quiebra.

Cuatro años antes, el resultado de la impaciencia, el gasto imprudente y aparentemente las buenas inversiones salieron mal. No lo sabía, pero estaba en guerra conmigo mismo y yo estaba perdiendo. Tampoco sabía en ese entonces que prácticamente todas las personas están en guerra y perder, incluso cuando parezca que están ganando.

De repente, algo cambió profundamente dentro de

mí. Durante trece años había estado en una búsqueda espiritual durante la cual había aprendido mucho sin realmente tomar el momento de aplicar mis lecciones, pero ahora una nueva certeza se apoderó de mí. *Cosas Tengo que cambiar,* pensé. *Tiene que haber una forma mejor que esta.*

Le escribí al amigo al que estaba demandando y le informé que iba a dejar mi acción legal para comenzar a eliminar el conflicto de mi vida. Llamó y me agradeció y comenzamos a reconstruir nuestra amistad. Eventualmente aprendería que este mismo tipo de escenario, en diferentes formas, se había desarrollado miles de veces en las últimas décadas, ya que algunas personas en conflicto habían Comenzó un proceso de deponer las armas y rendirse a una mayor sabiduría dentro de sí mismos. Entonces comencé a intentar activar el perdón y el amor, tal como los entendí en el tiempo, en las situaciones a las que me enfrentaba en un día cualquiera. Tuve algo bueno resultados y algunas dificultades muy difíciles, especialmente cuando alguien empujó mi botones de la manera correcta (o incorrecta). Pero al menos sentí que estaba empezando a cambia la direccion. Durante este período comencé a notar pequeños destellos de luz fuera de en el rabillo del ojo o alrededor de ciertos objetos. Estos claros como el cristal Los destellos de luz no ocuparon todo mi campo de visión, sino que se concentraron en áreas particulares. No entendería lo que querían decir hasta que se lo explicaran yo más tarde.

Durante este año de cambio, oré con regularidad a Jesús, el profeta de sabiduría a quien admiraba más que nadie, para ayudarme. Me sentí un misteriosa conexión con Jesús, y en mis oraciones a menudo le decía cómo deseaba poder retroceda dos mil años y sea un seguidor de él, así podría saber lo que es Realmente fue como aprender de él en persona.

Luego, durante esa semana de Navidad de 1992, algo muy inusual sucedió mientras meditaba en mi sala de estar en una zona rural de Maine. Yo estaba solo porque trabajaba en casa y mi esposa, Karen, se trasladaba a Lewiston. No teníamos hijos y por eso disfruté de un ambiente muy tranquilo, excepto por los ladridos ocasionales de nuestro perro, Nupey. Mientras mi mente retrocedía de mi meditación, abrí los ojos y me sorprendió ver que no estaba solo. Con la boca abierta pero sin salir ningún sonido, miré a través de la habitación a un hombre y una mujer sentados en mi sofá, mirándome directamente con gentil sonrisas y ojos lúcidos y penetrantes. No había nada amenazante en ellos; en De hecho, parecían extraordinariamente pacíficos, lo que me tranquilizó. Mirando De regreso al evento, me preguntaría por qué no había tenido más miedo, dado que estas personas de aspecto muy sólido aparentemente se habían materializado de la nada.

Aún así, esta primera aparición de mis futuros amigos fue tan surrealista que el miedode alguna manera no parecía apropiado.

Las dos personas parecían estar en la treintena y muy saludables. Su ropa era elegante y contemporáneo. No se parecían en nada a lo que yo tendría imaginé que ángeles, maestros ascendidos o cualquier otro tipo de seres divinos podría parecer. No había iluminación ni aura brillante a su alrededor. Uno podría los he visto en un restaurante cenando y no les he dado un segundo pensamiento. Pero no pude evitar notarlos sentados en mi sofá, y yo Me encontré mirando a la mujer atractiva más que al hombre. Notando esto, la mujer habló primero.

PURSAH: Hola, mi querido hermano. Puedo ver que estás asombrado, pero no realmente temeroso. Soy Pursah y este es nuestro hermano, Arten. Te estamos apareciendo como símbolos cuyas palabras ayudarán a faci-

litar la desaparición del universo. yo digo somos símbolos porque todo lo que parece adoptar una forma es simbólico. La la única realidad verdadera es Dios o espíritu puro, que en el Cielo son sinónimos, y Dios y el espíritu puro no tienen forma. Por tanto, no existe el concepto de hombre o mujer en
Cielo. Cualquier forma, incluido su propio cuerpo, que se experimente en el falso El universo de percepción debe, por definición, ser un símbolo de otra cosa. Ese es el verdadero significado del segundo mandamiento, "No te harás cualquier imagen esculpida ". La mayoría de los eruditos bíblicos siempre han considerado que mandamiento particular a ser un misterio. ¿Por qué Dios no quiere que hagas alguna imagen de él? Moisés pensó que la idea era deshacerse de la idolatría pagana. Los El significado real es que no debes inventar ninguna imagen de Dios porque Dios *ha* Sin imágen. Esa idea es fundamental para lo que les contaremos más adelante.

Les estamos apareciendo como símbolos cuyas palabras ayudarán a facilitar la
desaparición del universo.

GARY: ¿Quieres pasarme eso de nuevo?

ARTEN: Repetiremos las cosas lo suficiente como para que las recojas, Gary, y una de las cosas que notará es que le hablaremos cada vez más en su propio estilo de lenguaje. De hecho, te vamos a plantear las cosas sin rodeos. Nosotros creo que eres lo suficientemente grande para manejarlo, y no vinimos aquí para perder el tiempo. Usted pidió ayuda a Jesús. Habría estado feliz de acudir a ti personalmente, pero eso no es lo que se necesita en este momento. Somos sus representantes. Por cierto, la mayoría de las veces nos referiremos a Jesús como J. Tenemos permiso de él para hacer eso, y le diremos por qué cuando sea el momento adecuado. Tú querías saber lo que era estar allí con él hace dos mil años. Éramos allí y estaremos encantados de informarle, aunque puede que le sorprenda saber Hay más ventajas de ser un estudiante suyo hoy que las que había en el pasado. Entonces. Una cosa que vamos a hacer es desafiarte como J repetidamente nos desafió, ya sea en el pasado o en lo que usted considera el futuro. Fueron no va a ser fácil para ti ni te dirá lo que quieres escuchar. Si quieres ser manejado con guantes para niños, luego vaya a un parque temático. Si estás listo para ser tratado como un adulto que tiene derecho a saber por qué nada en su universo puede trabajar a largo plazo, luego nos pondremos manos a la obra. También aprenderás ambos la causa de esta situación y la forma de salir de ella. ¿Entonces que dices?

GARY: No sé qué decir.

ARTEN: Excelente. Una buena calificación para un estudiante, otra es la

deseo aprender. Sé que tienes eso. También sé que no te gusta hablar mucho

mucho. Eres el tipo de chico que podría ir a un monasterio durante años y no di una palabra. También tienes una memoria excepcional, algo que vendrá

útil para ti más tarde. De hecho, sabemos todo sobre ti.

Gary: ¿Todo?

PURSAH: Sí, todo. Pero no estamos aquí para juzgarte, así que no tiene sentido en esconder cosas o sentir vergüenza. Estamos aquí simplemente porque es útil para nosotros para aparecer ahora mismo. Aprovéchese de nosotros mientras pueda. Haz cualquier pregunta

que vienen a tu mente. Te estabas preguntando por qué nos vemos de esta manera. La respuesta es que nos gusta encajar donde quiera que vayamos. Además, nos vestimos de forma secular moda porque no representamos ninguna religión o denominación en particular.

GARY: Entonces no eres testigo de Jehová, porque ya les

dije No me gustan las iglesias organizadas.

PURSAH: Ciertamente somos testigos de Dios, pero testigos de Jehová

suscribir la vieja creencia de que a excepción de un número selecto que estará con él,

El Reino de Dios estará en la tierra con ellos en cuerpos glorificados, y eso no es

lo que enseñamos. Puede que no estemos de acuerdo con las enseñanzas de los demás, pero no juzgamos

ellos y respetar el derecho de todas las personas a creer lo que quieran.

Gary: Eso es genial, pero no sé si me gusta esta idea de que no haya hombres y mujeres.

en el cielo.

PURSAH: No hay diferencias en el cielo ni cambios. Todo es

constante. Esa es la única forma en que puede ser completamente confiable en lugar de caótico.

GARY: ¿No es eso un poco aburrido?

PURSAH: Déjame preguntarte algo, Gary. ¿El sexo es aburrido?

GARY: No en mi libro.

PURSAH: Bueno, imagina la cima de un orgasmo sexual perfecto, excepto este

el orgasmo nunca se detiene. Continúa por siempre sin disminuir su poder e intensidad impecable.

GARY: Tienes mi atención.

PURSAH: El acto físico del sexo ni siquiera se acerca a lo increíble bienaventuranza del cielo. Es solo una pobre imitación inventada de la unión con Dios. Es un falso ídolo hecho para fijar tu atención en el cuerpo y el mundo con suficiente recompensa para que sigas volviendo por más. Es muy similar a un narcótico. Cielo, por otro lado, es un éxtasis perfecto, indescriptible que nunca cesa.

GARY: Eso suena hermoso, pero no tiene en cuenta todas

estas experiencias.

que la gente tiene del otro lado: viajes fuera del cuerpo, experiencias cercanas a la muerte, comunicarse con personas que han fallecido y cosas de esa naturaleza.

ARTEN: Lo que llamas este lado y el otro lado son en realidad solo dos lados de la misma moneda ilusoria. Es todo el universo de la percepción. Cuando tu cuerpo parece detenerse y morir, tu mente sigue adelante. Te gusta ir al películas, ¿verdad?

GARY: Todo el mundo debería tener un pasatiempo.

ARTEN: Cuando haces una transición de un lado al otro, ya sea de esta vida a la otra vida o volver a un cuerpo de nuevo, es como salir de uno película y en una diferente. Excepto que estas películas se parecen más a las virtuales películas de realidad que la gente tendrá en el futuro donde todo parecerá completamente real, hasta el toque.

GARY: Eso me recuerda este artículo que leí sobre una máquina en un laboratorio del MIT.

que puedes meter el dedo y sentir cosas que no están ahí. ¿Es ese el tipo de tecnología de la que estás hablando?

ARTEN: Sí, la mayoría de los inventos imitan algún aspecto de lo que hace la mente.

Volviendo al ciclo de nacimiento y muerte, cuando aparentemente naciste una vez de nuevo en un cuerpo físico, te olvidas de todo, o al menos de la mayor parte. Es todo un truco de la mente.

GARY: ¿Estás tratando de decirme que mi vida está en mi cabeza?

ARTEN: Todo está en tu mente.

Gary: ¿Mi cabeza está en mi mente?

ARTEN: Tu cabeza, tu cerebro, tu cuerpo, tu mundo, tu universo entero, universos paralelos, y cualquier otra cosa que pueda percibirse son proyecciones de la mente. Todos simbolizan un solo pensamiento. Te diremos que

el pensamiento es posterior. Una forma aún mejor de pensar en esto es considerar su

universo para ser un sueño.

Gary: Se siente bastante sólido para ser un sueño, amigo.

ARTEN: Te diremos más adelante por qué se siente sólido, pero necesitas más antecedentes.

primero. No nos adelantemos demasiado. Lo que Pursah estaba tratando de impresionar de ti es que nadie te pide que renuncies a mucho a cambio de nada. Sus

realmente lo contrario. Eventualmente te darás cuenta de que te estás rindiendo nada a cambio de todo, un estado tan asombroso y gozoso que describirlo con palabras es imposible. Sin embargo, para alcanzar este estado del Ser, debe estar dispuesto a someterse a un difícil proceso de corrección por el Espíritu Santo.

Corregir algo generalmente significa que lo arregla y se lo queda. Cuando el El falso universo ha terminado de ser corregido por el Espíritu Santo, no ya parece existir.

Gary: Esta corrección de la que hablas, ¿tiene algo que ver con

¿exactitud?

PURSAH: No. La corrección política, por bien intencionada que sea, sigue siendo un ataque a la libertad de expresión. Verás que somos muy libres con nuestro discurso.

en efecto. La palabra *corrección* no la usamos de la forma habitual, porque para corregir algo por lo general significa que lo arreglas y lo guardas. Cuando el falso el universo ha terminado de ser corregido por el Espíritu Santo, ya no aparecerá existir.

Digo que ya no *parecerá* existir porque no existe en la realidad. El verdadero Universo es el Universo de Dios, o el Cielo, y el Cielo no tiene absolutamente nada cualquier cosa que ver con el falso universo. Sin embargo, hay una manera de *mirar* a las tu universo que te ayudará a regresar a tu verdadero hogar con Dios.

Gary: Estás hablando del universo como si fuera una especie de error. Pero la Biblia dice que Dios creó el mundo, y la mayoría de la gente cree que lo hizo, sin mencionar todas las religiones del mundo. Mis amigos y yo pensamos que Dios produjo el mundo para que Él pudiera conocerse a sí mismo a través de la experiencia, lo cual creo que es un creencia bastante común de la Nueva Era. ¿No creó Dios la polaridad, la dualidad y todas las

los opuestos en este mundo de sujeto y objeto?

PURSAH: En una palabra, no. Dios no creó la dualidad y *no* creó la mundo. Si lo hiciera, sería el autor de "un cuento contado por un idiota", para tomar prestado Descripción de la vida de Shakespeare. Pero Dios no es un idiota. Te lo demostraremos.

Solo puede ser una de dos cosas. O es Amor perfecto, como dice la Biblia cuando momentáneamente se topa con la verdad, o es un idiota. No puedes tenerlo ambos sentidos. J tampoco era idiota, porque no lo engañó el falso universo. Te contaremos más sobre él, pero no esperes que el oficial versión. ¿Recuerdas la historia del hijo pródigo?

Gary: Claro. Bueno, probablemente me vendría bien un repaso.

PURSAH: Toma tu Nuevo Testamento allí y léelo; entonces te explicaremos

algo para ti. Pero dejemos el último párrafo.

Gary: ¿Por qué debería dejar el último párrafo?

ARTEN: Se agregó más tarde cuando la historia se difundió durante el oral. tradicion. Luego fue cambiado un poco más por el médico que escribió tanto el Libro de Lucas y el Libro de los Hechos.

Gary: De acuerdo. Te concedo el beneficio de la duda por ahora. Es el revisado

¿Versión estándar suficientemente buena?

ARTEN: Sí, es práctico. Vaya a Lucas, 15:11.

Gary: Está bien. Ahora, este es Jesús hablando, ¿verdad?

ARTEN: Sí. J no habla mucho en la Biblia, y cuando lo hace, es a menudo mal citado. Fue citado e incomprendido por todos desde el principio, incluyéndonos a nosotros. Lo entendemos mejor que la mayoría, pero todavía

tenía mucho que aprender. Estamos hablando con usted ahora con el beneficio de posteriores aprendizaje. Pero J fue citado erróneamente con mayor frecuencia para los propósitos del individuo novelas que se convirtieron en los principales evangelios. Eran las historias populares de su tiempo. J no dijo muchas de las cosas que se cita en estos libros,

pero dijo algunas de ellas, al igual que no hizo la mayoría de las cosas que retrató como en estos libros, pero hizo algunos de ellos.

Gary: Te refieres a una de esas películas de televisión donde dicen que se basa en un historia real pero la mayor parte está inventada?

ARTEN: Sí, muy bien. La otra mitad del Nuevo Testamento llega casi enteramente del apóstol Pablo, quien era un verdadero deleite de la multitud, pero realmente no

enseñar las mismas cosas que J. Ninguna de las personas que escribieron la Biblia jamás conocí a J, a excepción del autor de Mark, que era solo un niño en el momento en que conoció él. Mira el libro de Apocalipsis. Parece una historia de Stephen King. Imagina retratando a J como un líder guerrero montado en un caballo blanco y vestido con una túnica sumergido en sangre! No, él es *no* un guerrero espiritual, un término que es una contradicción si alguna vez hubo uno.

Gary: Una pregunta más antes de la historia, si no te importa.

PURSAH: Adelante. No tenemos prisa.

Gary: ¿No es la idea de que Dios no creó el mundo una creencia gnóstica?

ARTEN: El principio ciertamente no se originó con los gnósticos, anteriores a ellos en otras filosofías y religiones. En cuanto a las sectas gnósticas preocupados, tenían razón al creer que Dios no creó esta excusa para una mundo, pero cometieron el mismo error que casi todos los demás: hicieron el mundo mal creado psicológicamente real para ellos mismos. Lo vieron como un mal ser despreciado. J, por otro lado, veía el mundo como lo ve el Espíritu Santo: un oportunidad perfecta para el perdón y la salvación.

Gary: Entonces, en lugar de resistirme al mundo, debería buscar formas de usarlo.

como una oportunidad para llegar a casa?

PURSAH: Exactamente. Buen chico. J solía decir: "Has oído que se dijo "Ojo por ojo y diente por diente". Pero yo te digo, no te resistas a quien

crees que es malvado ". No solo fue una refutación impactante y directa del viejo

Escritura, pero también fue la respuesta a la pregunta que acaba de hacer. Para seguir

demuestra la actitud de J, ¿por qué no lees esa historia ahora?

Gary: De acuerdo. Estoy un poco oxidado con esto, pero aquí va.

Había un hombre que tenía dos hijos; y el menor de ellos dijo al

padre, "Padre, dame la parte de la propiedad que me corresponde". Y el

dividió su vida entre ellos. No muchos días después, el

hijo menor
reunió todo lo que tenía y emprendió su viaje a un país lejano, y allí

malgastado su propiedad en una vida suelta. Y cuando se lo había gastado todo
una gran hambruna surgió en ese país, y comenzó a tener necesidad. Entonces se fue
y se unió a uno de los ciudadanos de ese país, quien lo envió a
sus campos para alimentar a los cerdos. Y con gusto se habría alimentado de las vainas que el
los cerdos comieron; y nadie le dio nada. Pero cuando volvió en sí mismo,
dijo: "¿Cuántos de los jornaleros de mi padre tienen suficiente pan y sobra, pero aquí perezco de hambre. Me levantaré e iré a mi padre, y le dirá: Padre, he pecado contra el cielo y contra ti; yo soy
ya no es digno de ser llamado hijo tuyo; trátame como a uno de tus contratados siervos. "Y se levantó y fue a su padre. Pero mientras aún estaba en un distancia, su padre lo vio y tuvo compasión, y corrió y abrazó él y lo besó. Y el hijo le dijo: "Padre, he pecado contra el cielo y ante ti; Ya no soy digno de ser llamado hijo tuyo ". Pero el padre dijo a sus sirvientes: "Traigan pronto la mejor túnica y vístanse él; y puso un anillo en su mano, y zapatos en sus pies; y trae el engordado
becerro y matarlo, y comamos y hagamos fiesta; por esto mi hijo estaba muerto, y está vivo de nuevo; estaba perdido y ha sido encontrado ". Y empezaron a hacer
alegre.

ARTEN: Gracias, Gary. La historia todavía se mantiene bastante bien, aunque yo Les aseguro que sonó mucho mejor en arameo. Por supuesto que J estaba usando los símbolos de la audiencia con la que estaba hablando, pero todavía hay mucho que aprender al observar esa historia con borrón y cuenta nueva.

Lo primero que tienes que entender es que el Hijo no fue expulsado de la casa; era tan inocentemente tonto como para pensar que podía irse y hacer mejor por su cuenta. Esa fue la respuesta de J al mito del Jardín del Edén. Dios no lo hizo expulsarte del paraíso, y Él no es responsable de ninguna manera, forma o forma por tu experiencia de estar separado de Él. Lo siguiente que debe notar es que el Hijo agotó su limitado recursos y comenzó a experimentar carencia, una condición que no existe en el Cielo.

Al estar aparentemente separado de su Fuente, ahora estaba experimentando la necesidad de primera vez. Exploraremos ese tema con usted cuando lo consideremos apropiado.

Una vez más, decimos que aparentemente está desconectado de su Fuente porque estamos hablando de algo que solo *parecía* suceder pero que en realidad no sucedió en realidad. Entendemos que es un concepto difícil y nos ocuparemos más de él.

a medida que avanzamos.

Ahora que el Hijo experimenta escasez, trata de llenar la carencia uniéndose él mismo a otro ciudadano de ese país. Esto es simbólico de intentar encontrar soluciones a sus problemas en algún lugar fuera de usted, invariablemente involucrando alguna forma de relación especial. Estos intentos sin fin y sin esperanza de solución a través de la búsqueda externa continúa hasta que te conviertas en como el hijo Hijo *cuando volvió en sí mismo.* Entonces el Hijo se da cuenta de que el único La respuesta a su problema es regresar a la casa de su Padre, y hacer esto se convierte en más importante para él que nada en el mundo.

Aquí llegamos al punto más importante de la historia: el contraste entre lo que el Hijo ha llegado a creer es verdad sobre sí mismo y lo que el Padre sabe que es verdad. El Hijo *piensa* que ha pecado y no es digno de ser llamado el Hijo de su Padre. Pero el Padre amoroso no escuchará nada de esto. No es iracundo o vengativo y no está en lo más mínimo interesado en castigar a Su Hijo.

¡Así es Dios realmente! No piensa como los humanos porque no es un persona. La historia es metafórica. El amor de Dios se *apresura* a encontrarse con su Hijo. Dios

sabe que su Hijo es para siempre inocente, porque *es* Su Hijo. Nada que parece que sucederá alguna vez puede cambiar ese hecho. El hijo pródigo ahora regresa a vida. Ya no está perdido en sueños de escasez, destrucción y muerte. Es tiempo de partido.

GARY: No es que no tenga sentido, pero tengo un par de problemas.

En primer lugar, la cuestión de que todo el universo es responsabilidad del Hijo pródigo y no Dios. El mundo, la naturaleza y el cuerpo humano parecen bastante impresionante para mí. No soy exactamente lo que llamarías un optimista de ojos saltones, pero hay mucha belleza, orden y complejidad que me parecen tener la toque de Dios. En segundo lugar, si le digo a la gente que Dios no creó el mundo, tengo una sintiendo que probablemente sería tan grande como un pedo en un ascensor.

ARTEN: Primero manejemos el pedo. La verdad es que no tienes que decírselo a nadie cualquier cosa. Sería completamente posible para ti practicar el tipo de espiritualidad lo discutiremos sin que nadie más lo sepa. Todo esto sera entre usted y el Espíritu Santo o J, lo que prefiera. La unica diferencia ahora entre el Espíritu Santo y J es que uno es abstracto y el otro es específico. Son realmente iguales, y su trabajo se hará en su mente junto con Ellos.

El mundo necesita otra religión como necesita un agujero más grande en el ozono
capa.

No se trata de intentar salvar un mundo que, de todos modos, no existe. usted

salva el mundo concentrándote en tus *propias* lecciones de perdón. Si todo el mundo concentrado en sus propias lecciones en lugar de las de otra persona, el colectivo,

el hijo pródigo estaría en casa en un minuto de Nueva York. Con el tiempo, esto no sucederá hasta el final. Pero también discutiremos el tiempo y verá que nada en

este universo es lo que parece ser. En cualquier caso, *usted* no tiene que esperar. Tu el tiempo está cerca, pero solo si estás dispuesto a seguir el pensamiento del Espíritu Santo sistema en lugar de intentar llevar al planeta en una búsqueda inútil.

El mundo no necesita otro Moisés, y nunca fue la intención de J comenzar una religión. Ya sea entonces o ahora, el mundo necesita otra religión como necesita una agujero más grande en la capa de ozono. J era el seguidor definitivo en el sentido de que eventualmente escuchó solo al Espíritu Santo. Sí, compartió su experiencia con nosotros. pero sabía que solo podíamos entender hasta cierto punto y que algún día aprenderíamos como lo hizo él.

En cuanto a la supuesta belleza y complejidad del universo, es como si pintó un cuadro con un lienzo defectuoso y pintura inferior, y luego, tan pronto cuando terminaste, la pintura comenzó a agrietarse y las imágenes en ella comenzaron a decaer y desmoronarse. El cuerpo humano parece ser un logro

asombroso —Hasta que algo salga mal. No tengo que decirte lo que tus padres
parecía justo antes de que terminaran sus vidas terrenales.

GARY: Te agradecería que no me lo recordaras.

ARTEN: No hay nada en tu universo que no siga el patrón de decadencia y muerte, y no hay nada aquí que aparentemente pueda vivir sin algo más muriendo. Tu mundo es bastante impresionante hasta que aprendes a *realmente* Mira. Pero la gente no quiere realmente mirar, no solo porque no sea una bonita imagen, sino porque el mundo está destinado a cubrir un pensamiento inconsciente sistema que gobierna sus vidas pero del que no son conscientes. Entonces vas a tener que dejarnos un poco de holgura por un tiempo y darnos la oportunidad de Explique más hasta que empiece a hacerse una idea general.

Gary: Supongo que no estaría de más darte más oportunidades, pero no culpes. Yo por ser escéptico. Tengo un primo que es ministro y él diría ustedes dos son testigos de Satanás, no de Dios.

PURSAH: Qué predecible. J fue acusado repetida ente de blasfemia. Es incluso en la Biblia. Te garantizo que si estuviera aquí en persona, sería cusado de exactamente lo mismo hoy, y por los cristianos. No esperes que nos alejemos de herejía o blasfemia más de lo que lo haría. Lo que se *puede* esperar de nosotros es honestidad y franqueza. Algunas personas necesitan ser tratadas con gentileza y otras la gente puede recibir golpes en la cabeza, como en el antiguo entrenamiento Zen. Nosotros no tiene algún problema con el ruido de las jaulas de las personas. No tenemos ninguna inversión en lo que
piensas en nosotros. Somos libres de ser maestros y no políticos. No tenemos para chuparte para que puedas sentirte cálido y confuso con nosotros en lugar de

aprender alguna cosa. No se requiere su aprobación de lo que tenemos que decir. No tenemos necesita ser popular. No tenemos ningún interés en manipular el nivel de forma, por lo que puede hacer que una historia contada por un idiota parezca ir en nuestra dirección. Nuestra condición es una de paz, pero nuestro mensaje será firme.

Ofreceremos una aclaración de los principios espirituales, no un sustituto de ellos. Nuestras palabras son simplemente ayudas para el aprendizaje. Nuestro propósito es ayudarlo a comprender ciertas ideas para que el Espíritu Santo sea más accesible para ti en tus estudios y tus experiencias diarias.

Ya dijimos que hablaremos del pasado. Después de eso, estaremos discutir las nuevas enseñanzas de J, que posiblemente no podrían haber sido entendidas hasta ahora. Hay un documento espiritual del que usted, Gary, escuchó por primera vez en el principios de los ochenta de un compañero participante en el curso *est de* seis días. No leíste en ese entonces, lo cual está bien, pero comenzarás a estudiarlo en el próximo pocas semanas. Esta enseñanza se originó durante su vida, pero aprenderá que no es de este mundo. Se está extendiendo por muchos países y ya siendo generalmente mal entendido y mal interpretado, al igual que el mensaje de J fue distorsionada hace dos mil años. Eso es de esperar. Pero te ayudaremos a conseguir con el pie derecho con esta obra maestra metafísica para que puedas escucharla más claramente.

Gary: Me alegra que pienses que lo sabes todo, incluido mi futuro, pero decidir qué voy a estudiar y cuándo voy a hacerlo. siempre he Sin embargo, pensó que Jesús era genial, y hablas mucho de él. La mayor parte de mi nuevo los amigos de edad no lo mencionan mucho. Es casi como si fueran avergonzado por él. ¿Qué opinas de eso?

ARTEN: No es J a quien no les gusta. Es el comportamiento bíblico orientado versión de J que han sido empujados por sus gargantas toda su vida que no pueden estar. Hay otro problema en el que nos ocuparemos a tiempo, pero podemos

¿Culpas a tus amigos por estar confundidos acerca de J? El cristianismo está tan en conflicto

promueve abiertamente enseñanzas que son diametralmente opuestas entre sí. Cómo ¿Se supone que uno debe lidiar con eso? La gente eventualmente tendrá que dejar de culpar a J por algunas de las cosas ridículas que el cristianismo ha hecho y sigue haciendo en su nombre. Él no tiene más que ver con estas cosas de lo que Dios tiene que ver con esto. Mundo.

Gary: Me estás dando algunas cosas bastante radicales aquí.

ARTEN: Oh, recién estamos comenzando. Ha habido varios muy populares y libros supuestamente poco convencionales escritos en las últimas décadas que, como todas las principales religiones del mundo, se han presentado como si vinieran directamente de Dios o del Espíritu Santo, mientras que sus enseñanzas en realidad reflejan un nivel de conciencia espiritual que podría describirse como ordinaria. Para todos los efectos y

propósitos, el dualismo, que definiremos en futuras visitas, es el nivel de pensando en el mundo entero, incluso entre la mayoría de las personas que siguen caminos espirituales que son no dualistas. Aunque es cierto que el Espíritu Santo obra con todos personas de una manera que puedan entender, razón por la cual todos los caminos espirituales son necesario; uno de nuestros desafíos para ti es que las enseñanzas del dualismo deben eventualmente conducirá a las enseñanzas y prácticas de semi-dualismo, no-dualismo y en última instancia, *el* no dualismo *puro* si se quiere experimentar el Amor de Dios. Si eso suena complicado, tenga la seguridad de que es realmente muy simple y será presentado de una manera comprensible y lineal. Hay muchos en su generación que se imaginan que están listos para vibrar fuera del planeta para siempre. Desafortunadamente, no es tan fácil. Si pudieras zapándose a la tierra de nunca jamás, entonces todos ya estarían experimentando el Reino. Pero tu experiencia es que estás aquí, o de lo contrario No se experimenta que *está* aquí. Y hay un gran problema para sostener

sus amigos que los autores populares de la Nueva Era no les dijeron. Tus buenos tiempos en el mundo son buenos solo en comparación con los malos

veces. Eventualmente aprenderá que todo es un truco.

Quizás el error más pasado por alto de todas las religiones y filosofías, incluidos los modelos de la Nueva Era, es la falta de comprensión de que, aunque cosas como pensar positivamente, estar "en el ahora", decir oraciones, afirmaciones, negar los pensamientos negativos y escuchar a oradores famosos puede tener un impacto temporalmente útil, no *pueden* liberar lo que está encerrado en las profundidades cañones de tu mente inconsciente. Tu mente inconsciente, que eres completamente ajeno o de lo contrario no *estaría* inconsciente, está bajo el dominación de un sistema de pensamiento enfermo que se comparte tanto a nivel colectivo como nivel individual por todos los que vienen al universo falso, o de lo contrario no habría venido aquí en primer lugar. Este seguirá siendo el caso hasta que su. Los pensamientos son examinados, correctamente perdonados, entregados al Espíritu Santo y reemplazado por Su pensamiento en su lugar. Hasta entonces, tus creencias *ocultas* continuarán dominan y se imponen de una manera predeterminada. El mundo es simplemente representando un escenario simbólico en el que cada uno acordó participar antes parecían llegar alguna vez.

Gary: No tienes que convencerme de que el mundo apesta a veces. Pero que sobre las cosas buenas? Todos tenemos nuestros momentos favoritos.

ARTEN: Tus buenos tiempos en este mundo son buenos solo en comparación con los malos.

veces. La comparación no es válida, porque tanto los aparentemente buenos tiempos y los malos tiempos *no* son el cielo. Eventualmente aprenderás que todo es un truco que su percepción, algo que valora mucho, simplemente le está mintiendo.

No escucharías tu sistema de pensamiento inconsciente si no se escondiera y mentirte, porque es aparentemente tan despreciable, y escucharlo es tan doloroso, que huirías de él si realmente pudieras examinarlo. J puede ayudar lo examinas. Él puede mostrarte una manera de hacer que tu mente inconsciente consciente en un grado que Freud no podría haber imaginado. Ese sera el propósito de algunas de nuestras discusiones posteriores, pero tenemos otras cosas de las que hablar primero.

GARY: Mientras tanto, ¿tienes algo más alentador que decirme?

PURSAH: Ciertamente, si quieres irte a casa. J está fuera de la puerta del asilo, llamándote para que salgas y te unas a él, y sigues intentando arrastrarlo de vuelta. Ese era el caso del mundo hace dos mil años y sigue siendo el caso de hoy. La persona que dijo primero que cuanto más cambian las cosas, más permanecen igual golpean el clavo universal justo en la cabeza holográfica. Pero hay *es* una salida, y *eso es* lo que debería ser alentador para usted.

ARTEN: Al ayudarlo, no le estaremos dando la supuesta sabiduría del edades que les gustan tanto a sus magos espirituales contemporáneos. Aprenderás en lugar de eso, la mayor parte de lo que el mundo considera la sabiduría de los tiempos es realmente lleno de eso. La "inteligencia divina del universo" es una frase que completamente digno de que le desconecten. Aprenderás que los bebés *no* son nacen con una pizarra limpia o una tendencia natural a centrarse en el amor y luego son

corrompido por el mundo, y encontrará que si va a regresar a Dios entonces tienes algo de trabajo que hacer, no trabajar en el mundo, sino con tus pensamientos.

Durante la mayor parte de esto, le parecerá que estamos emitiendo juicios, muchos ellos. Hay una buena razón para ello. La única forma posible en que podemos enseñarte es contrastando el pensamiento del Espíritu Santo con el pensamiento del mundo. Su el juicio es sano y conduce a Dios. Tu juicio es pobre y te lleva de regreso aquí, una y otra vez.

PURSAH: Durante nuestros intercambios, también descubrirás lo que realmente eres;

cómo llegaste aquí; exactamente por qué usted y todas las demás personas se comportan y sienten de la manera eso que haces; por qué el universo sigue repitiendo los mismos patrones una y otra vez de nuevo; por qué la gente se enferma; la razón detrás de todos los fracasos, accidentes, adicciones, y desastres naturales; la verdadera causa de toda la violencia, el crimen, la guerra y

terrorismo en el mundo; la única solución significativa para todas estas cosas; y cómo aplicarlo.

GARY: Si puedes decirme todo eso, ganarás un premio.

PURSAH: Solo hay un premio en el que todos deberían estar interesados.

Gary: ¿Cielo?

ARTEN: Sí. Has oído que la verdad te hará libre. Eso es

cierto, pero nadie te dice cuál es la verdad. Has escuchado que el Reino de los Cielos está dentro de ti. Eso también es cierto, pero nadie te dice cómo llegar. Si lo hicieron escucharias Puedes llevar a un humano al agua, pero no puedes obligarlo a beber.

Te indicaremos el agua, pero solo la beberás si estás listo.

por una espiritualidad que, como la verdad, no es de este universo.

Una de las diferencias fundamentales entre las enseñanzas de J y la enseñanzas del mundo es esto: las enseñanzas del mundo son el producto de un mente dividida e inconsciente. Una vez que tienes eso, tienes un compromiso; y una vez tienes un compromiso, ya no tienes la verdad.

No encontrará compromisos con nosotros y no siempre le gustará. Ese no importa. Si te diéramos todo lo que crees que quieres, estarías buscando para otra cosa un mes después. No necesitas que te ayudemos a sentirte bien con un universo que nunca valió el precio de la entrada, y nunca lo valdrá.

Hay algo mucho mejor por lo que sentirse bien. Con la velocidad de Dios, Seguimos nuestro camino a casa. Nuestra intención ahora es ayudarte a encontrar la tuya. Lo haremos regresaremos pronto para la segunda de diecisiete apariciones. Nuestra próxima discusión será el más largo y, mientras tanto, es posible que desee considerar la idea de que Si las enseñanzas que está escuchando son verdaderamente del espíritu, entonces debería ser evidente que los principios que se expresan no provienen de personas o de la universo, porque son la corrección de ambos.

EL SUBTERRÁNEO DE J

Esté atento solo a Dios y Su Reino.
Un reten y Pursah habían desaparecido en un instante y mi mente daba vueltas.

¿Realmente sucedió esto? ¿Fue una alucinación? ¿Volverían alguna vez? yo Ni siquiera había pensado en preguntarles cómo llegaron aquí o incluso exactamente qué fueron. ¿Fueron ángeles, maestros ascendidos, viajeros en el tiempo o qué? Sobre todo ¿Por qué aparecerían y me darían enseñanzas metafísicas avanzadas? un tipo promedio con interés en la espiritualidad que nunca había ido a ¿Universidad?

Decidí inmediatamente que no le diría a nadie lo que había sucedido, no incluso Karen. Estaba pasando por un momento muy estresante y desafiante en el trabajo. eso requirió mucha concentración. Lo último que necesitaba ahora Fue descubrir que estaba tirando de una Juana de Arco con figuras de acción real. Confié en mi perro Nupey, con quien siempre se podía contar para ser sin juzgar. Luego intenté dar un paso atrás, tratar de relajarme y esperar a averigüe si el episodio fue solo una extraña ilusión resultante de demasiadas meditación, o si volvería a suceder.

Esa noche en la cama después de que Karen se durmiera, me quedé despierto durante horas. Pensando en algunas de las cosas que habían dicho mis visitantes. Tuve una resistencia natural a la idea de que Dios no había creado el mundo desde que me dijeron algo más. mi vida, pero mientras pensaba en ello me di cuenta de que la idea respondía a muchas preguntas. Siempre me había preguntado cómo Dios podía permitir tanto dolor, sufrimiento, y horror en el mundo, y cómo las buenas personas a menudo pueden pasar infierno indecible. Si lo que dijeron Arten y Pursah fuera cierto, significaría que Dios no tuvo nada que ver con nada de eso. Esto de alguna manera hizo que Dios pareciera menos temeroso. Mientras me dormía, me preguntaba si creer que Dios era inocente de hacer este mundo sería un insulto a Dios, o simplemente un insulto a un antiguo mito que la mayoría de la gente había decidido incluir en sus religiones. En serio teniendo en cuenta la posición de Arten y Pursah, ¿cómo sabía que no estaría levantando mi opinión de Dios, haciéndolo más accesible?

Una semana más tarde, un martes por la noche, estaba solo en mi sala de estar haciendo algunos deberes para mi negocio cuando Pursah y Arten me sorprendieron con su segunda aparición. Esta vez estaba en mi sofá y mis dos visitantes cada uno apareció en una silla. Arten comenzó a hablar casi de inmediato.

ARTEN : Pensamos que te visitaríamos esta noche porque sabíamos que Karen estaba fuera.

con algunos amigos. Tomó la decisión correcta de no contarle todavía sobre nosotros. Ella tiene sus propios intereses en este momento. Déjela aprender lo que debería aprender. Existen profesores que intentarán decirte que la vida no es un aula y que tú no aquí para aprender lecciones, sino simplemente para experimentar la verdad que ya está dentro tú. Están equivocados. Tu vida es en gran medida un salón de clases, y si no lo *haces* aprende tus lecciones, entonces *no* experimentarás la verdad que está dentro de ti.

No hay nada de malo en sentir y experimentar los momentos de tu vida.

De hecho, en su estado actual le resultaría bastante difícil no hacerlo. Pero no *es* una mejor manera de ver.

PURSAH: Has estado pensando mucho durante la semana pasada. Estas listo para

¿Continuar?

GARY: Primero me gustaría saber algo más sobre ti, como, ¿qué eres?

¿exactamente? ¿Cómo te materializas aquí? ¿Por qué vienes a mí? Por que no un chico

con fuego en el vientre, ¿quién quiere ser profeta? Mis principales ambiciones son

mudarse a Hawai, estar en comunión con la naturaleza y beber cerveza, no necesariamente en ese

orden.

ARTEN: Lo sabemos. En primer lugar, ambos somos maestros ascendidos. No somos ángeles. Los ángeles nunca nacieron en cuerpos. Como tú, todos nacimos miles de veces, o al menos así parecía. Ahora no tenemos necesidad de ser nacido. En segundo lugar, nuestros cuerpos simbolizan las últimas identidades terrenales que tuvimos. No lo haremos decirle cuándo fue eso, porque está en su futuro y no queremos entrar en un patrón para brindarle información sobre lo que aparentemente está por venir.

Gary: ¿No quieres interrumpir el continuo espacio-tiempo, eh?

ARTEN: No podríamos preocuparnos menos por el enigma del espacio-tiempo. Simplemente

no querría robarle sus oportunidades de aprender sus lecciones de primera mano y acelera tu regreso a Dios. La mayoría de los maestros ascendidos usan sus últimos identidades con fines didácticos, teniendo en cuenta que el término *último* es una ilusión, concepto lineal. Algunas apariciones afirman ser maestros ascendidos cuando eso es realmente sólo ilusiones por parte de la mente que proyecta la aparición.

Ese tipo de apariencia es más como ver un fantasma

o un alma perdida. Aun mejor la descripción sería un alma aparentemente separada. Pero un verdadero maestro ascendido sabe que él o ella nunca podrá separarse realmente de Dios ni de nadie.

Gary: Dijiste que estuviste allí hace dos mil años con J. ¿Estabas poniéndome, ¿o puedes decirme quién eras?

ARTEN: En ese momento, ambos éramos personas a las que ahora te referirías como santos. Asumes que todos los santos son maestros ascendidos, pero eso no es cierto. Sólo porque una iglesia llama santo a alguien, no lo hace como J en términos de

su logro. Siempre pensé que era muy generoso por parte de la iglesia hacerme un santo, considerando que nunca pertenecí a su religión. Éramos judíos y también lo era J. Si nos hubieras preguntado a alguno de los discípulos sobre el cristianismo, habríamos dicho:

"¿Que es eso?" Sí, algunos de nosotros iniciamos sectas judías basadas en el maestro, pero ciertamente no es una religión separada. Tomó cientos de años para la mayoría de El cristianismo debe ser inventado y no tiene nada que ver con nosotros. Es *todavía* siendo maquillado. ¿Cuántos de sus cristianos estadounidenses actuales se dan cuenta de que Algunas de sus ideas más sagradas, como el Rapto, ni siquiera fueron nombradas hasta el 19 TH siglo? Tales ideas son cíclicas. Algunos primeros cristianos y muchos desde entonces

ellos han pensado que J regresará como un cuerpo glorificado *muy pronto.* Pero como verás, J te enseña ahora como lo hace el Espíritu Santo, a través de tu mente.

PURSAH : En cuanto a cómo nos materializamos, realmente no podrías comprender eso todavía, pero te diremos que la mente proyecta imágenes corporales. Tu piensas cuerpos hacen que otros cuerpos y luego los cerebros piensen, pero nada puede pensar excepto la mente. El cerebro es solo una parte del cuerpo. Es la mente la que proyecta cada cuerpo, incluido el tuyo. No estoy hablando de esa pequeña mente que identificas con. Me refiero a toda la mente que está fuera del tiempo, el espacio y la forma.

Esta es la mente con la que Buda se puso en contacto, aunque la gente no se da cuenta de que Todavía está a un paso importante de unirse a Dios. Esta mente hizo el universo entero, cada cuerpo y cada forma que parece estar en él. La pregunta ¿es porque?

¿Cómo te sentirías si alguien que estuviera tan muerto como un clavo de puerta pasara para charlar contigo?

Llegaremos a la razón, que en su caso es inconsciente, de por qué su cuerpo fue hecho, pero nuestro estado de conciencia nos coloca en una posición en la que podemos crear deliberadamente estos órganos con el único propósito de comuncar el mensaje del Espíritu Santo para usted de una manera que pueda aceptar y comprender. De nosotros mismos, sabemos que no tenemos otra identidad que la del Espíritu Santo, por lo que son manifestaciones de Él y nuestras palabras son Suyas. Cuando J se nos apareció en el carne después de ser crucificado, simplemente había hecho otro cuerpo para comunicarse con nosotros. Su mente podía hacer aparecer o desaparecer su cuerpo, como en la tumba. Nosotros realmente no podía entender eso en ese momento, así que cometimos el grave error de atribuyendo gran importancia al cuerpo de J, que en realidad no era nada, en lugar de la mente, que es lo importante. Sin embargo, no debería juzgar a algunos nosotros por ser demasiado entusiastas. ¿Cómo te sentirías si alguien a quien conoces más allá una duda estaba tan muerta como un clavo de la puerta se detuvo para charlar contigo, e incluso ¿Dejarle tocarlo para saber que era legítimo?

Gary: No sabría si tomar una mierda o quedarme ciego.

PURSAH: Nuestra reacción fue similar, si no nuestro lenguaje. Déjame preguntarte

¿se acuerda del padre Raymond del Cursillo?

Gary: Claro.

Pursah: ¿Recuerdas que te contó acerca de un contemporáneo de ¿Sigmund Freud se llama Groddeck?

NOTA: Aunque no era católico, había aceptado acompañar al amigo Dejé de demandar y participé en una experiencia espiritual de tres días llamada

el Cursillo, que se llevó a cabo en una iglesia católica en Massachusetts. El evento enfatizó la risa, el canto, el amor y el perdón, y fue una gran

sorpresa para mí, porque no sabía que había personas católicas que estaban feliz. Durante el fin de semana conocí a un sacerdote que también era psicólogo de el nombre del padre Raymond, que había investigado un poco a alguien llamado Groddeck. La investigación le había causado una gran impresión, y me contó un poco al respecto.

Gary: Sí. Estaba diciendo cosas como las que me has estado contando. Padre Ray dijo que Groddeck era respetado por Freud y era un verdadero revolucionario.

Aparentemente, Groddeck había llegado a la conclusión de que los cerebros y los cuerpos son

hecho realmente por la mente, en lugar de al revés, y que la mente —Que se describió como una fuerza que Groddeck llamó el Eso— estaba haciendo esto para sus propios fines.

PURSAH: Muy cerca, querido estudiante. Tienes una memoria como una trampa de acero. Dr. Groddeck estaba en lo cierto acerca de sus conclusiones, aunque ciertamente no tener la imagen completa como J lo hizo. Por cierto, a diferencia de la mayoría de los apóstoles y los primeros fundadores del cristianismo, el Dr. Groddeck no asumió ni pretendió que él sabía todo. Sólo dijo lo que *se* sabe, pero él todavía estaba a años luz por delante de sus sucesores adoradores del cerebro. Es casi innecesario decir eso debido a las opiniones de Groddeck, el mundo se mantuvo alejado de él. Mencionamos él ahora, y lo volveré a hacer más tarde, simplemente para señalar que siempre ha habido gente brillante cuyo nivel de observación estaba mucho más en línea con la verdad que el pensamiento del mundo.

GARY: Mi otra pregunta: te estás apareciendo a mí en lugar de a alguien más
apropiado porque ...?

PURSAH: Ya te lo dijimos la última vez, pero la explicación fue demasiado simple para ti. Estamos aquí porque es útil para nosotros aparecer ahora mismo.
Eso es todo lo que necesitas saber.

GARY: Por lo que has dicho, no estoy seguro de cuál es mi papel en tu apariencia. ¿Mi mente te está proyectando o es solo tu mente?

ARTEN: La pregunta está fuera de lugar porque solo hay una mente. Finalmente la pregunta se convierte en un propósito. Pero hay diferentes niveles ilusorios de pensamiento y experiencia resultante, y volveremos a ese tema finalmente.

GARY: Usted *sabe* que tengo que preguntar cual dos santos que eras.

PURSAH: Sí. Es justo que te lo digamos, pero no vamos a detenernos en eso. Preferiríamos dedicar nuestras visitas a aclarar el papel y las enseñanzas de J para usted en lugar de perder el tiempo tratando de aclarar nuestro propio insignificante roles. Queremos que aprendas y vas a tener que confiar en que sabemos lo mejor qué decirle para ayudar a facilitar ese aprendizaje. Como cuestión de registro, yo fue Tomás, generalmente conocido como Santo Tomás y autor de parte del libro ahora famoso *Evangelio de Tomás*. También debe saber desde el principio que el copto versión lingüística de ese Evangelio, descubierto cerca de Nag Hammadi en Egipto, era una versión derivada y contiene algunos dichos que J no dijo, y que nunca

tenía en el original. Discutiré brevemente este Evangelio con ustedes pronto, pero como dije,

no vamos a detenernos en eso. De todos modos, nunca pude terminarlo. Yo hubiera puesto la parábola del hijo pródigo al final, pero no pude porque me mataron.

Gary: La vida es una puta, ¿no?

PURSAH: Eso es cuestión de interpretación. Por cierto, voy a asumir eres lo suficientemente sofisticado para entender que no es inusual ser hombre en algunos vidas y mujeres en otras vidas.

Gary: Puedo entenderlo. ¿Y tú, Arten? No me vas a decir eras la Virgen María.

ARTEN: No, pero era una mujer maravillosa. Probablemente no era famoso suficiente para impresionarte; eso está bien para mí. Yo era Thaddaeus, aunque mi mi nombre era Lebbaeus y J me renombró Thaddaeus. Yo era humilde y callado, y fue un buen aprendiz. Las iglesias me llaman San Tadeo y San Judas de Santiago, que no debe confundirse con Judas Iscariote. No tuve que hacer mucho para ganar la distinción de santidad. Algunas personas piensan que escribí la Epístola de Jude. No lo hice. Formé una secta con Thomas y visité Persia, pero *no* jugué un papel en la moda del martirio, como creen algunas personas. Estaba en el lugar correcto en el momento oportuno para ser santo.

Gary: Tienes suerte, vagabundo. ¿Tienes algún trabajo así para mí, Thaddaeus?

ARTEN: Sí. Lo estás haciendo ahora mismo. Quieres que sigamos enseñando ¿tú?

GARY: Sí, pero principalmente porque me he encontrado pensando de manera diferente sobre

Dios desde la última vez que estuviste aquí. Siento que puedo confiar más en Él, como

tal vez no tiene nada en mi contra y no es responsable de ninguno de mis problemas y sufrimientos, pasados o presentes.

ARTEN: Muy bien, hermano. Muy bien.

Gary: Pero para que quede claro, no estás diciendo que Dios no creó *algunos* de el universo. Estás diciendo que Él no tiene nada que ver con *nada* de eso, y que toda la historia del Génesis de la creación es falsa?

ARTEN: Muy bien. Primero nos ocuparemos de los viejos asuntos. No es nuestro propósito

menospreciar a nadie, aunque siempre ofende a la gente cuando no te crees sus creencias. Como ya hemos dado a entender, simplemente aceptamos estar en desacuerdo con la enseñanzas de otros. Debe quedar muy claro para cualquiera que uno de los más aspectos importantes de la antigua escritura es la ley, y el castigo de cualquiera

que no sigue la letra de la misma. Aunque el verdadero propósito de este crimen y El ciclo de castigo no es lo que piensas, todavía no hay nada de malo en estableciendo leyes en un intento por tener una sociedad ordenada. Dos mil años

Hace tiempo, Tomás y yo queríamos mucho la antigua escritura, pero ya habíamos comenzado

darse cuenta de que, al igual que con su sistema legal actual, la ley eventualmente se vuelve todo sobre la ley y nada sobre la justicia.

Aparte de los terribles pasajes, amenazantes, hay *también* algunos muy bellos y profundos pasajes de la antigua escritura con los que podríamos estar de acuerdo con este mismo día. Sin embargo, si regresa a la historia de la creación de Génesis,

encontrar un problema muy serio que han tenido personas de muchas religiones luché con él desde que se escuchó la historia por primera vez, incluso antes de que fuera escritura.

Según cuenta la historia, Dios creó el mundo y vio que era bueno.

GARY: Escribe sus propias críticas.

ARTEN: Entonces Dios continúa y crea a Adán y luego le consigue una cita, Eva. Vida

es el paraíso. *Pero* Dios les da esta única regla: haz lo que quieras, niños, toca ustedes mismos, pero no se *atrevan a* comer la fruta de ese árbol del conocimiento sobre ahí. Entonces la serpiente hace lo suyo, Eva le da un mordisco y tienta a Adán para que tú puede culpar a las mujeres de todo, y luego Adam le da un mordisco. Ahora hay infierno

pagar. Big Angry Maker echa a Adán y Eva del paraíso. Incluso le dice a Eva que va a sufrir un dolor terrible durante el parto solo por si acaso.

¡Eso le enseñará! Pero espere un minuto aquí. Si Dios es Dios, ¿no lo sería?

¿Perfecto? Y si es perfecto, ¿no lo sabría todo? Incluso hoy Los padres saben que la forma más segura de lograr que los niños hagan algo es decirles

ellos no pueden. Entonces, si Dios es Dios y lo sabe todo, ¿qué ha hecho?

¿aquí?

Gary: Bueno, aparentemente Dios ha preparado a Sus propios hijos para fallar solo para que Él pueda

tener el placer de castigarlos sin piedad por un escenario que Él mismo poner en movimiento.

ARTEN: Seguro que se ve así, ¿no? Pero, ¿haría Dios esto? Si tuvieras un niño, habría *que* hacer eso? ¿Cómo puedes confiar en un Dios así?

Hoy en día sería acusado de abuso infantil. Entonces, cual es la verdad? La respuesta debería ser obvio para cualquiera que esté dispuesto a quitarse las anteojeras. Dios lo haría *no* hagas esto. Él es *no* un idiota. La historia del Génesis es la historia simbólica del haciendo del mundo y los cuerpos por la mente inconsciente por razones que no eres

consciente, pero de la que *debes* ser consciente.

GARY: Por esto y por lo que me dijiste antes, deduzco que J no se suscribió. a parte del pensamiento jurásico de Génesis, así como a gran parte de las antiguas escrituras —Y realmente estaba enseñando algo más original que la mayoría de la gente no podía captar para que sustituyeran sus propias creencias?

PURSAH: Sí. J generalmente ignoraba las escrituras que tenían poca base en la verdad,

pero ofrezca la interpretación correcta de las escrituras que tenía alguna base en la verdad.

Definitivamente no estaba en la rutina del fuego del infierno y la condenación. Ese era Juan el

Bautista, pero Juan también tuvo sus momentos más tranquilos. Fue él quien dijo: "Ama tu

enemigos ", no J. J no tendría ningún concepto de enemigo. La gente no se da cuenta que John era mucho más famoso que J en sus vidas. John tenía lo que multitud *realmente* quería. Esa es la forma del éxito en el mundo, pase lo que pase tu trabajo. Oferta y demanda. Puedes tener éxito si tienes algo la gente quiere.

No tienes idea de lo poco inspirado que es que la gente, incluida tu espiritualidad líderes, siempre están tratando de espiritualizar la abundancia en el mundo. Cuánto cuesta El éxito o el dinero que obtiene no tiene nada que ver con cuán espiritualmente iluminado eres. Son como manzanas y naranjas. Que panes y peces ¡Se suponía que la historia era simbólica! En realidad, no sucedió. Significaba que hay un manera de recibir *orientación* sobre cómo debe proceder en el mundo, y cubriremos eso. Pero deja de intentar espiritualizar el dinero. No hay nada malo con dinero o éxito, pero tampoco hay nada espiritual en ellos. Mientras estamos en eso, no escuches esa interpretación increíble que las iglesias ponen en el

dicho de J, que debes dar a César lo que es de César y dar a Dios lo que es de Dios. Las iglesias usan ese dicho para tratar de levantar dinero. Pero J no estaba hablando de dinero. Él estaba diciendo esto: *Que César tenga* las cosas de este mundo, porque no son nada. Deja que Dios tenga tu espíritu, porque es *todo.* Fue un maestro de sabiduría del amor puro y la verdad.

La cantidad de éxito o dinero que obtenga no tiene nada que ver con
cuán espiritualmente iluminado eres.

Mucha gente piensa que tanto John como J eran miembros de los esenios. Sus cierto que a veces eran visitantes y amigos de los esenios, pero

nunca fueron miembros de la secta. Ambos eran viajeros. J finalmente se cayó de favor con los esenios. Amaban a John porque respetaba sus leyes

y creencias, pero terminaron odiando a J porque no vio la necesidad de inclinarse ante sus preciosas reglas. Muy pocas lágrimas se derramaron en Qumran cuando la noticia de la se escuchó la muerte. Treinta y cinco años después, la mayoría de los esenios se pasaron a Jerusalén para luchar contra los romanos en la revuelta. Como muchos, lo vieron como el Apocalipsis. Ya sabes, los hijos de la luz contra los hijos de las tinieblas y todo eso

disparates. Fue un desastre absoluto. Al final, los esenios vivieron de la espada y

murieron a espada. Hoy, intentas hacerlos y los Rollos del Mar Muerto. En algo especial, del mismo modo que intentas convertir a tantas personas del pasado en grandes maestros espirituales cuando no lo eran. Eran personas como tú.

Algunos en su generación piensan que los mayas vibraron fuera del planeta en un estado de la iluminación espiritual. ¿Qué te hace pensar que fueron iluminados? Ellos practicó el sacrificio humano. ¿Qué tan iluminado crees que fue? Ellos eran gente justa: como los esenios, como los europeos, como los indios americanos, y Como tú. Acepta eso y sigue adelante.

Gary: Así que no debería estar demasiado impresionado por ese antiguo libro espiritual que quiero

leer para ayudarme con mi comercio, ¿el del arte de la guerra?

PURSAH: La guerra no es arte, es psicosis. Pero por qué no deberías intentar

espiritualizarlo? Intentas espiritualizar todo lo demás. No solo estoy hablando de *Sun Tsu: el arte de la guerra* . Eventualmente tendrás que darte cuenta de que no puedes espiritualizar cualquier cosa que no sea espíritu, lo que significa que realmente no se puede espiritualizar cualquier cosa en el universo de la forma. Lo verdaderamente espiritual está solo fuera de él. Es decir donde realmente perteneces, y eventualmente regresarás.

Como solo un ejemplo de espiritualización de objetos, idealizas el Sur La selva tropical estadounidense al pensar que es uno de los lugares más sagrados de la tierra. Si tu podría observar en movimiento acelerado lo que sucede debajo del suelo allí, verías que las raíces de los árboles compiten entre sí por la agua, al igual que todas las criaturas de la selva tropical luchan por sobrevivir.

Gary: Vaya, hay un mundo de árboles que comen árboles. Lo siento.

PURSAH: Todo lo cual nos trae de vuelta a nuestro hermano J y lo que era. comunicado. Hay un par de razones muy importantes por las que no pudimos comprender mucho de lo que nos estaba diciendo. Deberías tomar nota de ellos porque también evitarán *que* puedas entender lo que está diciendo directamente a usted. En primer lugar, no está hablando con nadie más. No hay nadie más. No hay nadie ahí fuera, pero no basta con decir eso. los

La experiencia vendrá, y cuando lo haga, será más liberador para ti. Que cualquier cosa que se le ocurra al mundo. Pero la mayor razón por la que no pudimos recibir el mensaje de J fue porque tomamos todas las cosas que ya creíamos y las superpuso a él. La gente siempre hace eso con su espiritualidad.

Aquí está J, desafiándolos a que suban a su nivel, y lo siguen trayendo hasta los suyos.

Estábamos dedicados a las antiguas escrituras, y puedo decirles que ahora no *hay forma* podríamos haber visto a J excepto a través del filtro de lo que ya creíamos. Él era un salvador, sí, pero no del tipo que promovía la salvación vicaria. Él quería enseñarnos cómo jugar nuestro papel para salvarnos a nosotros mismos. Cuando dijo eso él era el camino, la verdad y la vida, quería decir que debemos seguir su *ejemplo,* No creo en él personalmente. No deberías glorificar su cuerpo. *El* no creia

en su propio cuerpo, ¿por qué deberías? Ese fue nuestro error, pero eso no significa también tienes que hacerlo. Hoy, mucha gente lo ve a través de los ojos del Nuevo Testamento o la lente de algunas de las cosas que han recogido del Perchero New Age. Pero su mensaje, cuando se entiende, *no es realmente el mismo que* Algo más.

Gary: Sí, pero ¿no siempre ha habido *algunas* personas que estaban espiritualmente
iluminado como J, y entendiste todo?

PURSAH: No siempre, pero sí, ha habido otros en algunas ocasiones. Y ellos no siempre provienen de los mismos caminos espirituales. Esto trae a colación otro tema importante. La religión o espiritualidad en la que cree no determina qué tan avanzado espiritualmente estás en términos de tu conciencia. Existen Cristianos que se encuentran entre los más altos de los logros, y hay cristianos

que son tontos balbuceando. Esto es cierto para *todas las* religiones, filosofías y formas, sin excepción.

GARY: ¿Y por qué es eso?

PURSAH: ¿Te gustaría compartir la respuesta a eso, Arten?

ARTEN: Ciertamente. La razón por la que es cierto es porque hay cuatro

actitudes de aprendizaje por las que pasará durante su regreso a Dios. Todos pasará por los cuatro, y todos los que progresen ocasionalmente

e inesperadamente rebotan hacia adelante y hacia atrás de uno a otro. Cada nivel trae con él diferentes pensamientos y experiencias resultantes, e interpretarás la exactamente la misma escritura de manera diferente dependiendo de la actitud de aprendizaje que tenga actualmente participando.

El dualismo es la condición de casi todo el universo. La mente cree en el dominio de sujeto y objeto. Conceptualmente, parecería a aquellos que

creer en Dios que hay dos mundos que son ambos verdaderos: el mundo de Dios y el mundo del hombre. En el mundo del hombre crees, de manera muy práctica y objetivamente, que de hecho hay un sujeto (usted) y un objeto, es decir, cualquier cosa más. Esta actitud se expresó bien a través del modelo de la física newtoniana.

Los objetos que componen el universo de un humano, que hasta los últimos cientos años fue simplemente

llamado el mundo y se refirió a todas las manifestaciones, son se cree que existe aparte de usted y puede ser manipulado por usted: "usted"
es decir, el cuerpo y el cerebro que parece ejecutarlo. De hecho, como ya lo hemos hecho
tocado, el cuerpo y el cerebro que cree que parece haber sido causado *por* el mundo. Como veremos, esta idea es exactamente al revés.

Por necesidad, la actitud hacia Dios que acompaña a esta actitud de aprender es que Él está en algún lugar fuera de ti. Ahí estás tú *y* ahí está Dios
aparentemente separados unos de otros. Dios, que en realidad es real, parece distante e ilusorio. El mundo, que en realidad es ilusorio, parece inmediato y real.

Por razones que se describirán más adelante, su mente dividida, que se separó del
casa como el hijo pródigo, inconscientemente ha asignado a Dios el mismo cualidades que posee su propia mente aparentemente separada. Así Dios y el los mensajes que parecen provenir de Él están en conflicto.

La tragedia sin sentido de la dualidad es considerada normal por todos.
sociedades modernas, que están tan locas como un sombrerero.

Tenga en cuenta que la mayor parte de esto es inconsciente sentido de que se *parece* a existen en el mundo en lugar de en su propia mente dividida. Entonces Dios es Considerado perdonador *y* colérico. Es amoroso *y* asesino, aparentemente, dependiendo del estado de ánimo en el que se encuentre. Esto puede ser un buen descripción del conflicto de una mente dualista, pero difícilmente es una descripción de Dios. Casi no hace falta decir que todo esto conduce a innumerables rarezas, incluida la extraña idea de que Dios de alguna manera jugaría un papel en instruir a la gente a matar

otras personas con el fin de adquirir ciertas tierras y posesiones, o traer cierta versión de la justicia o la religión adecuada para todos. La tragedia sin sentido deLa dualidad es considerada normal por todas las sociedades modernas, que son ellas mismas tan loco como un sombrerero.

La próxima actitud de aprendizaje que atravesará durante su regreso a Diosa veces se lo denomina *semidualismo.* Esto podría describirse como más amable,forma más suave de dualismo porque ciertas ideas verdaderas han comenzado a ser aceptadas por la mente. Una vez más, no importa cuál sea su religión, que es una de las razones por *las* que *todas las* religiones tienen algunas cosas muy agradables, suaves y relativamente gente sin prejuicios. Una de esas ideas que la mente estaría aceptando en este el tiempo es el concepto simple de que Dios es Amor. Sin embargo, una noción simple como esta, *si realmente se cree,* traería consigo algunas preguntas muy difíciles. por

Por ejemplo, si Dios es amor, ¿puede ser también odio? Si Dios es realmente amor perfecto, entonces ¿Puede también tener defectos? Si Dios es un Creador, ¿podría entonces vengarse de lo que Él mismo había creado?

Una vez que se ve claramente que la respuesta a tales preguntas no es, por *supuesto,* un largo la puerta cerrada ha sido empujada para abrirla. En el estado de semidualismo, tu mente tiene comenzó a perder algo de su miedo oculto pero terrible a Dios. Ahora dios es menos amenazándote, como tú mismo ya nos has expresado. Un primitivo forma de perdón ha echado raíces dentro de ti. Sigues pensando en ti mismo como un cuerpo, y tanto Dios como el mundo todavía parecen estar fuera de ti, pero ahora siente que Dios no es la causa de tu situación. Quizás la única persona que

Siempre estuvo ahí cuando las cosas parecían irse al baño eras tú.

El Amor Perfecto solo puede ser responsable del bien. Entonces todo lo demás debe venir *de* otro lugar. Pero, como veremos en el próximo actitud de aprendizaje, no *es* en ningún otro lugar.

PURSAH: Así que ahora llegamos al tema del *no dualismo.* Mantén eso en mente ya sea que estemos hablando de una actitud de aprendizaje o de una visión espiritual, estamos siempre refiriéndose a un estado mental, una actitud *interior* y no algo que es visto con los ojos del cuerpo en el mundo. Empezaremos con una idea sencilla. Vos si

recuerda el viejo acertijo, que si un árbol cae en medio del bosque y hay no hay nadie para escucharlo, ¿todavía hace algún sonido?

Gary: Claro que sí. No puedes probarlo, así que la gente siempre termina discutiendo al respecto.

PURSAH: ¿Cuál dirías que es la respuesta? Prometo no discutir contigo.

Gary: Yo diría que el árbol siempre hace un sonido, ya sea que haya alguien allí.

para escucharlo o no.

PURSAH: Y estarías enormemente equivocado, incluso en el nivel de la forma. Qué lo que hace el árbol es enviar ondas sonoras. Ondas sonoras, como ondas de radio, y para eso importa, las ondas de energía, requieren un receptor para captarlas. Hay muchos ondas de radio que atraviesan esta habitación en este momento, pero no hay sonido porque no hay ningún receptor sintonizado en ellos. El oído humano o animal es un receptor. Si un árbol cae en medio del bosque y no hay nadie allí para escucharlo, entonces no *no* hacer un sonido. El sonido no es sonido *hasta* que lo escuchas, solo como una ola de la energía no parece ser materia *hasta* que la ves o la tocas.

Para abreviar la historia, debería ser evidente a partir de esto que se necesitan dos tango. Para que cualquier cosa interactúe, debes tener dualidad. De hecho, sin dualidad no hay nada con lo que interactuar . No puede haber nada en un espejo sin

una imagen que parece estar frente a ella, unida a un observador para verla. Sin dualidad no *es* ningún árbol en el bosque. Como algunos de sus científicos de la cuántica La física sabe, la dualidad es un mito. Y si la dualidad es un mito, entonces no solo existe no hay árbol, pero tampoco hay universo. Sin que lo percibas, el universo es no aquí, pero la lógica debería dictar que si el universo no está aquí, entonces tampoco están aquí. Para hacer la ilusión de la existencia, debes tomar unidad y aparentemente dividirla, que es precisamente lo que has hecho. Es todo un truco.

El concepto de unidad no es original. Sin embargo, la pregunta que pocos la gente pregunta es: ¿Con qué soy realmente uno ? Aunque la mayoría de los que lo hacen hacer esta pregunta diría que la respuesta es Dios, luego cometen el error de *asumiendo que* ellos y este universo fueron creados en su forma actual por lo Divino.

Eso no es cierto, y deja al buscador en una posición en la que incluso si domina mente, como ciertamente hizo Buda, *todavía* no alcanzará a Dios de manera permanente. Camino. Sí, él *va a* lograr la unidad con la mente que hizo que las olas de la dualidad.

Esta mente, en un no-lugar que trasciende todas tus dimensiones, está completamente fuera del sistema del tiempo, el espacio y la forma. Esta es la lógica y apropiada extensión de la no dualidad, pero todavía no es Dios. De hecho, es un callejón sin salida. O mejor sin embargo, un comienzo muerto. Esto explica por qué el budismo, que obviamente es el religión psicológicamente más sofisticada del mundo, no maneja el tema de Dios. Es porque Buda no manejó el asunto de Dios mientras aún estaba en el cuerpo al que llamas Buda. También es la razón por la que haremos distinciones entre no dualismo y no dualismo puro. Cuando Buda dijo: "Estoy despierto", quiso decir se dio cuenta de que no era en realidad un participante de la ilusión, sino el creador de toda la ilusión.

Aún así, se requiere otro paso, donde la mente que es la creadora de la La ilusión elige *completamente contra sí misma* en favor de Dios. Por supuesto que alguien de El tremendo logro de Buda fue instantáneo, pasando rápidamente al exactamente la misma conciencia que J. Pero esto fue hecho por Buda en toda su vida, el mundo ni siquiera sabe. No es raro que la gente alcance el nivel de J

iluminación en la oscuridad, y que el mundo piense que lo lograron de una manera más vida famosa cuando en realidad no lo hicieron. La mayoría de las personas que se acercan a la verdad los maestros espirituales no están interesados en ser líderes. Al mismo tiempo, hay personas que son muy visibles cuando, en lugar de ser verdaderos maestros de la espiritualidad metafísica, están simplemente exhibiendo los síntomas de un extrovertido personalidad.

Gary: Entonces, ¿cómo experimentó J su unidad con Dios?

ARTEN: Eso viene. Una de las razones por las que te contamos estas cosas es tan

podemos poner algunas de sus declaraciones en contexto para usted. Una de las cosas que tenia

darse cuenta no era solo de que el universo no existe, sino de que él no existía en cualquier nivel que no sea espíritu puro. Eso es algo que prácticamente nadie quiere aprender. Es aterrador para todas las personas en un nivel inconsciente porque significa la renuncia a cualquier individualidad o identidad personal, ahora y Siempre.

Gary: Una vez escuché al médico ayurvédico Deepak Chopra decirle a su estudiantes, "no estoy aquí". ¿Es ese el tipo de experiencia a la que te refieres?

ARTEN: El médico del que hablas es un hombre brillante y articulado, pero

no te sirve de mucho saber que no estás aquí si no tienes todo imagen. Claro, es un paso en la dirección correcta, pero el tipo de cosas que estoy hablando de ahora mismo no es solo que no estoy aquí, sino que ni siquiera *existo* en un de forma individual, no en *ningún* nivel. No hay alma separada o individual. No hay Atman, como lo llaman los hindúes, excepto como un mal pensamiento en la mente. Solo existe Dios.

GARY: Entonces no estás aquí; ni siquiera existes, y la mente se proyecta estas ondas de dualidad para que *parezcan* convertirse en partículas sólidas al interactuar entre ellos como en una película. Además, estás diciendo que pocas personas han he sido consciente de la verdadera razón por la que aparecen aquí.

ARTEN: No está mal. Como dijimos, *estamos* aquí para los propósitos del Espíritu Santo, pero la mayoría de la gente no tiene ni idea de qué son o cómo llegaron aquí. Lo que tu dicho es demasiado limitado. No es solo que no exista; *tu* no existes y tampoco el falso universo. Cuando hablamos de volver a la realidad y a Dios, no estamos solo soplar humo hipotético. No puedes tener tanto a ti *como a* Dios. No es posible. No puedes tener tanto tu universo como a Dios. Los dos son mutuamente exclusivo. Tendrás que elegir. No hay prisa, porque el tiempo *es* hipotético humo, y le transmitiremos algunas de las enseñanzas de J sobre cómo escapar de él. No es fácil, pero factible. El Espíritu Santo no te daría una salida que no fuera factible.

Tendrá miedo de perder su identidad a veces. Por eso fuimos fuera de nuestro camino antes para señalar que realmente no está renunciando a nada en

cambio por todo. Pero tomará tiempo y más experiencia para que ten fe en eso.

Gary: Entonces, el no dualismo es como la vieja enseñanza de que vives *como si* estuvieras en este mundo, pero tu actitud es la de los dos mundos aparentes, el mundo de la verdad y el mundo de la ilusión, solo la verdad es verdad y nada más es verdad.

ARTEN: Sí, un estudiante encantador. Incluso entonces, la gente comete el error de pensando que la ilusión fue hecha por la verdad. Entonces todavía cometen el error de intentando darle legitimidad a la ilusión en lugar de renunciar a ella. No se puede, espero romper el ciclo de nacimiento y muerte mientras mantengas esta confusión.

La mente inconsciente hace todo lo posible para evitar a Dios que tú ignorarlo, o incluso más probablemente intentarás convertir el no-dualismo en

dualismo. Un ejemplo extraordinario de esto es lo que le sucedió a uno de los grandes enseñanzas de la filosofía india llamadas Vedanta.

El Vedanta es un documento espiritual no dualista que enseña que la verdad de Brahman es todo lo que realmente hay, y *cualquier* otra *cosa* es ilusión: falso, nada, nada, punto. Shankara interpretó sabiamente el Vedanta como Advaita o no dualista. Lo suficientemente bueno, ¿verdad? Bueno, no por unos novecientos y noventa y nueve de cada mil personas. Hay varios otros importantes, más

interpretaciones populares y falsas del Vedanta que representan intentos de destruir su metafísica no dualista y convertirla en lo que no es, incluyendo El esfuerzo de Madva para tomar el no-dualismo incondicional y convertirlo en incondicional dualismo.

Aquí es donde vemos un asombroso paralelo entre lo que le sucedió El hinduismo y lo que sucedió con las enseñanzas de J. J enseñó el no dualismo puro, *interpretado por el mundo como dualismo*. El Vedanta era el no dualismo, interpretado por el mundo como dualismo. Hoy, tienes dos religiones enormes que están controladas por una mayoría reaccionaria, los cuales compiten por los corazones y mentes de un mundo que no existe: una religión es el símbolo de un imperio basado en el dinero, y la otra religión es el símbolo de un gobierno que posiblemente podría participar en una guerra nuclear junto con su vecino, igualmente vecino musulmán reaccionario.

Tales payasadas pueden ser lo suficientemente buenas para la mayor parte del planeta, pero no tienen ser lo suficientemente bueno para ti. La actitud del no dualismo te dice que lo que están viendo no es la verdad. Si no es la verdad, ¿cómo puedes juzgarla? A juzgarlo es darle realidad. Pero, ¿cómo se puede juzgar y dar realidad a lo que

no hay Y si no está allí, ¿por qué necesitarías adquirirlo o pelear una guerra?

sobre ella, o hacerla más santa o valiosa que cualquier otra cosa? ¿Cómo podría uno pedazo de tierra en la tierra sea más importante que otro? ¿Por qué importaría?

lo que sucede en una ilusión, a menos que le hayas dado a la ilusión un poder que hace no y no puede tener? ¿Cómo podría importar qué resultado se produce en un situación a menos que hayas convertido la situación en un ídolo falso? ¿Por qué el Tíbet más importante que en cualquier otro lugar?

Sé que no quieres escuchar esto todavía, pero no importa qué acciones acepte o no acepte el mundo, aunque su forma de ver y su actitud

que mantenga mientras participa en cualquier acción *sí* importa. Por supuesto, siempre y cuando parece existir dentro del mundo de la multiplicidad, tendrás algunos preocupaciones terrenales, y no tenemos la intención de ignorar sus necesidades terrenales. El Santo, El espíritu no es estúpido y, como dijimos, tu experiencia es que estás aquí. Hay un manera de ir por la vida haciendo muchas de las mismas cosas que harías de todos modos, pero ahora no los harás solo. Y así aprenderá que nunca está solo.

Por lo tanto, no estamos sugiriendo que no sea práctico y se cuide.

Es solo que tu verdadero jefe no será de este mundo. Ni siquiera tienes que decir cualquiera, no eres el jefe si no quieres. Si quieres tener el tuyo propio negocio y *parece* que eres el jefe, entonces está bien. Haz que funcione de la mejor manera que tú sentirse guiado hacia. Sea bueno consigo mismo. Es tu actitud mental que realmente preocupado, no por *lo* que parece hacer. Eventualmente, vendrás a ver cualquier cosa que hagas para ganarte la vida como una ilusión para *apoyarte* en la ilusión, sin realmente apoyar la ilusión.

Por lo que hemos dicho, debería tener la sensación de que con la actitud de no dualismo, estás adquiriendo la capacidad de cuestionar todos tus juicios y creencias. Ahora te das cuenta de que no existe realmente un sujeto y un objeto, sólo hay unidad. Aún desconoces que esto es una *imitación* de genuina unidad, porque pocos han aprendido a hacer la distinción entre ser uno con la mente que aparentemente se ha separado de Dios, y siendo uno con Dios. *La mente debe regresar a Él.* Sin embargo, el no dualismo tradicional es un paso necesario en el camino, ya que has aprendido que realmente no puedes separar uno cosa de cualquier otra cosa, ni puedes separar nada de ti.

Como se insinuó anteriormente, esta idea está bien expresada por los modelos de cuántica física. La física newtoniana sostenía que los objetos eran reales y estaban fuera de ti con un existencia separada. La física cuántica demuestra que esto no es cierto. los el universo no es lo que supones que es; todo lo que parece existir es realmente pensamiento inseparable. Ni siquiera puedes observar algo sin causar un cambio en él a nivel subatómico. Todo está en tu mente, incluido tu propio cuerpo. Como se enseñan correctamente los aspectos del budismo, la mente que está pensando todo es una mente, y esta mente está completamente fuera de la ilusión del tiempo y espacio. Lo que ninguna filosofía, excepto una, enseña es una verdad que rara vez será bien recibido por cualquiera: el hecho de que esta mente es en sí misma también una ilusión.

Debería ser evidente que si solo hay unidad, entonces cualquier otra cosa que parece existir debe haber sido inventado. Además, y este es un problema que ninguna enseñanza ha proporcionado satisfactoriamente la motivación hasta hace muy poco tiempo: debe haber sido inventado por lo que parecía ser una maldita buena razón. Así, en lugar de juzgar al mundo y todo lo que hay en él, tal vez sería más Es útil que pregunte qué valor vio en inventarlo en primer lugar. Eso También puede ser prudente preguntarse cuál sería una respuesta más apropiada a que *ahora.*

PURSAH: Lo que nos lleva a la actitud de J. La suya es la conciencia de la *pura no-dualismo* , el final del camino, la última parada.

Debe tener en cuenta que cada una de las cuatro principales actitudes de aprendizaje son caminos largos en sí mismos, y a veces rebotarás como un ping-pong Bola de Pong entre ellos. El Espíritu Santo lo corregirá en el camino y volver a ponerlo en la dirección correcta. No te sientas mal cuando pierdes temporalmente a

tu manera. No hay nadie que haya caminado sobre esta tierra, incluido J, que lo hizo no ceda a la tentación de alguna manera. El mito de vivir una vida perfecta en términos
de comportamiento es contraproducente e innecesario. Todo lo que se necesita es ser dispuesto a recibir corrección.

Un avión de pasajeros siempre se sale de su curso, pero a través de una corrección constante
llega a su destino. Así llegarás al tuyo.

Así como un navegador o una computadora corrigen constantemente el rumbo de un avión a reacción a lo largo de su ruta, el Espíritu Santo siempre lo está corrigiendo, no importa lo que pueda parece hacer o en qué nivel de conciencia espiritual puede parecer estar. Eso Puede ser posible ignorarlo, pero nunca es posible perderlo. El jet El avión de pasajeros *siempre se* sale de su curso, pero a través de una corrección constante llega a
su destino. Así llegarás a tu destino. Es un trato hecho; tú No podría arruinarlo si lo intentara. La verdadera pregunta es, ¿cuánto tiempo quieres
prolongar tu sufrimiento?
No es demasiado pronto para que empieces a pensar en la línea de pura no-dualismo. No siempre te quedarás con él, pero no está de más empezar. Tú serás empezando a pensar como J, escuchando al Espíritu Santo como él lo hacía. Pero eventualmente tendremos que dividir este puro no dualismo en dos niveles.
Gary: ¿Por qué?
PURSAH: Deja de dominar la conversación. Es porque *usted* tiene aparentemente dividido en diferentes niveles, y la Voz que representa al gran Guy
debe hablarte *como si* estuvieras aquí en este mun-

do. ¿De qué otra manera serías? capaz de escucharlo?

ARTEN: Empezaremos con el tipo general de no dualismo puro y salvaremos el

aplicaciones específicas y prácticas de la misma para más adelante. Perdón avanzado como practicó J que, a diferencia de la forma primitiva y atrasada del perdón, el mundo a veces prácticas — requiere más comprensión de la que tiene actualmente. Entonces continuemos.

Incluso una lectura superficial del Nuevo Testamento por una persona relativamente cuerda de

La inteligencia rudimentaria debería revelar que J no era crítico ni un reaccionario.

Gary: Eso no dice mucho de la Coalición Cristiana.

Pursah: No te preocupas por ellos, ¿verdad?

Gary: Me canso de escuchar a estos políticos de derecha implacables que se llaman a sí mismos cristianos, pero probablemente no conocerían a Jesús si viniera y les mordió el culo.

PURSAH: Sí, pero esa es una trampa sutil, y caíste de cabeza en ella. Eso puede ser exacto en el nivel de la forma para decir que la mayoría de los cristianos

cambiar el nombre de su religión a Juicio. Pero si juzgas su juicio, entonces estás haciendo lo mismo que ellos, lo que te pone en el mismo posición: encadenado a un cuerpo y un mundo que estás haciendo psicológicamente real por ti mismo al no perdonar.

Es obvio que la mayoría de la gente no podría perdonar completamente a los demás si su vida

dependiera de ello, y su *verdadera* vida *no* depende de él. En lugar de simplemente señalar que J era capaz de perdonar a las personas incluso cuando lo estaban matando, mientras la mayoría de los cristianos de hoy ni siquiera pueden perdonar a las personas que no han hecho nada ellos, sería mucho más beneficioso para usted preguntar cómo fue capaz de hacer eso.

Por cierto, descubrirá a medida que avancemos que organizaciones como la Republicanos y demócratas, la coalición cristiana y la sociedad civil estadounidense Liberties Union está allí por una razón completamente diferente a la que usted tiene actualmente. Creer.

GARY: Creo que deberías continuar entonces, pero ¿puedo hacerte una pregunta más?

sobre el no dualismo primero?

Pursah: Será mejor que sea bueno. Estás perdiendo mi reputación.

GARY: Recuerdo una vez a esta chica estudiante de física universitaria, quiero decir, mujer, me dijo que la materia aparece de la nada y que casi todo es espacio vacío. Son ¿Estás diciendo que es el pensamiento lo que hace aparecer este asunto?

PURSAH: Es cierto que la materia aparece de la nada. Lo que es menos obvio y, sin embargo, es necesario darse cuenta de que, después de que aparece, *todavía* no está *en* ninguna parte. Todo el espacio es vacío e inexistente, incluso la pequeña fracción que parece contener alguna cosa. Explicaremos qué es ese algo eventualmente. En cuanto a pensamientos haciendo las imágenes aparecen, de una forma más precisa de decirlo sería que *uno*

El pensamiento hizo aparecer todas las imágenes, porque todas representan lo mismo en formas aparentemente diferentes. Tales cuestiones están más cubiertas por las nuevas enseñanzas de J, que se expresan deliberadamente en un idioma que se puede comprender, pero que no es fácil digerido por la gente de tu tiempo. Por ahora, concentrémonos en un poco clarificación del pasado para prepararte para afrontar el presente.

GARY: Está bien, ya que estás aquí. Quiero decir, ya que

una vez colectivamente
parecía formar una imagen aquí.

ARTEN: Como dije, J no era crítico ni reaccionario, y nuestro breve, el esquema del no-dualismo debería haberle dado la idea de que él no sería dispuesto a comprometerse con esta lógica: si no hay nada fuera de su mente, entonces juzgarlo es otorgarle poder sobre ti, y no juzgarlo es retirar su poder

sobre ti. Esto ciertamente contribuye al fin de su sufrimiento. Pero nuestro hermano J no se detuvo allí.

El no dualismo puro reconoce la autoridad de Dios tan completamente que renuncia a todo apego psicológico a cualquier cosa que no sea Dios. Esta

La actitud también reconoce lo que algunas personas han llamado "me gusta de me gusta" principio, que dice que cualquier cosa que venga de Dios debe ser como Él. Puro el no dualismo tampoco está dispuesto a transigir en este principio. Más bien, dice

que todo lo que proviene de Dios debe ser *exactamente* como Él. Dios no pudo crea cualquier cosa que no sea perfecta o de lo contrario *Él* no sería perfecto. La lógica de eso es impecable. Si Dios es perfecto y eterno, entonces, por definición, todo lo que Él crea también tendría que ser perfecto y eterno.

Gary: Eso ciertamente lo reduce.

ARTEN: Dado que obviamente no hay nada en este mundo que sea perfecto y Eterno, J pudo ver el mundo por lo que era: nada. Pero el tambien sabia

que apareció por una razón, y que era un truco para mantener a la gente alejada del verdad de Dios y Su Reino.

GARY: ¿Por qué tiene que mantenernos alejados de la verdad?

ARTEN: Faltan un par de discusiones, pero debes entender

queJ hizo una distinción completa e intransigente entre Dios y todo todo lo demás, todo lo demás es totalmente insignificante excepto por la oportunidad de provisto para escuchar la interpretación del Espíritu Santo, en lugar de la del mundo. Cualquier cosa que involucre percepción y cambio sería, por su propia naturaleza, imperfecto: una idea que Platón expresó pero no desarrolló completamente en términos de Dios. J

aprendí a pasar por alto la percepción y a elegir con el perfecto Amor del espíritu en un base consistente. Las distinciones vitales entre el espíritu perfecto y el mundo de El cambio le permitió escuchar la Voz del Espíritu Santo cada vez más, lo que

a su vez permitió que se desarrollara un proceso en el que podía perdonar más y más. los La voz de la verdad se hizo más fuerte y más fuerte hasta que J llegó al punto en que podía Escuche solo esta Voz y vea todo lo demás. Finalmente, J se convirtió, o mejor, se volvió a convertir, en lo que esta Voz representa: su verdadero realidad como espíritu y unidad con el Reino de los Cielos.

La humildad es el camino, no una falsa humildad que dice que eres inadecuado,
sino una verdadera humildad que simplemente dice que Dios es tu única Fuente.

Recuerde, si cree que Dios tiene algo que ver con el universo de percepción y cambio, o si cree que la mente que hizo este mundo ha cualquier cosa que tenga que ver con Dios, sabotearás el proceso de dominar la habilidad escuchar solo la Voz del Espíritu Santo. ¿Por qué? Una razón tiene que ver con tu culpa inconsciente, que es algo con lo que eventualmente tendremos que lidiar.

Otro es que un requisito previo para obtener el poder y la paz del Reino es renunciar a su propio pseudopoder y a su *propio* reino bastante precario.

¿Cómo puedes renunciar a tus creaciones erróneas si crees que son la Voluntad de Dios? Y ¿Cómo puedes renunciar a tu debilidad si crees que es fuerza? Tienes que estar dispuesto a ceder la idea de la autoría a Dios si quiere poder compartir su poder real. La humildad es el camino, no una falsa

humildad que dice que eres inadecuado, pero una verdadera humildad que simplemente dice que Dios es tu única Fuente. Te darás cuenta de que a excepción de Su Amor no necesitas nada,

y al que no necesita nada se le puede confiar todo.

Entonces, cuando J hizo declaraciones como, "Por mí mismo no puedo hacer nada" y "Yo y el Padre es uno ", no estaba reclamando ningún tipo de especialidad para sí mismo. En De hecho, estaba *renunciando a* cualquier especialidad, individualidad o autoría y aceptando su verdadera fuerza: el poder de Dios.

En lo que se refiere a J, no *era* ninguna J, y, finalmente, no lo había. Su la realidad era ahora la del espíritu puro y fuera de la ilusión por completo. Esta La realidad también está completamente fuera de la mente que hizo del falso universo, un

Tenga en cuenta que la gente confunde con el hogar de su verdadera unidad. J sabía que el la creación errónea del universo no tenía nada que ver con la verdad. Su identidad estaba con Dios y nada más. La 'Paz de Dios que sobrepasa todo entendimiento' ya no era algo por lo que luchar. Era suyo por pedirlo o mejor aún, era suyo para recordarlo. Ya no tenía que buscar el Amor perfecto, porque con sus muchas decisiones sabias, había eliminado todas las barreras que habían dividido

él de la realidad de su perfección.

Su amor, como el de Dios, fue total, impersonal, no selectivo y abrazar. Trataba a todos por igual, desde el rabino hasta la prostituta. No era un

cuerpo. Ya no era un ser humano. Había pasado por el ojo del aguja. Había reclamado su lugar con Dios como espíritu puro. Esto es puro no dualismo: una actitud que, junto con el Espíritu Santo, te llevará a lo que son. Tú y J sois lo mismo. Todos lo somos. No *hay* nada más, pero necesitas más entrenamiento y práctica para experimentar esto.

GARY: Me han enseñado que soy un co-creador con Dios. ¿Es eso cierto?

ARTEN: No en este nivel. El único lugar donde realmente eres un co-creador con Dios está en el cielo, donde no serías consciente de ser diferente de Él o de alguna manera separada de Él. Entonces, ¿cómo *no* podrías ser un co-creador con Él? Pero hay una manera aquí en la tierra de practicar el sistema de pensamiento del Espíritu Santo como lo hizo J, que *refleja* las leyes del cielo, y *esa* es su

camino a casa.

Más adelante analizaremos los atributos del no dualismo puro y cómo practíquelo a medida que avanzamos, pero por ahora solo trate de recordar que si Dios es perfecto Amor, entonces Él no es otra *cosa,* y tú tampoco. Eres, de hecho, el Amor de Dios y tu vida real está con Él. Como J, llegarás a conocer y experimenta que Dios no está fuera de ti. Ya no te identificaras con un cuerpo vulnerable o cualquier otra cosa que pueda ser limitada, y un cuerpo *es* cualquier cosa que tenga fronteras o límites. Aprenderás en lugar de tu verdadera realidad como espíritu puro que es invulnerable para siempre.

GARY: Sabes, últimamente he escuchado a mucha gente

que ridiculiza las ideas espirituales.

como estas. Está ese tipo que solía ser un mago que ahora se llama a sí mismo un desacreditador y escéptico profesional. La gente como él siempre está señalando que los temas espirituales no son científicos; él parece pensar que siempre deberías ir con lo que le dicen los sentidos y la experiencia del cuerpo. ¿Cómo puedo manejar a personas como

¿ese?

ARTEN: Perdónalos. Te contamos cómo. Además, esas personas ni siquiera darse cuenta de que son dinosaurios. Ese hombre supuestamente respeta a los científicos, pero ¿No era Albert Einstein un científico?

GARY: Creo que era bastante famoso.

ARTEN: ¿Sabes lo que dijo sobre tu experiencia del mundo?

Gary: ¿Qué?

ARTEN: Dijo que la experiencia de un hombre es una ilusión óptica de su

conciencia.

Gary: ¿ Einstein dijo *eso?*

ARTEN: Sí. La gente como tu amigo desacreditador debería ser un poco más humilde y un poco menos arrogante sobre sus suposiciones. En realidad es un muy inteligente hombre, sin embargo, no lo usa de manera constructiva. Pero no estamos aquí para hablar de él. Su turno de tomar conciencia de la verdad llegará cuando se supone que debe hacerlo. Mientras tanto, no espere que él o el mundo se abran paso hasta su puerta. Mire a J el último día antes de la parte de la ilusión en la que fue crucificado. Hacer ¿De verdad crees que la mayoría de nuestra gente quería escuchar lo que tenía que decir? Y hacer ¿De verdad crees que los gentiles eran más inteligentes? ¡Venga! Aquellos estúpidos bastardos ni siquiera entenderían el sistema de números arábigos por otro 1.200 años. Estaban demasiado ocupados cortando y cortando personas y manteniendo el mundo seguro para la oscuridad.

Gary: ¿Estás diciendo que el cristianismo es una reliquia de la edad oscura?

ARTEN: Estoy diciendo que los europeos ya no estaban preparados para la verdad.

que el resto del mundo. El universo realmente no quiere despertar. los universo quiere dulces para que se sienta mejor, pero el caramelo está diseñado para atarte al universo.

PURSAH: A partir del breve bosquejo de la progresión espiritual que les acabamos de dar,

Ahora debería quedar claro lo que J quiso decir cuando dijo cosas como: "Entra por el estrecho

puerta, porque la puerta es ancha y el camino fácil que lleva a la destrucción, y aquellos los que entran por ella son muchos. Porque la puerta es estrecha y el camino duro que conduce a vida, y los que la encuentran son pocos ". No estaba tratando de asustar a los demonios personas amenazándolas con la destrucción si no caminaban por el camino recto y estrecho. Al contrario, les estaba diciendo que lo que están experimentando

aquí *no hay* vida, mientras les muestra el camino *a la* vida. Lo que estás experimentando aquí *es* destrucción, pero J conocía la salida.

Por eso dijo: "Tengan buen ánimo, porque he vencido al mundo". Si él no era un hombre que tenía lecciones que aprender como tú, entonces, ¿por qué tendría que vencer al mundo en primer lugar? Entendió innumerables cosas que nosotros no

sin embargo, todo estaba conectado a un sistema de pensamiento consistente, el sistema de pensamiento del Espíritu Santo. Por ejemplo, sabía que la antigua escritura contenía pasajes que no expresaba un amor perfecto y no selectivo, lo que significaba que no podían ser Espada de Dios.

GARY: ¿Cómo qué?

Pursah: El tipo de cosas que queremos decir debería ser obvio. Por ejemplo,

realmente creo, como dice en varios versículos de Levítico, Capítulo 20, que Dios dijo

Moisés que adúlteros, magos, médiums y homosexuales deberían ser puestos en

¿muerte?

GARY: Eso parece un poco extremo. Siempre me han gustado los médiums.

PURSAH: En serio.

Gary: En serio, no. No creo que Dios diría eso.

ARTEN: Entonces ahora tienes un problema fundamental.

GARY: Sí, las fundas son mentales.

ARTEN: El mundo *es* un problema mental, pero el problema que estamos abordando en esta vez es el intento de reconciliación de dos sistemas de pensamiento que no pueden ser reconciliado. Y no me refiero al Antiguo y Nuevo Testamento.

Las diferencias entre ellos tienen que ver con J, no con Dios. Sin embargo, los primeros cristianos fueron desesperados por construir un puente entre J y el pasado, y lo que realmente terminaron

con era simplemente una nueva *versión* del pasado. Lo que realmente estoy comparando aquí es

el sistema de pensamiento del mundo, que se puede encontrar en *cualquiera de los dos* el Antiguo Testamento o el Nuevo, y el sistema de pensamiento de J, que está ausente de ambos. Sí tu puedes echar un vistazo a cómo era J a partir de algunos de sus dichos supervivientes, pero eso es

sobre eso. No te digo que el judaísmo o el cristianismo

sean más o menos válidos que uno al otro. Ya dijimos que todas las religiones tienen ambos ejemplares gente y idiotas. Eso también es una ilusión, porque como sabía J, el cuerpo es un
espejismo.

Y *ahí* tienes la razón número uno por la que el pensamiento del mundo y el pensamiento de J son mutuamente excluyentes, porque la realidad de J no era la cuerpo, y el pensamiento del mundo se basa completamente en una identificación con

el cuerpo como tu realidad. Incluso aquellos de ustedes que miran más allá del cuerpo todavía

mantener la idea de una existencia individual, que en realidad es poco diferente a tener un cuerpo. De hecho, es con esta idea de separación, y todo lo que surge de ella, que te sentencia a continuar en el universo de los cuerpos.

¿Por qué cree que el maestro, a diferencia de las otras personas de su tiempo, trató a todos

hombres y mujeres por igual?

Gary: Dime tú. Supongo que hay más que el hecho de que no

tratando de meter a los bebés en el saco.

Pursah: Fue porque no veía a *los* hombres ni a las mujeres como cuerpos. Él hizo no reconocer las diferencias. Sabía que la realidad de cada persona era el espíritu, que no se puede limitar de ninguna manera. Por tanto, en realidad no podían ser hombres *o* mujeres. Hoy, sus feministas siempre están tratando de construir la grandeza de las mujeres. Ellos a veces se refieren a las mujeres como Diosas y a Dios como una Ella en lugar de un Él.

Eso es lindo, pero todo lo que realmente están haciendo es reemplazar un error por otro.

Cuando J usó la palabra 'Él' para describir a Dios, estaba hablando metafóricamente en el idioma de las Escrituras. Tuvo que usar la metáfora para comunicarse con gente, pero *haces* que todo sea real. Sabía que Dios no puede estar limitado por género, y tampoco las personas, porque en realidad no son personas. Como puedes

realmente ser una persona si no eres un cuerpo? Eso es mucho más importante para ti comprender de lo que sospecha actualmente, y le explicaremos por qué. Conocimiento la verdad, J trataba a todos los cuerpos de la misma manera, como si no existieran. El era entonces capaz de mirar completamente más allá de él a la verdadera luz de inmutable e inmortal espíritu que es la única realidad de todos nosotros.

De todos modos, como la mayoría de la gente hoy en día, en lugar de escuchar realmente entonces lo que J estaba enseñando, la mayoría de nosotros vimos y oímos lo que queríamos ver y escuchar, así que podría utilizarlo para validar nuestra propia experiencia, que fue la experiencia de ser un individuo en un cuerpo. Por lo tanto, tuvimos que convertirlo *en* una persona separada y *muy* cuerpo individual *especial* , que es como realmente nos veíamos a nosotros mismos, y cómo todavía

verse a sí mismo.

Aunque algunos de nosotros tendíamos a ser un poco más intelectuales, las creencias de la mayoría de los primeros seguidores eran bastante sencillos. Ya habíamos visto a J después la crucifixión, y como no comprendimos todo su mensaje, el

La opinión inexacta y mayoritaria entre las sectas era que él iba a regresar a nosotros de nuevo, como ya lo había hecho antes, y traer el Reino de Dios. Era esperaba que esto sucediera muy pronto, *no* en un futuro lejano ni en ningún lado

pero justo en el suelo. No estaba de acuerdo con ese escenario en particular porque, como J enseñado en mi Evangelio, el Reino de Dios es algo que está *presente* pero invisible para la gente. En cualquier caso, hubo cierta diversidad incluso al principio, pero la mayoría de los seguidores aceptaron la idea de un regreso. A medida que pasaban los años y las cosas se pusieron difíciles, sin embargo, los líderes de una nueva religión en desarrollo tenía que improvisar si querían mantener el interés de alguien.

Para que Dios cree lo imperfecto debe significar que Él era imperfecto
o que hizo deliberadamente a los que estaban para que pudieran arruinarlos,
castigado por Él, y sufrir aquí en el planeta psico.

Antes de que te dieras cuenta, tenías personas que se relacionaban con J como el cuerpo de todos los cuerpos.
Ellos ya creían que Dios había creado un mundo imperfecto con gente imperfecta.
como Adán y Eva que fueron capaces de cometer errores. Ellos completamente Pasó por alto la lógica de que para que Dios cree lo imperfecto debe significar que Él mismo era imperfecto o hizo deliberadamente a los que lo eran para que Podría arruinarlo, ser castigado por Él y sufrir aquí en el planeta psico. Entonces, de acuerdo con esta nueva religión en desarrollo, Dios toma, increíblemente, su gran Hijo unigénito especial, que aparentemente sería más Santo que el resto de escoria de la tierra, y lo envía como sacrificio de sangre a sufrir y morir en un cruz como una manera de expiar indirectamente los pecados de las personas.
Excepto que ahora hay *otro* gran problema, porque incluso según Las propias doctrinas del cristianismo, esto realmente *no* expía los pecados de nadie más. Si expió los pecados de la gente, entonces ese sería el

final. Problema resuelto. Pero ¡No! Ahora es necesario que todos *crean* ciegamente en todos los detalles. Convenientemente establecidos exclusivamente por la religión cristiana, o de lo contrario *todavía* arder en el infierno, incluso si por casualidad nacieron, presumiblemente por la voluntad de Dios, en un lugar, tiempo o cultura que ni siquiera está familiarizado con esta religión en particular.

Gary: Todo suena un poco extraño cuando lo pones de esa manera. El conjunto El sistema de pensamiento no es exactamente complementario a la naturaleza de Dios.

ARTEN: Eso es porque todo es un símbolo de una imagen terrible de Dios en lugar de un amoroso. No queremos ser irrespetuosos, pero tenemos que asegurarnos declaraciones controvertidas porque no hay exactamente una sobreoferta de personas en su sociedad que está dispuesta a señalar estas cosas. Se *es* cierto que en el tiempo J

fue la persona espiritual más avanzada que jamás haya aparecido en la tierra. Pero todos de lo contrario, incluyéndote a ti, eventualmente alcanzará el mismo nivel de logro que él. No hay ninguna excepción a esto. Por tanto, J no es en última instancia diferente de nadie más, y su actitud fue que *nadie* se quedará fuera del cielo, porque en realidad solo hay *uno* de nosotros, no todos estos cuerpos separados como ustedes están actualmente soñando.

Gary: ¿Estás diciendo que incluso los asesinos terminarán en el cielo?

ARTEN: Incluso San Pablo, o Saulo, que era su nombre antes de cambiarlo así podía ser un éxito entre los gentiles, era un asesino antes de entregar su espada. No entiendes lo que decimos. No *es* ninguna de San Pablo, en realidad no, o cualquier otra persona, incluido J, excepto en un sueño. *No hay nadie ahí fuera.* Ahi esta *un* solo Hijo de Dios, y tú eres Eso. Lo conseguirás, pero se necesitan años de práctica para realmente experimentarlo. Tienes que quererlo, pero sé que lo deseas.

Gary: Si todos estamos soñando, ¿por qué tenemos nuestras experiencias separadas, pero
también tenemos las mismas experiencias? Por ejemplo, todos vemos la misma montaña
por la ventana allí.

ARTEN: Eso es porque solo hay un sueño, lo que explica el común experiencias. La mente aparentemente se ha dividido para que cada unidad observe el Sueño desde un *punto de vista* diferente , *lo* que explica su propio experiencias.

Esperábamos que estas conversaciones divagaran, lo cual está perfectamente bien. Pero Tratemos de ceñirnos al tema y llegaremos a las otras cosas a medida que surjan.

Gary: De acuerdo. Estás diciendo que J veía a la gente igual que él y Dios, ilimitado y perfecto. Todas las demás características las ponemos en otras personas *o* en Dios son realmente nuestras propias creencias *inconscientes* acerca de nosotros mismos?

Pursah: Sabía que no eras tan tonto como pareces. Sabes que estoy bromeando ¿derecho?

GARY: Sí, claro, solo mi suerte. Tengo un maestro ascendido con un chip en ella hombro.

PURSAH: Sí, pero el chip es una ilusión para propósitos de enseñanza, y déjame
hacer otro punto.

GARY: ¿Tengo otra opción?

PURSAH: Sí, siempre. Volviendo al negocio, tienes que entender que como judíos, creíamos sinceramente que nuestra religión había hecho una especie de gigante dar un salto adelante con el monoteísmo, la idea de un solo Dios, en oposición al politeísmo
—La creencia en muchos dioses diferentes. La mayoría

de nosotros no conocíamos el monoteísmo

en realidad se originó con Akhnaton en el antiguo Egipto, y toda esta idea y nuestra La continuación de lo que realmente hizo fue tomar todas las diferentes personalidades y características, buenas y malas, de todos estos Dioses y *incorporarlos* en un solo Dios.

Gary: Así que ahora, en lugar de todos estos diferentes dioses jodidos, acabas de

un Dios jodido.

ARTEN: ¡Bien dicho! Por supuesto que realmente *hay* un solo Dios y no está jodido en absoluto, y tampoco el tipo J, que había perdonado al mundo, su mente había devuelto al Espíritu Santo donde pertenecía. Ahí es donde tu mente pertenece. Lo tomaste y tienes que devolverlo. Y tengo un mensaje para tú: Nunca serás realmente feliz hasta que lo hagas. No importa lo que te imagines haber logrado en cualquier vida, siempre habrá una parte de ti que se sienta como que falta algo, porque en sus ilusiones algo *está* faltando.

Gary: Dijiste que me dirías cómo era J. Eso me recuerda mucho la gente parece pensar que su primer nombre era Jesús y su apellido era Cristo.

PURSAH: Sí, y su inicial del segundo nombre era H. Afortunadamente, muchas otras personas

darse cuenta de que la palabra *Cristo* proviene del término psicológico griego que se puede aplicar

a cualquiera, y no solo a J exclusivamente. Te diré que solíamos sentirnos tontos tratando de describirlo a la gente después de la crucifixión y su posterior apariciones a nosotros. Pero espera, olvidé mencionar algo.

La paz y el amor inalterable de J eran tan totales que a veces la gente
no podía soportarlo y tuvieron que apartar la mirada.

GARY: ¿Cometiste un error? Debería darte vergüenza. Uno más y serás juzgado severamente.

PURSAH: Quería señalar que sospechaba, como algunos otros creían en el tiempo, esa resurrección es algo que sucede en tu mente y no tiene nada que ver hacer con tu cuerpo. Esa idea, que finalmente fue rechazada por Paul y el iglesia, fue llevada adelante por algunos de los gnósticos. Eventualmente aprendí que la idea era correcta. Esto trae algo a Arten y puedo decir que El cristianismo no puede. Las enseñanzas más nuevas de J de las que te hablaremos eventualmente se probará que es verdad, donde muchas de las cosas que dice la Biblia

ya han sido desacreditadas, y la ciencia seguirá demostrando que son falsas. Si algo realmente viene de Dios, ¿no tendría sentido que fuera eventualmente se demuestre que es verdadero en lugar de falso? Además, debido a una historia en los Evangelios, a veces se me ha llamado "Thomas dudoso". Al igual que con J, no debes confundir al Tomás bíblico con el verdadero e histórico Thomas. Una historia en una novela no necesariamente representa la verdad absoluta, aunque algunas personas lo deseen. Las experiencias que

puede ser provocado por las genuinas enseñanzas del Espíritu Santo hablar por sí mismos.

GARY: ¿Y la J histórica?
PURSAH: Nunca maldijo un árbol y lo mató, nunca se enojó y golpeó.

A través de los cuadros en el templo, pero *no* curar a algunas personas que ya estaban

muerto. Además, su cuerpo murió en la cruz, pero no sufrió como tú lo harías. Imagina. En cuanto a su forma de ser, las meras palabras no pueden hacerle justicia. Estar en su La presencia fue una experiencia tan única que te dio una sensación de asombro. Su paz y el amor inalterable eran tan totales que a veces la gente no podía soportarlo y tuvieron que apartar la mirada. Su actitud era tan tranquila y segura que te hizo quererse cómo lo hizo. Los que pasamos mucho tiempo con él y, como en mi caso, llegué a hablar en privado con él, fueron inspirados por su completa fe en Dios.

Una de las cosas irónicas, y esto es algo que la gente no comprende, era que se consideraba totalmente *dependiente* de Dios, sin embargo, esta

la dependencia no era debilidad, como el mundo suele ver la dependencia. Más bien, el resultado fue un estado de increíble fuerza psicológica. Cosas que harían asustar a la gente fuerte no significaba nada para él, porque *eran* nada para él. El miedo no formaba parte de él. Su actitud era la misma que si Tuviste un sueño anoche durmiendo en tu cama, excepto que estabas totalmente consciente del hecho de que estabas soñando. Y porque sabías que estabas soñando también sabías que absolutamente nada en el sueño podría lastimarte, porque nada de eso era cierto; se dio cuenta de que estaba simplemente observando simbólica imágenes, incluidas personas, que en realidad no estaban allí.

J solía decirme cuando estábamos solos que el mundo era solo un insignificante sueño, pero la mayoría de la gente no estaba dispuesta a aceptar tal idea porque su la experiencia contraria fue tan fuerte. Luego enfatizó que *conocer el mundo es una*

la ilusión no es suficiente. Los gnósticos y algunos cristianos primitivos llamaron al mundo un sueño; los hindúes lo llaman *maya* y los budistas lo llaman *anicca*, todo significado Más o menos lo mismo. Pero si no conoces el propósito del sueño y

cómo reinterpretar las imágenes que estás viendo, que es algo en lo que entraremos más tarde, la enseñanza general de que el mundo es una ilusión es de muy limitada valor. Sin embargo, también dijo que llegaría el momento en que el Espíritu Santo

enseñarle a la gente todas las cosas, que es algo a lo que esperamos contribuir compartiendo algunas de las enseñanzas más nuevas de J contigo, y que todos conocerían solo a Dios es real. A veces, al final de una conversación conmigo, simplemente decía: "Dios es "y aléjese.

Una de las otras cosas sobre él que rara vez se menciona es que tenía un excelente sentido del humor. Fue bastante irreverente. Le gustaba reír y traer la alegría en los demás.

GARY: ¿ Y estaba totalmente despierto?

ARTEN: Sí, pero seamos muy claros sobre lo que queremos decir con eso. No eran diciendo que estaba más despierto *en* el sueño, estamos diciendo que se había despertado *de* la sueño. Esa no es solo una distinción menor, Gary. De hecho, ser más aparentemente despierto en el sueo es lo que pasa por iluminacin entre muchos, pero eso no es lo que estamos enseñando. Puedes enseñarle a un perro a estar más alerta yimpresionante y vivir su supuesta vida al máximo, y casi cualquier humano puede se le enseñe a elevar su conciencia. Siempre se le puede enseñar a acercarse al soñar con un patrón de pensamiento inteligente en un intento de lograr algo más, diferente o mejor. Pero nuestro hermano J estaba *completamente* fuera del sueño.

No estaba defendiendo una forma de mejorar tu delirio, o decirte cómo esforzarse por la autoexpresión para no morir con un potencial insatisfecho. Tal Los ejercicios pueden hacerte sentir mejor temporalmente, pero aún estás construyendo tu casa sobre la arena.

J no se *opondría* a mejorar tu vida, pero estaría más preocupado por su Fuente de orientación de lo que él estaría por la orientación en sí mismo, porque conocía los tremendos beneficios a largo plazo de ser un verdadero seguidor del Espíritu Santo podría tener para su mente. El verdadero objetivo no es vestirse sube tu vida; se trata de despertar de lo que *crees que* es tu vida. *Entonces* eres edifica tu casa sobre la roca. El mensaje de J no se trata de arreglar el mundo. Cuando tu cuerpo parezca morir, ¿qué vas a hacer con lo que crees?

es el mundo? En lo que respecta al mundo, puedes disfrazarlo, pero no puedes llevarlo a cualquier parte.

Gary: ¿No se tratan algunas de estas ideas en algunos de los evangelios que

fueron rechazados por la iglesia?

Pursah: Decir que fueron rechazados es por decirlo suavemente. En muchos casos, los evangelios

fueron destruidos por la iglesia, para no ser leídos nunca más. La gente de hoy pasa por alto hecho de que cuando Constantino hizo del cristianismo la religión oficial de los romanos Imperio, significaba que por ley cualquier otra idea religiosa o espiritual estaba prohibida.

Entonces, si sus creencias no fueran parte de las doctrinas de rápido desarrollo del nuevo iglesia, entonces fuiste un hereje de la noche a la mañana, que era un crimen castigable con muerte. Fue como si su Congreso de repente aprobara una ley que decía que todos los religiosos creencias que no están exactamente en línea con las doctrinas de la Coalición Cristiana están prohibidos, y cualquier desacuerdo por su parte es un delito equivalente a asesinato.

Gary: De modo que el emperador Constantino no era más tolerante que aquellos

ante el que había perseguido a los cristianos.

PURSAH: Constantine fue un soldado, un político y un asesino. El no hizo mucho de cualquier cosa que no estuviera calculada para aumentar su propio poder. Se dio cuenta que el cristianismo *ya* se *estaba* convirtiendo en la religión más popular en la época romanaEmpire, y simplemente lo aprovechó al máximo para sí mismo. No puedes pensar que cualquiera que simplemente mata gente ha tenido algún tipo de experiencia religiosa seria.

GARY: ¿No creen algunas personas que las guerras santas están justificadas?

ARTEN: Guerra santa, otro oxímoron si alguna vez hubo uno.

GARY: Incluso Edgar Cayce dijo que las guerras a veces son necesarias.

ARTEN: Hay un mundo de diferencia entre lo Santo y lo necesario. Edgar fue un hombre fino y talentoso, pero sería el primero en decirte que no era J. J
se rió de la idea de espiritualizar la violencia, al igual que se rió del mundo.

Gary: De acuerdo. Volviendo a nuestro sobrevalorado amigo Constantine y
algunas de las acciones de la iglesia primitiva, estás diciendo muchos evangelios y alternativas
¿Se borraron las ideas sobre J?

PURSAH: Sí, y eso requiere una observación sobre lo que pasa por historia. usted puede pensar que le estamos dando un historial revisado, pero lo que no comprende es que es *toda* la historia revisada. Ya sea historia religiosa, historia natural o
historia política, la verdad es que no *sabes* cuál es tu historia. Historia, o Herstory, para tus amigas feministas, es una historia escrita por quien gane la guerra. Si las potencias del Eje habían ganado la Segunda Guerra Mundial, estarías leyendo hoy sobre lo grandioso Hitler, Mussolini y Tojo debieron ser hombres, y el Holocausto y la violación
de Nanking solo hablarían unos pocos rebeldes a quie-

nes no les importaba tomar sus vidas en sus manos. A-fortunadamente para ti, los aliados ganaron la guerra y eres libre de estudiar espiritualidad en lugar de fascismo. La gente no siempre fue
lo suficientemente afortunados para creer lo que quisieran.

Mi ministerio después de la crucifixión fue principalmente en Siria; estuve allí catorce años antes que Pablo, y también hice viajes prolongados a Egipto, Arabia, Persia y incluso la India. Mi testimonio de J fue bastante sencillo y se basó completamente sobre lo que le había oído decir, tanto en público como en privado. No dijimos historias embellecidas sobre él en aquellos días. Los primeros evangelios como el mío fueron llamados evangelios de dichos porque eran simplemente listados de enseñanzas que J había hablado que fueron escritos de memoria.

Las novelas que se convirtieron en Evangelios se escribieron más tarde, de unos veinte a sesenta años después de las cartas de Pablo, aunque sus cartas aparecen más tarde en el Biblia. Porque simplemente estaba citando al público y al privado J, mi las comunicaciones, incluido mi Evangelio, tenían un toque más intelectual.

Sin embargo, muchos de los dichos de mi Evangelio eran mucho más significativos para el Cultura de Oriente Medio de esa época que a la cultura occidental de hoy, así que solo Estaré explicando algunos de los que considero más relevantes para ti.

Siendo el estadounidense de provincias que eres, puede que te resulte difícil creyendo esto, pero en ese entonces la gente del mundo árabe era más avanzada en muchos sentidos que la gente de Europa o el Imperio Romano Occidental. Porque
de su herencia, cree que Europa fue el principio y el fin de la intelectualidad logro. Sin embargo, en el Medio

Oriente, la ciudad de Petra hizo que la mayor parte de Europa parece un barrio bajo. Las pirámides de Egipto no se parecían en nada a las de hoy. Ellos estaban completamente encerrados en piedra caliza hermosa, pulida suavemente que podría ser visto brillando a través del desierto desde más de cien millas de distancia. La biblioteca queen Alejandría, en Egipto, contenía más de *un millón de* documentos, queincluía la mayor parte de la inteligencia total y la historia conocida de la raza humana en ese momento. Hasta que, por supuesto, fue parcialmente arruinado por los romanos en su invasión y luego sujeto a una increíble negligencia, pillaje y algunos incendios después de eso.

No digo estas cosas para hacer real la ilusión, o para hacer lírica sobre sueños en la noche. Los señalo solo para mostrarte qué vista deformada de

historia que tienes. Pasas por alto la Edad Media y piensas que Europa y el religión que llegó a llamarse cristianismo eran de alguna manera superiores al resto de el mundo en ese momento. Sin embargo, fueron los europeos los peores bárbaros

de todos, y no importaba si era una tribu del norte, una tribu romana o una de las tribus cristianas posteriores, como lo demostraron claramente sus muchas acciones violentas. Desafortunadamente, su interpretación de nuestro hermano J no fue mejor que la mayoría de sus otros esfuerzos. Sí, Europa finalmente pasó por un período de mejora mientras que otras áreas entraron en declive o se quedaron atrás, pero el cristiano La religión se había desarrollado casi por completo *antes de* eso, y de hecho actuó como un fuerza *contra* el Renacimiento, así como se opone activamente a todo lo que no encaja los estrechos confines de su innoble teología.

Gary: No estás siendo muy generoso con el cristianismo. La mayoría de los cristianos

Sé que son buenas personas.

ARTEN: No estamos diciendo que no haya nada bueno en el cristianismo o que los cristianos no son a veces la sal de la tierra. Pero su religión es una bolsa mixta, porque el mundo que es una proyección de la mente que lo hizo es tal una bolsa mixta. Si la mente va a sanar, entonces necesita algo que sea *no* una bolsa mixta. En cualquier caso, no sea una bombilla tenue y asuma que sabe lo que

su historia es, porque sólo está consciente de una fracción muy pequeña y distorsionada de

eso.

Los seres humanos han construido y destruido muchas civilizaciones avanzadas en este
planeta. El mismo proceso se repite mientras hablamos.

Mira la historia natural. Existe evidencia científica sólida de que los seres humanos existen

en la tierra por mucho, mucho más tiempo de lo que la mayoría de sus científicos querrían hablar en público porque temen que pueda arruinar sus carreras. Si no encajan los modelos científicos aceptados, entonces su trabajo no puede obtener financiación, y sin dinero están prácticamente muertos en el agua. No espere estar mejor informado pronto por el gobierno y los gigantes intelectuales patrocinados por las corporaciones

tu tiempo, pero la verdad es que los tipos humanos han construido *y* destruido muchos civilizaciones altamente tecnológicamente avanzadas en este planeta. El patrón de La construcción y destrucción de civilizaciones se ha repetido muchas veces que no tengo ni idea de. A lo que te refieres como Atlantis es solo un ejemplo, y el el mismo patrón se repite mientras hablamos. La Gran Alma, Gandhi, advirtió que hay más en la vida que hacerla funcionar Más rápido. Pero el mundo ha aprendido muy poco, pensando que ha aprendido mucho. Mucho.

Gary: Algo que dijiste me recordó a un grupo de eruditos bíblicos que leí acerca, quien llegó a la conclusión de que J probablemente solo dijo alrededor del 20 por ciento de las cosas que el Nuevo Testamento lo cita diciendo.

PURSAH: Sí. En realidad, el porcentaje es incluso menor que eso, y algunos de los cosas que creen que dijo y no dijo se han equivocado. Sin embargo, no venir aquí para intentar hacer una contribución a la erudición bíblica que, a pesar de sus útiles contribuciones, es una ciencia defectuosa.

Gary: ¿Cómo es defectuoso?

PURSAH: Uno de sus aspectos es que cuantas más veces aparece una cotización en diferentes fuentes, más credibilidad se le da. Sin embargo, los Evangelios de Marcos, Mateo y Lucas todos copiados de fuentes anteriores, y Mateo y Lucas también copiado de una fuente común, así como del Libro de Marcos que, incluso aunque fue escrito antes que los otros tres evangelios principales, aparece en segundo lugar en la Biblia, porque los muchachos querían comenzar el Nuevo Testamento con ese

negocio innecesario de árboles genealógicos en Matthew que trató de rastrear a J desde al rey David para cumplir una profecía, aunque un supuesto nacimiento virginal anularía todo el asunto de todos modos. Por cierto, la antigua escritura original acaba de dijo que "una mujer joven le dará a luz", es decir, el Mesías. Eso nunca dijo que una virgen dará a luz. Eso fue cocinado más tarde, basado en historias similares de otras religiones antiguas.

Gary: A la gente le encantan las profecías.

ARTEN: Seguro que sí. Prácticamente toda la religión cristiana fue tomado de historias y escrituras anteriores que incluyen, entre otros, algunos de

los viejos Rollos de cobre del Mar Muerto que no sobrevivieron. Por cierto, no éramos muy

complementario a los esenios antes, pero tenían un gran talento para escribir y preservando las Escrituras, a las que estaban más dedicados que casi nadie.

Gary: No te estás volviendo blando con la gente ahora, ¿verdad?

ARTEN: La gente no es ni buena ni mala. Verás. El punto al que empezamos hacer acerca de las reglas de la erudición bíblica es la siguiente: si los escritores del Evangelio copiaron unos de otros, lo que no era inusual en ese momento, y los eruditos de hoy

dar credibilidad a historias y dichos basados en la cantidad de fuentes diferentes que se encuentran en, entonces sus hallazgos a veces serán erróneos, especialmente si el *la* fuente *original* para la copia era incorrecta en primer lugar *o* ese original

la fotocopiadora cambió la fuente y luego la perdió o destruyó.

Gary: Copiar algo no lo convierte en verdad, y el hecho de que

algo no se copió mucho no lo hace falso.

ARTEN: Sí. Un alumno excepcional. Ahora voy a dar *que* una profecía. Eres voy a escribir un libro sobre esto que le dirá a algunas personas lo que dijimos.

GARY: ¿Un libro? Me cuesta escribir un cheque.

ARTEN: Te dará la oportunidad de usar ese recuerdo tuyo, y esos

notas que estás tomando.

Gary: No creo que la gente me creyera si les dijera que ustedes me apareció así.

ARTEN: En realidad, algunas personas lo creerían y otras no. Pero que tal esto? Tengo una sugerencia que te ayudará a ponerte en marcha y a ser muy

pacífico. ¿Qué pasa si no *intentas* convencer a nadie de que crea en nada? comienzo escribirlo como si fuera solo una historia, como si lo hubieras inventado. Entonces dile a la gente que hecho *que* hacia arriba. Está *todo* inventado. Ese es el punto, mi hermano.

GARY: No lo sé. Probablemente ni siquiera podría obtener la puntuación

derecho.

ARTEN: ¿Cuál es la diferencia siempre que la gente pueda entender la mayor parte? No se preocupe por los detalles; solo escribe lo que te dijimos. Es el

mensaje que importa, no la entrega. Lo que arruines en puntuación, compensar con sustancia y consistencia. Además, puede que se sorprenda.

Pídale al Espíritu Santo que le ayude y le irá bien.

Gary: ¿No contradice esto lo que me dijiste antes, sobre cómo no tengo que decirle a alguien algo si no quiero, y cómo no vas a decirle yo sobre el futuro y esas cosas?

PURSAH: No. No vamos a contarte mucho sobre el futuro, y tú *no* tienes que escribir nada si no quieres. Incluso si lo haces, no lo harás tiene que aparecer en público si no se siente cómodo con ello. No te gusta hablar frente a una multitud, ¿verdad?

Gary: Prefiero meterme pedazos de vidrio en el trasero.

PURSAH: No creo que sea necesario. El punto es que eres libre de hacer elija lo que elija, pero será prudente no hacerlo solo. Deja que J o el Santo

El espíritu toma sus decisiones por usted siempre que tenga tiempo para preguntar. Tenemos

una ventaja en hablar de esto porque todo lo que va a suceder tiene ya pasó. No es como si te estuviéramos dando una tarea especial; eran simplemente contarte lo que ya ha ocurrido. Entraremos en eso eventualmente.

GARY: Me siento un poco incómodo por no decirle a

Karen sobre esto. Ella sería ¿Podría verlos a ustedes dos si ella estuviera aquí?

PURSAH: Claro. Los cuerpos que proyectamos son tan densos como los suyos, aunque nuestro los cerebros no lo son. Es una broma. Pero cualquiera podría vernos igual que ellos puedo verte. Puede que le estés haciendo un favor a Karen al no hablarle de nosotros durante un tiempo.

mientras, sin embargo.

Gary: ¿Cómo es eso?

Pursah: Si le hablas de nosotros ahora y ella te cree, lo cual haría, entonces alteraría su vida e induciría una serie de eventos que no necesita. Eso sería mejor que le dijeras más tarde cuando nuestras apariciones terminen. Eres el solo uno que queremos involucrar en este momento.

GARY: ¿Puedo sacarte fotos y grabar tus voces?

ARTEN: Podría, pero le daré tres razones para no hacerlo. Primero, estarías tentado a demostrarle a la gente que nos aparecimos a ti. Sin embargo, cualquier actor podría haber nos interpretó a nosotros oa nuestras voces, por lo que realmente no probaría nada. Segundo, esto no es sobre convencer a alguien de que tienes razón; se trata de compartir ideas para ayudarlos a lo largo del camino. En tercer lugar, utilizar nuestras apariencias como un medio para inducir la creer en nosotros no estaría de acuerdo con lo que enseñamos. Queremos enseñar en una manera que inducirá el tipo de aplicación práctica que conduce a revelaciones

experiencia. Eso es lo que fortalece la fe de una manera genuina.

Gary: ¿Qué pasa si la gente rechaza lo que tienes que decir o simplemente lo usa para mientras, pero luego se rinde y pasa a otra cosa?

ARTEN: Esas son respuestas probables, pero *algunas* personas se apegarán a ellas y has tu mejor esfuerso. Como dijimos, no te preocupes por los detalles. No hay aprendizaje alguna vez desperdiciado. *Todo lo* que aprenda se quedará en su mente para siempre. No puedes perder eso; incluso si no eres consciente de ello, sigue ahí. Es por eso que no deberías ser demasiado preocupado si cree que no puede llegar al cielo en este particular toda la vida. El aprendizaje no es lineal. No solo todo se queda en la mente, sino que puede estar seguro de que cualquier decisión aparentemente lineal sobre la reencarnación *no* es hecho por el cuerpo humano o el cerebro. Esa decisión la toma su mente en un nivel completamente diferente, dependiendo de si has hecho o no tu parte necesaria para ayudar al Espíritu Santo a sanar su culpa inconsciente. Como nosotros dicho, no importa lo que parezca suceder, su mente retiene toda la información.

GARY: Genial. Así que ninguno de nosotros es tan tonto como parece.

ARTEN: Eso es cierto. Toda ignorancia es en realidad represión que existe para producir un efecto particular por una razón específica, en la que veremos.

Gary: Eh. Sabes que es algo gracioso, pero muchas de las cosas que dices suenan

cierto para mí, aunque no he escuchado algunos de ellos antes.

ARTEN: Eso es porque durante muchas de sus vidas pasadas no ha sido un ajeno a la instrucción teosófica. Durante los últimos años, ha visto varias imágenes de cómo te has visto en vidas pasadas. Ver imágenes místicas es un regalo tuyo. Parte de la razón por la que has tenido tantas experiencias espirituales en esta vida, y por qué también aceptará muchas de estas ideas como un pato toma

agua — se debe a que toda su vida combinada de aprendizaje está todavía dentro de usted.

Incluso en el nivel de la forma, los árabes y los judíos, como los serbios y los musulmanes, son
básicamente lo mismo, lo que le muestra lo lejos que llegará la gente
diferente.

GARY: ¿Puedes darme un recorrido corto?

ARTEN: Muy breve. Recuerde, nada de esto lo hace único o especial.

Casi todos terminan estudiando las mismas cosas eventualmente. Alguna vez tu tuvieron la suerte de ser un entusiasta del gran pensador de la *Cabalá,* Moisés Cordovero. Su famosa fórmula, "Dios es toda la realidad, pero no toda la realidad es

Dios ", afirmó un punto muy importante y también hizo una distinción vital entre Misticismo cabalístico y panteísmo. En otra parada en la rueda del tiempo, era musulmán sufí.

GARY: Eso es gracioso. Judíos y árabes se han odiado a menudo entre sí, pero en varias vidas *son* unos a otros.

ARTEN: Buen punto. Incluso en el nivel de la forma, los árabes y los judíos, como los serbios y musulmanes: son básicamente lo mismo, lo que le muestra hasta dónde llegará la gente ser diferente. Eso es cierto para la mayoría de la gente; es solo que algunos ejemplos parecen ser más extremo. Hoy en día es común que judíos, negros y nativos americanos sentirse víctimas del pasado, pero muchos de ellos se sorprenderían al saber que han perpetrado victimización en sus vidas anteriores. Por la misma razón, hay muchas víctimas de abuso infantil que se convierten en abusadores en el mismo toda la vida. Así, la danza de la dualidad víctima-victimización continúa, permitiendo todos en un momento u otro para usar las túnicas manchadas de sangre de los justos juicio.

Como musulmán sufí, cultivaste en tu interior el pensamiento de la unidad, o monismo, y progresé en experimentar cada cosa aparentemente separada como un velo ilusorio sobre la verdad eterna. Reconociste la realidad de Dios y la sin importancia de la materia, y uno de los versos del Corán que era el más querido para ti fue, "Todas las cosas en la creación sufren extinción y queda el rostro de tu Señor en su majestad y generosidad".

También te diste cuenta de que una parte esencial de cada ilusión sería el cambio, o como aprendiste a llamarlo en una vida budista, la *impermanencia*, que era irreal — en oposición al objetivo de la luz clara. Todo este aprendizaje fue complementado muy bien por algo que estudiaste en otra vida

—Las enseñanzas de Platón, quien habló y escribió sobre una idea perfecta detrás de todos las cosas imperfectas de este mundo. Lo llamó "el Bueno" y lo describió como un "… Realidad eterna, el reino no afectado por las vicisitudes del cambio y decaer..."

Seis siglos después, otro de tus maestros, el neoplatónico conocido como Plotino, tomaría prestada y ampliaría la postulación de Platón de que "el Bien es Uno", e intentaría definirlo como la Fuente última de todo en el mundo. Sin embargo, como casi todos los otros grandes filósofos de la historia con excepción de J, ni Platón ni ninguno de sus sucesores entendieron dónde mundo realmente se originó, o más importante, por qué.

Gary: De modo que Plotino, el alumno popular de Platón, fue posiblemente un plagiario de Platonist postulaciones?

Arten: Un arrebato más como ese y serás castigado. Tu sabes cuando estamos bromeando ahora, ¿verdad? De todos modos, a Platón le hubiera gustado Plotino, y nosotros, Quiero enfatizar que todos estos son caminos para toda la vida. Nuestras simplificaciones excesivas son sólo *tenía la* intención de señalarte que pasaste toda tu vida con ellos.

La idea de una realidad inmutable no es insignificante. Para ver por qué, vamos. Mire la noción de yin y yang, que exploró durante varios estudios taoístas y Encarnaciones budistas en el Lejano Oriente.

Gary: Chico, me muevo, ¿no?

ARTEN: Todos lo hacen eventualmente, pero realmente sucedió de una vez. Como

Einstein señaló que el pasado, el presente y el futuro ocurren simultáneamente.

Gary: Ese Einstein era un tipo muy inteligente.

ARTEN: Sí, pero aún tenía que aprender que en realidad nunca sucedió. Usted ver. Por cierto, cuando salgamos de aquí esta noche, se sentirá como si hubiéramos estado aquí durante un par de horas, pero solo habrán pasado veinte minutos en tu

reloj.

NOTA : En este punto miré mi reloj y vi que aunque Pursah y Arten había estado hablando conmigo durante lo que pareció más de una hora, sólo habían pasado once minutos.

GARY: ¡Debes estar bromeando! El segundero de mi reloj sigue funcionando

normal, pero hay una mierda bastante inusual aquí.

ARTEN: No se preocupe. Sabíamos que esta sería la más larga de nuestras discusiones, así que decidimos jugar un poco con el tiempo en lugar de mantenerte despierto hasta tarde. Sabemos

necesita una buena noche de sueño porque tiene trabajo que hacer por la mañana.

El tiempo se puede alterar porque aunque tu *experiencia* sea la de ser lineal, en realidad eres un ser no lineal. No solemos jugar juegos, pero también vamos a divertirnos un poco contigo en otra ocasión cuando juguemos con espacio. No el espacio exterior, solo el espacio. No eres un ser espacial, sino un no espacial uno. O, como diría un físico, estás *viviendo* una *experiencia* local, pero en realidad no eres local.

Dijimos que íbamos a hablar sobre el yin y el yang, y aquí encontramos el mismo tipo de situación que existe con todas las otras filosofías famosas y espiritualidades de este mundo.

La idea original detrás del yin, que es energía pasiva o chi, y el yang, que es energía activa, es que provienen del Tao, que es absoluta quietud. Pero como el Tao no puede percibirse a sí mismo, decide dividirse en dos y manifestarse eternamente, dando lugar a un siempre cambiante y aparentemente infinito interacción de fuerzas de equilibrio. Esa es una descripción muy aproximada, por cierto. estoyno voy a entrar en el desarrollo del taoísmo, que fue un período extremadamente largo proceso. Pero, ¿te suena familiar la idea general?

Gary: Sí. De modo que las ideas de la Nueva Era son en realidad muy antiguas, e incluso Platón debía algo a los profesores que vinieron antes que él.

ARTEN: Todos lo hacemos. La idea de "el Único" no era completamente original, pero Platón era todavía un gran filósofo. Incluso J, aunque era mucho más avanzado, admiraba la historia de Platón de La cueva.

GARY: ¡ Lo recuerdo! Mi madre solía leerme cuando yo era pequeño niño. Recuerdo que pensé que daba miedo.

ARTEN: ¿Por qué crees que tu madre haría eso, sabiendo que tú ¿No lo entendiste muy bien?

Gary: Porque quería abrir un poco mi mente y dejarme saber. Había más ideas diversas disponibles para mí

que la sociedad de basura habitual
me acostaría.

ARTEN: Por supuesto. Fue una madre exquisita y hablaremos un poco deesa historia en un tiempo. Como decíamos, la idea detrás del yin y el yang no es muy diferente de muchas otras filosofías. Desafortunadamente, también contiene el mismo error básico que los demás. El yin y el yang interactúan para siempre, y encuentras algunos yin en todo el yang y algo de yang en todo el yin, y mientras tanto lo que el mundo ridículamente se refiere a cómo la vida continúa hasta la saciedad.

Pero la filosofía nunca se molesta realmente en considerar la falta de sabiduría en todos de esto, excepto para *asumir* que la conciencia, el chi y la percepción son todos muy productos valiosos. Cuando terminemos, tendrá una idea de lo que

realmente lo son, y también habrá recibido su primera descripción general de cómo voltea las tornas sobre ellos. Lo que quieres recordar ahora es que debido a su experiencias espirituales, hubo un sentido entre la mayoría de los creadores de estos

ideas de que el Uno era inmutable y eterno, y en ese punto estaban bastante preciso.

Otro punto que muchos tenían razón era que todo lo que *no* era el Uno era ilusorio. Incluso el juicio en su forma más básica, como etiquetar algo tan bueno o malo, sería diferenciar entre cosas que son en realidad lo mismo debido a su irrealidad. Por tanto, no es realmente válido juzgar cualquier cosa.

Gary: Entonces es el mismo tipo de no juicio que el *Bhagavad-Gita* describe como "cuando el sufrimiento y la alegría son iguales ..."

ARTEN: Sí. Hablado como un hindú inteligente, que también has sido. Como inteligente Hindú, no tenías ningún uso para la política, excepto en cómo podrías usarla para reconocer la ilusión. Pero reconocer la ilusión es solo una parte del proceso de

perdón como enseñó J, no todo. Ya viene el resto. Antes de que lo supieras,

serás uno con el J underground.

GARY: ¿Te importaría explicar eso?

ARTEN: Bueno, amaba a J. Era como una luz que lleva a los niños de regreso a su verdadero hogar en el cielo. Una vez que estaba con él y le dije algo que era perdonando, y él dijo que ahora era uno con el J underground. Pasó a decir que esto simplemente significaba que estaba empezando a pensar como él, a veces con él. Sólo entonces, dijo, podría entrar más en mi mente y estar incluso más cerca de mí, porque estaba empezando a ver como él, pensando con el mismo actitud, que es lo que realmente es la vista espiritual. Como ya dijimos, tiene nada que ver con los ojos del cuerpo, aunque puede experimentar *símbolos* de este actitud interior, que ocasionalmente se puede ver con los ojos del cuerpo. Nos deja enfatizar algo: las personas no deberían sentirse mal o menospreciadas si no ven ninguna tales símbolos. Son *no* es necesario. Algunas personas tienen un regalo para ellos como usted, pero los dones de algunas personas están en otras áreas. El efecto aparente es superfluo; es la causa que nos interesa.

Por supuesto, J se identificó tan completamente con el Espíritu Santo que estaba refiriéndose a mí pensando con él como el Espíritu Santo, no como el cuerpo. Si la gente no se sienten muy cómodos con J, siempre pueden pensar en el Espíritu Santo.

Como crees que eres un cuerpo o un alma específicos, sería útil para tener a alguien en quien *usted* piensa que es específico en lugar de abstracto para

ayudarte y guiarte más allá de todos los símbolos.

Gary: Krishna o Gautama Buddha o Zoroastro o cualquiera de los demás de la pandilla es suficiente?

ARTEN: Sí, lo harían. Pero entonces no estarías estudiando J. ¿Crees que es de todos modos, pero para el ojo entrenado hay distinciones importantes que hacen que la diferencia en el mundo. No es nuestra intención dejar nada más.

Todos acabarán con el mismo objetivo eventualmente, y de hecho ya lo han hecho.

Ese es un tramo para el que no estás preparado. Solo recuerda que si eliges trabajar con J, entonces puede estar seguro de que él lo ayudará. Un dicho o dos de El evangelio de Pursah lo ilustrará.

GARY: He estado esperando pacientemente.

ARTEN: Lo sé, y estamos a punto de llegar. Para completar nuestro breve recorrido, ha tenido muchas vidas buenas y muchas otras que aparentemente fueron en vano. A veces sueñas con ellos, sueños malos y buenos. Déjame preguntarte

alguna cosa. ¿Sigues teniendo el sueño de ser un indio americano en el ciudad donde confluyen los grandes ríos?

GARY: ¿Cómo supiste eso? Oh, lo olvidé, lo sabes todo.

PURSAH: Sí, pero te recordamos que solo podemos trabajar contigo usando palabras y símbolos que entiendes. Has experimentado miles de vidas

incluyendo muchos cristianos de diversas formas y muchos otros que involucraron religiones que la mayoría de la gente ni siquiera conocería. Por ejemplo, como aborigen, tu experiencia fue que el mundo espiritual, o Ika, como lo llamaste en ese momento, era tan real para ti, o más real, que tu supuesta vida de vigilia.

Sin embargo, de todas sus vidas hasta ahora, sería difícil elegir una más gratificante uno que cuando eras amigo y estudiante del maravilloso norteamericano Maestro espiritual indio conocido como el Gran Sol.

Hace mil años, había una ciudad tan grande como Boston o Filadelfia.

de principios del siglo XIX. Este lugar de reunión estaba alrededor de lo que ahora es St. Louis,

pero entre sus habitantes no había gente blanca. Tenía casas, no tipis. Tipis fueron utilizados principalmente por las tribus de las llanuras que viajaban con las estaciones. Usted era un indio que vivía en esta ciudad, y conocía a quien decía la gente había bajado del sol para mediar entre el cielo y la tierra.

Lo llamaron el Gran Sol. Rechazó el sacrificio humano, enseñó la mayor parte de los Diez Mandamientos y algo de la sabiduría de J, quinientos años antes cualquier hombre blanco trajo una Biblia a Estados Unidos. Era como un rey o un papa, y vivía en la cima de un increíble montículo hecho por el hombre en una estructura que el la gente había construido para él como un signo de amor y respeto.

Aunque no había un idioma indio escrito en ese momento, la pronunciación de la ciudad se escribiría ahora como *Cahokia,* y el Gran Sol era conocido y respetado en todo el corazón del continente. Los ríos conectaban la ciudad a las diferentes partes del país, y te ganabas la vida siendo comerciante de pieles. Siempre te propusiste compartir algunas de las enseñanzas de tu amigo con las tribus con las que estabas haciendo negocios. Y siempre estabas feliz de conseguir casa y aprenda más de este hombre, que era un Ser espiritual iluminado.

GARY: Tengo algunas imágenes de eso en mi mente. Dime, ¿este tipo en el libro?

de Mormón?

PURSAH: No. José Smith no estaba al tanto de él, ni la mayoría de los blancos la gente sea. La historia de los indios americanos fue una tradición oral. Smith estaba haciendo algo más. Escribió lo que se suponía que

debía hacer con estas placas de metal.
estaba traduciendo. En cualquier caso, el Gran Sol era muy similar a J, solo que un mil años después.

Crees que el universo está evolucionando ... pero en realidad solo gira sus ruedas,
repitiendo el mismo patrón una y otra vez en diferentes formas.

No te vamos a contar una larga historia sobre esa vida o tu maestro.
Es esta vida lo que nos preocupa. Te estamos dando algunos antecedentes para ayudarlo a prepararse para la forma más nueva y avanzada de enseñanza de J, y es por eso que queremos advertirle de un pequeño error cometido por el Gran Sol. Todos cometemos errores, incluso los seres iluminados. La tierra es no un lugar de perfección. De hecho, está diseñado para ser un lugar donde los verdaderos la perfección es imposible. Crees que el universo está *evolucionando* hacia la perfección. Ese la idea es falsa. El universo está configurado para que *parezca* que está haciendo eso, pero en realidad es solo girando sus ruedas, repitiendo los mismos patrones una y otra vez en diferentes
formas. Es un truco que te darás cuenta.
La diferencia entre tus errores y los errores de los iluminados los seres se basan en su capacidad para practicar el verdadero perdón. Se dan cuenta de que si el Los errores de los demás deben ser perdonados inmediatamente, luego también los de ellos. Ellos También sé que no importa lo que hagan, pero pocas personas están preparadas para
Acepta eso. La mayoría lleva consigo sus errores y su culpa durante eones, pero No hay necesidad de eso.
GARY: Entonces, ¿cómo la cagó?
Pursah: Realmente no lo hizo. Era solo una cuestión de

cómo pasaba su tiempo. Él hubiera servido mejor a la gente simplemente enseñándoles la verdad. Ya sea entonces o ahora, norte, sur, este u oeste, el mundo necesita ayuda. Esta lleno de gente que están atacando mentalmente a otros y ni siquiera saben que están atacando simplemente piensan que tienen razón, que son geniales o que son una especie de víctima. El gran sol se permitió distraerse de lo que era más útil. Ya lo hemos dichousted que los verdaderamente iluminados rara vez buscan roles de liderazgo. Dos mil Hace años, mucha de nuestra gente esperaba que J fuera un mesías real en lugar de sacerdotal. Pero estaba feliz de compartir la verdad con la gente y

dándoles su experiencia. El amor de Dios era su única preocupación.

El Gran Sol, sin embargo, se volvió muy parecido a un Papa. Terminó como la mayoría de los otros líderes espirituales convencionales, perdiendo su tiempo con la política y repartir tópicos espirituales en público en lugar de llevar a la gente a un

nivel completamente nuevo, que es lo que realmente necesitan. Deje la política al políticos. Dad al César lo que es del César. La gente necesita ser

educado, pero si *realmente* les dices la verdad, entonces estás obligado a renunciar a algunos popularidad. Tendrá que aceptar eso, pero aquellos que tengan oídos para oír, déjenlos oír.

Así que el Gran Sol se convirtió en un gran tomador de decisiones, y la gente pensó que era importante. Lo que fue *realmente* útil fue cuando habló con la gente uno a uno, o en grupos pequeños, y les dijo todo lo que sabía en lugar de reprimirse preocupación sobre cómo podrían tomarlo. Ya dijimos que no tienes que hacerlo dile a alguien cualquier cosa si no quieres. Si elige enseñar de vez en cuando, entonces es mejor decir la verdad y que algunas personas te abandonen que decir ellos sólo lo que quieren oír y que se queden.

El éxito en el mundo se trata de hacer que muchas cabezas se pongan de acuerdo, pero la verdad no hace que la gente se mueva; los sorprende, o al menos los pone ellos cuestionando muchas cosas. Eventualmente, el Gran Sol deseó haber hecho

más de eso y menos de los negocios públicos, que ocuparon cada vez más de su hora. Supo al final de su vida que estaba completamente perdonado; él acaba de tener ese pequeño arrepentimiento por no usar su don de manera más constructiva, un arrepentimiento que luego perdonó. Obviamente, estamos tocando el tema ahora para ayudar a *usted*. No intentes convertirse en una especie de pez gordo. Solo dile a la gente la verdad y deja que el Espíritu Santo cuidate del resto. La mayor parte de su tiempo debe dedicarlo a aprender de Él, no tratando de ser una estrella.

GARY: ¿Dijiste que progresé mucho en esa vida?

Pursah: Sí, pero ¿por qué crees que fue así? Gastaste solo pequeñas cantidades de tiempo enseñando, y la mayor parte de su tiempo escuchando a su amigo. Estabas tuvo la suerte de escucharlo en privado, donde fue más abierto y detallado.

En otras palabras, eras estudiante. Así que te damos este puntero adicional, que es uno que ya estás viviendo pero que siempre debes tener cuidado de recordar en el futuro. Los mayores avances no se logran siendo un gran maestro; ellos

se hacen siendo un gran estudiante.

Gary: ¿El Gran Sol realmente bajó a la tierra desde el sol?

PURSAH: Nunca te tomes la publicidad en serio.

ARTEN: En todo caso, tu amigo te dijo que nació igual que cualquier hombre. A veces la gente insiste en hacer un gran negocio con lo trivial y pagar

sin prestar atención a lo que es importante, como ir a

casa, que es para lo que estamos aquí
ayudarte con.

GARY: ¿ Y J fue concebido y nacido igual que cualquier hombre?

ARTEN: Esa pregunta solo podría ser de importancia para las personas que Creo que el cuerpo es importante y que el cuerpo de J es *muy* importante. Nuestro futuro las discusiones te ayudarán a darte cuenta de que la mente es donde las respuestas a tuslos problemas son —nunca en el mundo o en un cuerpo, *ningún* cuerpo— incluidos los de J.

Ésta es una parte importante de su mensaje. Sin entender esto, el resto es imposible de captar. Usted *va a* conseguirlo, y usted comenzará a darse cuenta de lo insignificante otros cuerpos son. Sólo entonces podrás empezar a experimentar cuán insignificante es tu propio es. ¿De qué otra manera puedes ser libre? No te soltarás hasta que te des cuenta de que tú mismo forjas las cadenas que te atan.

Gary: Mencionaste que Pablo rechaza la idea de que la resurrección sea del mente y no cuerpo. Pero una de las cosas históricas por las que más lo recuerdo está hablando con los otros líderes de las sectas judeo-cristianas para que permitan a la gente convertirse a su fe simplemente siendo bautizados en lugar de circuncidados.

ARTEN: Te dije que era un verdadero placer para la multitud. Pero no nos malinterpretes
no estamos diciendo que Paul no fuera uno de los hombres más brillantes e influyentes de historia. Evidentemente, algunos de sus escritos son asombrosos por su elocuencia. Su La experiencia espiritual de J en el camino a Damasco fue genuina. Es solo que en el análisis final, muchas de las cosas que estaba diciendo simplemente no son lo que J estaba hablando.

Verá, J enseñó *toda la* verdad, y todavía lo hace, mientras, como puede que haya recopilado de todo lo que hemos estado diciendo, otros antes y después de que él enseñó *partes* de la verdad. La gente tiende a tomar las partes que suenan igual y asume que cada uno está diciendo lo mismo de forma diferente. Pero J es único.

Gary: J estaría de acuerdo con *algunas* de las mismas ideas que Krishna, Lao-Tsé,

Buda, y Platón se expresaron antes que él, ¿pero no todos?

ARTEN: Sí, y también estaría de acuerdo con *algunas* de las mismas ideas que Paul, Valentinus y Plotinus expresaron después de él. De hecho, hay algunos verdades que J tiene en común con otros. Una vez que entiendas lo que está diciendo *en su totalidad* , luego habla por un sistema de pensamiento original que lo llevará mucho más rápido a Dios, y no es realmente el mismo que los demás.

PURSAH: Todo lo cual nos lleva a una posición en la que podemos comenzar a hablar.

sobre lo que J *estaba* diciendo. Como una pequeña parte de esto, te diré algo de mi Evangelio. Primero, cuénteme brevemente lo que sabe al respecto como una forma de aclarar su pensamientos propios.

Gary: Bueno, no sé mucho. Un tipo encontró accidentalmente una copia en Egipto después de la Segunda Guerra Mundial junto con un montón de otras cosas gnósticas, y el La iglesia dijo que los dichos fueron inventados por los herejes gnósticos. De lo que tengo escuchado, algunos eruditos bíblicos han llegado recientemente a tener una opinión mucho más alta de ella.

PURSAH: Sí. Realmente no lo has leído, ¿verdad? Excepto por esa vez que tu lo buscaste en una librería, cuando pasaste la mitad del tiempo mirando ese

hermosa mujer por el pasillo.

GARY: ¿Hay una nota de juicio en ese comentario?

PURSAH: No, pero no podías leer muy bien mi Evangelio

mientras estabas ocupado.

teniendo todos esos pensamientos superficiales sobre su cuerpo.

GARY: ¡Eso no es justo! También estaba teniendo pensamientos superficiales sobre su mente.

PURSAH: ¿Qué piensa acerca de lo que *has* leído?

Gary: No apestaba demasiado. ¿Te importaría darme una mejor educación? visión general, directamente de la boca del caballo?

PURSAH: Sí, pero ya te dije que no nos detendremos en eso.

usted puede hacer su propia tarea si quiere saber más de lo que le digo.

El descubrimiento de mi Evangelio en 1945 marcó la primera vez que una copia completa del mismo

había sido visto por cualquiera en más de mil años. El único otro sobreviviente algunas partes eran un par de fragmentos griegos que se habían descubierto antes.

Podrías escribir un libro sobre mi Evangelio, y algunas personas lo han hecho. He Ya te dije que hay dichos en esta copia, que se agregaron más tarde, que J nunca dicho. También hay que considerar la influencia de unos trescientos años. De la cultura y el idioma egipcios y la filosofía gnóstica en el Nag Hammadi versión para dar cuenta de algunos de sus dichos. Además, no incluye todo lo que J me contó en privado, en parte porque fui ejecutado por un grupo de gente en un momento en que menos lo esperaba. Les hablaba de paz. Un montón de la gente, incluido usted, quiere la paz. Pero déjame decirte algo, Gary. Los la gente del mundo nunca vivirá en paz hasta que la gente del mundo haya paz interior. Aunque no viví tanto, al menos llegué a ser uno de los J primeros ministros. La Biblia bastante desprecia a personas como Tadeo y yo, pero tuvimos el privilegio de compartir las enseñanzas de J directamente a nosotros.

Me cortaron la cabeza en la India. Cuando estás en un cuerpo, nunca
saber qué tipo de día va a ser.

Gary: Todo un honor. ¿Fuiste ordenado?

PURSAH: Yo fui preordenado.

GARY: ¿Te crucificaron?

Pursah: No. Me cortaron la cabeza en la India. Cuando estás en un cuerpo, solo nunca se sabe qué tipo de día va a ser. No fue una mala manera de hacer un transición, en realidad, sorprendentemente rápida. Que me recuerda algo que quería decir sobre el acto de la crucifixión. Era estrictamente un ritual romano. Nadie más lo practicó. Los escritores de los evangelios posteriores querían culpar al Sanedrín y los fariseos, a quienes odiaban, por la muerte de J al describir un juicio durante Pascua. Pero esos grupos no jugarían un papel en la violación de la ley judía, no a menos que quisieran incurrir en el odio de su propia gente al desobedecer a Dios.

Eran hombres inteligentes. No harían una jugada tonta como esa, y el El juicio descrito no había cumplido con las pautas de nuestra ley. Fue mas tarde que tuviste las disputas políticas específicas y tontas que llevaron a la narración errónea de eso parte de la historia en el Nuevo Testamento.

En el momento de la crucifixión, fueron los romanos quienes ejercieron todos los poder, y si había *una* cosa que nuestro pueblo pudiera encontrar un acuerdo sobre, fue en nuestro disgusto por los romanos. Con algunas excepciones, no había mucha gente en fila, burlándose de J. Fueron principalmente los romanos quienes se burlaron de él. La mayoría de los judíos en el camino simplemente lo vieron como otra víctima del Imperio Gentil.

La próxima vez que piense en las personas que supuestamente mataron a su Señor, dale un respiro al pueblo judío. Fuimos los objetos de la crucifixión, no el autores de la misma. Judas no sabía que J iba a terminar en la cruz. Él simplemente cometió un error. Luego se sintió extremadamente culpable por ello. Es por eso que el se colgó a sí mismo. Perdónale. J lo hizo, tú también puedes. Mientras lo hace, también puede perdonar a los romanos, que *sí* mataron el cuerpo del que luego llamarían su Señor. J podía perdonarlos incluso mientras lo estaban haciendo, porque sabía que lo que *realmente* era nunca *podría* morir. ¿Por qué crees que la generación siguiente generación de quienes afirman seguirlo sienten la necesidad de asignar algún tipo de culpa por esta acción a personas que ni siquiera conocen?

GARY: Tengo la sensación de que me lo dirás. Pero tengo un problema con tu

explicación de las cosas. ¿No habló J de que Judas lo traicionó con un beso?

Pursah: No. Antes de la cena, Judas estaba borracho y quería dinero para comprar.

más vino y una prostituta. Un oficial romano que lo había visto antes con J lo vio de nuevo y le pidió información. Ves, Poncio Pilato estaba mirando

hacer un ejemplo de alguien como una forma de ejercer autoridad durante el Pascua. Pilato nunca se lavó las manos de todo, él quería que suceder. Judas le dijo al oficial dónde íbamos a estar J y nosotros esa noche en cambio por dinero. ¿Cuántas tragedias en su mundo son el resultado de

alguien que hace algo bajo la influencia del alcohol que haría normalmente nunca lo haces?

Gary: Entonces Judas estaba medio metido en la bolsa y buscaba, ah, alguna mujer compañía, y no se molestó en detenerse y pensar en lo que las consecuencias de sus acciones podrían ser?

PURSAH: Sí. Una circunstancia que creo que conoce. Excepto que yo diría

Judas estaba más como tres cuartas partes del camino en la bolsa.

Gary: Dijiste antes que J no sufrió en la cruz, lo cual me parece un poco

difícil de creer. ¿Me vas a decir cómo fue capaz de perdonar a todos y ¿No siente ningún dolor durante la crucifixión al mismo tiempo?

PURSAH: Por supuesto , pero no durante esta visita. Para cuando te dejamos nuestra visita final, le habremos dado una imagen completa y le habremos iniciado a tu manera. El resto dependerá de usted, pero no vamos a retener nada.

No les vamos a dar esa excusa "es un misterio" de que sus iglesias están tan parcial a. El sistema de pensamiento del Espíritu Santo no te deja con un

montón de preguntas sin respuesta. Puede haber un par de respuestas que no conoces *como* , pero te dijimos al principio que no siempre íbamos a decirte qué que querías escuchar.

Ahora voy a ser muy honesto contigo sobre cuál es mi Evangelio y también sobre lo que no es. *El Evangelio de Tomás* no es el Santo Grial de la espiritualidad. Eso no te traerá la salvación y no entrenará tu mente para pensar líneas necesarias para que usted alcance su salvación. Se *hace* , sin embargo, realizar tres servicios muy importantes para la humanidad.

En primer lugar, a pesar de lo que usted y algunos otros puedan pensar, mi Evangelio *no* es un

Documento gnóstico. Para aquellos que quieran verlo, algunas partes contienen las escrituras

de la forma más antigua de cristianismo, antes incluso de que existiera religión separada llamada cristianismo. Estuvimos entre los primeros judíos

Sectas cristianas. Por supuesto, había diversidad entre las diversas sectas, pero nosotros

no estábamos solos en nuestras impresiones de J. ¿Por qué crees que la iglesia estaba tan

¿Desesperado más tarde por etiquetar mi Evangelio como gnóstico y herético? Fue porque

no *querían que* los miembros de la iglesia vieran lo que los primeros cristianos eran realmente como. De hecho, la iglesia haría cualquier cosa para ocultar el hecho de que algunos de sus enseñanzas son heréticas para el J histórico, no es que él no las perdonara.

Ya hay algunos eruditos bíblicos que se dan cuenta de que mi Evangelio no es derivado de los Evangelios del Nuevo Testamento, y que incluye algunos dichos que están redactados de una manera más original y realista que los dichos similares en

los últimos, los evangelios sinópticos. Estos eruditos tienen razón en ese punto, aunque algunos de los dichos que creen que son ciertos no lo son, y luego tardan en aprobar de algunos otros dichos verdaderos en mi Evangelio porque carecen de la confirmación de que sus reglas lo exigen.

Sin embargo, si J me enseñó algo en privado, o le dijo algo a un pequeño grupo de nosotros discípulos, ¿por qué lo encontrarían necesariamente en los libros de Marcos o ¿Lucas o Mateo? Los autores de esos libros no eran de nuestra generación.

Cuarenta a ochenta años después, simplemente copiaron de los Evangelios de dichos anteriores,

lo que les gustó y tiraron lo que no les gustó, y luego agregaron a la mezcla estos historias atractivas, rumores y especulaciones que encajan con su nueva religión dogma. Los primeros evangelios, incluido el mío, fueron escritos en arameo. Tu no

Encuentro un poco extraño que *ni una copia original*

completa de las propias palabras de J en su

¿Su propio idioma sobrevivió al surgimiento del cristianismo? ¿De verdad crees que fue un

¿accidente?

Increíblemente, incluso los evangelios posteriores cambiaron durante los siguientes siglos.

El final de Mark cambió por completo. Los cambios en teología nunca detenido. Pensaste que Arten estaba exagerando cuando dijo que el cristianismo todavía estaba siendo maquillado. No lo estaba. La gente no empezó a rezarle a él, Thaddaeus, como

San Judas, patrón de causas desesperadas o imposibles, hasta que el siglo dieciocho. Y en lo que respecta al aprendizaje a medida que avanza,

No hay nada malo en la revelación continua, pero el cristianismo ha tomado lo que es en realidad *arte* religioso, el Nuevo Testamento, y trató de elevar falsamente al nivel de la verdad literal y absoluta. No hay nada de malo en usar el arte como forma de expresar lo que es cierto para el artista, pero la mayoría de la gente no miraría "La Última Cena" de Leonardo Da Vinci y lo tomamos como un absoluto, literal registro e imagen histórica de nuestro último encuentro antes de la Pasión.

Gary: ¿Qué hay de ti? ¿ *Estás* diciendo que me *estás* diciendo la verdad absoluta?

PURSAH: Para cuando terminemos con nuestras reuniones, habremos pasado

junto con algunas enseñanzas que nos dio J que de hecho expresan la verdad absoluta, que se puede resumir en solo dos palabras, pero solo experimentado por una mente que ha sido preparada para ello. Ya dije esos dos palabras, pero no te diste cuenta. Hablan la verdad *absoluta* y total. Son

la corrección del universo. A medida que avancemos, no haremos ningún secreto sobre qué son y que representan una elección. Para que pueda

tomar esa decisión, tendrá que ser mucho más consciente de lo que es realmente elegir entre.

Gary: Supongo que eso es bastante justo por ahora. Puedes continuar.

PURSAH: Gracias. Ya dije que la copia sobreviviente de mi Evangelio fue cambiado a lo largo de los años, pero sigue siendo un ejemplo más realista de la

tipo de declaraciones que hizo nuestro líder. A que te referiré cariñosamente de ahora en adelante como *Tomás* es un Evangelio de refranes judeo-cristianos que es anterior a Gnosticismo. El gnosticismo fue una combinación de muchas filosofías anteriores mezcladas con algunas de las cosas que J dijo o que la gente pensó que dijo. Si, podrías

Ciertamente dicen que J tenía lo que podría describirse como tendencias gnósticas, pero

no eran todos nuevos. Algunos de estos rasgos se remontan a formas arcaicas de

misticismo.

Si desea ver algo de la teología gnóstica posterior, siempre puede leer el *Evangelio* Valentiniano *de la Verdad,* que es la mejor literatura gnóstica. usted

no entenderá parte de la terminología, pero obtendrá una idea general de lo que algunas de las sectas gnósticas creían. J incluso estaría de acuerdo con *algo* de eso, la mayoría Es importante que el mundo se parezca mucho a un sueño y que Dios no lo creó. Pero *El Evangelio de la Verdad* fue escrito más de ciento cincuenta años después del primer versión de mi Evangelio, que enumera algunas de las enseñanzas que en realidad fueron hablado por el histórico J. Digo *algunas* de las enseñanzas, y lo llamo la *primera* versión por las razones que les di antes, pero las implicaciones de todo esto no pueden ser Mas claro. El primer servicio que realiza mi Evangelio es que el mundo finalmente pueda ver *por sí mismo* que a medida que el cristianismo se convirtió en cristianismo, tuvo cada vez menos semejanza con el histórico J, nuestro maestro de sabiduría Mesías, y más y más

más parecido a la figura apocalíptica inventada del Evangelio posterior novelas.

El segundo servicio importante está en el tono general de las enseñanzas.

sí mismos. J era de Oriente Medio, no de Mississippi. Su enfoque fue mucho más consciente y oriental que el tipo de huida de la mente,

dualismo radical de Occidente. Estas influencias occidentales se introdujeron más tarde.

El tercer servicio está en el significado de algunos de los dichos mismos. He, ya dijimos que no entendimos completamente el mensaje de J en ese momento, pero *Thomas* sí dar una representación más auténtica del tipo de cosas que J diría que el

otros evangelios. Te daré una especie de versión estándar revisada propia para ayudarte

entiendes algo de esto aquí. Tenga en cuenta que los dichos de *Tomás* no están en cualquier pedido especial. Además, elegiré solo las citas que realmente escuché decir a J.

Para los propósitos de esta discusión, solo elegiré algunos de ellos. No olvide que tenemos otras cosas más importantes de las que hablar. Esto solo está destinado a ayudar a prepararte.

De los ciento catorce dichos de *Thomas* , J realmente dijo setenta de ellos, o al menos algo razonablemente parecido. Los otros cuarenta y cuatro son espuria, una palabra que a la iglesia le gustaba usar para describir todo el Evangelio. Siendo las contribuciones de los eruditos lo que son, la iglesia no hablar tan fuerte como solía hacerlo.

GARY: Lo siento, pero tengo una pregunta más que tengo

que hacer.

PURSAH: Cuidado, chico. Demasiadas interrupciones y es posible que tengamos que cocinar
Dante's *Inferno* para ti.

Gary: Siempre he oído hablar de este misterioso e hipotético Evangelio Q que Los eruditos creen que fue utilizado como fuente por los tres llamados Sinópticos Evangelios: Mateo, Marcos y Lucas. Supuestamente, esos tres todos copiados del
misma fuente, y creo que usó la palabra fuentes. ¿Es tu evangelio el ¿Falta el documento Q?

PURSAH: Como dijimos, no vinimos aquí para intentar hacer una contribución a la erudición bíblica, no es que un erudito escuche una fuente que no puede ser verificado de todos modos. Si debe saberlo, le diré exactamente qué era Q. los
Los evangelios de Mateo y Lucas sí se copiaron de él, pero Marcos no. El escritor de Marcos tenía sus propias fuentes. Y Q no era mi Evangelio, como eruditos
ya lo sé, pero que se te puede disculpar por no saberlo.

Gary: ¿Qué fue entonces?

PURSAH: Después de la crucifixión, James, el hermano de J, a menudo llamado Santiago el Justo,
era el heredero evidente de J a los ojos de muchos de los seguidores. Ellos sabian cuanto J lo amaba y James era un hombre sincero y estable. Sin embargo, tambin estaba muy conservador. *Conservador* no es exactamente la palabra que usaría para
describir a J, quien era el radical de los radicales, no en temperamento sino en su enseñanzas.

Por esta razón, hubo tres de los seguidores de James que, aunque respetado, decidió preservar para la posteridad las enseñanzas que habían personalmente escuché a J hablar en público. No necesariamente tenían fe en Santiago o cualquier otro grupo para apegarse a algunos de los principios sorprendentes que J había articulado, por lo que armaron un Evangelio de Dichos titulado simplemente *Palabras del Maestro.* Sin embargo,

Durante los siguientes cuarenta años, a medida que fallecieron los grabadores originales de *Words* , algunos dichos distorsionados que otros, incluido Juan el Bautista, habían hablado y que

algunos seguidores *asumieron que* J creía, o pensaba falsamente *que* había hablado, hizo su

camino en *palabras* . Los escritores de dos evangelios posteriores de la iglesia convencional usaron este documento, ahora denominado Q, después de una palabra alemana que significa *fuente,* para

copiar dichos de para que puedan combinarlos con sus historias. Ellos también copiado de Mark, cuyo autor había utilizado un consenso de dichos. los El Evangelio de Juan se escribió más tarde, cuando la división entre las sectas más nuevas y El judaísmo se había vuelto más obvio.

Curiosamente, varias copias de *Words of the Master* , así como *Thomas* sobrevivió en varios lugares durante más tiempo de lo que piensas. No fue hasta alrededor AD . 400 que tenías el nuevo esfuerzo, dirigido por San Agustín, para arrasar

cualquier cosa que no encajara con las creencias oficiales de la iglesia. Su libro ardiendo

habría enorgullecido a los nazis, pero fue hecho en el nombre de Dios, de curso. Aunque las *Palabras del Maestro* y *el Evangelio de Tomás* no fueron

Gnósticos, fueron destruidos junto con prácticamente todos los Literatura gnóstica. Después de todo, algunos de los dichos no se parecían mucho a los iglesia, por lo que deben haber sido heréticos! Si no fuera por el Nag Hammadi colección que fue descubierta enterrada cerca del río junto con mi Evangelio, el El mundo no tendría mucho en qué seguir en lo que respecta a destellos alternativos de J preocupado.

Ahora procederemos con *Thomas.* Comienza:

Estos son los dichos ocultos que el J viviente habló y Didymus Judas

Thomas registró.

1. Y dijo: "Quien descubra la interpretación de estos los dichos no saborearán la muerte ".

Usaré los números ahora, aunque mi versión no tenía números, y esto dicho fue numerado "1" más tarde porque la gente no estaba segura de si lo había dichoo J lo hizo. Yo fui quien lo dijo y escribió, y se suponía que era parte de

esta breve introducción, no etiquetada como un dicho de J. La palabra *oculta* simplemente

significa que muchos de estos dichos fueron pronunciados por J, ya sea en privado oa

pequeño grupo de personas. No significa que tuviera la intención de ocultar cosas.

Uno no saboreará la muerte porque, como se señaló anteriormente, J nos estaba mostrando la

camino a la vida, lo que significa que lo que estábamos experimentando aquí en la tierra no era vida,

aunque asumimos que lo era. Él era el J vivo porque había alcanzado el verdadero iluminación — su unidad con Dios. *Vivir,* en este caso, no se refiere a él.

Estando en un cuerpo, a pesar de que parecía que lo estaba. Es una referencia a la resurrección de la mente, como se mencionó anteriormente, y también se refirió a un dicho de mi Evangelio del que no hablaré hasta una visita posterior. Además, la palabra *vivir* aquí no tendría nada que ver con un cuerpo resucitado, aunque J se nos apareció

después de la crucifixión.

Quiero darte ahora una breve aclaración sobre los nombres. Por un lado, J's

El nombre no era realmente Jesús. Su nombre hebreo era Y'shua, aunque rara vez lo llamó así. Para nosotros él era el maestro, no es que quisiera ser llamado el maestro o cualquier otra cosa en particular, sino porque estábamos asombrados de él en el hora. La traducción de su nombre al griego y luego al inglés debería haber terminado. Como Jeshua, no Jesús. Realmente no importa. ¿Lo que hay en un nombre? No un ¿Cristo por cualquier otro nombre sea como uno?

GARY: Si realmente no importa, ¿por qué lo llamas J? Por que no jesus

o Jeshua?

PURSAH: ¿Por qué no cubrir ambos? No eres judío, pero habrá algunos personas que leen tu libro que son. Si ignoran a J, entonces les falta un

parte de su herencia.

Mientras hablamos del tema de los nombres, a menudo me llamaban lo que se traduce aquí como Didymus, que significa *gemelo* . Humildemente incluí esa parte del nombre en la introducción para que la gente supiera quién era yo. Yo aburrí un extraño parecido a J. De hecho, me confundían con él de forma regular.

Hay quienes creen que realmente era el gemelo de J, pero eso no es cierto. Mi disculpas a aquellos a quienes amo que creen sinceramente en los escritos posteriores y los gnósticos - *Acts of Thomas,* que dice específicamente que yo era el gemelo de J. No hace falta decir que algunos de los *Hechos de Tomás* es verdad y parte no lo es, pero una discusión completa de mi vida como Thomas ocuparía la mayoría de nuestras visitas.

Sin embargo, te diré algo más que solo Thaddaeus o yo podríamos decirte.

Mi parecido con J era tan grande que cuando supe que iba a ser crucificado quería cambiar de lugar con él para poder salir libre. Thaddaeus y yo intentamos acercarse a él más de una vez, primero mientras aún es-

taba encerrado y nuevamente
después de que comenzara la procesión. Lamentablemente para nosotros en ese momento, la oportunidad
de sacar un Switch nunca se presentó realmente. Con
mucho gusto hubiera dado mi vida por J. We no todos
salieron corriendo de la ciudad de la forma en que lo
presentan personas que no estaban aún allí. Me tomó
hasta la aparición de J después de la crucifixión para
darme cuenta que todo era una lección que había *elegido* enseñar. El mundo no entender la lección de la
crucifixión al principio, pero el proceso de J de ser un
maestro al mundo no había terminado, que es algo que
tú, mi querido hermano, pronto descúbrelo.

GARY: Ah, tengo en mis notas aquí que dijiste antes que
tú y el otro, los discípulos cometieron el error de darle
un gran significado al cuerpo de J. Mas tarde tu dijo
que usted mismo pensaba que la resurrección era de la
mente y no tenía nada que
hacer con el cuerpo. ¿Qué creencia tenías realmente? ¿O solo me estás masturbando?
¿por aquí?

PURSAH: Muy bien. Te estamos desafiando y no hay nada
de malo en nos desafías de vez en cuando. La respuesta
es que en ese momento tenía ambos
creencias. Mi mente todavía estaba dividida. También
dijimos que te estamos hablando ahora
con el beneficio de un aprendizaje posterior. Tendrás
una idea mucho mejor de lo que eso significa a medida
que avanzamos. Cuando estaba grabando este evangelio, Entendido *intelectualmente* mucho de lo que J estaba diciendo sobre la importancia de la mente, pero
mi *experiencia* —y esto fue aún más cierto de los otros
discípulos—
Fue que nuestros cuerpos y especialmente el cuerpo
de J eran muy importantes.
La situación conmigo entonces no era muy diferente a

la situación con

tú ahora. Hoy, tus amigos y tú creen en la existencia de una trilogía: cuerpo, mente y espíritu. El "equilibrio" de los tres es importante en su

filosofía. Pero pronto aprenderá en cambio que la mente aparentemente separada, que hace y usa cuerpos, debe elegir *entre* lo inmutable y lo eterno

realidad del espíritu, que *es* Dios y Su Reino, o lo irreal y siempre universo cambiante de cuerpos, que incluye *todo lo* que se puede percibir,

si pareces estar en un cuerpo o no. Esta es una piedra angular del mensaje de J.

Realmente dijo, ya que lo grabé en lo que ahora se etiqueta diciendo número 47:

Una persona no puede montar dos caballos o doblar dos arcos. Y un sirviente no puede

Sirve a dos señores, o ese siervo honrará a uno y ofenderá al otro.

Gary: ¿Estás diciendo que dar el mismo valor al cuerpo, la mente y el espíritu en realidad *contribuye* a que vuelva aquí una y otra vez como cuerpo,

en lugar de ser libre?

PURSAH: Sí, pero eso no significa que debas descuidar tu cuerpo. Fueron hablando de otra forma de verlo. Para terminar el punto sobre mi pasado

creencias, mi Evangelio simplemente registró las cosas que J había dicho. A diferencia de los escritores de la Evangelios posteriores, no insertaba constantemente mi opinión. Por tanto, *Thomas* no es tan un gran reflejo de mi nivel de comprensión en ese momento, ya que es un registro de

algunas de las ideas de J. Por ejemplo, estas palabras son un extracto del dicho 61:

Debes estar atento solo a Dios. Este estado de ánimo no llega del todo

una vez; Se necesita mucha práctica. No aprendes nada que valga la pena
durante la noche.

Yo soy el que viene del todo. Fui dado de las cosas de mi padre. Por eso digo que si uno está completo, se llenará de luz, pero si uno está dividido, se llenará de oscuridad.

En otras palabras, para volver a visitar un punto anterior, no puede tener las dos cosas. usted
no puede estar un poco entera, como tampoco una mujer puede estar un poco embarazada.

Tu lealtad debe ser indivisa. Debes estar atento solo a Dios. Este estado la mente no viene de una vez; Se necesita mucha práctica. Tu no aprendes
cualquier cosa que valga la pena durante la noche. ¿Cuánto tiempo te llevó convertirte en un buen ¿guitarrista?

GARY: Pensé que estaba bien después de unos años. Después de diez años me di cuenta de que estaba
sigue mejorando.

PURSAH: ¿De verdad crees que alcanzar el mismo nivel que J es más fácil?
¿logro?

GARY: No tengo miedo de practicar. Me gustaría estar un poco más seguro
que estoy en el camino correcto.

PURSAH: Muy bien. Continuemos, y puede retener su juicio hasta tienes más información.

GARY: Suena como un plan.

Pursah: No puedes entender cuánto J, que ahora está totalmente identificadocon el Espíritu Santo, quiere unirse completamente a ti. Por eso dijo, en
diciendo 108: El que beba de mi boca se volverá como yo. Yo mismo lo haré conviértete en esa persona, y las cosas ocultas le serán reveladas.

La unión mística de la que J está hablando aquí es algo que sucede. Bastante literal. Las lecciones del verdadero perdn que permiten que esto suceda no son para todos a la vez, son para aquellos que están listos para recibir su instrucción individual.

Te elegiré, uno de mil dos de diez mil, y estarán de pie como uno solo.

Por supuesto, J elige a todos, todo el tiempo. Pero cuantos estan listos para ¿escucha? Como este dicho obviamente predijo, las lecciones del Espíritu Santo no ser escuchado por las masas. Pero los que escuchan, que *son* los elegidos, seguramente se mantendrán como uno solo, porque eso es lo que son. El Hijo de Dios volver al Reino entero y completo, y al final no habrá nadie que no está con nosotros. El metro J no puede perder.

Sin embargo, para ganar, debes, como dice el número 5:

Sepa lo que está frente a su cara y lo que está oculto para usted será revelado a usted. Porque no hay nada escondido que no sea revelado.

Lo que está frente a su rostro es una ilusión y el Reino de Dios, que parece estar escondido — será revelado a aquellos que aprenden del Espíritu Santo la forma única de perdonar lo que sea que esté frente a ellos como lo hizo J.

Eventualmente serás uno con él, y no quedará nada más que tu verdadero gozo en el Reino de los Cielos.

Gary: Eso está muy bien, Pursah, pero aquí, en el reino de la mamada.

cuando el mundo realmente se pone en tu cara, puede ser un poco difícil aferrarse a eso Sonrisa del Espíritu Santo.

PURSAH: Cuéntamelo. Yo también he estado aquí algunas veces, ¿recuerdas? yo prometo que no le daremos

meras teorías. Aprenderás muy practico
formas de lidiar mentalmente con las situaciones que
aparentemente se encuentran en su cara. los
El resultado te dejará con el potencial de alcanzar la
misma paz de Dios que J.

Ahora mismo, cree que ciertas cosas tienen que suceder en el mundo para para que seas feliz. A medida
que obtenga la paz de Dios, eventualmente resultará
en la capacidad para recuperar su estado natural de
alegría *independientemente* de lo que parezca ser sucediendo en el mundo.

Porque, como puede ver al decir 113, J estaba enseñando que el Reino de El cielo es algo que está *presente,* si no presente, en su conciencia.

Los discípulos le dijeron: "¿Cuándo vendrá el Reino?" Él
dijo: "Es no vendrá esperándolo. No se dirá: 'Mira aquí',
o 'Mira ahí'. Más bien, el Reino del Padre se extiende
sobre el tierra, y la gente no la ve ".

J no está diciendo aquí que el Reino del Padre está *en* la
tierra. De hecho, él Sabía que la tierra estaba en nuestras mentes. Estaba hablando de algo que la gente no
ve porque el Reino de los Cielos no se *puede* ver con el
ojos del cuerpo, que solo son capaces de contemplar
símbolos limitados. El cielo lo hace no existe dentro
del reino de la percepción, pero es la forma genuina
de vida que eventualmente será completamente *consciente* de ello.

Como la oruga se convierte en mariposa, tú te convertirás en Cristo y serás uno con toda la verdadera Creación. La conciencia de tu unidad con la Presencia de
Dios es tuyo porque Dios te lo dio. Lo has olvidado. Sin
embargo, todavía es

allí, enterrado en tu mente. 9 Hay una forma de recordar. Y recordando reclamarás lo que realmente eres y
lo que realmente perteneces. Hemos venido

para ayudarte y, a través de ti, ayudar a los demás también.

Como la oruga se convierte en mariposa, tú te convertirás en Cristo, y
sé uno con toda la verdadera Creación.

Hay algunos dichos en *Tomás* que son similares a los del Nuevo Testamento que J realmente nos enseñó. Hablaré brevemente sobre algunos de ellos.

26. Ves la mota que está en el ojo de tu hermano, pero no ves la registro que está en su propio ojo. Cuando te quitas el tronco de tu propio ojo,
entonces verás con suficiente claridad como para quitar la mota del ojo de tu hermano.

31. Un profeta no es aceptable en su propia ciudad. Un doctor no cura los que lo conocen.

36. No te preocupes, de la mañana a la noche y de la noche a la mañana, sobre lo que usarás.

54. Bienaventurados los pobres, porque vuestro es el Reino del Padre.

Tenga en cuenta que estos dos últimos dichos no deben aplicarse al nivel de la físico. Se trata de no estar *mentalmente* apegado a las cosas. Ellos tienen
nada que ver con renunciar físicamente a nada. Si crees que tienes que hacerlo renunciar a algo, entonces lo está haciendo tan real como si lo codiciara. Es decir
También es cierto del dicho más corto de todos de J:

42. Sea transeúnte.

Y les daré dos precuelas más del Nuevo Testamento de *Thomas*.

94. El que busca, encontrará. Y al que llama, se le abrirá.

95. Si tienes dinero, no lo prestes a interés. Más bien, dáselo a alguien que no te devolverá el dinero.

Ocasionalmente nos escuchará hacer una referencia a

un dicho del Nuevo Testamento que realmente fue dicho por J, pero el significado no siempre será el mismo para nosotros como usted está acostumbrado a pensar en ello. Ahora ofreceré partes de algunos más dichos de *Thomas* para darle una idea del sistema de pensamiento J

expresando, que es el sistema de pensamiento del Espíritu Santo.

11. Los muertos no están vivos y los vivos no morirán.

22. Cuando conviertes los dos en uno, y cuando haces el interior como el exterior y exterior como interior, y superior como inferior, y cuando haces que hombre y mujer sean uno solo, para que el macho no sea macho y la mujer no será mujer ... entonces entrarás en el Reino.

49. Afortunados los que están solos y elegidos, porque encontrarán el Reino. Porque has venido de allí y volverás allí.

¿Recuerda la historia del hijo pródigo? Volverás *a* casa de nuevo, pero en Para hacerlo, debe volver sobre sus pasos hasta su decisión original de ser

separado de Dios. Porque, como dice J a continuación, el principio y el final, que son los

alpha y omega, son realmente lo mismo:

18. Los seguidores le dijeron a J: "Dinos cómo será nuestro final". Él dijo: "Tienes ¿Descubriste el principio, entonces, de modo que buscas el final? por

donde está el principio, será el final. Afortunado es el que se para el principio: Ese conocerá el final y no gustará la muerte ".

Hay un dicho más que debo explicar porque ha sido objeto de mucha especulación a lo largo de los años, no solo de los últimos cincuenta, sino también de los primeros cuatro cien años de existencia del Evangelio. Al decir 13, después de hablar con un grupo de nosotros, J me pidió que fuera con él ...

Y tomándolo, se retiró y le habló tres dichos. Cuando Thomas regresó con sus amigos, ellos le preguntaron: "¿Qué te dije?"

Tomás les dijo: "Si les digo uno de los dichos que me habló, ustedes cogerá piedras y me apedreará, y saldrá fuego de las rocas y

consumirte ".

El fuego en la última línea es la ira de Dios, y debes darte cuenta de que la lapidación era el castigo tradicional judío por la blasfemia, aunque

no se utilizó tanto como podría imaginar. Mucha gente se ha preguntado qué J me dijo entonces, aunque los escritores del Nuevo Testamento, que sentían que estaban en competencia con mi Evangelio: retrató a Pedro como el favorito de J estudiante en lugar de mí. Te dije que me desairaron. En cualquier caso, J no estaba preocupado por su propia seguridad cuando se trataba de hablar blasfemia. La razón me dijo que no repitiera estos dichos para protegerme . Estos son los tres cosas que me dijo ese día.

Sueñas con un desierto, donde los espejismos son tus gobernantes y torturadores, pero estas imágenes vienen de ti.

Padre no hizo el desierto, y tu hogar todavía está con Él.

Para volver, perdona a tu hermano, porque sólo entonces te perdonas a ti mismo.

Decir en público en ese momento que Dios no creó el mundo podría haber ha sido fatal para mí. Eso fue entonces, esto es ahora, y a través de tu libertad de Hablando, todos estos principios se irán ampliando a medida que avancemos. El resultado sera un sistema de pensamiento que no es lineal, sino holográfico, donde el todo se encuentra en

cada una de las partes.

Podría continuar durante horas sobre *Thomas,* pero no lo haré. Como dije, no es el Santo Grial de la espiritualidad. Sin embargo, ahora mismo en esta tierra, hay un documento que se acerca lo más posible a expresar lo que J realmente quiere decir. Hay una excelente razón para ello. Es porque hablo palabra por palabra, a la persona que se tomó siete años de su vida para escribirlo.

No hay opiniones en él de nadie más que J. No fue editado para adaptarse a ningún religión, ni cambiado para atraer a una audiencia genérica. Su edición final fue dirigida por J a través de esta mujer. A diferencia de *Thomas,* es un completo

presentación así como una formación integral. No está destinado a ser el manual de una religión o un código de conducta moral. Es un sistema de pensamiento proponiendo que si cuidas de la mente, todo lo demás seguirá naturalmente.

Felizmente, esta enseñanza, conocida como *Un Curso de Milagros,* no está diseñada para

dar a luz a otra organización obsesionada con cambiar un mundo de sueños en lugar de la mente del soñador. Es un *auto* -estudio, uno-a-uno metamorfosis en Cristo que se hace al nivel de la mente entre tú y J, o tú y el Espíritu Santo, si prefiere pensarlo de esa manera. Cualquiera de los dos servirá. Esto pone estás en la posición afortunada donde puedes aprender mucho más del maestro

de lo que podría tener hace dos mil años, si está preparado para tomar ventaja de ello. Y realmente *debería* llamarse maestro. Muchos se llaman a si mismos eso, pero no los ves andando sanando enfermos y resucitando muertos.

Hay cosas que la gente del mundo es capaz de entender al amanecer de este nuevo milenio que simplemente no eran capaces de comprender

en el pasado. El mensaje de J no ha cambiado, pero su

capacidad para comprenderlo sí cambiado debido a una imagen más amplia del mundo y la mente. J solo puede traer personas junto con él mediante el uso de conceptos que puedan comprender. En el final, todo excepto Dios es metáfora. Pero hay que enseñar y aprender mientras tanto.

Te dije antes que la gente del mundo nunca vivirá en paz hasta que la gente del mundo tiene paz interior. La paz interior y la verdadera fuerza son importantes objetivos de *Un curso de milagros,* pero tiene una forma única de lograr este dentro de ti. El mundo cambiará como resultado de ello, pero eso no es lo que El curso es para. Es para ti. Es un regalo. Pero también es un desafío. Vas a a veces escucho a la gente decir que el Curso es simple, pero rara vez escucharácualquiera dice que es fácil. El mundo parecerá cambiar para ti a veces porqueel Curso maneja la causa de todo, más que los efectos. Y cual es el mundo sino un efecto? Ciertamente eso no es lo que el mundo cree, pero esto el mundo no es nada del otro mundo.

Un curso de milagros *es un autoaprendizaje, una metamorfosis uno a uno en* **Cristo lo hizo al nivel de la mente.**

ARTEN: Antes de irnos, queremos prepararte para las próximas tres semanas.

Se le guiará sobre lo que debe hacer y debe recordar preguntar el Espíritu Santo como guía cuando tenga tiempo. Sé práctico. Tu no tengo que preguntarle si está bien tomar una taza de café, a menos que eso sea un problema para tú. Pero no tome decisiones importantes por su cuenta, a menos que sea una emergencia y no tienes tiempo para preguntar. Entonces se le proporcionará orientación automáticamente si lo necesita.

En cuanto a nuestra próxima visita, volveremos en veintiún días, y tiene trabajo hacer en el ínterin. Por favor, dígame brevemente qué puede recordar cuando su madre solía leerle la alegoría de Platón de La cueva. Solo dame un general

esquema de lo que recuerdas.

Gary: Bueno, fue bastante salvaje. No tan salvaje como *esto*, pero … recuerdo que hay hombres encarcelados en una cueva, encadenados con tanta fuerza que no pueden moverse lo suficiente para

voltear sus cabezas o incluso sus ojos. Todo lo que pueden ver es la pared de esta cueva en delante de ellos. Han estado allí tanto tiempo que es todo lo que pueden recordar; son todos ellos saber. Pueden ver estas sombras en la pared frente a ellos y escuchar algunas sonido. Porque es todo lo que saben, *piensan* que lo que miran es realidad. Todo es bastante triste, pero están tan acostumbrados que piensan que es normal y se han sentido cómodos con eso.

Finalmente, uno de los prisioneros logra liberarse y puede girar alrededor y ver que está en una cueva. También puede ver algo de luz proveniente del

dirección de la entrada. Sus ojos tardan mucho en poder soportar la luz, pero cuando llega a la entrada puede ver a la gente caminando por la camino afuera, y son sus sombras las que se proyectan en la pared dentro del cueva.

Al darse cuenta de que los prisioneros dentro de la cueva no pueden ver lo que están mirando

es falso, el prisionero liberado vuelve e intenta compartir sus conocimientos con ellos. Están tan acostumbrados a su propia forma de pensar, que realmente no quieren para escuchar lo que el libre tiene que decir. De hecho, es todo lo contrario. Ellos quieren Mátalo. Es como lo que me ha estado diciendo: la gente puede *pensar* que quiere ser gratis, pero no están realmente dispuestos a renunciar a su propia forma de ver las cosas.

ARTEN: Gracias, Gary. Tu madre está contenta. Para Platón, el libre era su mentor Sócrates, que fue ejecutado al ser obligado a beber veneno. Pero podría completar los nombres de numerosos maestros excelentes que han desafiado otros para elevarse por encima del mundo. Muchos han tenido sus cuerpos muertos en el proceso, sin embargo, realmente no importa. Porque, como Platón estaba tratando de decirle al mundo con eso historia, tu realidad no es en absoluto lo que crees que es.

Tan grande como era Platón, realmente no sabía dónde estaban las sombras procedente de. Vas a. Platón pensó que la luz venía del Bien, que era cierto simbólicamente. Pero también pensó que estas sombras que la gente ve con los ojos del cuerpo todas sus vidas estaban siendo proyectadas por ideas perfectas de cada cosa. Eso no es cierto. J sabía qué estaba causando realmente las sombras y exactamente qué hacer al respecto. Compartiremos eso contigo.

Sería útil para usted comprender que la *realidad* de J no es la misma que la realidad del mundo. No está aquí en la ilusión. Como cuando te despiertas en tu cama de un sueño, ya no estás en el sueño. A veces puedes tener *Experimentó* el sueño como si fuera real, pero no lo fue. Puede que desees llevar a J a tu sueño contigo, pero él tiene una mejor idea. Quiere que te despiertes para que puede estar con él. Quiere que seas libre, completamente fuera del sueño.

Fuera de la cueva de Platón. Fuera de todos los límites y más allá de todos los límites.

A menudo ha pensado que tenía que esforzarse más para ser una persona más amorosa, así que podría ejemplificar el amor de J. Eso no es cierto. Si realmente quieres ser Amor perfecto como él y Dios, entonces lo que necesitas hacer es aprender a eliminar, con la ayuda del Espíritu Santo, las barreras que ha colocado *entre* usted mismo y Dios. Entonces, natural e inevitablemente, te darás cuenta de lo que tu realmente eres.

Su admirable determinación de eliminar el conflicto de su vida lo ha puesto en un estado mental en el que esté listo para pasar al carril rápido. Lo último la espiritualidad es suya con sólo pedirla, siempre y cuando siga dispuesto a aprender eso. Las enseñanzas de J que compartiremos con ustedes no son para todos, al menos no para todos a la vez en una ilusión lineal. Pero son para *ti.* Vas a

sepa esto por su propio reconocimiento. Si no lo reconoce, no dude en avísanos en cualquier momento y dejaremos de visitarte. No te traemos pedidos de Dios. Puede que no quieras creer esto todavía, pero Dios no demandas de la gente. Crees que es la voluntad de Dios lo que se está actuando aquí, pero tú y el mundo están equivocados en eso. Es otra cosa que esta siendo constantemente actuaba aquí, es decir, tu aparente separación de Dios. Queremos para ayudarte a regresar a tu realidad *con* Él. La aparente interacción entre tú y Dios es realmente una interacción dentro tu propia mente dividida inconsciente, entre la parte de ti que se ha olvidado tu realidad y la parte de tu mente donde mora el Espíritu Santo. Él tiene

nunca te dejé. Su Voz, de la que aprenderá a estar alerta, es su memoria de Dios, la memoria de su verdadero hogar. Esta Voz representa tu realidad largamente olvidada. Ahora debes aprender a elegir, como los prisioneros de La cueva de Platón, algo a lo que tendrás tremenda resistencia a elegir.

Debes aprender a elegir entre el Espíritu Santo, que representa el verdadero usted, y la parte de su mente que representa el falso yo. Y aprenderás

cómo hacerlo de tal manera que su mente inconsciente encarcelada durante mucho tiempo pueda finalmente ser liberado. Es literalmente imposible para usted hacer esto por su cuenta. Usted está

ciertamente bienvenido a intentarlo. Si te dejas ayudar, mucho tiempo puede ser guardado para ti.

Entonces, como nosotros, serás uno con el J underground. Rara vez pensarás de esa manera, pero será su verdadero trabajo. Cualquier otra cosa que haga para arreglárselas en el el mundo será solo un trabajo de tapadera. Tu verdadero trabajo a partir de ahora es aprender, practicar y eventualmente, aplicó muy hábilmente el mismo arte de perdón avanzado que hizo J.

Así es como el Espíritu Santo lo traerá de regreso al Reino de Dios.

En este momento, como el resto del mundo, crees que la sabiduría está teniendo buen juicio. Durante nuestra próxima visita, le diremos qué es *realmente la* sabiduría.

Desde ahora hasta nuestro regreso, deje que el Espíritu Santo dirija su mente. Cada día por al

por lo menos unos minutos, piense en Dios y cuánto lo ama. Entonces, solo como antes de que hiciéramos nuestra primera aparición ante ti, deja que tu mente se aquiete. Vas a descubre, querido hermano, que las aguas tranquilas son profundas.

Como muchas personas, ha habido momentos en su vida en los que ha estado preocupado por la posibilidad de ir al infierno. No te diste cuenta de que eras ya ahí. Hay una antigua tradición mística hebrea que dice que el infierno es la distancia.

de Dios y del Cielo es la cercanía a Él, un pensamiento que es bastante válido. Como tu mente es guiada hacia

tu nueva aventura, trata de recordar que todo que contemplas en el universo de la percepción tiene uno de
dos propósitos para que

escoge de. Un propósito te mantendrá prisionero; el
otro te liberará. Si elige la interpretación del Espíritu
Santo de lo que está viendo, entonces

encontrar, como J enseña en la nueva escritura:

Todo lo que se le da es para su liberación; la vista, la visión y la guía interior

todos te llevan fuera del infierno con tus seres queridos a tu lado, y el universo

con ellos.

EL MILAGRO

Los milagros caen como gotas de lluvia curtiva del cielo en un mundo seco y polvoriento, donde las criaturas hambrientas y sedientas vienen a morir.

La siguiente mañana me desperté sintiendo un poco abrumado por mi larga conversación con Arten y Pursah, pero agradecido por la noche de sueño decente que tuve recibido gracias a su alteración del tiempo. Sentí que esto era lo más importante algo que me había pasado alguna vez, pero también sentí una sensación de malestar porque

No sabía a dónde me llevaría todo. Luego me detuve y me pregunté: ¿he *¿Alguna vez has* sabido a dónde llevaría todo?

El viernes por la tarde de esa semana fui al cine, como solía hacer, a tomar ventaja del precio de matiné de ganga. De camino a casa, recordé un poco librería en la que no había pensado durante varios meses, llamada Holistic Books y Tesoros. Me sentí obligado a girar en esa dirección y hacer una visita. Mientras yo caminaba a través de la puerta, me di cuenta de que estaba teniendo otra experiencia de luz parpadeando en ciertas áreas de mi campo de visión, y recordé que tenía la intención de preguntarle a Arten y Pursah sobre el significado de estos sucesos.

Luego me acerqué a una fila de libros y vi *Un curso de milagros.* Tenía ya se me ocurrió que probablemente era por eso que me estaban guiando para ir

allí en este día en particular. Después de tomarlo y leer

algunas de las páginas, vio que en realidad eran tres libros en uno de la misma Fuente: un Texto, un Cuaderno de trabajo para alumnos y manual para profesores. También me atrajo, por no
razón aparente, a otro libro que se encuentra cerca del Curso llamado *Viaje sin Distancia,* por alguien llamado Robert Skutch. Pronto supe que este libro era un breve historia de cómo había nacido *Un curso de milagros* . Le pregunté al santo Espíritu lo que debería hacer y escuché el pensamiento, *No te morderá.*
A última hora de la noche leí parte del Texto del Curso y vi por mí mismo que la "Voz" que había dictado el material, hablando en primera persona, no hizo disculpas por el hecho de que él era el Jesús histórico, incluso yendo tan lejos como para aclarar y corregir la Biblia. Tenía sentimientos encontrados sobre eso. Por un lado, yo todavía era escéptico de que esto realmente fuera J, quien siempre había pensado que regresaría en un cuerpo y no simplemente como una voz.

Por otro lado, había algo en la naturaleza inspiradora del Voz tranquila y segura que sonaba verdadera para mí, aunque no pude poner mi señalar exactamente por qué. Decidí esa noche, sin pedirle al Espíritu Santo, que haría una de dos cosas. Si mi experiencia futura me dijera esto realmente era J, entonces haría un uso completo de las enseñanzas. Pero si mi experiencia futura dijera que las cosas simplemente no cuadraban, entonces, a pesar de las apariciones de Arten y Pursah, Todavía haría todo lo posible para exponer *Un curso de milagros* como un fraude.
Durante estas tres semanas, hice un curso intensivo para aprender lo que podía sobre los libros para estar listo para hacer algunas preguntas a Arten y Pursah. yo leo el todo el texto del curso lo más rápido que pude y obtuve una idea general de lo que la voz decía. Tam-

bién aprendí que leerlo tan rápido no era una buena manera de digerir los principios del Curso. Sin embargo, el final del texto, titulado "Choose Once Again", me dejó conmocionado con la asombrosa declaración de lo que

significa elegir la fuerza de Cristo. No recuerdo haber leído nada más en mi vida que se sentía tan real y verdadera para mí como este profundo resumen de exactamente lo que J estaba pidiendo y ofreciendo a sus estudiantes.

También pasé por *Viaje sin distancia* y me familiaricé con algo de la historia de la procedencia del Curso y quiénes son los jugadores principales estaban en su escritura y difusión. Cuanto más aprendí, más me pareció aunque mi futuro lo gastaría como estudiante del Curso en lugar de como crítico de eso. Desde mi experiencia, ya parecía plausible que este Curso no solo hubiera provienen de J, pero que no podría haber venido de nadie *más que de* él.

También pasé muchas horas buscando en Internet información sobre *A Curso de milagros.* Me sorprendió descubrir que este libro, que fue Definitivamente no es una lectura fácil, ya había vendido más de un millón de copias por palabra de boca sola. Claramente había una gran comunidad del Curso que había surgido durante el tiempo transcurrido desde su publicación. Sin embargo, para mí, la belleza y el genio de el Curso fue, como Pursah había enfatizado, su disciplina de *autoestudio*, hecho completamente entre el lector y J o el Espíritu Santo. Por lo tanto, incluso si la gente

estar en desacuerdo sobre lo que significa o qué se debe hacer con él, siempre y cuando el Curso permanecía intacto, entonces siempre estaría allí para que la siguiente persona venga y descubra la verdad por sí mismo.

Además, a pesar de la humildad aparentemente genuina de presentarse a sí mismo como uno de los muchos caminos espirituales válidos, también pude comprender que la verdad del el curso fue absoluto e inequívoco. Según su Fuente, el Curso realmente no necesita ser interpretado; necesitaba ser entendido, así como aplicado.

De hecho, fue la insistencia del estudiante en que él o ella podía interpretar en lugar de comprender, o liderar en lugar de seguir, que los había llevado a este mundo de problemas en primer lugar. Debido a esto, estaba más que agradecido de que Arten y Pursah había dicho que me ayudarían a empezar con el pie derecho con el Curso.

También estaba feliz de que en lugar de ser una colección de libros como la Biblia, que abarca cientos de años y está escrito por diferentes autores con frecuencia enseñanzas conflictivas, este libro tres en uno vino del mismo Maestro.

Cualquier inconsistencia surgió del hecho de que el Curso estaba hablando en dos niveles: un nivel es instrucción puramente metafísica y el otro es un práctica del perdón a un nivel más práctico y cotidiano, o como J había dicho en *The Evangelio de Tomás* , sabiendo lo que tienes delante.

En cualquier caso, estaba empezando a darme cuenta de que si todos los problemas y cuestiones se decidieron dentro del contexto del mensaje *más amplio* de perdón del Curso— que claramente no era lo mismo que la idea del perdón del mundo, entonces el problema o asunto que necesitaba ser perdonado dejaría de ser importante en el mente del estudiante. Eso no significaba necesariamente que la acción no a veces sea apropiado. Habiendo dejado lugar para el Espíritu Santo, el estudiante alcanzaría un estado mental en el que sería mucho más probable que Escuche una guía confiable sobre qué tipo de acción tomar en una situación dada.

Entonces, una mañana, me desperté con una mente inusualmente clara. Eso fue cuando Escuché la Voz, desde lo más profundo de mí y a través de mí, decir algo con una autoridad tan perfectamente clara que su Fuente estaba más allá de cualquier interrogatorio. Esto es lo que escuché:

Renuncia al mundo y los caminos del mundo. Hazlos sin sentido para tú.

Aunque visiones de sacrificio bailaban en mi cabeza, todavía estaba completamente asombrado. Intuitivamente dije: "Lo haré. No sé cómo, pero lo haré ". La voz respondió con esta tranquilidad:

Te mostraré cómo.

El impacto de la Voz en mi vida fue catártico e inmediato. Nunca tuve escuché algo tan asombroso. La Voz era tan plena y completa, tan completa,

era casi como si cualquier otra cosa que hubiera escuchado en mi vida tuviera algo desaparecido. Desde ese día en adelante, supe que J estaba conmigo y consciente de y listo para mostrarme cómo hacer lo que se me pida. Yo no lo haría *Recuerda* siempre eso, especialmente cuando el mundo arrojó una sorpresa desagradable a mi manera, pero el recuerdo siempre volvería a mí tarde o temprano. Los cuanto antes me acordara, menos sufriría.

Me tomaría mucho tiempo entender que realmente no me estaban preguntando sacrificar cualquier cosa, pero ya estaba agradecido por el recordatorio de Pursah de que J No estaba pidiendo a nadie que renunciara a nada en el nivel físico. Yo ya tenía una buena noción de que la instrucción de J debía aplicarse al nivel de la mente, o *causa* , más que a nivel del mundo, o *efecto* . La palabra que guardó volver a mí desde su mensaje fue "sin sentido". No podía esperar para hablar a Arten y Pursah sobre mis experiencias más recientes.

Fieles a su palabra y sin ceremonia, Arten y Pursah hicieron su tercer aparición ante mí veintiún días después de su visita anterior. Sus apariciones

siempre sucedió de manera clara e instantánea, al igual que sus salidas. Una vez de nuevo, fue Arten quien inició la discusión.

ARTEN: Ha tenido unas semanas agitadas. ¿Lo leíste?

Gary: ¿ Te refieres al Curso?

ARTEN: Sí.

Gary: No. Estoy esperando la película.

ARTEN: Dios nos ayude a todos. Solo estoy conversando; Sé que ya lo has hecho

Lee el texto. Tendrás que leerlo muchas veces. El libro de trabajo está diseñado para toma un año, pero generalmente a las personas les toma más que eso. Se llevará a *que* uno año, cuatro meses y medio. El Manual para profesores es la parte más sencilla, excepto casi todos olvidan que ser maestro de Dios significa practicar perdón. Como dice el Curso, Enseñar es demostrar. La mayoría de los estudiantes parecen creer que su enseñanza debe ajustarse a los formato profesor-alumno, pero hay muy poco sobre el curso que sea tradicional. Estarían mucho mejor si intentaran aprender el curso en lugar de intentar enseñalo.

Gary: Supongo que todo el mundo quiere interpretar las Escrituras. Es una tendencia natural.

ARTEN: Si J quisiera que su Curso esté sujeto a tu interpretación, que su instrucción, entonces, ¿por qué darla en primer lugar? ¿Por qué no te dejas?

inventa tu propia versión de todo, que es exactamente lo que has estado haciendo a lo largo de su existencia aparentemente separada? La verdad es que si tu realmente entiendo *A*

Curso de Milagros, lo cual es raro, entonces no *es* sólo una posible interpretación. Si lo cambia, lo cual es típico, entonces ya no es *un curso en*

Milagros. ¿Recuerdas del Texto cuál es la primera ley del caos?

GARY: Eso creo, pero será mejor que lo busque.

ARTEN: Bien. Lea la parte que comienza con "Aquí están las leyes..."

Gary: Está bien.

Aquí están las leyes que gobiernan el mundo que creaste. Y sin embargo gobiernan nada, y no necesita romperse; simplemente miró y fue más allá.

La *primera* ley caótica es que la verdad es diferente para todos. Me gusta todos estos principios, éste sostiene que cada uno está separado y tiene un diferente conjunto de pensamientos que lo diferencian de los demás. Este principio evoluciona de la creencia hay una jerarquía de ilusiones; algunos son más valiosos y por lo tanto cierto.

PURSAH: Todo el mundo está tratando de encontrar y expresar *su* verdad. Su llamado la verdad está diseñada para mantenerlos atascados donde están. Que esta enseñando J en su Curso es que la verdad *no* es diferente para todos. Es *no* relativa. Él es decir la verdad es la verdad, ya sea que la entiendas y estés de acuerdo o no. La verdad no está sujeta a su interpretación, ni tampoco su Curso. Él es el Maestro, eres el estudiante. Si ese no es el caso, ¿por qué hacer el curso? Hacer todo lo que quieras. Deja que tu mente se vuelva loca. Emborracharse.

La verdad es la verdad, estés de acuerdo o no. La verdad no es sujeto a su interpretación.

GARY: Entonces, cuando dijiste en tu Evangelio: "El que encuentre la interpretación de estos dichos no probarán la muerte ", querías decir que solo había una posibilidad ¿interpretación?

Pursah: Eso es correcto, estás en el camino, hermano. Recuerda, el curso es tan avanzado como lo es porque J tomó siete años del tiempo de una mujer, con su pasando por lo que sea necesario, para que pueda decirte exactamente lo que quiere decir tú.

Gary: Tendré que pensar en eso. Suena como la antigua traducción literal de
lo de la Biblia.

PURSAH: El Curso no es la Biblia, como ya habrás notado. Las partes del Curso que expresan la no-dualidad *deben* tomarse literalmente, pero las partes
que parecen expresar dualidad deben tomarse como *metáforas* . No hay conflicto en eso, pero sin obtenerlo, pensará incorrectamente que el Curso contradice sí mismo. Como dije antes, al final todo excepto Dios es metáfora. usted necesita ayuda en su propio idioma para *llegar* al final. El curso se trata de la curación de su culpa inconsciente por el Espíritu Santo y su regreso a Cielo a través de la dinámica del perdón, que aprovecha la tremenda
poder de la capacidad de tu mente para elegir.

Como dice J, Este es un curso de entrenamiento mental. Y una mente no entrenada no puede lograr nada.

GARY: Una vez escuché a un maestro decir que debes seguir a alguien que dice
buscan la verdad, pero huyen de cualquiera que diga que la han encontrado.

ARTEN: Eso no te serviría de mucho si alguna vez conocieras a alguien que realmente sabe la verdad, ¿verdad? Pero *te* mantendría corriendo por mucho tiempo hora. Bueno, J *hace* saber la verdad, y cómo puede que sea *o* sea que el maestro capacitado si insiste en ser el capacitador en lugar de un estudiante?

Gary: Veo tu punto. Incluso en las películas conocen la diferencia entre
el maestro y el alumno.

ARTEN: Sí, pero normalmente buscan utilizar el poder del universo. Fueron interesado en el poder de Dios. Creo que ya hemos dejado en claro que no
la misma cosa.

GARY: ¿Cuánto tiempo se tarda en convertirse en maestro?

ARTEN: Todo el mundo pregunta eso y a nadie le gusta la respuesta al principio. La respuesta es que sucede cuando sucede. Aún así, llega el momento *antes de* que estés tan feliz de que la pregunta ya no importa! En cualquier caso, dado que el
El Espíritu Santo es tu maestro interno, siempre debes esperar ser un estudiante como siempre y cuando parezca estar en un cuerpo. Este es un camino espiritual de por vida para las personas.
que se toman en serio el deseo de liberarse del mundo y volver a casa. Ese no significa que siempre tengas que tomarte las cosas en serio. En todo caso, el curso es diciendo que *no se* puede tomar al mundo en serio.

Gary: De acuerdo. Pero, ¿y si no quiero tener una sola persona espiritual de por vida?
camino ahora mismo? ¿Qué pasa si quiero incursionar en otras cosas?

ARTEN: Puedes permanecer en la línea del buffet espiritual todo el tiempo que quieras.
Obviamente, su mente no puede ser entrenada sin cierta voluntad de su parte.
Tu decides. Pero recuerda, siempre quisiste saber cómo era aprenda de J. Esta es su oportunidad.

Gary: Te iba a preguntar sobre las personas que participaron en el
redacción del Curso.

ARTEN: No vamos a adentrarnos mucho en la historia del Curso.
Ya ha leído un libro al respecto y hay un par más. Usted puede léelos en su propio tiempo si está interesado.

Para algunas personas, el prefacio de solo el curso les dirá todo lo que necesitan saber sobre la historia del curso.

¿Cuáles son sus impresiones de todo el asunto hasta ahora?

GARY: Creo que todo es bastante interesante. Sé que la Dra. Helen Schucman, la escriba que escribió lo que decía la "Voz", y el Dr. Bill Thetford, que

la animó a seguir adelante, había un par de psicólogos de investigación que Trabajaban juntos en la Gran Manzana y no podían llevarse bien entre ellos. Luego un día Bill dijo que quería encontrar otra forma de lidiar con sus relación.

ARTEN: ¿Te suena familiar?

Gary: Claro. Como yo, la declaración de Bill representó una decisión por parte de

la mente para encontrar algo mejor.

ARTEN: Muy bien. Esa fue la invitación para que J diera el Curso, o para ti para encontrarlo. J no solo dio el Curso para Helen y Bill, sino que estaba destinado a tanto a ellos como a cualquier otra persona que estuviera dispuesta a escuchar. Para Helen, parecía tomar una eternidad para completar el trabajo, y aunque ella era la escriba, nunca habría terminado sin el apoyo de Bill. Lo escribiría más tarde cuando ella se lo leyó de su cuaderno de taquigrafía.

Por cierto, no intentes convertirlos en santos. Para repetir un punto anterior, eran solo personas, como tú. Aunque su relación mejoró, ellos todavía había momentos en los que no podían llevarse bien entre sí hasta que se retiró y Bill se fue a California. Eran humanos, pero estaban aprendiendo.

GARY: Y los otros miembros originales de la Fundación para la Paz Interior, el los que se unieron a Helen y Bill y pusieron el Curso a disposición de los

mundo. Tenías a Ken Wapnick, que fue el siguiente en

entrar en escena y trabajó con Helen y Bill durante un par de años antes de que el Curso fuera publicado. Asumió el trabajo con Helen de organizar el curso en secciones.

con títulos de capítulo, utilizando las mayúsculas y la puntuación correctas. Y Judy Skutch, quien tomó el Curso de manos de Helen, Bill y Ken a todos sus amigos y asociados en el campo del nuevo pensamiento. Luego estaba Bob Skutch,

de quien no sé mucho porque no da detalles en su libro. Finalmente, fueron guiados por J que la única forma de publicar el Curso sin editar y sin resumir, y mantenerlo así, era para ellos hacerlo ellos mismos.

Supongo que estas personas estaban destinadas a ser una especie de familia espiritual, el verdadero propósito de cuál fue practicar el perdón?

PURSAH: Lo tienes. Como dice el Curso,

No hay accidentes en la salvación.

Judy y Bob eran absolutamente indispensables en su papel de traer la Rumbo al mundo. Ken fue identificado en el grupo por J como el que ser responsable de enseñar a la gente lo que significa el Curso. Se volvió muy cerca de Helen. Hoy en día, siempre que el Curso se traduce a un idioma extranjero, el trabajo de Ken es asegurarse de que el traductor realmente comprenda cada línea

de las casi 1.300 páginas. Eso no significa que Ken sea el único maestro del Por supuesto, pero será visto en el futuro como el más grande. Él es el único que estudiantes y eruditos seguirán leyendo cientos, incluso miles de años a partir de ahora. Y usted, estudiante brillante, tendrá la oportunidad de aprender de él en esta vida si así lo desea.

GARY: ¿Para qué lo necesito si te tengo a ti?

PURSAH: Usted *hacer* nosotros tenemos. Pero no siempre

vamos a hacer algo regular visitas a usted. Tenemos lugares a los que ir y mentes a las que volar. Deberías continuar averigüe si parece que estamos aquí con usted o no. Te lo aseguro, siempre lo haremos estar aquí contigo, y también J.

GARY: Tendré que pensar con quién quiero estudiar cuando tú no alrededor. Además, pensé que Marianne Williamson era la maestra principal del

Curso. La vi en el *Larry King Live la* semana pasada y si no lo sabía ya mejor, hubiera pensado que ella escribió el Curso.

PURSAH: No. Nuestra hermana Marianne, a quien llamo la santa artista de rap, es solo una profesor. Su don para hablar en público y su personalidad la han puesto en un posición en la que ha podido presentar el curso a más personas que nadie más. Sin embargo, aún depende de cada individuo decidir hasta qué punto él o ella quiere seguir con eso después de eso.

GARY: ¿Dice que el curso se está traduciendo a otros idiomas?

PURSAH: Sí. No eres bilingüe, ¿verdad?

GARY: Tengo suficiente para manejar el inglés.

PURSAH: En lo que respecta a las traducciones, el Curso de J es en realidad extendiéndose a un ritmo mucho más rápido que el cristianismo. Dentro de cien años un porcentaje significativo de la población mundial aceptará que el Curso es realmente J hablando la Palabra de Dios. ¿De qué sirve eso si la gente no se postula? ¿eso? Por eso queremos que tengas claro lo que dice el Curso, o en al menos conseguirle en el estadio de béisbol.

Eso no es tan fácil como podría pensar. Desde que el Curso estuvo disponible para personas en 1975, ha habido una explosión de escritos canalizados, técnicas de los imitadores del Curso, y varias enseñanzas, muchos de cuyos seguidores dicen que son igual o simplemente como el Curso. Pero para el ojo bien entrenado, estos otros En las enseñanzas faltan las partes más importantes del Curso: las partes que hazlo lo que es. Si bien no desea atacar a otros maestros, eso *no* significa que un compromiso con la integridad del mensaje del Curso no debe ser expresado.

Un curso de milagros se *está extendiendo a un ritmo mucho más rápido que* el cristianismo lo hizo.

Está bien estar de acuerdo en no estar de acuerdo con otros profesores. Hay características vitales de *Un Curso de Milagros* que lo hacen original y representan un salto cuántico adelante en el pensamiento espiritual. Algunas de esas características son prácticamente ignoradas por el abrumadora mayoría de estudiantes, profesores e intérpretes del Curso. Al igual que con J de hace 2.000 años, el mundo está intentando hacer su trabajo habitual de borrando la verdad incorporando *partes* de ella en sus ilusiones y cubriendo sobre el verdadero mensaje del Espíritu Santo. No dejaremos de lado las ideas que tú no me gusta. Si se resiste a ellos o no quiere aceptarlos después de escucharlos, entonces esa es tu decisión, pero al menos no será porque no te lo dijeron.

Gary: Antes dijiste que la verdad absoluta podía expresarse en solo dos palabras. He estado leyendo y creo que sé cuáles son esas dos palabras, pero no quiero estar seguro. ¿Qué son?

Pursah: mantén tu camisa puesta , amigo. Eso es como cinco discusiones de distancia, cuando hablamos de lo que realmente es la iluminación. Entiendo que J tuvo una pequeña sorpresa para aunque la otra mañana.

GARY: ¡No estás bromeando! Fue grandioso. Mi experiencia fue que fue realmente él.

PURSAH: Sí, fue la Voz de J; la Voz de Dios, la Voz del

Santo Espíritu. Y como eventualmente experimentarás, también fue un símbolo de lo *que* realmente son. Sin embargo, en última instancia, como explica el Curso sobre el Espíritu Santo, La suya es la Voz de Dios y, por tanto, ha tomado forma. Esta forma no es suya realidad, que sólo Dios conoce junto con Cristo, Su verdadero Hijo, quien es parte de él.

Por tanto, la Voz es un símbolo del Espíritu Santo, que siempre está contigo. Como se puede deducir de lo que se señaló anteriormente, el Espíritu Santo no es masculino o mujer. Tampoco Cristo. J utiliza lenguaje bíblico y metafórico en el Curso para corregir el cristianismo. El Hijo de Dios, o Cristo, no es un hombre ni un mujer; El es tu realidad. Y no eres una persona, simplemente experimentas eso usted está. Es al nivel de su experiencia que debe tener lugar su formación, pero serás conducido más allá de tu experiencia actual. Cuando el curso habla sobre usted *y* su hermano, se trata de lo aparentemente fragmentado o partes separadas del Hijo pródigo colectivo, que están simbolizadas por el falso imágenes que ve actualmente.

ARTEN: La Voz puede hablarte de muchas formas y normalmente no Escúchalo de la manera que lo hiciste la otra mañana. De hecho, no es necesario
para que la gente escuche la Voz como lo hizo Helen, y la mayoría nunca lo hará. Helen tenía un
regalo que se había desarrollado durante vidas pasadas que J pudo usar con ella permiso, pero él, o si lo prefiere, el Espíritu Santo, trabaja con personas en de muchas formas diferentes. Él puede hablarte dándote sus pensamientos. Estas los pensamientos pueden venir a su mente. A veces no te darás cuenta de que te fueron entregados, pero a veces notarás que parecían venir a ti de algún otro lugar, aunque en realidad no hay ningún otro lugar.

Esta Voz es también la voz de Buda y de todos

los maestros ascendidos que finalmente completó su parte junto con J. J y Buda no están en competencia entre sí. Tales fantasías son para miembros de religiones, no ellos. Su Voz también puede comunicarse contigo en los sueños que tienes.

en la cama por la noche, no es que esos sueños sean más o menos reales que tus proyecciones. Relacionarse contigo en tus sueños nocturnos es una de las cosas del Espíritu Santo.

formas favoritas de trabajar con la gente. Pero a veces Su Voz puede simplemente llega a ti en forma de una idea de otra persona que te suena a verdad.

En cuanto al mensaje de J para ti la otra mañana, estabas bastante en lo cierto en finalmente dándose cuenta de que la palabra más importante en su comunicación era la palabra *sin sentido.* Cuando las personas comienzan a estudiar el Curso, siempre Piensan erróneamente que se les pide que sacrifiquen algo. Como el Manual para Los maestros señalan, parece que se están quitando cosas y rara vez se entiende inicialmente que su falta de valor es simplemente ser reconocida. El Curso da mucha instrucción sobre ese punto y la falta de significado de el mundo ilusorio. Verás, Gary, *todo el mundo* quiere que su vida tenga sentido, pero lo están buscando en el lugar equivocado: en el mundo. La gente siente una profunda vacío en alguna parte, y luego intentan llenar el agujero con algo

logro o relación en el nivel de la forma. Sin embargo, todas estas cosas, por definición, son transitorias en el mejor de los casos. Por lo tanto, debes darte cuenta, como J aconseja muy al principio del Texto, Un sentido de separación de Dios es la única falta que realmente necesita corregir.

La J del Curso no es la misma que la versión de J en el cristianismo, y la dos sistemas de pensamiento no son compatibles. Para el cristianismo, su imagen de sufrimiento de J el cuerpo es muy especial. El es diferente a ti en el sentido de que solo el

es el Hijo unigénito de Dios. Pero la J del Curso te informa que porque tú y él son uno, entonces eres igualmente el Hijo unigénito de Dios o el Cristo, no

diferente a él, y además, eventualmente puedes experimentar esto.

No hay nada en mí que no puedas alcanzar. No tengo nada que haga no viene de Dios. La diferencia entre nosotros ahora es que no tengo nada

más.

Gary: Si los dos sistemas de pensamiento no encajan, ¿cómo pueden los cristianos

hacer el curso?

ARTEN: Muy fácilmente, o al menos tan fácilmente como cualquier otra persona. El curso es siempre

hecho a nivel de la mente, no en el mundo. Ir a la iglesia, al templo o cualquier lugar de culto debe considerarse un fenómeno social. Alguna clase de

El culto público siempre ha sido una parte importante de la sociedad, y es obvio que muchas de las instituciones religiosas de hoy son influencias positivas en su comunidades. Pero donde *realmente* encontrarás la salvación es en la mente. Ahi esta

nada inherentemente santo en ningún lugar u objeto físico. Son simplemente símbolos Por tanto, es posible pertenecer a cualquier religión u organización en particular, o hacer cualquier otra cosa que haría normalmente en la vida, y aún practicar el pensamiento sistema del Curso a nivel de la mente.

No es necesario hacer proselitismo para *Un curso de milagros* para otros, aunque ciertamente puede contarle a la gente sobre esto si se siente guiado en esa dirección. Pero el el punto es que no *tienes que* hacerlo. Tu epifanía podría fácilmente seguir siendo privada.

importar. Tu decides. El Curso no tiene absolutamente nada que ver con el mundo físico. Una vez más, se trata de cómo eliges mirar el mundo.

Gary: Para que incluso los católicos pudieran ir a misa en Our Lady of Great Sufrir y darse cuenta en sus mentes de que J realmente no les pide que se sacrifiquen cualquier cosa.

PURSAH: Sí. No son solo los católicos, querido. Como sabes, hay felices personas así como bastardos sufrientes en todas las religiones. Mira la forma en que algunos Los hindúes individuales eligen sufrir en su adoración a Dios. Incluso los felices los miembros de diferentes religiones eventualmente sufren. Está construido en el inconsciente sistema de pensamiento. Por eso los cristianos quieren creer que J sufrió y murió. Por sus pecados. ¿No recuerdas a esa hermosa mujer bautista del sur que dijo que nunca pasarás las puertas del cielo a menos que tengas la sangre de Jesús en ti?

GARY: ¡Oh, sí! Le pregunté dónde podía pedir un par de pintas.

PURSAH: Trate de recordar lo que le decimos constantemente . El Curso es un mental proceso, no físico. Eventualmente entenderás que *todo* es un proceso mental y no físico. Hablando de católicos y bautistas, que trae a colación otro punto importante sobre las interpretaciones. Sabes cuantos diferentes tipos de iglesias cristianas organizadas que hay en el mundo de hoy, cada una con su propia interpretación particular del cristianismo?

Gary: Me imagino que debe haber cientos.

PURSAH: Hay más de 20.000.

Gary: ¡Jesús, José y María!

ARTEN: No fue culpa suya. Déjame preguntarte algo más. Si hoy tu tienen 20.000 iglesias que realmente no entienden el mensaje de J, y les aseguro no lo hacen, y si los tiene a todos en desacuerdo sobre el mensaje de J se supone que significa, y mientras tanto el mundo no ha cambiado, no *realmente* Entonces, ¿cree usted honestamente que le servirá a la humanidad si termina con veinte

mil interpretaciones diferentes de *Un curso de milagros*?

Gary: Supongo que es una pregunta retórica. Por eso enfatizas que si realmente aprendo el mensaje de J tal como se presenta en su Curso, entonces realmente hay sólo una posible interpretación correcta. Creo que va a tomar algo grande que la gente esté dispuesta a renunciar a *sus* interpretaciones. Pero también deduzco que ahí son beneficios inherentes al hacerlo.

ARTEN: Muy perspicaz, pez gordo.

GARY: ¿Estás alabando la percepción?

ARTEN: Existe la verdadera percepción, como oirá en breve.

Ya que estamos señalando que tendrás que estar dispuesto a renunciar a tu propio interpretación del Curso a cambio del correcto, también debemos señalar que para que pueda citar el Curso en su escrito tendrá que Esté dispuesto a notar los diversos pasajes de los que estamos hablando. Tú quizás no tiene ganas de hacerlo, pero confíe en nosotros, es parte del proceso de mantener el Curso

intacto y no permitir que se cambie y su mensaje se pierda. Dos mil años Hace no era posible preservar la verdad. Incluso hoy será muy difícil evitar que el mensaje de J se pierda de nuevo, pero no hay nada de malo en dar es un tiro.

GARY: Hace 2000 años, la gente comenzó a agregar sus propias cosas a las palabras de J y cambiando su mensaje para ajustarse a sus propias creencias, y luego antes Sabías que no había forma de saber con certeza qué palabras eran realmente suyas y cuales no?

ARTEN: Exactamente. ¿De verdad quieres que vuelva a suceder?

Gary: No realmente, pero ¿qué evitará que el Curso se convierta en Cristianismo, con una autoridad central que tiene iglesias oficiales que establecen el ¿ley?

ARTEN: Lo que evitará que eso suceda es la naturaleza del Curso. Sí mismo. *Un curso de milagros no es una religión.* Como ya ha considerado, como siempre que el Curso permanezca en una sola pieza y la integridad de su mensaje sea conservadas tanto como sea posible, entonces sus características de autoestudio siempre ganarán a la larga. El Curso está realmente adelantado a su tiempo. Qué es importante ahora es que *lo* haces *tú*.

Gary: ¿Es cierto que una vez que se estableció la iglesia, solo el clero Se les permitió leer las Escrituras, y la gente solo pudo escuchar lo que la iglesia ¿les dije?

ARTEN: Eso es cierto. La mayoría de la gente no sabía leer de todos modos. Toma un mucho por sentado ahora, y olvidas que la imprenta ni siquiera existía hasta la década de 1450. La iglesia controlaba estrictamente la información, incluidas todas las escrituras. Si el público solo sabe lo que se les dice, entonces es bastante difícil para ellos llegar a cualquier conclusión que no sea la que los poderes públicos quieran.

No fue hasta el 1700 que suficientes personas pudieron leer y suficientes había literatura disponible para que pudiera marcar una diferencia en la sociedad. Hoy la gente pueden leer y pensar por sí mismos, y la información disponible es mucho más avanzado. Puede preguntar por qué J tardó tanto en dar el Curso. Sin embargo, no fue hasta ahora que habría suficientes personas preparadas para ello.

GARY: Oye, no quiero cambiar de tema, pero realmente no quiero

olvídate de esta vez preguntarte sobre estas experiencias que he estado teniendo con destellos de luz inusuales. Asumo que sabes a lo que me refiero, ya que pareces saber todo sobre mi. ¿Están estas experiencias de luz asociadas con el ¿Curso?

ARTEN: Sí. Aunque comenzaron hace un año, están conectados a un decisión tomada por usted a nivel de la mente que resultó en su estudio de la Curso. Una vez más, la mayoría de las personas no tienen tales experiencias y están *no es* necesario para que el Curso sea efectivo. No has hecho el libro de trabajo todavía, pero si desea leer el tercer párrafo de la lección 15, verá J mencionar este tipo de manifestaciones. ¿Quieres leer eso ahora?

GARY: ¡Sí! Déjame ver aquí.

A medida que avanzamos, es posible que tenga muchos "episodios ligeros". Pueden tomar muchos diferentes formas, algunas de ellas bastante inesperadas. No les tengas miedo.

Son señales de que por fin estás abriendo los ojos. No persistirán, porque simplemente simbolizan la verdadera percepción, y no están relacionados con conocimiento.

ARTEN: Hablaremos de la diferencia entre conocimiento y qué conduce a ella, así que ten paciencia. También hablaremos más sobre sus experiencias místicas como Continuamos, pero puedo decir que todavía tiene otra pregunta en mente.

GARY: Solo para asegurarme de que estoy entendiendo esto, tengo una pregunta sobre el Curso y cómo se relaciona con el budismo y el cristianismo. Uno de los principales enseñanzas del budismo tradicional, y le concedo que hay otros tipos de budismo tradicional que no tiene todos los adornos rituales, es que la gente sufren porque tienen estos deseos furiosos que nunca pueden ser satisfechos.

Los budistas creen que el control del deseo trae felicidad y compasión.

viviendo hacia los demás. Podrías ver eso como otra forma de lidiar con la falta.

Pero ya ha citado el Curso diciendo: "Una sensación de separación de Dios es la única falta que realmente necesitas corregir ". ¿Estás diciendo que el budismo es *modificación* del pensamiento, en oposición a una curación por el Espíritu Santo, y que El cristianismo y su enfoque están incluso un paso más lejos: ser un ¿Intenta modificar lo físico en lugar de lo mental?

ARTEN: Lo estás entendiendo. Una vez que realmente entiendas un par de cosas ya te lo hemos dicho, entonces verás que el budismo es un paso en la derecha dirección porque no se escapa de la mente como lo hace el cristianismo.

Por eso el Papa puso el budismo en uno de sus libros; él dijo que eso busca trascender el mundo, pero en su opinión, Dios debe ser encontrado haciendo ciertas cosas *en* el mundo. No solo lo ha entendido al revés, ya sea que buscando a Dios o no, pero el budismo carece de Dios casi por completo, dependiendo en el maestro o intérprete individual. Como señalamos durante nuestra primera visita, hacer ejercicios mentales por su cuenta *no puede* curar su mente inconsciente. Como nosotros proceda, le daremos una buena idea del sistema de pensamiento de J que, cuando hecho *con* él o con el Espíritu Santo, te entrena para desarrollar la verdadera percepción. Esa voluntad ayude al Espíritu Santo a sanarlo y lo lleve de regreso a lo que realmente es.

Esto trae a colación una de las características interesantes del milagro: un milagro según el Curso es un cambio en la percepción hacia el *Espíritu Santo* forma de pensar, y no meramente una modificación de sus propios pensamientos, formas o

circunstancias. El Curso dice que el milagro puede progresar mucho más y más rápido en su camino espiritual de lo que hubiera sido posible de otra manera.

Por ejemplo, el texto dice:

El budismo es un paso en la dirección correcta porque no se escapa de la mente como lo hace el cristianismo.

El milagro es el único dispositivo a su disposición inmediata para controlar

hora. Y: El milagro sustituye al aprendizaje que podría haber tomado miles de

años.

J no está haciendo afirmaciones escandalosas aquí; simplemente te está diciendo la verdad

basado en las leyes de la mente y las leyes de Dios. Estaremos concentrados en la visión del curso del tiempo durante una de nuestras visitas con usted.

Para que aprenda a ahorrar tiempo, sería muy útil que abordó el Curso como el sistema de pensamiento original que es, en lugar de viéndolo como una continuación del cristianismo, que no lo es. Por favor no lo llames el Tercer testamento. No es. Es el curso. Obtienes J sin la religión. Infierno decirle muchas cosas que no se pueden reconciliar con la Biblia. No desperdicies tu tiempo *tratando* de reconciliarlos. La Biblia *comienza* diciéndote: "Al principio Dios creó los cielos y la tierra ". ¡No lo hizo! Si vas a entender lo que J te está diciendo, entonces no puedes comprometer estas palabras del

Curso: El mundo que ves es una ilusión de mundo. Dios no lo creó, por qué Él crea debe ser eterno como Él mismo. Sin embargo, no hay nada en el mundo que mira que perdurará para siempre. 17

Gary: ¿Pero qué pasa con la energía? ¿No es cierto que la energía no se puede destruir?

solo cambiado?

ARTEN: La energía aparentemente no se puede destruir en el nivel de la forma porque

no es *realmente* energía, se piensa. O más exactamente, es un error, lo que *será* finalmente ser cambiado a lo largo de la eterna. Mientras tanto, hay un criterios sencillos que te da el Curso para distinguir entre lo real y lo irreal.

Todo lo que es verdad es eterno y no puede cambiar ni cambiarse. El espíritu es por lo tanto inalterable porque ya es perfecto, pero la mente puede elegir lo que elige servir. El único límite que se le pone a su elección es que no puede sirve a dos amos.

Entonces, el hecho de que la energía *se* pueda cambiar significa que, por su propia naturaleza, es falso. No es nuestra intención desinflar el entusiasmo de sus amigos de la Nueva Era. Que están tan boquiabiertos por la energía. Pero la energía no es nada. Es una pérdida de tiempo, un truco simplemente otro dispositivo para construir su casa sobre la arena en lugar de sobre la roca.

Claro, puede ser una idea útil para algunas personas interesarse en lo invisible en lugar de lo visto. Pero vinimos para ayudarlo a ahorrar tiempo, así que tenemos que decir qué tenemos que decir. La buena noticia no es que la *energía* se puede cambiar, la buena noticia es que la mente que lo hizo se puede cambiar.

GARY: Te escucho. Me preguntaba algo más. ¿La gente *tiene* que creer?

el Curso es realmente J y tener una relación personal

con él para que el ¿Curso para trabajar?

PURSAH: No. Es posible obtener beneficios del Curso y no creer es J quien habla. Como dijimos, puedes hacer el Curso con el Santo Espíritu. O puede hacerlo como una persona secular que busca aprender sobre espiritualidad.

Además, un budista o un miembro de alguna otra religión podría sustituir palabras y todavía lo hago. Puede utilizar las palabras *Mente de Buda en* lugar de *Mente de Cristo* , o rellenar en tu favorito. Las feministas podrían sustituir la palabra *Ella* por *Él* .

Mientras estas personas hacen estas cosas, deberían darse cuenta en algún momento que el hecho de que lo estén haciendo significa que necesitan perdonar algo, porque no *tendría* que hacer las sustituciones en primer lugar si no fueran atribuir un gran significado a los símbolos y hacerlos reales.

Por supuesto, cualquier persona que sea capaz de tener o ya tenga un La relación con J debe continuar desarrollándola por todos los medios. Eventualmente ellos encontrarás la experiencia de estar más allá de este mundo, porque donde te unes a J o el Espíritu Santo, al nivel de la mente, también está más allá de este mundo. Primero

la gente siempre piensa que J les ayuda *en* el mundo, pero el Curso les enseñará ellos para superar eso.

Al final, cada uno aprenderá lo que aprenderá: La Voz de Dios es *tu* voz que es su verdadera voz, porque *es* Cristo. No hay diferencia entre el Padre, el Hijo y el Espíritu Santo en realidad, pero no vives en realidad. Tú vives aquí. O al menos esa es tu experiencia. Hasta que tu mente tenga sido sanado por el Espíritu Santo, necesitará la ayuda que los símbolos del El curso te puede dar.

Para muchas personas, cuando comienzan a estudiar el texto del curso, creo que también podría estar escrito en un idioma extranjero. Esto se debe a que J presenta el Curso *como si* ya entendiera de qué está hablando, aunque él sabe que a nivel de la forma no se comprende mucho. Las ideas son

introducido, eliminado y luego enseñado de nuevo más adelante con más detalle. El pensamiento el sistema se basa en sí mismo para que usted lo aprenda. El aprendizaje del curso debe verse como un proceso, no como un evento. Desafortunadamente, mucha gente estudia el libro de trabajo, que es más accesible e ignora gran parte del texto excepto cuando asisten a las reuniones de su grupo de estudio. Sin embargo, si realmente no entender el texto, entonces *realmente* no puede entender todo el libro de trabajo

está diciendo tampoco.

GARY: ¿Tengo que ir a un grupo de estudio?

Pursah: No. Puedes ir si quieres, y sé que lo harás.

Los grupos de estudio no se mencionan en absoluto en el curso y, como ir a la iglesia, deben considerarse principalmente como un fenómeno social. No son siempre la mejor fuente de información tampoco, pero si son dadas al Espíritu Santo y

usado para el perdón, entonces puede estar seguro de que él estará feliz de participar con tú.

ARTEN: Hay algunas personas que minimizarán la importancia de comprender lo que significa el Curso. Citarán las primeras lecciones del Libro de ejercicios fuera de contexto, o el mensaje que J te dio la otra mañana, Gary. Dirán que dado que el Curso está haciendo una declaración *metafísica de* que todo no tiene sentido, ¡entonces el Curso tampoco significa nada! Vamos sea muy enfático sobre algo. El Curso ciertamente *no* tenga sentido en

el nivel en el que se encuentra con usted, y es muy importante que lo entienda: o de lo contrario te resultará inútil. Eso es porque el curso se trata de reinterpretar el mundo y lo que llamas tu vida. Se trata de renunciar al significado que *tu* han dado el mundo y cambiar al significado del Espíritu Santo para el mundo. Esto es absolutamente necesario para que el Espíritu Santo le ayude.

Despierta suavemente de tu sueño. ¿Cómo puede la gente pensar que no es importante para que los alumnos comprendan con precisión lo que significa el curso si han leído el Introducción al libro de trabajo una base teórica como la que proporciona el texto es necesaria como marco para que los ejercicios de este manual sean significativos. Y:

Simplemente se le pide que aplique las ideas como se le indica. Usted está no se le pidió que los juzgara en absoluto. Solo se le pide que los use. Es su uso eso les dará significado para ti y te mostrará que son verdaderas.

Perdonemos a los que quieren tomar el camino fácil y pretender que el Curso es diciendo lo mismo que todo lo demás, y pasar a lo que es el Curso enseñando. Debe quedar claro por lo que ya hemos dicho que cuando J te dijo que hacer que el mundo no tenga sentido para ti, estaba hablando de renunciar al *valor* que le ha dado, y aceptando el significado del Espíritu Santo para él. Por ejemplo, dice al comienzo del Capítulo 24: Aprender este curso requiere la voluntad de cuestionar todos los valores que sostener.

Gary: ¿ Seguramente no se refiere al pastel de manzana, la familia y la maternidad?

ARTEN: Ya veremos. Pursah mencionó antes que el sistema de pensamiento de J es holográfico. Una vez que lo entienda, lo verá en todas partes en el Curso. Para ilustrar esto, ¿por qué no echamos un breve vistazo a la Introducción? No el Prefacio, la Introducción. ¿Te gustaría leer eso ahora, Gary? Después, te daré un recorrido rápido.

Gary: Claro. Al menos cuando leo en voz alta, no me parece tan divertido estar moviendo mis labios.

INTRODUCCIÓN

*E*ste es un curso de milagros. Es un curso obligatorio. Solo el tiempo que tomas es voluntario. El libre albedrío no significa que pueda establecer el plan de estudios. Significa solo que puede elegir lo que quiere tomar en un tiempo dado. El curso no tiene como objetivo enseñar el significado del amor, por eso está más allá de lo que se puede enseñar. Sin embargo, apunta a eliminar el bloquea a la conciencia de la presencia del amor, que es su natural herencia. Lo opuesto al amor es el miedo, pero lo que todo lo abarca puede no tiene opuesto.

Por lo tanto, este curso se puede resumir muy simplemente de esta manera:

Nada real puede ser amenazado. No existe nada irreal.

En esto radica la paz de Dios.

ARTEN: Gracias, Gary. El Curso es obligatorio porque expresa la verdad.

Lo siento si eso suena arrogante. No significa que el Curso sea la única forma para que cualquiera pueda encontrar la verdad. La verdad es una conciencia, no un libro. Pero tu no puedo encontrar esta conciencia solo. ¿Puede una mente enferma curarse a sí misma? En el nivel de la mundo, la respuesta es no. Necesitas ayuda. Necesitas el milagro. El tiempo que tu elegir aprender y aplicar lo que enseña el curso depende de usted. Puede retrasar como tanto tiempo como quieras. El plan de estudios ya se ha establecido. Puedes elegir lo que quiere aprender en un momento dado, pero eventualmente se dará cuenta de que son solo dos cosas para elegir, en lugar de la miríada de opciones que

actualmente creo que están abiertos a usted. El Curso no pretende ser superior a cualquier otro camino espiritual, pero al mismo tiempo no guarda ningún secreto sobre el hecho de que, en última instancia, es absolutamente necesario que lo aprendas.

El significado del amor no se puede enseñar ni aprender. El amor se encargará de Sí mismo. *Su* trabajo, como dice la Introducción, es aprender a eliminar, junto con el Espíritu Santo, los bloqueos a la conciencia de la herencia que aparentemente

tiró. Lo opuesto a Dios y Su Reino es todo lo que no es Dios y Su Reino, pero lo que lo abarca todo, Dios, no puede *tener* un opuesto.

Sin duda has escuchado en otra parte que *Un curso de milagros* te pide para elegir el amor en lugar del miedo. Eso es cierto, pero ciertamente no es suficiente. UNA miles de escritores han escrito sobre personas que eligen el amor en lugar del miedo desde el Curso salió a la luz en los años 70. Pero si le dices a la gente que elija el amor en lugar de miedo, pensarán que les estás diciendo que elijan *su* amor, y eso no es lo que el Curso está enseñando. Como aprenderá, el amor del mundo y su gente es

lo que el Curso llama amor especial, y el amor del Espíritu Santo es todo un cosa diferente. Las palabras *amor* y *miedo* en el Curso representan dos

y sistemas de pensamiento mutuamente excluyentes, *los* cuales deben entenderse si alguna vez sabrás qué es realmente entre lo que estás eligiendo.

De hecho, su sistema de creencias inconsciente se mantiene en su lugar *sin* mirarlo.

¿Qué tipo de servicio está prestando a las personas si no las enciende en el hecho de que el sistema de pensamiento del miedo, que han negado y proyectado hacia afuera, 26 deben ser examinados de cerca en sus vidas si quieren ser libres de ella?

¿Qué traerá a la fiesta si no informa a la gente que el solución a los problemas del mundo y sus relaciones *nunca* se encontrarán en el nivel de interacción entre cuerpos individuales?

Nada *real,* que es su espíritu eterno e inalterable que el Curso El sistema de pensamiento del amor te llevará a ... puede ser amenazado en lo más mínimo.

Nada *irreal,* que es todo lo demás y ha sido producido por el pensamiento sistema de miedo — existe en absoluto en la realidad. La paz de Dios es la meta del Por supuesto, porque *debe* alcanzarse para recuperar la conciencia de su

realidad en el Reino.

Las palabras amor *y* miedo *en el Curso representan dos completos y* sistemas de pensamiento mutuamente excluyentes.

Gary: Así que todo esto se hace a un nivel más allá del cuerpo y el mundo, y Su tema recurrente parece ser que la actitud de J hacia el cuerpo 2000, hace años era que era totalmente insignificante para su realidad. Además, parecería estás diciendo que la resurrección es algo que tiene lugar en tu mente incluso aunque pareces estar en tu cuerpo, y en realidad no tiene nada que ver con el cuerpo en absoluto. Las ideas de resurrección física e inmortalidad física son no solo fantasías, sino totalmente innecesarias.

ARTEN: ¡Bravo! Sabía que había esperanza para ti. La realidad y el amor son naturales y abstracto; los cuerpos y el miedo son antinaturales y específicos. Como enseña el Curso, La abstracción completa es la condición natural de la mente.

Hablaremos más sobre eso durante nuestra próxima visita, cuando analicemos cómo Terminó pensando que eres un cuerpo y de dónde viene el universo.

Gary: Empiezo a entender por qué dices el Curso y el cristianismo. No encajan juntos. El Curso dice que el cuerpo es ilusorio y se basa en un sistema de pensamiento que es en realidad la antítesis de Dios, si pudiera haber una antítesis de Dios. El cristianismo ha servido para *perpetuar* el sistema de pensamiento que resulta en un estado de existencia corporal aparentemente separada al elevar el cuerpo de J a uno de extrema especialidad, satisfaciendo así las necesidades de las personas para validar sus propia experiencia de singularidad e individualidad.

ARTEN: Por supuesto. La J de la Biblia es un objeto en el sueño del mundo de cuerpos, pero el *verdadero* J es absolutamente gratis. Como hemos dicho, eso es lo que quiere tú. En muchos sentidos, debe seguir aprendiendo a superar el pensamiento de religión. Por ejemplo, a lo largo de la Biblia la tradición judeo-cristiana describe a Dios *reaccionando* directamente al pecado como si fuera un hecho. En el caso de el cristianismo, como ya hemos señalado, supuestamente Dios ofrece a J para sufrir y muere por sus supuestos pecados en un acto de expiación sacrificial. Algunas iglesias dan tanta importancia a esto que simbólicamente canibalizan el cuerpo de J en el sacramento de la Eucaristía y variaciones de ese ritual. Ellos creen que dios ha sacrificado a su Hijo en la carne para expiar sus supuestos pecados de la carne.

Sin embargo, Dios no reaccionaría a los eventos en un sueño más de lo que reaccionaría usted.

a eventos en un mal sueño que su esposa estaba teniendo en la cama a su lado. En el primer lugar, ni siquiera puedes ver los eventos porque en *realidad no están sucediendo.*

En segundo lugar, incluso si *pudieras* verlos, no habría necesidad de que reaccionaras.

a ellos porque, siendo falso, no podrían afectarle. Lo único sería despertar a su esposa de su mal sueño, pero Hágalo *lenta* y *suavemente* , para no asustarla aún más. No agarrarías ella y sacúdala como el infierno. Del mismo modo, el Espíritu Santo despertará suavemente tú. Él no es un Dios separado que reacciona a tu sueño, sino que en realidad es la Voz.

a Dios que todavía tiene *con* usted en su viaje ilusorio a este país lejano.

Una forma en que el Espíritu Santo te despertará es enseñándote que lo que *piensas* está sucediendo *no* está sucediendo. La realidad es invisible y *cualquier cosa* que pueda ser percibido u observado de *cualquier* forma, incluso medido científicamente, es una ilusión: todo lo contrario de lo que piensa el mundo. Pero el curso es práctico en más maneras de una. Puedes usar su sistema de pensamiento del verdadero perdón para lidiar con lo que te dicen los ojos del cuerpo, y puedes hacerlo de tal manera que te permita para funcionar en la sociedad. Un trabajo en una ilusión no es más sagrado por naturaleza que cualquier otro trabajo. Por lo tanto, mientras aprende gradualmente que lo que alguna vez pensó como el pecado, el ataque, la culpa y la separación son realmente otra cosa, todavía puedes vivir una existencia terrenal relativamente normal y ser despertado lenta y suavemente de tu sueño.

Gary: Por lo que has dicho, también por lo que leí en el Texto donde J habla sobre el mensaje real de su crucifixión, a pesar de que parecía ser un terrible ataque, la crucifixión no fue nada para él, porque estaba tan totalmente identificado con el Amor invulnerable de Dios, que sabía que realmente

era, en lugar de ilusiones como el cuerpo. El hecho de que la crucifixión y las J El supuesto sufrimiento de otros en la cruz son ideas centrales para el cristianismo.

una indicación de cuánto fue malinterpretado y distorsionado su mensaje.

ARTEN: Sí. No espere alcanzar el mismo nivel de no sufrimiento logro como J en su primer año haciendo el Curso. Es un ideal que puede solo ven con mucha experiencia. Sí, eventualmente llegará el momento cuando nunca vas a sufrir. Esa es una de las recompensas a largo plazo de este camino. Incluso cuando parezca estar en su cuerpo, es posible que alcanzar la invulnerabilidad psicológica. Como dice el Curso:

La mente sin culpa no puede sufrir. Pero se necesita la ilusión de tiempo para que aprendas tus lecciones de perdón y llegar a su meta.

GARY: Puede que sea así, pero quiero llegar más temprano que tarde.

PURSAH: Todo el mundo quiere eso y te ayudaremos ahora mismo transmitir una idea importante. Esta no es la imagen completa, pero es importante Parte de ello. Puede que al principio no esté de acuerdo, pero piénselo. Te dijimos el la última vez que cuando volviéramos les haríamos saber qué es *realmente la* sabiduría. Entraremos en más detalles sobre esto y notará que nuestra presentación se volverá más lineal a medida que avanzamos para ayudar a facilitar su comprensión.

En lo que respecta a la sabiduría, el mundo cree que la sabiduría está teniendo buen juicio y acierto. Eso no es cierto. Todo lo correcto es mantener

te quedaste aquí para siempre. Voy a recitar lo que dice J en el Curso sobre sabiduría y su relación con la inocencia. Por cierto, esto también es lo que realmente significa ser puro de corazón.

La inocencia no es un atributo parcial. No es real *hasta* que es total. El parcialmente los inocentes tienden a ser bastante tontos a veces. No es hasta su inocencia se convierte en un punto de vista con aplicación universal que se convierte en sabiduría.

Percepción inocente o verdadera significa que nunca malinterpretas y siempre ver verdaderamente.

Gary: ¿Estás diciendo que voy a tener que ver a *todos,* pase lo que pase, como
siendo totalmente inocente?

PURSAH: Eso es correcto. Una vez más, no espere que suceda de inmediato.

GARY: No lo sé. ¿Cómo puede ser inocente un hombre como Hitler?

PURSAH: Esa es una pregunta típica, y la respuesta no tiene nada que ver hacer con Hitler. Como alguien que recuerda muy bien mi vida judía, no soy exactamente un fan de los nazis, cabezas rapadas, el KKK, o cualquiera de los otros mentalmente grupos heridos. La razón por la que son inocentes no tiene nada que ver con el nivel de formar. Hitler y todos los demás en el mundo, incluido usted, son igualmente inocentes.

porque *lo que estás viendo no es verdad*. Este es *tu* sueño. Como el curso enseña, el sueño no lo está soñando nadie más.

Hitler fue un ejemplo del sistema de pensamiento del miedo que se llevó a cabo extremo. Crees que el Holocausto fue un evento inusual, pero fue inusual solo en su tamaño. Lo mismo ocurre todo el tiempo, a lo largo de la historia. Si pensarás mucho e investigarás un poco, descubrirás que ha sucedido varias veces en el siglo pasado. No tienes que ser judío, negro, un Indio, o algún otro color exótico para ser víctima. Sería difícil encontrar *alguna* grupo de personas que no ha sido perseguido. Incluso una persona blanca, siempre que o ella es un cierto tipo de persona blanca en el lugar correcto en el momento correcto, puede ser la víctima del año. Tal vez tengan que ser católicos, protestantes o presunta bruja. Naciste en Salem. Conoces la historia. Cuanta gente Murió durante los juicios de brujas de Salem?

Gary: Alrededor de los diecinueve o veinte.

PURSAH: Sí. Ese fue un ejemplo clásico de la proyección del inconsciente culpa. ¿Sabes cuántas personas murieron durante los juicios de brujas que

precedió a ese evento en Europa?

GARY: No lo sé. Cientos?

PURSAH: Prueba con 40.000.

Gary: ¡Cuarenta mil!

PURSAH: Sí. Como porcentaje de la población, sería lo mismo que si

más de un millón de personas murieron hoy.

GARY: ¡Vaya! Eso sería noticia, a menos que hubiera un gran escándalo sexual. Algun lado.

PURSAH: Todo esto es el resultado de una situación en la que las personas tienen un profundo necesidad oculta de proyectar su culpa inconsciente en otra persona, y *cualquier* la excusa servirá. Hemos estado hablando de ejemplos extremos, pero la gente hace esto de mil formas sutiles. No saben que lo necesitan ni por qué. Si lo hicieran entonces no lo harían. Aprenderá más sobre esta situación y

darse cuenta exactamente de por qué acciones insensatas como el genocidio son una parte rutinaria de la historia de la inhumanidad del hombre hacia el hombre. También aprenderá que el verdadero perdón es la única forma de romper el patrón. Como dijimos, no tienes que aceptar la idea.

que todo el mundo es completamente inocente, o cualquiera de las otras ideas del Curso, ¿verdad?

lejos. Pero verás a medida que avanzas que el perdón es inmensamente bueno para *ti,* no solo las imágenes que estás perdonando.

Por cierto, al sistema de pensamiento del miedo y la

separación de Dios se le da la nombre *ego* en el Curso, y este término no debe confundirse con el término *ego* como se usa en psicología tradicional. J siempre nos hablaba en general, todos términos que abarcan, y el uso del Curso de la palabra *ego* no es una excepción. Usted Debería recordar que no importa lo grande que pueda parecer, el ego es solo un pensamiento, y los pensamientos se pueden cambiar.

Gary: Sé que dijiste que no me habías dado la imagen completa todavía, pero la el perdón del que estás hablando suena como una forma de negación.

PURSAH: Una vez que le hayamos dicho todo lo que queremos decirle, no solo ¿Podrás ver lo que realmente está sucediendo con verdadero perdón, pero darse cuenta de que el sistema de pensamiento del amor y el sistema de pensamiento del miedo son *ambos* formas de negación. Uno de ellos, la enseñanza del Espíritu Santo, conduce al cielo descubrir y revertir la negación de la verdad por parte del ego. Como dice el Curso sobre

la paz que resulta de la enseñanza del Espíritu Santo: Niega la capacidad de cualquier cosa que no sea de Dios para afectarte. Este es el adecuado

uso de la negación. Del perdón que conduce a la paz, el Curso dice: El perdón, entonces, es una ilusión, pero debido a su propósito, que es el Del Espíritu Santo, tiene una diferencia. A diferencia de todas las demás ilusiones, aleja del error y no hacia él.

Gary: Aunque estoy negando la capacidad de cualquier cosa que no sea de Dios para afectar

yo, ¿eso significa que debería dejar que la gente me ataque físicamente y no defender

yo mismo, o no ir al médico si me siento mal?

La crucifixión fue una lección de enseñanza extrema. No es necesario para que lo revises para aprender de él.

PURSAH: Por supuesto que no. Queríamos decir lo que dijimos sobre vivir una vida normal existencia. Nunca debe permitir que lo lastimen físicamente ni buscar peligro o sufrimiento para probar un punto. La crucifixión fue un extremo enseñanza de la lección. Es *no* es necesario para que usted vaya a través de él con el fin de aprender de eso. En la mayoría de las situaciones, hará lo que haría normalmente, pero trate de no hacerlo solo. Pida orientación cuando pueda. Tendrás todo el Espíritu Santo sistema de pensamiento, que J puede articular porque fue el primero en el sueño para completar su parte a la perfección, para aprovechar. Con el tiempo, tú también te convertirás en lo que este sistema de pensamiento representa.

Recuerde, el tipo de perdón que J usó y su Curso está enseñando no es el mismo tipo de perdón que el cristianismo y el mundo a veces participar. Si lo fuera, sería una pérdida de tiempo. El cristianismo tiene J incorrecto. Él está enseñando el verdadero perdón en su Curso, y le mostraremos cómo Úselo en situaciones específicas para que eventualmente pueda aplicarlo usted mismo en cualquier situación. Pero recuerde que no hay sustituto para estudiar y practicar el curso. Somos ayudas para el aprendizaje. No estamos haciendo nuestras propias cosas y tú no deberías intenta empezar *tu* propia cosa. Has estado haciendo tus propias cosas durante eones. Es como el viejo dicho: *si siempre haces lo que siempre has hecho, siempre obtendrás lo que siempre has conseguido* . Lo que siempre has conseguido es un billete de vuelta a

planeta psicópata, o algún lugar similar. Es hora de salir del tiovivo.

GARY: Creo que muchos buscadores espirituales están muy interesados en no reencarnar.

nunca más. Para tener claro el milagro, no solo el Curso

a veces se refiere a sí mismo como el milagro, pero un milagro según el Curso no tiene nada que ver con el nivel físico. Es un cambio de percepción que tiene lugar en la mente.

PURSAH: Sí. Muy bien. Entonces estás lidiando con la causa. Como el curso dice:

Este es un curso de causa y no efecto. Y:

Por lo tanto, busca no cambiar el mundo, sino elige cambiar de opinión. Acerca del mundo.

Gary: Si miras con atención, puedes ver que la mayoría de los juicios realmente no los hacen felices de todos modos.

PURSAH: Eso es muy cierto. De hecho, el curso le pregunta en un momento:

¿Prefieres tener razón o ser feliz?

Gary: Creo que la mayoría de nosotros *diría* que preferimos ser felices, pero *actuamos* como preferimos tener razón.

PURSAH: Sí. Parte del engaño del ego es que cuando la gente juzga otros y *creen* que tienen razón, a veces se sienten bien *temporalmente,* porque se las han arreglado para proyectar algo de su culpa inconsciente en otra persona.

Luego, un par de días después, sin saber por qué, su culpa inconsciente, que, una vez más, no tienen idea acerca de: los alcanzan y tienen un auto

accidente, o lesionarse a sí mismos de mil formas más sutiles. De Por supuesto que es un ejemplo lineal ilusorio. El *conjunto* que está realmente configurado por delante de tiempo, del que hablaremos más adelante, pero es un ejemplo de una de las formas las cosas se resuelven solas.

GARY: Entonces la gente juzga, se siente bien o mal, dependiendo de ya sea que estén proyectando su culpa hacia afuera o hacia adentro, y luego castigan sí mismos. Creen que han ganado, pero luego su karma pasa por encima de su dogma.

PURSAH: Está progresando rápidamente, pero todavía tiene mucho que aprender.

Recuerde, el karma es solo un efecto. Vamos a cambiar la causa de *todo* cambiando de opinión. El efecto sobre el nivel de lo físico no es algo de qué preocuparse, porque no es real. Las cosas *reales* que debería interesarle son la paz interior y el regreso al cielo. Hasta los beneficios temporales, abordaremos esas cosas cuando hablemos de

la abundancia que acompaña a la verdadera oración.

ARTEN: Además, señalemos que cuando el Curso habla de no juzgar tu hermano, lo que significa es que no lo *condenas*. Obviamente, tu Hay que emitir juicios solo para cruzar la calle. No estamos hablando de abandonando ese tipo de juicio. Sin él, no podría levantarse de la cama en el mañana. Una cosa que el Curso no tiene nada en contra es el sentido común.

GARY: Para algunas personas, el sentido común es un desafío.

ARTEN: Juzga ideas, no personas. Entonces acepta las verdaderas ideas. Hasta Los desafíos están preocupados, le hemos dicho repetidamente que lo desafiaríamos.

Llegará el momento en que sus desafíos terminarán. Como el Manual para Maestros dice refiriéndose a maestros avanzados:

No hay desafío para un maestro de Dios. El desafío implica duda, y el la confianza en la que descansan seguros los maestros de Dios hace que la duda sea imposible.

Pero tú, pez gordo, aún no has llegado. Es hora de estar ocupado restaurando tu mente a su condición natural.

GARY: Eso está bien para mí. Como dijiste, no es mi

mente de todos modos. Una cosa yo encontrar un poco incómodo es el hecho de que sigues enfatizando las diferencias y distinciones en lugar de unidad.

ARTEN: Me alegra que hayas mencionado eso, porque la razón es importante. Sus porque en el análisis final sólo hay dos sistemas de pensamiento, y el Santo El espíritu te enseña al contrastarlos.

El milagro compara lo que has hecho con la creación, aceptando lo que es de acuerdo con ella como verdadera, y rechazando lo que no está de acuerdo como falso.

PURSAH: La gente no siempre va a estar de acuerdo en lo que está de acuerdo con el milagro y el Espíritu Santo y lo que no está de acuerdo con Él y el Curso.

Siempre habrá algunos desacuerdos entre los seguidores de espiritualidades, y eso incluye también a los estudiantes del Curso. Eso es lo que hace el mundo , Gary. Eso se divide como una célula bajo un microscopio. Está integrado en el sistema, porque el ego La mente se divide como una célula bajo un microscopio, creando mentes aparentemente separadas.

o lo que algunos llaman almas. No se preocupe ni se resista. *Tu* trabajo es ir volver a la fuente del problema, la mente y *no* el mundo, y cambiar

tu mente a través del perdón.

J no espera que su Curso viva sin controversias, ya sea en la comunidad del curso o fuera de ella. Sin embargo, como dice en la Introducción a la Aclaración de términos, que son palabras que podría aplicar a cualquier aspecto de el curso:

Todos los términos son potencialmente controvertidos, y aquellos que buscan controversia, Encuéntralo. Sin embargo, aquellos que busquen una aclaración también la encontrarán. Ellos deben,

Sin embargo, esté dispuesto a pasar por alto la controversia, reconociendo que es una defensa.

contra la verdad en forma de maniobra dilatoria.

Una de esas posibles áreas de controversia, como verá durante nuestro próximo discusión, es la idea de que lo que realmente está impulsando este mundo es el inconsciente culpa asociada con el pecado, y ese pecado es solo una idea falsa. No deberías hacerlo psicológicamente real a través de la condenación.

ARTEN: Hasta que regresemos, quiero que consideres que los caminos espirituales no son los
lo mismo, y que si quieres la unidad, la encontrarás en la *meta.* El objetivo *es* el mismo. Todos los caminos espirituales conducen a Dios al final. 47 Pero los caminos no son los mismos.

Van en diferentes direcciones temporalmente, hasta que todos terminan en el mismo sitio. No hay tristeza en eso. De hecho, es bastante necesario. Para obtener el más fuera de cualquier camino, tienes que entenderlo y aplicarlo. Porque como puedes posiblemente aplicarlo si *no lo* entiende? No generaría grandes desacuerdo si dijeras que el budismo y el cristianismo no están diciendo lo mismo cosa. ¿Por qué debería generar un gran desacuerdo si dice que *Un curso en* ¿*Milagros* no dice lo mismo que ellos?

El Curso no es un movimiento; hay más que suficientes de esos. Usted no tienes que dominar el mundo. No importa si el curso es popular o no. J sabe lo que está haciendo. Aquellos que están preparados para el Curso lo encontrará. Su Curso es único. Le da al individuo la oportunidad de aprender que él o ella *no* es un individuo, y que nunca están solos. Te da el oportunidad de tener comunión con el Espíritu Santo y, en última instancia, con Dios. Acelera su regreso a Dios ayudando al Espíritu Santo a sanarlo. Para que eso Sin embargo, es absolutamente imperativo que aprenda a comprender declaraciones como la siguiente que hace J en su Curso. De hecho, se puede decir que el ego hizo su mundo sobre el pecado. Solo en un mundo así ¿Podría todo estar al revés? Ésta es la extraña ilusión que hace que el las nubes de culpa parecen pesadas e impenetrables. La solidez que esta el fundamento del mundo parece tener se encuentra en esto. Porque el pecado ha cambiado creación de una Idea de Dios a un ideal que el ego quiere; un mundo que gobierna, compuesto por cuerpos, sin mente y capaces de completa corrupción y decadencia.

Si esto es un error, la verdad puede deshacerlo fácilmente. Cualquier error puede ser corregido, si la verdad se deja juzgar. Pero si al error se le da el estatus de verdad, ¿a qué se puede llevar?

PURSAH: Entonces, querido mensajero, es hora de renunciar a los valores equivocados. Que le ha dado al mundo y comienza a tomar el significado del Espíritu Santo para en su lugar. Su uso para el mundo tiene significado.

ARTEN: Continúa tus estudios, Gary, y durante nuestra próxima visita comenzaremos a Lleva tus errores a la verdad, donde pueden ser deshechos por Aquel cuyo su función es liberarte.

LOS SECRETOS DE LA EXISTENCIA

No hay vida fuera del cielo.

Donde Dios creó la vida, debe haber vida.

Me adherido al abogado de Arten y aceleró mis estudios. Comencé a practicar el lecciones del libro de trabajo del curso, una por día, a veces de dos o tres días en una lección que encontré particularmente útil. En raras ocasiones me tomaba un día libre todavía consciente de las ideas que había estado aprendiendo. Ahora estaba siendo entrenado en el arte del verdadero perdón, aunque este entrenamiento tomaría más tiempo de lo que pensaba. La primera parte del Libro de ejercicios estaba destinada a comenzar a "deshacer" la forma en que actualmente miró al mundo. 2 No sabía que Arten y Pursah iban a esperar dos meses antes de regresar para darme tiempo de completar el primer cincuenta lecciones, especialmente diseñadas para comenzar a cumplir ese propósito. Despues de un mes más o menos, comencé a preguntarme si mis amigos, como ahora los pensaba, iban a volver en absoluto. Aun así, lo que estaba haciendo era tan interesante para mí que sabía que Continuar mi viaje con el Curso sin importar lo que pareciera suceder, o no suceder.

Un día volví a la pequeña librería donde había comprado el Curso y le preguntó a la mujer que trabajaba allí si conocía algún grupo de estudio del curso en el área. Maine es uno de los estados más tranquilos de América, y apenas un semillero de

activismo espiritual. Sin embargo, pudo proporcionarme varios números de teléfono. Que dejaron los estudiantes del curso en caso de que alguien más estuviera interesado en unirse a ellos. Después de considerar varios y pedirle guía al Espíritu Santo, encontré yo mismo conduciendo hasta una pequeña ciudad llamada Leeds, no lejos de la capital del estado de Augusta, donde encontré un grupo de personas con las que felizmente estudiaría durante bastante tiempo.

El facilitador del grupo, que había estado estudiando el Curso durante muchos años, me ofreció a prestarme dos breves panfletos, las únicas extensiones de la Curso hablado por J y escrito por Helen, llamado *Psicoterapia: Propósito, Proceso y práctica* y *El canto de oración*. También me preguntó si quería prestadas algunas cintas de casete que fueron diseñadas para ayudar a las personas a apreciar lo que dice el Curso. Miré el pequeño juego de cintas y vi que era una introducción.

al Curso llamado *El Ego y el Perdón,* de Ken Wapnick. Los sincronicidad de que se le ofrecieran estas cintas tan pronto después de que Pursah

recomendó a Ken no se me escapó. Me llevé las cintas a casa, aunque procrastinar en escucharlos.

A estas alturas, me estaba dando cuenta de que la Introducción al libro significaba lo que dijo: la base teórica del Texto era necesaria para hacer el Libro de Trabajo significativo. Recogí rápidamente la idea de que si los estudiantes no entendían las enseñanzas cuidadosamente detalladas que J había establecido en el Texto, entonces sería Es extremadamente fácil para ellos malinterpretar algunas de las lecciones del Libro de ejercicios y ocasionalmente los cita fuera de contexto para apoyar sus propias creencias. Nosotros estudiantes aún *no* podía escuchar la Voz de Dios con claridad. De hecho, el propio Curso decía: "Sólo muy pocos pueden escuchar la Voz de Dios ... " Entonces, en lugar de hacer lo que ya había visto muchos estudiantes haciendo en Internet: pronunciarse sobre lo que El Espíritu Santo los estaba guiando a decir y hacer; estaba decidido a hacer todo lo posible para comprender y aplicar los principios del Curso a todo lo que percibí. Quise para ayudar al Espíritu Santo a remover los bloqueos que generalmente me impedían escuchar la Voz de Dios claramente. Estaba a punto de renunciar a la idea de ver a Arten y Pursah otra vez cuando me sorprendieron una tarde mientras veía una película sexy Lo había alquilado en la tienda de videos local. Avergonzado, agarré el control remoto y rápidamente apagó la escena de un hombre y una mujer participando casi desnudos, juegos previos acalorados. Pursah inició la discusión.

PURSAH: Oye, ¿qué fue eso, Gary? Parecía bastante interesante.

Gary: Eso fue un experimento de dualidad.

PURSAH: Investigación. Entiendo.

ARTEN: Has estado estudiando y aplicando el Curso lo mejor que puedes, lo cual agradecemos. Queríamos darte algo de tiempo. Nos olvidamos de decirte que pasarán varios años antes de que nuestras diecisiete apariciones sean completar.

También nos alegra que haya encontrado un grupo de estudio, aunque pasará un tiempo antes

usted reconoce que los grupos de estudio no se tratan de unirse con individuos en el nivel del mundo, sino por el perdón que se hace posible a través de las relaciones y el examen de su propio ego. En grupos de estudio, iglesias, o en cualquier otro lugar de este mundo, parece que hay múltiples profesores y alumnos. Pero en realidad solo hay un Maestro del Curso, y solo un estudiante.

Nos gustaría comenzar esta tarde señalando algo para usted. La mayoría de Ustedes, los estadounidenses, creen que fue la revista TIME de la década de 1960 la que dijo por primera vez: "Dios es muerto." Pero en la década de 1880, Friedrich Nietzsche hizo por primera vez esa famosa declaración.

Ese es un deseo secreto del ego, matar a Dios y apoderarse de Su trono, pero Nietzsche no sabía nada de eso. Mientras todavía tenía cuarenta y tantos, se derrumbó en un estado de demencia del que nunca se recuperó.

La gente siempre ha reflexionado sobre la naturaleza y el origen de su existencia. Muchos han asumido que encontraron las respuestas y han formado innumerables filosofías.

Sin embargo, solo un hombre, que ya no es un hombre, ha podido explicar verdaderamente su

origen. Ahora, por supuesto, *no* digo esto para menospreciar a Nietzsche, que encontrará a sí mismo en Dios con tanta seguridad como todos los demás. Lo digo para enfatizar las siguientes palabras de *Un curso de milagros:*

No hay declaración que el mundo tenga más miedo de escuchar que esta:

No sé lo que soy, y por lo tanto no sé lo que soy
hacer, dónde estoy, o cómo mirar al mundo o a mí mismo.

Sin embargo, en este aprendizaje nace la salvación. Y lo que eres te lo dirá de sí mismo.

PURSAH: Hablemos de lo que eres y de dónde vienes , y luego puede decidir qué tan rápido quiere llegar a donde realmente va. Bien Comience contándole una pequeña historia, cortesía de la información del Curso de J, que de otro modo habría permanecido ajeno a ti. No se engañe a sí mismo; es un

privilegio para que usted aprenda estas cosas. Sin J permanecerían para siempre inconsciente. Ellos *toda-*

vía ser en su mayoría inconsciente incluso después de que las escuche. Como procedamos, al menos tendrás la oportunidad de encontrar tu camino, con la ayuda del Espíritu Santo, a través de sus velos de olvido y de regreso a donde realmente perteneces.

Los smbolos no pueden expresar realmente lo que pareca ocurrir justo antes de la haciendo del universo. La magnitud de la mente trans-temporal es demasiado genial para capturar con palabras. Sin embargo, podemos darle una idea de lo que realmente detrás de la supuesta caída del hombre, y lo que muchos han llamado pecado original.

Podemos decirle qué resultó en el evento al que se refiere como el Gran Explosión. Ningún científico podrá rastrear nada antes de eso, excepto en

teoría. Pero *es* posible recordar el principio y cambiar su mente sobre eso. Sin embargo, no es necesario que recuerde el a partir de ahora, porque realmente cambiará de opinión al perdonar la

símbolos de este comienzo. Así tu salvación siempre ha sido y siempre será depende de las decisiones que esté tomando en este *momento*. ¿Le gustaría continuar?

Arten?

Tienes la oportunidad de encontrar tu camino a través de los velos del olvido, de regreso a donde perteneces.

ARTEN: Antes del principio, no había ni principios ni finales; había sólo el eterno Siempre, que todavía está allí, y siempre estará. Había sólo una conciencia de la unidad sin defectos, y esta unidad era tan completa, tan asombroso e ilimitado en su alegre extensión que sería imposible para cualquier cosa para ser consciente de algo más que no era él mismo. Hubo y solo hay Dios en esta realidad, a la que nos referiremos como el Cielo.

Lo que Dios crea en su extensión de sí mismo se llama Cristo. Pero Cristo es de ninguna manera separada o diferente de Dios. Es exactamente lo mismo. Cristo no es una *parte* de Dios, es una *extensión* del todo. El amor real debe ser compartido y el

El amor perfecto que se comparte en el universo de Dios está más allá de todo lo humano.

comprensión. Los seres humanos parecen ser parte del todo, pero Cristo lo es todo.

La única distinción posible entre Cristo y Dios, si una distinción fuera posible — sería que Dios creó a Cristo; El es el autor. Cristo no crear a Dios o a sí mismo. Debido a su *perfecta* unidad, esto realmente no importa en el cielo. Dios ha creado a Cristo para que sea exactamente como Dios y para compartir Su Amor eterno y alegría en un estado de libertad, ilimitada e inimaginable éxtasis.

A diferencia del mundo concreto y específico en el que pareces estar ahora, esta constante y fascinante estado de conciencia es completamente abstracto, eterno, inmutable y unidos. Entonces Cristo se extiende a Sí mismo creando nuevas Creaciones, o simultáneamente extensiones del todo, que también son exactamente iguales en su perfecta unidad con Dios y Cristo. Así, Cristo, como Dios, también crea, porque es exactamente

lo mismo que Dios. Estas extensiones no van hacia adentro ni hacia afuera, porque en Cielo no hay concepto de espacio; solo hay en todas partes. El resultado de todo este es el compartir interminable del Amor perfecto, que está más allá de la comprensión.

Entonces parece que sucede algo que, como en un sueño, *realmente* no suceder, simplemente parece que suceda. Por solo un instante, solo por uno, intrascendente fracción de nanosegundo, un aspecto muy pequeño de Cristo parece tener una idea que no es compartido por Dios. Es una especie de "¿y si?" idea. Es como un inocente preguntarse en forma de pregunta, que desafortunadamente es seguida por una respuesta aparente. La pregunta, si pudiera expresarse con palabras, era: "¿Qué? ¿Sería como si me fuera a jugar solo? Como un niño ingenuo jugando con partidos que se incendia la casa, que habrían sido mucho más feliz *no* a averigüe la respuesta a esa pregunta, porque su estado de inocencia está a punto de ser aparentemente reemplazado por un estado de miedo y las defensas erróneas y viciosas que esta condición parece requerir.

Debido a que tu idea no es de Dios, Él *no* responde a ella. Para responderle sería darle realidad. Si Dios mismo reconociera algo *excepto* la idea de la unidad perfecta, entonces ya no *habría* unidad perfecta. Ahí ya no sería un perfecto estado del cielo para que pueda devolver *a*. Como veremos,

De todos modos, nunca te fuiste. Sigues ahí, pero has entrado en un estado de pesadilla de ilusión. Si bien has viajado solo en sueños, Dios y Cristo, que siempre es Uno, ha continuado como siempre y siempre seguirá —No se ve afectado por completo por lo que J se refiere en su Curso como el "pequeño, loco idea... " de separación.

En este instante cósmico de aparente individualidad, y no importa cuán atractivo, puede pensar que la individualidad es, no es más que separación, hay parece ser un pequeño aspecto de Cristo que ahora se da cuenta de algo más. Es decir dualidad. Ahora, en lugar de unidad, tienes doble. Antes, estaba el perfecta unidad del cielo y nada más. Eso es no dualidad o no dualidad.

Esa sigue siendo la realidad. *Realmente* no hay más de una cosa, pero ahora algo diferente parece estar pasando para ti. Parece que hay Dios *y* algo más. Esa es la ilusión de la dualidad, y el mundo de la multiplicidad y el infinito los sujetos y objetos que percibes en él son simplemente un símbolo de separación. Mientras todavía puedes intentar crear, realmente no puedes crear sin el poder de Dios, así que todo lo que haces eventualmente se desmorona.

Cada vez que un bebé parece nacer en este mundo, simplemente está reviviendo el tiempo en el que parecía dejar su ambiente perfecto en Dios, donde todo estaba nirvana y fue completamente cuidado y provisto, y luego repentinamente se encontró abofeteado en la cara por una aparente realidad que era una vida infierno en comparación. Puede pensar en el nacimiento como un milagro, pero los bebés no vienen en este mundo sonriendo, ¿verdad?

Gary: Entran llorando y gritando.

ARTEN: Sí. La mente que está reviviendo la aparente separación ha dormido y está soñando un sueño ocioso, insignificante o pesadilla, porque

Cualquier cosa que pareciera estar aparte del cielo tendría que ser un símbolo de un opuesto al cielo. Por tanto, parecería incluir características opuestas. Una vez de nuevo, no nos adelantemos demasiado. Todavía tenemos algunas explicaciones para hacer acerca de su evolución de una mente aparentemente separada a un universo de cuerpos, y por qué se siente tan real para ti y parece serlo.

GARY: No hay duda de que *creemos* que estamos experimentando la realidad aquí.

ARTEN : Por supuesto. Se le debe mostrar la salida de esta experiencia. Tu la mente dormida al volante no lo sabe, pero se va a despertar en el equivalente a un instante cósmico. Eso es porque la Voz de Dios y del Cielo, al que nos referiremos como el Espíritu Santo, todavía está contigo para recordarte el verdad y te llamo a volver. Este recuerdo a prueba de fallos de lo que realmente eres puede nunca se pierda, haciendo un despertar a la realidad del cielo por completo inevitable. Sin embargo, esta memoria aparentemente puede retrasarse debido a elecciones imprudentes en el

sueño. Has tomado decisiones imprudentes todo el tiempo. Tienes el poder de elija la memoria y la fuerza de Dios *o* algo más en su lugar, y si realmente examine sus pensamientos, encontrará que normalmente está eligiendo algo más en su lugar. Eso es lo que hizo la parte de tu mente que elige inmediatamente después de la aparente separación. Fuera de shock, miedo y confusión

tomó una serie de decisiones imprudentes que dieron como resultado que usted pareciera estar aquí. Usted todavía no me doy cuenta de que, dado el asombroso poder de la mente, ciertas elecciones

hecho por usted podría terminar con la aparente separación, y podría haberlo hecho en cualquier momento.

Eso no significa que será fácil en este momento, pero *sí* significa que eres capaz de lograrlo, con algo de ayuda.

No cometer errores; para aceptar realmente al ayudante de Dios, el Espíritu Santo, Debe comenzar a confiar en Dios. No puedes confiar en Él hasta que reconoces que no es Él, pero tú, que eres responsable de tus experiencias. Te sentirás culpable hasta entiendes que este mundo no es real y que en realidad no ha pasado nada.

Eso no significa que no debas actuar responsablemente en la ilusión. Significa tu debe comprender ciertas cosas para poder aplicar el verdadero perdón que permite el Espíritu Santo para que te ayude más.

Dios no pudo haber creado este mundo. No estaría en Su naturaleza. Él es no es cruel, y como J te señala:

Si este fuera el mundo real, Dios *sería* cruel. Porque ningún Padre podría someter Sus hijos a esto como precio de la salvación y *sean* amorosos.

Felizmente, este no es el mundo real y Dios no es cruel. Por eso queremos para enfatizar un punto vital para los estudiantes del próximo milenio, incluso si Creo que lo enfatizamos con demasiada frecuencia. Todo lo que acabo de describir no era perfecto unidad del Cielo, y cualquier cosa que haya parecido suceder desde entonces, ha absolutamente nada que ver con Dios. La idea de la separación, así como su las decisiones posteriores son cosas de las que Dios no se preocupa en absoluto. Los eventos en un sueño no tienen importancia, simplemente porque no son realmente sucediendo. Aunque te parezca muy real y a menudo terrible, tu El universo no es más que un pensamiento ocioso y mal creado, y la energía no es más que pensamiento proyectado. Creo que también hemos dejado claro que el asunto es solo un diferente forma de energía. Estar sin el poder de Dios, todo lo que tu mente puede hacer es aparentemente dividir y subdividir y luego intentar glorificar el resultado.

Sin embargo, para repasar, todavía estás a salvo en el cielo, y porque lo que eres ver no es cierto, realmente no eres capaz de hacerte daño, incluso si sueñas está siendo herido o incluso asesinado. De hecho, eres capaz de despertar y continuar con la perfecta unidad del cielo exactamente como lo hizo antes. Pero tu mente debe ser entrenado para ser dominado por los pensamientos del Espíritu Santo en lugar de tu ego. Esto requiere la capacidad de tomar decisiones que reflejen la voluntad del Espíritu Santo.

sistema de pensamiento en lugar del tuyo. Por eso *debemos* hacer una enorme y firme distinción entre *Un curso de milagros* y prácticamente todos los demás sistema de pensamiento existente, desde la prehistoria, hasta el antiguo Egipto, hasta Lao Tse, a aspectos del hinduismo, al zoroastrismo, al Antiguo Testamento, al Corán, al Nuevo Testamento ya otros sistemas neo-dualistas. Cada uno de ellos es un sistema de dualidad que tiene algún tipo de Fuente, generalmente Dios o Dioses

ser el creador de alguna manera de lo que no es él mismo, y luego responder a o interactuar con él.

Aquí, en la década de 1990, uno de los libros espirituales más populares jamás escritos ¡Que Dios mismo diga que Él creó el miedo! Esa es una inexactitud tan importante no podemos enfatizar demasiado lo completamente falso que es. Dios no crea cualquier cosa que no sea la perfecta unidad del cielo. Como dice J muy temprano en su Por supuesto, al describir *cualquier cosa* que no refleje el sistema de pensamiento del Espíritu Santo:

Todo lo demás es tu propia pesadilla y no existe. 10

Y luego: Estás como en casa en Dios, soñando con el exilio pero perfectamente capaz de

despertar a la realidad. *Esas* son declaraciones de no dualidad. Están diseñados para ahorrarle tiempo y hay varios miles más como ellos en el curso en caso de que no escuchar J la primera vez, aunque es evidente que incluso varios miles no son suficiente para muchos de sus compañeros de estudios.

GARY: ¿Es eso porque inconscientemente tenemos miedo de su mensaje?

PURSAH: Sí. No es por falta de inteligencia, sino por una abundancia de resistencia inconsciente. Necesitamos que nos ayude a transmitir algunos las cosas que la gente *no* quiere escuchar, las cosas vitales que están siendo ignoradas por Tantos. Es un trabajo sucio, Gary, pero alguien tiene que hacerlo. No estamos llamando que juzgue o ataque a otros maestros o discuta con la gente, porque el perdón

y discutir son mutuamente excluyentes, y el perdón es *siempre* el camino. Pero el El mundo no es todo dulzura y luz, y cuando se trata de escribir, permanecer en la línea con todos los demás no es lo que se necesita de ti. Haciéndote enfatizar

que el curso es una disciplina de autoaprendizaje, es más probable que las personas lo revisen

por sí mismos y dar una oportunidad a las ideas.

El perdón y la discusión son mutuamente excluyentes, y el perdón es siempre el camino.

No retengas nada. Cualquiera puede escribir lo que la gente ya cree pero si vas a transmitir nuestras palabras, entonces lo que se necesita es voluntad

para decir algunas cosas que la gente _aún no_ cree. Sin embargo, si fielmente da nuestro mensaje entonces te prometo que cuando te dejemos al final será en la más positiva de las notas. Habrá aprendido acerca de la _verdadera_ unión, no con personas en el nivel de los cuerpos, pero en el nivel de la mente, que está más allá de todo formas.

Gary: Supongo que hay razones importantes por las que sigues señalando la

distinciones entre dualidad y no dualidad, y por qué defiendes lo real significado del Curso?

PURSAH: Sí. Tiene que ver con las leyes de la mente y cómo el verdadero perdón trabajos. Gary, la razón para comprender el Curso no es meramente una

comprensión intelectual! Eso más un dólar te dará una taza de café. los razón por la que será extraordinariamente útil para usted comprender que el Curso de J es tan puede _aplicarlo_ mejor a los problemas y situaciones que enfrenta en su supuesta existencia diaria. Es la aplicación del verdadero perdón, junto con J o el Espíritu Santo, que lo llevará a una verdadera felicidad, paz y, finalmente,

Cielo.

Gary: De acuerdo. No quiero parecer estúpido, pero para asegurarme de entender:

Estás diciendo que el Curso es puramente no dualista, es decir, que de los dos mundos *aparentes*, el mundo de Dios y el mundo del hombre, sólo el mundo de Dios es verdad y no interactúa con el mundo falso, pero el Espíritu Santo está aquí

para guiarnos a casa. Cuando el Curso hace declaraciones sobre Dios llorando, sus hijos y cosas por el estilo, hay que tomarlo simbólicamente como el Santo ¿El Espíritu quiere que elijamos Su Voz en lugar de la del ego?

PURSAH: Exactamente. Muy bien. No eres estúpido, Gary, aunque tu ego quisiera que usted fuera. El mundo entero del ego es una idea estúpida, porque es basado en una decisión estúpida. Dijiste algo importante, algo que es muy en armonía con la forma correcta de ver el Curso. A pesar de que

nunca lo sabrías por la forma en que la mayoría de la gente escribe y habla sobre el Curso Hoy, en los siete años completos, Helen estuvo escribiendo el Curso, y durante el ocho años que vivió después de eso, nunca *una vez* pasado por la cabeza, o Ken-que era su mejor amiga durante esos años, y cuyas cintas deberías romper y escuche — que *posiblemente* podría haber cualquier otra interpretación del Curso. Pero Dale al mundo unos años para arruinar el mensaje de J y es una maravilla para la vista.

Así que continuemos nuestra misión para que pueda escuchar la explicación del Curso de lo que estaba realmente detrás de la creación, o más exactamente, la creación errónea de su universo y la fabricación de cuerpos.

ARTEN: Ya hemos señalado que al principio, un pequeño aspecto del

Mente de Cristo ...

Gary: ¿Debería deletrear la mente de Cristo con una M grande en nuestro libro?

ARTEN: No te preocupes demasiado por los detalles. El curso utiliza una M mayúscula cuando hablamos de la mente de Cristo, pero estamos hablando de la separación aquí, por lo que puede usar una m pequeña o una M grande si lo desea. Has comenzado a escribir nuestro ¿libro?

Gary: En realidad, no. Todavía estoy tratando de pensar en un título para él.

ARTEN: ¿ Alguna idea?

Gary: Hasta ahora, está entre *Love Is Letting Go of Beer* y *A Return to Beer* .

ARTEN: Sigue pensando en eso. Es algo que Pursah dijo antes; vendrá de nuevo a usted.

Así que este pequeño aspecto de Cristo se ha quedado dormido brevemente y está soñando un sueño. De separación e individualidad. Explicaremos la idea de quedarse dormido brevemente cuando hablamos de tiempo, que es un truco del ego. En cuanto a la individualidad preocupado, eso es otra cosa que valoras mucho por error. Gente alrededor este cuello de los bosques se enorgullece de su llamado individualismo áspero.

Descubrirás las raíces de esa tontería en breve. En este punto de nuestra historia, tener el comienzo de la conciencia, otra cosa que valoras tontamente

muy. Para tener conciencia tienes que tener separación. Tienes tener más de una cosa. Tienes que tener algo mas para ser consciente *de*. Este es el comienzo de la mente dividida.

Como enseña el Curso en términos inequívocos:

La conciencia, el nivel de percepción, fue la primera división introducida en la mente después de la separación, haciendo de la mente un perceptor más que un creador. La conciencia se identifica correctamente como el dominio del ego.

El Curso también dice, justo antes de eso:

La percepción no existía hasta que la separación introdujo grados, aspectos y intervalos. El espíritu no tiene niveles, y todo conflicto surge del concepto de niveles.

Por lo tanto, como se mencionó anteriormente, debe tratar de recordar que la energía no es

espíritu: el espíritu es su realidad verdadera e *inalterable* . Energía, que cambia y puede ser medido, existe dentro del dominio de la percepción. Como J también enseña:

La percepción siempre implica un mal uso de la mente, porque trae la mente en áreas de incertidumbre.

No hay incertidumbre en el cielo, porque no hay nada más que todo.

Pero aquí tienes identidades. Las personas nacen con relaciones especiales inmediatamente, primero los que están con sus madres y luego con sus padres.

GARY: Me estás poniendo un poco incómodo.

ARTEN: La comodidad es el objetivo, no necesariamente el medio. ¿Qué pasa, amigo?

GARY: Bueno, extraño a mis padres y honro su memoria. Se siente un poco extraño pensar que ni siquiera existen excepto en una ilusión.

PURSAH: Eso es comprensible. Tus padres, junto con tus cónyuges y los niños, la más fundamental de las relaciones. El Curso se refiere a la relaciones que se establecen para este mundo como relaciones especiales. Seremos hablando más sobre eso y tu resistencia a renunciar a las identidades, ya sea

la suya o la de los demás, a medida que avanzamos. Recuerda, J amaba a sus padres. José el cantero y María de Séforis, pero también amaba a todos los demás lo mismo. El amor especial es específico; el Espíritu Santo ama a todos por igual.

Gary: Pensé que Joseph era carpintero.

PURSAH: No, pero no importa. ¿Crees que J lo hubiera amado?

menos si estaba desempleado? La comunidad lo hubiera amado menos, pero

no J. Nos amaba a todos, incondicionalmente.

Gary: Entonces él también habría amado a San Pablo, incluso si su teología

no era el mismo.

PURSAH: Por supuesto. Pablo, o si se quiere, Saulo de Tarso, es amado igual por J

como el resto de nosotros hasta el día de hoy. Recuerdo que estaba hablando una vez en Partia, que es ahora Irán, y la multitud trató de involucrarme en una discusión sobre varios teologías. Les dije que para J, no era la teología lo que importaba, sino la verdad ...

y la verdad era el amor de Dios, que es la que J *es.*

Ahora, si realmente *eres* amor, y no una persona, ¿cómo puedes amar a uno?

persona y no otra? No sería posible. Si hiciste eso entonces tu no *sería* amor, ¿verdad? Serías otra cosa. Sí, J amaba a sus padres y usted también debería hacerlo, pero él no estaba dispuesto a limitarlos a ellos ni a nadie más a imágenes de sí mismos. Sabía que su verdadero hogar, y el de ellos, estaba en Yahweh.

Gary: ¿Dónde?

PURSAH: Yahweh, E'lo-i, Dios, Adonai, Elohim, Kyrios, todo es Divino.

Las palabras y la teología desaparecen en Dios. Nadie traerá sus Biblias o Libros del curso al cielo con ellos. El curso es una herramienta; lo usas como un escalera para subir hasta donde vas. Una vez que llegas allí, lanzas el escalera de distancia. Ya no es necesario.

ARTEN: Por cierto, antes mencionamos el amor especial, pero hay dos tipos de relaciones especiales: amor especial *y* odio especial. Eventualmente

explicar más sobre ambos y su propósito, que en realidad es el mismo pero ahora mismo deberíamos continuar con nuestra historia.

Ya hemos hablado de la primera división en la mente, y junto con ella ha llegado la conciencia. Debido a esto, por primera vez, tienes una conciencia *elección* para hacer. Antes de eso, no había nada para elegir . Pero ahora hay Hay dos posibles respuestas a esta idea de separación. Eso es lo que conduce al segunda división de la mente. Ya dijimos que la mente aparentemente separada parece dividir y subdividir. Eso simboliza la separación. Pero *todo* el las divisiones son un símbolo de las primeras. Una vez que entienda realmente los primeros, los entenderá a todos como iguales, a pesar de las apariencias en contrario.

Hay que recordar que después de la primera división, Heaven es solo un recuerdo.

Gary: ¿Qué quieres decir con eso?

ARTEN: La conciencia no es de Dios, entonces ahora algo *completamente diferente* parece estar sucediendo para ti, una experiencia de individualidad. Siempre que el mente se divide, su nueva condición *es* realidad para ella, y su condición anterior es negado y olvidado. Un psicólogo llamaría a esto represión, excepto el La magnitud de lo que estamos discutiendo está mucho más allá de lo que cualquier humano podría ser. Conciente de, sin embargo, la dinámica es la misma en el sentido de que lo que ha sido reprimido es inconsciente. Por cierto, el inconsciente no es un lugar, es un dispositivo de la mente. Todavía es *posible* recordar lo que se ha negado, pero sin ayuda, es muy poco probable que recuerde lo que se han disociado.

Ahora, el *tú al* que nos referimos nosotros y el Curso no tiene nada que ver con usted como ser humano, es la parte de su mente que toma decisiones. Incluso cuando parece que estás tomando una decisión aquí en este mundo, no estás realmente haciéndolo aquí, porque tú no estás aquí. En nuestra historia, este nuevo, aparentemente la mente individual va a tomar su primera decisión.

En este punto, solo hay dos opciones, y siempre habrá solo dos opciones. Ahí tienes la segunda división de la mente. Ahora pareces tener una mente recta y una mente equivocada, cada una representando una elección diferente o un respuesta diferente a la pequeña y loca idea.

Siempre habrá solo dos opciones: tu verdadero hogar con Dios y el pensamiento de separación o individualidad.
Una opción es el recuerdo de tu verdadero hogar con Dios, simbolizado en el Curso por el Espíritu Santo, y el otro es el pensamiento de separación de Dios, o individualidad, simbolizada en el Curso por el ego. J antropomorfiza el Espíritu Santo y el ego en el Curso y habla de ellos como si fueran

entidades individuales, pero también aclara que:

El ego no es más que una parte de tu creencia sobre ti mismo.

Para J, el curso es una obra de arte, no un proyecto científico. Es un completo presentación realizada en diferentes niveles. Tienes que concederle algo artístico licencia. Gran parte del Curso se presenta en verso en blanco de Shakespeare, o pentámetro yámbico. ¿Sabes por qué?

GARY: No tengo una maldita idea.

ARTEN: No solo es hermoso, sino que te obliga a leer más el Curso despacio y con cuidado. Además, tiende a atraer a estudiantes a largo plazo que son serios sobre aprenderlo. Obviamente, el curso no es para todos. O como dijimos antes al menos no todos a la vez.

Una vez más, su mente tiene dos opciones para elegir; ahora estamos en un coyuntura crítica en la aparente separación. El recuerdo de lo que eres *es* ambos la respuesta a la separación y el principio de la Expiación en uno.

Como enseña el Curso sobre el Espíritu Santo:

Nació con la separación como protección, inspirando la Principio de expiación al mismo tiempo.

Obviamente, el Curso tiene su propio significado para varios términos, incluyendo

Expiación. Como explica el Texto, el Espíritu Santo siempre ha enseñado Expiación.

Él te dice que regreses toda tu mente a Dios, porque nunca se ha ido, él. Si nunca lo ha dejado, solo necesita percibirlo como debe ser.

regresó. La plena conciencia de la Expiación, entonces, es el reconocimiento de que

la separación nunca ocurrió. Si, en el punto en el que nos encontramos en nuestra historia, hubiera elegido creer en la interpretación o respuesta del Espíritu Santo a la separación en lugar de

del ego, entonces tu pequeña aventura de ensueño habría terminado. El ego tenía un respuesta egoísta pero tentadora propia. *Si* sigues creyendo en el separación, le ofrece su propia identidad individual, separada de Dios, muy especial y singularmente importante.

Como lo pone J en el texto:

El ego debe ofrecerle algún tipo de recompensa por mantener esta creencia. Todasque puede ofrecer es un sentido de existencia temporal, que comienza con su propio comienza y termina con su propio final. Te dice que esta vida es tuya

existencia porque es propia.

Por supuesto, no tiene idea de en qué se está metiendo, y hacer otra elección insensible. Todo esto es nuevo para ti y estás más que dispuesto para darle a la curiosidad la oportunidad de matar al gato. Tu eliges con el ego para que puedas ver lo que es ser especial y separado. Esto a su vez provoca la tercera división de la mente.

Gary: Cuando dices tú, supongo que te refieres a todos como uno.

ARTEN: Sí. No te estoy menospreciando personalmente; Solo estoy tratando de ayudarte

asume la responsabilidad del poder de tu mente. Incluso J estaba allí. El simplemente no lo hizo

realmente creo en ella tanto como el resto de nosotros, que es la principal razón por la que se despertó antes que el resto de nosotros.

Gary: Entonces la primera división en la mente es la conciencia, lo que me hace *Creo* que estoy separado de Dios, aunque realmente no puedo. Es como estar en la cama y soñando de noche. Todavía estoy en la cama, pero no puedo verlo. En esta separación sueño del que estás hablando, es el sueño que es real para mí y el cielo es olvidado. Al igual que cuando sueño por la noche, es lo que hay en el sueño que yo experimentar y reaccionar, y donde realmente estoy está completamente fuera de mi conciencia.

Con la segunda división, noto dos formas de interpretar lo que está pasando

—Uno es el Espíritu Santo, que es realmente mi verdadero Ser, y el otro es el ego, que habla de la separación y un yo individual. Ahora hay dos partes

a la mente. ¿Supongo que la tercera división fue causada cuando elegí el ego?

ARTEN: Sí, pero recuerde, una vez que haga una elección en este nivel, entonces su nueva afección, y su afección anterior se ha olvidado por completo,

en la mente. Una vez que elige el ego y causa la tercera división, es el Santo Espíritu que es solo un recuerdo. Ahora estás totalmente identificado con el ego.

Sin embargo, siendo holográfico por la gracia de Dios, incluso cuando la mente parece dividirse, cada parte mantiene las características del todo, por lo que nunca estar realmente perdido. Tanto el ego *como* el Espíritu Santo se encuentran todavía en cada mente; es solo que el Espíritu Santo está siendo ahogado por la voz del ego

porque eso es lo que elegiste escuchar, y lo que realmente eres ha sido empujado fuera de su conciencia. Dijimos antes que es posible que haya olvidado el la verdad, pero sigue ahí, enterrado en tu mente.

Pursah: No tienes idea de lo poderosa que es la mente, hermano. En el nivel del que estamos hablando, sigue siendo el nivel metafísico, toda la tempestad en un taza de té que llamas universo está a punto de ser mal creada por unas pocas decisiones en

tu parte. El resultado final será un supuesto tú que ahora es totalmente inconsciente del poder real que está disponible para usted y, en cambio, es virtualmente inconsciente y aparentemente atrapado en un cuerpo.

Gary: ¿Responde esto a la antigua pregunta: si Dios es realmente todopoderoso, entonces, ¿podría crear una roca tan pesada que no pudiera levantarla?

ARTEN: En realidad, responde esa pregunta sobre Dios, y la respuesta es

No.

Gary: ¿Por qué?

ARTEN: Porque no es un idiota.

GARY: ¿ Y yo lo soy?

ARTEN: No, pero estás teniendo un sueño, y ahora estás empezando. Despertar. Volviendo al tema, escuche un poco de lo que tiene el Curso

decir sobre la primera vez que sustituiste la verdad por la ilusión.

No te das cuenta de la magnitud de ese único error. Era tan vasto y tan completamente increíble que de él *tuviera* que emerger un mundo de total irrealidad .

¿Qué más podría salir de eso? Sus aspectos fragmentados son bastante temibles, como empiezas a mirarlos. Pero nada de lo que has visto comienza a mostrarte la enormidad del error original, que parecía arrojarte del cielo, para romper el conocimiento en pedazos sin sentido de percepciones desunidas, y para obligarle a realizar más sustituciones.

Gary: Sí, pero ¿no tienes el mismo problema con esta historia que con la

¿La historia de Génesis y Dios supuestamente haciendo algunas de las cosas que hizo? Quiero decir,

¿Por qué diablos una parte de Cristo alguna vez querría separarse de Dios si todo

fue completamente perfecto?

ARTEN: En primer lugar, en la historia del Génesis, Dios es responsable del mundo que ves y eres un efecto en lugar de la causa. En el curso, *eres* responsable por el mundo que ves y no una víctima de él. Dios y Cristo siguen *siendo* perfectos, como

es el cielo, y el "tú" que crees *que* está en este mundo necesita aprender, escuchando al Espíritu Santo, cómo despertar de tu sueño.

Ahora echemos un vistazo a su otra pregunta. ¿Es realmente una pregunta o es una ¿declaración? ¿No estás diciendo que la separación de Dios realmente ocurrió? usted No puedo preguntar cómo pudo haber ocurrido la separación a menos que crea que sucedió. Todavía ya hemos dicho que el principio de la Expiación es que no *fue así.* Entonces tú preguntar cómo Cristo pudo haber elegido posiblemente con el ego cuando ya hemos

Dijo que no era Cristo, sino una conciencia ilusoria que

parecía hacerlo. En la parte superior de eso, te preguntas cómo se pudo haber tomado esta estúpida elección cuando aquí lo estás haciendo de nuevo ahora mismo.

GARY: Eres un idiota, ¿lo sabías?

ARTEN: Solo con fines didácticos. Gary, te amamos. Te lo diré lo harás *Nunca* obtenga una respuesta dentro del marco del ego a ese tipo de pregunta que satisfacerte *intelectualmente.* Como dice el Curso:

La voz del ego es una alucinación. No puede esperar que diga "no soy real." Sin embargo, no se le pide que disipe sus alucinaciones solo.

Llegará el momento en que la respuesta a su pregunta se encuentre afuera intelecto, completamente fuera del sistema del ego, y en cambio dentro del *experiencia de* que todavía estás en casa en Dios, lo que corrige el error experiencia que no eres. Como dice J:

Contra este sentido de existencia temporal, el espíritu te ofrece el conocimiento de

permanencia y ser inquebrantable. Nadie que haya experimentado el

La revelación de esto puede volver a creer plenamente en el ego. ¿Cómo puede su

¿La escasa ofrenda para ti prevalece contra el don glorioso de Dios? 23

Hablaremos más adelante sobre qué es realmente la revelación, en contraposición a lo que

la mayoría de la gente piensa que sí.

Gary: Solo para asegurarme de que estoy captando esto, es como cuando me despierto de un

Sueño por la noche y veo que nunca me levanté de la cama. Cuando me despierto de

este sueño de separación de Dios, veré que nunca dejé el cielo.

ARTEN: Sí, pero no verás con los ojos del cuerpo. Es por eso que en lugar de palabras como *conciencia* , que implica separación y es del ego, el curso utiliza palabras más abstractas como *conciencia* al describiriluminación, a la que llegaremos.

GARY: Incluso en la Introducción, habla de quitar los bloques al conciencia de la presencia del amor, que es tu herencia natural.

ARTEN: Eso es correcto, pero antes de que intentemos que vuelva a subir la escalera, tenemos

para terminar nuestra pequeña sinopsis de cómo descendiste. Es importante. Ahora mismo,

el mundo tiene la cabeza plantada firmemente en su trasero buscando la luz. No hay cualquier luz allá arriba, Gary. Tu elección por el ego en lugar del Espíritu Santo, resultando en la tercera división de la mente, ha hecho que la Voz de Dios casi completamente inaudible para ti. Mientras tanto, el ego te está dando su propia versión de lo que está sucediendo, y aquí es donde las cosas realmente comienzan a ponerse feas.

GARY: Lo siento Arten, pero necesito mencionar solo una cosa antes de continuar, o de lo contrario no podré concentrarme.

ARTEN: Lo sé. Hágalo rápido, o puede que tengamos que sacar el tornillo de mariposa.

GARY: Tengo buena memoria, pero no sabía si sería capaz de recordar.

nuestras conversaciones lo suficientemente bien para nuestro libro, así que ...

Tu elección por el ego en lugar del Espíritu Santo ha hecho que la Voz Dios casi inaudible para ti.

PURSAH: Lo sabemos, Gary. Nos ha estado grabando todo el tiempo, desde el segunda visita. Le dijimos que no nos grabe simplemente para demostrarle a la gente que apareció, pero no queríamos decir que no pudieras grabarnos para tu uso personal.

Lo supimos todo el tiempo, incluso cuando nos preguntaste si sería una buena idea, a pesar de el hecho de que ya nos estabas grabando. Todos tus errores son pasados por alto los que juzgan verdaderamente con el Espíritu Santo. Entendimos que necesitabas saber no te estabas volviendo loco y que estábamos aquí hablando contigo de verdad, o en al menos tan real como cualquier otra cosa. Querías saber que realmente estabas escuchando

nuestras voces escuchándolas de nuevo más tarde. No es gran cosa. Te explicaremos más eventualmente sobre nuestros cuerpos y nuestras voces y lo que realmente son. Esta voluntad También explican las apariciones de la Virgen María, e incluso de los ángeles.

ARTEN: ¿De verdad pensaste que no sabíamos que enciendes esa voz tonta?

grabadora de cinta activada en su sistema estéreo cada vez que entra en este habitación, por si acaso nos presentamos? ¡De verdad, Gary! De ahora en adelante, enciéndalo cuando llegamos aquí.

Gary: Pensé que probablemente no te importaba cuando no dijiste nada.

al respecto, pero quería estar seguro. ¿Qué tal si tiro las cintas a la basura cuando el libro está

¿hecho? De esa forma no tendré la tentación de usarlos para nada más que para escribir.

PURSAH: Es de tu propiedad, pero es una buena idea. La calidad no es nada escribir a las compañías discográficas de todos modos. Será una cosa menos para ti pensar sobre.

ARTEN: Entonces, en nuestra historia, has elegido con el ego y ahora estás identificado con él. La primera división hizo que la conciencia de tu perfecta unidad con Dios solo un recuerdo. La segunda división trajo dos partes a la mente. Los tercera división ha hecho del Espíritu Santo sólo un recuerdo, y el ego ahora tiene tu atención. Lo miras para *que te* explique lo que está pasando, y el ego tiene un

un mensaje para ti. El mensaje es este: *será mejor que te largues de aquí, amigo.*

Luego procede a darte algunas razones. En tu confuso estado de ánimo, estos las razones suenan bastante convincentes en su lógica.

"¿No sabes lo que has hecho?" - pregunta el ego en nuestro metafórico historia— "¡Te has separado de Dios! Has pecado contra el grande hora. Estás listo ahora. Has tomado el paraíso, todo lo que Él te dio y se lo arrojó a la cara y dijo: '¿Quién diablos te necesita?' Tienes lo atacó! Estas muerto. No tienes la oportunidad de una bola de nieve en el infierno contra Él: es increíble y no eres nada. Lo has arruinado todo; eres tan culpable. Si no sacas el culo de aquí ahora mismo, será peor que ¡muerte!"

Dios mío, piensas en respuesta al ego. *¿Qué he hecho? E-res* bien, ¡lo he arruinado todo y atacado el cielo! ¿Pero adónde puedo ir? Qué ¿puedo? Puedo correr, pero no puedo esconderme. No hay lugar donde pueda esconderme de Dios

¡Él mismo!

"Bueno, eso no es exactamente cierto", dice el ego, "porque estoy aquí para ayudarte.

Soy tu amigo y tengo una idea. Tengo un lugar al que podemos ir juntos. Usted puede ser su propio jefe y no tener que enfrentarse a Dios en absoluto. Nunca lo verás. Él ¡ni siquiera podré entrar en este lugar! "

De Verdad? usted pregunta. *Eso me suena muy bien. ¡Vamonos!*

"Está bien", dice el ego. "Haz exactamente lo que te digo".

PURSAH: Por supuesto, todo lo que el ego dice sobre Dios y lo que sucedido no es cierto, porque el ego es tan cuerdo como Calígula César. Dios lo haría

Nunca hagas nada más que amarte. Es aquí donde necesitas saber un poquito más sobre cómo funciona la mente.

Debido al poder de la mente, necesitas apreciar el poder de tu *creencia.* Era su creencia en la idea de que podía estar separado de Dios, su tomándolo en serio, eso le dio tanto poder aparente y realismo. Como el curso dice:

La libertad de las ilusiones radica únicamente en no creerlas.

También debes darte cuenta de que debido a que hiciste la dualidad al decidir ser un perceptor, todo lo que percibe incluirá características que parecen ser lo *contrario* de aquello de lo que aparentemente te has separado. Que tienes aparentemente separado del cielo, tiene un conjunto de características, y qué estás percibiendo como tu realidad tiene un conjunto opuesto de características.

El cielo, aunque está más allá de todas las palabras, tiene este tipo de características:

es perfecto, informe, inmutable, abstracto, eterno, inocente, completo, abundante,

Amor completo. Es la realidad; es la vida. Dios y Cristo y las creaciones de Cristo son perfecta unidad. No hay nada más. Este es el dominio de la Voluntad de Dios: el Conocimiento del Padre. Para describir la experiencia de su conciencia de este

la unidad perfecta no es realmente posible, pero te aseguro que lo *sabrás* cuando tienes una experiencia temporal de ello. No es como *cualquier* otra *cosa* que seas familiar con.

El dominio de la percepción, por otro lado, siendo el aparente cielo contrario, incluye características muy diferentes. Teniendo en cuenta que todavía estamos. Hablando aquí en un nivel metafísico, estos atributos

incluyen: individualidad,
formulario, formas, detalles, cambios, tiempo, separación, división, ilusión, deseos, escasez y muerte. *Por eso* en el libro de Génesis 2: 16-17, que viene directamente de la mente inconsciente del escritor, dice: "Puedes comer libremente de cada árbol del jardín; pero del árbol del conocimiento del bien y del mal no comas, porque el día que de él comieres, morirás. " El bien y el mal son opuestos, y una vez que tienes un aparente opuesto al Cielo, tienes la muerte.

Pero, como dice constantemente el Curso de mil maneras diferentes, comenzar justo en su Introducción, "... lo que todo lo abarca no puede tener opuesto".

¿Estás empezando a entender lo que eso significa?

Gary: Sí, creo que estoy empezando a comprender la magnitud. Cuando es el artista anteriormente conocido como Cristo saldrá de su coma para que pueda volver a el orgasmo de la creación?

PURSAH: Eso viene. Todavía no hemos terminado de contarte cómo parecía llegar *aquí*.

Una vez que haya elegido escuchar las tentaciones del ego de ser un individuo, su creencia en la realidad de la separación comienza a causar algunos
problemas graves para ti. Dios ahora parece estar fuera de ti, y *todo* tu experiencia te dice que te has separado de Él. Eso es un problema, todavía tienes este segundo, aunque sea inconsciente para ti.

Prácticamente *toda* tu mente es inconsciente para ti, al igual que casi todos los iceberg está debajo de la superficie del agua. Mientras creas en el
realidad del universo físico Gary, entonces todo lo que percibas será una recordatorio constante e inconsciente de que ha cometido el acto de
separándose de Dios. Como verá, ese es un punto importante.

Prácticamente toda tu mente es inconsciente para ti, al igual que casi todos los hay un iceberg debajo de la super- ficie del agua.

ARTEN: Volviendo a nuestra pequeña extravagancia de creación errónea, la voz del ego en tu mente te ha dicho algunas cosas sobre tu condición y también sobre Dios eso simplemente no es cierto. Lo has com- prado en parte porque te gusta la idea de ser un indivi- duo con una voluntad aparentemente separada, aun- que eso no es realmente

posible. Al tomar en *serio* la separación y la voz del ego , eso se traduce dentro de tu mente aparentemente separada como un *pecado contra Dios* . Ahora si tienes pecado, eso significa que eres *culpable,* y en este nivel metafísico lo sientes...

aunque a nivel del mundo no siempre lo sentirás. Siendo el bastardo culpable que crees que eres, signi- fica que piensas que vas a ser castigado, a lo grande. In- cluso en el nivel de este mundo, un psicólogo te expli- caría que la culpa exige inconscientemente un castigo, y si realmente piensas en

eso, explicará mucho. En el nivel metafísico, esta- mos hablando de cómo ¡Cree sinceramente que está a punto de ser atacado y castigado por Dios mismo! La anticipación de este tipo de castigo de Dios con un des- tino peor que la muerte crea *miedo-* un miedo tan te- rrible que ni siquiera puede comprender. Sin embargo, has estado huyendo de él durante lo que parecen miles de millones de años. Entonces *ahora* estamos en un punto donde podemos decirle por qué su universo, su mundo y su cuerpo fueron hecho por la mente en primer lugar. Realmente todos fueron hechos simultá- neamente, aunque en un sueño lineal, las cosas pare- cen suceder por separado.

No hay otra disciplina espiritual que comprenda y

explique la motivación detrás de la creación de este mundo, la misma motivación que lo dirige

hoy. Esa motivación es el miedo, siempre en última instancia atribuible al temor de Dios.

La mente trans-temporal, no espacial y aparentemente separada se encuentra en un estado paralizante. Estado de miedo debido a un castigo que cree que viene de Dios. Entonces el ego te convence de que necesitas una *defensa,* sin molestarte en mencionar que el la defensa que ofrece está diseñada para asegurar *su* propia supervivencia a través de su individualidad. De hecho, si miras las últimas cuatro sílabas de la palabra *individualidad,* verás que deletrean *dualidad*. Eso no es solo una semántica accidente.

La voz del ego te habla como si fuera tu amigo y te está cuidando para *sus* mejores intereses. Recordarás que ya dijimos que el ego ha convencido que Dios te va a atrapar y es mejor que corras a un lugar donde estarás a salvo. Ese lugar es este universo. En lo que al ego se refiere, el mejor la defensa es una buena ofensiva. De hecho, la defensa y la ofensiva son dos lados de la misma moneda. Al discutir cómo algunos de estos conceptos se relacionan entre sí, el Curso, enseña:

El ego es la parte de la mente que cree en la división. ¿ Cómo podría parte de ¿Dios se desapega sin creer que lo está atacando? Hablamos antes de el problema de la autoridad se basa en el concepto de usurpar el poder de Dios.

El ego cree que esto es lo que hizo porque cree que *e-s* usted.

Si te identificas con el ego, debes sentirte culpable.

Siempre que responda a su ego, experimentará culpa, y lo hará miedo al castigo. El ego es, literalmente, un pensamiento aterrador. sin embargo ridícula que sea la idea de atacar a Dios puede ser para la mente sana, nunca olvides que el ego no está cuerdo. Representa un sistema delirante y habla por él.

Escuchar la voz del ego significa que crees que es posible atacar Dios, y que una parte de Él ha sido arrancada por ti. Miedo a las represalias desde fuera se sigue, porque la severidad de la culpa es tan aguda que debe ser proyectado.

Entonces, creer que la separación realmente sucedió, y dado tu miedo del castigo y represalia de Dios que desesperadamente cree que necesita defenderse, ya ha desarrollado, al escuchar al ego, una sistema de pensamiento que dice que has pecado, eres culpable y que Dios es inevitable el castigo requiere una defensa. Te sientes completamente vulnerable y el ego ha te dijo que tiene una idea, un lugar al que puedes ir donde Dios nunca podrá encontrar tú. En tu estado de confusión, ahora eres un seguidor del ego en lugar del de Dios.

Voluntad, y escuchas la brillante pero retorcida idea del ego para protegerte de lo que ya no recuerdas es en realidad tu propia realidad verdadera, pero que ahora vives en su lugar con un miedo mortal.

Gary: Solo un segundo. Tengo una pregunta más rápida.

ARTEN: Está bien, pero ya estoy visualizando cinta adhesiva sobre tu boca.

GARY: ¿Me vas a decir dónde están todas estas citas en el, por supuesto, ya que por lo que dijiste antes, supongo que tendré que anotarlos todos.

PURSAH: En realidad, no. Queremos que los encuentre usted mismo.

Gary: ¡El curso tiene casi 1300 páginas! Eso suena a trabajo, que

En general, me opongo a ello, por principio.

PURSAH: Piense en ello como estudiar. Recuerde, este mensaje está destinado a *tú*. Aprenda y luego transmítalo. Además, el verdadero trabajo aún no ha comenzado.

Eso está en la aplicación. Como ya le preguntamos, ¿cómo puede aplicar lo que no has aprendido

ARTEN: Así que *ahora* finalmente ha llegado el instante en nuestra espectacular revista donde

el ego está a punto de darte su gran respuesta a tu pesadilla pero imaginada Predicamento.

La asombrosa magnitud de la dolorosa vergüenza y la aguda culpa en tu mente, como resultado de lo que *cree* que ha hecho, parecen requerir una inmediata y escape completo. Entonces te *unes* al ego, y luego lo incomprensible poder de tu mente para hacer ilusiones como perceptor, en lugar de hacer que el espíritu sea un creador — hace que el método de tu escape se manifieste. En este punto

el ego, con el que ahora estás totalmente identificado, usa el ingenioso pero método ilusorio de proyección para arrojar *fuera* de tu mente el pensamiento de separación , y usted, o al menos la parte de usted que parece tener conciencia, aparece para ser proyectado junto con él. Esto provoca instantáneamente lo que es popularmente

conocido como el Big Bang, o la creación del universo. Ahora pareces estar *en* el universo, mientras no te das cuenta de que en realidad estás literalmente *fuera* de tu mente.

Ahora, el enemigo del que vives aterrorizado, Dios, ya no parece estar en la mente contigo, donde pensabas que no habrías tenido una oportunidad contra Él. En cambio, Dios, y para el caso todo lo demás, ahora aparentemente está completamentefuera de ti. La fuente de sus problemas, *incluida* su culpa, son ahora en otro lugar, aunque ya hemos dejado claro que no puede posiblemente *ser* en cualquier otro lugar. La creación del cosmos es tu protección contra Dios, tu ingenioso escondite. Al mismo tiempo, el universo mismo se convierte el último chivo expiatorio.

Ahora, tanto la causa como la culpa de su problema de separación, no mencionar la culpa de *todos* sus nuevos e ilusorios problemas de reemplazo, puede ser encontrado, si miras lo suficiente junto con el ego, en algún lugar fuera de ti.

De hecho, se ha creado un *nivel completamente nuevo* en el que el sistema de pensamiento del pecado, la culpa, el miedo, el ataque y la defensa se pueden actuar de tal manera que protejan su

mente aparentemente separada, que actualmente piensas como tu alma, de tu terrible, pero completamente *inconsciente* culpa y miedo. Para ilustrar cuánto el ego se resiste a mirar esta culpa en la mente, todo lo que necesitas hacer es considerar que a pesar del hecho de que *Un curso de milagros* tiene mucho que *ver con* la curación de este culpa inconsciente, la mayoría de los profesores del Curso ni siquiera lo mencionan.

Ahora, como logro culminante en su gran esquema, el ego hace:

redoble de tambores, por favor, el *cuerpo.* Esto permite que el ego te permita entrar en tu conciencia,

casi exclusivamente, sólo aquellas cosas que dan testimonio de la realidad de su espejismo. Sin embargo, el cuerpo mismo es sólo otra *parte* de la ilusión, y para pedir *que* a Explicarte la ilusión no es diferente a pedirle a la ilusión que se explique.

—Y, por supuesto, el ego está más que feliz de darte sus respuestas.

Este universo, el mundo y tu cuerpo dan forma a una estructura de defensa en que esconde de su pecado imaginado, culpa y el miedo resultante de Dios venganza. El ego tiene un método firmemente establecido para lidiar con este ahora.

el pecado, la culpa y el miedo inconscientes, proyectándolos sobre los demás.

Una vez que le expliquemos, durante nuestra próxima

visita, cómo funciona este sistema de pensamiento actuado en el nivel de este mundo, podrás observarlo claramente en acción en todas partes: en todas sus relaciones personales, las relaciones de los demás, en relaciones internacionales, en política y otras profesiones, y en cualquier otro lugar te importa mirar. Entonces empezarás a ver por ti mismo que el mensaje del Por supuesto que es cierto. Al discutir esto, le diremos algunas cosas que no son para los aprensivos. El ego no es bonito. Después de eso, podemos empezar a tener un poco de diversión.

Cuando eres capaz de observar el sistema de pensamiento del ego en acción:

que es lo suficientemente interesante para empezar, entonces podremos explicarte cómo puedes ayudar al Espíritu Santo a darle la vuelta al ego,

apresure su propia salvación al mismo tiempo, y eventualmente rompa el ciclo de nacimiento y muerte.

Gary: Entonces sigo reencarnando debido a esta culpa y miedo inconscientes.

eso está en mi mente. Estás diciendo que si la culpa fue sanada y yo no tenía esto

miedo oculto, entonces no tendría necesidad de un cuerpo, el mundo o incluso el universo.

ARTEN: Excelente. Sabía que no eras un bastardo tonto. Traté de decirle a J, pero él no escucharía. Es una broma. Después de nuestra próxima aparición, nuestras visitas hacerse más cortos y dulces. Para trabajar realmente con J o el Espíritu Santo, debe ser capaz de *observar* el sistema de pensamiento del ego en acción, que es el mismo

sistema de pensamiento al que te has suscrito durante eones sin ser consciente de ello. usted

tienes que estar dispuesto a *mirarlo* con el Espíritu Santo o J como tu maestro.

Como lo expresa J en el Curso:

Nadie puede escapar de las ilusiones a menos que las mire, porque no mirar es la forma en que están protegidos. No hay necesidad de rehuir las ilusiones, porque no pueden ser peligrosos. Estamos listos para mirar más de cerca el ego sistema de pensamiento porque juntos tenemos la lámpara que lo disipará, y ya que se da cuenta de que no lo quiere, debe estar preparado. Estemos muy tranquilos al hacer esto, porque simplemente estamos buscando honestamente la verdad.

PURSAH: Todas las ideas del ego de las que hemos hablado esta vez, y discutiremos la próxima vez, debe ser llevado a la verdad, que *es* J o el Espíritu Santo donde puedes entregarlos a cambio de la Expiación. Estos pensamientos han estado muy bien escondidos en su inconsciente desde la aparente separación. No lo sabes, pero tienes mucho miedo de lo que has olvidado o disociado. *Es por* eso que realmente no quieres mirar estas cosas. Porque tu miedo oculto, tendrás una tremenda *resistencia* a acercarte a tu inconsciente. Como señala el curso en el texto:

Tienes mucho miedo de lo que has olvidado o disociado. Tendras tremenda resistencia a acercarse a su inconsciente.

El conocimiento debe preceder a la disociación, de modo que la disociación no sea más que una decisión para olvidar. Lo que se ha olvidado entonces parece ser temeroso, pero solo porque la disociación es un ataque a la verdad. Y también en el Texto:

¿Puede separarse de su identificación y estar en paz? La disociación no es una solución; es un engaño. Los delirantes creen que la verdad les asaltará, y no la reconocen es porque prefieren la engaño. Juzgando la verdad como algo que no quieren, perciben su ilusiones que bloquean el conocimiento.

GARY: Hablar del cuerpo me hizo pensar en el cuerpo humano, pero desde lo que has dicho, supongo que el ego debe haber hecho todos los cuerpos, incluido mi perro, Nupey y todos los demás animales. Si eso es cierto, y si todo pasó todo

De todos modos, ¿no significa eso que la evolución es también una ilusión, una especie de

¿cortina de humo?

PURSAH: Felicitaciones a quien sabe eso. Tu generacion adora la evolución, pensando que estás en camino de crear algún tipo de conciencia nueva y caliente. Valoras la evolución casi tanto como valoras energía. Lo que se llama evolución fue simplemente el ego separándose de una vez por aparentemente dividiendo y subdividiendo células una y otra vez para hacer cuerpos y cerebros que parecen ser más *complejos* y, por tanto, más impresionantes.

Sin embargo, *todos los* cuerpos son iguales en su irrealidad.

Todo en tu universo está configurado para convencerte de la singularidad y realidad de su cuerpo y, por tanto, la validez de todo el sistema del ego. Es por eso el ego siempre está tratando de hacer que parezca que Dios hizo el mundo, y

continúe temiendo a Él mientras también lo tenga como la supuesta causa de su vida.

Relacionado con el hecho de que el ego quería hacerse cargo del trabajo de Dios de todos modos, *quiere* espiritualizar cuerpos, como los de J, aunque no tenía sentido para J, y anhela que espiritualices diferentes lugares y objetos. Esto hace que algunos de ellos más especiales que otros y por lo tanto *todos* ellos reales. Si Dios hizo el mundo

y sus cuerpos luego *que* deben ser reales. Esto legitima a su presunto individuo existencia, y también te mantiene huyendo de tu único problema real. Más importante, también mantiene su atención lejos de la única *respuesta* real a su problema: el Espíritu Santo, que *no* está en el mundo sino en tu mente.

Gary: De modo que la creación del universo fue la cuarta división de la mente, y que causó el Big Bang y lo que entonces parecía ser un número casi infinito de escisiones, o el mundo de la multiplicidad. Mientras crea en la realidad de esto universo, entonces, por definición, también creeré *inconscientemente* que estoy separado de Dios, y que soy un hijo de puta culpable.

ARTEN: Sí. Tienes habilidad con las palabras, hermano. Todo lo que ves desde el momento en que sueñas que naces hasta el momento en que sueñas que mueres, y cualquier cosa que sueñes en el medio, es todo un símbolo del único pensamiento que tienes se separó de Dios. El cielo parece haber sido completamente destrozado en un sinnúmero de piezas y reemplazado por su opuesto. Sin embargo, la historia de el universo —pasado y futuro— es simplemente un guión que fue escrito por el ego—

el cuento compuesto y glorificado por mondo idiota, que se desarrolla, en cada manera concebible, el acto de separación.

GARY: ¿Qué hay de unirse a este nivel? La gente se casa; eso no es separación. Al menos no de inmediato.

ARTEN: Respondiste a tu propia pregunta. En este mundo, la muerte hace separación inevitable. No es una cuestión de si, es una cuestión de cuándo y cómo. Los cuerpos realmente no pueden unirse, aunque ciertamente lo ha intentado, pero las mentes *pueden* unirse ...

y pueden unirse para siempre. El ego no quiere que te concentres en la mente. Eso quiere que te enfoques en el cuerpo como tu realidad. Felizmente, el Espíritu Santo también ha una secuencia de comandos, 33 y se puede cambiar a cualquier momento que desee. El Espíritu Santo el guión es consistente. Como dice el Curso:

La verdad no vacila; siempre es verdad.

PURSAH: Una vez que comience a practicar el perdón con J, o el Espíritu Santo, o ambos, o con quien quieras practicar el perdón, aunque yo recomiendo que no *lo* haga solo, entonces comenzará a darse cuenta de que el, El curso puede ser muy práctico. Está escrito en dos niveles diferentes: el

nivel metafísico del que acabamos de hablar, y el nivel del mundo, que vamos a entrar la próxima vez. Ya prometimos que *no* te daríamos meras teorías, y ya hemos señalado que conocer este mundo es una la ilusión no es suficiente por sí sola. Sin su método práctico de perdón, el curso no sería más que un libro hermoso e inútil, combustible para el debate y los juegos del ego. Afortunadamente, como dice J en la Introducción a la Aclaración de términos:

Este no es un curso de especulación filosófica, ni se ocupa de terminología precisa. Se ocupa únicamente de la expiación o la corrección de percepción. El medio de la Expiación es el perdón.

Descubrirás que la idea del perdón del Curso es única y está diseñada para deshacer el ego, no mediante un ataque, sino mediante el poder de elección. Tu paz interior y la fuerza de Cristo estará allí, perdonando las cosas que ves justo en

frente de ti. Son tus oportunidades perfectas que, cuando se aprovechan, ayudará al Espíritu Santo y las leyes de la mente a llevarlo de regreso al cielo.

Si bien no siempre será fácil, habrá muchos momentos de bienvenida a lo largo de su manera en la que sabrá que el Curso está funcionando para usted. Hasta ahora, has ha sido encerrado en el guión que representa repetidamente el sistema de pensamiento del ego.

Es hora de que te liberes y comiences a seguir un nuevo guión, el que ¡llevarte a casa!

Es posible que desee comenzar a escribir para poder compartir nuestro mensaje. No olvides divertirse, incluso si tiene un desafío gramatical. ¿Qué tal esta idea? ¿Por qué no presenta nuestra historia como un diálogo? De esa forma puede copiar la mayor parte de directamente de sus cintas, y puede usar esas notas que toma. Nuestro libro casi habrá terminado cuando dejemos de visitarle, si se pone en marcha y lo hace. Intentalo.

Será divertido.

GARY: Sí, pero ¿y si me quedo sin crayones?

Pursah: ¿Debemos tener *todas* las respuestas? ¡Pídale orientación a J!

ARTEN: Ya que estás en eso, recuerda esto: el ego secretamente *quiere* que seas culpable por pensar que te has separado de Dios, pero no es verdad a pesar de todas las apariencias y experiencias en contrario. Te contamos mas sobre cómo el ego busca lograr sus engaños la próxima vez que entremos.

Entre ahora y entonces, trate de ser honesto consigo mismo cuando considere la verdad naturaleza del universo y este mundo. J es muy claro sobre lo que la mayoría de la gente erróneamente se convierte en una especie de hermosa y divina Creación de Dios. A darte sólo uno de los muchos ejemplos, en el Texto él dice de este mundo de falsas ídolos:

Un ídolo se establece por la fe, y cuando se retira, el ídolo "muere".

Este es el anticristo; la extraña idea de que hay un poder más allá de la omnipotencia, un lugar más allá del infinito, un tiempo que trasciende lo eterno. Aquí el mundo de Los ídolos han sido establecidos por la idea de que este poder y lugar y tiempo reciben forma, y dar forma al mundo donde ha sucedido lo imposible. Aquí el inmortal

llegar a morir, lo que todo lo abarca para sufrir la pérdida, lo intemporal para ser esclavos del tiempo. Aquí cambia el inmutable; la paz de Dios para siempre dado a todos los seres vivos, dé paso al caos. Y el Hijo de Dios, como perfecto, sin pecado y tan amoroso como su Padre, llega a odiar por un tiempo; a sufrir dolor y finalmente morir.

Gary: Supongo que ese fue su mensaje de Navidad.

ARTEN: Como sabes, J tiene algunas cosas muy hermosas que decir en el Curso de Navidad y Semana Santa. Los felicito por leer el texto en un regularmente. Se necesita tiempo para asimilarlo, pero es bueno que lo haga. Más Los estudiantes del curso se ciñen en gran medida al Cuaderno de ejercicios y al Manual para Maestros, que son importantes. Pero como Pursah señaló anteriormente, no leen

el texto muy a menudo, excepto cuando se turnan para leerlo en un estudio grupo. Realmente están perdiendo el corazón del Curso al descuidar el Texto.

PURSAH: Voy a darte dos sugerencias finales sobre tu escritura y entonces no lo mencionaremos demasiado, a menos que nos pregunte. De ahora en adelante, eso El tema debe estar normalmente entre usted y el Espíritu Santo. Quiero que consigas

acostumbrado a trabajar con él. Pregúntele qué debe hacer cuando se trata de *todo lo* relacionado con nuestra misión. Pero estas son las dos cosas que quiero decir. Primero, no se moleste en describir mucho a Arten ya mí. El punto es enseñarle a la gente que que son *no* cuerpos. Si no son cuerpos, entonces nuestros cuerpos ilusorios deberían

ciertamente no se enfatizará. El libro no debería tratar sobre nosotros, debería tratar lo que tenemos que decir. En segundo lugar, debe escribir completamente libre de culpa. El libro no es su responsabilidad; es responsabilidad del Espíritu Santo.

Ahora, concluiremos nuestros comentarios sobre la naturaleza de este mundo, y enfatizar la *naturaleza* de este mundo más que el mundo mismo porque este, el sueño de un mundo no es real. J hizo breve referencia a este mundo en mi Evangelio, cuando dijo cosas como 40:

Se ha plantado una vid fuera del Padre, pero como no es fuerte, será arrancada de raíz y pasará.

Y dijo en el pasaje que aparece en la versión de Nag Hammadi como número 56:

Quien haya llegado a comprender este mundo ha encontrado simplemente un cadáver, y quien ha descubierto el cadáver, de aquél el mundo ya no es digno.

Y en lo que respecta al Cielo, ¿recuerdas haber dicho el número 49?

Felicitaciones a los que están solos y elegidos, porque encontrarán el Reino de Dios. Porque de allí has salido y allí volverás de nuevo.

En este dicho, esas personas están solas porque saben que realmente hay solo *uno* de nosotros. Por supuesto que no están realmente solos, porque tienen el Santo Espíritu. Como se señaló anteriormente, se eligen porque eligen escuchar. El resto del dicho debe ser autoexplicativo basado en lo que hemos estado hablando. para ti por aquí.

J ha impartido *un Curso de Milagros* para mostrarte *cómo* volver al Reino de los Cielos. Porque, como ya hemos señalado, el mundo podría sólo entiendo tanto hace dos mil años. Hoy, aunque el mundo es tan loco como lo era entonces, está en condiciones de aprender mucho más.

Aunque el mundo está tan loco como hace dos mil años, ahora está en condiciones de aprender mucho más.

Gary: Supongo que esto realmente *no es lo* mismo que cualquier otra cosa, incluyendo Cristiandad.

PURSAH: No quiero insistir en el punto Gary, pero el cristianismo fue una continuación de la antigua escritura en una nueva forma. Todo lo que tienes que hacer es leer Romanos, Capítulo 1, para ver que el futuro San Pablo estaba respaldando el pensamiento en Levítico, Capítulo 20 por razones políticas, para tratar de apaciguar al sospechoso James y al Secta de Jerusalén. La religión organizada es política, amigo. Mira cómo el Libro de Apocalipsis arranca el libro de Daniel. El cristianismo era lo mismo de siempre en un nuevo paquete, excepto por el sacrificio del único Hijo de Dios y luego adorada rutina. J, por otro lado, era y *no es lo* mismo de siempre en un nuevo paquete, y tampoco *Un curso de milagros.* Un curso de autoaprendizaje no requieren una religión organizada, y como dijimos antes, J nunca estuvo interesado en comenzando uno.

ARTEN: Mientras tomamos nuestro permiso ilusorio hasta la próxima vez, comience a mirar el mundo con más cuidado, con el Espíritu Santo, y tendrá una muy alta estándar, tan alto como el que tenía J, para ayudarlo a elegir entre el sistema de pensamiento y el del ego. Como dice el Curso:

La verdad sobre ti es tan elevada que nada indigno de Dios es digno de tú. Elija, entonces, lo que quiere en estos términos, y no acepte nada que no lo ofrecerías a Dios como totalmente apropiado para él.

Adiós por ahora, Gary. Recuerda esto con certeza. Siempre que estés preparado para elegir al Espíritu Santo como tu Maestro, J estará allí contigo. Si no estás preparado, él seguirá ahí contigo. Porque como te dice en el Texto,

Si quieres ser como yo te ayudaré, sabiendo que somos iguales. Si tu quieres ser diferente, esperaré hasta que cambies de opinión.

Arten y Pursah desaparecieron, lo que me permitió considerar tranquilamente el implicaciones de nuestra discusión, una de las cuales fue el hecho de que no realmente existen, excepto por mi realidad en el Cielo, y para contemplar la motivación

detrás de un mundo que me parecía inalterado, pero que nunca mira de la misma manera otra vez.

EL PLAN DEL EGO

Cada respuesta al ego es un llamado a la guerra, y la guerra te priva de la paz.

Sin embargo, en esta guerra no hay oponente.

Me desperté a la mañana siguiente al amanecer y abrí los ojos. Para mi sorpresa, me di cuenta de que no podía ver ninguna imagen separada. Todo lo que pude distinguir fue lo que parecía ser una cubierta, como parches sobre mis ojos. Estos parches fueron hecho de una luz blanca perfecta e inmaculada. Esta luz era incluso más pura que la nieve intacta que a veces veía en el campo detrás de mi casa por las mañanas después de que una noche del noreste azotara el duro paisaje de Maine.

Cuando cerré los ojos, vi algo diferente. La hermosa luz blanca que había ocupado mi campo de visión todavía estaba allí, pero ahora había grandes manchas de fea oscuridad cubriendo gran parte de la luz. Algo de la luz podría todavía se puede ver, pero una buena parte, más de la mitad, estaba oscurecida por este negrura amenazadora.

Desconcertado, abrí los ojos y una vez más solo vi lo hermoso y invitando a la luz blanca. Al cerrar los ojos, las manchas de la repugnante oscuridad

regresó. No saber qué hacer con esto y ser el tipo de persona.

¿Quién podía dormir durante un terremoto significativo? Volví a mi rutina nocturna.

sueños, no estoy seguro de si esta experiencia fue parte de esos sueños o no.

Cuando me desperté de nuevo más tarde, recordé la experiencia y le pregunté adormilado a J

en mi mente, "Está bien, me rindo. ¿Qué fue eso?" Después de intentar no pensar cualquier cosa, me dieron esta idea: "Piénsalo conmigo". Pronto yo

Me di cuenta de que la luz blanca pura representaba el espíritu puro que realmente era, y

sería de nuevo cuando *realmente* abriera los ojos y me despertara. La oscuridad era la culpa profunda e inconsciente enterrada en mi mente. Razoné: "Esta oscuridad es lo que necesita ser sanado por el Espíritu Santo en el interior, mientras yo perdono, a lo largo con Él, los símbolos correspondientes de mi culpa que parecen estar fuera yo mismo. Cuando ese trabajo haya terminado, la luz será todo lo que quede ".

Con esta experiencia, así como la discusión de la noche anterior con Pursah y Arten frescos en mi mente, tomé unas horas esa tarde para escuchar

las cintas de Ken Wapnick que me había prestado el facilitador de mi grupo de estudio.

Al principio no me cautivó el estilo de Ken, que se parecía mucho al de un Profesor de universidad. Después de todo, Ken era un erudito. Mientras seguía escuchando, se dio cuenta de que cuando se trataba de explicar los principios metafísicos avanzados de el Curso, así como las aplicaciones prácticas diarias del mismo, Ken estaba extramadamente útil. Más tarde esa noche, cuando me senté y leí algunas páginas del Texto, me sorprendió lo más fácil que era entender *por mí mismo* el

significado exacto de algunas de las líneas que estaba leyendo.

En las semanas siguientes, también hice todo lo posible para perdonar, especialmente las veces

cuando Karen y yo teníamos problemas para llevarnos

bien. Las lecciones del libro de trabajo ayudaron y A menudo usaba a Karen para practicar. Fue fácil para nosotros llevarnos el uno al otro

nervios, especialmente cuando el dinero escaseaba y nos sentíamos presionados. Karen fue

una buena mujer que me amaba y se preocupaba por mí. Estuvimos felizmente casados por

once años, pero si había una falta que le atribuiría, era que ella tenía más que su parte de quejas y agravios. Una de las razones fue que había intentado varias carreras pero nunca había encontrado una con la que estuviera feliz o eso generó mucho dinero. La situación se vio agravada por el hecho de que yo no aporté mucho dinero en efectivo con mi propio negocio.

Una noche cuando Karen se quejaba y se quejaba de su trabajo y su dinero situación, me di cuenta con interés de que no estaba teniendo mi habitual juicio reacción a su monólogo negativo. En cambio, tuve dos distintos y atípicos experiencias: La primera fue que Karen estaba pidiendo amor, lo que la hizo las palabras me suenan diferente, como una súplica inocente de comprensión; el segundo

nueva experiencia fue que lo que estaba viendo no era quién era ella en realidad, sino una figura que había deseado tener en mi sueño para poder culparla por crear una atmósfera negativa, que luego podría usar como una excusa conveniente para mi

propia ineficacia.

Estas nuevas experiencias iniciaron un proceso de cambio de mi forma de ver Karen, lo que hace que sea más divertido hablar con ella (y más divertido ir a la cama). Incluso. Aunque no *siempre* reconocería mis oportunidades de perdón, todavía estaba

aprendiendo rápidamente.

Pasaron cuatro meses antes de que volviera a ver a mis

visitantes ascendidos, y para mí parecían ser meses muy largos. Hubo momentos en los que me sentí molesto y otros momentos en los que me sentí francamente abandonaron-aunque yo *hice* captura a mí mismo haciendo una relación especial fuera de todo el asunto y trató de perdonarlo.

A veces pienso, *puede ser que todo sea una prueba, para ver si puedo perdonar.* Entonces lo hice perdonar, pero no lo que Arten y Pursah estaban haciendo o no haciendo, lo que sólo hago un "error" real para mí. Porque el mundo es solo un sueño, el

Curso implora a sus alumnos que perdonen a sus hermanos por lo que *no* hicieron, y así abstenernos de hacer que el error sea real para nosotros. Cuando pensé en cosas en esos términos descubrí que podía experimentarme mejor como el creador

de mi sueño, no la víctima de él.

Una noche, cuando Karen estaba en una clase de informática y yo estaba a punto de Beber la primera de lo que esperaba que fueran varias cervezas, Arten y Pursah apareció en mi sala de estar por quinta vez. En el momento en que vi su gentil

sonríe, recordé cuánto disfrutaba de su compañía y el honor de escuchándolos. Dejé mi cerveza, me acerqué a la mesa de café y recogí mi cuaderno. También encendí la grabadora. En el pasado, había gastado muchas noches grabando mi banda durante actuaciones largas, así que sabía lo suficiente para usar cintas extralargas para que no se agoten mientras mis amigos todavía estaban hablando.

Ninguno de nosotros volvería a mencionar estas cintas, hasta nuestra reunión final.

Me sorprendí a mí mismo por ser el que inició la discusión.

GARY: Hola, chicos; ¡es genial verte! Gracias por venir. Supongo que tu conocer mis experiencias de los últimos cuatro meses, y lo agradecido que estoy de que me estas ayudando.

PURSAH: Por supuesto. También te estamos agradecidos. No sirve de nada enséñele a alguien o dígale algo si no va a aprovecharlo.

Tú, hermano mío, estás usando lo que te decimos, aunque, como ya has descubierto fuera, no siempre es fácil.

A medida que aprenda más, se dará cuenta de que estamos enseñando un método purista y no dualista.

interpretación de la verdad — la forma en que el Curso debe entenderse. Como pasa el tiempo, habrá más que enseñen el Curso de esta manera, aunque no somos tan amables como la mayoría de ellos. Ahora mismo hay una tendencia a personas a tomar prestado del Curso y luego hacer lo suyo. Habrá muchos más puristas en el futuro.

Gary: Dices que no eres tan educado como ellos, así que ¿por qué *no* eres más educado?

mi culo inteligente espiritual?

PURSAH: Se necesita uno para alcanzar uno, hotshot. Además, también eres un mensajero,

y ya es hora de que alguien ponga el universo en su lugar.

Sin embargo, *hay* algo más que debe tener en cuenta. Una vez que tengas más experiencia con el perdón, y discutiremos un aspecto del perdón en

un minuto antes de que miremos al ego más de cerca, tu perdón eventualmente ayudarlo a darse cuenta de que realmente no necesita su humor satírico como tanto como crees que haces. Cuando *usted* ya no lo necesita, a continuación, *vamos a* no más lo necesita para comunicarse con usted. El Espíritu Santo habla a la gente en muchos diferentes caminos. A medida que cambian, y les aseguro que si eligen el Santo Espíritu como su Maestro, que *hacen* volver el cambio hacia la

realidad, aflojando los del ego falsos cambios, entonces el Espíritu Santo puede hablarte de la manera co-
rrespondiente manera apropiada. Crees que somos demasiado duros contigo, pero como llegarás a
Date cuenta, eres realmente tú quien es demasiado
duro contigo mismo. Realmente no quieres
para ver su odio, pero vamos a ver algunos de ellos durante esta visita.
También ha indicado que cree que somos demasiado
duros con otras personas.
Sin embargo, les hemos enseñado repetidamente que
no hay nadie más. No hay otro personas. Así que sigamos adelante, y llegará el momento en que te darás
cuenta de que nuestro las palabras se dicen para producir un resultado eventual, y ciertamente no para
pasar juicio sobre un mundo que no existe.

ARTEN: Antes de desenmascarar a su falso amigo el ego,
hagamos que repita una de las lecciones del Libro de
trabajo. Queremos tocar el tema del perdón aquí porque vamos a señalar algunas cosas sobre el ego que
pueden molestarte un poco, y para que no te desani-
mes demasiado, queremos
enfatice de antemano que son simples, no necesariamente fáciles, a menos que eres un maestro avanzado,
pero formas sencillas de deshacer el ego.
Ha estado haciendo el Libro de ejercicios durante más
de seis meses y lo está haciendo multa. Cuando las
cosas suceden rápido en tu mundo, sin embargo, a
veces todavía dejas escapar con la condena de otros.
Casi todo el mundo lo hace, incluido
estudiantes experimentados del curso. Entonces tenemos una pregunta para ti. Que si tu se negó a comprometerse con lo que aprendió en el curso? No soy
solo refiriéndose a la forma en que habla de los principios del Curso a los demás. Estoy hablando sobre la

forma en que practica lo que predica, no que tenga que predicar cualquier cosa. ¿Cómo se vería si realmente siguiera una lección del Libro de trabajo para la carta, y aplicó sus principios todos los días de la manera en que J lo hizo cuando parecía estar en un cuerpo?

Uno de los objetivos del Curso es entrenar tu mente para que llegue el momento cuando en lugar de juzgar automáticamente, perdonarás automáticamente.

GARY: ¿Qué lección del Libro de ejercicios quieres que repita y siga las
¿carta?

ARTEN: Uno muy importante. Quiero que leas la primera mitad de la lección 68.
Lea la tercera oración del cuarto párrafo y luego deténgase. Usted puede haz el resto más tarde. Mientras lo lee, piense en cómo sería si siempre lo hiciste. Piense en lo que podría hacer por su tranquilidad y su fuerza psicológica si siempre lo hiciste. No digo que mucha gente practícalo siempre. La mayoría no lo hace. Solo pregunto, ¿y si *lo* hicieras?
Verá, ahora mismo su mente juzga y condena *automáticamente.* Más Los pensamientos y el comportamiento de las personas son realmente muy predecibles, sin importar cuán geniales sean
e individualistas que les guste pensar que son. Uno de los objetivos de la Por supuesto, debes entrenar tu mente para que llegue el momento en que, en lugar de juzgar automáticamente, perdonarás automáticamente. Los beneficios para tu mente de
tal hábito es inconmensurable.

Gary: Es como uno de los principios de los milagros al principio del Texto donde dice:
¿"Los milagros son hábitos"?

ARTEN: Sí. Te acostumbras tanto a pensar en el sistema

de pensamiento del Espíritu Santo
que Su verdadero perdón se convierte en una segunda
naturaleza para ti. Entonces, ¿por qué no lees?
Esa parte de la lección del Libro de ejercicios. Sé que
ya lo has hecho, pero sé a la par más decidido a hacerlo
esta vez.

Gary: Muy bien, maestro ascendido.

El amor no guarda resentimientos.

Tú, que fuiste creado por el amor como él mismo, no
puedes albergar resentimientos y Conocete a ti mismo. Mantener un agravio es olvidar quién eres. Sostener un el agravio es verse a sí mismo como un cuerpo.
Tener un agravio es dejar que el ego gobernar tu mente
y condenar el cuerpo a muerte. Quizás aún no lo hagas
darse cuenta de lo que le hace a su mente tener quejas. Parece te separará de tu Fuente y te hará diferente a
Él. Te hace
cree que Él es como usted cree que se ha convertido,
porque nadie puede concebir a su Creador como diferente de él.
Apártate de tu Ser, que permanece consciente de Su
semejanza con Su Creador, tu Ser parece dormir, mientras que la parte de tu mente que teje
ilusiones en su sueño parece estar despierto. ¿Puede
todo esto surgir de sostener agravios? ¡Oh si! Porque el
que tiene agravios niega que fue creado por Amor, y
su Creador se ha vuelto temible para él en su sueño de
odio. OMS
¿Puede soñar con el odio y no temer a Dios?
Es igualmente seguro que aquellos que tienen resentimientos redefinirán a Dios en su propia imagen, ya
que es cierto que Dios los creó como él, y definió ellos
como parte de Él. Es igualmente seguro que aquellos
que tienen agravios sufrirán culpa, ya que es cierto que
quien perdona encontrará la paz. Es tan seguro que los
que tienen agravios olvidarán quiénes son, ya que es

seguro que

los que perdonan recordarán.

¿No estaría dispuesto a renunciar a sus quejas si

creía que todo esto era así? Tal vez no crea que pueda dejar que su los agravios van. Sin embargo, eso es simplemente una cuestión de motivación.

PURSAH: ¿Recuerdas cuando dejaste de fumar?

Gary: Sí. Fue difícil después de fumar durante doce años, pero tuve la motivación. Había visto morir a mis padres por los efectos del tabaquismo; ellos

no podía dejar de fumar después de cuarenta años. Así que lo hice por ellos *y* por mí.

PURSAH: Su motivación para dejar las quejas es tan importante para su la vida real como dejar de fumar era para su cuerpo. Todos los cuerpos mueren eventualmente pero tu vida real está en el cielo, y también puedes alcanzar la paz y la alegría durante tu vida temporal aquí. Esas son tus motivaciones.

ARTEN: A veces esas motivaciones no parecen suficientes. Gary, que es, es que cuando intentas perdonar, a veces podrás. Todavía.

Si realmente está tratando de hacer este Curso, con la misma frecuencia vendrá, Enfrentar muchas cosas que *no* quieres perdonar y *no* quieres

rendirse. Así se manifiesta tu resistencia y tu odio oculto e inconsciente arriba. Esas son las cosas que vas a tener que mirar y que no quieres mirar. De qué están hechas esas cosas se puede entender comprendiendo el sistema de pensamiento y plan de ataque del ego.

GARY: Tengo entendido que las cosas que no querré perdonar, ni siquiera mirar de cerca, son los pecados secretos y los odios ocultos 7 de los que habla el Curso, que son realmente simbólico de cómo me odio a *mí mismo*, excepto que los he proyectado, por lo que parecen ser fuera de mi. La forma de perdonarme a mí mismo y ayudar al Espíritu Santo a hacerse cargo de mi mente inconsciente es descubrir y observar estas cosas con Él, y seguir adelante perdonándolos. Cuando digo que el Espíritu Santo se apoderará de mi mente inconsciente,

Recuerdo que Él es realmente yo de todos modos, excepto que Él es mi Ser superior, o Cristo, o incluso podrías decir la Verdad.

Supongo que las cosas materiales y los deseos mundanos a los que no quiero renunciar son

los ídolos falsos que realmente están allí como un sustituto de la verdad, para que pueda perseguir

después de ellos o adorarlos, y también para ayudarme a convencerme de que todo es real.

ARTEN: Muy bien, Gary. Es por eso que el Curso quiere ayudar a las personas a darse cuenta

lo que hay en su inconsciente, para que puedan deshacerse de él. La mayoría de la gente, especialmente gente agradable y espiritual, no sé sobre el sistema de pensamiento asesino que se ejecuta

este universo, o el odio que está debajo de la superficie de su mente. Ni hacer la mayoría de ellos quiere saber. La mayoría de la gente solo quiere que todo sea perfecto. No puedes culparlos por querer la paz, pero *la* paz *real* se encuentra deshaciendo el ego, no cubriéndolo.

PURSAH: Es por eso que debes recordar la motivación de la paz y la alegría en *esta* vida. ¿No sería mejor que sufrir? La gente puede pensar: "No soy sufrimiento "o" No me siento culpable ". Sin embargo, está ahí en la mente, esperando jugar solo fuera. ¿Por qué esperar lo inevitable cuando puedes hacer algo al respecto?

GARY: Porque tienen miedo y no quieren.

PURSAH: Porque el *ego* no quiere. Cuando J te pregunta si prefieres estar

bien o feliz, él sabe que realmente *no* quieres renunciar a muchos de tus agravios, ídolos y tentaciones.

Gary: Puedo resistir cualquier cosa excepto la tentación.

Pursah: Sí, pero ¿qué *es la* tentación, en realidad? El curso no es el más mínimo un poco vago sobre la respuesta a esa pregunta.

La tentación tiene una lección que enseñaría, en todas sus formas, dondequiera que ocurre. Persuadiría al santo Hijo de Dios de que es un cuerpo, nacido en lo que debe morir, incapaz de escapar de su fragilidad, y atado por lo que le ordena sensación.

¿Por qué no miramos el plan del ego y vemos cómo intenta llevarlo a cabo?

Explicaremos mucho más sobre el verdadero perdón las próximas dos veces. Nosotros ya hemos señalado durante nuestra última visita que ha sido un *nuevo nivel* mental hecho para que el sistema de pensamiento del ego actúe a través de ti, sin

siendo consciente de ello. Estás siendo utilizado y ni siquiera lo sabes. Tienes sido un robot. Es hora de que empiece a recuperar su vida, su vida real. En, Sin embargo, para hacer eso, debes saber a qué te enfrentas.

El ego es un gran trabajo. Ya dijimos que el pensamiento de, la separación de Dios se ha proyectado aparentemente hacia afuera desde la mente, y

usted junto con él, y que todo un universo que incluye su cuerpo, así como todos los demás cuerpos se han hecho. Por cierto, tu cuerpo parece estar apegado a usted, pero en realidad está fuera de usted 10 como todo lo demás que percibe. Ya que

todo lo que parece estar fuera de ti es igualmente ilusorio, tu cuerpo debería ser considerado como no más real o importante para usted que el de cualquier otra persona.

Las personas son como fantasmas, excepto en un nivel aparentemente diferente. Ellos piensan

sus cuerpos están vivos, pero no lo están. Simplemente ven lo que quieren ver. Eso es por qué J dijo: "Deja que los muertos entierren a sus muertos". La gente necesita ayuda para encontrar el verdad y ser llevado a casa. Necesitan la ayuda del Espíritu Santo, pero el Espíritu Santo también necesita *tu* ayuda en forma de perdón por las imágenes que ves.

Evidentemente, esto no significa que se deba despreciar el cuerpo. Al mismo tiempo, no deberías estar más impresionado con él que J, como en este breve pasaje del Curso.

Las personas son como fantasmas. Creen que sus cuerpos están vivos, pero no lo están. Simplemente ven lo que quieren ver.

El cuerpo es el ídolo del ego; la creencia en el pecado hecha carne y luego proyectada exterior. Esto produce lo que parece ser un muro de carne alrededor de la mente, manteniéndolo prisionero en un diminuto lugar de espacio y tiempo, en deuda con la muerte, y dado sólo un instante en el que suspirar y lamentar y morir en honor a su

Maestro. Y este instante impío parece ser vida; un instante de desesperación, un pequeño isla de arena seca, desprovista de agua y puesta inciertamente en el olvido.

Gary: El Texto dice que el segundo de los cuatro obstáculos para la paz es la creencia de que

el cuerpo es valioso por lo que ofrece.

ARTEN: Muy bien. Eso está directamente relacionado con su atracción por la culpa y

dolor. Lea "Los obstáculos para la paz" con mucha atención. Tienes que entender que te *atrae* todo el sistema del ego. Has confundido el dolor con

Placer. Se siente atraído inconscientemente por el pecado, la culpa, el miedo, el dolor y el sufrimiento.

No te hace diferente a los demás, excepto que serás uno de los personas que son conscientes de ello, para que pueda observarlo, perdonarlo y, finalmente, ser libre de ella. La mayoría de la gente no sabe que persiguen en secreto aquello que castiga

de alguna manera, no en todas las áreas de su vida, pero siempre de *alguna* manera.

Gary: Como una polilla a la llama.

ARTEN: Exactamente. Puede ir a la cabeza de la clase.

GARY: Yo soy la clase.

ARTEN: Entonces no te quedes atrás. Recuerde, la gente cree inconscientemente que

merecen ser castigados por atacar a Dios y tirar el cielo, y lo interpretan de muchas formas obvias y dramáticas. También actúan en muchos

formas no tan obvias y sutiles, como si fuera un fanático de los Medias Rojas.

GARY: ¡Oye! Cualquier equipo puede tener un mal siglo.

ARTEN: ¿Tiene alguna otra pregunta antes de seguir adelante?

Gary: Bueno, no lo sé. Si hago otra pregunta, ¿habrá algo divino?

¿venganza?

ARTEN: No, ni tampoco ha habido ninguno en la historia del universo.

Gary: Entonces, solo una cosa. Estaba empezando a escribir algo de lo que has dijo, y aunque sé que ustedes son geniales, algunas de sus declaraciones parecen un poco arrogante. Quiero decir, puedo ver sus caras y escuchar sus voces y obtener su

actitud. Para las personas que no pueden, algunas de las cosas que dices pueden parecer un poco

diferente en forma impresa que en persona. ¿Hay algo

que pueda hacer al respecto?

ARTEN: Claro. Explíquelo como lo acaba de hacer. Además, la gente debería recordar que, Dije que íbamos a ser francos, pero permítanme señalar estos dos puntos sobre lo que no lo *hemos* dicho. Nunca hemos dicho que *Un curso de milagros* es la única forma de Dios, y nunca hemos dicho que nuestras palabras son la única forma de *Un curso en*

Milagros. El nuestro es un enfoque. Es para algunas personas, no para todos. Teniendo, dicho esto, permítame recordarle que hemos venido aquí para ayudarlo a ahorrar tiempo. Si tu realmente queremos conocer a Dios, entonces queremos que encuentres el camino a tu experiencia de la verdad absoluta lo antes posible. Como se mencionó anteriormente, el Curso enseña que "el milagro minimiza la necesidad de tiempo". 15 Nuestro objetivo es ayudarte entender el milagro.

Hablaremos sobre el propósito del Espíritu Santo para el universo más tarde, dándote nada menos que la respuesta a lo que llamas vida. Como dijimos, todos quieren tener significado y propósito en sus vidas. El Curso no es misterioso sobre lo que

La respuesta es a esa búsqueda. Primero, miremos más de cerca la llama del ego en el nivel del mundo, y ver por qué la polilla se siente tan atraída por él.

PURSAH: Ya hemos establecido que el universo que ves es un símbolo de el único pensamiento de que te has separado de Dios, presentado en muchos formas, y que te sientes secretamente aterrorizado y enormemente culpable por la separación. En este nuevo nivel del mundo de los cuerpos, el pensamiento de separación ha sido proyectado, aparentemente fuera de ti. Ahora las causas sustitutas del pecado, la responsabilidad proyectada por la culpa y las muchas razones imaginadas para el miedo a cualquier tipo se puede encontrar en algún lugar fuera de usted y, por supuesto, otras personas ve todo como si estuviera fuera de ellos. Una vez que comprenda eso, no es demasiado difícil ver la actuación de la separación

y la proyección de culpa inconsciente en el trabajo en el mundo todos los días. El ego ha enfrentado a personas y grupos entre sí durante todo el guión de la historia del universo, garantizando la actuación de la separación en el individuo relaciones de alguna manera. Solo cuando todos hayan despertado del sueño, se acabará el pensamiento de la separación.

Incluso al unirse, todavía hay separación en este mundo. Para lograr esto, el el ego hizo *relaciones especiales.* Como se mencionó antes, con la dualidad tienes amor especial *y* odio especial. El amor ahora es selectivo en lugar de todo que abarca, por lo que no es realmente amor, sino que pasa por él. Cuando pareces entras en una encarnación, eres inmediatamente parte de algún tipo de familia, que significa que *no* es parte de otras familias, clases económicas, culturas, etnias grupos y países. Ya eres diferente a los demás en muchos aspectos. Usted incluso tener competencia entre familias, partes de familias e individuos dentro familias.

Las relaciones especiales dentro de su familia, ya sean biológicas, adoptadas o en un hogar de acogida, puede ser bueno o malo, amoroso u odioso, lo que resulta en amor especial o algún tipo de victimización. Todos los que sueñan con su camino hacia este mundo se ve a sí mismo como un cuerpo desde el principio, y por lo tanto, un muy especial cuerpo de hecho. Los pensamientos de víctima y victimización no pueden evitar verse desde este punto de vista, resultando en la proyección *inconsciente* de su pecado y culpa— que están ocultos por muros de olvido, sobre alguien o algo.

Ahora se ven todos los pecados secretos y los odios ocultos que tienes sobre ti en otra parte; el hecho de que estás experimentando una proyección de sueño irreal desde tu propia mente olvidada está completamente desconectada de tu conciencia. Otro personas y eventos externos, o su propio cuerpo y cerebro están equivocados y por lo tanto

acciones aparentemente culpables, son la causa percibida de la interminable serie de miedos

y situaciones, grandes y pequeñas, a las que llamas tu vida. Como J te enseña en el Por supuesto, mientras comparas los sueños que tienes en la cama por la noche con los sueños tienes durante el día:

Son las figuras del sueño y lo que hacen lo que parece hacer el sueño.

No se da cuenta de que los está haciendo actuar por usted, porque si lo hiciera la culpa no sería de ellos, y la ilusión de satisfacción desaparecería.

En los sueños, estas características no son oscuras. Pareces despertar, y el el sueño se ha ido. Sin embargo, lo que no reconoces es que lo que provocó el sueño no ha ido con eso. Tu deseo de hacer otro mundo que no sea real permanece contigo. Y a lo que pareces despertar no es sino a otra forma de este mismo mundo que ves en sueños. Pasas todo tu tiempo soñando. Tu dormir y sus sueños despiertos tienen diferentes formas, y eso es todo. Su el contenido es el mismo.

Gary: Entonces, en la ilusión, la gente proyecta su culpa negada en los demás. No solo no saben que lo están haciendo, pero además, porque hay de todos modos, realmente no hay nadie, lo que realmente están haciendo es reciclar la culpa dentro de su *propia* mente inconsciente, manteniéndola y el ego intactos. Supongo que es lo que J quiso decir cuando dijo: "No juzguéis, para que no seáis juzgados; porque con el juicio que pronuncies serás juzgado, y la medida que des será la medida que obtienes ". Eso es cierto porque la gente realmente está juzgando y condenando sus propias imágenes de sí mismos. Esto conduce a una continuación como ego aparentemente culpable de una vida a otra, porque lo que caus el suelo es la culpa y la necesidad de escapar de ella.

Pursah: Excelente, hermano. No lo olvides, el ego agrega el truco astuto de tener tanta proyección en relaciones amorosas especiales como odio especial relaciones, ayudando así a asegurar la dinámica continua del reciclaje de la culpa. Si Mirarás lo suficiente, lo que la mayoría de la gente no hará, entonces verás ese amor en este mundo siempre está calificado de alguna manera. Si no se cumplen esas calificaciones, Cuidado.

ARTEN: Ahora llegamos a otro de los dispositivos favoritos del ego para manteniendo su vasta ilusión. Dime, Gary, ya que tienes un espectáculo

antecedentes; ¿Qué hace un ilusionista para engañar a la audiencia en un espectáculo de magia?

Gary: Una cosa es ocultar la ilusión desviando la atención del audiencia en otro lugar mientras se hace el truco.

ARTEN: ¡Sí! El ego es un maestro ilusionista, y una de las formas en que se desvía tu atención, desde el momento en que naces, es dándote, y esto llama

para otro redoble de tambores, por favor, *problemas*. Estos problemas suelen estar en frente a usted, y las *respuestas* a estos problemas deben encontrarse en el mundo y utilizado. No importa si el problema es tu propia supervivencia,

o algo aparentemente tan elevado como lograr la paz mundial. Los problemas y la las respuestas siempre están en algún *lugar* del mundo o del universo. "La verdad está ahí fuera ", dice su generación. No importa si están hablando de extraterrestres, o cualquiera de los otros misterios y problemas sustitutos del ego. por la verdad *real no* está ahí, porque el problema real no está ahí.

El ego es un maestro ilusionista. Desde tu nacimiento desvía tu atencióndándote —y esto exige otro redoble de tambores, por favor— problemas.

Pero sigues mirando hacia afuera, sin darte cuenta de eso, como dice el Curso sobre el ego:
Sus dictados, entonces, se pueden resumir simplemente como: "Buscar y *no* encontrar".
Mientras busca, cuanto más cambian las cosas para usted, más se quedan lo mismo, y tus gotas enterradas de culpa por la aparente separación permanecen en sitio. Entiendo que en realidad llegaste a ver tu propia culpa inconsciente simbolizado para ti una mañana, cuando el Espíritu Santo hizo ese ajuste en tus ojos mientras estabas en la cama.
GARY: Sí, eso estaba bastante lejos. No fue muy alentador, pero la luz detrás estaba, y ahora sé que estoy siendo sanado. *Eso es* alentador.
Solo para saber que estoy recibiendo las enseñanzas del Curso aquí: la primera, o nivel metafísico en el que se imparte el Curso, del que estabas hablando durante su última visita, implica percepción. El segundo nivel, o nivel del cuerpo,
mundo, y universo del que estás hablando ahora *también* implica percepción. Uno de las principales diferencias entre ellos es que este segundo nivel que estoy experimentando ahora es el resultado final de la negación colectiva y la proyección masiva que tomó lugar en el primer nivel o metafísico, lo que resultó en el universo del tiempo y espacio que ahora veo como fuera de mí mismo, para tener una defensa contra mi culpa oculta, mi miedo y, por supuesto, Dios, de quien soy erróneamente aterrorizado y tratando de escapar. Excepto que no estoy en contacto con eso porque está inconsciente.

Las aparentes causas de mis miedos, como el dolor y la muerte, ahora se ven como cosas fuera de mí, aunque el miedo todavía está en mí. De hecho, se podría decir, los contenidos de mi propia mente ahora se perciben simbólicamente como si estuvieran alrededor yo, en lugar de dentro de mí. Por eso no tengo sentido, porque mi memoria está perdida.

El plan del ego para mantenerse en marcha se basa en la culpa, tanto sutil como obvia, ataque, condena y la continua proyección y reciclaje de mi culpa.

Esto a su vez me engaña haciéndome pensar que me estoy deshaciendo de la culpa cuando lo que realmente soy hacer es aferrarme a él, mantenerlo en mi propio inconsciente, mantener todo
círculo vicioso en marcha.

Pursah: Dijiste un bocado con precisión, hermano. Deberíamos conseguir un oro estrella para tu frente.

Gary: ¿La estrella tendría cinco puntos o seis?

ARTEN: Ya basta. Las bromas religiosas son nuestro trabajo.

PURSAH: La buena noticia es que la dinámica del perdón del Espíritu Santo deshace el ego en *ambos* niveles. El principio de la Expiación deshace la negación y la proyección en el nivel de su mente perdonando lo que percibe, y el Espíritu Santo
deshace la negación y la proyección en el nivel metafísico de su mente en el al mismo tiempo, además de deshacer toda la idea de separación junto con tú. *Debes* practicar el perdón en el nivel en el que está tu experiencia. Si, tienes que entender la metafísica del Curso para poder entender que estas haciendo. Pero tu *perdón* se hace aquí, lo que significa que deberías sea práctico y respetuoso con otras personas y su experiencia. En otra palabras, cuando estés viviendo tu vida diaria, sé amable. Tu trabajo no es corregir otros. Simplemente ayude al Espíritu Santo a limpia-

r *su* mente equivocada cambiando a su mente recta, y luego dejar el resto en sus manos.

Gary: Entonces, en este nivel, cuando pienso con el ego, eso está mal ... mentalidad, y cuando estoy pensando con el Espíritu Santo, eso es correcto-mentalidad.

PURSAH: Sí. El *tú* que está pensando eres tú como mente, no como un cerebro o cuerpo humano. El Curso está dirigido a la parte de tu mente que

necesita elegir entre el ego y el Espíritu Santo. Hablaremos más de eso el próximo par de veces para que pueda aprender a hacerlo bien y ahorrarse un

unos miles de años de prueba y error, y todas las encarnaciones correspondientes.

Te sorprenderá lo sencillo que es una vez que todo se convierta en parte de tu actitud.

Lo dividiremos temporalmente en pasos, pero eventualmente los pasos fusionarse en una actitud. El resultado final es la paz de Dios. Ya tenemos

enfatizó que todos, y por lo tanto usted mismo, son inocentes porque lo que son ver no es verdad. ¿Cómo puede ser verdad lo que estás viendo si la separación de ¿Dios nunca ocurrió? Si la separación nunca ocurrió, entonces, ¿cómo puede

¿Ver tiene más efecto en usted que en J?

ARTEN: Algo que siempre debes intentar recordar es que manteniéndote mirando fuera de ti mismo, el ego te impide mirar realmente a su sistema de pensamiento. Como ya dijimos, el Curso enseña que las ilusiones son protegido *sin* mirarlos.

Vamos a echar un breve vistazo a la naturaleza del sistema de pensamiento del ego, no asustarte, pero sólo para que entienda que si bien puede ser feo, es *no* tú. La forma de conseguirlo es mirándolo con el Espíritu Santo. El ego no quiero que lo mires. El ego tiene miedo de tu poder para elegir contra él. Si lo está mirando, entonces *debe* hacerlo con el Espíritu Santo. Si eres unido a Él, entonces ya no estás en tu mente equivocada, sino que estás mirando cosas con su sano juicio. Ya no eres un efecto en lugar de una causa.

Ya no estás solo como un individuo culpable, sino que estás reconectado con tu Ser.

Mira al ego sin juzgar ni temer. Si no es real, entonces no lo es algo que temer. Pero *es* algo para perdonar.

Así, para perdonar usted mismo y los demás, tendrá que estar dispuesto a buscar formas usas personas y las matas en tu mente. Ese no eres realmente tú, pero es un parte del sistema que inconscientemente *cree que* es usted.

Por cierto, cuando se trata de la ilusión del tiempo, debes entender que el pecado es igual al pasado, la culpa es igual al presente y el miedo es igual al futuro. De Por supuesto, podría ser un futuro muy inmediato o un futuro lejano. Realmente

no importa. Como ejemplos, digamos que te roban a punta de pistola y piensas puede que te maten. O tal vez estés preocupado por tu jubilación veinte

años a partir de ahora. Esas cosas son diferentes en forma, pero realmente iguales. El Real la razón por la que tienes miedo es porque crees que has pecado. Si no creyeras en el sistema del ego, no puedes *tener* miedo. Puedes pensar que no tener miedo sería malo para su eficacia y supervivencia. Sin embargo, ¿cuándo es que eres más

eficaz, cuando tiene miedo o cuando no?

También debes reconocer que el miedo, el pecado, la rabia, la culpa, los celos, la ira, el dolor,

La preocupación, el resentimiento, la venganza, el odio, la envidia y todas las demás emociones negativas son versiones de la misma ilusión. Es por eso que el Curso enseñó con mucha claridad, antes vinieron todos los prestatarios, que:

El miedo y el amor son las únicas emociones de las que eres capaz.

Las personas que toman prestado del Curso en lugar de enseñarlo generalmente obtienen

uno de dos errores. O intentan inventar una versión secular del Curso, que no funciona porque cuando dejas fuera a Dios, estás ignorando al

problema real, la aparente separación de Él, o inventan una versión eso incluye a Dios, pero es un sistema dualista. Esto *tampoco* resuelve el verdadero problema debido a la naturaleza misma de la dualidad. ¿Cómo puedes deshacer la separación?

de Dios al creer que Dios creó y reconoce la separación? Así terminan perdiendo mucho tiempo reforzando la aparente separación en lugar de

que corregirlo.

Pursah: Entonces, ¿cuál *es* la naturaleza del ego que llevas en tu inconsciente?

y que no quiere que mires?

Gary: Pensé que nunca lo preguntarías.

Pursah: Sabio. Su naturaleza es el odio. Incluso si ven el odio, que la mayoría de las personas racionalizan o pasan por alto, todavía no se dan cuenta, como ya astutamente señaló, que en realidad *es* odio a *uno* mismo. Entonces tú y los demás ven a la gente en el mundo que se odia, se ataca e incluso se mata, y que se lastimaría o incluso matarte si tuvieran la oportunidad. Las variaciones de esto son infinitas. Puede ser como simple como sentirse incómodo por personas con las que no está de acuerdo, personalmente o políticamente. Puede aparecer en forma de personas en el trabajo que intentan hacer que su vida difícil, o familiares que no te animan. O puede haber situaciones

que son más amenazantes físicamente.

Pero siempre es un caso en el que tomaste el odio que

tienes por ti mismo, por tirar el cielo, e inventar un mundo donde las razones de este odio,

tu culpa y falta de paz ahora se pueden ver fuera de ti, casi siempre conectado de alguna manera a otros seres. Ahora la culpa no está en ti. No *eres tu*

quienes te quitaron la paz de Dios, son *ellos.* Por supuesto que nadie puede realmente quita de ti la paz de Dios excepto por tu propia decisión; eso es

tan cierto hoy como lo fue en el primer instante de la aparente separación. Tienes comprado en la aparente veracidad de todo, y para lidiar con ello, lo tiene todo conectado para que las partes responsables estén ahora ahí fuera, exactamente donde usted quería que lo fueran.

GARY: La gente que me da problemas, ¿ *quiero* que aparezcan?

PURSAH: No te equivoques, quieres que estén ahí, sin excepción.

Son tus chivos expiatorios. Si pudieras recordar ese hecho la próxima vez algún lanzallamas aparentemente real presiona tus botones, entonces podrías sostener tu lengua, piensa con el Espíritu Santo y cambia de opinión. Quieres que sean ahí, está bien. Siempre. Lo necesita. Así es como te engañas a ti mismo para pensar no es culpable, o al menos no es terriblemente culpable, por lo que puede hacer frente a la mayor parte del tiempo —Porque la culpa está en otra parte. Mientras estés atrapado en el laberinto, no puedes ver que todo es innecesario, porque nunca fuiste realmente culpable en El primer lugar. Todo el laberinto es una ilusión para defenderse de un espejismo.

No lo olvides, crees que realmente eres culpable en un nivel mucho más profundo que te das cuenta. Necesitas tu defensa porque la *alternativa* es impensable para tu ego, que en realidad podrías considerar tu propia culpa, el horror de que actualmente está cubierto por el mundo. El ego te ha convencido de que para contemplar lo espantoso de esta culpa es el equivalente a la muerte. Para evitar el crueldad que acompaña a toda la lata de gusanos, la proyectas hacia afuera, Olvidando que todo lo que va viene, porque en realidad nunca se fue El primer lugar:

Quien ve a un hermano como un cuerpo lo ve como símbolo del miedo. Y atacará porque lo que contempla es su propio miedo externo a él, preparado para ataque, y aullando para unirse con él de nuevo. No confunda la intensidad de ira proyectada, el miedo debe engendrar. Grita de ira y araña el aire en esperanza frenética de poder alcanzar a su creador y devorarlo.

Esto es lo que contemplan los ojos del cuerpo en aquel a quien el cielo aprecia, el los ángeles aman y Dios creó perfecto.

ARTEN: Para continuar con la enseñanza del Curso en esa línea, el ego es Siempre tratando de encontrar formas de evitar que examines de cerca su pensamiento. Sistema.

En voz alta, el ego te dice que no mires hacia adentro, porque si lo haces, tus ojos luz sobre el pecado, y Dios te dejará ciego.

Como explica J, esto no es lo que *realmente* preocupa al ego... Debajo de tu miedo de mirar hacia dentro debido al pecado hay otro miedo, y

uno que hace temblar al ego.

¿Qué pasa si miras hacia adentro y no ves pecado? Esta "terrible" pregunta es uno que el ego nunca pregunta. Y tú que lo preguntas ahora estás amenazando al ego. Todo el sistema defensivo demasiado en serio para que se moleste en fingir que es su amigo.

PURSAH: No dejes que esa última declaración te asuste, por cierto, porque eso nunca es

La intención de J. El ego ya te odia. Si se vuelve cruel,

¿y qué? Sería eventualmente, de todos modos. Lo extraño es que ahora, cuando lo piensas,

te das cuenta de que lo que sea que te odia no está realmente en el exterior, está en el interior, junto con usted. El sistema de pensamiento asesino del ego puedeya no será negado y proyectado. Tu única salida es deshacerlo.

Gary: Ahora espera un minuto. Si el contenido de mi mente, incluido el mío el odio y la culpa, están simbólicamente a mi alrededor, entonces, ¿cómo puedo realmente mirar dentro cuando estoy todo conectado en un cuerpo y un cerebro que solo puede percibir ¿exterior?

ARTEN: ¡Exactamente! Así es como te preparó el ego. Todo lo que experimentas da testimonio de la realidad de la ilusión, y luego la juzgas y la haces real para usted mismo, manteniendo todo el sistema intacto. La respuesta a la pregunta que acabas de preguntada es la respuesta a la vida. La salida es la alternativa del Espíritu Santo: la ley

del perdón. Tienes que aprender a darle la vuelta al ego. La *única* manera Perdonar lo que está dentro es perdonar lo que *parece* estar fuera. Nuestros dos siguientes las visitas explicarán estas cosas y será divertido, o al menos el resultado lo será. Nosotros quiero asegurarme de que comprende por adelantado que *nunca* podrá encontrar su salida y experimente su propia inocencia y Divinidad hasta que aprenda como perdonar todo lo que ves a tu alrededor. Hasta entonces, el verdadero escape es imposible. Crees que las personas que quieren escapar del mundo son débiles; Realmente,

tienen la idea correcta. Simplemente no saben cómo hacerlo bien.

Tienes que aprender a darle la vuelta al ego. La única

manera de Perdonar lo que está adentro es perdonar lo que parece estar afuera.

¿Qué es todo lo que ves a tu alrededor de todos modos, excepto una serie de imágenes o imágenes; una película de tu propio odio y culpa? Sí, aparentemente tienes algunos buenas experiencias mezcladas que están diseñadas para enmascarar cosas, pero eso es solo dualidad. En este nivel, la dualidad que se percibe en el universo simplemente refleja la dualidad de tu propia mente dividida, simbolizada como opuestos y contrapartes. Entonces tienes bien y mal, vida y muerte, calor y frío, norte y sur, este y Oeste, adentro y afuera, arriba y abajo, oscuridad y luz, izquierda y derecha, enfermedad y salud, ricos y pobres, yin y yang, amor y odio, húmedo y seco, masculino y
femenino, duro y blando, cercano y lejano, y mil otras polaridades y duales fuerzas, todas las cuales no tienen nada que ver con Dios, quien es perfectamente íntegro y completa y nunca crearía nada que no lo sea. Todas las divisiones son simplemente simbólico de división y separación, y diseñado para mantenerte persiguiendo la cosas supuestamente buenas, por lo que nunca descubrirás que lo bueno y lo malo son igualmente falso. De esa manera tu atención se fija continuamente en los trucos del ego.
en lugar de la respuesta del Espíritu Santo.
El ego te ha engañado para pelear una batalla que se ve continuamente fuera de ti, donde el sistema de pensamiento del pecado, la culpa y el miedo se proyecta en un manera que es seguro para asegurarse de que esta batalla siempre se libra donde la respuesta *no lo es*. La respuesta, el Espíritu Santo, permanece dentro de la mente dividida, junto con la mente del ego que está proyectando el universo. Tu trabajo ahora es dejar de

luchar contra

batalla donde no puedes ganar, y recurre al poder de toma de decisiones de tu mente, donde está el Espíritu Santo.

Recuerde, el Espíritu Santo no está en el mundo. ¿Cómo puede estar en un mundo que no esta ahí? Él está en tu mente. Ahí es donde tanto el problema *como* el respuesta son. Cambie al sistema de pensamiento del Espíritu Santo y no podrá perder.

Recuerde, no estamos hablando de ganar y perder en el mundo. Eso no es de qué se trata el Curso, aunque le enseña cómo recibir información orientación a través de la inspiración, que hemos prometido cubrir.

En este momento, cuando las cosas van mal en lugar de bien, *es* cuando realmente experimenta tu culpa inconsciente. Lo experimentas como un dolor físico real, o sufrimiento psicológico, o ambos. Esto hace que la separación te parezca real.

Lo que ha llamado apropiadamente el reino de la mamada es simplemente su propia culpa inconsciente que sale a la superficie y te hace sufrir. Sin embargo, como nosotros Ya he dicho, el Curso enseña que la mente sin culpa *no puede* sufrir. Qué

Queda para ti entonces es dejar que el Espíritu Santo te enseñe de tu absoluta inocencia.

De hecho, si no fuera por el Espíritu Santo, su situación sería desesperada.

Tu odio y tu culpa permanecerían atrapados para siempre en las profundidades de tu inconsciente. Felizmente para ti, el Espíritu Santo no es tonto, y el ego no es partido para él. Cuando te unes al perdón del Espíritu Santo, el ego no es

partido para ti tampoco. En algún nivel, el ego lo sabe y siempre tiene miedo.

por su supuesta existencia. Tú también, pero solo

cuando te identificas con tu ego en lugar del Espíritu Santo. J eventualmente identificado *completamente* con el Santo Espíritu, y ahora es exactamente igual a Él.

GARY: ¿ Y tú también? Pido el beneficio de mis futuros lectores.

PURSAH: Sí, pero no es necesario que sus lectores crean en nosotros. Nuestra las palabras pueden beneficiar a las personas, tengan o no confianza en nosotros. Es el santo el mensaje del Espíritu que importa, no los que parecen llevarlo. Si *nosotros*
no creemos en nuestros propios cuerpos proyectados, entonces ¿por qué estaríamos molestos si
alguien más no lo hizo?

GARY: ¿Nuestro libro será un éxito?

PURSAH: No se preocupe por eso. Pase lo que pase, no hagas gran cosa
fuera de el. No es nada. Piénsalo de esta manera. Si lo que dice el Curso es cierto ...
que todos los que vienen a este mundo están delirando o de lo contrario no pensarían estaban aquí en primer lugar; luego, si tienes un libro de éxito, todo lo que significa es que eres admirado por un gran grupo de personas perturbadas.

Gary: Eso *fue* una broma, ¿verdad?

PURSAH: Sí. No se preocupe por las reacciones de las personas que toman bromas como
eso en serio, *quienesquiera* que sean. No se ponga a la defensiva y camine sobre cáscaras de huevo.
Solo ponlo ahí. Si no le agradas a alguien por eso, perdónalo.

Gary: Hubo un tiempo, en el pasado muy reciente, en el que habría usado
otra f palabra.

PURSAH: Ahora tienes la nueva palabra f. Perdónalos. Después de que dejemos esto tiempo, tendrás cinco meses para trabajar en eso "El amor no tiene

"Quejas" hasta que volvamos. Deberías seguir haciendo el resto del Libro de trabajo, también, y siga leyendo el texto, pero debe agregar el "No

"Quejas formales" durante situaciones clave cuando la recuerde. Todos tienen ciertas frases e ideas del curso que funcionan mejor para recordarles de la verdad. Ese es uno de los tuyos.

GARY: ¿Por qué tanto tiempo antes de que regresen, chicos?

ARTEN: Hemos enfatizado todo el tiempo que esto no es algo de la noche a la mañana. Bueno en realidad ir a ocho meses entre visitas después de eso. Cuando dijimos que sería varios años antes de que se completaran nuestras visitas a usted, nos referíamos a un total de nueve años, con nuestras últimas visitas con un año de diferencia.

Gary: ¡Nueve años! ¿Qué soy yo, en el grupo lento o algo así?

ARTEN: No, pero este es un camino serio que dura toda la vida, si todavía está interesado. Tu la transformación genuina está a punto de comenzar. Trabaja en ello y no te preocupes por el tiempo.

No es nada. Tu mente no tiene edad, porque el tiempo no es real. Simplemente disfruta de los resultados cuando los experimente. Los resultados no solo son divertidos, sino que también practican

el perdón también es lo suficientemente interesante como para ser divertido la mayor parte del tiempo, aunque puede que no siempre quiera hacerlo.

No olvide, como ya hemos enfatizado, que el Curso le enseña que no tienes que cambiar la opinión de nadie y no tienes que cambiar tu mundo.

Todo lo que tiene que hacer es cambiar *su* mente *sobre* el mundo. Por ejemplo, no preocuparse por la paz mundial. La mejor manera de ayudar a traer la paz mundial es practica el perdón tú mismo y comparte la experiencia con la gente. Cuando el

la gente del mundo finalmente busca la paz interior real al comprender y correctamente aplicando la ley del perdón, entonces la paz aparentemente externa *debe* seguir. Pero ese no es el enfoque del Curso de J. La atención se centra en cambiar de opinión sobre tu sueño.

Gary: Hablando de sueños, nunca tuve pesadillas antes de empezar a hacer el Curso, pero recientemente he tenido algunos bastante extraños, y lo que *debería* haber sido imágenes horribles, en mis sueños. Por alguna razón no tengo miedo cuando veo estas cosas, y no tengo miedo cuando me despierto. Es como si estas cosas estuvieran siendo

deliberadamente me mostró estas terribles imágenes de asesinato, vergüenza y figuras infernales.

ARTEN: Sí. Como comparación, has visto algunos de los antiguos pinturas en libros que sugieren cómo se supone que debe ser el infierno, ¿verdad?

Gary: Sí. Algunos de ellos son bastante gráficos.

ARTEN: Sí, muchos de ellos son bastante horribles. No aparece de la misma manera camino para todos, pero lo que sucede en esas pinturas y en tus sueños, ¿Su culpa inconsciente sale a la superficie, se le muestra y, en su caso, siendo liberado. En el ejemplo de los artistas, se simboliza su miedo

en las pinturas. En el caso de tus sueños, tu miedo ya no inconsciente, la culpa y el odio a uno mismo se plasman en imágenes. Entonces, porque estas practicando perdón aplicando las lecciones del Libro de ejercicios, este viejo sistema de pensamiento está siendo perdonado y liberado al Espíritu Santo. Por eso no le tienes miedo, incluso

aunque se ve horrible. J está ahí, mirándolo contigo. Tu mente derecha sabe Él está ahí. Hay una parte de ti que sabe que es solo un sueño y no hay nada temer.

Así será algún día tu vida de vigilia, cuando todo tu secreto los pecados y los odios ocultos han sido perdonados. No importa lo que veas o lo que parece sucederle a usted oa cualquier otra persona a su alrededor, sabrá que no hay razón para temer. Los detalles de estas imágenes son diferentes para todos, pero como tú bien consciente, las imágenes en lo que la gente llama su vida real y despierta también pueden ser infernal a veces. Sin embargo, todo es solo un símbolo del sistema de pensamiento del ego del miedo, la culpa y la muerte, y no es real. Entonces, ¿por qué temerlo? Todas las imágenes son solo imágenes, no importa dónde o cuándo parezcan suceder.

PURSAH: Estas imágenes que has visto en algunas de tus pesadillas son muy típico de la naturaleza del sistema de pensamiento del ego en el nivel de su inconsciente. Verá, el inconsciente es mucho *más* horrible que lo que está por encima de la superficie.

Así es como el ego se esconde a sí mismo y a su plan. La proyección consciente que ves todo a tu alrededor hay un nivel completo alejado de la mente inconsciente. Así que mientras estás en veces el universo que ves puede ser horrible y aterrador, no es nada comparado al horrible sistema de pensamiento del que surge. De hecho, debido a la proyección que ver es una defensa, se podría decir que el universo existe *porque* es tolerable

que *en comparación* a lo que está en su mente inconsciente. El mundo puede no siempre ser tolerable para todos, lo que a menudo resulta en asesinatos y suicidios, pero sigue siendo un caminar por el parque en comparación con la mierda profunda y viciosa que hay debajo de la superficie. Ahora has visto algo de tu culpa simbolizada de diferentes maneras.

¿Cómo dirías que es?

Gary: Oh, las palabras *feo, monstruoso, demoníaco, salvaje, espantoso* y *atormentado* viene a la mente.

ARTEN: Ahí tienes. Acabas de dar una descripción decente de lo que inconsciente es como para todos, aunque no lo sepan, y cómo permanecer hasta que sea entregado al Espíritu Santo. Es tan terrible por lo que representa: nada menos que la separación de Dios y el ataque a Él, y la pena de muerte para Su Hijo que cree que cometió el crimen, y cuyo la horrible culpa exige que sufra. El mundo que ves ciertamente puede ser repugnante a veces, pero increíblemente, en realidad es un escape de una aparente peor destino: la culpa en tu propia mente de la que ni siquiera sabías.

Gary: No es un gran escape para aquellas personas que matan a otros o sí mismos. ¿No los hace aún más culpables?

ARTEN: No. Recuerda, la culpa es solo un pensamiento en la mente, y no La consecuencia realmente puede ser creada por una acción en el mundo. Actúa como un asesinato y el suicidio reciclan la culpa que todo el mundo piensa inconscientemente que es real, y lo mantiene en marcha. Las personas que matan a otros o a sí mismos ven la muerte como un escape.

Los que asesinan realmente se odian a sí mismos, aunque han proyectado este odio a otros, y matar es un intrincado intento de destruirse a sí mismos. Como tenemos dijo, tu odio es realmente odio a ti mismo. Cada criminal espera secretamente ser atrapado y ser castigado. Recuerde, aunque se proyecta mucha culpa sobre los demás, es proyectado también sobre tu propio cuerpo ilusorio que, como ya dijimos, es proyectado fuera de tu mente.

Aquellos que asesinan realmente se odian a sí mismos, y matar es un complicado intentar destruirse a sí mismos.

Hay muchas otras variaciones, como la estrategia de suicidio por policía, donde la gente abre fuego contra la policía porque saben que probablemente resultará en su propia muerte. Aquellos que se suicidan, de cualquier manera, buscan terminar con la intolerable dolor psicológico de su culpa y sufrimiento. Desde su la culpa inconsciente permanece intacta, simplemente terminan reencarnando y manteniendo el problema sin resolver. La muerte no es una salida. El verdadero perdón es la salida.

Como enseña el curso:

El mundo no lo deja la muerte, sino la verdad, y la verdad puede ser conocida por todos.

aquellos para quienes se creó el Reino, y por quienes espera.

PURSAH: No solo tienes esta tremenda resistencia a enfrentar lo que pensar es tu terrible culpa debajo de la superficie, pero al mismo tiempo, tu ego es

aterrorizado de que hacerlo con éxito y cambiar de opinión al respecto resultaría en perder su identidad como individuo separado. Va a tomar algo de fuerza de voluntad de tu parte admitir este sistema de pensamiento dentro de ti mientras lo observas en acción, y luego permita que el Espíritu Santo la deshaga mientras usted perdona la imágenes de ella que ves fuera de ti.

GARY: ¿Y me vas a decir cómo? El Libro de trabajo obviamente hace eso, ¿Pero me vas a dar más ayuda?

ARTEN: Todo lo que te daremos está en el Curso. Solo estaremos tomando algunas cosas de todos los libros y ponerlas juntas de una manera que le ayudará a aplicarlo de forma más eficaz. Dijimos que no solo daríamos sus teorías, sino una forma de lidiar con lo que está frente a su cara.

Gary: Bueno, eso espero, porque a veces pienso que tendría que ser un maldito santo para hacer todo esto. Quiero decir, ¿ *nunca presentar* una queja contra nadie? Nunca juzgues, condenar o atacar? Nunca tengas malos pensamientos sin notarlos y

¿indulgente? ¿Y *nunca* creer que mi enojo está justificado? Es imposible, hombre.

Arten: Usted *es* un santo, Gary; simplemente no lo sabes todavía. En cuanto a ser imposible hacer el Curso, estás equivocado. Como usted mismo señaló, el El curso dice que los milagros son hábitos. Experimentarás cada vez más que el, el curso tiene razón cuando dice:

La ira *nunca* está justificada. El ataque *no* tiene fundamento. Es aquí escapar de el miedo comienza y se completará.

¿Por qué son importantes estas cosas? Porque, como también enseña el Curso, ya sea que esté atacando a otros con sus propios pensamientos o con alguien más parece estar atacándote, verbal o físicamente:

El secreto de la salvación es solo esto: que te estás haciendo esto a ti mismo. No Independientemente de la forma del ataque, esto sigue siendo cierto. Quien asuma el papel de enemigo y de atacante, todavía es esta la verdad. Cualquiera que parezca ser el causa de cualquier dolor y sufrimiento que sienta, esto sigue siendo cierto. Porque no lo harías reaccionar ante las figuras de un sueño que sabía que estaba soñando. Dejar sean tan odiosos y viciosos como puedan, no podrían tener ningún efecto en usted, a menos que no lo reconozca, es su sueño. Siempre que juzgues las figuras del sueño y así lo conviertas en realidad, caer directamente en la trampa del ego, ya sea que crea que debe expiar el pecado, o que otros deben expiar *sus* pecados, o que merecen tu condenación.

No se puede disipar la culpa haciéndola real y luego expiarla. Este es el plan del ego, que ofrece en lugar de disiparlo. El ego cree en expiación a través del ataque, estando totalmente comprometido con la loca noción de que

el ataque es la salvación.

Como dice el Curso:

... En la enseñanza del ego, entonces, no hay escapatoria de la culpa. Para atacar hace que la culpa real, y si es real no *es* ninguna manera de superarla.

GARY: Entonces Dios no tiene que perdonarme; Necesito perdonarme por perdonar a los demás en lugar de atacarlos. Incluso si es solo un juicio mental y no digo ni hago nada, un pensamiento de ataque sigue siendo un pensamiento de ataque. Eso es

por qué tengo que controlar mis pensamientos. Ya sea que ataque *o* perdone, me lo hago a mí mismo

porque estas personas no son reales de todos modos, son solo símbolos de lo que hay en mi

mente, así como soy un símbolo en la mente colectiva. El mundo no necesita de Dios perdón; las personas necesitan perdonarse a sí mismas perdonando las imágenes que ven.

ARTEN: Sí. Absolutamente. El Curso no podría ser más claro al respecto.

Dios no perdona porque nunca ha condenado. Y debe haber la condenación antes del perdón es necesaria. El perdón es la gran necesidad de este mundo, pero eso es porque es un mundo de ilusiones. Los que perdonar se liberan así de las ilusiones, mientras que los que retener el perdón se están uniendo a ellos. Como tu condenas solo

a ti mismo, entonces te perdonas solo a ti mismo.

Sin embargo, aunque Dios no perdona, Su Amor es sin embargo el base del perdón.

Aunque no necesita el perdón de Dios, porque Él nunca ha Condenado usted, usted *no* tiene acceso a su voz, el

Espíritu Santo, que se encarga de
culpa de esta manera:
El Espíritu Santo lo disipa simplemente mediante el sereno reconocimiento de que ha
nunca ha sido.
Hablaremos más sobre eso durante nuestras próximas visitas.

PURSAH: Quizás aún no comprenda completamente que los beneficios de la verdadera
el perdon es para *ti*. No tienes que perdonar, ni lo harás, siempre inmediatamente. De vez en cuando tendrás que perdonar algo que pasó medio hace una hora, o hace dos días. Así es como funciona. Nadie es perfecto y correcto ahora hay una epidemia de ira en el mundo, lo que lo hace aún más
difícil para ti no responder. Incluso hace 2000 años, J tuvo la tentación de identificar con el cuerpo a veces, pero como era un maestro, perdonó y superó *muy* rapido. Sin embargo, en su caso, dado que el tiempo no es real y porque la memoria es una percepción tan grande como cualquier otra imagen: puedes perdonar un evento pasado en cualquier momento, incluso si la persona que está asociada con su perdón no es más viviendo aparentemente en un cuerpo.

Gary: Cualquier cosa sin resolver que pueda tener con mis padres todavía puede ser perdonado, incluido el perdonarme a mí mismo por algo que pueda haberles dicho o hecho en el pasado?

PURSAH: Por supuesto . Debes perdonarte a ti mismo con tanta certeza como debes perdonar otros, o de lo contrario todavía no estás entendiendo realmente la insignificancia del cuerpo. Como nosotros
dicho, su cuerpo no es más real o más importante que cualquier otro cuerpo.
Hablando del cuerpo, debemos enfatizar algo sobre el tema de reencarnación. Hablamos de ello como si real-

mente sucediera. Sin embargo, como

todo lo demás, es solo un sueño. Sí, *parece* que te encarnas en un cuerpo, y tu experiencia es que eres un cuerpo, pero como nos gusta señalar, el

Por supuesto, dice que lo que estás viendo no es cierto. Tu, querido hermano, no eres desconoce por completo el concepto de que su experiencia es un sueño.

NOTA : Cuando Arten mencionó por primera vez la idea de que el universo es un sueño, lo había rechazado porque iba en contra de mi experiencia. Sin embargo, como tanto Arten como Pursah lo sabían, había leído la revelación de Shirley MacLaine

libro, *Out on a Limb,* en la década de 1980, y uno de los más interesantes las citas que había utilizado eran de las *cartas* de León Tolstoi . Fue una retórica

pregunta que me sonó verdadera, y aunque no me di cuenta en ese momento, fácilmente podría haber sido planteado por un gnóstico valentiniano: "... ahora nuestro vida entera, desde el nacimiento hasta la muerte, con todos sus sueños, ¿no es a su vez también un sueño, que tomamos como la vida real, cuya realidad no dudamos ¿sólo porque no conocemos a los demás de la vida más real?

Gary: No es que la idea sea completamente ajena; simplemente no se *siente* como un

Sueño muy a menudo, aunque he tenido ese tipo de experiencias.

ARTEN: Sí, y tendrás más, pero el perdón es donde se encuentra si desea que esas experiencias sean más la norma en lugar de una ocasional cosa.

GARY: ¿Podrías contarme un poco más sobre cómo se muestra el plan del ego? en el mundo para saber más sobre qué buscar. Quiero decir, dijiste

es todo un montaje, ¿verdad?

ARTEN: Sí. El ego cree en la separación de Dios y la aparente, la separación que se está actuando constantemente aquí fue algo muy perturbador para usted, por decir lo menos. Experimentarás miles de veces en tu vida cuando las cosas parecen ir bien, muy bien, y de repente algo suceda que te moleste. Puede ser algo que crea que es grande o pequeño. No lo hace importar. Si perturba su tranquilidad incluso en lo más mínimo, es un símbolo de la separación. Siempre que sucede, en todas sus diferentes formas, siempre es una forma de Viviendo repetidamente esa primera vez cuando eras perfectamente feliz en el cielo y luego, de repente, te disgustó mucho, la primera vez que pensaste que estabas separado de Dios, que es en lo que se basan todos los demás trastornos en este mundo en. En su sueño de vida ordinario, las causas de los trastornos parecen ser sucediendo con la identidad específica que tienes como cuerpo, que en sí misma es una idea falsa de separación.

Gary: Es como dijo El Poeta: "Somos símbolos y habitamos símbolos".

ARTEN: Pues sí. Creo que es de *Ensayos: Segunda serie (1844)*, The Poeta. Sabes que eres muy sofisticado, considerando tu inmadurez.

GARY: Gracias. Lo pondré en mi currículum.

ARTEN: Durante nuestra próxima visita, aprenderá con más detalle cómo, El curso enseña que en realidad solo hay un problema y una solución, que es la Del Espíritu Santo. En lo que respecta al plan del ego, su aparentemente múltiple

Los problemas aparecen en este mundo en un intento de hacer que *reaccione, que se* sienta mal, culpable, enojado, derrotado, aburrido, asustado, inferior, cohibido, molesto, solo o superior y condescendiente. Todo es una especie de juicio, independientemente de la formar. Tan pronto como haces ese juicio, le das validez al mundo del ego.

y reforzar la aparente realidad de la separación y todo

lo que conlleva eso.

Dentro de su guión, que incluye todo el tiempo, un tema del que hablaremos más adelante.

—El ego tiene *todas* las variaciones posibles de separación escritas de tal manera que para asegurar un conflicto perpetuo. Esto se mezcla con sus buenos momentos para hacer que parezcan más reales, excepto que esta mezcla es en realidad otra

ejemplo de dualidad. Aunque lo que *realmente* eres, espíritu, no se *puede* dividir, te daremos algunos ejemplos más ahora mismo de cómo el ego intenta chuparte en la creencia en la división.

PURSAH: Es por sus respuestas y reacciones a lo que ve que hace la experiencia de la separación de Dios parece real. Los detalles de lo que eres hacer real aparecer en sus relaciones, y en los predicamentos que han ha sido programado para ti. No siempre se trata de cosas que parecen sucederle tú. Puede tratarse de eventos que está observando como espectador, en las relaciones de otros, o incluso en las noticias que ve o lee en Internet.

Por ejemplo, si la gente muere en un accidente de avión, ¿qué podría ser más simbólico de

¿la caída del hombre? O cuando un bebé sale del paraíso del vientre de su madre y

es empujado al mundo, ¿qué más podría simbolizar excepto la separación de Dios? Cuando una bala, cuchillo, rayo láser, flecha, lanza o corona de

las espinas perforan la piel de alguien, ¿qué hace la piel?

GARY: Se separa.

PURSAH: Durante un terremoto, ¿qué le sucede al suelo en el que ya construyó la base de su vida ilusoria?

GARY: Se separa.

PURSAH: Si alguien es abandonado cuando era niño o bebé, eso es obviamente separación, sin mencionar una excelente oportunidad para que el niño o el bebé culpar a sus padres biológicos o padres que lo abandonaron, y así proyectar su culpa inconsciente sobre ellos y preservar su egoitis. Los ejemplos son infinitos, pero una vez más...

Gary: Realmente son todos iguales.

PURSAH: En la enfermedad, los pensamientos atacan en la mente, a menudo inconscientes. Pueden simbolizarse por células del cuerpo que se atacan unas a otras como cáncer, o aparecen en forma de innumerables otras dolencias.

En cada fase de la vida tendrás los conflictos que simbolizan la división.

En cada una de las fases de tu vida: tu infancia, tu educación, todas las actividades participativas en las que participa a lo largo de las décadas y diferentes carreras que presentan sus propias variaciones del toro maquiavélico, tendrás los conflictos que simbolizan la división. Si tienes suerte, tu país *no entrará* en eso más especial de todos los conflictos, la guerra, pero no puedes contar con eso. No importa el innumerables oportunidades de violencia que existen desde la cuna hasta la tumba, ya sea

o no estás viviendo durante lo que irónicamente se conoce como tiempo de paz.

Aparte de estas relaciones especiales de odio, que simplemente pueden aparecer en la forma en que no apruebes a alguien, también tendrás un amor especial relaciones. Sin embargo, ¿cómo podría ser esto posible sin cuerpos? Ya lo tenemos citó la enseñanza del Curso de que el cuerpo es el pensamiento del pecado hecho carne y luego proyectado hacia afuera, produciendo lo que parece ser un muro de carne alrededor del mente, manteniéndola prisionera! ¿Es este el tipo de amor que tendrías? El Santo, el amor del espíritu dice que los cuerpos no pueden separarte. Únete a ti mismo a través del perdón, para que tú y tus hermanos y hermanas sean uno y ilimitado. Entonces, si debe optar por unirse con cuerpos en el nivel de forma después de eso, simplemente está haciendo lo que se supone que debe hacer: las mismas cosas lo habrías hecho de todos modos. Ahora las haces con perdón, y el Santo El espíritu está contigo.

En tus relaciones personales, Gary, ¿qué sucede simbólicamente cuando tener una pelea con alguien?

GARY: Te separas. Todo bien; Te escucho. No es contradictorio decir que hay nadie por ahí y luego se da la vuelta y dice que el único camino a casa es perdonar lo que hay ahí fuera, porque solo estás perdonando lo que *parece* estar ahí fuera ...

que es un símbolo de lo que está en su propia mente.

PURSAH: Sí, y profundizaremos en cómo hacerlo. Además, como dijimos antes, nuestras visitas serán cada vez más cortas. Una de las razones es porque el Espíritu Santo, la respuesta es mucho menos complicada que los aparentemente múltiples problemas del ego.

De hecho, una de las razones por las que *Un curso de milagros* es tan largo es que, incluso aunque la verdad puede ser simple y consistente, tu ego no lo es, y necesita deshacerse gradualmente.

Gary: Puedo entender eso, pero también me preguntaba cómo esto, el aparentemente enorme guión nuestro se traduce de una idea invisible a una manifestación visible. Quiero decir, si todo está planeado de antemano, entonces ¿Cómo funciona todo lo que se supone que debe suceder en el universo como un reloj?

¿De la forma en que se supone que debe hacerlo?

PURSAH: Ha hecho una pregunta complicada, pero es interesante que usó la palabra *mecanismo de relojería* . El universo es muy parecido a un gran reloj de cuerda, o mejor, un juguete de cuerda. Usemos su sistema solar como un microcosmos, y usaremos

sólo una de las llamadas fuerzas de la naturaleza como ejemplo. Esto no explica el imagen completa, pero le dará una idea de las ingeniosas formas de ilusión del ego.

Aunque la energía, a la que llamaré *chi* , es una ilusión, es una parte importante de cómo el ego toma el guión que está en la mente y lo transmuta de invisible pensamiento en formas invisibles pero mensurables, y luego en lo visible manifestaciones que ves y experimentas. Esto realmente sucede todo a la vez, pero es necesario ser lineal para que puedas entenderlo mejor.

Por ejemplo, digamos que puedes mirar tu planeta desde el espacio exterior, desde la mitad de la distancia a la luna, y que se podía ver el chi. Entonces podrías ver que la tierra está completamente revestida de chi electromagnético que se lleva a

y más allá, en forma de un enorme flujo de radiación de su sol. Este flujo de El chi cambia constantemente, con el yin y el yang entrando y saliendo de equilibrio y en todas partes entre el equilibrio. Los cambios en el chi son causados, a su vez, por

la radiación en constante cambio del sol.

Ahora, si pudieras mirar el sol de cerca desde el espacio, verías lo que podría describirse como *enormes* océanos de gas arremolinados. Lo que pocos se dan cuenta es que estos los océanos de gas se comportan de manera similar a los océanos de la Tierra. Tal como ellas mareas de los océanos de la tierra están sujetas a los movimientos de tu luna, las mareas de esos océanos solares de gas están sujetos a la tracción y el empuje del total interacción de todos los planetas de su sistema solar, e incluso del universo más allá de él, que por supuesto está conectado. Esto provoca diferentes mareas gaseosas, manchas solares y otros eventos solares, que a su vez regulan los cambios en el flujo de la radiación mientras se transporta a la tierra como partículas a través del viento solar, o directamente por la luz del sol.

Este flujo radiacional cambiante, regulado por el movimiento dentro de todo El sistema solar, incluida la Tierra y su Luna, provoca los cambios correspondientes en el chi que rodea su planeta y envía campos electromagnéticos en cada centímetro de ella. No puedes ver estos campos de chi con los ojos del cuerpo, pero están en todas partes.

—Y has estado caminando a través de ellos todos los días de tu vida. Ellos regular todo sobre usted, incluidas sus decisiones y las movimientos. En realidad, se *piensan* desde un nivel completamente diferente, transmutado en la forma de chi, diciéndote qué pensar en este nivel.

Todo lo que haces se deriva de lo que piensas y, a veces, sigue instantáneamente, como un reflejo. Esto es cierto para todos los animados y aparentemente objeto inanimado que contemplas.

Como un simple ejemplo, ¿cómo crees que un pajarito como una golondrina puede ser volando en Sudamérica, y de repente saber que se supone que debe dar un giro e iniciar un vuelo de miles de millas que hará que llegue a California dentro del mismo período de tiempo general todos los años?

Gary: Algunas personas dirían que es por Dios, y otras usa palabras como instinto o naturaleza, pero estás diciendo que el pájaro está dirigido por control remoto ¿controlar?

PURSAH: En cierto sentido, sí. Y usted también, teniendo en cuenta que la palabra *remoto* es un término relativo, y en realidad estamos hablando de decisiones que son viniendo de un nivel totalmente diferente de la mente, que es una cosa no espacial.

Su *experiencia* es que sus decisiones se toman aquí, pero eso no es cierto.

Las decisiones no las toma el cerebro humano más de lo que las toma cerebro de pajarito. Cuando dijimos que te parecías mucho a un robot, no lo éramos bromeando. Pero el programador no es otro. No hay nadie más.

Estamos hablando de *uno mismo* antes de la determinación. Tu destino en este nivel fue sellado por

tu trato con tu ego, no con Dios, quien no hace tratos. *Toda* tu mente egoica es el programador que envía señales a tu cerebro. Tu cerebro es solo parte del hardware. Reenvía las señales que le dicen al cuerpo, o unidad de computadora, qué hacer,

ver y sentir.

Su experiencia es que está aquí en la pantalla de la computadora, separado de Dios, sepárate de tus hermanos y hermanas, y actúa el pensamiento de

separación y el conflicto que acompaña a la dualidad de su mente dividida.

Tus hermanos y hermanas están haciendo exactamente lo que tú quieres que hagan. Tenemos

Ya citó la enseñanza del Curso que no se da cuenta de que está haciendo ellos actúan por usted.

Los cambios en los campos electromagnéticos incluso regulan cómo ves las cosas. A decir que algo es visible para usted simplemente significa que está situado en la región del espectro electromagnético que es perceptible a la visión humana.

GARY: ¿Eh?

PURSAH: Lo importante es que tus decisiones no las toma realmente, tu aquí. Fueron hechos en un nivel totalmente diferente cuando accedió a la plan del ego, y la única forma de salir de toda la lata de gusanos es volver a tu enderezar la mente y elegir la interpretación alternativa del Espíritu Santo de lo que ves en lugar de la interpretación de tu ego, que te mantiene atrapado en el guión. Eso

podría ayudar si intenta recordar que todo el asunto es solo una grabación jugando solo. Por ejemplo, ¿cómo son los registros y la información

almacenados, incluso en disquetes?

GARY: ¿ Sobre las bandas electromagnéticas?

PURSAH: Algo muy versátil. Como dijimos durante nuestra primera visita, las invenciones en este nivel suelen imitar algún aspecto de lo que hace la mente. Puedes pensar tienes libre albedrío aquí y que puedes determinar qué va a pasar contigo, pero la verdad es que ya todo pasó. Solo estás reproduciendo la cinta mirar y escuchar, pensando que todo es real y que es el resultado de su propia voluntad o oportunidad en este nivel, en lugar de una configuración de otro nivel.

GARY: Entonces, ¿por qué debería molestarme en hacer algo?

PURSAH: Dos razones. En primer lugar, aunque es un sistema cerrado, existen diferentes escenarios abiertos para ti en cada vida. Haciendo una elección diferente que no involucra al Espíritu Santo dentro del sueño no deshará tu inconsciente

culpa y sacarte del sistema, pero puede resultar en un cambio temporal experiencia. Es como un guión de opción múltiple, en el que si crea un

decisión, entonces se desarrollará un escenario diferente. Si toma una decisión, obtienes a la chica y la pasas bien, pero si tomas otra decisión, explotarlo y terminar con depresión. Incluso es posible vivir la misma vida una vez más, con un conjunto diferente de resultados terrenales. Una vez más, nada de eso llegar a donde realmente quiere estar. Te mantendrá atrapado aquí, intentando para lograr la felicidad temporal.

La otra razón, mucho más importante, por la que debería participar en su la toma de decisiones es volver a su sano juicio y elegir al Espíritu Santo
en lugar del ego, que *te* llevará a donde realmente quieres estar. Perdón tiene sus beneficios marginales en el sueño, algunos de los cuales no siempre son obvios para tú. Por ejemplo, digamos que un hombre asesina a su esposa o una mujer la asesina
marido. Uno de ellos está muerto y el otro pasa el resto de su vida en prisión.
o se ejecuta. Pero, ¿y si hubieran aprendido a perdonar y no hubiera ¿asesinato? ¿Cambiaría eso las cosas en este nivel?

Gary: Cambiaría todo, y la gente probablemente ni siquiera lo estaría. Consciente de ello.

PURSAH: Sí. Ese es un ejemplo extremo, pero hay miles de escenarios en los que incluso en el nivel de la forma, el perdón tiene resultados, y usted
a menudo no se da cuenta de lo mejor que está de lo que hubiera estado si no perdonó. Es por eso que desea desarrollar una confianza en el Espíritu Santo. Él realmente sabe lo que es mejor para ti. Así que no creas que no es importante para ti toma el control de tu propia mente desde este nivel. De hecho, es lo que es el curso entrenándote para hacer. El control de tu mente incluso te da el poder de detener el dolor. En su cuerpo, pero más sobre eso más adelante.

Gary: Sabes, estaba conduciendo el otro día, y este tipo estaba en mi culo. Quiero decir, prácticamente estaba tocando mi parachoques. Eso realmente me cabrea.
No voy a acelerar, porque estamos en este vecindario donde juegan los niños en sus patios. Estaba a punto de darle el dedo a este imbécil, cuando pensé sobre el

curso. Así que no hice nada, y luego giró a la izquierda unos pocos bloques más tarde, y ese fue el final. Después de eso, estaba pensando, ¿y si le dio el dedo y tenía una pistola? Entonces habríamos tenido un caso de furia en la carretera

y podría haber sido atropellado.

ARTEN: Sí. Recuerda que tu hermano en ese coche era un símbolo de lo que en *tu* mente, incluida la impaciencia que exhibes en otras áreas de tu vida, simbolizada por su impaciencia. Sabes tan bien como nosotros que probablemente, ser rico ahora si pudiera mostrar más paciencia en sus operaciones. Tu y tu hermano estás impaciente porque has hecho real la separación y piensas tienes que esforzarte por llegar a alguna parte para poder vencer a Dios y demostrar usted mismo bien.

De modo que vio sus faltas y su culpa en su hermano en lugar de en usted mismo.

Afortunadamente para usted, en este caso particular, tomó la decisión correcta, tanto en en el nivel de la mente y en el nivel de la forma. No puedes equivocarte rompiendo en paz, a menos que deba defenderse de ataques corporales y posibles

muerte, en cuyo caso tienes permiso para patear traseros, o mejor aún, pensar en un salida.

Gary: ¿Supongo que no debería haber pensado en él como un idiota?

ARTEN: Eso es correcto, su idiota. Como J le aconseja en el Curso, "Como lo ves, te verás a ti mismo ".

GARY: Te escucho. Oh, antes de que olvide lo que dijiste sobre el sistema solar y el chi explicaría por qué la astrología funciona a veces.

PURSAH: Sí, pero la astrología no es precisa, y lo que estamos describiendo es siempre precisa, porque corresponde exactamente a causa y efecto en el nivel de la universo de acuerdo con el guión del ego. Es cierto que la astrología, la numerología,

y muchas otras cosas se *correlacionarán* ocasionalmente con el guión, pero son acertadas o señorita, porque una parte del guión es que el guión en sí *nunca* será completamente predecible, o de lo contrario no tendrías la apariencia de casualidad.

El azar ayuda a mantener la conmoción, el caos y el miedo inevitables que siempre aparecer en el guión.

GARY: Está integrado en el sistema.

PURSAH: Sí. La naturaleza caótica del ego también asegura que nunca habrá un teoría unificada del universo que se mantendrá en el tiempo, porque el universo no se basa realmente en el pensamiento de unidad, se basa en el pensamiento de separación y división. Sin embargo, incluye patrones fascinantes e ingeniosos que ayudan a dale la *ilusión* de unidad.

Es por eso que no debería impresionarse con cada nuevo descubrimiento o teoría.

sobre el universo. Entonces, ¿qué pasa si las supercuerdas pueden hacer que la gravedad funcione tanto en el ¿Niveles newtoniano y subatómico? Una ilusión sigue siendo una ilusión. No eran

diciendo que no debería hacer investigación o análisis, si eso es lo que hace. Ve a por ello. Sólo

Trate de recordar que lo está haciendo durante un guión de sueño preprogramado.

GARY: Sin mencionar el hecho de que eres un maldito robot.

PURSAH: Solo temporalmente. Usted es *no* un robot una vez que se ponga en contacto con

tu poder para elegir. Es el día de la independencia, Gary. Nunca serás el mismo una vez que sepas perdonar.

ARTEN: El proceso que Pursah ha estado describiendo le da un ejemplo de cómo el universo sigue un guión que se hizo de forma holográfica pero parece desarrollarse de manera lineal, como una película que ya ha sido filmada.

Todo ya está escrito, al igual que la historia de tu vida. Incluso el,El día en que tu cuerpo morirá ya ha sido determinado. La única libertad *real* tu

tener es elegir regresar a Dios escuchando la Voz por Él, en lugar de continuando indefinidamente dentro de un sistema fijo que nada tiene que ver con Él.

Tu cerebro no está programado para conocer a Dios; ¡Tu mente le dice a tu cerebro qué hacer!

Alégrate de que el universo y tu cerebro no tengan nada que ver con Dios, y que hay una manera de regresar a *Su* Universo.

Crees que tu universo es impresionante porque es todo lo que puedes recordar.

Crees que es grande, pero no lo es. Lo que has hecho es verte y sentirte pequeño, como una pequeña pieza del rompecabezas. Eres como un niño con juguetitos no quiero rendirme. Sin embargo, lo que *realmente* eres ni siquiera puede ser contenido por tu universo.

Gary: Este universo como un juguete de cuerda, ¿se puede demostrar esa idea?

¿científicamente?

PURSAH: Algunas pueden ser y otras no. No puedes medir pensamiento. Puede medir cambios en el campo magnético, pero no puede probar qué está *causando* cambios eléctricos en el cerebro. Puede documentar el resultado reacciones químicas y hormonales en el cuerpo, pero una vez que el cerebro ha señale qué hacer, es todo efecto. Está configurado para que pienses que el cuerpo está independiente. Pero como el Curso enseña directamente en el Prefacio:

El cuerpo parece estar motivado en gran medida e independiente, sin embargo, en realidad responde solo a las intenciones de la mente.

ARTEN: Por supuesto que tu cuerpo, tu mundo y tu universo son *todos* respondiendo *simultáneamente* a las intenciones de tu mente. Eso es porque hay
en realidad, sólo una cosa, o una mente del ego, *es* el único pensamiento de separación.
Jugarlo conduce a todo tipo de descubrimientos fascinantes que sirven, como una zanahoria y un palo, para mantenerte interesado. Sincronicidad, por ejemplo. Eso es solo un símbolo de la pseudounidad que siempre existe, incluso en la ilusión.
Recuerda, el ego quiere que pienses que la ilusión es espiritual y que lo que
que hizo es santo.

La sincronicidad es solo un símbolo de la pseudounicidad que siempre existe, incluso en la ilusión.

Por cierto, aunque solo hay una mente egoista, al igual que solo hay un Hijo de Dios, y usted es Él, le recordamos que hemos señalado cómo esta única mente-ego está dividida en una mente recta y una mente incorrecta, que debe elegir entre. Estás observando todo y tienes que elegir si quieres que el ego sea tu maestro mientras observas todo, o el Espíritu Santo. Cuando nosotros o el Curso hablamos sobre el ego, casi siempre estamos hablando de la parte incorrecta de la mente, y no de la mente correcta donde el Santo. El espíritu permanece.

GARY: Está bien. Entonces, si pudiera reunir algunos de mis pensamientos aquí, y no
significa ser repetitivo, pero ...
ARTEN: Déjame decirte algo, amigo. La repetición no es solo perfectamente todo
correcto, es obligatorio. Esa es la única forma en que

posiblemente puedas aprender un pensamiento sistema, conviértalo en parte de usted y llegue al punto en que lo aplique automáticamente, eventualmente sin siquiera pensar en ello. Por eso se llama *practicando el* perdón. Practicas una y otra vez, hasta que se vuelve segundo

naturaleza. Verás.

Gary: De acuerdo. Estoy pensando que el guión y el sistema de pensamiento del ego explica muchas cosas, como por qué algunos niños nacen enfermos o deformados. Hace Me siento mejor con solo saber que Dios no hace eso. Explicaría por qué, los niños están en conflicto casi desde el momento en que se miran, peleando sobre juguetes y todo eso, y por qué los niños en la escuela se molestan y atormentan entre sí, Forman camarillas y proyectan su culpa inconsciente entre sí, para hacer que otros se equivocan, y por tanto los hacen culpables.

La gente siempre termina tomando partido de una forma u otra, así que a lo largo de tu vida tienes víctimas y victimarios. Hay todas estas diferencias que parecen hacer que algunas personas sean mejores que otras, hacer que algunas personas se sientan superiores y otras la gente se siente inútil. Vemos opuestos en todas partes que la gente da por sentado, como salud y enfermedad, belleza y fealdad. Sin embargo, lo único que te *dice*

que algo es hermoso o feo es tu cuerpo, así que todo es subjetivo y está hecho desde cero, pero simplemente lo acepta porque es todo lo que sabe.

Y tienes un amor especial, así como el conflicto perpetuo del odio especial.

Las personas que amas a menudo no pueden hacer nada malo ante tus ojos, e incluso si lo hacen, es

fácil perdonarlos. Las personas que odias no pueden hacer lo correcto, y no importa qué lo hacen, *no está-*

n perdonados. Entonces tienes todo tipo de rivalidades a lo largo de la vida, y todo tipo de competencia empresarial y corporativa, todos siguiendo el mismo ego patrones. Mucha gente sigue carreras en las que intenta ganar poder sobre otros cuerpos, que en realidad es solo una patética imitación del poder. Estas carreras están llenas de proyecciones inconscientes de culpa, aunque no lo sepamos. En algunos de los ejemplos más obvios, el abogado que gana el caso es el inteligente que con mayor éxito hace que el otro lado suene mal, y así consigue que los miembros del jurado para proyectar su culpa inconsciente en ese lado.

Los políticos que ganan las elecciones son los que mejor culpan a la otro lado, hacer que la gente piense que ese lado es responsable de sus problemas, que es el equivalente cósmico de culpar a ese lado por la separación de Dios, y todo el dolor y la infelicidad que conlleva. *Ellos son* los culpables

nosotros no. Ambas partes a menudo creen sinceramente que tienen razón, pero ninguna tiene razón. Porque lo que ven no es cierto, y tan pronto como reaccionas y tomas partido te conviertes en parte del problema en lugar de ser parte de la solución. Todo el rato, las personas que no perdonan no se dan cuenta de que todo lo que están haciendo es reaccionar a una configuración dirigida y ser absorbido por el plan del ego.

Cuando tenemos un problema, lo atacamos. Tenemos una guerra contra la pobreza, una guerra contra el cáncer, una guerra contra las drogas y una guerra contra todo, y ninguno de ellos funciona.

Incluso nuestros deportes, desde la infancia hasta la edad adulta, se luchan como guerras.

Cuando lo piensas, el guión del ego también explica por qué las personas que están en la religión, por lo general creen que se necesita sacrificio o sufrimiento para llegar a Dios.

El cristianismo tiene J sufriendo y muriendo por los pecados de todos. Sin embargo, el sacrificio es un atributo del ego, y no tiene nada que ver con Dios. Es por eso que supongo que J realmente lo hizo. Decir, como informan los Evangelios, "Y si hubieras sabido lo que esto significa, 'deseo

misericordia, y no sacrificio, 'no habrías condenado al inocente ".

Todo lo que la gente parece saber hacer es condenar sus objetos de odio especiales en de una manera u otra. Incluso si no hacen mucho eso, encuentran otros manera de sufrir y actuar el sistema del ego, a través de accidentes y enfermedades y una cientos de otras formas, porque puedes proyectar la culpa en tu propio cuerpo como así como a los demás, ya que todo odio es en realidad odio a uno mismo de todos modos.

Vemos todo esto en nuestras vidas todos los días, y en nuestros programas de entrevistas, en las noticias, y en el resto de medios. Desafortunadamente, la eventual extensión lógica de este la proyección es violencia contra los que están siendo maltratados en la mente.

independientemente de la forma que adopte la violencia. Por lo que puede tener crímenes de odio o en un nivel internacional, guerras. A nivel doméstico, tienes luchas políticas que dar lugar a que las personas ataquen a otros verbalmente o, según el lugar y la hora, podría tener un argumento político que resulte en una guerra civil total, como sucedió, incluso en América.

Todo es dualidad, que es un símbolo del conflicto de la mente del ego dividida, en todo, desde las fuerzas de la naturaleza hasta la expansión y contracción económicas, tanto a nivel individual como macro. Podría seguir para siempre.

ARTEN: ¡Ya lo has hecho! Lo que dices es cierto,

hermano. Y verdadero El perdón puede cambiar el mundo, porque el mundo es simplemente un símbolo del colectiva o la mente del ego único. Para decirlo aún más enfáticamente, el perdón es lo *único* que *realmente* puede cambiar el mundo, y ese ni siquiera es el propósito de ¡perdón! Los verdaderos beneficios del verdadero perdón van al perdonador.

Gary: Supongo que los beneficios también van al receptor simultáneamente.

ARTEN: Sí, pero ese es el trabajo del Espíritu Santo. Él se asegurará de que ambos estén cuidado. Tu trabajo es manejar fielmente tu parte. Cuando pareces elige el perdón en este nivel, y yo digo que *parece* que lo eliges aquí porque en realidad no estás aquí, mientras haces tu elección aquí, el Espíritu Santo entonces lleva el mensaje a *toda* tu mente. No importa que no puedas verlo.

Estás siendo sanado en un nivel más grande cada vez que eliges el Espíritu Santo. Alternativa en lugar del plan del ego. Has sido programado para jugar, el guión de ego, pero puede liberarse de ese programa y lo hará.

Gary: Por lo que recuerdo en el texto, el Espíritu Santo o J ajustarán el guión.

¿para mi?

ARTEN: Sí, y aprenderás más sobre el tema del tiempo. Por ahora, recuerde que ya hemos dicho que hay dos guiones: el del ego y el Santo Del Espíritu, y que uno de los propósitos del milagro es ahorrarle tiempo. Si tu elegir el perdón en lugar del ego, entonces J ha hecho la siguiente promesa de tú.

Cuando realizas un milagro, dispondré tanto el tiempo como el espacio para ajustarme a eso.

No está hablando de cambiar el tiempo aquí, sino de quitar las partes que ya no necesitas en tu futuro, porque ya has aprendido esos lecciones particulares de perdón. Él dice:

El milagro acorta el tiempo al colapsarlo, eliminando así ciertos intervalos dentro de ella. Sin embargo, lo hace dentro de la secuencia temporal más amplia.

Pero más sobre el tiempo después.

PURSAH: Empezaremos a resumir las cosas ahora; cuando volvamos vamos a Empiece a centrarse más en la mente correcta en lugar de la mente equivocada. Eso será Más diversión. Les dijimos que nuestras visitas serían más cortas y dulces. Eso es cierto, pero nunca olvides a qué te enfrentas. Nos hemos negado a ser amables con

naturaleza de este mundo y pasar por alto el mensaje de J. Hay numerosos pasajes en su Curso sobre su mundo que son tan mordaces en su opinión como lo serían expresado por cualquier gnóstico cáustico. Cuando decimos que debes ser amable con los demás, no significa que debas negar el sistema de pensamiento del ego. Pero no intenta cambiar a los demás; en su lugar, cambia tu propia opinión.

Nunca olvide que su miedo a perder su identidad individual causará resistencia, a veces seria resistencia, a la práctica del perdón.

A veces te impedirá incluso querer mirar al ego, ya sea en el mundo o en ti mismo. Secretamente tienes miedo de lo que hay en tu inconsciente. Eso es

por qué tienes que estar atento. Hay odio en tu mente debajo del superficie, pero se puede soltar simplemente notándolo cuando sale a la superficie, y luego tomando la mano del Espíritu Santo en lugar de la del ego. Seremos mucho mas específicos sobre cómo hacer eso en dos visitas a partir de ahora, y compartiremos algunas ejemplos contigo.

¿Tiene alguna otra pregunta que le gustaría hacernos ahora mismo?

Gary: Sí. Ya que estamos en el tema de cómo funciona

el universo, ¿existen extraterrestres, y si es así, ¿tienen que aprender lecciones de perdón?

¿también?

ARTEN: En la ilusión, sí, hay seres que viven en otros planetas, y algunos de ellos visitan la Tierra. Sí, tienen sus propias lecciones de perdón para

aprender. *Realmente* no están ahí afuera, porque el universo está en tu mente. A Cree que los seres son necesariamente más avanzados espiritualmente que tú. Porque son técnicamente más avanzados no siempre sería cierto. Que es importante es que sean compasivos o no, y si son humanoide o no, son tus hermanos y hermanas en Cristo, y así es como deberías verlos.

GARY: Genial. Además, me preguntaba, ¿sabe qué está causando todos estos ¿círculos de la cosecha? Algunos de ellos son realmente intrincados.

ARTEN: Claro. Algunos de ellos son engaños, hechos por gente tonta que en secreto odiarse a sí mismos. Están perdonados, pero no pueden saberlo hasta que empieza a practicar el perdón. La mayoría de los círculos de las cosechas son auténticos, especialmente los que son muy complejos. Uno de ellos es en realidad el símbolo matemático.

por la dualidad del orden y el caos! Hay una foto disponible. Como el otros, fue hecho con chi electromagnético dirigido desde el nivel del inconsciente. Es solo otra forma de arrojar un misterio interesante al pila de misterios, con el fin de mantener a la gente buscando respuestas en el mundo. En realidad, están siendo creados por la mente inconsciente.

Los círculos de las cosechas son una forma de arrojar otro misterio al montón de misterios, para que la gente siga buscando respuestas en el mundo.

Gary: Está bien, tengo uno para ti. ¿Quién asesinó al presidente Kennedy?

ARTEN: Si lo supieras, ¿los perdonarías? Ésa es la verdadera pregunta. Nosotros no vino aquí para que persiguieras sombras en el mundo, hermano.

GARY: No puedes culpar a un chico por intentarlo. Oh, antes de olvidar, pensé en

otro oxímoron para ti.

PURSAH: Escuchémoslo.

GARY: Bombas inteligentes.

ARTEN: Muy bien. Estoy de acuerdo.

GARY: Déjame ver, ¿qué más? Oh sí, vi a Marianne Williamson en la televisión de nuevo. Ha publicado su segundo libro, y parece ser principalmente sobre feminismo. Yo la vi dar un discurso en otra red donde dijo: "¿Qué las necesidades son las mujeres más feroces ". Ahora, amo a Marianne, pero me preguntaba ¿Diría que *Un curso de milagros* tiene feminismo?

PURSAH: Marianne ciertamente tiene derecho a enseñar feminismo, si eso es lo que ella

quiere. No tiene nada de malo, pero no debe confundirse con el Curso. El Curso no necesita maestras para enseñar a otras mujeres cómo

ser mejores mujeres. Hay miles de maestros haciendo eso, y están Bienvenido a. Lo que necesita el curso son maestras que estén dispuestas a enseñar otras mujeres que son *no* las mujeres-porque no son cuerpos. Eso podría hacer una contribución única, si el punto se expresó en términos inequívocos.

ARTEN: Gary, debo señalar que estarás en la misma situación que nosotros.

cuando se trata de personas que leen sus palabras habladas sin poder ver sus expresiones faciales y escuche el tono de su voz y obtenga su actitud.

Es posible que la gente no sepa por las palabras que ha dicho hasta ahora que en realidad tener una buena actitud hacia las mujeres. De hecho, ¿no los has considerado siempre?

ser más inteligente que los hombres?

GARY: Creo que está bastante claro que lo son. Son menos violentos, más cariñosos y votan de forma más inteligente. Muchos de nosotros, los hombres, solo somos cerebros machistas.

PURSAH: No lo eres, del todo.

Gary: Eso es correcto. Soy un ejemplo glorioso e inspirador para todos los mundo para emular.

ARTEN: ¡Hemos creado un monstruo! Por cierto, pronto entrará en un fase de tu vida terrenal en la que empezarás a preocuparte un poco menos por

aventuras corporales y un poco más preocupado por los logros, en su caso, logros espirituales. Muchos hombres se preocupan por los aspectos físicos placeres en la primera parte de sus vidas, pero a medida que comienzan a envejecer,

su búsqueda del sexo es reemplazada por otra cosa.

GARY: ¿Disfunción eréctil?

ARTEN: No. Es algo que se llama madurez. Ya sabemos que eres mucho más maduro de lo que a su sistema de defensa del ego le gustaría que actuara. Pero tu eres comenzando a salir de ella. A medida que el cuerpo envejece, tiende a estar menos gobernado por su hormonas. Ésa es solo una de las razones por las que las personas un poco mayores tienden hacerlo mejor con *Un curso de milagros.* En general, no están tan obsesionados

con el cuerpo, aunque la salud se convierte en una preocupación, pero no es tan *impulsado* una preocupación. No hace falta mucha observación para darse cuenta de que su sociedad es el sexo loco. El placer físico es solo una de las formas que tiene el ego de hacer pensar a la gente.

que los cuerpos son valiosos, pero hablaremos de sexo

en otra ocasión.

GARY: ¿Debería traer algo?

PURSAH: Sí. Perdón. Cabe señalar que las personas que no son tan exitosos en el mundo tienen una tendencia a obtener más del Curso que gente de gran éxito. Algunas de las personas que parecen haberlo hecho en el mundo, y que están relativamente satisfechos con su suerte en la vida, en realidad están cayendo en una trampa. El ego les hace pensar que el mundo es un buen lugar. Que es

realmente está pasando es que están viviendo una de las pocas vidas en las que el buen karma se pide en el guión, para que se diviertan. Tal vez tengan un fácil trabajo, y los hace ricos y parecen tener toda la suerte.

GARY: ¿ Te refieres a Vanna White?

PURSAH: Exactamente. ¿Cómo sabes que en su próxima vida ella no será nacido muerto de hambre en África?

GARY: No le deseo nada más que lo mejor en cada vida. A-demás, escuché que ella tipo de espiritual.

ARTEN: ¿Ves? Te estás poniendo al día. Solo *te* deseabas nada más que el mejor. Sobre un tema relacionado, en un futuro próximo le estaremos instruyendo sobre el arte del perdón. A medida que perdona, es posible que se sienta más perdido por

palabras de las que solías ser. No se preocupe por eso. No se trata de mirar inteligente; se trata de ser sanado por el Espíritu Santo. Este proceso ya esta acelerando dentro de ti. Como dice el Curso, ya no estás completamente loco.

GARY: Tendrás que disculparme si *no* pongo eso en mi currículum. Pero me gusta la idea de no ser un cuerpo, ser libre, no estar controlado por tormentas magnéti-cas cambiando el campo magnético de la tierra y así sucesivamente.

ARTEN: Sí. Ese tipo de cosas no se limita al campo mag-nético terrestre. Eso se aplica a cualquier campo magnético, en cualquier lugar del universo, y funciona en cualquier especie de ser. Eso es porque es realmente la mente inconsciente la que dirige el actuando a partir de un guión, y lo que parece suceder es simplemente el efecto.

Gary: Así que hay cuerpos de robots manipulados en todo el universo, excepto que no lo saben porque creen que realmente son cuerpos.

ARTEN: Claro. Como un ejemplo, se podría decir que en cualquier sol, no importa

donde está, tiene manchas solares y grupos de manchas solares, que son lugares menos calientes en la superficie del sol causada por una concentración de magnéticos temporalmente distorsionados campos. A su vez, desencadenan estas enormes erupciones, o llamaradas, que se disparan hacia ese atmósfera del sol: enviando nubes de gas electrificado a un planeta o en cualquier lugar de

ese sistema solar. Ese tipo de acción es universal y controla los pensamientos. Y movimientos de todo lo que hay. Tus científicos asignan causas separadas a todo y refuerza la ilusión de las personas de estar separados de los llamados fuerzas de la naturaleza, además de estar separado de la mente. La gente es en realidad ser controlado por la mente colectiva, que luego traduce sus pensamientos de lo invisible en manifestaciones visibles.

GARY: Lo que estás diciendo sobre el guión resultante que se representa, el karma y todo, cuando la gente está teniendo una de esas buenas vidas donde piensan que tienen el mundo de las bolas, ¿no lo usan como excusa para? ¿Crees que son mejores que otras personas y, por lo tanto, no los culpables?

ARTEN: Sí, pero no los haga mal por eso. Pueden pensar que son más iluminados por su buen karma, o que Dios les ha sonreído, o que son simplemente mejores que otras personas, pero que todos participan por igual en el guión y termina con tantas de las llamadas buenas y malas vidas como

todos los demás. Por eso enfatizamos antes que cuánto dinero o el éxito que obtiene no tiene absolutamente nada que ver con cuán espiritualmente iluminado usted está. Existe el peligro de pensar que eres mejor que otras personas si eres hacerlo bien, incluso si su sentimiento de superioridad es sutil, pero eso es solo un forma de la proyección de tu culpa inconsciente. Por otro lado, la gente que están teniendo vidas aparentemente menos exitosas se sienten culpables porque ¡no lo están haciendo mejor! Recuerda, la culpa también se puede proyectar sobre ti como en otros. En cualquier caso, los roles que desempeñan las personas se invierten en diferentes vidas.

GARY: ¿Todo esto es solo otra forma de escapar de nuestra propia culpa inconsciente?

ARTEN: Sí. Recuerde, la culpa en su inconsciente es más terrible y incluso más agudo de lo que ve y siente en la superficie.

GARY: ¿Por qué es eso de nuevo?

ARTEN: Es por tu *proximidad* a él, si estás en tu inconsciente.

Esa fue la razón de toda la creación errónea del universo en primer lugar, ¿recuerda? La necesidad de escapar de su culpa y su terrible y equivocado miedo a Dios. Ahora tienes un mundo de cuerpos donde el contenido de tu mente, incluyendo el pensamiento de separación y su propia culpa inconsciente, se ven simbólicamente como estar fuera de ti, en el mundo y en otras personas. Usted obtiene ser la víctima inocente del mundo en lugar de su creador. Así el mundo y otros cuerpos son la causa de tus problemas, e incluso si te sientes culpable es todavía no es tu culpa. *Realmente* no. Siempre hay una razón exterior o una contribución factor para explicar su condición. ¿Consíguelo?

Gary: Eso creo. Simplemente no quiero, ahora mismo.

ARTEN: Está bien. Ha sido una visita larga para ti. Nuestro próximo no lo será. Como dijimos, la verdad es más simple que el ego. Además, tu resistencia no hacerte único. Como ya hemos indicado, es muy necesario que repitamos este tipo de ideas para que se asimilen. En general, lo estás haciendo bien y el curso está aquí para recordarle que en lugar de ser un robot, tiene una mente —Y que puedes cambiarlo. No importa si tienes diferentes fuerzas de naturaleza tirando de ti, chi electromagnético que te dice qué hacer, gravedad tirando hacia un lado y la energía oscura tirando de usted hacia el otro lado, y permitiendo que el universo para expandirse al mismo tiempo, y mil otras fuerzas que funcionan juntos para cubrir la mente durante la danza de la dualidad. No importa qué

parece ser el caso, se *puede* superar al ego simplemente por recordar en realidad solo hay *dos* opciones, luego perdonar el contenido de tu propio ego

mente. Estabas siendo entrenado en el arte del verdadero perdón en el momento en que comencé a escuchar estas ideas, porque a partir de ese momento estabas mirando el mundo de manera diferente.

Para enfatizar un punto importante, todavía cree que tiene mil diferentes problemas, pero el Curso sabe que solo tienes *un* problema: el aparente separación de Dios. Durante nuestra próxima visita discutiremos el verdadero respuesta a ese problema: la respuesta del Espíritu Santo. Después de eso obtendremos más específico sobre su uso para deshacer su ego.

PURSAH: Lo han dicho personas brillantes, en su mayoría budistas, por última vez.

2.600 años, que hay tres grandes misterios en la vida. Para un pez, es el agua.

Para un pájaro, es el aire. Para un ser humano, es él mismo. Hemos dicho que no hay nadie allí afuera. Pronto podrás empezar a actuar y a sentirte así.

GARY: He oído a gente decir antes que no hay nadie ahí fuera. Ellos no Sin embargo, realmente dime qué hacer con lo que *estoy* viendo de una manera satisfactoria.

De todos modos, hasta que vuelvas, cuando el mundo se me ponga a la cara y observe la orden jerárquico de la vida, y no recuerdo tan bien dónde estoy en la comida cadena, intentaré recordar que todo está ahí simplemente para facilitar la proyección. Enfermo Asumir que cuando el Curso habla de imágenes, se aplica a cualquier percepción,

incluyendo recuerdos, imágenes, sonidos, ideas, cualquier cosa. Incluso una persona ciega tener imágenes en la mente, y serían tan reales o irreales como cualquier otra imágenes de la persona. Todo es solo una grabación que ya se hizo. Mientras estoy en trataré de aplicar la idea de "El amor no tiene agravios" en cualquier momento que me acuerde de hacerlo.

No es fácil ser consistente, pero lo intentaré.

Nunca olvides que el ego es un asesino, por eso quiere que pienses que Dios es un asesino y temedle.

PURSAH: Excelente. Un estudiante luminoso. Nunca olvides que el ego es un asesino por eso quiere que pienses que Dios es un asesino y le temas. La mejor manera de mantener en sí mismo es para hacerte reaccionar al guión para que lo hagas real en tu

mente. El ego quiere conflicto, y si reaccionas con alguna emoción negativa, eso es conflicto. Es tu juicio lo que mantiene vivo el sistema del ego, pero tu perdón lo liberará. Así que tienes que estar alerta.

Perdonar significa *dar de antemano* . En otras palabras, tu actitud es que estás listo para perdonar, sin importar *lo* que surja en tu conciencia. A

Primero, parece una tarea difícil. Sin embargo, te prometo que llegará el día en que serás capaz de reírte de cualquier cosa que te lance el ego, como J
podría, y tal como lo hicimos finalmente. Llegará el día en que estarás listo para ser como nosotros y dejar el guión, y servir de luz para que otros la sigan fuera de el sueño.

GARY: Me suena bien. También podría intentar empezar nuestro libro. prometo atrabajo durante largos minutos entre numerosos descansos.

PURSAH: Bien. No quisiera que cambiaras tu estilo de vida; es muyconvirtiéndose. Convertirse en qué, no estoy seguro.

Gary: Oye, acabo de pensar en algo. Ya que tienes tendencia a repetir cosas, ¿tendré que hacerlo yo también, o debería editar las cosas que creo que son redundantes?
No quisiera que la gente piense que no se dio cuenta de que repite ideas.

ARTEN: Queremos que organice nuestras conversaciones en un formato presentable. Repetir ideas es una parte esencial de nuestro estilo de enseñanza. Leer o escuchar las ideas espirituales una sola vez *no* es suficiente. Te dije al principio que estaríamos repitiendo ideas lo suficiente para que aprendas.
Gary: De acuerdo. Lo haré lo mejor que pueda.
PURSAH: Sí, lo harás. No olvides que estás viviendo en un punto único en historia y tienes la oportunidad de hacer una contribución. Mi evangelio así como
otros fueron redescubiertos a finales de 1945 y los Rollos del Mar Muerto poco después.
Durante 1.600 años antes de eso, la iglesia había prohi-

bido estrictamente cualquier cuestionamiento de Escritura o teología de la iglesia. Luego, de repente, en la década de 1960, todo eso cambió. los 2ndo Concilio Vaticano invierte las políticas de muchos siglos de intelectual represión, cuando se había considerado herejía incluso cuestionar la supuestos acerca de J. Fue en el año histórico de 1965 que el Consejo emitió su encíclica, *La Iglesia en el mundo moderno* . Finalmente hubo libertad de investigación en teología, la Biblia, la naturaleza de J y el lugar de la iglesia en el
mundo. Estas cosas estaban ahora abiertas al estudio honesto y al análisis intelectual.

De hecho, se animó a los académicos a investigar todo. Te aseguro que fue no es casualidad que J comenzara a dictar el Curso a Helen ese mismo año.

ARTEN: Crees que el Curso es parte del movimiento New Age, pero no lo es.

No lo limites. Sí, es bueno que algunas personas tengan una mente más abierta y estén más preparadas para nuevas ideas. Recuerde que el Curso es único porque J explica lo que él realmente quiere decir. Recuerda que este es su *único* Curso. Hay otras cosas que han salido desde que se publicó el Curso que la gente ha dicho que vino de él. Sin embargo, en realidad no enseñan lo mismo que el Curso. Yo te pregunto, ¿J se contradeciría a sí mismo? No digo eso para menospreciar a nadie. Obviamente, nosotros no estamos enojados con las personas con las que no estamos de acuerdo. Decimos estas cosas simplemente por tu aclaración.

PURSAH: Durante los próximos meses, no se limite a esconderse y estudiar. Interactuar con personas. Experiméntelos y perdónelos cuando deba. Considérelo para sea una oportunidad. Las ilusiones deben ser perdonadas en el nivel en el que están experimentado. Para ti, eso significa vivir una vida normal e interactuar con sociedad. Recuerde, el Curso no se le dio a una persona solitaria en un cima de la montaña en algún lugar. Se dio en la ciudad de Nueva York, el epítome de complejidad.

ARTEN: Cuando regresemos , hablaremos de tu Ayudante, el que ha sido contigo por una eternidad, pero cuya Voz estás empezando a escuchar realmente.

La Voz del Espíritu Santo lo llevará a casa. Al principio, es como un susurro en tu sueño. Pero luego, mientras sigues practicando el perdón, Su Voz se hace más fuerte y más claro. Él puede aparecer por ti de muchas formas diferentes. Una forma está en un libro.

En nuestro caso, puede que sea un susurro irreverente, pero sólo porque será útil a su manera. Somos reverentes solo a Dios y al espíritu, y tal vez eso le ayudará a ir al grano.

Hasta que volvamos, recuerda que cuando perdonas, no debes enamorarte la marca de perdón del ego, que es la ineficaz y tradicional del mundo

forma de perdonar a los demás. Como te dice el Curso: El ego también tiene un plan de perdón porque estás pidiendo uno, aunque no del maestro adecuado. El plan del ego, por supuesto, no tiene sentido y no funcionará. Si sigue su plan, simplemente se colocará en una situación imposible, a la que siempre te lleva el ego. El plan del ego es hacer que vea el error claramente primero y luego pasarlo por alto. Sin embargo, ¿cómo puedes pasar por alto lo que has hecho realidad? Al verlo claramente, lo ha logrado real y *no puede* pasarlo por alto.

Tus hermanos y hermanas, que incluye a tu madre y tu padre, no realmente hizo lo que cree que ha hecho, y recordar ese hecho es vital.

PURSAH: Nos gustaría dejarle con un pensamiento del Curso que puede quiere recordar cuando se sienta tentado a juzgar a alguien. Si eres

conducir por la calle, trabajar con gente, socializar,

ver televisión o leyendo algo en su computadora, si siente la adicción al juicio, afirme sí mismo, recuerde las palabras de J de la sección del texto llamada Acusado":

... Aprende esto, y aprende bien, porque es aquí que el retraso de la felicidad se acorta por un lapso de tiempo no puedes darte cuenta. Nunca odias a tu hermano por su pecados, pero solo por los tuyos. Cualquiera que sea la forma que parezcan tomar sus pecados, oscurece el hecho de que crees que son tuyos y, por lo tanto, merecen una

Ataque "solo".

Te juzgas solo a ti mismo y solo te perdonas a ti mismo. Te deseamos éxito y nos aseguraremos de aparecer en algún momento.

Y luego parecieron haberse ido, pero sentí que no estaba solo.

DESPERTANDO

La alternativa del Espíritu Santo
El ego hizo el mundo como lo percibe, pero el Espíritu Santo, el reinterpretador de lo que hizo el ego, ve el mundo como un dispositivo de enseñanza para llevarte a casa.

Por los próximos meses, yo estaba emocionado por las cinco visitas que había recibido de Pursah y Arten, pero también sentí como si hubieran quitado la alfombra de debajo de mí. Me había acostumbrado a aprender programas espirituales y de superación personal. Que fueron diseñados para ayudarme a mejorar la experiencia de mi vida diaria. Ahora yo estaba intentando aplicar un sistema de pensamiento diseñado no para mejorar mi vida, sino para despiértame de lo que *pensaba que* era mi vida. Este fue un enfoque completamente nuevo.

Irónicamente, el entrenamiento en el que ahora estaba embarcado también elevaría mi calidad de vida, con énfasis en vivir por la paz en lugar de fortalecerme para ganar conflictos.

Al mirar más de cerca mi vida diaria, me sorprendió ver cómo automáticos mis juicios a menudo eran. Obtuve avances al observar este instinto tendencia, apartándome de ella y quitando el cargo de mis quejas.

Eso no fue todo el camino hacia el perdón, pero me ayudó a ser más consciente de los patrones de pensamiento de mi ego. Me di cuenta de que incluso en mis discusiones con Arten y Pursah, mi defensa inteligente contra la timidez dominaría mi personalidad y hacerme decir cosas que probablemente no diría si mi ego no estuviera manejando show. Me preguntaba si Arten y Pursah solo estaban tratando de hacerme sentir cómodo hablándome en mi propio idioma; Me di cuenta que si cambiaba mi estilo un poco, probablemente ellos también lo harían.

Mientras practicaba las lecciones del Cuaderno de ejercicios del curso, me estaba capacitando constantemente elegir pensar con el Espíritu Santo en mi sano juicio en lugar del ego en mi mente equivocada. Esto resultó en algunos episodios de luz salvajes y alegres durante el día. Así como pesadillas sangrientas y horribles en la cama por la noche. Quisiera, Nunca creí que imágenes tan feas pudieran estar en mi inconsciente. Estaba seguro de que esas imágenes de pesadilla no aparecieron para todos los que hicieron el Curso, pero aquí estaban, reflejando la horrible y loca imagen de sí mismos que estaba enterrada en el profundidades de mi ego, y ahora se me muestra para ser perdonado y entregado al Espíritu Santo en paz.

Fue desconcertante recordar que mi pensamiento no se estaba haciendo realmente en este nivel. La mente le estaba indicando a mi cerebro qué ver, oír, pensar, hacer y experiencia. Mi cerebro era simplemente el hardware programado que funcionaba y Reguló mi cuerpo, transmitiéndome una película que podría llamarse "La vida de Gary".

La mente era como un programador que me decía, a través de mi cerebro y mi cuerpo, qué experimentar y cómo responder. Me habían controlado como un robot, me habían dicho qué hacer, y programado para pensar que realmente era yo quien tomaba estas decisiones este nivel. Así como un ser humano puede construir una computadora, programarla y decirle qué hacer, o podría dirigir una figura de realidad virtual para hacer cosas dentro de un entorno que no existía realmente, la mente del programador me estaba dirigiendo a

muévete dentro y experimenta un mundo que no existía realmente para convencer yo era un cuerpo. Ese cuerpo a veces estaba obteniendo lo que quería, pero generalmente perderse algo, ya sea físico o psicológico. Esta sensación de carencia

era un símbolo de estar separado de Dios. Las razones específicas de mis problemas. Me fueron mostrados como externos a mí mismo, operando en un universo que nunca fue realmente ahí, para servir como chivo expiatorio de mi culpa inconsciente oculta sobre esa misma separación.

Me di cuenta de que a pesar de que esta mente inconsciente que estaba tomando las decisiones parecía estar fuera de mí, en realidad no lo era. La mente que emite las directivas de el sistema de pensamiento del ego estaba dentro de mí, no fuera, lo que también significaba que el universo estaba en mi mente, no sin él. Tuve que darle la vuelta a las cosas; El cielo era también aquí y estaba, de hecho, todo lo que realmente existía. No había otro lugar, pero yo había creado una ilusión que parecía reemplazar al cielo y luego escondió esa ilusión entre Dios y yo en un esfuerzo por escapar de un castigo imaginario que ahora creía secreta y erróneamente que me lo merecía. Como todos los demás, lo haría encontrar una manera de castigarme por esta culpa imaginaria. Sin embargo, todo el tiempo, Dios estaba simplemente esperando para darme la bienvenida a casa, tan pronto como fui sanado por el Santo Espíritu y listo para volver a la realidad. Entonces celebraríamos por toda la eternidad.

Hasta ahora, no tenía ni idea de todo esto.

Ser consciente de estas cosas me hizo comenzar a apreciar la magnitud de mi mente. Sabía que todas las decisiones por ilusión se habían tomado inconscientemente, y luego los símbolos correspondientes de esas decisiones se representaron en el

falso universo. La decisión de estar separados y culpables vino primero, y luego El universo instantáneamente había levantado su cortina de humo. Todo esto parecía tan real para cada uno

individuo observando desde su punto de vista particular en el sueo que necesitarían entrenamiento para perdonar lo que pensaban que eran sucesos auténticos y en lugar de eso, piensa con el Espíritu Santo.

Lo que estaba aprendiendo cambió la forma en que veía mis relaciones. Por ejemplo, mis suegros, a quienes veía como personas duras y críticas, no parecían estar cambiando, pero ahora podría retroceder un poco y entender que su formas reaccionarias simbolizan la forma en *que* reaccioné a algunas de las personas y los problemas que surgió en mi vida. Siempre que me di cuenta de que condenaba a mis suegros por mis propios "pecados", presentados ante mí en una forma engañosamente diferente, se convirtió en mucho

más fácil para mí perdonarlos a ellos y a mí mismo.

Otro ejemplo fue la forma en que pensé en los corredores a los que hice intercambios.

con por teléfono, en los mercados financieros. Varias de estas personas tenían personalidades más groseras, egocéntricas y destructivas que jamás había conocido. Aunque muchos corredores intentaron sinceramente ser útiles y profesionales, hubo otros que parecían tener un placer perverso en las dificultades y ocasionales pérdidas de un cliente, actuando a veces más como enemigos que como amigos. Ahora yo Podía ver su hostilidad como un símbolo del sistema de pensamiento del ego actuando en un mundo que esperaba mi perdón en lugar de mi venganza. A su vez, el Las piedras angulares ocultas y oscuras de mi mente inconsciente seguramente estaban siendo perdonadas.

y sanado por el Espíritu Santo al mismo tiempo. Me volví más pacífico y yo comenzó a tomarse con calma el comportamiento ocasionalmente inapropiado de los demás.

Me di cuenta de que si continuaba por este camino, necesitaría mucha ayuda para perdonando las imágenes muy realistas que me estaban mostrando, y fueron diseñado por el ego para vencerme en un día cualquiera. J era el que yo pediría esa ayuda. Podría haberle preguntado a Arten y Pursah, de quién era profundamente agradecido, o podría haberles rezado como Thaddaeus y Thomas. O como la mayoría de los estudiantes del Curso lo hicieron, podría haber enfatizado mi relación con el Espíritu Santo, a quien sabiamente se hizo referencia en el Curso no como *la* Voz de Dios,

sino la Voz *de* Dios. Pero ya había establecido una relación con J, y estaba más que feliz de seguir desarrollándolo. De lo que había aprendido y

experimentado, supe en el instante en que tomé la mano de J que la separación había terminado.

Por supuesto, esto también sería cierto si tomara la "mano" del Espíritu Santo. En de hecho, cualquier símbolo de Dios serviría; esta fue una decisión personal. Lo que importaba era que una persona tenía tal símbolo y podía unirse con Dios a través de este símbolo sin sentido de distancia o separación. Con el Curso de J, Dios no era ya es un concepto eliminado, pero aquí y ahora. Descubrí que el espíritu de este sentimiento, así como una parte importante del mensaje del Espíritu Santo, que J había vivido, estaba bellamente articulado al comienzo de la lección del Libro de ejercicios.

número 156: Camino con Dios en perfecta santidad.

La idea de hoy, pero afirma la simple verdad que hace que el pensamiento del pecado imposible. Promete que no hay causa para la culpa, y al no tener causa, no existe. Seguramente se desprende del pensamiento básico tan a menudo mencionado en el texto; las ideas no dejan su fuente. Si esto es cierto, ¿cómo puedes estar separado?

¿de Dios? ¿Cómo podrías caminar por el mundo solo y separado de tu ¿Fuente?

Así fue el Espíritu Santo consistente en enseñar el principio de la Expiación que mis maestros habían citado del Curso, que la separación de Dios nunca ocurrió. Pero sabía que había más. Creí que lo que Arten y Pursah dijo que el verdadero perdón es el camino a casa. ¿De qué otra manera podría ¿He podido perdonar a las personas cuando estaban destruyendo su cuerpo? yo practicó fielmente las lecciones del Libro de ejercicios, pero también esperaba con interés que Arten y Explicaciones de Pursah sobre el Espíritu Santo y el verdadero perdón.

En especial, me propuse recordar el "El amor no guarda rencor" idea siempre que pude. Esto tenía una forma de detener mi juicio justo en su pistas. ¿Cómo podría quejarme de una situación, o juzgar a una hermana o un hermano, o ¿Desearía un resultado diferente si yo fuera Amor, y si el Amor no guarda rencor? Mi actitud y mis procesos mentales estaban cambiando.

Por ejemplo, la personalidad de Karen y la mía a menudo parecían aceite y agua.

Cuando yo quería estar callada y pensar, ella quería hablar, constantemente. Expliqué a ella muchas veces que necesitaba concentrarme cuando estaba en la habitación que usamos como nuestra oficina, pero no sirvió de nada. Sentí que también podría haber estado hablando a una pared de ladrillos.

Cuando pensé en la situación usando los principios del curso que había aprendido Hasta ahora, recordaba que fui yo quien decidió casarme. Yo ciertamente no fue una víctima. Además, ¿cuál fue su resistencia a honrar mis repetidas solicitudes?

Excepto una forma de sueño o negación, y esto no era realmente un símbolo de mi ¿Negación de numerosas cosas, incluido todo el sistema de pensamiento del ego?

Una noche, cuando Karen empezó a hablar como una tormenta mientras yo intentaba trabajar, Finalmente recordé usar la idea "El amor no tiene agravios" en este circunstancia particularmente difícil. De repente me sentí diferente. No estaba tratando de aplica amor, yo *era* amor! Entonces pude ver este problema como una oportunidad para elegir lo que quería ser al ver a Karen a través de los ojos del Espíritu Santo amor incondicional. Poco después, comencé a hacer la mayor parte de mi trabajo cuando ella no casa o después de irse a dormir. De esa forma podría tomarme el tiempo para escuchar, y también encontrar el tiempo para concentrarme en mi trabajo.

Luego, el 21 de diciembre, un año después del día en que Arten y Pursah habían hecho su primera aparición ante mí, aparecieron en mi sala de estar por sexta hora.

GARY: ¡Sabía que vendrías hoy! Es nuestro aniversario.

PURSAH: Sí. Vinimos en este día solo para ti. Las fechas no son importantes, pero sabíamos que lo estaba esperando.

Gary: El hecho de que lo tuviera marcado en mi calendario no significa que deseando que llegue. Lo siento, estoy tratando de no ser tan sabio.

ARTEN: No intentes cambiar de una vez, querido hermano. Podría explotar.

PURSAH: No obstante, estamos aquí para ayudarlo a acelerar su progresar aún más. El pasado es prólogo. Todo lo que hemos dicho hasta ahora fue solo para ayudarte a prepararte. Nuestro estilo fue diseñado para que prestes atención. Pero ya no es el primer día de clases y es hora de que *crezcas*. Si

caminas con J o el Espíritu Santo, entonces significa que piensas como ellos. Hablemos sobre cómo piensan. Para hacerlo, compararemos la actitud del Espíritu Santo. A las frágiles ideas de tu ego.

ARTEN: El ego cree en los opuestos, cosas como el placer y el dolor. El Espíritu Santo dice que no hay opuestos y que tu *verdadero* gozo no puede tener

contrapartida. Como dice el Curso:

¿De qué otra manera puedes encontrar alegría en un lugar sin alegría, excepto si te das cuenta de que estás ¿no ahí?

El ego quiere y cree en la complejidad. La verdad del Espíritu Santo es simple, no necesariamente fácil de aceptar para usted, pero simple.

El ego dice que eres diferente a los demás. El Espíritu Santo dice que en realidad, todos somos iguales, y debes sentirte así para poder ver como

Él. Porque el curso te dice:

La diferencia entre la proyección del ego y la extensión del Espíritu Santo es muy simple. El ego proyecta excluir y, por tanto, engañar. El Espíritu Santo se extiende al reconocerse a sí mismo en cada mente, y así los percibe como uno. Nada entra en conflicto en esta percepción, porque lo que el Espíritu Santo percibe que es todo lo mismo. Dondequiera que mira, ve Él mismo, y porque está unido ofrece siempre todo el Reino.

Este es el único mensaje que Dios le dio y por el que debe hablar, porque eso es lo que Él es. La paz de Dios reside en ese mensaje, por lo que la paz de Dios está en ti. La gran paz del Reino brilla en tu mente para siempre, pero debe brillar hacia afuera para que usted sea consciente de ello. Por supuesto que Dios te dio ese mensaje en el cielo, y el Espíritu Santo está tu recuerdo de ese mensaje. Ahora, para recordar quién eres realmente,

debe compartir el mensaje del Espíritu Santo con aquellos que ve en su mente.

El ego dice que has sufrido una pérdida terrible, y la pérdida ahora es parte de lo que tu llamas vida. El Espíritu Santo dice que en realidad no hay pérdida y que el hijo de Dios no puedo perder. El libro de trabajo dice: Perdona todos los pensamientos que se opongan a la verdad de tu realización, unidad y paz. No puedes perder los dones que te dio tu Padre.

y, un poco más adelante en el Libro de trabajo:

Recibe de acuerdo con el plan de Dios, y nunca pierda ni sacrifique ni muera.

El ego dice que has sufrido una pérdida terrible, y la pérdida ahora es parte de lo que tu llamas realidad. El Espíritu Santo dice que en realidad no hay pérdida.

El ego dice que los demás son culpables, porque cree secretamente que eres culpable. Eso usa la ira y la indignación justa, o incluso se ríe de los demás, para poner distancia entre tú y tu culpa. Crees que solo los animales y los niños son inocentes porque ahí es donde has elegido ver tu propia inocencia aparentemente perdida.

El ego tiene que poner la idea de inocencia en *alguna parte* . Pero el Espiritu Santo dice todos son completamente inocentes, porque sabe que eres completamente inocente.

Piense en usted mismo como un autoacusado. Porque, como dice el Curso:

Solo los autoacusados condenan.

Se ha acusado y condenado a sí mismo. Pero ahora, piense en el Espíritu Santo como siendo como un Tribunal Superior, como describe el Curso con estas grandiosas palabras:

No debe temer que el Tribunal Superior lo condene. Simplemente desestime el caso en su contra. No puede haber ningún caso contra un hijo de Dios, y todo testimonio de culpa en las creaciones de Dios es falso testimonio de Dios Él mismo. Apele todo lo que crea con gusto ante el propio Tribunal Superior de Dios, porque habla por Él y, por tanto, habla verdaderamente. Desestimará el caso

contra ti, por muy cuidadosamente que lo hayas construido. El caso puede ser una tontería prueba, pero no a prueba de Dios. El Espíritu Santo no lo oirá, porque Él sólo puedo testificar de verdad. Su veredicto siempre será "tuyo es el Reino",

porque te fue dado para recordarte lo que eres. 9

El ego intenta convencerte de que tienes una historia personal que es obviamente real. Sin embargo, la actitud del Espíritu Santo se puede resumir mejor en solo tres palabras: *nunca sucedió.*

El ego estaría extasiado si continuaras creyendo que hay un mundo fuera allí que existía antes de que comenzara tu vida, y seguirá sin ti después de tu el cuerpo muere. La respuesta del Espíritu Santo, por indignante que pueda parecerle a su ego, es esto, como se cita en el Libro de trabajo:

... ¡No hay mundo! Este es el pensamiento central que el curso intenta enseñar. No todo el mundo está dispuesto a aceptarlo, y cada uno debe llegar tan lejos como quiera.

puede dejarse llevar por el camino de la verdad. Regresará y se quedará quieto más lejos, o tal vez retroceda un rato y luego vuelva de nuevo.

Pero la curación es el regalo de aquellos que están preparados para aprender que no existe mundo, y puedo aceptar la lección ahora. Su preparación traerá la lección a ellos de alguna forma que puedan comprender y reconocer.

GARY: Me gustaría que la gente pudiera escucharte cuando citas del Curso; sus realmente hermoso. Sin embargo, tiene razón: parte de lo que dice el Curso es realmente indignante para el ego y difícil de creer a veces. Si alguien está enojado conmigo,

Parece que el Curso dice que lo que estoy viendo no es una persona real, sino un símbolo de mi *propia* ira, presentada como externa a mí. Así que en realidad es mío odio y locura que veo en el mundo, incluso en las noticias. Eso está bastante lejos.

Sin embargo, dentro del modelo que ha explicado, tiene sentido.

ARTEN: Sí, y el ego diría que la persona enojada que ves fuera de usted mismo es una amenaza que necesita ser atendida de alguna manera. El espíritu santo ve a la persona enojada como una persona que sufre y pide ayuda. Desde el curso enseña, como ya hemos citado, que solo tienes dos emociones, amor y miedo, entonces el Espíritu Santo ve todo en el mundo como una expresión

de amor o una llamada de amor.

Ahora bien, si alguien está *expresando* amor, ¿cuál sería una respuesta apropiada?

¿de ti?

Gary: Amor, por supuesto.

ARTEN: Excelente, Gary. Ese diploma de escuela secundaria finalmente está comenzando a pagar

apagado. Y si alguien está *pidiendo* amor, ¿cuál sería el respuesta tuya?

GARY: Con amor, sabio. Bajo el sistema de pensamiento del Espíritu Santo, el La respuesta a cualquier situación es siempre amor. Cuando piensas con el Espíritu

Santo, eres consistente en tu actitud, que es amor.

ARTEN: Hermoso. Haré un trato inspirado en el amor contigo. Dejaré de ser un

asno inteligente si quieres. No es tan divertido cuando estás en el extremo receptor, es

¿eso?

Gary: Entiendo lo que quieres decir. De todos modos, estoy reduciendo. Tengo la idea de

la consistencia del amor.

PURSAH: Muy bien. Si el Curso dice que no hay mundo, entonces hay en realidad no hay personas que sean más inteligentes o más talentosas que tú. Ahí realmente no hay personas que sean más ricas que tú, ni ninguna que sea más famoso que tú, o tener más sexo que tú, o hacer lo que sea necesario para hacer que se sienta enojado, inferior o culpable. Realmente no hay nadie que venga detrás usted por la razón que sea. No hay mundo para que lo conquiste, como los adultos jugando King of the Mountain, tratando de empujarse unos a otros desde la cima, que es simplemente simbólico del ego que intenta derrocar a Dios. No hay problemas ni amenazas que pueden dañar lo que realmente eres de cualquier forma. Es solo un sueño, y es

realmente posible para usted tener el tipo de paz mental y la falta de miedo que acompañaría la convicción de esa verdad. Como J te pregunta tan claramente en el Texto:

… ¿Y si reconocieras que este mundo es una alucinación? ¿Y si realmente entendiste que te lo inventaste? ¿Y si te dieras cuenta de que aquellos que parecen andar en ella, pecar y morir, atacar y asesinar y destruirse a sí mismos, son totalmente irreales?

El Espíritu Santo sabe que las imágenes que ves son solo eso: imágenes y nada mas. Al tomarlo como tu Maestro, puedes aprender a experimentar este a través del poder de Su perdón, que es *tu* poder cuando te unes a Él y piensa como Él.

ARTEN: El ego dice que eres un cuerpo. El Espíritu Santo dice que no eres un cuerpo; no eres una persona, no eres un ser humano, eres como Él. El ego dice que tus pensamientos son muy importantes. El Espíritu Santo sabe que solo el los pensamientos que piensas con Dios son reales y nada más importa. En el cielo tu no tienes que pensar en absoluto. De hecho eres pensado *por* Dios. En este nivel, el El curso considera que los pensamientos que piensas con el Espíritu Santo son tu verdadero pensamientos. Además, se podría decir que el Espíritu Santo *es* la única verdad en el nivel del mundo. Repase las lecciones 35 y 45 del Cuaderno de ejercicios, entre otras.

El ego pide sacrificio. En contraste, el Espíritu Santo dice que no es necesario para sacrificio de cualquier tipo. Durante nuestra próxima visita, hablaremos sobre el significado real.

de la crucifixión y la resurrección.

El ego dice: "El Señor da y el Señor quita". El espíritu santo sabe que Dios solo da y *nunca* quita.

El ego proclama con reverencia que la muerte es real. El Espíritu Santo dice que nadie es muerto, y nadie puede morir realmente.

El ego juzga algo bueno o malo; el Espíritu Santo dice que no es ninguno, porque no es verdad. Así, todas las cosas en el nivel de la forma son igualmente falsas.

por su naturaleza ilusoria. El ego asigna identidades específicas y diferentes. Tanto su "amor" como su odio son dirigido a individuos específicos. El Espíritu Santo piensa en todos como el mismo y totalmente abstracto. Por lo tanto, como J, Su amor es inespecífico y que abarca.

El ego inventa razones ingeniosas por las que debes seguir escuchando sus consejo egoísta, pero el Espíritu Santo está seguro de que en algún momento acudirá Él, y finalmente ir a casa con Él, como la ley del perdón y las leyes de la mente dictar. Porque, como enseña el Curso, si realmente aprendes a perdonar y realmente hacerlo, su regreso a Dios *debe* seguir eventualmente.

La salvación no es más que "rectitud mental", que no es la mentalidad del Espíritu Santo, pero que debe lograrse antes de la mentalidad se restaura. La rectitud de miras conduce al siguiente paso automáticamente, porque la percepción correcta es uniformemente sin ataque, y por tanto, se borra la mala mentalidad. El ego no puede sobrevivir sin juicio, y se deja a un lado en consecuencia. Entonces la mente tiene solo una dirección en la que puede moverse. Su dirección es siempre automática, porque no puede dejar de ser dictado por el sistema de pensamiento al que se adhiere.

PURSAH: Al ego le encanta cuando te arrepientes de tu pasado. "Habría, podría tener, debería tener "y," Si tan solo hubiera hecho esto en lugar de aquello "y" Si tan solo entonces sabía lo que sé ahora", son algunos de los números favoritos del ego. No solo ¿Esto hace que tu pasado sea real para ti? Te hace sentir mal al mismo tiempo. para deleite del ego. El Espíritu Santo sabe que a excepción de perdón, no importa lo que hagas. Para el ego, esto es herejía. Pero el El Espíritu Santo quiere que usted sea sanado y sabe que la culpa inconsciente en su la mente se habría desarrollado de alguna manera eventualmente, incluso si tomaste un giro diferente a lo largo de la carretera.

ARTEN: En conexión con eso, el ego quiere que *lo* que haces sea importante. Como una forma de entrometerse en su espiritualidad y retrasar la verdad, trata de hacer lo que haces en *e-sa* área importante y especial. Sin embargo, al Espíritu

Santo, lo que hacer por Él, o por Jesús o por Dios, no son importantes. ¿Cómo puede algo que ocurre en una ilusión ¿sería importante si realmente comprendes que no es real? Solamente el perdón y tu curación importan. Es cierto que ese tipo de enseñanza puede no ser la base de una religión popular que se apodera del mundo y le dice a todos los demás cómo deberían vivir sus vidas, pero definitivamente es la verdad.

GARY: Así que realmente no importa si escribo nuestro libro o no, o cuánto tiempo ¿me toma?

ARTEN: Eso es correcto. Estamos felices de estar aquí contigo y enseñarte Gary, pero no es importante. No es importante que *hagas* nada. No tienes que hacerlo establece tu valor con nosotros o con Dios. Eso fue hecho en la Mente de Dios cuando

Él te creó. Nada más que parezca suceder en el universo de la percepción puede cambiar eso, excepto en sus sueños equivocados. Como el curso

te ayuda a recordar:

No moras aquí, sino en la eternidad. y:

Siempre que tenga la tentación de emprender un viaje inútil que lo lleve lejos de la luz, recuerda lo que realmente quieres y di:

El Espíritu Santo me lleva a Cristo, ¿y adónde más podría ir? Qué ¿Necesito sólo despertar en Él?

No tienes que crear tu valor con Dios. Eso fue hecho en Dios, Recuerda cuando te creó.

Gary: Yo *soy* Cristo en realidad, y también todos los demás, y todos somos uno. Me gusta, dijiste antes, en este nivel todos vemos el mismo sueño, pero desde una perspectiva diferente punto de vista. Creo que Freud dijo que todos en tus sueños por la noche eres realmente tú así que de día o de noche siempre es un símbolo de mí, que está viendo el mío Sueña desde un punto de vista diferente. Mi trabajo es reunirme conmigo mismo a través de

perdón y estar completo de nuevo.

PURSAH: No está mal para un macho de la especie. Sabes, cuando llegamos por primera vez aquí, no te gustó mucho hablar.

GARY: Todavía no lo hago, pero supongo que soy diferente contigo porque te conozco

no me juzgará, no *realmente*.

PURSAH: Todo lo que tienes que hacer es recordar que no hay nadie ahí fuera para juzgarte, y lo que realmente eres no puede verse afectado por lo que piensa el mundo. Como te dice el Curso:

... No te pueden lastimar y no quieres mostrarle nada a tu hermano excepto tu integridad. Muéstrale que no puede lastimarte y no sostener nada

contra él, o lo tienes contra ti mismo. Este es el significado de "girar la otra mejilla".

ARTEN: Mientras el Espíritu Santo te enseña tu verdadera fuerza, el ego te dice usted y sus compañeros machistas, y todas las mujeres liberadas, que tienen que ser duro y aprender a patear traseros en la carrera de ratas o alguien más obtendrá su

queso. Todo esto hace es demostrar lo miedosos que son, porque si no tuvieran miedo entonces no tendrían que *ser* duros. Realmente están pidiendo amor sin sabiéndolo.

PURSAH: El ego intenta convencerte de que tus problemas son el problema, pero el Espíritu Santo sabe que es la culpa inconsciente, bien escondida, la que te hace Necesito soñar un mundo de separación en primer lugar, ese es el problema. De

Por supuesto, el mundo no piensa eso. ¡El mundo ni siquiera lo sabe! Como el curso se asegura de recordarle al final del texto:

... De una cosa estaba seguro: de todas las muchas causas que percibía como trayendo dolor y sufrimiento a ti, tu culpa no estaba entre ellos.

ARTEN: Ya hemos citado el Curso diciendo que la mente sin culpa no puede sufrir. Entonces, cuando el Curso dice que no te pueden lastimar, significa que practicar el tipo de perdón que sabe que no puede ser lastimado realmente eventualmente resultará en la misma capacidad que tenía J, de no sufrir ni sentir dolor. ¿Qué tan importante será tu problemas ser entonces? Para amplificar algo que dijimos antes, el ego quiere J-the-Wonder-body para ser muy diferente a ti y muy especial, lo cual es un forma inteligente de mantener a todos diferentes y especiales. El espiritu santo sabe eres realmente el mismo. Como aclaración de términos al final del curso

dice sobre J: El nombre de *Jesús* es el nombre de alguien que era hombre pero vio el rostro de

Cristo en todos sus hermanos y se acordó de Dios. Entonces se identificó con *Cristo* , ya no un hombre, sino uno con Dios. Eso es lo que quiere para ti. Nos estamos acercando al punto ahora donde vamos a ser un poco más precisos sobre cómo puedes tener la actitud de que te ayudará a ver el rostro de Cristo, que es realmente *tu* rostro, en todos. Eso podría ayudarte a recordar que *eres tú a* quien ayuda el perdón. usted no siempre tienes que preocuparte personalmente por la persona a la que perdonas. Tu trabajo es simplemente para corregir sus percepciones erróneas, y no va en contra de las reglas saber que no puede evitar beneficiarse de ello.

GARY: Entonces, solo porque estoy perdonando a alguien, eso no significa que tenga que hacerlo.

andar con ellos.

ARTEN: Eso es correcto. No se trata de ser un bienhechor, no es que haya algo malo en hacer buenas obras si eso te excita. El curso se trata de

ser un *pensador* correcto . Muchos cristianos se preguntan hoy en día: "¿Qué haría Jesús?"

Solo hay una respuesta correcta a esa pregunta, y siempre sería la mismo. El perdonaría. El perdón tiene que ver con lo que piensas. Que haces

no es lo importante, aunque sea el resultado de lo que piensas. Que es cree que eso lo mantendrá soñando o lo ayudará a llegar a casa, no lo que

hacer.

Gary: Quieres decir que J nunca te dijo: "Ve, pues, y haz creyentes de todo

naciones? "

ARTEN: Me alegro de que bromees.

PURSAH: Hablando de naciones, recuerda que tampoco son importantes. Lo que realmente eres es eterno. Estados Unidos no lo es.

Gary: ¡Blasfemia!

ARTEN: Thomas Jefferson, considerado el más grande pensador entre sus antepasados y el autor de su Declaración de Independencia, también fue un experto en escrituras. A lo largo de los años de su vida, editó la Biblia con el fin de hacer su propia Biblia personal. Por supuesto que no podía ponerlo a disposición de los público en ese momento sin ser acusado de cosas terribles, pero se hará

disponible próximamente para quienes quieran verlo. Para resumir, omitió la antigua escritura, lo que usted llama la Antigua.

Testamento — completamente. No dejó nada sobre J siendo Dios en el carne. No retuvo nada sobre J realizando milagros físicos. El se fue casi 200 páginas del Nuevo Testamento, dejando sólo 46. Pero mantuvo en *todo* sobre el perdón y la curación y cómo piensas. Si los conservadores en su país quieren descartar *Un curso de milagros* por ser demasiado radical, tal vez deberían escuchar al genio visionario detrás de las raíces de su nación,

en lugar de perder el tiempo defendiendo ciegamente la burla de propiedad corporativa de

democracia en que se ha convertido.

GARY: Entonces Thomas Jefferson pudo atravesar los aspectos religiosos y mierda dualista y llegar a lo que es importante. Al mismo tiempo, debería

recuerde que mucha gente necesita la mierda hasta que esté lista para dejar el cosas innecesarias y directo al grano. Realmente no tiene sentido poner desanimarlos o tratar de quitarles las ideas que necesitan.

ARTEN: Muy bien, Gary. Un estudiante radiante. Pero cuidado con tu lenguaje. Sólo

porque muchas de esas películas que te gustan están clasificadas como "R", no significa que nuestro libro tiene que ser.

Gary: He estado tratando de cuidar mis modales.

ARTEN: Lo sabemos. No has usado la palabra *f* una vez. También hemos notado no estás bebiendo mucho últimamente. Tal disciplina es sin duda indicativa de un futuro master — siempre que continúe con su entrenamiento.

GARY: Se me ocurrió que bebo porque creo que soy culpable, aunque No soy realmente culpable y le tengo miedo a Dios, aunque mi miedo se manifiesta como preocuparse por otras cosas.

ARTEN: Sí, pero eso no significa que las personas que no beben, fuman o consumen las drogas no tienen miedo. Simplemente encuentran otras formas de lidiar con ello o negarlo.

El perdón es la única salida para todos.

PURSAH: Lo que nos acerca al final de nuestra breve discusión sobre el Espíritu Santo. El Curso dice que Él reconoce tus ilusiones sin creer en ellos. Así que escúchalo para que veas como él. El Curso dice más tarde, en el libro de trabajo:

... El Espíritu Santo comprende los medios que usted hizo, por los cuales alcanzar lo que es eternamente inalcanzable. Y si se los ofrece, Él Emplear los medios que hizo para el exilio para restaurar su mente a donde realmente está en casa.

Gary: Así que toma las mismas ilusiones o imágenes que yo hice y las usa para llévame a casa. Eso es perfecto, como darle la vuelta al ego usando el mismo cosas que el ego hizo para deshacerlo. Para que eso suceda, tengo que hacer algo usted citó el Curso como dijo antes; Necesito llevar mis ilusiones a la verdad en lugar de dar verdad a mis ilusiones. El Curso también dice que J es un Salvador

porque vio lo falso sin aceptarlo como verdadero. 21 Si hago eso, entonces no solo ¿Seré un Salvador como él, pero mi mente será sanada por el Espíritu Santo al Mismo tiempo.

PURSAH: Sí. J fue capaz de contar la historia del hijo pródigo tan bien porque él *era* el Hijo pródigo, al igual que usted. Escuchó al Espíritu Santo; así es como pudo ver lo falso sin aceptarlo como verdadero. Escuchando al Santo Espíritu, puedes llegar a ser como J y estar totalmente identificado con Cristo. Como el curso dice acerca de su ayudante:

El Espíritu Santo habita en la parte de tu mente que es parte del Cristo. Mente.

En una de las referencias del Curso a la historia del Hijo pródigo, conectando el Espíritu Santo a eso:

... Parece ser un guía a través de un país lejano, porque necesitas esa forma de ayuda.

ARTEN: Si realmente vas a darle la vuelta al ego y lograr el inversión de pensamiento del que habla el Curso, entonces tienes que recordar quédiscutimos la última vez. El ego te ha engañado haciéndote pensar que te estás deshaciendo de su culpa inconsciente cuando la proyecta sobre los demás haciéndolesmal, o condenarlos o culpar a ciertas circunstancias de sus problemas o los problemas del mundo, o lo que sea. En cambio, lo que esto realmente hace es porque para aferrarse a su culpa inconsciente para siempre. Estas comenzando a entenderque tan importante es el perdon para ti?

GARY: Lo crea o no, creo que realmente lo soy. El Libro de ejercicios me está ayudando a lote.

ARTEN: Sí. Para nuestra próxima visita, lo habrá completado. Estarás en un excelente posición para practicar el verdadero perdón.

GARY: Entonces puedo ser un TOG .

ARTEN: ¿Cuál es?

GARY: Maestro de Dios.

ARTEN: Me gusta. Es posible que no tenga un doctorado , pero aún puede ser un TOG . Eso es tu verdadero trabajo ahora, amigo. Todo lo demás es superfluo. El curso es muy conmovedor sobre la importancia de su trabajo real.

... ¿No es el escape del amado Hijo de Dios de los sueños malvados que él imagina, pero cree que es verdad, un propósito digno? ¿Quién podría esperar más, si bien parece haber una elección entre el éxito y fracaso; amor y miedo?

El verdadero perdón es el verdadero propósito de la vida, pero debes elegirlo en para que sea tuyo.

Gary: Sí, supongo que no podría esperar más que eso. Pienso que el El curso también dice que la Expiación es la profesión natural de los hijos de

Dios. Supongo que si voy a hacerlo, entonces también podría ser bueno en eso: perdón

Quiero decir.

PURSAH: Sí. El verdadero perdón es el verdadero propósito de la vida, pero debes elígelo para hacerlo tuyo. Recuerde, practicar el perdón real no puede

ayuda, pero te lleva a casa. El metro de J no puede perder, porque J no compromiso — porque el Espíritu Santo no transige. Esto no es una revolución de lo físico, es un reclamo de la mente, marcando el comienzo de una nueva forma de pensar. Cuando se trata de la forma avanzada de perdón del Curso, *será* bueno en eso. Ese será el foco de nuestra próxima visita, aunque será un tema recurrente a través de todas nuestras visitas restantes. El instante santo sera el tuyo por pedirlo, mi hermano.

Gary: ¿Podrías aclararme brevemente qué es exactamente el instante santo?

PURSAH: Sí. Como estudiante del curso, escucharás mucho sobre esto. A pesar de instante sagrado en realidad tiene lugar fuera del tiempo y el espacio, parece que eliges aquí. El instante santo es simplemente ese instante en el que eliges al Espíritu Santo, como tu Maestro en lugar del ego. Como dice el Curso: Contra la loca noción de salvación del ego, el Espíritu Santo coloca suavemente la

instante santo. Dijimos antes que el Espíritu Santo debe enseñar a través de comparaciones y utiliza opuestos para señalar la verdad. El instante santo es el opuesto a la creencia fija del ego en la salvación a través de la venganza por el

pasado.

Esto sucede cada vez que eliges el perdón, actuando tanto en ti como en el mejor interés de su perdonado, que son realmente los mismos, aunque en el nivel de forma puede parecer que tiene intereses separados. Tu yo común el interés es volver al cielo.

Gary: ¿Estás seguro de que *perdonar* es una palabra?

PURSAH: Es ahora. Por supuesto, el perdonado eres realmente tú; simplemente no se ve

de esa manera. Lo que realmente estás logrando es el perdón de lo simbólico.

contenido de tu propia mente.

GARY: Siempre me olvido de hacer las preguntas que quiero hasta después de que te vayas, así que

¿Te importa si te pregunto algo mientras lo pienso?

PURSAH: ¿Qué opinas, Arten?

ARTEN: No diré nada. Le prometí que dejaría de ser un idiota si él haría.

Gary: Está bien. No tiene muchos de los dichos del Sermón del Monte en *El Evangelio de Tomás* . Me preguntaba si J realmente dijo algunas de las

las cosas que más me gustan de los evangelios como: "No os hagáis tesoros en la tierra, donde la polilla y el óxido consumen y donde los ladrones entran y roban, pero acumulaos tesoros en el cielo, donde ni la polilla ni el orín devoran y donde los ladrones no entren y roben. Porque donde está tu tesoro, ahí será también tu corazón".

PURSAH: Sí. Como dije antes, mi Evangelio no contiene todo lo que dijo. Ni siquiera llegué a terminarlo. Dijo algo muy similar a eso, aunque

era un poco más gráfico de lo que piensas. Por ejemplo, no usó el la palabra *óxido* , usó la palabra *gusano* e hizo que el dicho fuera más una elección

entre el cuerpo y el espíritu. El Sermón del Monte es en realidad un compuesto de dichos. No subí a las montañas y pronunció largos sermones a los adoradores. Masas abajo. Dijo cosas que están razonablemente cerca de algunos de los dichos en los Evangelios, y una vez que comprenda su sistema de pensamiento, que es el sistema de pensamiento del Espíritu Santo, entonces casi deberías poder elegir usted mismo el tipo de cosas que diría en comparación con el tipo de cosas que no diría.

Por ejemplo, dice algo similar en el Curso al dicho que acabas de referido en lo que respecta a la importancia de lo que atesoras. No importa como lo dice, la elección es siempre entre dos cosas: el mundo del cuerpo del ego, o el mundo espiritual del Espíritu Santo y Dios.

... La fe crea el poder de la fe, y donde se invierte determina su recompensa. Porque siempre se da fe lo que se atesora, y lo que se atesora es

devuelto a usted.

Gary: Algunos estudiantes del Curso con los que he hablado parecen pensar que Dios creó el buenas partes del mundo y no las malas, y que el Curso está tratando de llevarnos a abandone nuestras malas percepciones, pero conserve las buenas.

ARTEN: Sí. Ya hemos dicho suficiente sobre percepción y conciencia. ser del ego, pero todavía habrá quienes intentarán decirte lo que acabas de descrito. Seamos muy claros de nuevo; Dios ni siquiera creó *parte* del mundo.

¡Acabamos de citar el Curso diciendo que no hay mundo! ¿Cómo pudo Dios tener creado parte de él si no hay ninguno? No es la intención del Espíritu Santo hacer *nada* , excepto que te despierte de *su* sueño que no *es* un mundo! Es verdad si parece ser temporalmente bueno o malo.

En última instancia, la verdad no es temporal; es plenaria, absoluta, total. Sin embargo, en esto

nivel, la curación de su percepción por el Espíritu Santo es un proceso temporal conduciendo a una solución absoluta.

Gary: Otra pregunta. ¿Por qué el énfasis en la mente y el espíritu es ¿diferente?

ARTEN: Es simple. El ego, o la mente equivocada, hace que *todo lo* que aparece que suceda en el nivel de la forma. El espíritu hace que *nada* suceda al nivel de forma, por lo que no debe espiritualizar eventos u objetos en el universo.

La mente recta da la interpretación del Espíritu Santo del nivel de forma, lo que usted, y por usted nos referimos a esa parte del observatorio de la mente que ha identificado con el ego y, por tanto, se unió a él, de regreso a casa. El hogar es un espíritu inmutable.

GARY: Puede que sea sencillo para ti, pero creo que lo entiendo.

ARTEN: Bien. Aunque el Espíritu Santo no hace nada en el mundo, Su interpretación del nivel de forma puede ayudarlo a ver más claramente lo que debería hacer aquí. Eso es solo un beneficio adicional de elegirlo a Él como tu Maestro, no la razón principal, que es la salvación.

GARY: Siguiente pregunta. Sé desde hace mucho tiempo que la separación no es real incluso a nivel de forma. Si los físicos tienen razón y ni siquiera puedes observar algo sin afectarlo a nivel subatómico, entonces si miro una estrella eso está a miles de millones de años luz de distancia, hago que cambie instantáneamente. No importa qué tan lejos está, porque realmente no está ahí fuera; está en mi mente. Si mucho cosas en el universo imitan aspectos de la verdad, ¿el hecho de que la mayoría de las El universo está oculto para nosotros en correlación con el hecho de que la mayor parte de la mente está ¿inconsciente?

Aunque el Espíritu Santo no hace nada en el mundo, Su La interpretación del nivel de forma puede ayudarte a ver lo que debes hacer. Aquí.

ARTEN: ¿No estamos hoy de muy buen humor? El noventa y cinco por ciento de El universo es oscuro o está oculto para ti. No solo se correlaciona con la inconsciente, también está configurado de esa manera para que pueda continuar haciendo descubrimientos al respecto y buscar respuestas en el universo en lugar de en la mente, donde el la respuesta realmente es. También debes recordar que el ego usa humo y espejos, como un gran ilusionista, para ocultar la traducción de sus direcciones inconscientes en Manifestaciones sensoriales ilusorias. Por ejemplo, ¿está empezando a entender que ¿No ves realmente con los ojos del cuerpo?

GARY: Creo que sí, pero eso da un poco de miedo. Quiero decir, es como si la mente estuviera viendo
y el cuerpo realmente no hace nada.

PURSAH: Bien. Lo dejaremos ahí mismo. No es necesario ir demasiado rápido. Como dijiste, puede dar miedo. ¿ Recuerdas en mi Evangelio cuando J dijo:
¿Descubriste el principio, entonces, de modo que buscas el final? Para donde el principio es, el final será "? Bueno, como dice J en el Curso:
... A medida que te acercas al Principio, sientes el miedo a la destrucción de tu sistema de pensamiento sobre ti como si fuera el miedo a la muerte. No hay la muerte, pero no *es* una creencia en la muerte. Como dije, no hay prisa. El Espíritu Santo sabe que tienes miedo de tu inconsciente. El propósito del Curso es la paz, no asustarte como el infierno. Cuanto más preparado esté, y cuanto mejor haga su trabajo de perdón, menos aterrador, su viaje con el Curso finalmente será. Vamos a tomar nuestra licencia ilusoria, pero volveremos en ocho meses.
El Espíritu Santo estará contigo, ofreciéndote Su Alternativa en todo momento.

Entre ahora y el momento en que nos vuelva a ver, termine el Libro de ejercicios y diviértase.
Te amamos, Gary.

GARY: Yo también los amo, chicos.

ARTEN: En cuatro días será Navidad. Este año, en lugar de hacer el las fiestas de la orgía habitual del capitalismo, hazlas lo que debería ser. Pensar

acerca de Dios, y acerca de lo que usted y sus hermanos y hermanas realmente son.

Recordando que la palabra *luz* es sinónimo de *verdad* , piensa en estos hermosas palabras que J regaló a todos los amantes de su Curso:

El signo de la Navidad es una estrella, una luz en la oscuridad. No lo veo afuera usted mismo, pero brillando en el cielo interior, y acéptelo como la señal del tiempo de Cristo ha venido.

LA LEY DEL PERDÓN

El miedo al mundo. El perdón lo libera.
El camino que había elegido no era la espiritualidad de comida rápida, y el Curso de
El libro de trabajo no fue pan comido. Después de un año y cuatro meses de casi constante dedicación y atención, logré completar los 365 del Libro de Trabajo lecciones. Aunque la teoría del Curso se establece en el Texto, es en gran medida elaborado en el Libro de trabajo. Ambos son necesarios para comprender y aplicar los Curso; ninguno está completo sin el otro. El libro de trabajo, sin embargo, tiene un característica más práctica. Sus ejercicios, que se aplican al personal de los estudiantes relaciones y a cualquier situación en la que se encuentren en un día determinado, son diseñado para lograr la *experiencia de* que lo que está enseñando el Curso es verdad.

De hecho, Arten y Pursah ya habían enfatizado que la verdadera Respuesta a la El mundo del ego no se presentaría en forma de respuesta intelectual, sino como una experiencia de Dios que en efecto haría que la experiencia de la separación

sin sentido. Para mí, también hubo experiencias ocasionales y agradables de paz que estaba presente, en lugar de mis habituales y habituales disgustos. Eso solo fue lo suficiente como para agradecer la dirección que había tomado mi vida.

Por ejemplo, en lugar de estar habitualmente molesto porque Karen no era muy "Espiritual" y no parecía preocuparme tanto por mi camino sagrado como a mí,

Decidió seguir el consejo de Arten y dejarla aprender todo lo que debería aprender. En el momento. Mientras la perdonaba, me sentí más en paz por el hecho de que casi

ciertamente no cumplió con todas sus expectativas ocultas, y permití que ambos simplemente ser como éramos.

Para mi asombro, Karen pronto se convirtió en una estudiante "a tiempo parcial" de la Curso, asistiendo ocasionalmente a las reuniones de nuestro grupo de estudio e incluso completando el Libro de trabajo, que no fue un logro menor. Aunque a ella no le gustaba tanto como yo, ella creía lo que decía e hizo mucho avances en el paso de un estado de conflicto a uno de paz.

Uno de los cambios necesarios en mi pensamiento a lo largo del camino hacia lo último experiencia fue la aceptación de la idea de que la mente proyecta todo, observa su propia proyección desde un punto de vista diferente y aparentemente separado ver, y luego interpreta esa percepción como un hecho externo. El cuerpo, siendo en sí misma una idea de separación, existía sólo en la mente como una forma de experimentar ¡separación! Toda mi vida había asumido que mis ojos veían el mundo, mi cuerpo sentía y mi cerebro lo interpretó. El Libro de ejercicios me estaba ayudando a comprender que Era una tontería pensar que los ojos del cuerpo podían realmente ver, o que el cerebro podía pensar o interpretar cualquier cosa. 3 La mente le dijo a mi cuerpo qué ver y sentir, y cómo interpretar lo que estaba viendo y sintiendo. El cuerpo era simplemente un truco, un dispositivo dentro de la mente del ego que fue diseñada para convencerme de que mi vida mundana era la

verdad. El Libro de ejercicios no solo enseñó lo contrario de la ciencia newtoniana, sino también

me dio la experiencia de aceptar la interpretación del

Espíritu Santo de todo, facilitando así el principio del fin de mi ego.

Estaba bastante molesto por la primera oración del epílogo del libro de trabajo, pero no por el segundo. "Este curso es un comienzo, no un final. Tu amigo va contigo." 4 Ya sabía que mi amigo, el Espíritu Santo, era realmente mío.

Yo superior. Sin embargo, fue muy útil para mí utilizar el calmante y metáforas artísticas, y pensar en mí mismo como ayudado por otro. De hecho, este era muy necesario. Todavía tenía el mundo en mi cara, y el Curso siempre fue

práctica: "Este curso permanece dentro del marco del ego, donde se necesita".

En cuanto a la observación del mundo, el Curso explicó todo en ella sin excepción. Podía mirar toda mi vida, así como el presente y comprenda la causa de todo comportamiento humano. Por ejemplo, en la escuela los matones que habían hecho miserable la vida de otros estudiantes bien podrían haber sido diciendo: "Estamos bien, no lo eres. *Tú eres* el culpable y el equivocado, no *nosotros* ". los "Buenos" estudiantes que pudieron ver la injusticia en esto, así como lo ridículo naturaleza de muchas otras cosas en el mundo, simplemente estaban jugando su propio papel en el ciclo de víctima-victimización al ver la culpa en los perpetradores de la injusticia en lugar de en sí mismos.

¿Y cuáles eran la mayoría de los miembros de varias sectas religiosas extremas?

diciendo mientras hace proselitismo? Quizás algo como: "Ustedes son los culpables, no

nos. *¡Tenemos a* Dios! *Tú* no . Vamos al cielo y tú vas en el fuego." ¿Qué estaban diciendo realmente los terroristas locos del mundo cuando tomaron

alejar la vida de hombres, mujeres y niños inocentes? ¿Qué tal: " *Eres* responsable de nuestros problemas.

Tú eres la parte culpable, ciertamente no *nosotros* ". Humano.

Los seres tienden a culparse unos a otros por su suerte en la vida, pero lo que todos hacemos es culpar unos a otros por nuestra aparente separación de Dios, lo que resulta en la pérdida de la paz que se siente como un elemento permanente de nuestra existencia.

Las variaciones son infinitas. Ya sea en una relación personal cercana o distante, alguien o algo más siempre puede ser la causa de el problema, excepto aquellas almas torturadas que proyectan toda la culpa en su interior, culpándose conscientemente por sus propias circunstancias desfavorables. Sin embargo es esto realmente diferente a culpar a otro cuerpo?

A menudo me sentí animado por la forma en que pensaba y la forma en que me sensación. Hubo otras ocasiones en las que el Curso parecía hacer que las cosas peor. Con mi sistema de pensamiento del ego, negado durante mucho tiempo, siendo elevado a mi conciencia, la culpa que lo mantenía negado también estaba saliendo a la superficie, a veces resultando en una mayor autoexpresión de miedo de lo que normalmente habría ocurrido.

Como ejemplo, había notado un aumento pronunciado en la televisión en el años anteriores de propaganda política de derecha, especialmente desde la La Comisión Federal de Comunicaciones había derogado su "doctrina de equidad" y la "regla de tiempo igual". Ahora los poderes fácticos podrían apagar todos los de un solo lado desinformación conservadora que querían a través de sus redes sin

tener que dar un tiempo justo y equitativo a un punto de vista alternativo. Una practica que había funcionado bastante bien durante los treinta años anteriores ahora se abolió, y aunque debería haberlo sabido mejor, a veces me encontré volviéndome más molesto que nunca por las tonterías que estaba viendo y escuchando en mi televisión

pantalla. A veces usaba una voz alta para hacer preguntas como: *¿La gente realmente tan fuera de ella que creerían esta mierda?* Desafortunadamente, la respuesta fue a menudo, si.

A pesar de mis lapsos ocasionales, todavía pude practicar el curso principios la mayor parte del tiempo. Mi terquedad natural estaba dando sus frutos, no en un flujo constante de experiencias felices pero en una nueva forma de ver lo malo

unos, acortando así drásticamente la duración de sus efectos.

En agosto estaba muy emocionado porque habían pasado ocho meses desde que visto por última vez Arten y Pursah. A estas alturas confiaba en que cumplirían su palabra y aparecerían a mí de nuevo al final de ese intervalo. Entonces, una tarde, apareció Pursah, pero Arten no lo hizo.

PURSAH: Oye, maestro de Dios. ¿Qué pasa?

GARY: Si te lo dijera, me abofetearías.

PURSAH: ¿Olvidamos tomar nuestra pastilla anti-inteligente esta mañana?

Gary: Solo bromeaba. Es genial verte, pero ¿dónde está ese tipo Arten?

PURSAH: Está de negocios.

GARY: ¿Dónde o debería decir cuándo?

PURSAH: Otra dimensión. No es realmente un lugar diferente, porque hay realmente no son lugares diferentes, y creo que estás empezando a tener la

cuadro metafísico. Arten está trabajando contigo ahora mismo en otro de sus vidas, ¡y ni siquiera lo sabe! A veces la gente no conoce un el maestro ascendido está alrededor. Por eso te dije que nos gusta encajar donde sea que Vamos. Arten también está aquí. Un maestro ascendido está en todas partes. Simplemente no puedes verlos siempre. Rara vez proyectamos más de una imagen corporal de nosotros mismos en una vez, y siempre es con fines didácticos. La enseñanza no siempre tradicional. A veces interactuamos con alguien o hacemos algo en algún lugar eso ayudará a facilitar el perdón en esa dimensión particular. La mayor parte del tiempo no aparecemos en absoluto; simplemente le damos a la gente nuestros pensamientos.

GARY: Supongo que no me vas a contar sobre la vida de Arten.

ayudándome a entrar?

PURSAH: Trabajemos en este, pez gordo. Cuando perdonas en una vida ayudas al Espíritu Santo a sanarlos a todos. El perdón que has estado haciendo por los últimos meses te está afectando en otras dimensiones del tiempo. Arten volverá a aparecer conmigo en la próxima visita. Esta vez, concéntrate en hablar conmigo. Vamos a hablar sobre el perdón, el verdadero perdón. Quiero que seas pareja mejor en eso, ¿de acuerdo? El curso es suficiente, pero tienes la suerte de contar con una buena ayuda.

en entenderlo. Para la mayoría de las personas, ese tipo de ayuda es absolutamente necesaria.

GARY: Como dijo Benjamin Franklin, "La necesidad es una madre".

PURSAH: Esperemos que cite el Curso con mayor precisión. El libro de trabajo te ha ayudado enormemente. Puede volver a leer partes del mismo cuando lo desee, pero no tienes que volver a hacer los ejercicios. Algunas personas hacen los ejercicios del Libro de trabajo dos veces; algunas personas los hacen todos los años. Es una cosa individual. En su caso, simplemente leyendo y aplicando las ideas del Libro de trabajo de la misma manera que lo hace con las ideas del Texto y del Manual será suficiente a partir de ahora. Como para esta discusión, pongámonos a trabajar.

Cada vez que condenas a otro, tu salvación se detiene.

El Curso enseña que su única responsabilidad es aceptar la explicación para ti. Ya aceleró un proceso en el que perdona a los demás en lugar de juzgarlos. Habiendo completado el Libro de trabajo, finalmente Entiende que cada vez que condenas a otro, tu salvación se va volando detener. También has tenido más experiencias de que el mundo es un sueño, nada más que espejismo.

GARY: Tuvimos un invitado en la reunión de nuestro grupo de estudio hace un par de semanas.
cuando alguien mencionó algo sobre el mundo como una ilusión, y esto chico estaba realmente enojado. Él dijo: "¿Cuál es el punto?" Sabía que la respuesta era que tienes que entender el sueño del mundo para poder comprender el perdón y salvación, pero no lo expliqué muy bien.
PURSAH: Sí. Dijimos antes que no es suficiente decir que el mundo es una ilusión.
La *cuestión* es que tienes que aprender a perdonar para llegar a casa.
Es necesario comprender la metafísica del Curso para comprender perdón, pero puede ser útil para algunas personas si primero enfatiza el perdón,
luego trae la naturaleza onírica del mundo y otras características de la verdad gradualmente.
Eso es todo lo contrario de lo que hicimos contigo, pero hay una gran diferencia entre un libro como el que resultará de nuestras visitas y el tipo de
interacciones personales que tendrá con la mayoría de las personas. No vas a enseñar a nadie durante todo el curso. Eso significa que la gente solo se quedará con eso si escuchan algo que les suene a verdad o que despierte

su interés. No trates de controlar ese. Sea usted mismo y deje que el Espíritu Santo trabaje con las personas. Si, pregunta por orientación y comparta su experiencia si lo desea, pero no intente cambiar el mundo o cualquiera en él. Solo perdona, en silencio. No se acerque a la gente y diga: "Estoy perdonarte ahora, ya sabes ". Lo que nos devuelve al tema que nos ocupa.

Dime algo que recuerdes del Curso; cualquier cosa que venga a mente, rápidamente.

Gary: Está bien. Este es uno de mis favoritos.

No soy un cuerpo. Soy libre.

Porque todavía soy como Dios me creó . 7

PURSAH: Buena. Eso es del Libro de trabajo, que también dice:

... El ego aprecia el cuerpo porque habita en él y vive unido con el hogar que ha hecho. Es parte de la ilusión que lo ha cobrado de ser encontrado ilusorio en sí mismo.

Ahora, si pensabas que eras un cuerpo antes de tener el Curso, entonces puede estar seguro de que otras personas definitivamente piensan *que* son cuerpos. Un importante componente de tu perdón es que quieres enseñar a la gente, en silencio, que no son cuerpos. Así es como tu mente aprende con certeza que *no* eres un cuerpo. Como dice el Curso:

A medida que enseñes, aprenderás.

A medida que avanzamos, trate de recordar eso. Como hemos dicho, cuando perdonas otros, eres tú mismo quien está siendo perdonado.

Voy a hablar sobre los componentes del perdón. Eso es porque, como hemos dicho, el perdón es una actitud. Todo lo que aprende se incorpora a

esa actitud hasta que el perdón ocurra automáticamente. Para la mayoría de la gente, especialmente durante los primeros años, el perdón requiere que

pienses en ello. Usted conviértase en un maestro teniendo *procesos de pensamiento indulgentes*. Estos de mente recta los pensamientos eventualmente dominan tu mente en lugar del ego. Ocurre una situación o aparece alguien a quien necesitas perdonar, y siguiendo el ejemplo del Libro de trabajo, ha aprendido a tener pensamientos correctos sobre la persona o situación. Usando su comprensión del sistema de pensamiento completo del Curso, incluyendo el Texto y el Manual, contribuye y fortalece su actitud
del perdón.

Estos pensamientos tuyos de perdón no suelen ser lineales. Todos tienen ciertas ideas que funcionan mejor para ellos. Ayuda enormemente que el Curso sea de naturaleza holográfica, cada pensamiento está relacionado con todos los demás. De hecho, podrías decir que como un holograma, todo el sistema de pensamiento del Curso se encuentra en todos de sus secciones, o que cada parte contiene el todo. Te voy a dar algunas
de las ideas del curso que serán especialmente útiles para construir una sólida actitud de perdón. Esto te liberará a ti y a las imágenes que ves del prisión en la que parecen estar. Primero, hablemos un poco más sobre la situación que enfrenta, y por qué el curso no es solo abstracto, sino muy práctico en este nivel.

Gary: Una pregunta importante, por favor.

PURSAH: Está bien. Has estado bien.

Gary: ¿Qué pasa con las personas que no parecen tener ningún miedo cuando cometer actos horrendos? Hay personas que se amarran bombas al cuerpo y se suicidan junto con muchas otras víctimas, creyendo que el martirio garantíceles un lugar en el cielo. En Estados Unidos, los asesinos en masa tienden a preferir armas automáticas para volar a decenas de personas sin pestañear.

De cualquier manera, estos asesinos son tan fríos y metódicos, como si no tuvieran ninguna temor. A veces incluso están sonriendo. ¿Cuál es la diferencia entre esa falta de miedo y lo que estas enseñando?

PURSAH: Esa es una pregunta decente, y la respuesta se puede encontrar en muchos de las cosas que ya te contamos, porque todas son parte del mismo pensamiento sistema de amor. Ya dijimos que el Curso enseña que la dirección de la mente no puede evitar ser determinada por el sistema de pensamiento al que se adhiere. El sistema de pensamiento del Espíritu Santo está guiado por el amor; el pensamiento el sistema del ego está guiado por el miedo y el odio y siempre eventualmente resultará en algún tipo de destrucción. Pueden *aparecer* terroristas suicidas y otros asesinos ser valiente, pero su miedo psicótico simplemente ha sido negado y proyectado exterior. La apariencia de paz no siempre es verdadera paz interior, y no puede demasiado a menudo que la gente del mundo *nunca* vivirá en paz hasta que

ten paz interior, resultado inevitable del verdadero perdón.

También hemos dicho que lo que haces es el resultado de lo que piensas. Eso no significa que siempre te comportarás perfectamente. De hecho, cuando el Curso habla acerca de un maestro de Dios que se vuelve perfecto aquí, se refiere a la perfección *perdón* , no comportamiento perfecto. La verdadera paz vendrá del verdadero perdón.

Y la violencia, que es actuar desde el propio odio a uno mismo, *visto* como fuera de uno mismo — *nunca* vendrá como resultado del sistema de pensamiento del Santo Espíritu, que solo enseña amor y perdón. La metafísica del curso están construidos alrededor de la realidad de Dios y la irrealidad de la separación, y son imprescindible saber. Pero el perdón es donde la goma se encuentra con el camino. Sin perdón, la metafísica es inútil. Por eso decimos que el Curso es práctico.

Al final, solo hay dos cosas que puedes hacer. Como enseña el curso:

El perdón es donde la goma se encuentra con el camino. Sin perdon la metafísica es inútil.

El que no perdona debe juzgar, porque debe justificar su falta de perdonar.

Tu trabajo es enseñar a perdonar. Hemos dicho que el Curso te dice que para enseñar es demostrar. También dice:

No llamo a mártires sino a maestros.

El perdón nunca resultará en violencia, pero el juicio siempre resultará en algún tipo de efecto negativo en el nivel de la forma, incluso si el efecto es sólo en tu propia salud. La violencia es la última e ilógica extensión del miedo, juicio e ira. El sistema de pensamiento delirante del ego siempre conducirá a alguna forma de violencia y asesinato eventualmente, porque requiere que la gente

ven a su enemigo, o la causa percibida de su problema, como si estuviera fuera de ellos. Tú también, pero has encontrado la salida. Al revertir el ego pensando, su miedo será liberado, no proyectado.

Con la salvación no hay nadie a quien culpar por tu único problema real, del cual todos los demás son simbólicos. La causa, que es la decisión de creer

en la separación de Dios, y la solución, que es el principio de la Expiación, están en tu mente, donde ahora tienes el poder de elegir la respuesta del Espíritu Santo.

Examinemos los componentes del perdón. Aprende y recuérdalos bueno, querido alumno. Si puede recordarlos cuando se enfrenta a la tentaciones constantes del ego de considerarte a ti mismo como un cuerpo, entrarás en el

Salón de la fama del perdón. Estas ideas son el camino de la salvación y tu boleto a casa, si llega al punto en que los aplica con regularidad.

Gary: Supongo que lo del salón de la fama del perdón es una metáfora, ya que soy un fanático del béisbol, ¿eh?

Pursah: ¿Ves? Ya puedes notar la diferencia entre lo que debería ser tomado literalmente y lo que debería tomarse como metáfora.

Gary: De acuerdo. Hagámoslo. Estoy acostumbrado a trabajar por nada, así que dime sobre el concierto del perdón. Sabes que estoy bromeando, ¿verdad? Sé que el cielo podría Difícilmente se llamará nada.

PURSAH: Eso es correcto. Y no tienes que esperar hasta tu experiencia de iluminación antes de disfrutar de los beneficios del perdón. Como dice el Curso tú:

Una mente tranquila no es un pequeño regalo.

Con eso en mente, un componente de practicar el perdón cuando estás enfrentarse a una oportunidad sería *recordar que está soñando*. Usted escribió el sueño e hizo que las figuras en él actuaran para usted, para que pudiera ver tu culpa inconsciente fuera de ti mismo. Si recuerdas que estás soñando, entonces no hay nada más que tu propia proyección. Una vez que crea eso, y la creencia solo proviene de la práctica y la experiencia, entonces no hay necesidad de lo que que estás viendo y ahora perdona para tener algún impacto en ti. Como dice el Curso eso:

El milagro establece que sueñas un sueño, y que su contenido no es cierto.

Este es un paso crucial para lidiar con las ilusiones. Nadie les tiene miedo cuando percibe que los inventó. El miedo se mantuvo en su lugar porque él no vio que él era el autor del sueño, y no una figura en el sueño. Esa cita era de la sección del curso llamada "Efecto inverso y Cause ", que también dice:

El milagro es el primer paso para retribuir para hacer que la función de causalidad, no efecto.

Gary: Así que ahora es *mi* sueño, no el de otra persona, porque solo hay uno.

de nosotros. Realmente no hay nadie ni nada más que mi proyección, que soy ahora "volver a llamar" asumiendo la responsabilidad de ello.

PURSAH: Sí. Recuerde, eso no significa que aparentemente no haya separación mentes que piensan que realmente están ahí, pero como tú, tienen que aprender la verdad en para que toda la mente vuelva a ser una. Como decimos, todo esto se convertirá en parte de tu actitud, pero al principio es útil pensar en ella como compuesta de diferentes

componentes. Una vez que eres la causa y no el efecto, otro componente de El perdón sería *perdonar tanto a sus imágenes proyectadas como a usted mismo por* soñándolos.

Ya sabes que el Curso te dice que perdones a tu hermano por lo que *no ha* hecho. Ese sería el verdadero perdón porque, como también dice el Curso,

no está haciendo que el error sea real. No le estás dando la verdad a tus ilusiones; eres trayendo tus ilusiones a la verdad. Ahora es el momento de perdonarte por soñando todo este lío en primer lugar. Si no ha pasado nada, y si el Por supuesto , *cualquier cosa* enseña , es que no ha pasado nada, entonces eres inocente.

Así, mientras perdona a sus hermanos y hermanas, su mente se da cuenta simultáneamente que estás perdonado. Recuerde, también hemos citado el Curso diciendo que como lo ves, te verás a ti mismo.

Gary: Si no hay nadie allí, y si creo en el Curso, entonces lo que realmente está fuera hay Cristo. Si eso es lo que elijo ver, en lugar de las imágenes de mi cuerpo los ojos me muestran, entonces eso debe ser lo que soy.

PURSAH: Muy bien. ¿Lo ves? Todos los componentes del perdón encajan.

Si las personas que ves son Cristo, tú también lo eres. Si responde con el juicio del ego y dar realidad a los sueños de los demás que ellos también son

egos, entonces eso es lo que pensarás que eres. Es cierto que no hay nadie ahí fuera.

Para repetir un punto importante, las personas que ves piensan que están ahí fuera:

como fantasmas. Como dice el Curso, de la sección llamada "The Greater Unión":

No únete a los sueños de tu hermano, sino únete a él, y donde te unes a Su Hijo, el Padre es.

Y en la siguiente sección, "La alternativa a Dreams of Fear":

No compartes sueños malvados si perdonas al soñador y percibes que es no el sueño que hizo. Y entonces no puede ser parte de la tuya, de la cual

ambos son libres.

GARY: Hacer este perdón me hará despertar gradualmente de la ¿sueño?

PURSAH: Sí. Si despertaras de una vez te aseguro que no sería nada agradable.

Tienes que estar preparado para una forma de vida diferente. Incluso en esta vida, donde

la gente piensa que son cuerpos, el cambio no es realmente bienvenido, incluso si la gente quiere

fingir que lo es. Dijimos que J admiraba la historia de Platón de la Caverna, la que tu madre solía leerle. Él hace referencia a ella en esta cita del

Por supuesto, que señala que tanto usted *como* su hermano tendrán conciencia y Resistencia inconsciente a la verdad. También advierte que no debe esperar que todos estén de acuerdo contigo en esta vida.

Prisioneros atados con pesadas cadenas durante años, hambrientos y demacrados, débiles
y exhaustos, y con los ojos tanto tiempo hundidos en la oscuridad, recuerdan no la luz, no salten de alegría en el instante en que sean liberados. Toma un mientras que ellos entiendan lo que es la libertad. Tu trabajo es perdonar, no rogar por el acuerdo de aquellos aparentemente
mentes separadas que estás perdonando. Como otra forma de ver esto mismo componente del perdón, recuerde este párrafo del Libro de ejercicios:
Hay una forma muy sencilla de encontrar la puerta al verdadero perdón y percibirse abre de par en par en bienvenida. Cuando sientes que estás tentado a acusar alguien de pecado en cualquier forma, no permitas que tu mente se detenga en lo que creo que lo hizo, porque eso es autoengaño. En su lugar, pregunte: "¿Me acusaría
de hacer esto? "

En lugar de acusarse a sí mismo, recuerde que su llamado al amor es su llamado amor. Deberías estarles agradecido; los necesita tanto como ellos lo necesitan a usted.
Sin esas imágenes que ves y el milagro, *nunca* podrías encontrar el salida. Estas imágenes son un símbolo de lo que hay en tu mente inconsciente y
sin ellos, su culpa inconsciente estaría oculta para siempre, allí no habría escapatoria.
El Espíritu Santo toma el mismo dispositivo que el ego hizo para protegerse y usa para deshacerlo. Sus dispositivos *solo* pueden usarse para el bien. No te preocupes por los resultados eso puede verse o no en el nivel de la forma. Se agradecido por lo que el perdón y el Espíritu Santo están haciendo por ti. Perdonando a tus hermanos y hermanas de la manera que acabamos

de describir, se están reuniendo con lo que realmente son. Le estás diciendo al mundo y a las imágenes corporales que ves que su comportamiento no pueden tener ningún efecto en ti, y si no pueden tener ningún efecto en ti, entonces realmente no existen por separado de ti. Por tanto, no hay separación de ningún tipo en realidad, lo que nos lleva al último componente principal de la actitud de

perdón: *Confía en el Espíritu Santo y elige Su fuerza.*

Se le dará la paz del Espíritu Santo si hace su trabajo. Él lo hará sana la mente inconsciente más grande que está oculta para ti, y te da Su

paz al mismo tiempo. Es posible que esta paz no siempre llegue de inmediato, y a veces lo hará. A veces puede sorprenderte en forma de algo.

Suceso que normalmente le molestaría, excepto que esta vez no es así. Todo esto lo hará te guiará al Reino de los Cielos, porque junto con el Espíritu Santo, haciendo el trabajo que conduce a la condición de paz, que es la condición de el Reino.

¡El perdón te está preparando para volver a entrar en el Reino de los Cielos!

Como dice el Curso:

... La capacidad de aceptar la verdad en este mundo es la contraparte perceptiva de creando en el Reino. Dios hará Su parte si tú haces la tuya, y Su

El retorno a cambio del tuyo es el intercambio de conocimiento por percepción. Este conocimiento, que no es conocimiento técnico tradicional, sino el experiencia del cielo, similar a la idea original de la gnosis, es una derecho. El Curso no es neo-gnosticismo; es único. Los gnósticos hicieron

Entender algunas cosas correctamente, en particular el Valentiniano del siglo II. Escuela en Roma. Mencionamos *El Evangelio de la Verdad* anteriormente. Que fue escrito por alumno de Valentinus.

Gary: ¿Es eso como las notas trampa del gnosticismo?

Puede parecer que la gente no acepta tu perdón. Eso no importar.

PURSAH: Más o menos , aunque algunos de los términos te confundirían. Era un Evangelio popular por un tiempo. No hay nada de malo en ser un popularizador
Gary: siempre que hagas un buen trabajo, mejora la comprensión general de la tema, haga sus propias contribuciones y también recuerde dar crédito donde se debe el crédito. En cuanto a los gnósticos y la mayoría de los demás buscadores espirituales que vinieron antes que usted, no tenían acceso a la mayoría de las información sobre el perdón que tiene el privilegio de aprender ahora. Entonces sus mentes realmente no podían estar preparadas para la Gnosis. Ya que *hacer* tener acceso a debe confiar en que el Espíritu Santo está haciendo Su trabajo para prepararlo para Cielo, y no te preocupes por cómo aparecen las cosas en la superficie.
Puede parecer que la gente no acepta tu perdón. Eso no importar. El Espíritu Santo mantendrá su perdón en sus mentes hasta que estén
listo para aceptarlo. Ni siquiera importa si la persona todavía está "viva" en el cuerpo
o no. El Espíritu Santo cerrará la brecha que parece estar entre los diferentes aspectos de tu mente y te hace completo de nuevo. Porque como dice el Curso sobre ti y tu perdonado:
El Espíritu Santo está en ambas mentes, y Él es Uno porque no hay brecha que separa Su Unicidad de Sí Mismo. La brecha entre tus cuerpos

331

no importa, porque lo que está unido en Él es siempre uno.

GARY: Genial. Si tengo esto claro en mis notas, estas son las principales componentes del perdón: recuerdo que estoy soñando, perdono a mis dos

imágenes proyectadas y en mí mismo por soñarlas, y confío en el Espíritu Santo y elige Su fuerza. Mi sueño de que la separación de Dios es real es la causa del problema, y el perdón del Espíritu Santo es la solución.

PURSAH: Muy bien. Eso es un bosquejo; un compañero de la fórmula del curso

del perdón, que dice:

a) que se debe identificar la causa,

b) luego déjalo ir, y

c) ser reemplazado.

Esa es la forma de recordar a Dios. El Curso también dice que los dos primeros Los pasos de este proceso requieren su cooperación. El último no lo hace. En otros palabras, la parte del Espíritu Santo no es su responsabilidad. Por eso te digo tienes que confiar en Él.

Aun así, es útil pensar en ti mismo como eligiendo Su fuerza, porque en última instancia, eres exactamente igual que Él y Cristo. No hay real separación en la Santísima Trinidad. Eso fue solo un dispositivo teológico para ayudar a la gente comprender algunas ideas cristianas. A través del verdadero perdón, te estás convirtiendo consciente de que eres lo mismo que J y el Espíritu Santo: uno con Dios y Cristo.

No habrá reconocimiento de diferencias en el Cielo, porque no las hay.

Sin embargo, hay un subidón perpetuo que volará todo lo que puedas.

experiencia aquí, porque está más allá de todos los altos. Trascendiendo cualquier descripción, es una Unidad compartida y alegría de la que puedes vislumbrar, incluso en este toda la vida. Arten y yo hablaremos un poco más de eso la próxima vez que te encontremos. Hora.

Después de eso, nuestras visitas serán a veces bastante breves y estarán diseñadas para ayudarlo a mirar diferentes temas y situaciones con el sistema de pensamiento del Curso. Durante los próximos años, lo ayudaremos a crecer en su aplicación del perdón en todos los aspectos de la vida. Pero tu serás el que será haciendo la mayor parte del trabajo. Llegará el día en que *te* despertarás del
sueño.

Gary: ¿Cuándo? ¿Cuando?

PURSAH: Digamos que será muchísimo más rápido de lo que hubiera sido.

si no estaba preparado para aceptar el curso. Eventualmente el pensamiento del Curso El sistema será una segunda naturaleza para usted, y podrá aplicarlo con menos y Menos esfuerzo. A veces no hay pensamiento en absoluto; es solo una forma de ser. Otro veces tendrás que pensar en las ideas del Curso, lo que refuerza tu actitud perdonadora. Se necesita la ilusión de tiempo y mucha práctica para llegar al punto donde el sistema de pensamiento del Espíritu Santo es exactamente como eres, y en definitiva *lo* que eres. Pero llegará, y conocerás el Curso visceralmente así como intelectualmente. Esa es una experiencia maravillosa.

Gary: Eso sería como el concepto zen de conocer como verdad no articulada.

PURSAH: Bastante bien, pez gordo. Pero se trata de experimentar lo que *realmente*

eres, no lo que pensabas que eras. Te voy a dar un ejemplo de proceso de pensamiento del perdón en breve que encontrará útil. Haz este pensamiento

procesar una parte integral de su pensamiento, junto

con los componentes principales de

perdón, todo el sistema de pensamiento del Curso que hemos estado explicando para ti, todo lo que estudias y todas las citas que te he estado hablando. Ese debería mantenerte ocupado los próximos meses. Cuanto más sepa, más probable debe recordar el sistema de pensamiento del Curso cuando más lo necesite, que es cuando las cosas parecen ir mal.

GARY: Te refieres a cuando la vida apesta ferozmente.

PURSAH: Ferozmente, suavemente, no importa. Es tan importante como perdona las pequeñas cosas como cosas aparentemente grandes. Cualquier cosa que perturbe tu la paz mental perturba tu paz mental, y esa *no es* la paz de Dios.

Tienes que estar dispuesto a perdonar todo por igual. Por eso el Curso dice los milagros son todos iguales. Con el tiempo, verá la igualdad de las cosas queno son importantes para usted y las cosas que son importantes para usted.

GARY: ¿Como Hawaii?

NOTA : Desde que era adolescente y había visto películas y televisión programas filmados en Hawái, había soñado con vivir allí algún día. Yo había visitado sólo una vez, que fue uno de los momentos más felices de mi vida. Yo no había sido decepcionado por lo que encontré, y deseé más que nunca encontrar una manera de muévase allí sin luchar económicamente. Hawaii es caro; se necesita

moola a hula, y supe que muchas de las personas que hicieron el movimiento se vieron obligados a darse por vencidos y regresar a casa dentro del primer par de años por motivos económicos. Estaba más decidido que nunca a vivir allí, pero también quería crear las condiciones que me permitieran tener éxito.

No había nada en mi vida que codiciara más.

PURSAH: Sí. Como hemos señalado, el perdón no significa

que tengas que renunciar a cualquier cosa en el nivel de la forma. Tu apego psicológico a Hawái es una de las formas en que tu ego se aferra al cuerpo y al mundo. Que *se* necesita sé perdonado. Enmascara tu resistencia inconsciente a la verdad de que no hay mundo. Como usted, la mayoría de la gente no quiere escuchar que sus sueños y pasiones son realmente falsos ídolos, un sustituto de Dios y el cielo. Incluso has elegido un lugar al que llaman paraíso! Escuche esto: no hay nada de malo en su sueño si lo entiendes y lo perdonas. Perdona, y luego haz lo que tú y el Santo
Espíritu elige. ¡Y divertirse!

GARY: Sabes, realmente me encanta tenerte aquí, pero extraño a Arten.

PURSAH: Te está ayudando ahora mismo; simplemente no puedes verlo. Pero recuerda alguna cosa. Cuando Arten dijo la última vez que *vamos a* hablar de ciertas cosas con en su próxima visita, lo decía muy literalmente. Su Voz y la mía son iguales
Voz, Gary. Aparecimos como hombre y mujer porque sabíamos que será útil para usted, pero llegará el momento en que nos escuchará como una sola Voz.
Solo *hay* uno de nosotros: la Voz del Espíritu Santo. Entenderás eso, más y más a medida que avanzamos.

Gary: Oye, me preguntaba. Te dejé tocarlo para que supieras que estaba
real cuando vino a ti después de la crucifixión, ¿verdad? Entonces me preguntaba, ¿puedo
tocarte solo para ver si eres real?

PURSAH: Sí, claro. ¿Dónde te gustaría tocarme, Gary?

GARY: ¿Estás coqueteando o soy yo?

PURSAH: Eres tú. Me refería a ese fetiche secreto tuyo. La mayoría de las mujeres que conociste, no te diste cuenta de que te emocionarías más al tocarlos en algún lugar que la mayoría de la gente ni siquiera consideraría sexual.

Gary: Realmente sabes todo sobre mí, ¿no?

PURSAH: No se preocupe. No se lo diré a nadie. Tal vez podamos hablar un poco más sobre eso cuando hablamos de sexo contigo, pero sigamos con el tema de este visitar. Adelante, toca mi mano y mi brazo, como toqué a J cuando estaba Thomas y él nos asustaron al aparecer ante nosotros después de que supimos que su cuerpo estaba
muerto.

NOTA : Me acerqué, me senté junto a Pursah en el sofá, toqué y sostuve su mano y su brazo, que me parecían tan reales como cualquier carne que hubiera sentido. Luego dije gracias y regresé a mi silla.

GARY: Eres el verdadero negocio, chica.

Pursah: Tan real como cualquier otra cosa, pero todo está en la mente. Te aprecio no complaciendo tu fetiche. Sin embargo, eso trae algo. Has experimentado sueños húmedos en tu vida, ¿verdad?

Gary: Nos volvemos un poco personales, ¿no?

PURSAH: Solo por un minuto, para hacer un punto. Cuando estabas en ese tipo
de sueños que parecían tan reales, ¿dónde sentías a la mujer?

GARY: ¿ Quieres decir qué parte de su cuerpo estaba sintiendo?

PURSAH: No. *Hombres* . Quiero decir, ¿dónde la sentías *realmente* ?

GARY: ¿ En mi mente?

PURSAH: Excelente. *Este* sueño, que tomas como tu vida real, no es diferente. Sí, se siente muy real para ti, pero puedes tener la misma experiencia en un Sueña mientras duermes por la noche. Tu cuerpo incluso responde como si fuera real.

Tu corazón late más fuerte; respiras más fuerte, y no mencionaré qué más se pone, Más fuerte.

Gary: Entiendo lo que quieres decir. Como dice el Curso,

paso todo mi tiempo en soñando.

PURSAH: Sí. Continuemos nuestra discusión y ayudemos a despertar, aunque es posible que no siempre quiera, y tal vez hablemos de algunos de sus otros

sueños, durmiendo o despierto, más tarde. Recuerda siempre: los cuerpos son como figuras en un sueño, nada más.

GARY: Si estoy asimilando todo esto, entonces mi actitud es que miro el sueño.

cifras y pienso: "La culpa que pensé que estaba en ti no está en ti; esta realmente en mi porque en realidad solo hay uno de nosotros, y eres solo una figura que inventé para mi sueño. Puedo perdonarme a mí mismo perdonándote, y solo perdonándote a ti, porque eres un símbolo de lo que hay en mi mente inconsciente. Si eres culpable

entonces soy culpable, pero si eres inocente, entonces soy inocente ".

Luego, a través del verdadero perdón, perdonando a "ambos" por lo que no hemos realmente hecho, mi mente comienza a saber que es realmente inocente. El conflicto disminuye a medida que lo sigo haciendo. Ni siquiera importa si parezco perdonar las mismas imágenes una y otra vez, porque pueden verse iguales, pero es realmente solo más culpa que está siendo perdonada y liberada. A medida que regresa la paz, las leyes de la mente dice que la dirección de mi mente está determinada por el sistema de pensamiento que sigue, y por supuesto, en *realidad* sólo hay dos sistemas de pensamiento, aunque puede parecer que hay muchos.

Si estoy haciendo mi tarea de perdón, lo que significa que perdono lo que sea aparece frente a mi cara que me molesta en un día cualquiera, o incluso simplemente me molesta un poco, entonces debo ir con el Espíritu Santo hacia el cielo. yo

ayude a liberar mis imágenes para que puedan irse también, pero el Espíritu Santo se encargará de
Ese tipo de cosas.

PURSAH: Estás aprendiendo bien, querido alumno. Por supuesto que ya lo eres en el cielo, pero no lo sabes. Tu mente no se da cuenta de ello. Tu nunca realmente dejó Dios o el cielo. Si la separación de Dios nunca ocurrió, entonces eso sería tiene que ser verdad, ¿no? Es por eso que J dijo sobre el Reino de los Cielos, como registrado en mi Evangelio, "No vendrá estando pendiente de él. No se dirá
'Mira aquí' o 'Mira allí'. Más bien, el Reino del Padre se extiende sobre la tierra, y la gente no lo ve ". Como te pregunta en el Curso:

¿Por qué esperar al cielo? Aquellos que buscan la luz están simplemente cubriendo sus
ojos La luz está en ellos ahora.

Tiene trabajo que hacer junto con el Espíritu Santo para descubrir sus ojos y obtener tu mente en la condición en la que puedes despertar del sueño y convertirte consciente de lo que realmente eres y de dónde estás realmente. No importa lo difícil que sea puede ser que usted crea en su condición actual, todas sus vidas han sido solo un gran y gigantesco viaje mental que no va a ninguna parte. Para llegar al punto donde eso la verdad se convierte en tu experiencia, requiere trabajo.

Así que hazlo. Piense en el perdón; no lo digas; el perdón se hace en silencio. Hacer el Por supuesto, Gary. No lo simplifiques. No caigas en la trampa de pensar que puedes solo ora a Dios y todo será perfecto. Eso es un mito. El curso dice de las palabras, "Quiero la paz de Dios":

No caigas en la trampa de pensar que solo puedes orar a Dios y todo será perfecto. Eso es un mito.

Decir estas palabras no es nada. Pero decir estas palabras lo es todo.

Más tarde, en esa misma lección del Libro de trabajo: Querer decir que quieres la paz de Dios es renunciar a todos los sueños.

Así demuestras que quiere decir que la paz de Dios , *no* con tus palabras, sino por tu perdón. Si realmente quieres desconectar planeta psicópata, entonces necesitas hacer tu tarea de perdón que, como tú que acabo de decir, significa que practicas el verdadero perdón del Curso en lo que venga

en frente de su cara en un día cualquiera. Esas son las lecciones que el Espíritu Santo te haría aprender. No siempre los harás a la perfección, ni siquiera bien. A veces tendrás que hacerlas más tarde. No hay problema; un recuerdo es tan real como

imagen como cualquier otra imagen. Son todos iguales. Perdónalos y sé libre, y salvar el mundo al mismo tiempo. Dijimos durante nuestra primera visita que guarda el mundo al concentrarse en sus *propias* lecciones de perdón, no en las de otra persona.

La ley del perdón es esta:

El miedo ata al mundo. El perdón lo libera.

El mundo te parece sólido porque el miedo lo ata. No se siente sólido para mi porque he perdonado al mundo, por eso su toque no es más sólido que tus sueños son para ti por la noche. Sí, siento *algo,* pero solo lo suficiente para poder funcionar mientras parezco estar aquí. Es muy suave. *Por* eso las uñas no lastimaron a J mientras estaban siendo clavados en su carne. Siendo inocente, su mente no sufras, y algún día alcanzarás la condición en la que no puedes sufrir.

Ese es el destino que el Espíritu Santo le ofrece cuando perdona al fantasías episódicas de tu ego adicto al cuerpo.

El mensaje de la crucifixión ha sido interpretado por el mundo como un mensaje de sacrificio. Esa no es la lección que J pretendía que fuera. Yo no

entender que hasta después de que se nos apareció y habló de su lección como una de resurrección en lugar de crucifixión. Dijo que no había muerte, y que el el cuerpo no era nada. Algunos de nosotros, y más tarde la iglesia, confundimos la manera de su la muerte, *que no importaba,* como un llamado al sacrificio y al sufrimiento por Dios. Eso fue

incorrecto.

Ya dijimos que no es necesario que repitas el ejemplo del crucifixión. Recordando eso, todo lo que necesita hacer es comprender la verdadera lección de él y aplicarlo, a través de su actitud de perdón, a su propio cuerpo y a su las circunstancias de su propia vida personal. Esto es parte de lo que dice J en la sección titulada "El Mensaje de la Crucifixión". Nunca encontrarás un ejemplo más llamativo de negarse a transigir con la verdad.

En última instancia, el asalto solo puede realizarse en el cuerpo. Hay pocas dudas de que un cuerpo puede asaltar a otro, e incluso destruirlo. Sin embargo, si la destrucción en sí mismo es imposible, cualquier cosa que sea destructible no puede ser real. Sus la destrucción, por tanto, no justifica la ira. En la medida en que usted cree que lo hace, está aceptando premisas falsas y enseñándoles a

otros. El mensaje que se pretendía enseñar la crucifixión era que no es necesario para percibir cualquier forma de agresión en la persecución, porque usted no puede *ser* perseguido. Si responde con enojo, debe estar equiparando a ti mismo con lo destructible, y por lo tanto te estás considerando

locamente.

Continúa diciendo en esa misma sección:

El mensaje de la crucifixión es perfectamente claro: Enseña solo amor, porque eso es lo que eres.
Si interpreta la crucifixión de cualquier otra manera, la está utilizando como un
arma para el asalto más que como el llamado a la paz por el que fue destinado a.

Gary: Jesús, Pursah.

Pursah : No, yo era Thomas.

Gary: Lo sé. Leí esa sección sobre la crucifixión antes, pero supongo que realmente no me golpeó. Voy a tener que pensar en estas cosas, y tampoco estoy Tendré que renunciar, o subirlo un poco. Realmente no emulo a J.

PURSAH: Esa determinación es admirable, hermano. Recuerda, J está llamando para maestros, no para mártires. No busqué mi muerte como Thomas conscientemente, tampoco tuve mucho tiempo para pensar en ello cuando me mataron en la India.

Gary: Tu vieja alma mártir.

PURSAH: Lindo. El punto es que no debes sentirte mal cuando no estás a la altura de J's estándares de inmediato. Es un ideal. Se necesita práctica, y no solo un poco.

GARY: Entonces me *va a* practicar.

PURSAH: Lo sé. No te elegimos tontamente. Eres mas fuerte que tu saber, y más sabio de lo que piensas. Se necesita sabiduría para elegir al Maestro adecuado, y se está acostumbrando cada vez más a hacerlo. No te vendas brevemente, para utilizar uno de sus términos de inversión; solo haz tu tarea. Perdona y debe seguir, como la noche al día, que experimentarás el amor como lo que
usted está. Quizás no en el mismo minuto, pero estará cada vez más en tu conciencia. Aquí hay un indicador que le ayudará a recordar perdonar y
¡recordar es la parte más difícil! Amas a J, ¿no?

Gary: Sí.

PURSAH: Bueno, ¿y si tratara a *todas* las *personas con las* que se cruzó en un día como si fueran él? ¿Eso te ayudaría a recordar hacer el perdón?

pensamientos?

GARY: ¡Sí! Creo que lo haría. Lo intentaré.

PURSAH: ¿Qué es lo que enseña el Curso excepto que todos son iguales, y que todos somos Cristo? Esa idea al menos te ayudará a pensar en las personas de la misma manera deberías, y recuerda que si no están expresando amor, entonces deben ser

llamándolo. Incluso eso no siempre te impedirá reaccionar ante la gente y situaciones de una manera crítica, porque el ego es muy inteligente. Excepto en el caso de una "combustión lenta", donde tienes una situación en curso que te molesta, la mayoría de las cosas que te molestan suceden de repente. El ego ama las sorpresas desagradables,

porque eso es lo que fue la separación. Cuando llegue el próximo despertar rudo a su manera, aquí hay otro consejo que podría ayudar.

Cualquier tipo de malestar, desde una leve molestia hasta un enfado absoluto, es una advertencia.

firmar. Te dice que tu culpa oculta se eleva desde los recovecos de tu mente inconsciente y saliendo a la superficie. Piense en esa incomodidad como

culpa que necesita ser liberada perdonando el símbolo que le asocia. El ego está tratando de que veas la culpa como algo externo a ti proyectando la

razón de ello en una imagen ilusoria. El sistema de pensamiento del ego está tratando de poner

cierta distancia entre usted y la culpa, y cualquier objeto adecuado o la persona que venga será suficiente.

La proyección siempre sigue a la negación. La gente tiene que proyectar esta culpa reprimida

a otros, o perdonarlo correctamente. Esas son las únicas dos opciones que disponible, no importa cuán complejo pueda parecer el mundo. Si quieres superar ego y darle la vuelta con éxito, tienes que estar alerta para señal de advertencia de malestar o enfado, y luego deje de reaccionar y comience a perdonar.

Así es como ganarás.

GARY: Y recuerda que es solo un sueño.

PURSAH: Ese es el telón de fondo; la actitud predominante. La gente no estará de acuerdo con usted en eso si no están dispuestos a perdonar. La gente siempre se resiste a la verdad; el ego quiere que lo que hizo sea real. Perdona a los que piensan que eres un idiota por no comprar en el sistema y ceñirse a sus principios. No olvides el Curso no está diciendo que no puedas tener éxito en el mundo, pero *está* diciendo que no deberías cree que es verdad. Tu verdadero éxito es con Dios, porque con Él nunca puedes perder. Sin embargo, si te quedas en el planeta psico el tiempo suficiente, eventualmente usted *tiene* que perder!

Por suerte para ti, el Curso te convierte en el hecho de que fue solo un sueño.

El universo mismo y todo lo que hay en él, incluidos todos los ídolos que codicias, fueron

proyectado por usted desde otro nivel, con la misma seguridad con que participa en la proyección en este nivel. Como J le informa:

... Tú eliges tus sueños, porque son lo que deseas, percibidos como si te había sido dado. Tus ídolos hacen lo que tú quieres que hagan, y tienen

el poder que les atribuyes. Y los persigues en vano en el sueño, porque quieres su poder como propio.

Sin embargo, ¿dónde están los sueños sino en una mente dormida? Y puede un sueño lograr hacer realidad la imagen que proyecta fuera de sí misma? Ahorra tiempo, mi hermano; aprende para qué es la hora. El propósito del tiempo es perdonar. Esa es la única respuesta viable a la vida. Actuar en consecuencia, hijo de Dios.

GARY: Mientras me acuerde de perdonar, todavía puedo seguir con mis asuntos. Mientras estoy ocupado invirtiendo el pensamiento del mundo, no tengo que descuidar mi vida personal y las cosas que quiero lograr. Sabiendo que estas cosas son

ídolos, o sustitutos de Dios proyectados en el guión de un sueño, puedo perdonarlos en

al mismo tiempo.

PURSAH: Lo tienes. Tendrá preocupaciones corporales siempre que parezca estar aquí. El dinero no te comprará la felicidad, pero *te* comprará comida, refugio, ropa, métodos de comunicación y muchas otras cosas que no están mal.

Tampoco hay nada de malo en hacerlo grande, pero ¿por qué hacerlo realidad?

especialmente ahora que sabes lo que está pasando? ¡Es divertido saber la verdad! usted no tienes que tomar todo tan malditamente en serio. ¿Por qué tendrías envidia de los que no conocen la verdad? El presidente de los Estados Unidos cree que

realmente *es* el presidente de los Estados Unidos. Siempre y cuando compre el sueño, tendrá el poder de hacerle daño a él, o algún día, a ella.

Gary: Dijiste que me darías ejemplos de cómo aplicar el perdón.

PURSAH: Sí. Te daré un ejemplo de mi vida final, aunque no dirá exactamente cuándo en su futuro fue, y Arten le dará una ejemplo durante alguna otra visita. Sobre todo queremos que nos dé ejemplos de esta vida. El tiempo se acabo; simplemente no puedes verlo. La forma de experimentar la verdad

es perdonar lo que tienes enfrente *ahora*.

Tienes que entender que si el Curso está enseñando no hay jerarquía de ilusiones, y si un milagro es un cambio en la percepción donde se cambia a la El guión del Espíritu Santo, entonces un milagro no es menos importante que otro. En que

llamarías mi última vida, porque fue entonces cuando experimenté mi iluminación, aprendí que era tan importante perdonar un resfriado como lo era perdonar una agresión física, y tan importante como perdonar un insulto sutil era perdonar la muerte de un ser querido. Si crees que suena cruel, estás incorrecto. Me dolió cuando mis padres murieron y me dolió cuando murió mi esposo. Todavía lo que se percibe como una tragedia se puede perdonar tan rápido como se desee para reconocer que la separación de Dios nunca ocurrió, así que es solo un sueño y nadie es culpable, incluido usted.

En esa vida, fui una mujer que resultó ser ciudadana estadounidense.

Los milagros no conocen fronteras y no importa de dónde seas. Yo solo mencionarlo porque mis padres habían inmigrado aquí desde el sur de Asia, que te explica mi nombre. Era profesor en una buena universidad y disfrutaba siendo uno mucho. No tenía muchos amigos porque estaba callado, pero estaba muy bueno en lo que hice. También me encantó *Un curso de milagros* y estaba agradecido que J había dado algo que obviamente estaba diseñado para personas altamente inteligentes personas para ayudarles a alcanzar la iluminación en un mundo donde las ideas de cualquier naturaleza, incluidos los espirituales, están dirigidos a las masas comunes.

Es tan importante perdonar un resfriado como una agresión física, y importante perdonar un insulto sutil como la muerte de un ser querido.

Eso no es una humillación. En los 21 st y 22 nd siglos,

lo cierto es que *una El curso de milagros* no satisfará las necesidades espirituales de las masas, solo una pequeña minoría. El Curso se entenderá mucho mejor quinientos años después ahora que en los próximos dos siglos. Sí, será reconocido por el público que el Curso está hablando la Palabra de Dios antes que eso, pero hacer que satisfaga las necesidades espirituales rituales del público es un asunto completamente diferente.

El cristianismo no tiene nada que temer del Curso. Todas las principales religiones del mundo todavía estará aquí dentro de mil años.

Durante mi última vida practiqué el Curso durante cuarenta y un años, desde el tenía cuarenta y tres años hasta mi transición a los ochenta y cuatro. Sin embargo, mi iluminación o resurrección, vino once años antes de que dejara mi cuerpo a un lado. No puedo decirte cuán permanentemente felices fueron esos últimos once años, cuando el tiempo había dejado de sea relevante, y qué maravilloso es que su realidad permanezca así para siempre.

Ese fue el resultado de practicar el perdón como un hábito casi constante para muchos años consecutivos. Se ha dicho que la vida es una cosa tras otra.

La vida con el Curso también debería ser una cosa tras otra, excepto que cuando una de las cosas que pide perdón, lo haces. Una vez más, no tienes que hacerlo trata de ser cariñoso. Si perdonas, entonces el amor se revela naturalmente, porque eso es
lo que *eres* .

GARY: Cuarenta y un años parece un tiempo terrible para estudiar el Curso.

PURSAH: Lo estás viendo mal. Hubiera vivido esos cuarenta y un años ¡de todas formas! ¿Cómo preferirías pasar la segunda mitad de tu vida, siendo
pacífico o no muy pacífico?

GARY: Eso tiene sentido.

PURSAH: A la edad de cincuenta años, había sido profesor durante más de dieciocho años en esta prestigiosa universidad cuando un estudiante reprobó una clase mía. Esta joven, que estaba mentalmente desequilibrado y temía la reacción de su familia

a sus malas notas, vino a mi oficina y me dijo que cambiara la nota o de lo contrario me acusaría de exigirle que tuviera sexo conmigo a cambio de conseguir una buena calificación. Dijo que a menos que lo pasara, les diría a todos que tenía

rechazó mi proposición sexual y que le fallé por ese motivo. A pesar de que tenía todas las pruebas que necesitaba para justificar fallarle en el formulario de su trabajo y sus pruebas, cuando me negué a cambiar su calificación, esta enferma pero

El hombre convincente se hizo público. No tuvo problemas para encontrar un periodista dispuesto que estaba buscando un avance profesional. La historia se repitió en otros medios.

Luego, otros dos estudiantes que tenían malas calificaciones, una mujer, se adelantaron para decir

cosas similares. La percepción pública y la matrícula son muy importantes para ciertas universidades.

A pesar de mi inocencia y mi mandato, se encontró una laguna legal para obligarme fuera, arruinando mi carrera.

No lo podía creer. Por un tiempo, estuve devastada. Parecía como si todos en la comunidad académica me habían abandonado. La verdad ni siquiera importar. Décadas de estudio y trabajo se fueron por el desagüe. No había hecho nada

mal, pero estaba casi terminado. Nunca conseguiría otro trabajo en esa vida eso era tan prestigioso o tan bien pagado.

Afortunadamente, gracias a la perseverancia, finalmente encontré un trabajo que satisfactorio, y terminé mi carrera sintiéndome como si hubiera hecho una especie de contribución. No hace falta decir que lo que ese joven y las otras personas hicieron para yo fue una de las lecciones de perdón más importantes de mi última vida. yo tenía

estableció una forma de vida y me la quitaron.

GARY: Eso realmente suena. ¿Cómo lo manejaste?

PURSAH: incluso con una "grabación lenta" o una serie de imágenes progresivas relacionadas,

no lo haces de manera diferente. Todavía manejas una imagen a la vez. Por suerte, para mí, tenía el Curso y lo entendí bastante bien cuando todo esto

comenzó, por lo que mi sensación de devastación no duró. Ese es uno de los mejores cosas sobre *Un curso de milagros* . Incluso si te atacan y estás

doloroso, si estás dispuesto a perdonar, entonces el dolor no durará tanto largo. ¡Solo por eso valdría la pena hacer el Curso!

Si sabes que es tu sueño, entonces hay una parte de ti que sabe que no realmente cualquier cosa como la injusticia. Lo inventaste todo y obtuviste lo que querido por una razón. Tienes que mantener tu individualidad y proyectar la culpa por a otra persona al mismo tiempo. ¡Que conveniente! Sabía mejor. Cuando yo dicen que fue un "fuego lento", sí, tuve una serie de disgustos que perdonar, porque muchos diferentes cosas sucedieron una tras otra, pero pude perdonarlas, una cosa tras otra.

Verá, ya tenía la costumbre de *recordar* que era mi sueño, y que las figuras del sueño estaban actuando para mí. He estado practicando durante siete años, y tenía la convicción de que estas personas no existían realmente, y tampoco hizo su abandono, las razones de mi vergüenza, o la aparente injusticia de todo esto. Tan pronto como lo recordara, lógicamente tendría que Sigue que estas personas no eran realmente culpables. Si no existieran, entonces donde ¿Podría estar la culpa sino en mí? Pero si la separación de Dios nunca ocurrió, entonces Yo tampoco fui culpable.

Fue difícil, pero pude perdonar cualquier situación o persona en mi pensamientos o frente a mí y perdonarme a mí mismo al mismo tiempo. Ahora en lugar de viendo a la otra persona culpable, podía vernos a los *dos* como inocentes. Cómo podría serán culpables si es un sueño que me inventé, y son un símbolo de lo que hay en mi

¿inconsciente? Cuando realmente entiendas que no hay nadie más que Cristo, entonces

puedes darle a la otra persona el regalo del perdón y la inocencia. Entonces, como el

El curso te enseña, así es como te pensarás a ti mismo: Dar este regalo es cómo hacerlo tuyo.

Luego, después de perdonar, confié en J, quien sabía que también era el Espíritu Santo. Lo intenté

recordar que no importaba si podía ver resultados o no. Si trabaja con J o el Espíritu Santo y practique el perdón, entonces siempre tendrá un impacto. Como el Curso dice, en los primeros cincuenta principios milagrosos:

Un milagro nunca se pierde. Puede tocar a muchas personas que ni siquiera conoces,

y producir cambios inimaginables en situaciones de las que ni siquiera estás consciente.

GARY: ¿ Te refieres a dónde está Arten ahora mismo?

PURSAH: Sí; no solo el milagro tiene efectos en tu propia dimensión de tiempo, pero también afecta a otros lugares y épocas, incluido su pasado y futuro vive.

GARY: Eso es excesivamente genial. Me diste las tuercas y los tornillos, pero yo tenga la sensación de que no es tan simple como parece.

Pursah: Oh, *es* simple, Gary, pero nunca dije que fuera fácil. De hecho lo dije fue difícil, y recordar hacerlo cuando estás atrapado en las cosas es la

la parte mas dificil. A veces parecerá imposible, pero no lo es. Es factible y bien vale la pena. El ejemplo que acabo de darte tuvo que ser perdonado durante un período de meses. A veces, todavía lo pensaba años después, y algunas partes deberían ser perdonado de nuevo. Así es con las lecciones de perdón más difíciles en su vida. Sin embargo, al mismo tiempo, aprendes que es igual de importante perdonar al cosas aparentemente pequeñas a medida que avanza. Eventualmente comienzas a entender que son todos iguales.

Cuanto más practiques, mejor lo harás y *te* parecerá más fácil usted a veces. La clave es hacerlo y no rendirse.

Ahora les voy a dar buenas y malas noticias. Que hacer quieres primero?

Gary: Me vendrían bien algunas buenas noticias. Sabes lo positivo que soy.

PURSAH: Está bien. En este nivel, cuando el Curso pregunta: "¿Por qué esperar ¿Cielo?" significa que puedes experimentar la paz de Dios *ahora* . Hemos dicho el Curso le enseña que unirse con el Espíritu Santo y usar su derecho la mentalidad es la contraparte perceptiva de la creación en el Reino. Tu no

hay que esperar para sentirse bien. Habrá muchas experiencias de paz cuando elige el instante santo. Se necesitan muchas experiencias de este tipo para producir lo último instante santo de la iluminación.

Así que ahora las malas noticias. No es tan malo. Si te dijera que tomaría bastante un tiempo para que estés completamente iluminado estarías decepcionado, no lo harías ¿tú?

Este es un camino espiritual para toda la vida con nu-

merosas recompensas a lo largo del camino:
pero ocurren dentro de un proceso difícil.

Gary: Demonios, sí.

PURSAH: No voy a decir exactamente cuánto tiempo tomará, al menos no hoy.

Déjame hacerte una pregunta muy seria. ¿Qué tan iluminado estarás? Número X de años a partir de ahora si *no* practicas el perdón del Espíritu Santo?

Gary: Veo tu punto. Si es una elección entre iluminarse mucho más temprano o no ser iluminado mucho antes, entonces la elección es obvia.

PURSAH: Muy bien. Un estudiante brillante y atemporal. Ahora, cuando te dijimos íbamos a estar visitándote durante nueve años, preguntaste si estabas en el clase lenta.

Gary: Lo recuerdo.

PURSAH: Dijimos que no. El curso es un *proceso* . Es así para todos a menos que seas un genio espiritual que ya está prácticamente iluminado, y no son sólo una veintena de ellos en el mundo. La mala noticia es que para todos Además, incluyéndote a ti, este es un proceso que requiere tiempo y trabajo. Es por eso que nosotros enfatizó que es un camino espiritual para toda la vida. Hay numerosas recompensas a lo largo el camino, algunos de ellos hermosos y bastante inesperados. Pero ocurren dentro de un proceso difícil. En el Manual para profesores, el Curso habla de un período de inquietante:

... Y ahora debe alcanzar un estado que puede seguir siendo imposible de alcanzar para un

mucho mucho tiempo. Debe aprender a dejar todo juicio a un lado y preguntar sólo qué realmente quiere en todas las circunstancias.

Sólo después de eso podrás alcanzar lo que el Curso llama el "período de logro ", que es" la etapa de la paz real ".

GARY: Una pregunta rápida, antes de que se me olvide. Una de las cosas que realmente molesta

Yo no solo cuando juzgo a los demás, es cuando ellos *me* juzgan a *mí*.

Pursah: Ah, pero ya ves, Gary, su juicio sobre ti es realmente tu propio *yo* ...

juicio que se ve como algo externo a usted. Ni siquiera están ahí. Tu mantienes olvidando eso. Sí, parece que realmente están ahí y el juicio está afuera. De ti, pero no lo es. Cuando perdonas al otro, realmente estás perdonando lo que hay en

tu propia mente. Su llamado al amor *es* realmente tu llamado al amor.

GARY: ¿Tengo que hacer siempre estos pensamientos de perdón correctamente?

PURSAH: No.

Gary: ¿No tengo que tener las palabras correctas en mi mente?

PURSAH: No. No es necesario que tenga todos los detalles correctos. Una vez que realmente entender todo esto, por eso esperamos que continúe y profundice su estudios, entonces se convertirá en una parte permanente de ti. Si este tipo de pensamientos convertirse en dominante en su mente, entonces no puede evitar significar que el Espíritu Santo está asumiendo el control.

Piense en estos consejos como ayuda para ahorrar tiempo y hacer que lo más eficaz posible. La verdad es que cada vez que piensas en *alguno* de los pensamientos Te he hablado de hoy, significa que has elegido a J o al Espíritu Santo como tu Maestro, que *es* el instante santo. Cuando recuerdas hacer eso y perdonar, en el sentido cuántico en lugar del newtoniano, y verá su hermanos y hermanas tan inocentes como ustedes, entonces ese *es* el milagro. Y más bien que la relación especial del ego, cuando te unes a tus hermanos y hermanas

como uno en Cristo, entonces esa *es* la relación santa. Si emplea el curso sistema de pensamiento, no te puedes perder. El Espíritu Santo sabe cuáles son tus intenciones. Sin que lo deletreas bien. Pero tienes que tener las ideas en tu mente para que se *vuelvan* dominantes. Usa las ideas que he estado hablando sobre hoy y lo harán.

Con eso en mente, y para resumir, aquí hay un ejemplo de perdón proceso de pensamiento. Recuerde que ayuda estar atento a los sorpresas. Se necesita una mente aguda si va a hacer lo que dice el Curso y esté atento sólo a Dios y Su Reino. Como le informa el Curso:

Los milagros surgen de un estado mental milagroso o de un estado de milagro. Preparación.

En este proceso de pensamiento, las palabras que *usted y usted* pueden aplicar a cualquier persona, situación o evento. Está bien improvisar manteniendo las ideas básicas.

Además, tenga en cuenta que el Espíritu Santo se acordará de eliminar el inconsciente.

culpa de tu mente y realiza Su curación del universo cuando perdonas, sin importar si te acuerdas de preguntarle. Ese es su trabajo y es bonito

Bueno en eso. Tienes que acordarte de hacer *tu* trabajo, si no de inmediato, después en. Si lo olvidas por completo, entonces puedes estar seguro de que el guión del ego eventualmente le brindará una oportunidad similar que funcionará igual de bien. VERDADERO PERDÓN:

Un ejemplo de proceso de pensamiento

Realmente no estás ahí. Si creo que eres culpable o la causa del problema, y si te inventé, entonces la culpa y el miedo imaginados deben estar en mí. Ya que

la separación de Dios nunca ocurrió, perdono a "ambos" por lo que realmente no lo he hecho. Ahora solo queda la inocencia, y me uno al Santo
Espíritu en paz.

Siéntase libre de usar este ejemplo de un proceso de pensamiento de perdón tanto como desee para ayudar a adquirir el hábito del perdón.

Gary: Me gusta eso. Ahora todo lo que tengo que hacer es recordar pensar así cuando la batalla se está librando.

PURSAH: Relájate, Gary; la guerra ha terminado, siempre que recuerde la verdad.

Voy a despegar ahora, pero sé que me perdonarás. De hecho, dice J en su Por supuesto que él sabe que eventualmente lo escucharás y practicarás la verdad. Perdón.

Y así serán todos los vestigios del infierno, los pecados secretos y los odios ocultos.

ido. Y toda la hermosura que ocultaban parece como prados de El cielo a nuestra vista, para elevarnos por encima de los espinosos caminos por los que viajamos antes de la aparición del Cristo.

En las semanas siguientes a este extraordinario encuentro de aprendizaje con Pursah, noté mi reacción cada vez más negativa hacia un miembro de mi grupo de estudio. Esta chico, a quien consideraba un amigo, era un orador muy ruidoso y agresivo, y a menudo dominaba el tiempo dedicado a discutir el Curso en nuestras reuniones.

Su conocimiento del Curso fue impresionante; No se si alguna vez me he encontrado alguien no conocido públicamente como profesor del curso que sabía más sobre él que Él hizo. El problema fue que usó su conocimiento técnico del Curso para hacer él mismo tiene razón y los demás están equivocados, en lugar de usarlo para perdonar. Esto es una trampa que el ego puede emplear para atrapar a cualquier estudiante inteligente del Curso, resultando en una actitud que dice: *Mírame. Sé mucho más que tú, debo ser muy ¡ilustrado!*

El comportamiento de mi amigo en el grupo me llevó a casa el hecho de que no es solo lo que sabes, es lo que haces con él. De hecho, solo sabiendo cómo perdonar no me llevaría a casa si realmente no lo hiciera. ¿Y quién podría proporcionar un

mejor oportunidad para aplicar mis nuevos conocimientos que mi amigo, cuyo ¿El estilo de enseñanza abrasivo ocupaba tanto tiempo en nuestras reuniones?

¿Qué podrían ser sus pronunciamientos en voz alta sino un llamado al amor? Y que fue la forma más segura de experimentar el amor, pero eliminando todo en el camino de ese amor, a través del perdón? Consideré la posibilidad de que Pursah y el Curso tenían razón; mientras observaba y escuchaba a mi amigo en nuestras reuniones, traté de

comprender que él no estaba realmente allí. Solo estaba soñando, y él era un figura que me había inventado para poder identificarlo como el problema que causaba mi falta de paz (es decir, mi enfado con él). En el guión de mi ego, él era el culpable yo no, pero ahora podría cambiar de opinión. Realmente no importaba si me ponía en contacto con la forma de mi propia culpa que él simbolizaba para mí. Todo lo que importaba

fue que yo perdono. El Espíritu Santo se encargaría de los detalles.

Sin separación, este tipo no podría existir aparte de mí, y si nuestro la separación de Dios era una ilusión, entonces ninguno de nosotros podría existir como individuales. *Lo que estaba viendo no estaba realmente ahí.* Ahora pude percibir inocencia, o verdadera percepción, al tener la *actitud de* que él estaba completamente sin culpa. Podría perdonarlo por lo que realmente no estaba sucediendo. En esa vista, la mía los pecados de los que me acusé en secreto también fueron perdonados. Solté mi hermano al Espíritu Santo en paz, y así también fui liberado.

Sabía que este episodio era solo un paso; en el camino por delante habría ciertamente habrá resistencia a perdonar a muchas personas más "difíciles" y desagradables circunstancias. Los milagros eran todos iguales para el Espíritu Santo, pero definitivamente no al ego. No siempre querría ver mi ego proyectado en los demás.

Darse cuenta de que la misma resistencia fue una parte esencial de la realización del Curso.

De hecho, perdonarme a mí mismo cuando no *hice* muy bien el Curso fue una gran parte del proceso. Mi ego no se puede perdonar y deshacer sin mirar primero-y cómo se muestre más dramáticamente excepto en el deseo , *no* a ¿perdonar? Es cierto que tuve resistencia, pero también persistencia. A veces me llevaría un segundo, un minuto, media hora o un día, pero siempre que sentía las horquillas de juicio surgiendo dentro de mí, listo para condenar algo o alguien que parecía estar fuera de mí, siempre cambiaba de opinión, perdonaba y recuerda quiénes eran realmente mis hermanos y hermanas. Entonces, como ciertamente debe seguir, recordaría quién era yo.

Tal vez así es como una vida ordinaria puede convertirse en una grandiosa, sin la mundo incluso sabiendo. Porque cuando practiqué el verdadero perdón, realmente no me importa lo que el mundo pensaba que sabía.

ILUMINACIÓN

La iluminación no es más que un reconocimiento, no un cambio en absoluto.

Por el resto de 1994 y los primeros meses de 1995, practiqué el perdón cada oportunidad que tenía, y no había escasez de oportunidades a diario. Carné de identidad También ser recordado por recuerdos recientes de cosas que debería haber perdonado pero no lo había hecho; entonces yo también perdonaría estas cosas. Cuando los recuerdos de mi más pasado lejano, tendría que perdonar estas imágenes mentales en el mismo

conducta. Por último, pero no menos importante, estaban mis preocupaciones sobre el futuro. Sin embargo, El curso me enseñó que todas estas preocupaciones eran simplemente conejos ilusorios del sombrero mágico de ego.

Ya fueran recuerdos recientes o distantes, pude ver que mi ego Tenía una lista interminable de malos recuerdos para elegir para proteger contra la posibilidad de la felicidad presente. Si me arrepiento de mis propias acciones o resentía a otros por los suyos, los recuerdos amargos siempre podían aparecer cuando menos los esperaba. El ego realmente no quería que yo fuera feliz, y ahora era mi vocación de llevar mis ilusiones a la verdad. El Espíritu Santo *era* la verdad, y Él estaba más que dispuesto a descartar los casos que había construido contra mí mismo o cualquiera de mis hermanos y hermanas.

Sabía por mi anterior búsqueda espiritual de varios

años que la disciplina está haciendo lo *que no* viene naturalmente. Emociones de reacciones habituales y patrones de pensamiento son no cambia fácilmente, pero mis experiencias recientes me decían que *podrían* ser cambiado.

Me alegré de haberme enseñado con tanta fuerza el concepto de lo onírico. Naturaleza de mi mundo, que fue articulado con gran detalle en el Texto de la, Por supuesto, porque todo lo que leí en el Libro de ejercicios apoyaba la idea sin siempre mencionándolo. La simplicidad de ver el universo como un sueño, y perdonando las imágenes que aparentemente me mostraban los ojos de mi cuerpo, estaba bien resumido en una de las explicaciones del perdón del Libro de ejercicios. El perdón reconoce lo que pensabas que te había hecho tu hermano. Ocurrió. No perdona los pecados y los hace reales. Ve que no hubo

pecado. Y desde ese punto de vista son todos tus pecados perdonados.

También me habían enseñado que la idea de sueño del Curso era aproximadamente la equivalente de negación o represión. A gran escala, la proyección siguió a la negación, lo que significaba que todos los objetos de mi sueño, ya fueran animados o inanimados, eran igualmente falsos. Ciertamente hubo momentos en que eso fue un poco difícil de tragar, incluso para un tipo con inclinaciones metafísicas como yo. Sin embargo, si yo creó lo que el Curso dijo sobre el alcance final del perdón, seríamente tiene que ser verdad. *Mi vida fue un sueño* . La realidad seguía aquí, pero yo no sabía de ella. Así que mi tarea de perdón, la única forma de deshacer mis inconscientes proyecciones de culpa — se hizo en este nivel, mientras que el Espíritu Santo se encargó de la parte del trabajo que no pude ver.

Como Pursah había mencionado la iluminación en su

última visita, comencé a mirar subir el tema en el curso. Quería hablar más sobre eso la próxima vez que vi mis profesores. Tenía un motivo furtivo; No quería que mi iluminación tomara un

mucho tiempo, y tenía que ver si había alguna forma de acelerar el proceso aún más.

Cuando abril y una bienvenida primavera llegaron a Maine, llegó el momento de Arten y Pursah volverán. Sabía que lo harían, y una tarde de un día laborable reapareció para mí.

PURSAH: Oye, perdón, ¿cómo está el mundo?

Gary: Aguanta, pero no gracias a mí. He estado ocupado intentando liberarlo.

PURSAH: Te acuerdas de Arten, que era más que tu igual en el dominio de la iluminación inteligente.

GARY: Pensé que te parecías familiar. ¿Ayudaste al Espíritu Santo a sanar mi mente en otra dimensión?

ARTEN: Lo intentamos, pero el daño fue demasiado. Estoy bromenando. Tiempo y El espacio se ha ajustado para ti, gracias a tu perdón. Existen

situaciones y eventos que nunca ocurrirán porque ya no necesitas aprender de ellos. Además, habrá ocasiones en las que tome decisiones que le salven

de castigarte a ti mismo. Por lo general, ni siquiera se dará cuenta de ello.

GARY: ¿Puedes darme un ejemplo?

ARTEN: Claro. Fuiste al cine hace tres semanas, pero tuviste un duro tiempo para decidir qué película ver y no le gustó la que eligió.

Gary: Lo recuerdo. Perdí dos horas de mi vida viendo esa mierda

—Que por supuesto perdoné inmediatamente. Bueno, casi de inmediato.

ARTEN: No todas pueden ser gemas. Después te preguntaste: "¿Por qué no ir a ver la otra pelicula? Probablemente hubiera sido mucho mejor ".

Gary: Sí. ¿No estaba yo en lo cierto? Lo vi una semana después y estaba bien.

ARTEN: Quizás tenías razón sobre la calidad de las películas, pero tu El juicio, como el de otras personas, puede ser muy miope. Si fueras a eso mejor película la semana anterior, habría salido en otro momento. Sobre el camino a casa, habría tenido un grave accidente automovilístico, y habría sido gravemente herido.

GARY: Estás bromeando.

ARTEN: No bromeo sobre cosas así. Sé cosas que parecen, suceden en el mundo no son ciertas, pero todavía no bromeo sobre algunas de ellas.

Tu perdón ha hecho que tu mente comience a sospechar que no eres culpable, y Habrá momentos en que no se castiga a sí mismo cuando de otra manera podría haber hecho. ¡Y ni siquiera lo sabrás! Pensaste que hiciste un mal decisión de ir a una película determinada, y que tu decisión no funcionó para ti. Eso puede ser cierto tanto en las decisiones importantes como en las pequeñas. Puedes no ser capaz de ver que un revés podría haberle salvado la vida, o al menos te ayudó, aunque por lo general los efectos implican extender el perdón a otras mentes, incluidas sus otras vidas. Con Dios todo *es* posible, en el nivel de la mente, eso es.

GARY: Eso es increíble. Parece trivial preguntar esto ahora, pero siempre he quería, así que lo haré antes de que me olvide. Si la mente es tan poderosa, ¿por qué *no?* realizar milagros en el nivel físico?

ARTEN: Es una pelea bastante difícil de manejar, Gary. Claro, los milagros físicos son *posible,* porque la mente lo hace todo. Todos los fenómenos psíquicos son posible, porque "las mentes están unidas".

Pero, ¿por qué perder todo ese tiempo y energía trabajando en los efectos ilusorios cuando

¿Puedes ir directo a la causa y cuidar la mente? Es una cuestión de qué tan rápido quieres llegar a donde vas. ¿Por qué demorarse? Es como personas que desperdician sus vidas luchando en la batalla del "bien contra el mal", cuando ¿qué que realmente están viendo en el mundo es simplemente un símbolo del conflicto entre la rectitud o el bien, y la equivocación o el mal, es decir ocurriendo dentro de sus propias mentes divididas. Guarde su pasaje aéreo y perdone. Obtendrás al cielo mil veces más rápido en el proceso. *Después de* perdonar, si sientes guiado por el Espíritu Santo para tener un trabajo ayudando a las personas en el mundo, vaya bien adelante. Mientras lo hace, puede continuar practicando el perdón en el Mismo tiempo. Lo que casi nos lleva al tema del que *sabemos* que quieres hablarnos.

Esta vez, tu iluminación. Primero, un consejo rápido: no vamos a ser cubriendo cada tema o pieza de información que pueda cuando uno está enseñando Curso. No queremos que escribas una epopeya de 900 páginas. Tus estudios siempre deben
Continúe, incluso después de que aparentemente no le visitemos más.
Gary: No hay problema. Ya pagué por el libro del curso. Por que tienes que deja de aparecerme? ¿Realmente hace alguna diferencia si me hablas como el Espíritu Santo o aparecerme de esta manera?
PURSAH: No. Es tu sueño, Gary. Si de verdad quieres que te parezcamos después de que finalicen nuestras visitas programadas, lo haremos. De hecho, no estaríamos muy amable si no lo hiciéramos. Pero debes entender que no es importante.
Volviendo al tema, ya que pagó por el Libro del curso e incluso lo leyó, entonces debes saber que mientras has estado dormido, J te enseña que:
... Tu otra vida ha continuado sin interrupción, y ha

sido y siempre no se verá afectado por sus intentos de disociarlo.

Cuando realmente te despiertas, lo que antes parecía real ahora se *reconoce* como el sueño ocioso que es. Entonces se olvida, o al menos se vuelve sin sentido.

Hay sueños que tuvo anoche que no puede recordar. Tu presente toda la vida y todos los demás desaparecerán, y cuando todos alcancen el mismo

estado de iluminación, el universo desaparecerá, dejando sólo a Dios Universo del cielo. Una cosa que queremos enfatizar ahora es que la iluminación no tiene nada que ver con las aparentes experiencias cercanas a la muerte.

Ya les hemos dicho que el Curso enseña que la conciencia fue la primera split introducido en la mente después de la separación. La conciencia es otra forma de decir mente dividida. Cuando el cuerpo ha terminado de funcionar, su conciencia

continúa. Ésa es otra razón por la que no debes temer a la muerte. La gente tampoco escuchar o descubrir por sí mismos lo hermosa que puede ser la experiencia cercana a la muerte, pero no entienden que es temporalmente hermoso solo en *comparación* con vida en el cuerpo. Cuando esté libre de todo el dolor y las restricciones del cuerpo y, Si se vuelve temporalmente consciente de la mente dividida más amplia, puede ser sobrecogedor. Pero

la gente no puede contarte toda la experiencia, porque si *pudieran,* entonces ¡Habrían tenido toda la experiencia y estarían muertos! Por supuesto que es su cuerpo que parecería estar muerto, y pasarían al siguiente cuerpo ilusorio toda la vida.

Lo que sucede es que el asombro finalmente desaparece porque el inconsciente la culpa que todavía está dentro de la mente comienza a alcanzarlo. Esto te hace reencarnar como una forma de escapar de su culpa y su temor de Dios. Esto *siempre* te suceda eventualmente, a menos que tu mente haya sido completamente sanada por el, Espíritu Santo. Algunos budistas intentan evitar la reencarnación practicando la lucidez.

soñando mientras están en la cama por la noche, un estado en el que eres consciente de la hecho de que estás soñando, con el fin de entrenar su mente para que cuando la muerte de su cuerpo llega, simplemente pueden decidir no reencarnarse.

Eso es muy inteligente, pero no funciona a menos que haya una ausencia total de culpa inconsciente. Si su culpa inconsciente fuera completamente sanada, estarían iluminado mientras todavía parece estar en el cuerpo, no solo después. En cualquier caso, lo que queremos enfatizar es que no debes confundir la alegría muy transitoria de experiencias cercanas a la muerte con la iluminación. La iluminación sucede *durante* una de sus vidas ilusorias. El cuerpo se deja a un lado de una vez por todas solo después de que tu mente se despierte del sueño.

Les dije durante nuestra segunda visita que mencionaría un dicho en mi Evangelio que se relaciona con esto.

GARY: Pensé que lo habías olvidado.

PURSAH: Si olvido algo es a propósito, hotshot. El dicho en cuestión fue incluido en la versión de Nag Hammadi como número 59.

Mire al Viviente mientras viva. De lo contrario, cuando mueras y luego trata de ver al Viviente, no podrás ver. En este dicho, el "Viviente" es el Espíritu Santo, que habla por Cristo y Dios en este nivel. Miras a Él para alcanzar tu salvación mientras aún estás aparentemente en el cuerpo. Si no lo haces, no vas a encontrar la iluminación en algún lugar del otro lado después. En otras palabras, tienes que perdonar y haz tu progreso *ahora.* El cielo no es una recompensa que te otorga un fuerza exterior por buen comportamiento o ingeniosas reflexiones metafísicas. Los símbolos que le brindan oportunidades para la iluminación están a su alrededor, si acepta al Espíritu Santo como tu Maestro en el perdón.

Gary: De acuerdo. Estás diciendo que St. Paul estaba equivocado cuando destrozó la idea ¿De la resurrección es de la mente en lugar del cuerpo?

PURSAH: Sí. Desafortunadamente, las cartas de Pablo finalmente fueron tomadas bastante literalmente como Evangelio. Una de las razones por las que pensó de la forma en que lo hizo fue porque

creía en la antigua escritura. Hemos enfatizado que el cristianismo fue una continuación del trato anterior en un paquete nuevo. Si leyeras el capítulo 53 de Isaías, especialmente los versículos 5 al 10, verías la actitud del cristianismo en un

¡cáscara de nuez! ¿Cómo podía pensar Pablo que la resurrección era de la mente y no del cuerpo si

pensó de esta manera? La resurrección no tiene nada que ver con el cuerpo y creer hace que el cuerpo sea muy importante, exactamente lo contrario del mensaje real de J.

Como claramente le enseña su Curso:

La salvación es para la mente y se obtiene mediante la paz. Este es el único cosa que se puede salvar y la única forma de salvarla.

El Curso también enseña que logras esta paz perdonando tu ilusiones.

... Y lo que escondieron ahora se revela; un altar al santo Nombre de Dios donde está escrita Su Palabra, con los dones de tu perdón ante ella, y la memoria de Dios no se queda atrás.

Puede ser útil recordar que las palabras "corazón" y "mente" significan lo mismo hace dos mil años. Cuando J dijo: "Mira dentro de tu corazón",

significaba todo tu ser. No se refería a cómo te sientes acerca de lo mundano comportamiento o teología actual. Te estaba diciendo que examinaras tu mente, perdona tus hermanos y hermanas y acuérdate de Dios.

Tu resurrección es tu despertar.

Entonces, la iluminación o resurrección es despertar del sueño y reconociendo la verdad que siempre ha sido y siempre será.

GARY: ¿Y el verdadero perdón no puede evitar conducir a esto?

ARTEN: Eso es, hermano. Sigue haciendo lo que has estado haciendo últimamente y a la larga, no te puedes perder. Te preocupa cuánto tiempo llevará, pero tienes que renunciar a eso, Gary. Como dice el Curso:

Ahora debes aprender que solo la paciencia infinita produce efectos inmediatos.

GARY: Estoy trabajando en eso. Supongo que con la iluminación experimentas la verdad *absoluta*. Me dijiste hace un tiempo que durante la visita sobre

iluminación me dirías las dos palabras que dicen la verdad absoluta. Creo que yo sé cuáles son, pero me gustaría escucharlo de usted.

ARTEN: De hecho, también puedes echar un vistazo a la verdad absoluta a través de la experiencia de la revelación, donde Dios mismo se comunica con usted de una manera que refleja la comunicación en el cielo. Dios *no* habla con palabras, nunca, y Aquellos que piensan que están escuchando Su Voz, usualmente están escuchando la Voz del Espíritu Santo mezclado con sus propios pensamientos. Eso es normal para los buscadores espirituales.

La experiencia de la revelación, donde Dios mismo comunica silenciosamente Su El amor para ti está más allá de este mundo y no se puede capturar con palabras. Esta la experiencia a veces le sucede a la gente antes de que se ilumine, pero no siempre sucede, y la gente no debería sentirse despreciada si no es así. Cada el camino de uno es único, pero el camino a Dios siempre vuelve a practicar perdón.

GARY: ¿Y las dos palabras sobre las que te pregunté?

ARTEN: Tu persistencia ahora será recompensada, querido hermano. El libro de trabajo lo pone de esta manera:

... Decimos "Dios es", y luego dejamos de hablar, porque en ese conocimiento las palabras no tienen sentido. No hay labios para hablarlos, y no hay parte de mente lo suficientemente distinta para sentir que ahora es consciente de algo que no es ella misma.

Se ha unido con su Fuente. Y al igual que su Fuente misma, simplemente es.

La experiencia de la revelación está más allá de este mundo y no se puede capturar con palabras.

Gary: Dios lo es. Entonces esa es la verdad absoluta. J solía decirte eso a veces en los viejos tiempos?

ARTEN: Sí. Por supuesto, la frase "Dios es" debe tomarse a la luz de la pura no dualismo. Dios es y *nada más lo* es. Es bastante fácil para las personas obtener el primera parte de esa declaración, que Dios es. Es muy difícil aceptar el segundo parte, que nada más lo es. Por eso dejamos de hablar, porque no *hay* nada más.

¿Recuerdas el viejo koan Zen que solían preguntar en el entrenamiento *est?*

"¿Cual es el sonido de una mano aplaudiendo?"

Gary: Sí. Nunca nos dieron la respuesta. Los koans zen no siempre tienen un responder. Se supone que te ayudarán a liberarte de tu antigua forma de pensar.

ARTEN: Eso es cierto, pero este tiene una respuesta en términos de Dios. Qué ¿Cree que es?

Gary: Realmente no lo sé.

ARTEN: Piense en términos de que Dios es, y nada más lo

es. Cual es el sonido de *una* mano aplaudiendo?

GARY: ¡Nada! La respuesta es nada.

ARTEN: Excepcional, Gary. Esa es la respuesta correcta. El sonido de una mano aplaudir no es nada, porque no hay sonido con verdadera unidad, que es fuera del universo. Con twoness tienes interacción y conflicto, pero con la unidad genuina sólo puede haber Dios, que no tiene partes. Dios es, y hay nada más que *tener en* cuenta. ¿Qué se siente al conocer la verdad absoluta?

GARY: Muy bien. ¿Significa esto que estoy iluminado?

ARTEN: No. Cuando estés iluminado, despertarás completamente de la sueño. Aunque parezca estar en un cuerpo, verá lo que El curso se refiere al mundo real. 11 Solo lo "verá" cuando tenga perdonado por completo al mundo, porque el mundo real no tiene proyecciones de culpa inconsciente sobre él. Verás solo inocencia en todas partes, porque es tu propia inocencia, la inocencia de Cristo. Eso es lo que J vio, y lo que te enseña ahora a ver.

Gary: Me gusta eso, pero hablando de inocencia y perdón, ¿no podrían algunos de las felices experiencias cercanas a la muerte, por no mencionar algunas de las buenas experiencias místicas que tengo mientras todavía parezco estar en un cuerpo, sean un símbolo de ¿perdón?

ARTEN: Un punto excelente; la respuesta es sí. Tu mente dividida esta siendo perdonado y sanado por la parte más alta de tu mente, donde el Espíritu Santo mora. De hecho, es probable que muchas de las experiencias que tenga, incluido vernos, sería un símbolo del perdón incluso antes de que se haya producido la iluminación.

Pero la iluminación está más allá de la mente dividida. Usted *va a* llegar, y no es nuestra propósito de menospreciar las experiencias que las personas tienen en el camino hacia la iluminación. Nosotros solo quiero que te concentres en el objetivo siempre que puedas, para que puedas conseguir

allí más rápidamente. El curso dice:... Una teología universal es imposible, pero una experiencia universal no solo es posible pero necesario. Es esta experiencia hacia la que se dirige el curso.

dirigido.

Esa experiencia universal es el Amor de Dios. Mientras se *dirige* el Curso hacia la experiencia, se necesitan las sabias elecciones intelectuales de una mente entrenada para provocar esa experiencia. Por eso siempre te animamos a

continúe estudiando el Curso y haga su tarea de perdón. Como músico sabes la importancia de tener buenas chuletas. Aunque la mayoría de la gente no Date cuenta, la espiritualidad no es diferente. Tienes que tener los conocimientos técnicos para aprovechar al máximo su habilidad natural y jugar lo mejor posible.

GARY: Entonces quiero asegurarme de que estoy entendiendo el panorama general aquí. Sé mucho

de estos términos son casi sinónimos, y dado que el tiempo no es real, estas cosas

realmente suceden todos a la vez, pero es útil ser lineal para entenderlo

mejor.

Es *siempre* comienza con el perdón y la elección del profesor adecuado. Yo anotaba

Abajo las páginas de un par de citas que quería leer aquí.

Cuando te unes conmigo te unes sin el ego, porque tengo Renuncié al ego en mí mismo y por lo tanto no puedo unirme al tuyo. Nuestro La unión es, por tanto, la forma de renunciar al ego en ti.

Entonces, en lugar de usar ilusiones para defender mis ilusiones contra otras ilusiones, solo perdona. Eso conduce al cielo; es un factoide. Es como si estuvieras reemplazando el sueño que se aleja de la verdad con

el sueño que conduce *a la* verdad, porque como el El
curso dice acerca de la salvación:

... ¿Qué podría ser sino un sueño feliz? Te pide pero que
perdones todas las cosas que nadie hizo jamás; pasar
por alto lo que no está y no mirar
sobre lo irreal como realidad.

El sueño feliz es necesario porque si la alfombra del
tiempo y el espacio sacado de debajo de mí de repente,
sería demasiado para mí. El sueño de la separación parece demasiado real para que me despierte de repente
sin cagar un ladrillo. Como dice el Curso:

... Tan terrible es el sueño, tan aparente real, que no
pudo despertar a la realidad sin el sudor del terror y
un grito de miedo mortal, a menos que un suave sueño
precedió a su despertar, y permitió que su mente más
tranquila le diera la bienvenida, no al miedo, la Voz
que clama con amor para despertarlo; un sueño más
suave, en donde su sufrimiento fue sanado y donde su
hermano era su amigo. Es mi amigo porque, por un
lado, ¡no puedo llegar a casa sin él!

Perdonando las imágenes que veo como mis hermanos
y hermanas separados, que son realmente
simbólico de mí mismo, es la única salida de este infierno. Como pregunta el Curso:

... ¿Puedes tú a quien Dios dice: "Libera a mi Hijo!" tener
la tentación de no escuchar, cuando se entera de que es
usted a quien pide liberación? dieciséis

Si junta suficientes instantes santos en el feliz sueño
del perdón, entonces no puedes evitar salvar tu trasero, o al menos la mente que lo hizo.

ARTEN: Bastante bien, Gary. Deberías escribir un libro, si
alguna vez te mueves lo. Ya que estamos en el tema de
su resurrección, y mucho *me* recito una breve un par de
cosas que dice el Curso al respecto. De hecho, te daré
una muy breve resumen de la descripción del Curso
de la desaparición del universo; aunque como dijiste,

estas cosas realmente sucederán todas a la vez. Te daré un pocos pasajes del Manual para maestros sobre la resurrección.

Muy simplemente, la resurrección es la superación o superación de la muerte. Eso es un despertar o un renacimiento; un cambio de opinión sobre el significado del mundo.

Continúa diciendo:

La resurrección es la negación de la muerte, es la afirmación de la vida. Así es todo el pensamiento del mundo se invirtió por completo.

Cuando hayas despertado completamente del sueño de la muerte y hayas alcanzado tu resurrección:

... El rostro de Cristo se ve en todo ser viviente, y nada se guarda en oscuridad, aparte de la luz del perdón.

Una vez que haya visto el rostro de Cristo:

Aquí termina el plan de estudios. De aquí en adelante, no se necesitan direcciones. La visión es totalmente corregido y todos los errores deshechos. El ataque no tiene sentido y la paz ha llegado. Se ha logrado el objetivo del plan de estudios. Los pensamientos se vuelven hacia Cielo y lejos del infierno. Todos los anhelos están satisfechos, por lo que queda sin respuesta o incompleta?

Llegará el momento en que cada mente aparentemente separada haya alcanzado su iluminación o resurrección. Cuando todos, no todos los *cuerpos* , fíjate, pero cada mente que ha soñado miles de vidas ha alcanzado este estado de despertar del sueño, *que* es la Segunda Venida de Cristo. Como el curso enseña:

La Segunda Venida es el único evento en el tiempo que el tiempo mismo no puede afectar. Por cada uno que alguna vez vino a morir, o que vendrá o que es presente ahora, está igualmente liberado de lo que hizo. En esta igualdad es Cristo restaurado como una sola Identidad, en la cual los Hijos de Dios reconocen que todos son uno. Y Dios el Padre sonríe a Su Hijo, Su única creación y su única alegría.

GARY: Eso es hermoso. Nos fuimos como uno, y regresaremos al cielo como uno.

ARTEN: Sí. Por supuesto que nunca *realmente* la izquierda, porque no se puede dejar de ser seguro en Dios no importa lo que estés soñando. Cuando toda la filiación esté lista, entonces Dios dará Su Juicio Final. Como J le informa:

Este es el Juicio Final de Dios: "Tú sigues siendo Mi santo Hijo, por siempre inocente, amado por siempre y amado por siempre, tan ilimitado como tu Creador, y completamente inmutable y eternamente puro. Por tanto, despierta y vuelve a

Yo. Yo soy tu Padre y tú eres Mi Hijo".

GARY: Genial. Ya sabes, si alguna vez tengo la opción entre ser juzgado por Dios o ser juzgado por la gente, me arriesgaré con Dios cualquier día.

ARTEN: Usted *hacer* una elección, y la decisión que ha descrito es un sabio. Extiende el mismo perdón a tus hermanos y hermanas que Dios extiende a

tú. Así es como lo haces tuyo. Cuando todos hayan completado su lecciones de perdón, Dios mismo da el ltimo paso y da la bienvenida al hijo pródigo colectivo a casa en la unidad que nunca has dejado realmente.

... Cuando te percibas a ti mismo sin engaños, aceptarás lo real mundo en lugar del falso que has creado. Y entonces tu padre lo hará inclínate hacia ti y da el último paso por ti, elevándote a Él mismo.

Extiende el mismo perdón a tus hermanos y hermanas que Dios extiende para ti. Así es como lo haces tuyo.

GARY: Eso será genial. ¿Qué pasa con los que se iluminan antes?

¿Tienen que quedarse durante millones de años esperando a los demás?

ARTEN: ¡No! Una vez que alcances tu iluminación y dejes tu cuerpo a un lado, entonces estás despierto y *fuera* del sueño, lo que significa que en realidad estás fuera del tiempo y del espacio. Si bien a otros les puede parecer que muchos, muchos años son

pasando, para *ti* el fin de los tiempos ya ha ocurrido, y la "espera" de cuando todos los "demás" están iluminados es sólo un instante. Por supuesto que puede Elijo ayudar a J ayudar a los demás como lo hemos hecho nosotros, y les aseguro que no es una carga.

Gary: La experiencia de estar iluminado y estar fuera del tiempo y el espacio debe ser prácticamente el mismo que el cielo de todos modos.

ARTEN: ¿Te gustaría comentar sobre eso, Pursah?

PURSAH: Ciertamente, pero ¿por qué no dejar que el Curso le diga a Gary qué *es el* Cielo *?* usted

quiero recordar que el cielo es *la* unidad *real*, a diferencia de la idea de ser uno con el universo, o incluso uno con la mente que está fuera del tiempo y el espacio que hizo el universo. Esas ideas todavía parecen estar fuera de Dios. Con verdad la unidad *solo* existe Dios, y nunca *puede haber* nada más. Es por eso Dios mismo da el último paso, y es también la razón por la que no se hace ningún compromiso con esta idea.

posible. La idea que tiene el Curso de Dios es tan elevada como puede ser, porque es la verdad. La unidad no puede ser perfecta si hay algo más de lo que ser consciente.

... El cielo no es un lugar ni una condición. Es simplemente una conciencia de perfecta unidad y el conocimiento de que no hay nada más; nada

fuera de esta unidad, y nada más dentro.

Gary: Si no hay nada más, entonces no hay obstáculos y no hay fricción para obstaculizar su extensión?

Pursah: ¡Sabía que eras profundo! Correcto. En el cielo no

hay ningún obstáculos y es alegre; donde en la tierra, lo que se conoce como vida es poco más que una constante carrera de obstáculos.

Considere estas ideas de la sección del curso titulada "Los dones de Paternidad."

... No hay comienzos ni finales en Dios, cuyo universo es, Él mismo.

... El universo del amor no se detiene porque no lo veas, ni tengas tus ojos cerrados perdieron la capacidad de ver.

Dios te ha dado un lugar en Su Mente que es tuyo para siempre. Sin embargo puedes, Guárdelo solo dándolo, como se le dio a usted.

GARY: Creo que estoy recibiendo las distinciones.

PURSAH: Sí, lo eres, y te ayudará a acelerar tu experiencia de la conciencia de la presencia del amor.

ARTEN: Le dijimos que algunas de nuestras visitas restantes serían bastante breves.

Hoy, hemos estado discutiendo algo que realmente no se puede expresar con palabras, así que

simplemente hicimos lo mejor que pudimos. El Curso está dirigido a la experiencia de verdadera unidad que hemos descrito, que se puede resumir en sólo dos palabras, dos palabras que de hecho expresan la verdad absoluta. Mantén tu mente en

el objetivo de perdonar al mundo y recordar siempre lo que es el Curso llevándote a.

... Dios es, y en Él todas las cosas creadas deben ser eternas. No ves eso de lo contrario, Él tiene un opuesto, y el miedo sería tan real como el amor. 28

PURSAH: Sabes que el Curso te dice la verdad, Gary. Has estado alrededor de la cuadra un par de veces. Todo lo que queda es que sigas haciendo lo que lo que está haciendo, y el objetivo finalmente se convertirá en su realidad. Estaremos de vuelta en Diciembre. Mientras tanto, perdona y recuerda lo que realmente eres.

La unidad es simplemente la idea que es Dios. Y en Su Ser, abarca todos cosas. Ninguna mente tiene nada más que Él.

Entonces Arten y Pursah desaparecieron y los perdoné.

EXPERIENCIAS CERCANAS A LA VIDA

El universo está esperando tu liberación porque es suyo.

Después casi tres años de hacer el curso, mi nocturna ocasional las pesadillas habían disminuido. El sistema de pensamiento asesino del ego todavía estaba presente en mi mente, pero una capa de ella había desaparecido y los sueños que

simbolizó que se había ido también. El sol que era el Espíritu Santo, que había Durante tanto tiempo oscurecido por las nubes de culpa del ego, ahora brillaba más yo. Esas nubes que quedaron todavía proyectan sombras en forma de un símbolo mundo de cuerpos en el nivel consciente, y un mundo de miedo y culpa en el nivel inconsciente. Ahora sabía con certeza que las sombras no eran reales, y que la luz que parecían esconder podría cubrirse, pero nunca extinguirse.

Este proceso de despertar fue tan intrigante e inspirador para mí que comencé escribiendo, como Arten y Pursah sabían que haría. Incluso tomé prestado de Shakespeare para expresar la idea:

¿Qué verdad, qué luz entra por la ventana de mi mente?

Es el oriente y el Espíritu Santo es el sol, Levántate amigo mío, disuelve la luna del ego que ya está enfermo y pálido de pena que la verdad eres mucho más grande que él Oh es el niño cristo, si es mi amor y si supiera lo que era, el brillo de mi mente

avergonzaría a las estrellas como la luz del día hace una lámpara mi mente en el cielo fluiría a través de las regiones invisibles tan brillante el mundo cantaría y no conoce la noche Este era un proceso que tenía la intención de llevar a cabo hasta el final, sin importar lo temible que pudiera resultarle al ego pálido y enfermo con el que a veces me identificaba.

Tal vez en el nivel ilusorio de la *forma,* mi cuerpo era solo un robot manipulado por la mente del ego, pero al mismo tiempo mi mente estaba siendo liberada por el Santo Espíritu mientras perdonaba cada aparente suceso. No hubo vuelta atrás para mi ahora.

Los símbolos que usaban mis maestros eran sorprendentemente mundanos, pero El curso mismo dijo que tenían que serlo si iba a compartir su mensaje con otros:

De hecho, sería extraño si se le pidiera que fuera más allá de todos los símbolos de el mundo, olvidándolos para siempre; sin embargo, se les pidió que tomaran una enseñanza función. Tienes que usar los símbolos del mundo por un tiempo. Pero tenga no te engañaron también. No representan nada en absoluto, y en tu práctica, es este pensamiento el que te liberará de ellos.

Ahora era mi trabajo enseñar a través del perdón y también compartir el mensaje del Curso de manera que mis hermanos y hermanas pudieran relacionarse. Por lo tanto, lo que necesita son intervalos cada día en los que el aprendizaje de la

el mundo se convierte en una fase transitoria; una prisión desde la que entras la luz del sol y olvídate de la oscuridad. Aquí entiendes la Palabra, la

Nombre que Dios te ha dado; la única Identidad que todas las cosas comparten; el único reconocimiento de lo que es verdad. Y luego retrocede a la oscuridad no porque lo creas real, sino solo para proclamar su irrealidad en términos que todavía tienen significado en el mundo que gobierna la oscuridad.

Así que comencé a escribir el libro que Arten y Pursah habían dicho que lo haría, escribiendo mal

palabras, usando puntuación incorrecta y perseverando en una tarea que no se completará durante más de seis años.

Mientras tanto, estaba tomando la decisión por Dios. Ahora entendí por qué mis amigos habían enfatizado las distinciones entre *Un curso de milagros* y otros caminos. ¿Cómo podría estar alerta solo por Dios y Su Reino cuando estaba jugando con ideas que tratan de la evolución, el poder de lo falso universo, y otras cosas de las que están hechos los sueños? La respuesta *nunca* estuvo en

el sueño, solo fuera de él, donde estaba la verdad y donde yo estaba realmente. Ahí no *era* nada más; la verdad se estaba apoderando, y miraba constantemente hacia la luz del Espíritu Santo, que representó la Expiación, la única respuesta a

mi único problema. El Curso dijo:

No puede cancelar sus errores pasados solo. No desaparecerán de tu mente sin la Expiación, un remedio que no has creado.

Esto explicó por qué tantos otros enfoques no funcionaron, porque carecía de Dios o del Espíritu Santo. Pero también sabía que tenía que hacer mi parte y elegir perdón. Salvación vicaria que me fue traída mágicamente por un exterior la fuerza o la figura no pueden funcionar. Nadie más podría despertar del sueño por yo. De hecho, no *había* nadie más para despertar del sueño. Es por eso que el

Course dijo: "Mi salvación viene de mí". 5 Depende de mí cambiar mi Piensa en el mundo y elige el milagro.

En un nivel metafísico, estaba empezando a pensar en mí mismo no como un *cuerpo*, o incluso como *espíritu* en la forma en que el mundo tradicionalmente lo pensaba, pero como *mente*.

Sí, mi Fuente *era el* espíritu, y esa era la realidad a la que regresaría. Pero tuve que usa mi mente para redescubrir mi impecabilidad.

¿Qué se te ha dado? El conocimiento de que eres una mente, en Mente y pura mente, sin pecado para siempre, sin miedo, porque fuiste creado

de amor. Tampoco has dejado tu Fuente, permaneciendo como fuiste creado.

Y había una forma de vida que podía devolverme a la conciencia de mi realidad.

Hay una forma de vivir en el mundo que no está aquí, aunque parezca ser. No cambia de apariencia, aunque sonríe con más frecuencia. Tu la frente está serena; tus ojos están tranquilos. Cuando Arten me dijo por primera vez que sería completamente posible para mí practicar el tipo de espiritualidad que estaríamos discutiendo sin que nadie más lo supiera, yo lo había dudado. Después de todo, ¿no todos hicieron proselitismo por su religión o camino espiritual? Sin embargo, ahora sabía que Arten tenía razón. Si no *decidiera* contar gente sobre el Curso, aún podría practicarlo y nunca decir una palabra al respecto.

Como decía el Curso sobre las personas que mi mente me mostraba a través de mis ojos,... Caminas por este camino como otros caminan, ni pareces ser distinto de ellos, aunque de hecho lo eres. Así podrás servirlos mientras sirves a ti mismo, y poner sus pasos en el camino que Dios te ha abierto, y ellos a través de ti.

Hice esto a través del perdón, así que no necesitaba ser diferente o especial. Mi hermanos y hermanas volvían a Dios tal como yo. Algunos de ellos lo sabían en en el momento y algunos de ellos no, pero el resultado fue tan seguro para cualquiera como fue para todos.

Una de las cosas que siguieron sorprendiéndome fue la variedad de experiencias místicas que tuve mientras hacía el Curso. Yo había experimentado tal cosas muchas veces en años anteriores, y ahora sabía que eran simbólicas. yo tenía También aprendí que la *verdadera* prueba de si uno estaba progresando o no en su El camino espiritual elegido no tuvo nada que ver con las "experiencias espirituales". De hecho, el Las verdaderas preguntas que uno debería hacerse eran: ¿Me estoy volviendo más amoroso? Más ¿pacífico? ¿Más indulgente? ¿Me he hecho responsable de mi vida? Yo ¿Entiendes la locura del juicio? *Así* era como saber si un camino funcionaba para alguien. Aun así, mis experiencias místicas particulares me estaban dando alegría, especialmente porque había aprendido que eran un símbolo del perdón de mi mente —Como resultado de perdonar al mundo.

Ahora, en lugar de las pequeñas líneas blancas que solía ver alrededor de varios objetos, a veces vi la cabeza de una persona completamente reemplazada por una hermosa luz blanca.

Luego estaban los momentos en que J parecía estar jugando gentilmente conmigo, como en

una ocasión que me acordé de haber hecho el Libro de ejercicios. Mientras comé desayuno una mañana sentí un toque maravillosamente amoroso, cálido y muy suave sobre mi hombro; un toque que hubiera jurado debe haber venido de un ángel, o Ser Divino o J mismo. Después del desayuno leí la lección del Cuaderno de ejercicios de ese día que incluía la frase:

La mano de Cristo ha tocado tu hombro y sientes que no estás solo.

Seguí diciendo "Gracias" una y otra vez, casi fuera de mí por sabiendo que no estaba realmente solo.

Unos meses después de eso, estaba caminando por

el patio trasero con Karen, recogiendo algunas ramas grandes que habían volado de los árboles durante una fuerte tormenta de viento.

Cuando me di la vuelta para mirarla, me sorprendió ver no a Karen, sino a una gran columna de luz que se extiende desde el suelo hasta los Cielos, tan lejos como mis ojos pudieron ver. Me quedé mirando la maravillosa vista durante varios segundos antes de mirando hacia otro lado y luego mirando hacia atrás de nuevo. Esta vez solo vi el cuerpo de Karen.

Ella preguntó: "¿Qué estás mirando?" Solo dije: "No sé", perdí por palabras con total asombro. La experiencia fue beatífica, y luego recordé de mis lecturas del Texto exactamente lo que debí haber visto.

Como el ego limitaría tu percepción de tus hermanos al cuerpo, así ¿Podría el Espíritu Santo liberar tu visión y dejarte ver los Grandes Rayos?
brillando de ellos, tan ilimitado que llegan a Dios.

Así que me interesé menos, si no totalmente desinteresado, en los cuerpos, y miró con mayor consistencia a la luz más allá de la sombra temporal. Descubrí una fuente de diversión y experimentación en las imágenes que veía antes de quedarme dormido o justo antes de despertar. Con mis ojos cerrados, a menudo veo imágenes en movimiento en color como una película, a veces incluso con sonido. Estas imagenes a veces tenía valor predictivo con respecto a lo que el guión tenía reservado para mí ese día. Muchas de estas imágenes eran arquetípicas, residiendo en el colectivo inconsciente y habiendo sido rastreado por investigadores de diccionarios de sueños
durante muchos siglos.

Por ejemplo, la mano derecha, la mía o la de otra persona, parecía ser positiva, y la izquierda negativa, una correlación mítica que se remonta a la antigüedad

Grecia y Roma. Las aguas tranquilas eran positivas y las turbulentas no. Algunos las imágenes desmentían lo obvio; por ejemplo, recibir un golpe era una buena señal donde golpear a otra persona no lo era. La mayoría de los presagios fueron sencillos.

Las caras positivas y sonrientes o los animales amigables eran obviamente buenos augurios y

los desagradables no lo eran, y parecían presagiar lo agradable o sorpresas desagradables del día siguiente. Estas "películas" me ayudaron a convencerme de la verdad de una mente colectiva, así como el hecho de que las imágenes de mis sueños

eran realmente símbolos de mí mismo, y que Arten y Pursah eran absolutamente correcto cuando dijeron que todo lo que iba a suceder en mi vida había ya se ha determinado.

Aún así, traté de no dejarme atrapar por todo esto. Sí, probablemente podría encontrar algunas formas inteligentes de utilizar e incluso beneficiarse de dicha información, especialmente en el

negocio de inversión. Sin embargo, al mismo tiempo sabía que no siempre sería confiable.

Mis maestros ya me habían dicho que cierto grado de imprevisibilidad era integrado en el guión de todos. También sabía que la herramienta predictiva más famosa de la historia, el Oráculo de Delfos, ¡había engañado a veces *deliberadamente a la* gente! El ego todavía tenía el control de parte de mi mente, y sabía que no había nada que no inclinarme para estropearme y hacerme sufrir, siempre tentándome a creo que era un cuerpo. Al final, solo mi perdón me llevaría a casa. Como un

amigo y alumno de J, mi nueva habilidad psíquica seguiría siendo una fuente de interés, pero no el ídolo falso que casi con certeza alguna vez lo habría hecho.

En cuanto a la idea de que los acontecimientos de la

vida de uno ya están determinados antes de
tiempo, me di cuenta de que había gente que odiaba
el concepto. Para algunos, El existencialismo ofreció
más esperanza que la predestinación porque les dio
una razón para intentar cambiar las cosas, tanto en su
vida personal como en el mundo en general. Sin embargo, el Curso ofrecía formas más elevadas de esperanza: la esperanza de volver a casa. A largo plazo, así
como lograr la paz en un instante dado, sin mencionar
ser capaz de evitar innumerables malas experiencias
aprendiendo lecciones de perdón y haciéndolos inne-
cesarios en el futuro. Además de todo eso, mientras
cambia la mente de uno sobre el mundo y la práctica
del perdón, cualquier individuo aparente
aún podría buscar soluciones a problemas que parecerían aceptables en el ilusorio mundo, siempre que no
se encadenen al nivel de percepción a través de la carga
de la fe.

Luego, una noche, un par de semanas antes de la próxima visita de Arten y Pursah, sucedió algo que no
se parecía a nada de lo que había experimentado. Yo
estaba sentado solo leyendo una revista en una silla
cuando de repente me sentí abrumado por un abru-
mador sentido de conciencia. El universo desapareció
momentáneamente y yo simplemente se sentó allí
solo en un estupor de asombro. Me sentí *totalmente* seguro y *completamente* tomado cuidado, dentro del conocimiento de una Presencia que, hasta ese momento,
habría
sido inimaginable.

La revelación te une directamente con Dios. 11

Aunque la experiencia de la revelación nunca puede
traducirse en palabras, hay una cualidad tan singular
que se adhiere a la memoria. Pasa en
un instante en el que uno tiene la experiencia de estar
fuera del tiempo y el espacio, y incluso más allá de

eso. Te conviertes en uno con algo tan grande que supera el tamaño. La cualidad más clara que es completamente diferente a cualquier cosa de este universo es que es *constante*. No hay cambio ni interrupción en su poder ilimitado; no cambia o vacilar. Le da una idea de algo en lo que puede confiar; alguna cosa real, cuya alegría es increíble. Entonces supe que había sido comunicados por Dios.

La revelación no es recíproca. Procede de Dios para ti, pero no de ti, a Dios.

No hice nada más esa noche. Seguí sentado allí en mi estado de asombro y gratitud.

El asombro debe reservarse para la revelación, a la que está perfecta y correctamente

aplicable.

No tenía nada que decir, ni era necesario.

La revelación es literalmente indecible porque es una experiencia de amor indecible.

Sabía que nunca volvería a ser el mismo. A medida que pasaba el tiempo, recordaría que esto experiencia había sucedido porque estaba listo para ella a través de mi práctica de perdón, haciéndome aún más emocionado de continuar en mi camino elegido.

Como ya me habían dicho mis visitantes mientras me recitaban el Curso, nadie que haya experimentado la revelación de este tipo de permanencia y ser inquebrantable puede volver a creer plenamente en el ego. Me estaba preparando para volver a Dios.

... La curación es de Dios al final. Los medios se explican cuidadosamente para ti. La revelación puede revelarle ocasionalmente el final, pero para alcanzarlo, el se necesitan medios.

Después de esta completa pero temporal suspensión de la duda y el miedo, supe que

No me importaría ser siempre así. Aunque sentí que

tenía muy poco miedo la mayor parte del tiempo, mi timidez e incomodidad todavía se mostraban en mi interacciones con extraños o nuevos conocidos. Me preguntaba si eso alguna vez irse, y también lo que mis visitantes tendrían que decir sobre mis muchos experiencias durante su pronto esperado regreso. Cuando aparecieron, Pursah

estaba sonriendo brillantemente.

PURSAH: Hola, Gary. ¿Qué se siente al probar el cielo?

GARY: Absolutamente asombroso, pero me siento demasiado estúpido para ponerlo en palabras.

PURSAH: No lo intentes. Solo te estaba ofreciendo mis felicitaciones.

ARTEN: Yo también, Gary. Ahora que ha tenido una muestra de permanencia, estar menos impresionado por lo impermanente, lo que hará que sea aún más fácil para usted perdonar.

Gary: ¿Te refieres a ayer en la tienda de la esquina?

NOTA: El día anterior, me había quedado atascado en la fila esperando a un cajero que estaba hablando por teléfono. Había varias personas frente a mí y el El cajero siguió hablando, haciendo que los demás y yo estuviéramos allí durante varios minutos. Cuando comencé a sentirme un poco ansioso, recordé mi entrenamiento. y el hecho de que me lo estaba inventando todo, como si fuera mi propio director película. Luego perdoné al cajero por lo que en realidad no estaba haciendo, y así yo mismo al mismo tiempo. Luego, el cajero dejó de hablar por teléfono y parecía que yo también me inventé esa parte.

Los milagros son todos iguales. Los beneficios para tu mente cuando perdonas son inimaginables para ti.

ARTEN: Sí. Los milagros son todos iguales. Los beneficios para tu mente cuando Perdonar así son inimaginables para ti. Hace un par de años probablemente se hubiera enojado y expresado de alguna manera, incluso si fuera solo con un mirada sucia. Lo estás haciendo bien. No *siempre* te va bien, pero sigue trabajando en ello.

En lo que respecta a la revelación, ahora sabes lo que realmente es. Pasará otra vez en algún momento. Siga usando los medios y deje que el fin, así como algunos atisbos de ella - cuiden de sí mismos.

Gary: También me he sentido en paz y feliz en otras ocasiones. No todos tienen que hacerlo

Serán experiencias cumbre, supongo. Sentirse bien es divertido.

ARTEN: Oh, quieres decir como el verano pasado, cuando estabas dando vueltas en

su cortadora de césped con conductor al alcance del oído de sus vecinos conservadores y

gritando a todo pulmón, "¡El Hijo de Dios es libre! El Hijo de Dios es

¡gratis!"

GARY: Sí, ese era yo.

ARTEN: ¿Tiene alguna pregunta antes de continuar?

GARY: Sí, lo que realmente *hizo* lo primero, la gallina o el huevo?

ARTEN: Obviamente ambos se hicieron simultáneamente, junto con el resto.

del universo. Dentro de la ilusión parecen estar separados, aunque Ellos no están. Vamonos.

PURSAH: Has tenido muchas experiencias que podrían describirse como psíquicas, aunque la revelación no es uno de ellos porque viene de Dios. Más

experiencias, incluso espirituales, no provienen de Dios mismo, sino más bien brotan de su propia mente inconsciente. Ellos *pueden* ser un símbolo de lo que está en tu sano juicio. Pongamos algunas de estas otras experiencias en perspectiva.

Como dice el Curso en el Manual:

Ciertamente, hay muchos poderes "psíquicos" que están claramente en línea con este curso.

Continúa diciendo:

Los límites que el mundo impone a la comunicación son las principales barreras para experiencia directa del Espíritu Santo... Y Quien trasciende estos límites de alguna manera se está volviendo más natural.

Sin embargo, teniendo en cuenta que solo hay una de dos cosas que puede hacer:

hacer algo real o perdonarlo, luego cualquier habilidad nueva que se le presente debe ser dado al Espíritu Santo y usado bajo Su dirección.

El Manual también dice que nadie tiene poderes que no estén disponibles para todos. El Espíritu Santo ciertamente te recordará que no eres especial, y no debe intentar convencerse a sí mismo ni a los demás de que lo es.

Nada que sea genuino se usa para engañar.

Sea consciente de su objetivo. El cielo es permanente y nada de lo que pareces hacer fuera del cielo es permanente. ¿Cómo puede ser importante? Quieres mantener cosas en perspectiva. A medida que practicas el perdón, tu conciencia aumenta y como dice el Manual de cualquier estudiante:

... A medida que aumenta su conciencia, es posible que desarrolle habilidades que parecen bastante

sorprendente para él. Sin embargo, nada de lo que pueda hacer se puede comparar ni siquiera en lo más mínimo con la gloriosa sorpresa de recordar quién es. Que todo su aprendizaje y todos sus esfuerzos se dirigen hacia esta gran sorpresa final, y él no se contentará con que los pequeños que se le acerquen el día

la manera.

GARY: Gracias, y por supuesto quiero decir gracias a

J también. Eso pone cosas en perspectiva, especialmente ahora que he probado esa gran sorpresa final.

ARTEN: Muy bien. Ahora, queremos prepararte para recibir breves visitas. De nosotros con muchos meses en el medio. Vendremos para animar,

que sigas practicando, y mientras estemos aquí hablaremos de varios temas y responda cualquier pregunta que se le ocurra. Sobre todo queremos que lo hagas concéntrese en trabajar con el Espíritu Santo y practicar el perdón. No seas decepcionado cuando no nos quedamos mucho tiempo. Eres un chico grande. Ademas te aseguro usted, *siempre* estamos al tanto de lo que está sucediendo con usted, y siempre lo estaremos.

GARY: Te creo. Por cierto, he empezado a escribir un poco, como estoy seguro lo sé, y me preguntaba si tiene algún consejo para mí sobre cómo proceder.

PURSAH: Por supuesto. Sabíamos que te derrumbarías y escribirías algo finalmente. Eres lento, pero no estás desesperado. Es una broma. Considerando el El hecho de que esté un poco abrumado, nos alegra que lo haga. No dejes el hecho de que empieces de cero te intimida. Recuerda, el propósito de escribir es comunicar. Eso de Shakespeare era lindo, y lo que decía era verdad. Si eres bueno comunicando, eres un escritor eficaz. No

preocuparse demasiado por las reglas. Entre tú y yo, el inglés es una especie de lenguaje tonto de todos modos. Pero lejos de mí juzgar nada.

Gary: Sí. Hacerlo podría sugerir que no tienes cultura.

PURSAH: Quizás, tal como nuestro libro sugiere que usted no habla nada bueno
Inglés.

Gary: Estás diciendo que no debería preocuparme por lo que algún profesor de inglés podría pensar en mi estilo de escritura?

PURSAH: Exactamente. Me alegro de no haberme confundido.

GARY: Me encanta cuando hablas sucio.

PURSAH: Una vez más, creo que será mejor que sigamos adelante. Recuerda esto: si, alguien piensa mal sobre lo que escribe, o incluso si simplemente no es positivo al respecto, perdónalos. Recuerda siempre cuál es tu trabajo número uno, no

importa lo que parezca estar haciendo.

ARTEN : Además, al armar el libro, tiene permiso para expandir el diálogo y convertirlo en una presentación más lineal y completa. Por supuesto

tu narración es tuya. Solo asegúrate de que todo esté basado en nuestras visitas y que sea

coherente con nuestras conversaciones.

GARY: ¿Qué debo hacer con el libro cuando esté terminado?

PURSAH: Siempre puedes seguir el modelo del Evangelio de Tomás . Lo que tu es enterrar su libro en algún lugar de Egipto. Si alguien lo desentierra después de los quince siglos, serás famoso.

GARY: Gracioso. ¿Algún consejo para mi vida actual?

PURSAH: Sí. No se preocupe por eso. Te diremos qué hacer extraoficialmente pero es un poco temprano.

Gary: Bueno, será mejor que me lo digas o no tendré ni idea. Ni siquiera se si, Soy lo suficientemente bueno para escribir el libro, pero lo intentaré.

ARTEN: Lo sabemos, así que no tienes que preocuparte por ser lo suficientemente bueno. Sólo

hazlo. Ahora, ¿tiene algo más que le gustaría preguntarnos en este momento?

GARY: No lo sé. Estoy bastante drogado por todo lo que ha pasado.

ARTEN: Sí, puede disculparse por estar completamente

boquiabierto, considerando su reciente
experiencias. Pero debes tener algunas otras preguntas.

Gary: De acuerdo. Dijiste hace un tiempo que explicabas
más sobre tus cuerpos
y tus voces y lo que realmente son, y que explica-
rías el apariciones de ángeles y la Virgen María. Ahora,
cuando estaba haciendo el Cursillo,
alguien me dio esta foto de María como regalo que fue
tomada en la iglesia en Medjugorje, donde apareció en
la década de 1980 frente a esos visionarios niños. Dadas mis experiencias, siento un poco de afinidad por
esos niños. Como Estoy seguro de que lo sabes, fui a ver
a Ivanka, una de las niñas que es mayor.
ahora, cuando dio una charla en una iglesia católica
aquí en Maine. tengo el impresión, aunque utilizó un
traductor, de que su experiencia fue genuina y ella estaba diciendo la verdad.

En el programa de ese evento había una imagen de la
Virgen María basada en *otra* imagen que dejó en la camisa de cactus de este chico cuando se le apareció hace
unos 460 años en lo que ahora es la iglesia de Nuestra
Señora de Guadalupe en México Los científicos dicen
que la camisa debería haberse descompuesto y desin-
tegrado después de solo una docena de años más o
menos, pero en cambio todavía está intacto y en ex-
hibición en la iglesia, y ¡Ha estado ahí durante cinco
siglos! Así que aquí tengo estas dos imágenes de Mary
que se hicieron con unos 460 años de diferencia. Uno
de ellos es una imagen real.
¡Y lo increíble es que se ven iguales! ¿Que esta pasando
ahí?

ARTEN: Hemos dicho que todas las imágenes corporales
las crea la mente. Estas Las imágenes pueden ser un
símbolo de la mente recta y el Espíritu Santo, o de la
mente equivocada.

y el ego. Esa imagen de María está en la mente inconsciente y puede ser proyectado por los individuos o las masas. La imagen de la que hablas tiene un Occidental lo mira; no es realmente el rostro de una mujer judía de 2000 años ac. Es una combinación de lo que está en la mente, al igual que la imagen que la gente tiene de J en sus mentes no es realmente cómo se veía, pero *es* representativo del colectivo mente.

En las apariciones de Mary, que suelen ser más detalladas si toman lugar frente a unas pocas personas porque están tan concentradas, ella parece la

lo mismo porque la imagen es arquetípica, un concepto con el que se ha familiarizado.

Lo que sucede en estas apariciones es que el amor del Espíritu Santo es el contenido detrás de la apariencia. La mente, ya sea la de un individuo o un

grupo, le da a ese amor su forma.

Gary: Estás diciendo que el amor del Espíritu Santo es real, pero la forma viene.

¿de nosotros?

ARTEN: Precisamente. Pursah te dijo que cualquier cosa que adopte una forma debe ser simbólico de otra cosa. El Espíritu Santo no forma; Él ama. Sus

posible que el amor del Espíritu Santo brille en su universo y luego sea dado una forma específica por su sano juicio. La forma en sí es una proyección del mente, pero el amor que hay detrás es real. Eso explica las apariciones de María, ángeles

y todos los maestros ascendidos. También explica cómo se nos apareció J después de la crucifixión hace 2000 años. Nuestras mentes estaban listas para experimentar su amor, por lo que su, El amor se nos apareció en una forma que podíamos aceptar y relacionarnos en ese momento, así como

nuestro amor está apareciendo a usted ahora en forma

de cuerpos y voces que *se* puede aceptar y relacionarse.

Una vez más, no estamos hablando de que el cerebro haga estas formas; es el mente entera que hace detalles. También dijimos que hay una sola mente, así sucesivamente.

este nivel sería literalmente imposible que cada cosa que se hace no sea un producto de la mente dividida. Si bien nuestro amor es real, nuestros cuerpos son tan ilusorios como el tuyo, como figuras en un sueño. Cuando te dijimos al principio de estas conversaciones que *hicimos* estos cuerpos, nos referíamos a nuestro amor. Eso también es lo que Pursah quiso decir cuando dijo que J hizo otro cuerpo para comunicarse con nosotros después

la crucifixión. Su amor era el contenido genuino detrás de la forma ilusoria, pero son las mentes que están dormidas y proyectadas las que hacen *todas las* formas y les dan forma y detalles.

Pursah: Dado que la gente se ilumina antes de dejar el cuerpo, obviamente Debe ser posible que los seres iluminados *parezcan* estar funcionando en este

mundo. Sin embargo, saben que *no* están realmente en el mundo y que no es necesario que regresen aquí excepto como una forma de dejar que su amor ayude a otros. Para repetirlo es su amor al que las mentes aparentemente divididas dan forma en la ilusión. Hay realmente no hay necesidad de que los maestros hagan ninguna forma después de ser iluminados.

Gary: Eso es realmente interesante, pero sabes que algunas personas te dirán, salió de *mi* ego.

ARTEN: Que piensen lo que quieran; lo harán de todos modos. Mientras están en eso,

déjelos responder estas preguntas: ¿Le enseñaría el ego a la gente cómo deshacer el ¿ego? ¿Enseñaría el diablo a la gente cómo escapar del infierno?

Gary: Un excelente punto. Lo que realmente está haciendo es intentar educar ego para elegir contra sí mismo?

ARTEN: Magnífico. ¡Qué estudiante tan inspirado!

Gary: Supongo que lo que dijiste sobre las apariciones de símbolos divinos también explica cómo esa campesina de Georgia puede hacer que la Virgen María parezca ella y dejar mensajes, excepto que los mensajes suenan como si vinieran de una granjera en Georgia. Puede que Mary realmente se le esté apareciendo, pero el los mensajes están en la forma con la que ella puede relacionarse mejor.

ARTEN: Muy bien. Esa mujer es sincera. Los mensajes, aunque simples puede ser, están destinados a quienes más pueden beneficiarse de ellos.

Gary: ¿Qué tal algo que no es un tema tan agradable, tan loco bastardo que voló el edificio federal en Oklahoma City? Es tan fácil de conseguir

absorbido en proyectar mi culpa oculta sobre él. Ya dijimos que es mío locura que veo en el mundo. Sigo pensando que la gente va a tener un duro

tiempo, al igual que yo, creyendo que hemos elegido ver nuestro pensamiento oculto sistema en este loco. Nos estás pidiendo que creamos que no importa cuán enfermo esté crimen, el criminal es solo un chivo expiatorio conveniente que usamos para ver nuestro inconsciente culpa como fuera de nosotros. Eso significaría que tenemos que perdonarlo por lo que no hizo. realmente lo hacemos si *queremos* ser libres.

ARTEN: Sí, el ego es muy bueno para engañarte, pero déjame hacer un par de puntos. Cuando se trata de lo que parece ser una tragedia terrible, es *muy* fácil

ser atraído por él. Sí, tienes que perdonar, pero también debes ser consciente de una un par de cosas en tal situación. En primer lugar, elegir reconocer el la irrealidad del sueño no significa que no debas ser sensible a las necesidades y los sentimientos de las personas que se ven envueltas en una pesadilla como esa. Te has ido a través de la muerte de seres queridos. ¿Cómo se habría sentido *en ese momento* si alguien idiota se te acercó y comenzó a decirte que todo era solo una ilusión, así que no debería sentirse mal? Solo te enojaría que tu dolor no estuviera siendo respetado.

No dejes que nadie te diga que el perdón no es práctico en el nivel de la forma. Eso puede marcar la diferencia en el mundo.

No se puede esperar que las personas en duelo hagan algo más que llorar. Siempre Permitir los sentimientos y creencias de los demás. Eso es lo que queríamos decir cuando dijimos el Por supuesto, no satisfaría las necesidades sociales de la mayoría de las personas durante mucho tiempo. Déjalos tienen sus bodas y funerales y servicios religiosos y juicios judiciales. Aquellos
las cosas son necesarias para la sociedad. El Curso no es un rito de iniciación, es una forma de pensando. En segundo lugar, sería igualmente insípido decirle a la gente en un momento como ese
todo un guión que eligieron experimentar. Deja que las personas aprendan la verdad cuando estén
persiguiendo la verdad, no cuando están de duelo por sus amigos o familiares.
Obviamente, si ese terrorista hubiera aprendido a perdonar en lugar de odiar, entonces todo el asunto nunca habría sucedido en primer lugar. No dejes cualquiera te diga que el perdón no es práctico en el nivel de la forma. De hecho, puede marcar la diferencia en el mun-

do. Elegir el verdadero perdón y lo santo El espíritu como tu Maestro *no* es parte del guión del ego, es una decisión que *debes* tomar.

Hacer para liberarse del guión del ego.

GARY: Si alguien quisiera que se leyera el Curso en su boda o funeral, deberías permitir eso también, ¿verdad?

ARTEN: Si eso es lo que quieren, absolutamente.

Gary: Supongo que cualquier explosión que implique la muerte como la de Oklahoma City.

sería un símbolo de la separación, el Big Bang y el cielo aparentemente ¿destruido?

ARTEN: Muy cierto, aunque la mayoría de la gente no tendría los antecedentes para que piense en ello de esa manera. ¿Alguna otra pregunta?

Gary: Sí. Hice el entrenamiento *est por* primera vez en 1978, y me enseñaron esto técnica, o fórmula llamada "Be-Do-Have", que ha sido copiada por otros maestros espirituales desde entonces. Enseñó cómo ser y conseguir lo que quieres.

Básicamente, la idea es que en lugar de *intentar* o luchar por ser, digamos, un gran músico, deberías *ser* un gran músico, *hacer* las cosas que los grandes músicos hacer y luego tendrás las cosas que *tienen* los grandes músicos. Werner Erhard, el

fundador de *est,* fue un gran maestro, a pesar de sus atacantes, y fue muy útil para mí en ese momento, aunque mi éxito tiende a aparecer y desaparecer. yo estaba preguntándose, ¿cómo se siente acerca de cosas como el proceso "Ser-Hacer-Tener"?

ARTEN: No estamos diciendo que no puedas usar tales técnicas, pero cuando hablamos

acerca de la abundancia nos referimos a una forma de unirse con Dios para que pueda ser naturalmente *inspirado* en lo que debe ser, hacer y tener. ¿Por qué no esperamos por *eso*?

conversación y vea si responde alguna pregunta que tenga sobre el éxito y ¿abundancia? Por cierto, una de las cosas que hacen los grandes músicos es practicar mucho:

y durante mucho tiempo. Dudo que hayas encontrado una forma de evitar eso.

Gary: Tu punto está bien interpretado, pero aún así ayudaría a que uno se sienta mejor al respecto.

si la actitud subyacente es la de ser ya un gran músico.

ARTEN: Eso es cierto. ¿Algo más?

GARY: Sí, Arten. Pursah me dio un ejemplo de perdón que la ayudó tremendamente en su última vida, pero no lo has hecho. ¿Cual es el trato? Eres tú no cumplir con su santa obligación para conmigo a riesgo de incurrir en la ira de

el Señor nuestro Dios?

ARTEN: No juzgues. Aprendí esa palabra en mi última vida. Seguro, lo haré darte un ejemplo. Pero una de las cosas que quiero que sepas es que cuando

lograr el dominio, realmente comprende la idea completa de que el mundo es *su* película. Déjame preguntarte, aunque ya hemos mencionado esto antes, cuando estás dormido en tu cama y soñando por la noche, o en tu caso, a veces incluso antes te vas a dormir y tienes los ojos cerrados, ves imágenes en movimiento con sonido, ¿verdad?

Gary: Sí, y cuando estoy dormido, mis sueños pueden parecer tan reales para yo como lo haces ahora.

ARTEN: Está bien, pero la mayoría de la gente no se detiene a pensar y preguntar, exactamente qué

estas viendo esas imagenes de ensueño *con* ¡Tus ojos están cerrados! Si tus ojos son cerrado, entonces ciertamente no pueden ser los ojos del cuerpo con los que estás viendo. Eso es un punto importante.

Gary: Está bien, te lo concedo. Debo estar viendo con mi mente.

ARTEN: Sí, y ya lo has sentido antes en tu vigilia.

vida; dijiste que daba algo de miedo. La verdad es que cuando aparentemente estas despierto durante el día y tiene los ojos abiertos, no es realmente el cuerpo ojos con los que ve más que cuando está dormido por la noche. Es *siempre*

tu mente que está viendo. Es *siempre* su mente que es oír y sentir y haciendo las otras cosas que le dan crédito a los sentidos del cuerpo. No hay

excepción a esto. El cuerpo en sí es solo una parte de tu proyección.

A medida que adquiere dominio, sabrá que la película que está viendo es *toda* su proyección; no viene de la mente de otra persona, porque no *es* sólo una mente. Por eso todo juicio es una locura. Sí, la proyección que llamas universo proviene de una distinta, escisión *nivel* que el que actualmente se encuentra experimentando. Por eso parece real si dejas que sea real. En este nivel el cuerpo *parece* estar experimentando algo fuera de sí mismo, pero lo que parece ser fuera de ti es simplemente una visión macro que está siendo proyectada por tu propia mente, y tu experiencia aquí es simplemente una micro vista que está siendo proyectada por tu propia mente! Es absolutamente cierto decir que solo su interpretación del mismo:

su juicio o perdón, lo hace real o irreal.

Ahora, a medida que logras la aplicación del perdón, tu el dolor y su malestar disminuirán y, a veces, desaparecerán. Note que no lo hice

decir que la causa *aparente* del dolor y la incomodidad desaparecería. Sería ser teóricamente posible que un maestro muera de cáncer, o sea asesinado como J, y no sentir el dolor asociado con tales eventos. Si tu dolor se ha ido y tu sufriendo junto con él, entonces realmente importa si la causa ilusoria del dolor todavía *parece* estar allí?

Gary: Nunca pensé en eso. El mundo juzgaría la situación por el apariencia, pero sería posible que un maestro no sufriera independientemente de lo que parecía estar sucediendo, e incluso estar bastante indiferente al respecto. El mundo
diría, "Esa persona murió de cáncer; algún Ser iluminado! " Sin embargo, podría ha sido una lección de perdón que fue aceptada por esa persona y hecha muy exitosamente.

El guión del ego no siempre cambia cuando tú quieres. Pero puedes poner fin a todo el sufrimiento que exige el guión del ego. Eso es del Espiritu Santo guión.

ARTEN: Que es solo una razón más por la que nunca deberías pasar apariciones. Si no hay ningún efecto o dolor, entonces no hay causa. *Realmente* no.
Cualquier cosa que parezca estar causando su dolor, ya sea una circunstancia o un
relación o ambas, pueden desaparecer o *no* cuando practicas el perdón.
El guión del ego no siempre parece cambiar cuando tú quieres. Pero *es* posible terminar con todo el sufrimiento que exige el guión del ego y tener paz en lugar de miedo. *Ese es* el guión del Espíritu Santo.
Recuerde, al igual que usted elige qué películas va a ver en el local teatro, también elegiste esta película que llamas tu vida, así como cualquier otra vida película a la que asistes. Siempre es un caso de *auto* predestinación. La película de tu vida
Gary ya se ha filmado, como tus matinés de gangas. Lo sabes, entonces ¿Por qué luchar? Recuerde, no dijimos que no debería tener intereses personales. No los tendrías en primer lugar si no fueran parte del guión. Así que sí, desarrolla tus habilidades. Opere en los

mercados si lo desea, como uno solo ejemplo. Utilice el análisis técnico. Emociónese cuando vea una divergencia en su estocásticos, aunque un método simple de seguimiento de tendencias sería más inteligente. Mientras estás haciendo cosas así no olvides que los ojos del cuerpo no ven nada, y realmente estás experimentando tu propia película. Por cierto, no importa si te guste el final o no, porque *nunca es* realmente el final, solo una nueva comenzando hasta que no haya necesidad de más comienzos o finales. Cuando eso llegue el momento, no serán más que verdadera alegría, y el aparente opuesto del Cielo será desaparecer.

Otra cosa que debe recordar es no distraerse con enseñanzas que pueden servir a otros y ayudarlos a sentirse mejor temporalmente, pero no son parte de la camino que has elegido. Habrá quien te diga que cuando tengas un problema, persona u objeto con el que lidiar, puede decir: "Yo soy eso", y

desaparecer. Convertirse en uno con algo en tu proyección solo lo hace real para ti, y no deshacerás la culpa en tu mente que no *puedes* ver. Solo verdad el perdón puede hacer eso. También habrá quienes te digan que observar y ser consciente de tus emociones te liberará de tus compulsiones. Sin embargo, aun aunque has visto por ti mismo que observar tus sentimientos puede disminuir su

impacto, todavía no es lo mismo que perdonarlos. Solo el verdadero perdon de sus relaciones, y por lo tanto la curación de la culpa inconsciente en su mente, realmente puede liberarte de tus compulsiones o cualquier otra cosa.

Finalmente, puede escuchar a aquellos que buscan el equilibrio: el equilibrio del cuerpo, mente y espíritu, o equilibrando fuerzas duales como el yin y el yang, o equilibrando fuerza "en sí. Equilibrar las ilusiones no es perdonarlas. Concéntrate en el camino que estaba

LA DESAPARICIÓN DEL UNIVERSO

destinado a ti. Otros seguirán el mismo camino durante diferentes vidas. No olvides que el Curso es algo muy nuevo. Rock'n'roll tiene veinte años mayor que el Curso! Agradece que hayas jugado a ambos y dale a este nuevo camino espiritual una oportunidad para encontrar a aquellos que debe encontrar.

Nadie sabe perdonar al principio. Se necesita tiempo para aprender. La gente no saben lo que les están haciendo a sus propias mentes cuando juzgan y condenan otros. Incluso nosotros, los propios discípulos de J, no lo entendimos realmente al principio. Seguro nosotros pensamos que sabíamos mucho en ese momento. Todo el mundo lo hace. Sin embargo, como dice J en el Curso, con respecto a las enseñanzas derivadas del Nuevo Testamento, algunas de las cuales se originaron y fueron transmitidos por ciertos discípulos: Al leer las enseñanzas de los apóstoles, recuerde que les dije yo mismo que había mucho que entenderían más tarde, porque estaban no del todo listo para seguirme en ese momento. Espero que eso ayude a poner fin al mito de que los discípulos fueron ascendidos. Maestros. Eso incluye a Pursah y a mí. Algunas personas pueden no querer saberlo.

hoy, pero *todos* los discípulos tenían al menos veinte vidas más para atravesar y más lecciones que aprender antes de alcanzar la iluminación. Nosotros ciertamente, *Sin embargo,* aprendí mucho de J en esa vida, porque no pudimos evitar ser impresionado por su creencia en el *gran mandamiento* del Dios de Israel: "El Señor nuestro Dios, el Señor uno es, y amarás al Señor tu Dios con todo tu corazón, y con toda tu alma, y con todas tus fuerzas ". J tenía el tipo de humildad que decía: "Dios, solo *te* quiero a *ti* ". Cuantas personas estan dispuestas a decir eso y en serio? ¿ *Estás* listo para ir al final del juego?

Durante mi última vida, yo tenía sesenta y tantos

cuando conocí a Pursah. Eso sería la vida final para los dos. Su marido había fallecido un par de

años antes de eso, y mi esposa también había hecho su transición. Pursah y yo reconoció rápidamente que estábamos juntos. No solo tuvimos el Curso y nuestra comprensión personal de él en común, pero sentimos que habíamos sabido

entre sí en vidas anteriores. De hecho, pudimos ayudarnos unos a otros.

Recuerda muchos eventos de encarnaciones anteriores. Vivimos juntos en ese ultimo de por vida pero no se casó. Era nuestra forma de honrar a nuestros cónyuges y, sin embargo, tener entre sí al mismo tiempo.

GARY: Bribón.

ARTEN: No le daremos datos personales, ni esperamos que los revele.

detalles íntimos de tu vida. Algunas cosas se perdonan mejor en privado. Pursah y yo teníamos aproximadamente la misma edad, y te diré lo que era único en nuestro relación. Nos amamos mucho, pero nos soltamos al Espíritu Santo. No hicimos demandas ni llamamos al sacrificio. Como el mundo confunde dolor con placer, también confunde sacrificio con amor. Sin embargo, lo que es sacrificio en el análisis final, pero ¿una llamada al dolor? ¿Es eso lo que realmente quieres?

los que amas? Tus amores especiales son simplemente ídolos en los que buscas conseguir lo que sientes que es falta en ti mismo. El romance es un vano intento de llenar un vacío imaginado, un

agujero que realmente no existe, pero que experimentas como resultado de la separación. Esa sensación de carencia solo puede curarse realmente con la Expiación y salvación, llevándote a la integridad de tu unidad con Dios. Pursah y yo

Tuvimos la suerte de haber aprendido eso cuando nos conocimos. Nosotros no Exigir el cumplimiento de acuerdos especiales de amor. Nos dejamos ser el camino que éramos, y éramos libres para amarnos sin exigencias, pero como un expresión de nuestra unidad como Cristo y con Dios.

Pursah se iluminó antes que yo. Estuvimos juntos por aproximadamente ocho años cuando supimos que había sucedido. No hay explicacion de que
era como si le hiciera justicia a su experiencia; simplemente lo sabíamos. No me preocupé sobre el hecho de que ella estaba un poco por delante de mí porque sabía que estábamos en el mismo camino y prácticamente al mismo nivel. La siguiente década después de eso fue maravilloso.

Gary: Eso es genial, pero ¿cuál es tu lección de perdón que dijiste que dirías? ¿yo? Espera un segundo, te mostraré un poco de paciencia infinita y tal vez des me algunos resultados inmediatos.

ARTEN: Bien. Realmente es muy simple. No siempre es ciencia espacial, Gary. Lo que sucedió fue que Pursah dejó su cuerpo a un lado. Ella hizo su transición sin mí, y me quedé aparentemente solo para vivir los últimos años de mi vida sin ella. *Esa* fue una gran lección de perdón para mí, y resultó que la el último que necesitaba antes de mi propia iluminación. Después de un par de años recordé Quién era y recuperé completamente mi memoria de Dios.

Esa última lección me ayudó a aprender de una vez por todas el sinsentido de el cuerpo. Pursah no se sintió bien durante un par de días antes de que su cuerpo se detuviera, pero me explicó que no importa si tu cuerpo está sano o no. *Sus no tú.* ¿Cómo puede la materia a menos que *es* verdad? La salud y la enfermedad también son dos caras de la misma moneda ilusoria. Ninguno de los dos es cierto, y Pursah lo sabía. Ella Sabía que su cuerpo estaba muriendo, pero en lugar de dejar que su ego se volviera loco, había solo paz. Parte de mi trabajo era entender que ella renunciando a su cuerpo no

significa que ella no estaba conmigo. Sentí que ella estaba conmigo y fui consciente de ella.

presencia muchas veces en los últimos años. Pensaría en algo que ella solía decir para mí, "No seas juez", y era como si ella todavía estuviera allí. Perdoné al mundo, aunque pensé que ya lo había hecho, y pronto pude dejar mi cuerpo a un lado

y llegar a ser uno con Pursah, Cristo y Dios.

No podría haber llegado a ese punto sin muchos, muchos años de práctica. Verdadero perdón. Así que te doy este humilde consejo cuando se trata de todos de sus relaciones en este mundo, ya sean fundadas en un amor especial *o* odio especial. ¿Por qué no dejas de preocuparte por si la gente te quiere o no?

y simplemente amarlos? Entonces no importa lo que piensen de ti. Usted puede solo *sé* amor. ¡Es tan simple! ¿Y adivina qué? En última instancia, determinará cómo que sientes por ti mismo!

GARY: No sé si puedo manejar eso. Creo que le tengo miedo a la alegría. Puedes dame un resumen rápido de tu actitud al practicar el verdadero perdón, como Pursah hizo?

ARTEN: Claro. Todo era del Curso; incluso puedes encontrarlo resumido en la introducción. Es su estudio continuo y su aplicación diligente lo que

le brinda un conocimiento avanzado y lo hace real para usted. Es mucho en línea con el proceso de pensamiento del perdón que Pursah le dio hace dieciséis meses.

Si inventé este mundo, significa que no hay nadie ahí fuera. Yo fui el que evocó a todas esas personas que veía como la causa del problema. Nada

irreal existe, ¿recuerdas? Realmente pude entender que no hay nada que temer y luego negar la capacidad de cualquier cosa que *no sea* de Dios para afectarme. Podría perdonar a mi hermanos o hermanas y yo mismo simultáneamente. Entonces podría experimentar más y más que mi casa fue construida sobre la roca. Como estoy seguro de que recuerdas, nada real puede ser amenazado. Todas las ideas encajan y conducen a la paz de Dios.

GARY: Una vez más, es simple pero no es fácil. Especialmente cuando la mierda golpea el admirador.

ARTEN: Cuanto más lo haces, más empiezas a ver venir la mierda. A través del ventilador como una oportunidad. Lo estás consiguiendo; tu persistencia es bastante interesante. Cuelga ahí.

GARY: Puedo cavarlo. Creo que es genial que Pursah y tú se conocieran como Thomas y Thaddaeus, y luego también pasaste la parte final de tu últimas vidas juntos. Eso es realmente interesante.

ARTEN: Oh, hay algunas cosas *muy* interesantes que descubrir, Gary, como lo verás por ti mismo.

PURSAH: Ya es hora de que salgamos a la carretera, hablando metafóricamente. Por supuesto. No es casualidad que te visitemos en esta fecha en algunos años. No solo este día está relacionado conmigo como Santo Tomás, que te dejaré averiguar en algún momento si puedes, pero nos da la oportunidad de hacer unas pequeñas vacaciones uniéndonos con y animarle a aprovechar sus lecciones de perdón en el nuevo año por venir.

NOTA : Eventualmente descubrí que el 21 de diciembre es la fecha del religioso fiesta de Santo Tomás, aunque es el 3 de julio RD en la iglesia siria, donde Thomas también es todavía venerado.

Nos gustaría que se uniera en su mente a todas las personas del mundo en este época del año. No importa qué festividad celebren o si admiro a J o Judah Maccabee.

Gary: ¿Quién?

PURSAH: , pero es posible que tengas que buscar debajo de Hanukkah. Aprenderás algo sobre esas vacaciones también.

Gary: Acabo de enterarme de Kwanzaa, así que bien podría convertirlo en un cosa internacional.

PURSAH: Todo el mundo celebra esta época del año. Si pudieran traer su paz en el nuevo año, entonces *realmente* sería algo. Navidad, Hanukkah, Kwanzaa, Ramadán, Gita Jayanthi: todos son símbolos del reconocimiento de algo más grande que el ámbito individual.

Gary: ¿Gita Jayanthi es la celebración del *Bhagavad-Gita*?

PURSAH: Sí.

GARY: ¿Qué tal el festival Wiccan de Yule?

ARTEN: Los paganos no cuentan. ¡Es una broma! Esta es una gran época del año para todos. Como saben, la iglesia estafó el tiempo de las vacaciones de Navidad.

de una fiesta pagana. Es interesante lo que hará la gente cuando piense están en una competencia.

GARY: ¿Quieres decir que J no nació en un pesebre de diciembre 25?

PURSAH: Avanzando, este es un momento de paz y renovación. Como el curso te enseña:

Está en su poder hacer santa esta temporada, porque está en su poder hacer el tiempo de Cristo sea ahora. Es posible hacer todo esto a la vez porque no

no es más que un cambio en la percepción que es necesario, ya que sólo hiciste un Error.

El hogar es donde está el corazón, Gary. Si tu corazón está con Dios, entonces estás Ya estoy en casa. Renuncia al mundo, no físicamente sino mentalmente.

Este mundo en el que parece vivir no es su hogar. Y en algún lugar de tu Tenga en cuenta que sabe que esto es cierto.

Esa actitud te hará diez veces más fácil perdonar. La

próxima vez que golpea el ventilador mi amigo, recuerda a Dios y perdona, porque si perdonas, entonces *será* recordar a Dios.

Dios ama a su Hijo. Pídale ahora que le dé los medios por los cuales este El mundo desaparecerá, y primero vendrá la visión, con conocimiento pero

instante después.

Perdona tu mundo. Libera cada ilusión por igual, porque son igualmente falso. Como J le aconseja en su Curso:

Haz que este año sea diferente haciéndolo de todos modos.

ARTEN: Amor y perdón; de eso se trataba J, siempre. Feliz. Vacaciones, Gary. Perdona a tus hermanos y hermanas, porque eres uno, y por eso eres

lo hiciste completo de nuevo.

... Ahora está redimido. Y cuando ve la puerta del cielo abierta ante él, entrará y desaparecerá en el Corazón de Dios.

SANANDO A LOS ENFERMOS

La aceptación de la enfermedad como una decisión de la mente, con un propósito para el cual usaría el cuerpo, es la base de la curación. Y esto es así para sanar en todos formas.

Me había interesado en la curación espiritual, y durante los siguientes meses estudió lo que el Curso tenía que decir al respecto. *Un curso de milagros* no usa el término *curación espiritual*, porque dice que toda enfermedad y curación se realiza mediante la mente. El término en sí es válido porque puede referirse a lo que la mente elige identificarse con. No sentí que la curación espiritual fuera uno de mis dones particulares, y no tenía ninguna intención específica de tratar de curar enfermedades. Sin embargo, el El tema todavía me fascinaba y sabía que querría hablar con mis profesores al respecto.

cuando regresaron. Luego, en un caluroso y ventoso día de agosto en Maine, Arten y Pursah estaba en mi sala una vez más. Me reí de alegría al verlos

Aparecer.

ARTEN: Vamos a hacer una breve excursión. Te jugamos un poco de tiempo durante nuestra segunda visita. Hoy vamos a divertirnos un poco con el espacio. Son ¿Estás listo?

Gary: ¿ Listo para qué?

NOTA : En ese mismo instante, me sorprendió ver que

estaba en algún lugar completamente diferente a mi sala de estar. En lugar de sentarme en mi silla, ahora estaba sentado en unas escaleras de cemento frente a un edificio. yo inmediatamente

reconocí que estaba en Portland, en la costa, a unas treinta millas de mi casa. Había caminado por la ciudad con Karen varias veces en las últimas

años. Arten y Pursah estaban sentados a ambos lados de mí. Se levantaron y me indicó que lo siguiera.

ARTEN: Fue una maravilla tu primera vez, ¿no?

GARY: Debes estar bromeando. ¿Estamos realmente aquí? Quiero decir, seguro parece real.

ARTEN: Hay una cita del Curso que parafraseamos anteriormente: "Viajas pero en sueños, a salvo en casa ". 2 Bueno, eso es cierto en *todos* sus viajes. Son

toda una proyección de la mente, como todo lo demás. Es todo un sueño, y eso El cuerpo con el que normalmente parece viajar no es más real que este pequeño ciudad.

NOTA : Caminamos un rato, lo que me ayudó a adaptarme a la sorpresa de este experiencia repentina e increíble de transporte mental. Entonces Pursah inició el conversación de nuevo.

PURSAH: En realidad, no vinimos aquí para hablar de tiempo o espacio. Sabemos lo que quiere discutir con nosotros hoy. Hay una conexión interesante

entre nuestra ubicación actual y el tema de la curación.

En esta misma calle en 1863, una mujer sufriente cuyo nombre iba a convertirse en Mary Baker Eddy subió un tramo de escaleras hasta su habitación de hotel. María tenía una terrible enfermedad de la columna y había estado enferma gran parte de su vida. Ella vino a Portland porque había escuchado algo a través de la parra espiritual sobre un caballero llamado Phineas Quimby, un brillante pero oscuro pionero de la mente.

La combinación de preguntas de sondeo e hipnosis que estaba usando Quimby no diferente del método catártico utilizado más tarde por Sigmund Freud y su socio, Josef Breuer, antes de que Freud se marchara solo y desarrollara el

método de asociación libre, que fue el comienzo del psicoanálisis.

Quimby le dio la vuelta a Mary y le abrió los ojos al hecho de que toda enfermedad es de la mente y no tiene nada que ver con el cuerpo. Desafortunadamente para Mary, Phineas estaba cerca del final de esa encarnación programada y pronto falleció.

Luego tuvo una recaída, pero las semillas habían sido plantadas. Más tarde pasó a convertido en el fundador de la Ciencia Cristiana. También se dio cuenta de que la enfermedad ha nada que ver con Dios. Una de sus citas favoritas de la Biblia fue: "El

la misma fuente no puede producir agua dulce y amarga ". En otras palabras, solo el bien puede venir de Dios, y todo lo demás es de tu propia creación. Aunque contrariamente al mito popular, esa fabricación no se hace realmente en este nivel.

No elige el cáncer en este nivel más de lo que un bebé elige ser deformado en este nivel. La enfermedad fue creada por tu mente a un nivel más amplio.

Agreguemos otra arruga al hecho de que su vida es autodeterminada. *La enfermedad no es personal.* Puede que le resulte difícil de creer, pero la enfermedad no es hecho por usted en *este* nivel. Esa es solo otra razón por la que nadie debería sentirse mal sobre eso si se enferman. No elige el cáncer en este nivel más que un bebé eligió deformarse en este nivel. La enfermedad fue creada por tu mente en un nivel más grande, y se está actuando aquí de una manera predeterminada. Usted *puede* ponerse en toque con su poder de elegir y así tener una enorme influencia en si siente o no dolor, y a veces disminuye o elimina su físico síntomas.

Digo a veces porque a menos que seas un maestro, no siempre lo serás exitoso, y si tiene éxito no necesariamente lo convierte en un maestro.

Además, es el cambio de opinión y su resultado en la forma en que sientes que es la cosa más importante. Solo por diversión, también hablaremos en un momento sobre el efecto que puede tener en los demás, pero primero volvamos a su casa.

NOTA : Estuvimos allí en un instante y mi mente estaba zumbando.

PURSAH: ¿Estás bien?

GARY: ¡Sí! ¡Eso fue increible! Ese es el viaje más salvaje que he tenido, y fue instantáneo.

PURSAH: Tendrás mucho tiempo para pensarlo. Cada lugar del tiempo y el espacio que contemplas es proyectado por la mente que está fuera del tiempo y espacio. Es posible ponerse en contacto con esa mente. La mejor forma de hacerlo es elimine las barreras que bloquean su conciencia. Todos los aspectos de la curación contribuir a eliminar esas barreras. Así que hoy hablaremos de enfermedades y curación.

ARTEN: Recuerda, estamos hablando de niveles aquí. No estamos diciendo que eres no es responsable de su experiencia o de que no eligió el guión en otro nivel. Estamos diciendo que debes ponerte en contacto con tu poder para elegir de donde actualmente cree que está. Eso también es cierto cuando te estás curando "otros." Nunca te unes a sus cuerpos, y nunca le pides al Espíritu Santo que

curar el cuerpo. El cuerpo, enfermo o sano, es solo un sueño. Como te enseña el Curso con respecto a todos los aspectos de unirse con el soñador de ese sueño:

… Elige una vez más lo que quieres que sea, recordando que cada La elección que haga establece su propia identidad como la verá y creo que lo es.

Ahora te voy a dar la regla número uno de todos los tiempos cuando se trata de sanación espiritual:

NO SE TRATA DEL PACIENTE.

Toda curación es el resultado de algún tipo de perdón, y todo perdón conduce a la autocuración.

Gary: Entonces, incluso cuando se trata de curar a los enfermos, en realidad se trata de perdonar.

mi propio sueño, y perdonarme por soñarlo.

ARTEN: Sí. Como dice el folleto de Psicoterapia al hablar de cómo el curso analiza la curación en psicoterapia:

... El proceso que tiene lugar en esta relación es en realidad uno en el que el terapeuta en su corazón le dice al paciente que todos sus pecados han sido perdonados él, junto con el suyo. ¿Cuál podría ser la diferencia entre curar y ¿perdón?

Gary: Está bien. Entonces, cuando J le dijo a ese hombre paralítico en el Libro de Marcos, "Tu los pecados te son perdonados ", y el chico se levantó y caminó, J estaba demostrando que la curación y el perdón son lo mismo. Por supuesto, la gente se asustó y se lo llevó a estar haciendo algo que se suponía que sólo Dios podía hacer, es decir perdonando a alguien sus pecados. Perdieron el punto.

ARTEN: Muy bien.

GARY: ¿Entonces debería ver la enfermedad de otra persona como mi propia llamada de ayuda?

ARTEN: Sí. Tienes la oportunidad de ser curado en tu mente perdonando eso.

persona.

GARY: Parece un poco egoísta usar las dificultades de otra persona como mi manera de

para llegar a casa.

ARTEN: Puede *parecer* egoísta, pero en realidad es desinteresado.

Gary: ¿Qué quieres decir con eso?

ARTEN: En última instancia, el perdón es decir que *ni* tú ni la persona que parece estar enfermo realmente existe separado de Dios. Por lo *tanto* , *ambos son* libres. Además, ¡es la *única* forma de ser libre! Está bien querer libertad y la salida es veros a los dos como inocentes.

Gary: Se podría decir que un gran sanador espiritual, como Joel Goldsmith para ejemplo, debe haber entrado en contacto con la idea de que la gente piensa que es culpable o indigno de alguna manera, y que el camino a la curación es a través del perdón.

ARTEN: Sí. Todos los sanadores espirituales pueden no articularlo de la misma manera, pero la

la santidad que proviene del amor incondicional y el perdón es esencial. En algunos casos desencadena algo en la mente inconsciente del paciente: un reconocimiento de que son realmente inocentes y perdonados por Dios. Por supuesto la mente

del sanador está siendo sanado al mismo tiempo porque no *es* realmente una sola mente. No *es* ningún paciente. *Realmente* no . El sueño no está siendo soñado por alguien más, ¿recuerdas?

Gary: Oh, sí.

ARTEN: Por cierto, J realmente curó a ese hombre como se describe en Mark. Después de él

dijo: "Tus pecados te son perdonados", también dijo, "para que conozcas al Hijo del hombre

tiene autoridad en la tierra para perdonar pecados

". No solo quiso decir *que* tenía eso autoridad, quiso decir que *tú* también tienes esa autoridad. ¿No pareces ser un ¿Hijo de hombre en este nivel? Sin embargo, eres realmente Cristo.

Por supuesto, realmente no existe el pecado, y J *no* perdonó los pecados para hazlos reales. Su actitud fue que todos en el sueño son igualmente inocentes.

porque es solo un sueño.

Gary: ¿Por qué no dijo simplemente que no existe el pecado? ¿real?

PURSAH: Tenías que estar allí. La gente no podía soportar tantas blasfemias en un día. Tenía que llevarlos consigo gradualmente hablándoles de una manera que podría tomar, o al menos aceptarlo. Me contó en privado sobre todo el juego es solo un sueño, lo cual me pareció sorprendente. Como te dije antes, para decir ciertas cosas en público en ese momento podrían haber llevado rápidamente a la muerte de mi cuerpo. ¡J ya estaba siendo acusado de blasfemia!

ARTEN: No estaba bromeando durante nuestra primera visita cuando dije que hay más ventajas de ser un estudiante suyo hoy que las que había en ese entonces. Tu no sé lo afortunado que eres. Ya sabes mucho más sobre su sistema de pensamiento, el sistema de pensamiento del Espíritu Santo, que nosotros en esos días. Usted debería ser

muy agradecida.

GARY: Lo soy. A veces me olvido.

ARTEN: No vamos a cubrir todo sobre la curación espiritual que podría. Sería muy fácil hacer un libro completo solo sobre este tema. Fueron vamos a tocar algunos conceptos básicos y luego puede continuar desde allí. Antes o más tarde, siempre se reduce a algún tipo de perdón y a lo dispuesto que estás para hacerlo. ¿Qué tan dispuesto estás a aceptar que todo es *tu* sueño? Que tan dispuestos estan para liberar tu sueño y elegir a Dios? Sabes que J le juega un truco usted en el Curso. La mayoría de las veces dice que se necesita un poco de voluntad. Pero eso es no para estudiantes avanzados. En el Manual para maestros, dice que se necesitan *abundantes* disponibilidad.

Gary: El viejo cebo y el cambio, ¿eh?

ARTEN: Lo que sea necesario para que un perezoso como tú se mueva. Es una broma.

GARY: Sí; sigue así, Arten. Podría escribir algunas cosas poco halagadoras sobre usted, usted sabe.

ARTEN: Me corrijo con la cabeza gacha en silenciosa humildad.

GARY: Eso está mejor.

PURSAH: Hay ciertas cosas que debes entender cuando se trata de haciendo sanación espiritual, ya sea con un paciente o contigo mismo. Hemos dicho no se trata del paciente. Ahora, aquí está la segunda regla más importante de todos los tiempos cuando viene a la curación espiritual:

El dolor no es un proceso físico. Es un proceso mental.

Hablamos brevemente sobre Georg, que se escribe sin una 'e' al final.

Groddeck. El Dr. Groddeck entendió lo que le acabo de decir. De hecho, solía preguntar algunos de sus pacientes, ¡cuál pensaban que era el propósito de su enfermedad! Por qué ¿Le haría una pregunta tan irritante a alguien que estuviera sufriendo? Es simple.

Inmediatamente estaba cambiando su mente de efecto a causa. Sabía que el "Eso", como él lo llamó, que era aproximadamente equivalente al término del Curso "ego", había hizo el cuerpo y lo estaba usando para sus propios fines. Su cuestionamiento de su pacientes fue diseñado para que renunciaran a sus ideas sobre ser una víctima y

mirar su propia decisión, tomada en un nivel superior, aunque no les dijo eso — estar enfermo.

A veces, cuando pensaban que su dolor era una decisión propia mejoraron la mente en lugar de una función corporal. Por supuesto, nada funciona

el nivel de forma todo el tiempo. Si lo hiciera, entonces el universo sería predecible.

El ego es muy complejo y altamente individualizado. Te aseguro el universo no lo haría de otra manera. Aún así, los principios de la curación conocidos por un limitado extensión por Groddeck, y articulado mucho más completamente en el Curso, son los sanos. La curación requiere un cambio en la percepción, y como el Curso pide y

respuestas para ti:

¿Cuál es el único requisito para este cambio de percepción? Es simplemente esto; la reconocimiento de que la enfermedad es de la mente y no tiene nada que ver con la cuerpo. ¿Qué "cuesta" este reconocimiento? Cuesta todo el mundo que ves

porque el mundo nunca más parecerá gobernar la mente.

Gary: Hemos hablado de la idea de que la mente sin culpa no puede sufrir, pero parece estar diciendo que incluso las personas que todavía tienen algo de culpa en sus mentes puede controlar su dolor y, a veces, mejorar.

PURSAH: Sí. Una mente completamente libre de culpa *nunca* sufriría dolor, aunque podría elegir cualquier cantidad de lecciones para enseñar. Es posible para las personas que son no maestros para aliviar su dolor y hacer innumerables cosas notables con su mentes en el camino para convertirse en maestros. Como dice J en esa misma sección del Manual sobre el paciente de un sanador espiritual, o para el caso de cualquier tipo de paciente: ... ¿Quién es el médico? Solo la mente del propio paciente. El resultado es lo que decide que es. Los agentes especiales parecen estar ministrando a él, sin embargo, dan forma a su propia elección. Los elige para traer forma tangible a sus deseos.

Una vez que el paciente o el sanador acepta el perdón del Espíritu Santo, entonces este

es su actitud:

... El mundo no le hace nada. Solo pensó que sí. Tampoco lo hace

nada al mundo, porque estaba equivocado acerca de lo que es. Aquí está la liberación de la culpa y la enfermedad ambas, porque son una.

Gary: Es una variación avanzada del perdón, pero sigue siendo el mismo.

PURSAH: Exacto, genial estudiante. Dentro de ese cambio perdonador en la percepción se encuentra

tu propia libertad, así como la de tus hermanos y hermanas. Porque como el curso elabora,

... Lo que ves como enfermedad y como dolor, como debilidad y como sufrimiento y la pérdida, no es más que la tentación de percibirse indefenso y en el infierno.

Como J continúa diciendo, hay una recompensa inconmensurable para aquellos que se niegan a

comprar estas imágenes que ven y, en cambio, elegir el perdón del Espíritu Santo y curación.

... Ha llegado un milagro para sanar al Hijo de Dios y cerrar la puerta a su sueños de debilidad, abriendo el camino a su salvación y liberación. 10

¿Quién está siendo sanado, el paciente o el sanador? El perdonador o el perdonar La respuesta es ambas, porque son una. Puedes adquirir el hábito de siempre teniendo una actitud de perdón.

... Y así, los milagros son tan naturales como parecían

ser el miedo y la agonía antes se hizo la elección por la santidad. Porque en esa elección hay falsas distinciones desaparecieron, se dejaron alternativas ilusorias y no quedó nada que interfiriera con la verdad.

Gary: Entonces, si eres un maestro como J, entonces no tienes que ser curado, pero todavía puede actuar como un recordatorio para la mente de la persona a la que está sanando de que está realmente Cristo y que son inocentes, y *cualquier* maestro de Dios puede cumplir con eso funcionar y también ser sanado por el Espíritu Santo al mismo tiempo. El dia no puede ayuda, pero ven cuando termines como J, y serás como una luz de verdad. Ya sea

De esta manera, representas la verdad a la mente inconsciente de los demás.

Pursah: Cierto, ciertamente El Curso dice de los pacientes que son atendidos por derecho

sanadores de mente, A ellos vienen los maestros de Dios, para representar otra elección que habían

olvidado. La simple presencia de un maestro de Dios es un recordatorio.

ARTEN: Recuerde, las palabras no son importantes; es la actitud. Solía piense mientras miraba a un paciente: "Tú eres Cristo, puro e inocente. Estamos perdonado ahora ". Pensarás lo que te parezca mejor después de pedirle al Santo Espíritu de guía. Recordando que cualquier forma de enfermedad es solo un vestido ensayo para la muerte, el Curso dice esto de los sanadores de Dios:

... Con mucha dulzura, llaman a sus hermanos a que se aparten de la muerte: "He aquí, Hijo de Dios, lo que la vida te puede ofrecer. ¿Elegirías la enfermedad en lugar de esto?

Gary: Esa cita sobre cómo los agentes externos parecen estar ministrando a él. Me recuerda lo que el Curso llama magia, o el uso de ilusiones como soluciones para problemas, incluida la enfermedad, en lugar de usar la mente adecuada. Realmente no hay algo malo en eso. De hecho, podría ayudar a las personas a aceptar una curación sin

temor.

ARTEN: Muy importante, Gary. Ser sensato no significa necesariamente desechar su medicamento o negarse a ver a un médico o terapeuta. Eso es

ha sido un error de muchos científicos cristianos. Han creado un sistema de comportamiento

de lo que se supone que es un ejercicio del poder de la mente. Si toma un ciertos medicamentos lo hacen sentir mejor, es porque su mente inconsciente lo encuentra aceptable. En otras palabras, puede aceptar ese remedio en particular sin temor.

Eso es cierto para cualquier cosa que parezca funcionar, aunque cualquier cosa excepto la salvación solo obra temporalmente. En la mayoría de los casos, es mejor permitir que el paciente y a usted mismo, para el caso, para usar una combinación de sanación mental y alguna forma de magia, ya sea de la industria de la salud tradicional o de

otras formas de atención médica. De esa manera, la mente puede manejar el mejoramiento sin

el miedo que puede acompañar a una curación repentina y espontánea. Cuando hay ese tipo de curación, todo el sistema de creencias inconscientes del paciente puede ser puesto en cuestión. Algunas personas pueden manejar eso y otras no.

De vez en cuando puede desencadenar un gran miedo en el ego.

Si tomar un determinado medicamento lo hace sentir mejor, es porque su la mente inconsciente lo encuentra aceptable. Puedes aceptar ese remedio sin temor.

No envidies a las personas por sus diversos métodos de curación y no pongas a nadie abajo por usarlos. En muchos casos siguen siendo una parte necesaria de la curación. En términos de que la mente puede hacer frente. Simplemente use la curación con mente recta en el al mismo tiempo, porque la práctica hace la perfección. Mientras practicas, recuerda que la magia del mundo no es mala. Eso lo haría real. Como dice el Curso

tú:

... Cuando toda la magia se reconoce simplemente como nada, el maestro de Dios ha alcanzó el estado más avanzado.

Gary: Al mismo tiempo, mientras que un maestro avanzado de Dios no condenar los remedios ilusorios, también sabría que lo que dice el Curso es cierto: Sólo se puede decir que la salvación cura.

ARTEN: Precisamente. Esa es una lección importante del Libro de ejercicios. El curso también dice en esa misma lección:

... La expiación no cura a los enfermos, porque eso no es una cura. Quita el culpa que hace posible la enfermedad. Y eso es una cura de verdad. dieciséis

Esas dos últimas declaraciones más las dos siguientes son como piedras angulares de la totalidad de J actitud sobre la curación.

... Ser sano, se cura la mente del cuerpo, ya *que* ha sido curado. El cuerdo La mente no puede concebir la enfermedad porque no puede concebir atacar nadie ni nada.

Él continúa diciendo... El ego cree que castigándose a sí mismo mitigará el castigo de Dios. Sin embargo, incluso en esto es arrogante. Atribuye a Dios un castigo intención, y luego toma esta intención como su propia prerrogativa.

GARY: Muy claro, hombre. Una cosa que tengo que recordar es que no debería unirse con su cuerpo porque soy *no* uno con el cuerpo. En cambio, debería unirme con ellos por el Espíritu Santo y sean de un mismo sentir.

ARTEN: Excelente. Aquí hay otra cita del Curso; uno que captura ese principio:

... Sus mentes no están separadas, y Dios solo tiene un canal para sanar porque tiene un solo Hijo. El vínculo de comunicación restante de Dios con todos Sus hijos los une a ellos y ellos a Él.

¿Y ese enlace de comunicación es?

Gary: El Espíritu Santo. Es algo bueno que lo supiera, ¿eh? Yo habría reprobado afuera.

ARTEN: Afortunadamente, no puedes suspender el curso. Lo peor que pasa es puedes quedarte aquí, o eso parece.

Gary: Algunas personas no pensarían que eso es algo tan malo.

ARTEN: Hemos cubierto eso. Llegará el momento en que querrán salir, en el sentido positivo de la palabra.

PURSAH: Eso es lo básico, amigo, directamente de la boca del Curso. La verdad *es* la verdad, pero tu estilo de curación será el tuyo. Nunca olvides *todo*

la curación es espiritual, no física. *Un Curso de Milagros* siempre se realiza en el nivel de la mente, con alguna forma de perdn siempre siendo el

herramienta. Lo que haces es pensar en pensamientos correctos con el paciente o incluso

usted mismo, si usted es el que está sufriendo, y a veces los síntomas desaparecer. Puede mejorar cada vez más en hacer desaparecer el dolor. Ahora aqui la tercera regla más grande de todos los tiempos, quizás difícil de creer pero absolutamente verdadera, cuando se trata de la curación espiritual:

En última instancia, el universo en sí es un síntoma que desaparecerá.

GARY: ¡Ustedes están tan lejos! He estado en la Iglesia de la Unidad, pero incluso son conservadores en comparación con usted.

PURSAH: Sí. Charles y Myrtle Fillmore eran personas maravillosas. Ellos estaban algo influenciados por Mary Baker Eddy, y su amor por J y su la lealtad a los aspectos más amorosos y perdonadores del cristianismo era obvia.

Aún así, hicieron que cada célula del cuerpo fuera real. Aunque el Curso ha encontrado a menudo un amigo en las iglesias de Unity, y la gente obviamente puede hacer ambas cosas al mismo tiempo, los dos todavía no deben confundirse con ser iguales.

Gary: Sabes, parece que la gente siempre ha estado al tanto de la lucha de el bien contra el mal y luego lo hizo realidad.

PURSAH: Claro. A veces, la idea de la mentalidad correcta e incorrecta ha sido hablado profundamente. Lo que el Curso llamaría la mente equivocada, al menos en este nivel, Carl Gustav Jung llamó su "sombra"; y que el curso llamaría rectitud, Abraham Lincoln se refirió como "los mejores ángeles de nuestra naturaleza ". Solo el Curso pone todo en perspectiva.

GARY: Explica por qué la gente suele acabar haciéndose daño.

PURSAH: Eso es correcto. La gente siempre hace cosas, grandes y pequeñas, que sabe les hará daño. A menudo incluso son conscientes de ello. Como tú. Por qué usted siempre comer esas barras de chocolate en el cine a pesar de que sabe que harán su cara estalló?

GARY: Porque un hombre tiene que hacer lo que tiene que hacer un hombre.

Pursah: Eres tan marimacho.

Gary: ¿No es ese lenguaje gay y lésbico anticuado?

PURSAH: Sí. No tienes nada en contra de gays y lesbianas, ¿verdad?

GARY: No. La mayoría de mis parientes son gays y lesbianas. Es una broma; solamente algunos de ellos son.

ARTEN: No para romper esta ingeniosa conversación, pero deberías intentar comer la barras de caramelo sin culpa. Entonces no escaparás. Ahora es el momento de despegar.

¿Alguna pregunta rápida, buen estudiante?

Gary: Claro. Podría curar a la gente en mi mente en Hawai tan fácilmente como

podría aquí, ¿verdad?

PURSAH: Sí. Creo que la última vez que consultamos los oráculos, hubo personas en Hawaii. Más budistas que cristianos, por cierto, y por supuesto,

Huna.

Gary: No es de extrañar que la mayoría de la gente sea más amable que la gente del continente. Mientras hablamos de curación, toda esta discusión destaca la idea de que todo es causado por la mente, no solo la enfermedad, sino también

curaciones milagrosas.

ARTEN: Sí. *Todas las* cosas, aparentemente buenas y malas, desde curaciones milagrosas hasta

El SIDA a la anorexia a la combustión humana espontánea a los estigmas, son hechos por el mente. Cada una de las enfermedades que conoce, y cada una de las que vendrá, está mente. ¿Qué son las bacterias sino una proyección? ¿Qué es el trastorno bipolar sino una forma de dualidad, proclamando que la separación es real?

GARY: El SIDA epidemia es simplemente una forma más nueva de la misma cosa, entonces.

ARTEN: Si no fuera SIDA , sería otra cosa. En el siglo XIV La peste negra mató a más de cuarenta millones de personas. El número de muertos por el sida no es nada en comparación cuando se toma como porcentaje de la población, aunque el SIDA las muertes pasarán finalmente la marca de los cuarenta millones. Dado que la mente hace todo

enfermedad, lo que sucede es que cuando se erradica una enfermedad, la mente simplemente

hace otro. Esto da la ilusión de progreso y esperanza mientras enmascara el hecho de que las personas mueren tan horribles como siempre por enfermedades.

Gary: ¿Qué hay de los estudios que muestran que cuando la gente reza por alguien?

¿Quién está enfermo o está siendo operado, la persona parece estar mejor como resultado?

ARTEN: Dado que las mentes están unidas, las oraciones *pueden* ayudar temporalmente, pero son

no una cura en sí mismos. Solo el verdadero perdón puede eliminar la culpa inconsciente de la mente. Si piensa en las cosas que dice el Curso sobre la curación, Verás que son realmente el verdadero perdón aplicado a la enfermedad.

Gary: Tuve este sueño la otra noche que fue muy claro, y noté que, No tuve absolutamente ningún miedo en el sueño, ninguno en absoluto. Me desperté y deseé podría ser así todo el tiempo. En los viejos tiempos solían anunciar el horror películas diciendo: "Tendrás que seguir diciéndote a ti mismo, es solo una película. Sus sólo una película ". A veces me digo a mí mismo durante el día: "Es solo un sueño. Solo un sueño."

ARTEN: Sí, y realmente *es* solo un sueño. A veces te preguntarás por qué no puede simplemente sentir la misma falta total de miedo todo el tiempo durante el día. Sin embargo yo le prometo que llegará el momento en que *será* así para usted todo el tiempo.

De hecho, es así para usted mucho más a menudo ahora, pero tiene una tendencia a dé por sentado los tiempos pacíficos y observe más los tiempos sin paz.

Afortunadamente para usted, continuará haciendo su tarea del perdón y cuando tu mente ha sido completamente sanada por el Espíritu Santo, no habrá tal cosa como miedo por ti.

Gary: He intentado curar a personas antes y no se han recuperado. Hace eso quiero decir que apesto?

ARTEN: Sí. Es una broma. La verdad es que no puedes seguir los resultados porque no puedo ver la mente. Todo lo que tienes que seguir es el cuerpo, que no es real. La curación del curso se realiza en el nivel de la mente. A veces la voluntad física

verse afectado y, a veces, la curación tendrá algún otro resultado que no puede ver.

Si alguien está haciendo el Curso y solo tiene una pierna, ¿vas a juzgarlos como un fracaso si no les vuelve a crecer la pierna que falta? Recuerda, es

la mente en la que se está trabajando. Una vez más, no te dejes llevar por los resultados que puedas o

puede que no vea en el nivel de forma.

Gary: Así que todavía hay esperanza para mí como sanador.

ARTEN: Usted *es* un sanador, Gary. Entonces todos los que practican son verdaderos, perdón. Como te enseña el Curso:

No es función de los maestros de Dios evaluar el resultado de sus regalos. Su función es simplemente darles. Una vez más, ¿quién está siendo sanado realmente? La respuesta es a la vez como una sola, porque no *es*, solo uno.

Pursah: Ha llegado el momento de despedirnos. Estamos orgullosos de ti, compañero. Mantenga esos pensamientos de perdón viniendo.

Gary: Oye, esa cosa en la que me transportaste a Portland. Mientras estás aquí, no considerarías hacer un pequeño viaje a Maui, ¿verdad?

PURSAH: No te preocupes, Gary. Verás Hawaii de nuevo. Está en el guión. En de hecho, ya pasó; simplemente no lo sabes ahora mismo.

Un par de años después, a través de una serie de eventos aparentemente no relacionados,

Karen y yo nos encontraríamos de vacaciones en Hawai, recorriendo nuestro camino los hermosos senderos locales y debatir suavemente la posibilidad de mudarse al Islas de Aloha.

Una muy breve historia del tiempo

El tiempo duró solo un instante en tu mente, sin efecto sobre la eternidad. Y entonces es todo el tiempo pasado, y todo exactamente como era antes del camino a la nada se hizo. El pequeño tic-tac de tiempo en el que se cometió el primer error, y todos los ellos dentro de ese error, sostuvo también la Corrección para ese, y todos los los que vinieron dentro del primero. Y en ese diminuto instante el tiempo se fue, por eso fue todo lo que alguna vez fue. Pero, desde que tengo memoria, me ha fascinado el tema del tiempo. En abril de 1997, ocho meses después de haberlos visto por última vez, Arten y Pursah vinieron a mí por su undécima aparición. Tenía mis preguntas listas.

ARTEN: Hola, chico atemporal. ¿Cómo estás?

GARY: No lo sé; déjame comprobar ... estoy bastante bien. Es genial verte chicos!

PURSAH: Y nosotros tú. Tienes algunas preguntas en mente, así que vayamos directo a los negocios.

Gary: De acuerdo. Primero, estoy realmente agradecido con ustedes por venir a mí como

esta. He estado buscando respuestas espirituales desde que tenía veinte años y leí ese libro de Hermann Hesse que se basó en la vida de Buda.

ARTEN: *Siddhartha.*

GARY: Sí, eso estuvo muy bien. Pero nunca me he encontrado con nada con la magnitud del Curso. ¡Habla de integral! Y realmente te amo

chicos, muchas gracias, hombre.

PURSAH: ¿ Entonces estás satisfecho?

GARY: ¿Estás bromeando? Estoy *estratificado* .

ARTEN: Y te damos las gracias, amigo. La gratitud es algo bueno, aunque de ahora tu gratitud debe estar dirigida a Dios. Es el quien hizo tu salvación inevitable asegurándose de que la memoria del cielo nunca podría ser borrado de tu mente.

Gary: Está bien. En cuanto a los negocios, me habría peleado el otro día. Si no fuera por el Curso. Estaba en la gasolinera y este tipo me bloqueó la entrada

justo cuando estaba a punto de irme, y tenía prisa. Le pregunté cortésmente si podía dejarme salir porque tenía prisa, y él solo me miró con esto

mirada increíblemente condescendiente y disgustada y dijo: "¡Duro!" No pude créelo. Había una parte de mí que quería reorganizar su rostro.

PURSAH: ¿Qué *es* con los hombres y los coches? De todos modos, lo viste como realmente

¿ignorante?

Gary: Oh, era peor que eso. La gente que habla en el cine es ignorante. Este tipo era el campeón mundial de lanzallamas. Madre Teresa hubiera

estado tentado de abofetearlo.

ARTEN: Vimos lo que hiciste. Te enojaste por unos segundos, luego se dio la vuelta y se subió a su automóvil y dijo estas líneas del Curso:

Soy como Dios me creó. Su Hijo no puede sufrir nada. Y yo soy Su Hijo.

Gary: Sí. Entonces pensé que si soy como Dios me creó, no puedo ser un cuerpo y tampoco este chico. Podría dejar que mi verdadera fuerza tomara el control y no ser afectado por este pobre hombre que piensa que tiene que ser duro porque es realmente temeroso. Empecé a pensar en las cosas que dijiste en tus ejemplos de perdón.

Me di cuenta de que el perdón es mejor para mí incluso en el nivel de la forma, porque cuando Estoy enojado porque olvidaría que si golpeara a este tipo, probablemente me habría matado.

ARTEN: Muy bien. De cualquier forma que lo mires, ganas. Por cierto, la violencia es una técnica de resolución de problemas muy sobrevalorada. Mira el nivel internacional. Si la represalia funcionó, entonces los países que participaron en ella serían muy seguros, ¿verdad?

¿Son ellos?

Gary: Nop. Simplemente crea un círculo vicioso.

ARTEN: Bueno, en lugar de crear un círculo vicioso, lo evitó.

El perdón es donde está el resto de su vida si eres inteligente y que *está* inteligente.

GARY: Gracias. Entonces es hora de jugar veinte preguntas sobre uno de mis favoritos asignaturas. Creo que conozco la respuesta a esta primera, pero desde una vista lineal de tiempo, asumiría que ustedes, como seres iluminados, habrían tenido que lograr

tu salvación en el *pasado* para parecerme *ahora* como Seres iluminados.

ARTEN: Realmente respondiste tu propia pregunta cuando dijiste desde un *lineal* ver. Fuimos iluminados en tu futuro, como lo serás tú. Solo hay *una* vez o en términos de la ilusión, no *era* sólo una vez. Lo tomaste una vez y al igual que con la ilusión del espacio, lo dividió y subdividió en aparentemente partes infinitas para que se vean diferentes en lugar de iguales, tal como las inventaste innumerables personas que parecerían diferentes en lugar de iguales. Tiempo y espacio eran necesarios porque tenía que haber un lugar para que estas personas parecieran operar . Esto ayuda a ocultar el hecho de que están operando en un sueño. Como el El curso dice:

Sólo hay un *tiempo, o en términos de la ilusión, no* era *sólo una* hora. Lo dividió y subdividió en partes aparentemente interminables para que se ven diferentes en lugar de iguales.

… En última instancia, el espacio es tan insignificante como el tiempo. Ambos son meras creencias.

Gary: Dijiste antes que soy un ser no espacial que tiene un espacio experiencia; También se podría decir que soy un ser atemporal teniendo una experiencia de tiempo.

ARTEN: Sí. Es por eso que enfatizamos antes que la mente está fuera de

tiempo y espacio. Cuando te despiertas te das cuenta de que todo el tiempo y el espacio, y todo

de las cosas que parecían suceder allí, eran solo un sueño. Tu mente simplemente Pareció irse a dormir por un rato. 4 Como dice el Curso, refiriéndose a su mente:

… Sueña con el tiempo; un intervalo en el que lo que parece suceder nunca ha ocurrido, los cambios producidos no tienen sustancia, y todos los eventos son en ninguna parte. Cuando la mente se despierta, continúa como siempre.

Gary: Esa experiencia de revelación que tuve; eso fue solo una vista previa? Va a ser ser así todo el tiempo?

ARTEN: Sí.

Gary: No sé si podría soportar ese tipo de éxtasis.

ARTEN: Pruébalo ; Te encantará. Nadie se queda fuera, Gary. Todos ustedes que alguna vez supiste está incluido: tus padres, tus amigos, tus parientes, tus amantes ...todos, porque todos son uno contigo. La sensación de plenitud está más allá

el más allá.

GARY: Lo quiero. Así que sigamos aquí antes de que olvide la mitad de las cosas que quería preguntarte. Por ejemplo, parece que el Curso dice que *todo* está solo un símbolo de separación, y como ha indicado, eso incluiría el tiempo sí mismo. Supongo que cada vida soñada nuestra es solo una forma de continuar esto, pero la verdad es que realmente sucedió todo a la vez?

ARTEN: Sí. Considere lo que dice el Curso sobre eso. Cada día, y cada minuto de cada día, y cada instante que cada minuto te sostiene, pero revives el único instante en que el tiempo del terror tomó el

lugar de amor. Y así mueres cada día para vivir de nuevo, hasta cruzar la brecha entre el pasado y el presente, que no es una brecha en absoluto. Así es cada vida; una intervalo aparente desde el nacimiento hasta la muerte y de nuevo a la vida, una repetición de un instante pasado hace mucho tiempo que no puede ser revivido. Y todo el tiempo es solo el creencia loca de que lo que ha terminado sigue aquí y ahora.

Perdonar el pasado y se deja ir, ya que *se* ha ido. 6

GARY: Entonces, cada día es como una vida diferente, donde parece que te quedas dormido.

por la noche, o morir, y luego comenzar otro. Dentro de cada identidad de por vida completa, usted

tiene fases de su vida que son tan diferentes que también pueden ser distintas vidas. Además, tu cuerpo cambia tanto que es como si ocuparas varios diferentes cuerpos durante la vida. Realmente todo está en la mente, o más exactamente, un proyección de la mente. Como dice esa cita, todo es solo revivir ese *primer* instante en el que pensamos que nos habíamos separado de Dios. En cada instante tenemos la capacidad de cambiar de opinión sobre nuestra realidad.

ARTEN: Sí. Los indios americanos solían decir: "¡He aquí el gran misterio!" El texto del curso dice:

He aquí la gran proyección, pero mírala con la decisión de que debe ser sanado, y no con miedo. Nada de lo que hiciste tiene poder sobre ti a menos que todavía estarías separado de tu Creador, y con una voluntad opuesta a la Suya.

El Curso también dice, poco antes de eso:

… Por el tiempo que hiciste, y el tiempo que puedes mandar. Ya no eres un esclavo al tiempo que al mundo que hiciste.

Como J te aconseja repetidamente, no puedes tener tanto tiempo como eternidad. Tienes

tengo que elegir. No hay parte del cielo que puedas tomar y tejer en ilusiones. Ni es hay una ilusión con la que puedes entrar al cielo.

Gary: La gran proyección del tiempo y el espacio es como una película, entonces, una película muy intensa.

ARTEN: Sí. Una vez que realmente entiendes eso, entonces la pregunta es quién vas a ver la pelicula *con* Puedes mirarlo con el ego y escuchar a su interpretación, o puedes mirarlo con el Espíritu Santo y escuchar Su interpretación.

Gary: Te refieres a Su interpretación.

ARTEN: Técnicamente, "Es". No lo olvides, J habla como un artista corrigiendo la Biblia que supuestamente se basó en sus enseñanzas. Por eso usa Biblical idioma.

GARY: ¿Es cierto que eliminaron muchas cosas sobre la reencarnación de la Biblia?

ARTEN: Sí, durante el siglo IV del error común. Guardaremos la mayoría aunque no todos nuestros comentarios acerca de la Biblia al siglo que Thomas y yo involucrado con.

PURSAH: Ahora, hablamos de ver la película con J o el Espíritu Santo. Y escuchando la interpretación correcta. Eso trae a colación un importante punto. Aunque tu experiencia es que estás viendo la película *aquí,* realmente no lo estás viendo aquí. Lo estás viendo en un nivel superior y tu

La experiencia es que estás en un cuerpo mirándolo aquí. No solo eso, sino que eres ver algo que ya sucedió, como ver una repetición de televisión que has reprimido u olvidado. Considere estos pasajes sorprendentes del Libro de trabajo; en conjunto, ofrecen una descripción general de los

enseñanzas sobre la ilusión del tiempo.

... La revelación de que el Padre y el Hijo son uno vendrá a tiempo para cada mente. Sin embargo, ese tiempo es determinado por la mente misma, no enseñado. La hora ya está fijada. Parece bastante arbitrario. Sin embargo, hay ningún paso en el camino que nadie tome sino por casualidad. Ya ha sido tomado por él, aunque todavía no se ha embarcado en él. Por tiempo pero parece ir en una dirección. Solo emprendemos un viaje que ha terminado. Sin embargo, parece tenemos un futuro aún desconocido para nosotros.

El tiempo es un truco, un juego de manos, una vasta ilusión en la que las figuras ir y venir como por arte de magia. Sin embargo, hay un plan detrás de las apariencias que no cambia. El guión está escrito. Cuando la experiencia llegue a su fin tu duda se ha establecido. Porque vemos el viaje desde el punto en que terminó, mirándolo hacia atrás, imaginando que lo hacemos una vez más;

repasando mentalmente lo que ha pasado.

GARY: Cuando dice *que* emprendemos el viaje, quiere decir que lo está viendo. con nosotros, y nos ayudará si se lo pedimos.

PURSAH: Exactamente. Continuando más adelante en el Libro de trabajo, J conecta el concepto de unidad a las dos palabras que hemos dicho expresan la verdad absoluta, "Dios es", y luego lo conecta con el tema del tiempo diciendo: ... Devuelve la mente al presente sin fin, donde el pasado y el futuro

no se puede concebir.

Y continuando:

... El mundo nunca ha existido en absoluto. La eternidad sigue siendo un estado constante.

También dice:

Esto está más allá de la experiencia que tratamos de apresurar. Sin embargo, el perdn enseado y aprendido, trae consigo las experiencias que atestiguan que el tiempo la mente misma está decidida a abandonar todo, pero esto ya está a la mano.

Continuando en la misma línea, refiriéndose al Espíritu Santo: Todo el aprendizaje ya estaba en Su Mente, realizado y completo. Él reconoció todo lo que el tiempo tiene, y le di a todas las mentes que cada uno podría determinar, desde un punto en el que se acabó el tiempo, cuándo se libera para

revelación y eternidad. Hemos repetido varias veces antes que tú pero haz un viaje que ya está hecho. Porque la unidad debe estar aquí. Cualquier momento que la mente se haya fijado La revelación es completamente irrelevante para lo que debe ser un estado constante, siempre como siempre lo fue; para siempre permanecer como es ahora.

GARY: Si ya está todo hecho y solo estoy viendo una película de sueños, eso es siendo proyectado por mi inconsciente oculto, y mis movimientos *aparentes* son ser manipulado como un robot de todos modos, entonces no tengo que preocuparme por eso, ¿YO? Podría hacer lo que quisiera y la salvación aún está por llegar de todos modos, ¿verdad?

PURSAH: Bueno, no. Todavía tienes que hacer tu trabajo. Como dice J después de las citas
acabamos de hablar: Basta, entonces, que tiene trabajo que hacer para desempeñar su papel. El final debe permanecerá oscuro para usted hasta que su parte esté hecha. No importa. Para tu
parte sigue siendo de lo que depende el resto. A medida que asume el rol asignado a tú, la salvación se acerca un poco más a cada corazón incierto que no late todavía en sintonía con Dios. 15

Gary: No sé si eso me gusta. ¿Todo lo demás depende de *mi* parte?

Pursah: El sueño no fue creado por otra persona, ¿recuerdas? Una vez de nuevo, ¿se puede salvar el mundo sin ti? La respuesta es no. Sabes que
su trabajo es, tal como lo sabía en la gasolinera.

GARY: Perdón. Realmente me estoy perdonando; simplemente no se ve de esa manera.

PURSAH: Por supuesto . Como el Curso le dice de muchas formas diferentes, nuevamente y una y otra vez, en términos nunca inciertos:
El perdón es el tema central que recorre la salvación, sosteniendo sus partes en relaciones significativas, el curso que sigue dirigido y su
resultado seguro.

GARY: Te escuché, J. Diablos, solo estaba bromeando. Ya dije que lo haría.

PURSAH: Sabemos que lo hará. Puede retrasarse indefinidamente o puede liberarse. La elección que haga no es menor que la que se describe en el
siguiente, donde J mismo le pide, en cada situación, que haga lo mismo decisión que hizo.

Elija una vez más si tomaría su lugar entre los salvadores de la mundo, o permanecería en el infierno, y retendría a sus hermanos allí.

GARY: No podrías ser más claro, aunque algunas de esas citas sobre el tiempo son bastante esotéricos. Necesito un segundo aire para manejar todo esto.

Pursah: Intenta recordar por ahora que el tiempo *parece* tener un futuro todavía. Desconocido para ti, pero en realidad ya está hecho. No se puede cambiar el guión del ego; todo lo que puede hacer es cambiar a la interpretación del Espíritu Santo, que, como enfatizar, *es* Su guión. Por eso J nos dijo hace 2.000 años: "¿Quién de ¿Al preocuparte puedes agregar un minuto a tu vida?" La verdad es que la historia de tu la vida —y es *sólo* una historia— ya está escrita. Habla de una historia, eres ¡ni siquiera lo estoy viendo aquí! Crees que lo eres, pero realmente estás revisando mentalmente al nivel de la mente. Una vez más, eres la parte de la mente que

observa y elige, mientras que la película de los sueños fue causada por las primeras opciones

que hiciste con el ego.

En lo que respecta a conseguir tu segundo aire, ciertamente no hay nada equivocado en reafirmar su compromiso. Recuerde que no importa cuán grande sea el El trabajo puede *parecer*, y no importa cuántas dimensiones de tiempo haya, o

universos alternos con sus propias dimensiones, todavía existe esa misma simplicidad hemos descrito que realmente nunca puedes escapar: Tu salvación siempre se reduce a una decisión que está tomando en este *momento.* No hay escapatoria

a partir de ese. No importa lo que parezca estar pasando para ti, la elección es realmente muy sencillo e inmediato. Siempre que recuerdes eso, sabrás cuál interpretación del sueño que debe escuchar, incluso des-

pués de que su cuerpo parezca
fallecer.

Tu salvación siempre se reduce a una decisión que estás
tomando bien ahora. No hay forma de escapar de eso.

GARY: ¡Eso me recuerda! Estaba soñando en la cama hace
un mes y algo terrible sucedió en el sueño. Recordé pedirle ayuda a J en el sueño, y sentí su fuerza tomar el
control.

PURSAH: Sí. En algún momento, y ha llegado a ese punto,
el curso El sistema de pensamiento se convierte en
una parte tan importante de ti que elegirás la fuerza
de Cristo, incluso cuando duermes por la noche, lo que
significa que a menudo elegirás eso la misma fuerza
automáticamente después de dejar el cuerpo a un lado. Eso debería ser un
pensamiento reconfortante para ti, no solo porque te
hará menos temeroso muerte, sino porque confirma
que incluso si muriera hoy, todavía tomaría su aprendiendo contigo, aunque no seas un maestro.

Gary: No seas tan lineal.

ARTEN: Ahora que hemos llegado tan lejos en nuestra
eterna discusión sobre el tiempo, no olvide hacernos
algunas de las preguntas que tenía en mente antes de
vino aquí.

Gary: Claro. He mencionado esto antes, pero me ayuda
a ser paciente si recuerde que el Curso dice que la
separación fue completamente respondida y sanado
inmediatamente. La razón por la que parece que nos
estamos despertando lentamente es para que no estar
aterrorizado.

ARTEN: Eso es correcto. La realidad es muy diferente a tu
experiencia actual, como lo has visto por ti mismo. Es
muy recomendable acostumbrarse poco a poco.
Incluso la mayoría de las mañanas te despiertas gra-

dualmente de tus sueños, a menos que el

El despertador te da un rudo despertar. Bueno, la mente más grande parece estar despertar del sueño lentamente, y cuando un individuo aparente se despierta el sueño es un símbolo del despertar gradual de la mente más grande, aunque

Puedes decir por las citas que estamos usando que el sueño realmente terminó instantáneamente. La pregunta es, ¿cuánto tiempo *se* quiere esperar a estar completamente preparado para el cielo? Como te recuerda el Curso:

… Tus hermanos están en todas partes. No tienes que buscar lejos la salvación.

Cada minuto y cada segundo te da la oportunidad de salvarte. No haga perder estas oportunidades, no porque no volverán, sino porque el retraso de

la alegría es innecesaria. Hemos citado el Curso antes sobre la voluntad de Dios que su Hijo sea despertado suavemente, pero debes darte cuenta de que tu mente debe contemplar una idea al menos un más o menos una docena de veces antes de que realmente empiece a asimilarlo.

que piensa y ve y oye, no tu cuerpo, eso significa que también es tu mente, bajo el dominio del ego, que se *niega* a pensar, ver y escuchar realmente

ideas rectas, sin importar su forma. Por eso el sistema de pensamiento del Curso es esencial cuando se trata de quitar gradualmente las capas de su ego mediante el uso de principios interconectados que apoyan continuamente unos a otros y se vuelven dominantes sobre la forma equivocada de mirar el gran proyección.

Gary: Entiendo la importancia del sistema de pensamiento estructurado y cómo trabajos. Algunas personas se resisten a la idea de entrenar su mente porque están teme que signifique que le laven el cerebro o le engañen para que renuncie pensando. ARTEN: Si quieren un lavado de cerebro, siempre pueden unirse a una secta, pero siempre que si se apegan al curso como método de autoaprendizaje, se darán cuenta de que es el *suyo*

poder de decisión que se utiliza, no se abandona. Además, en su presente condición que en realidad ya han sido lavados el cerebro por el ego, y permanecerán así hasta que recuperen sus mentes. Como explica el curso sobre la necesidad de

formación:

... Eres demasiado tolerante con las divagaciones de la mente y pasivamente perdonando los errores de tu mente.

Gary: Yo nunca haría eso. Es una broma. Además, la mayoría de la gente asume que es lo que creen en su mente consciente que importa, cuando la verdad es lo que creen en su mente inconsciente que marca la diferencia, y no pueden cambiar eso por su cuenta.

ARTEN: Lo tienes. Por eso el Espíritu Santo es la salida.

Gary: Entonces, si sigo con este juego del perdón, me pueden sacar de la holograma ilusorio?

ARTEN: ¿Por qué no? Es solo por tus creencias equivocadas y Mente pensando que te metieron en él.

Gary: Eso me recuerda, lo que llamamos el Big Bang, que fue un símbolo de la separación y la proyección del universo, ¿significa que el universo es

¿eventualmente comenzará a ir hacia el otro lado y colapsará sobre sí mismo al final?

ARTEN: Para tomar prestada una de tus palabras, no. Es cierto que el Big Bang separacin simbolizada, pero lo que debe recordar es que en el nivel de forma era tan tremenda que se traducía en una fuerza de energía insondable. Esta en

convertir *todas* las leyes físicas predeterminadas y el destino de cada célula y molécula, cómo evolucionaría cada uno y en qué dirección irían. Cuando decimos

la película ya ha sido filmada, estamos diciendo que todo lo que aparentemente ocurrir ya estaba en movimiento en ese instante, y de hecho no pudo realmente ocurren de otra manera. Todas las diferentes dimensiones y escenarios son simplemente simbólico de diferentes big bangs dentro del Big Bang que ocurrieron en ese mismo
instante. A pesar de que todo terminó de inmediato, todavía tienes que despertarte en
para reconocer la realidad.

GARY: Entonces, en este nivel sufrimos bajo la ilusión de que forjamos nuestro propio destino cuando la verdad es que toda ley física ya se puso en marcha en ese instante. Todo lo que sucedió tendría que haber sucedido exactamente de la manera lo hizo, sin importar lo que intentamos hacer al respecto?

ARTEN: Eso es correcto. El mecanismo de cómo son los robots corporales manipulado por fuerzas invisibles es simplemente una parte de la actuación de la guión determinado. Recuerde esto: dado que fue su decisión ponerse del lado del ego y hacer real la separacin, significa, una vez ms, que este guion es un ejemplo de *autodeterminación* que acordó usted en un nivel diferente, no es un caso de que seas una víctima. Ahora tienes el curso para enseñarte cómo
cambia de opinión sobre todo el asunto.

Lo que estás presenciando aquí es como una grabación del ego, y depende de ti
cuando quiera escuchar una melodía diferente. El universo no tiene por qué colapsar

sobre sí mismo para terminar. Lo que tiene que pasar es que todos tienen que despertar,
entonces el universo de los sueños simplemente desaparecerá, porque un sueño insignificante
fue todo lo que alguna vez fue.

Para mantenerte atrapado, el guión parece moverse cada vez más rápido con el tiempo.

continúa, y su capacidad de atención se acorta cada vez más. Hasta que destruyas tu

civilización y empezar de nuevo con poca memoria, como empezar una nueva

toda la vida.

GARY: Sé lo que quieres decir con más y más rápido; es cierto con

todo. Mira las películas. La edición de películas y televisión en la última

Treinta años se ha acelerado tanto que es casi ridículo. Deben en serio

cree que todo el mundo tiene trastorno por déficit de atención. Las conversaciones reales son

cada vez más raro. Todo está simplificado. En cuanto a las imágenes

están preocupados, la filosofía a veces es que si puedes verlo, es demasiado lento.

ARTEN: Sí; más y más estilo y cada vez menos sustancia, como con tu política. ¿Se da cuenta de que Abraham Lincoln, el primer gran republicano

Presidente...

GARY: Y el *último* gran presidente republicano.

ARTEN: Te delatas, pero te das cuenta de que Lincoln no podría ser elegido hoy? No tenía una buena voz para hablar, y de hecho tomó la tiempo para pensar en la respuesta a una pregunta. Si hiciste eso en un debate hoy, te llamarían estúpido. Imagínese tener una respuesta reflexiva en lugar de una inteligente byte de sonido preescrito? Política, películas, van por el mismo camino. Es todo estilo y velocidad, y qué hace eso por la gente, excepto sintonizarlos más y más en la locura?

Gary: Sí. El tiempo vuela cuando te estás volviendo loco. Me gustan las películas, solo tenía ganas de señalar la forma en que va la edición. Oye, lo que dijiste antes sobre los guiones de opción múltiple, que parece contradecir la idea del conjunto

película que ya se está escribiendo.

ARTEN: En realidad, no es así, porque tiene que ver con el hecho de que hay varias dimensiones se abren para usted y es posible cambiar de una a otra.

Sin embargo, sigue siendo un sistema cerrado, y el hecho de que sea un soporte limitado y fijo lo que hemos estado diciendo. El guión del ego es como una zanahoria y un palo. Trata de succionarte para que pienses que tienes libertad *dentro* del guión cuando el único la libertad que jamás encontrará está completamente fuera de todo este lío.

GARY: En cuanto al guión de opción múltiple, ¿estás diciendo que al hacer diferentes decisiones pude despertar una mañana y sin saberlo pude estar en una dimensión diferente que se parece a esta, excepto que tenía su propia gran bang boom dentro de todo el asunto del Big Bang y, por lo tanto, tiene su propio variación del guión?

ARTEN: Sí, podrías.

GARY: Eso es excelente.

ARTEN: ¿Lo es? Una vez más, debes recordar que sigue siendo una ilusión dentro de un sistema fijo. Una ilusión sigue siendo una ilusión, y *eso* sigue siendo una ilusión, y solo hay una salida. El guión del ego es simplemente *todo el* tiempo, que ya es terminado. El guión del Espíritu Santo es el perdón de todas las personas en tu vida, no

importa dónde parezca estar. Así desaparece el tiempo.

PURSAH: Una de las mejores formas de distinguir entre el tiempo del ego y la atemporalidad del Espíritu Santo es recordar que las lecciones del Espíritu Santo del verdadero perdón lleva a la *ruina* del tiempo haciéndolo innecesario. Esta

la destrucción se logra a nivel de la mente, fuera del tiempo, y en su lugar de cambiar el tiempo, lo colapsa.

GARY: Como ese día que estaba en el cine y conduje a casa a una hora diferente. porque ya no necesitaba algunas lecciones de perdón en particular, ya

estado practicando el perdón?

Pursah: Correcto, afortunado tieso. Oh espera; Iba a salvar eso descripción particular de usted para la discusión sobre sexo.

GARY: Gracioso. Deberías estar en la televisión.

PURSAH: ¿Oprah?

GARY: Ella es genial, pero incluso ella puede no tener la mente lo suficientemente abierta para todos

esta.

PURSAH: Ya veremos. ¿Alguna pregunta más antes de que se acabe el tiempo? Sólo

bromeando, por supuesto.

Gary: Sí. Algunas personas creen que la reencarnación conduce a la evolución de

el alma. ¿Cierto?

PURSAH: Piensa, Gary. Tu alma *ya* es perfecta, o de lo contrario no lo sería ser un alma; sería algo que estás confundiendo con un alma, como tu

mente, que la gente confunde con el alma, o una proyección de tu mente, que incluye imágenes fantasmales con forma corporal que la gente cree que son almas. La evolución es algo que parece suceder en el nivel de la forma, pero es solo un sueño.

Una vez que tu mente ha aprendido todas las lecciones del perdón, despierta al espíritu o alma, y todo lo demás se ha ido excepto el cielo. La mayoría de la gente piensa en su alma como algo individual porque no pueden evitar pensar en sí mismos

como individuales. Cuando esa falsa creencia se ha ido, entonces sabes que realmente hay sólo *un* alma, que es nuestra unidad ilimitada como espíritu.

La evolución parece suceder, pero es solo un sueño. Una vez que tu mente ha aprendió todas sus lecciones de perdón, despierta el espíritu y todo lo demás se ha ido excepto el cielo.

Gary: ¿La reencarnación también es solo un sueño?

PURSAH: Sí, pero como hemos estado tratando de explicar, ya que es algo que

parece suceder, hablamos de ello como si sucediera. Cuando tu vida soñada

ha terminado, te *ves a* ti mismo como dejando el cuerpo y teniendo otras aventuras, pero

realmente no vas a ninguna parte. Estás mirando las proyecciones de la mente o como lo hemos llamado a menudo para su beneficio: una película.

Gary: Está bien. Ahora, aquí hay una pregunta que podría hacerte pensar que me falta fe en

usted, pero ese no es el caso. Me estaba preguntando … dijiste que estabas en el cuerpo durante once años después de haber sido iluminado, pero el Curso parece indicar que el cuerpo no soporta Seres iluminados; dice que si estuvieras en

comunicación constante con Dios, entonces el cuerpo no se mantendría por mucho tiempo

y que nuestra tarea es llegar a ser perfectos aquí y luego no nos vean más. Once años parece mucho tiempo después de tu iluminación. Qué hacer

tienes que decir por ti mismo?

PURSAH: Te responderé eso, pero déjame advertirte sobre algo. No quisquilloso el curso hasta la muerte. Como hemos dicho, todos los detalles del Curso

las enseñanzas deben situarse en el contexto de sus enseñanzas más amplias sobre el perdón.

En cuanto a estar dando vueltas durante once años, permanecí visible en el sueño en para ayudar a Arten.

Deliberadamente mantuve un pie en la puerta, por así decirlo, así que podría estar con él y ayudarlo a estar conmigo para siempre. En cuanto al cuerpo no es mantenido durante mucho tiempo, no olvide que J tuvo un ministerio durante varios años durante los cuales estaba claramente iluminado. Si bien no es posible estar completamente en comunión con Dios y mantener el cuerpo, hay un lugar intermedio, que el Curso se refiere como la zona fronteriza, 20 que es un lugar de perdón donde uno puede hacer algún trabajo que sea útil mientras parece estar en este mundo, y también experimentan su iluminación al mismo tiempo.

GARY: ¿ Eso es lo que el Curso también llama el mundo real?

PURSAH: Eso es correcto. Gracias por no perder la fe, aunque ya hemos indicó que la fe en nosotros personalmente no es esencial. Si cree en nosotros o

no, siempre puedes confiar en el Espíritu Santo. Recuerdas lo que el diez características de un maestro de Dios están en el curso?

Gary: Claro. Un maestro de Dios es digno de confianza, leal, servicial, amistoso, cortés, amable, oh, espera un minuto. Solía ser un Boy Scout.

Pursah: Ciertamente ya no eres uno. La característica que era principalmente se refiere a la confianza. Como dice el curso sobre tu profesor:

… El Espíritu Santo debe percibir el tiempo y reinterpretarlo en lo intemporal.

Debe trabajar a través de los opuestos, porque debe trabajar con y para un mente que está en oposición. Corrija y aprenda, y esté abierto a aprender. usted no has hecho la verdad, pero la verdad aún puede hacerte libre.

Como todavía no puedes experimentar la eternidad por completo, necesitas milagros,

o actos de verdadero perdón, en los que das a tus

hermanos y hermanas en para darte a ti mismo y ser sanado por Aquel en quien confías, el Espíritu Santo. Como el curso dice:

... Con el tiempo, la ofrenda es lo primero, aunque son simultáneas en la eternidad, donde no se pueden separar. Cuando hayas aprendido que son iguales, la necesidad de tiempo se acabó.

La eternidad es un tiempo, su única dimensión es "siempre".

ARTEN: Para comenzar a resumir nuestra discusión, el Curso te enseña: ...El tiempo y la eternidad están en tu mente y estarán en conflicto hasta que

percibir el tiempo únicamente como un medio para recuperar la eternidad.

No podrá hacer esto en ningún lugar tan rápido utilizando el métodos ordinarios que el mundo ha enfatizado hasta la fecha. Por ejemplo, el

El curso hace un comentario sobre tales enfoques preguntándole lo siguiente pregunta retórica.

... ¿Puedes encontrar la luz analizando la oscuridad, como hace el psicoterapeuta, o como el teólogo, reconociendo la oscuridad en ti mismo y buscando una luz lejana para quitarla, mientras enfatiza la distancia?

GARY: ¡Qué idiota! Voy a escribir una carta fuertemente redactada al Fundación para la pizza interior, ahí.

ARTEN: Mientras tanto, mira hacia arriba y recuerda estas citas que hemos diciendo sobre el tiempo. Cuanto más los considere, más significativos y

profundos se volverán. En tu futuro, Pursah y yo le diremos a J después de leer su Curso que su rostro sacude una lanza.

GARY: Espero que me digas lo que eso significa.

ARTEN: Claro. El caballero que escribió el material de Shakespeare fue un conde cuya cresta familiar tenía la imagen de un león agitando una lanza. Para honrar su familia, a veces se brindaba en la corte con la frase: "Tu semblante sacude una lanza ". Pero este conde fue prohibido por la reina Isabel I, quien era un genio político y muy controlador, por poner su nombre en su trabajo.

Había un estigma social asociado al escenario en ese momento. Reproduce, especialmente comedias, no se consideraban literatura seria y estaban por debajo del dignidad de la realeza.

Gary: Eso es gracioso, Shakespeare no es literatura seria.

ARTEN: Los tiempos ilusorios cambian, y Shakespeare, o Edward de Vere, el decimoséptimo conde de Oxford, ayudó a cambiarlos. Solo hay un Shakespeare, incluso si es un hombre blanco muerto. Aunque la Reina no prohibió completamente

él de escribir, no podía poner su nombre en sus logros. Resulta que había un actor llamado William Shakespeare. Cuando De Vere se enteró de este hombre, pensó que era casi demasiado bueno para ser verdad.

Aquí estaba De Vere brindando en la corte con la frase relacionada con su familia cresta, un león agitando una lanza, y aquí hay un hombre en el negocio llamado ¡Shakespeare! Edward hizo un trato con William para poner su nombre en el trabajo.

y presentar las obras al público con el actor interpretando el papel de autor. Fue una forma astuta de Edward obtener algo de crédito por su trabajo sin realmente poniendo su nombre en él. El plan tuvo un gran éxito, aunque A Shakespeare no se le pagó tanto, y muchas de las obras se publicaron

todo a la vez como un catálogo *después de* la muerte del actor llamado Shakespeare.

Muchos han notado el estilo de escritura del Curso y su similitud en belleza a la escritura de William Shakespeare, así que bromeamos con J y le decimos que su rostro sacude una lanza.

GARY: Eso es muy bueno. Ustedes son muy divertidos.

ARTEN: Entonces diviértete, amigo. J lo hizo; Shakespeare lo hizo. No tomes el trucos de tiempo en serio. Lo que piensas que es el pasado es un suceso ilusorio que está ocurriendo *ahora mismo.* El futuro está sucediendo *ahora mismo,* pero tu mente

ha dividido estas imágenes para que parezcan tiempo. Sin embargo, todo sucedió todo a la vez y ya ha terminado. No importa qué trucos lance el ego a tu manera, solo perdona y deja vivir. El Curso le pide que renuncie a su juicio.

¿Y dónde está el tiempo, cuando se han abandonado los sueños de juicio?

Gary: En pocas palabras, el Curso dice que todo el tiempo fue en realidad contenido en un instante. La vasta ilusión sucedió de una vez, aunque

realmente no sucedió, y en realidad se acabó. El pensamiento de la separación y todos los, Los pensamientos simbólicos de separación allí fueron inmediatamente corregidos por el Santo Espíritu, pero seguimos reproduciendo la cinta del guión de la separación en nuestra mente durante una y otra vez, algo así como fantasmas, hasta que *aceptamos* completamente la *palabra* del Espíritu Santo. Correcciones, que disuelven el tiempo y nos devuelven a Dios.

ARTEN: Lo tienes. El verdadero perdón es la salida.

Gary: De modo que el tiempo no cura todas las heridas, pero el perdón curará todo el tiempo.

ARTEN: No está mal, compañero mensajero. Creo que tu rostro se estremeció

lanza.

VIENDO LAS NOTICIAS

N o puedes ver sus pecados y no los tuyos.
Pero puedes liberarlo a él y a ti mismo también.

Dos de mis mayores fuentes de información fueron las noticias nocturnas red de televisión

e Internet, y nada me presionó más que la información que recibido a través de estas "comodidades". Un día cuando estaba en mi computadora

haciendo prácticas, encontré el sitio web de un grupo en el Medio Oeste que muchos Los estudiantes del curso consideran que es una secta que utilizan el curso para sus propios fines. yo Me asombró ver que este grupo había *agregado* sus propias palabras en entre las líneas del Curso. "Jesús", dije en voz alta, "eso es como pintar un

bigote en la Mona Lisa ".

Varios años después, este mismo culto se convirtió en el foco de una noticia nacional.

programa que había ido a Wisconsin para hacer una historia sobre ellos. El líder de la grupo, un autodenominado "maestro maestro", fue infame por confrontar a muchos de sus estudiantes de una manera ofensiva y humillante. En este día en particular, mientras el Las cámaras todavía estaban grabando, se enojó visiblemente y comenzó a gritarle entrevistador del programa por hacerle repetidamente una pregunta que no le gustaba.

Al ver el programa, me sentí avergonzado de que mi camino espiritual elegido fuera ser tergiversado ante el público estadounidense de esta manera. No hizo el curso enseñar que la ira nunca fue justificada? Sin embargo, aquí había un curso autoproclamado maestro que no parecía capaz de vivir sus ideas más básicas, todo el tiempo

presentándose como infalible.

Me encogí mientras miraba el programa, pero luego me di cuenta de lo que estaba haciendo.

¿Quién estaba haciendo todo esto real? ¿Quién fue el soñador del sueño y quién estaba reaccionando a eso? ¿Quién olvidó que realmente no hay nadie ahí fuera? Era yo; no había nadie más alrededor. ¿No estaba condenando a este otro hombre por lo que eran en realidad mis propios pecados secretos que existían en una forma diferente, pero que yo no quería mirar? ¿No hice mal de vez en cuando a otras personas que no estuvo de acuerdo conmigo? ¿No me sentía a veces enojado?

Entonces vi con más claridad que nunca que lo que el Curso *me* estaba diciendo era cierto; el sueño *no* estaba siendo soñado por la gente en mi espejo. Dentro de mi conflictos no había realmente oponentes. No importaba que este particular

El malestar tuvo algo que ver con un profesor de *Un curso de milagros* . Los milagros fueron

todos iguales. La verdad no vaciló, y no se hicieron excepciones ni compromisos.

posible si la verdad siguiera siendo ella misma.

Me perdoné a mi hermano y a mí al mismo tiempo. Porque pensé en la culpa estaba en mi hermano, y como yo lo había inventado en primer lugar, entonces la culpa realmente debe estar en mí. Pero si la separación de Dios nunca ocurrió, entonces debo ser inocente también, y las razones de esta proyección y defensa inventadas fueron

erróneo. Me uní al Espíritu Santo, y desde ese momento en adelante lo haría nunca mires nada en la televisión o en Internet de la misma manera.

En diciembre de 1997, cuando Arten y Pursah aparecieron para aparecer número doce, estaba pasando por un momento en que mi ego se estaba cansando mucho de mí perdonando tanto. Sentí que mis visitantes ascendidos estaban listos para ayudar.

ARTEN: Hola, hermano. Como esta tu mundo

Gary: Todavía está aquí, lo que a veces se vuelve un poco tedioso.

PURSAH: Anímate, querido hermano. El curso está configurado para que puedas vivir lo que pensaste que era tu vida y gradualmente alcanzas tu salvación al mismo tiempo.

Vaya a su propio ritmo. De esa manera no sentirás que te quitan nada de ti, y puedes darte cuenta *por ti mismo de* que el mundo no tiene valor. por

Por ejemplo, debe recordar lo que dice el Manual para profesores sobre casi todos los estudiantes del curso, incluido usted:

… Con mucho, la mayoría recibe un programa de formación que evoluciona lentamente, en

que se corrigen tantos errores anteriores como sea posible. Relaciones en particular debe percibirse correctamente, y todas las piedras angulares oscuras de la falta de perdón eliminado. De lo contrario, el antiguo sistema de pensamiento todavía tiene una base para la devolución.

GARY: Entiendo; el mundo es solo un dolor en el trasero a veces.

PURSAH: Eso es bastante honesto, así que ayudémoslo un poco. Tu ocasionalmente tener la barriga en un alboroto cuando mira las noticias. Lo haces bien y

real para ti o de lo contrario eso no sucedería.

GARY: He estado pensando en eso. Cuando voy al cine y lo siento seguir hablando de películas todo el tiempo,

pero eso es lo que hago. Ya sabes: tantos
películas, tan poco tiempo. Cuando voy allí, quiero olvidar que no es real. Eso es uno de los signos de una buena película, si puede suspender su incredulidad. Yo creo que eso es lo que la gente ha hecho con lo que cree que es la vida real; hemos suspendido nuestra incredulidad y queremos que sea verdad. Hacemos que todo sea importante.

Cuando estoy sentado aquí en casa viendo las noticias a veces me olvido recuerde que es un montón de tonterías, y hago lo que todos hemos estado haciendo desde siempre, que es lo mismo que hago en el cine: me meto como si realmente estuviera sucediendo. Si yo podría hacer un hábito de recordar un poco más cómo el Curso
interpretarlo, entonces no tendría el impacto en mí que tiene. Me parece que todo está en el recuerdo. Ahora, tal vez hayas dicho eso antes, que recordar es la parte más difícil, pero ¿cómo lo *hago*?

PURSAH: Primero que nada, en lugar de simplemente levantarse por la mañana y hacer lo que sea que te apetezca, ¿por qué no haces lo que sugiere el Curso en el ¿Manual? Tan pronto como sea posible, pase un rato tranquilo con Dios. Entonces recordando Quién eres, trae tu paz contigo. Después de eso, estar determinado estar alerta. Usted *sabe* que el ego se va a tratar de molestar a ti y te hacen pensar
eres un cuerpo. Por eso el Curso te aconseja estar alerta y no siendo tan tolerante con la mente divagando. Todo lo que tienes que hacer es concentrarte y usar un poco más de disciplina.

Lo curioso es que puedes hacerlo. Creo que *sabes* por experiencia que tu puede hacerlo. De hecho, lo haces mucho. Por eso tu ego se siente amenazado. El ego es ingenioso y, como ha podido comprobar por sí mismo, ofrecerá resultados extraordinarios formas de engañarte. Todo lo que tienes que hacer es estar un poco más preparado para responder con anticipación. De tiempo. Una vez que esté en ese estado mental, lo habrá hecho. Puedes manejar las noticias, y puedes manejar cualquier otra cosa que surja.

GARY: Si estoy viendo las noticias y estoy en este estado de preparación para milagros, entonces es el mismo proceso que con otras formas de perdón, como con mi relaciones personales, o hay pensamientos diferentes que serían mejores para mí
para responder?

ARTEN: Es todo lo mismo. Pero sí, puede haber ciertos pensamientos que ayuden diferentes personas más en diferentes situaciones. Hay un pasaje en el manual eso es muy útil porque te recuerda que si dejas que el Espíritu Santo se encargue de juicio, entonces realmente te pone en una situación mucho más poderosa. Es no sacrificio por un maestro de Dios para que abandone la carga de juzgar. No es ningún sacrificio para un maestro de Dios renunciar a la carga de juzgar.

... Por el contrario, se coloca en una posición en la que el juicio a *través* él en lugar de *por* él puede ocurrir. Y este juicio no es "bueno" ni "malo." Es el único juicio que hay, y es solo uno: "El Hijo de Dios es sin culpa y el pecado no existe ".

GARY: Cuando veo que no tienen culpa, ya sea en la televisión o en persona, entonces mi mente inconsciente comprende que soy inocente.

ARTEN: Sabía que estabas escuchando parte del tiempo que estuvimos aquí. Tu puedes hacer
hacerlo y hacerlo de forma coherente. Una vez que estás ahí, estás ahí. Solo se mas determinado. Es hora de que pases de la etapa de la pequeña disposición a la Etapa de abundante disposición. Es un juego que no puedes perder, así que relájate.

451

Gary: Lo sé, pero cuando suceden cosas como estos terroristas que hacen volar nuestra embajadas, es difícil ver a los terroristas como inocentes.

ARTEN: Sí, pero esa es solo otra oportunidad para liberarse. Puede *parecer* más difícil, pero sus oportunidades de perdón son todas iguales.

Gary: De acuerdo. Pero, ¿no es cierto que se le puede guiar a la acción apropiada?

como resultado de tu perdón?

ARTEN: Sí. Entraremos en eso, y aunque casi nunca damos consejos sobre el nivel de la forma, antes de volver al perdón al nivel de la mente vamos a hablar un minuto sobre el nivel del mundo.

Estados Unidos, estando en una posición de poder que nunca se ha logrado por cualquier otra nación en la historia, tiene mucha más responsabilidad cuando se trata a situaciones difusas que cualquier otra persona. Tome el Medio Oriente, por

ejemplo. Sí, los terroristas son psicóticos, especialmente cuando dicen ser haciendo algo por Allah. El Dios del Corán, aunque escrito de manera diferente, es el mismo Dios que el Antiguo y el Nuevo Testamento. Mientras que el Dios particular presentado por estas religiones puede que no siempre sea un campista feliz, es ridículo creen que los terroristas tienen razón al secuestrar una religión y usarla como excusa para sus propios propósitos violentos. Aunque toda religión acaba siendo utilizada por psicóticos como justificación de su propia locura, los líderes de estos movimientos tienen que conseguir que alguien los escuche para ganar poder, y especialmente dinero. La pregunta que debe hacerse es: ¿Estados Unidos

Los estados hacen que sea más difícil o más fácil para estos fanáticos obtener el apoyo de sus ¿personas?

Sus presidentes intentarán decirle que Estados Unidos es odiado por estos terroristas.

y otras personas en el Medio Oriente porque defiendes la libertad y democracia. Eso es falso en el mejor de los casos y una mentira cínica en el peor. ¿Qué hizo el Shah de ¿Irán tiene que ver con la libertad y la democracia? ¿Qué hay del Emir de Kuwait?

¿Qué pasa con la familia real en Arabia Saudita? Que tienen que ver con libertad y democracia? Nada. El gobierno de los Estados Unidos ha hacerse famoso en todo el mundo en los últimos cien años por apuntalar cualquier gobierno que velará por los mejores intereses no de la población local, sino

de las corporaciones multinacionales con sede en Estados Unidos o dominadas por Estados Unidos.

Los terroristas te odian por sus propias razones psicóticas, pero tu país es odiado en el Medio Oriente por la gente promedio no porque usted defienda la libertad y democracia, sino porque *no* defiendes la libertad y la democracia. usted

Defiende lo que sea mejor para el dinero estadounidense. Te preocupas por su aceite, no a cerca de ellos. Usted se preocupa por la forma más eficiente en que sus corporaciones, ya sea en casa o en suelo extranjero, puede ganar dinero en cualquier situación, no en democracia. La mayoría de la gente en el mundo lo sabe, pero no los estadounidenses.

personas, a quienes la propaganda televisiva les ha lavado el cerebro durante la última mitad siglo en creer que Estados Unidos solo puede hacer lo correcto. Desde mediados de la década de 1970, la gran corporaciones, a través de adquisiciones, han cosido completamente su editorial control sobre los medios de comunicación. Mientras tanto, su agenda para el Medio Oriente ha sido todo menos altruista.

Gary: Estás diciendo que estos terroristas y fanáticos se ganan el apoyo de la personas porque les facilitamos el odio. También me imagino que en el

caso de algunos terroristas, cuando no tienes una olla en la que orinar, te hace más probablemente tenga el martirio como su principal vocación.

ARTEN: Por supuesto. ¿Y si toda la gente del Medio Oriente tuviera su propia países y economías libres y buena educación, carreras y hogares bonitos? Hacer ¿Crees que estarían tan interesados en explotarse? Por supuesto lo *real* el problema está dentro de ellos.

Gary: Aunque el comunismo apestaba, no significa que el capitalismo sea perfecto.

pero *puede* hacer el bien.

ARTEN: Estados Unidos hace el bien y el mal; eso es dualidad. Tu país es a menudo un fuerza positiva, pero generalmente con una agenda oculta. Incluso el Plan Marshall para reconstruir Europa después de la Segunda Guerra Mundial se hizo tanto para promover su ambiciones capitalistas como lo fue con fines humanitarios. La codicia de tu las corporaciones ha crecido exponencialmente desde entonces. Siempre ha existido el

elemento de un imperio basado en el dinero debajo de la superficie.

Gary: Te refieres a cuando Estados Unidos robó el país independiente de Hawái.

en 1893?

ARTEN: Un buen ejemplo. La mayoría de la gente de Oriente Medio te ve como estar perfectamente dispuesto a robar todo lo que pueda, al igual que robó su propio vasto país de los indios. El hecho de que pague por el petróleo no cambia la forma en que las personas de otras regiones te *perciben* a través de la lente de su propio inconsciente culpa. Quizás deberías ayudarlos más a verte de otra manera.

GARY: ¿Y si no necesitáramos su aceite?

ARTEN: Políticamente, ese sería el movimiento más brillante que podrías hacer.

Entonces no tendrías que hacer nada en el Medio Oriente que no fuera bueno. Usted podrían apoyar la libertad y la democracia en lugar de solo ustedes. Por supuesto el la verdad es que ya tienes la tecnología para liberarte de tu adicción a

petróleo extranjero, pero porque eso no es lo mejor para el resultado final de su corporaciones en este momento, puede olvidarlo.

Cuando el presidente Eisenhower dejó el cargo, advirtió a su nación sobre la poder de lo que él llamó un "complejo militar-industrial". Mientras no hay nada en su Constitución sobre el capitalismo, Estados Unidos no es una democracia; ahora es una moneyocracia. Sus bancos, sus compañías de tarjetas de crédito crediticias legales, el

las compañías de seguros y sus principales corporaciones multinacionales buscan en última instancia, estar por encima de la ley y ser dueño del mundo. Son dueños de América y su proceso político, y continuará asegurando en el futuro que su gobierno del rico, por el rico y porque el rico no perecerá de la tierra.

Esto conducirá a más tragedias, y pensé que era mejor señalar aquí que hay métodos alternativos que serían más prometedores que los cansados

proceso de represalias, mentiras y ganancias.

Gary: Alimento para el pensamiento, de todos modos. El perdón es lo que puede hacer el individuo

sobre su mundo, y nadie podrá quitárselo una vez que sepa cómo para hacerlo.

ARTEN: Sí, una vez que sabes cómo hacerlo, te das cuenta de que nunca eres un víctima, y lo que estás viendo son simplemente símbolos de tu propia locura representado fuera de ti mismo, excepto que ahora tienes una manera de liberarte soltando al otro. Otras personas, a su vez, vivirán en paz sólo después de dispuesto a mirar su *propio* lado oscuro como se ve en los demás y perdonarlo. Cuando usted alejarse del nivel de la forma, la gente de Oriente Medio no es la víctimas de Estados Unidos, Israel o cualquier otra persona. Incluso la gente de un diezmado país como el Líbano, o los palestinos, que todavía ni siquiera tienen su propio país, no son víctimas del mundo que ven. Tirando piedras al mismo las personas a las que arrojaron sus antepasados no cambiarán nada en esta generación, más que en los anteriores.

El pueblo de Israel está actuando con el mismo guión que acordaron todos los demás, tanto si se ve así como si no. Cada persona en todos los lados debe estar dispuestos a perdonar el llamado mal que *perciben* como en sus enemigos, que realmente no existen más que ellos. Los habitantes del mundo deben sanar sus relaciones y deshacer su culpa inconsciente antes de que la violencia termine alguna vez permanentemente.

Gary: Quieres decir que no fue una buena idea cuando me conecté a Internet después de

Bombardeos en embajadas y llamado para *Un Curso de Milagros* ¿ Día de la Rabia? Sólo

bromeando. La noticia nos impulsa a ver a otra persona como la parte culpable.

ya sean los terroristas, los políticos y sus cacerías de brujas, esas personas que son culpables de delitos, o al menos quienquiera que sean los fiscales y los medios de comunicación queremos hacernos creer que somos culpables, porque hacer que proyectemos nuestra culpa en los demás es bueno para ciertas carreras y calificaciones. En algunos programas de entrevistas, el juego trata sobre

quien pueda menospreciar a otras personas es el mejor. En las noticias, más problemas pueden hacer que nos preocupemos, mejor. Todo esto mantiene nuestras mentes funcionando salvaje.

ARTEN: Precisamente, que es exactamente lo que quiere el ego. Como enseña el curso tú:

... Las preocupaciones por los problemas que se plantean para ser incapaces de solución son

dispositivos del ego favoritos para impedir el progreso del aprendizaje. En todos estos tácticas de distracción, sin embargo, la única pregunta que nunca hacen aquellos quien los persigue es, "¿Para qué?" Esta es la pregunta que *usted* debe aprender a pregunte en conexión con todo. ¿Cuál es el propósito? Sea lo que sea, es dirigirá sus esfuerzos automáticamente.

Gary: El propósito debe ser el perdón y la Expiación. En la TV el toda la desviación es sólo una función de la multiplicidad, o una que *aparece* como muchas. Los uno soy yo, no realmente yo, sino símbolos de lo que hay en mi inconsciente, y el

La respuesta es siempre la misma, sin importar la forma que adopte la multiplicidad. supongo

el perdón puede ser bastante simple cuando lo recuerdas.

PURSAH: Sí. Te dijimos que era factible. No necesariamente siempre es fácil, pero

realizable. No lo olvides, las imágenes que ves en lo que crees que es tu vida real no son

más real que las imágenes que ves en la televisión o en el cine.

Gary: Estoy tratando de recordar. Sin embargo, sabes lo que realmente no me gusta:

que todas estas cosas que he aprendido sobre los mercados no son reales, como Fibonacci

secuencia y proporciones y la sección áurea y los ángulos de Gann y la onda de Elliot

Teoría y mis indicadores técnicos, y todos estos patrones. Me pone un poco decepcionado de que nada de esto sea real.

PURSAH: Eso es cierto para los ídolos de todos y las he-rramientas que usan para tratar de lograr

Sus sueños. No lo olvide, no significa que no pueda usar ilusiones *dentro* del ilusión, como mejor te parezca.

Ya hemos indicado que no hay nada de malo en la magia que se usa en al mismo tiempo que el perdón, y eso se aplicaría a las herramientas para cualquier ca-rrera que has elegido.

Gary: Para que se me puedan perdonar todas mis ilusio-nes, no importa cuáles sean, y yo

puede llegar a casa aún más rápido.

Recuerda que todo es igualmente ilusorio, ya sea tan grande como un galaxia o pequeña como un neutrino, o incluso si la civilización se está destruyendo a sí misma de nuevo.

NOTA : En este punto se produjeron algunos disparos en el bosque muy cerca de mi casa, una situación que no era infrecuente cerca de Navidad, aunque La tempo-rada de caza de ciervos había terminado unas semanas antes. No fue inaudito para

ciudadanos de Maine para ser asesinados en sus patios, o incluso en sus hogares, por cazadores.

GARY: No te preocupes, ninguno me golpeó. Son solo unos campesinos que soplan alejar algunos animales indefensos por placer.

ARTEN: Nunca has disparado un arma, ¿verdad?

Gary: No. Eso es porque un hombre que siente la necesi-dad de disparar un arma secretamente siente

inadecuado sobre su pene. Y una mujer que siente la necesidad de disparar un arma es secretamente celosa porque no *tiene* pene. Esa es solo mi opinión. Tal vez Todavía estoy molesto por esa mujer cerca de Water-ville que estaba en su patio con

sus hijos; un cazador la confundió con un ciervo y la

apagó.

ARTEN: Estás resbalando, Gary. Perdón, ¿recuerdas?

GARY: ¡Me tomo el día libre!

ARTEN: Seguiremos adelante de todos modos. Recuerda que todo es *igual* ilusorio. No importa si es tan grande como una galaxia o tan pequeña como un neutrino. Eso ni siquiera importa si la civilización se está destruyendo a sí misma de nuevo. Todo es lo mismo.

Gary: ¿La civilización siempre se destruye a sí misma?

ARTEN: Por lo general. Por ejemplo, la vida humanoide inteligente migró de Marte a la tierra. No *evolucionó* en Marte, pero también había emigrado allí. Civilización en Marte había sido mayormente destruido en ese momento, por lo que era tanto un escape para La Tierra como migración. Además, hay ocasiones en las que la mayor parte de la vida en un planeta es destruido por un asteroide que golpeó la superficie.

Gary: Siempre es algo, ¿no?

ARTEN: Siempre es algo hasta que no es nada. Cuando J te hablo y dijo: "Renuncia al mundo y los caminos del mundo; hacerlos sin sentido para

tú", quiso decir que lo que estás viendo no existe. No es nada porque no lo es realmente ahí. ¿Cómo puede nada significar algo? Si haces que signifique algo bueno o malo, entonces estás tratando de convertir nada en algo. Lo único, que deberías hacer no tiene sentido.

Al mismo tiempo, no intentes quitar los ídolos y los sueños de otras personas.

de ellos. Recuerda lo importantes que han sido para *ti* algunas cosas . Vos si ¿Recuerdas cuando eras niño y fuiste a ver tocar a los Beatles en Boston?

Gary: Claro que sí.

ARTEN: ¿Hay alguna forma de que alguien te haya dicho que no ¿importante?

Gary: Entiendo lo que quieres decir. George Harrison fue mi ídolo. Modelé mi tocar la guitarra después de la suya. No hay forma de que alguien me haya dicho que eso no fue lo más importante del mundo en ese momento.

ARTEN: Recuerde que cuando sienta la tentación de criticar a los demás por tener Sus sueños. Dejarán de apegarse a sus ilusiones cuando sea el momento derecho.

Gary: Ni siquiera te pediré más información sobre Marte. tengo suficiente para asimilar ahora mismo.

PURSAH: No es importante, Gary. Pero realmente no pensaste que eras un descendiente de un simio, ¿verdad? Hay muchos tipos de humanoides diferentes. los El ego hace los cuerpos, lo que en realidad se hizo de una sola vez, pero con el tiempo parecen estar separados. Las imágenes corporales son proyecciones; la culpa y el miedo los hacen parecer sólidos, luego, el script se configura para que parezca que los cuerpos son la función de un

proceso. La muerte llega a ser tan natural como la vida, sin embargo, no *es* ninguna muerte.

GARY: Lo tengo. También tengo la idea de que las noticias se están configurando para hacernos reaccionar. Y ver a los demás como culpables, que es el mismo propósito que el resto de la ilusión. yo

Véalo incluso en las noticias regionales aquí.

PURSAH: Sí. Por ejemplo, la policía local puede querer que parezca están haciendo algo, entonces llaman al periódico de la ciudad y luego arrestan al

prostitutas locales.

GARY: Ahí va mi vida social.

PURSAH: En serio, el punto importante que queremos dejarles es este. El libro que estás escribiendo no se trata de ti ni de nosotros. Vinimos aquí para dar

personas un mensaje espiritual, un mensaje para el que no todo el mundo está preparado todavía, y este es: cuando esté listo para aceptar que lo *único* que realmente importa en su La vida ilusoria es la culminación exitosa de tus lecciones de verdadero perdón, entonces serás verdaderamente sabio.

A pesar de sus bromas, a usted, hermano mío, le está yendo muy bien. Tu *siempre* perdona, incluso si a veces te lleva unos minutos o unas horas. Eres

victorioso. Acepta eso y deja que te haga aún más decidido a perseverar.

ARTEN: En los próximos meses, no olvides que la meta es lo único

vale la pena tener, y este mundo no lo es. Crees que el universo es valioso porque estás acostumbrado y, a excepción de algunas experiencias recientes, es todo lo que recuerdas, al menos en esta vida. El curso te pregunta:

¿Es un sacrificio renunciar al dolor? ¿Le molesta un adulto que renuncie a ¿juguetes infantiles? ¿Alguien cuya visión ya ha vislumbrado el rostro de

¿Cristo mira hacia atrás con nostalgia en un matadero? Nadie que tenga escapó del mundo y todos sus males lo mira con condenación. Sin embargo, el debe alegrarse de estar libre de todo el sacrificio que sus valores él.

PURSAH : Eso es todo por hoy, amado hermano. Felices vacaciones y continuamos éxito, incluso cuando es difícil. Te dejamos con estas palabras del Curso para animarte:

Ten fe solo en esta única cosa y será suficiente: Dios quiere que seas en el cielo, y nada puede apartarlo de él, o de usted. Tu mas salvaje percepciones erróneas, tus extrañas imaginaciones, tus pesadillas más negras, todo significa nada. No prevalecerán contra la paz que Dios desea para ti.

VERDADERA ORACIÓN Y ABUNDANCIA

Una vez te pedí que vendieras todo lo que tienes y se lo dieras a los pobres y me siguieras. Esto es lo que quise decir: si no tiene ninguna inversión en nada en este mundo, puede enseñar los pobres donde está su tesoro. Los pobres son simplemente aquellos que han invertido equivocadamente, ¡y en verdad son pobres! Arten y Pursah me habían prometido que hablarían sobre la verdadera oración y el camino

para recibir orientación sobre cómo debo proceder en mi vida diaria. Pensé esto podría ser el tema de nuestra próxima discusión porque recientemente había sentido el deseo de dedicar tiempo a estudiar y aplicar uno de los folletos relacionados con el curso, titulado La Canción de

Oración, que también se ocupó de esos temas. Mis amigos ascendidos fueron programado para reaparecer en agosto de 1998, pero antes de eso, el 4 Julio fin de semana, estaba destinado a visitar al hombre que Pursah había dicho llegó a ser visto como el mejor maestro del Curso.

Durante los últimos cinco años, desde que el facilitador de mi grupo de estudio entregó algunas cintas de Ken Wapnick, ocasionalmente había escuchado las enseñanzas de Ken. Yo Realmente no me gustaba leer, y estas cintas de cassette fueron especialmente útiles para mí en mi comprensión y aplicación del Curso. Aunque sera me era posible estudiar el Curso por mi cuenta, me gustaba tener ayuda y sabía que Tenía muchas ganas de hacer un taller con Ken en persona.

Mientras Karen y yo manejamos las diez horas que nos tomaría llegar desde la zona rural de Maine

a Roscoe, Nueva York, una ciudad rural en Catskills, estaba feliz de que mis cinco años de postergar este viaje habían terminado. Me alegré aún más cuando vi el entorno idílico de la Fundación para *un curso de milagros* en la hermosa Tennanah

Lago. Nos quedaríamos allí las próximas dos noches y haríamos un taller llamado "Time and Eternity" junto con otros 150 estudiantes. Un alto porcentaje de estos la gente era del área de la ciudad de Nueva York, pero también había estudiantes de todos sobre América, así como algunos visitantes internacionales. Mientras hablaba tímidamente con mi compañeros de estudios, me di cuenta de que la mayoría de ellos estaban en el extremo superior del escala de inteligencia, algo que esperaría de los estudiantes serios del Curso.

Durante los tres días que pasamos en Roscoe, conocí a Ken y charlé con él un par de veces en el comedor. Dos de las cosas que me sorprendieron

la mayoría eran sus modales relajados y su excelente sentido del humor, cosas que no siempre parecía tan evidente en sus cintas de casete.

Aunque no es posible expresar con palabras una experiencia como ésta, basta decir que encontré el taller como un evento transformador. yo vine

con la convicción de que, si bien no siempre podía controlar *lo que* parecía suceda en mi vida, siempre pude controlar cómo lo veía y, por lo tanto, cómo me sentía sobre eso.

Un par de años después, en junio de 2000, iría a Roscoe y haría una segunda taller con Ken. Esta vez me sorprendería saber que la Fundación

dejaba Roscoe y se mudaba a 3,000 millas de distancia a la ciudad de Temecula en Sureste de california. Aunque un poco decepcionado al principio, estaba seguro de que Ken y su esposa Gloria sabía lo que estaban haciendo y estaban siendo guiados por Jesús— y también sabía que California era la Meca de la espiritualidad de mente abierta. yo esperaba poder ir a visitar la Fundación en el oeste algún día, pero siempre estaría agradecido por los talleres en Roscoe y la oportunidad de conocer a Ken. De vuelta a casa, ese verano pensé mucho en el tema de la escasez y abundancia, sabiendo que quería hablar con Arten y Pursah al respecto. Era Me sorprende que el pueblo estadounidense pensara que necesitaba tantas cosas.

Durante la Gran Depresión, si tuviera un techo sobre su cabeza y suficiente comida para comer, entonces estabas agradecido. Sí, había gente rica entonces, pero la supervivencia era la estrategia para la mayoría de los ciudadanos. Si no tenías frío y hambre estabas haciendo bien. Después de que terminó la Segunda Guerra Mundial, y hasta principios de la década de 1950, los estadounidenses

muy tacaños con su dinero. Todos menos los muy jóvenes todavía tenían el Gran La depresión en sus mentes, y el ahorro estaba de moda, para disgusto de Corporaciones de Estados Unidos. Luego, las primeras transmisiones de televisión de costa a costa tuvieron lugar lugar en 1951.

Por primera vez, una nación entera pudo ver anuncios de televisión que les mostró todas las cosas que no tenían y todas las razones por las que serían mejores apagado si lo hicieron. La gente no tenía idea de lo vulnerables que eran a las sugerencias y codicia. A mediados de la década de 1950, el negocio estaba en auge. Ahora era tan estadounidense como tarta de manzana para gastar en lugar de ahorrar. La gente compró cosas que tendría antes se fue sin y nunca se perdió. De ver televisión, la idea de mantener hasta con los vecinos había echado raíces. La apisonadora capitalista despegó y Wall Street junto con él. Tal vez eso no fuera malo en el mundo material, pero

¿Qué le estaba haciendo a la mente de la gente? Simplemente los hizo más y más centrado en lo físico, que estaba en perfecta alineación con el ego

guión oculto, manteniendo sus mentes alejadas de la disciplina mental.

Otro punto de interés fue que si la gente *no lo* veía en la televisión, entonces no importó. El 11 de septiembre de 1973, no se habló mucho del hecho de que El presidente de Chile elegido democráticamente fue asesinado por personas contratadas por el CIA, y un títere de derecha de los Estados Unidos instalado en su lugar. los La tortura y el asesinato de tantos de los chilenos que siguieron fue vergonzoso al mundo, pero no a la mayoría de los estadounidenses, que no vieron la historia con precisión informó en sus cadenas de televisión.

En la década de 1990, el pueblo estadounidense no sabía que su país, incluso si quería, no se le permitiría unirse a la Unión Europea. Por ley europea,

el hecho de que la pena de muerte estuviera permitida aquí haría que nuestra nación también

bárbaro para calificar para la membresía.

Aún así, todo esto era parte de un guión preconcebido, y solo tenía dos lentes para llevar a cabo. El perdón no siempre me llegaba rápido, pero siempre lo *hacía.* Llegará eventualmente.

En agosto de 1998, estaba en casa una tarde lluviosa cuando Arten y Pursah apareció para la visita número trece. Un Pursah sonriente abrió la discusión.

PURSAH: Hola, Gary. Es genial verte, como siempre. Estamos felices de que fueras a ver a Ken. Por supuesto que podrías aprender de él sin tener que ir a verlo. Pero es divertido que fueras.

GARY: Puedes apostar, y también fue genial conocerlo. Para un erudito, estaba sorprendido de lo gracioso que es.

Pursah: Una de las mejores herramientas del Espíritu Santo es la risa, hermano. Si tu toma el mundo demasiado en serio, te tomará a ti.

Gary: Sí. Ojalá pudiera recordar reírme un poco más a menudo. Todavía me demoro mi perdon demasiado a veces. Estoy seguro de que eres consciente de lo que quiero hablar de hoy. Me gustaría ser mejor en recibir orientación y te agradezco complaciendo tanto mis intereses actuales.

PURSAH: Todo es parte del plan. Analicemos una Fuente de orientación que *no* es de este mundo. Hoy no nos quedaremos aquí mucho tiempo, así que vayamos directo a ello. Usted lee el folleto *El canto de oración,* ¿verdad?

Gary: Seguro que lo hice. Es una de mis cosas favoritas.

PURSAH: Entonces hablemos de lo que es la verdadera oración y cómo puedes obtener una beneficio secundario al no intentar obtener un beneficio secundario.

GARY: ¿Primero una pregunta rápida?

ARTEN: Solo nos presentamos para servir.

Gary: Bueno, he estado pensando en la devoción de la verdadera espiritualidad. mensajeros, desde San Francisco a la Madre Teresa, y me hace preguntarme si estoy realmente digno de ser uno de los mensajeros de Dios. No siempre soy tan devoto, tu
¿saber?

ARTEN: Recuerda algo siempre: tu perdón prueba tu

devoción. Te estás acostumbrando a perdonar mucho ahora, y olvidas que fue Nunca fue natural para ti hasta los últimos años. Cada vez que perdonas, piensa en ello como un regalo para ti y para Dios. Lo harás bien.

GARY: Gracias; Lo intentaré. Pero también siento que no tengo el impulso que debería escribir nuestro libro, o andar corriendo tratando de ser un portavoz de el curso. No tengo una buena voz para hablar.

ARTEN: No tienes que hacer eso si no quieres, pero si decides luego recuerda algo. Moisés no tenía una buena voz para hablar; Hitler lo hizo.

Es el mensaje lo que importa, no la forma del mismo. Además, te sorprenderá si le das una oportunidad. Solo recuerda que estás hablando contigo mismo. Hay nadie por ahí, y puedes recordarlo cuando quieras.

En lo que respecta al impulso, ya sea un impulso sexual o un impulso al trabajo, la gente la tiene porque teme a la muerte. Tienen una fecha límite, por así decirlo. UNA un holgazán como tú, simplemente, tu miedo a la muerte se manifiesta de otras formas. Cuando hace, recuerde cuán erróneos son realmente su temor a la muerte y su temor a Dios.

Gary: De hecho, tengo ese miedo de no poder vivir en Hawai. yo Supongo que lo he deseado mucho más de lo que creo.

ARTEN: En primer lugar, no debes sentirte culpable por querer vivir allí. Por qué no vivir ahí? Todo el mundo tiene que vivir en alguna parte. Es solo una preferencia. Por qué darle tanta importancia? Las ballenas son lo suficientemente inteligentes como para ir allí por el invierno. ¿Por qué no debería ir un buen tipo Piscis como tú también?

Si recuerdas que no eres un cuerpo, entonces puedes dar un paso atrás y ver que lo que deseas no tiene valor.

Gary: Todavía no veo los medios para quedarme allí por un largo período de tiempo.

ARTEN: Eso es porque has estado poniendo el carro antes que el caballo. Suerte para ti vamos a hablar de cómo poner el caballo delante del carro hoy.

PURSAH: Una cosa que quieres entender es que eres inocente sin importar *lo que* parece suceder en tu vida. Algunas personas se sienten culpables por ser pobres y algunas personas se sienten culpables por ser ricas. ¿No crees que ambos han sido pobres? y rico en sus numerosas vidas de ensueño? Sin embargo, ninguno es cierto. ¡Es solo un sueño!

Como hemos sugerido, si tiene una buena idea de los conceptos básicos del curso sistema de pensamiento, entonces deberías poder aplicar lo que has aprendido a cualquier cosa. Por ejemplo, cuando tienes un deseo profundo de algo, debes

cree que es un cuerpo, o que está separado de Dios de alguna manera. Que mas podria querer

¿alguna cosa? Si eres espíritu o estás unido a Dios, entonces no necesitas nada. Si tu recuerda que *no* eres un cuerpo, entonces puedes dar un paso atrás y ver que lo que deseas no tiene valor.

Una vez más, no estamos hablando de renunciar a todo físicamente; fueron hablando de la forma en que lo miras. Si necesita algo, y lo haría tiene que carecer de él para necesitarlo, entonces puede recordar que es solo un sustituto de Dios, y ese sentido de separación de Él es el único problema real. Eres tener un sueño de escasez, pero no es cierto. En lugar de hacer una cosa en el nivel de forma más importante que otra cosa, puedes recordar que es realmente todo lo mismo en su nada.

Cristo no necesita nada. Si necesitas algo, entonces vienes de debilidad, pero si no necesitas nada, entonces puedes venir de la fuerza de Cristo.

GARY: ¿Qué pasa si me encanta Hawái y lo elijo porque es hermoso?

PURSAH: Una forma de hacerlo es considerar la belleza que ves, o incluso sólo piensa en ser un *símbolo* de tu abundancia como Cristo. De esa manera, si llueve tu cumpleaños y no puedes salir y mirar la belleza, todavía está ahí donde está realmente siempre estuvo en primer lugar, en tu mente.

ARTEN: En tu caso, la carencia se manifiesta en forma de problemas económicos. Eso es como resultado de tu culpa inconsciente. No se sienta mal por eso. Hay peores formas en las que tu culpa inconsciente se manifiesta. Por ejemplo, tus problemas son preferibles a los problemas de salud graves y muchas otras cosas que la gente tengo que lidiar con. Sabes perdonar; tienes sangre perfecta presión; te ves muchos años más joven de lo que eres. Cuenta tus bendiciones y

agradece que la mayoría de tus lecciones sean amables y que tu perdón sea despertarte a la conciencia de lo que realmente eres.

Gary: Me *he* hecho una idea bastante clara de cómo orar y estar con Dios. Pero no estoy seguro de entender esta idea de un beneficio secundario.

ARTEN: Está bien. Lo repasaremos brevemente por ti y luego nos iremos para que tú puede practicar. La práctica hace la perfección.

Míralo de esta manera. Si el universo ilusorio está en perpetuo cambio y Dios está

inmutable y eterno, ¿cuál preferirías tener como fuente? Tu El problema de la escasez, que simboliza el pensamiento de la separación, se amplifica

por el hecho de que está poniendo su fe en algo con lo que no se puede contar.

Si ve su fuente de suministro como algo en este mundo, por ejemplo su carrera, un trabajo específico o sus propias habilidades, luego, cuando algo cambia, como siempre sucede en este mundo, podrías estar en el frío. Una fuente ilusoria

se puede perder.

¿Qué pasa si su Fuente no puede cambiar o fallar? Entonces estas poniendo tu fe

donde la fe está justificada. Ahora puedes ver tus carreras y esfuerzos transitorios.

como simples herramientas que pueden usarse como expresiones simbólicas de su suministro constante. Ahora su Fuente se convierte en un pozo sin fondo al que puede acudir en busca de orientación que siempre vendrá en alguna forma de inspiración. Si su herramienta se rompe, entonces ¿Qué? No tienes que estar apegado a él porque no es tu Fuente. Si tu La fuente es constante, entonces una herramienta se puede reemplazar fácil y rápidamente por otra uno, a través de la muy natural ocurrencia de la inspiración. Puedes relajarte sabiendo que no *puedes* perder tu Fuente.

GARY: Ya he experimentado algo de lo que estás hablando, pero podría ¿Serás un poco más específico sobre cómo se ve? PURSAH: Sí. La instrucción de J en *The Song of Prayer* es bastante específica, pero

unirse a Dios es abstracto. Más adelante, por lo general, cuando no lo espera, La respuesta a sus problemas le llegará de la nada, si así lo desea, como un efecto secundario de unirse con Dios. Te lo repetiré porque ya has leído es parte de lo que dice esta joya de folleto: El secreto de la verdadera oración es olvidar las cosas que crees que necesitas. Preguntar porque lo específico es muy parecido a mirar el pecado y luego perdonarlo. también de la misma manera, en la oración pasas por alto tus necesidades específicas como ves

y déjelos ir a las manos de Dios. Allí se convierten en tus dones para Él, porque le dicen que no tendrías dioses delante de Él; sin amor

pero su. Como ejemplo, cuando medita, puede visualizarse tomando J's o la mano del Espíritu Santo e ir a Dios. Entonces podrías pensar en ti mismo como poniendo sus problemas, metas e ídolos en el altar delante de Él como regalos. Tal vez le dirás a Dios cuánto lo amas y cuán agradecido estás de ser completamente cuidado por Él — siempre seguro y totalmente provisto. Luego

te *callas.* Tienes la actitud de que Dios te creó para ser como Él y estar con Él para siempre. Ahora puedes dejarlo todo, únete a Amor de Dios y piérdete en gozosa Comunión con Él.

Un par de días después, es posible que esté comiendo un sándwich o trabajando en la computadora y de repente te golpea; una idea inspirada simplemente te llega. Los palabra *inspirada* , como saben, significa "en espíritu". Al unirte con el espíritu has se ha dado la respuesta. La gente siempre está buscando a Dios para responder a sus oraciones. Si supieran más sobre cómo orar, sabrían *cómo* la respuesta es dado. Sus respuestas no vienen en forma de respuestas físicas, vienen a su mente en forma de guía, una idea inspirada, que el folleto

describe como un eco del Amor de Dios:

… La forma de la respuesta, si es dada por Dios, se adaptará a sus necesidades como ve eso. Esto es simplemente un eco de la respuesta de Su Voz. El sonido real es siempre un canto de acción de gracias y de amor.

Esa es la clave: unirse a Dios en amor y gratitud. Te olvidas de todomás y piérdete en Su Amor. *Eso* es estar lleno del espíritu. Eso es el Canto de la Oración. El eco es un beneficio adicional, pero ese no es el propósito del oración. Simplemente sucede naturalmente cuando te unes a Dios y lo amas.

Entonces no puedes pedir el eco. Es la canción que es el regalo. Junto con vienen los matices, los armónicos, los ecos, pero estos son secundarios.

Gary: ¿No sería posible que sucediera algo en el mundo que ¿Se adaptaría a mi necesidad como yo la veo?

PURSAH: Las respuestas de Dios son internas, no externas. Si algo aparece en el mundo es un símbolo. No creas que Dios actúa en el mundo; No lo hace. *Los resultados* de seguir su guía pueden aparecer en el mundo como símbolos de seguridad o abundancia.

ARTEN: Ahora puedes venir desde una posición de fuerza en lugar de debilidad.

Es posible que se sienta más paciente y relajado en su trabajo, y por lo tanto más efectivo. Vaciando tu mente de tus deseos percibidos cuando vas

a Dios, puedes experimentar Su Amor. Al regresar al mundo donde tu *cree* que está, puede recordar con más regularidad dónde está *realmente*, con

Dios. A veces verás, de forma muy natural y muy clara, lo que debes hacer en este mundo para resolver sus problemas, o si se enfrenta a un problema importante decisión, exactamente cuál debería ser esa decisión. La evidencia más sorprendente de esto La validez del enfoque será que funciona. Al aceptar los dones de su Padre, recuerda que estás eternamente con él... Dios responde solo por la eternidad. Pero todas las pequeñas respuestas están contenidas en esta.

PURSAH: Nos vamos a ir ahora, pero solo en forma. Cuando desaparezcamos, quiero que te unas a Dios, y estaremos allí. Cuando vas a Dios, estás

sin tratar de obtener nada, simplemente lo ama. Al hacerlo, descubres que *son* amados por Él, por ahora y por la eternidad.

... En la verdadera oración solo escuchas la canción. Todo el resto simplemente se agrega. usted

han buscado primero el Reino de los Cielos, y todo lo demás ha sido dado a usted.

MEJOR QUE EL SEXO

La revelación induce la suspensión total pero temporal de la duda y el miedo. Eso refleja la forma original de comunicación entre Dios y sus creaciones,

que implica el sentido extremadamente personal de la creación que a veces se busca en

relaciones. La cercanía física no puede lograrlo.

Yo había dado cuenta de muchas cosas en mi vida de sexo. Tres de los mas interesantes fueron:

Aunque el sexo era tan "natural" como cualquier cosa en la naturaleza, la gente estaba siempre tratando de hacer que otras personas se sientan culpables por tenerlo.

La gente siguió haciéndolo de todos modos, incluso si se sintieron culpables.

Aunque se suponía que uno no debía señalarlo en una sociedad obsesionada sexualmente,

el sexo no hacía feliz a nadie.

Como músico, había conocido a bastantes personas que participaban en una inusual gran cantidad de comportamiento sexual y todavía eran miserables. El sexo era muy experiencia transitoria. La gente *asumió* que otras personas que tenían mucho sexo estaban más felices como resultado, pero eso no era realmente cierto. Si alguien parecía contento, era porque tenían algún tipo de felicidad interna que en última instancia no era

dependiente de la gratificación temporal.

Una de las cosas que me gustó del Curso fue el hecho

de que el sexo ni siquiera un problema. No se emitió ningún juicio sobre el comportamiento. La única pregunta era:

¿Quiere el alumno tener cuerpo o espíritu para una identidad? Si uno elige el espíritu, eso no significaba que uno no pudiera tener sexo. Para *insistir* en el celibato por sí mismo o cualquier otra persona sería un juicio en lugar de un perdón, sin embargo, sería perfectamente apropiado para que alguien *elija el* celibato si así lo desea. No

tener el cuerpo como su identidad simplemente significaba que en algún momento los estudiantes deberían recuerde quiénes eran realmente ellos y sus socios. Para los enamorados, el sexo podría ser utilizado como símbolo de unión y expresión de su amor. La clave era un conciencia, incluso si esa conciencia se olvidó temporalmente en el calor de la momento — que su pareja no era realmente un cuerpo sino Cristo. A su vez, cómo ellos El pensamiento de la otra persona es lo que estableció su *propia* identidad en su mente. Una poderosa ventaja de *Un curso de milagros* es que, en lugar de simplemente diciéndote que creas que no eres un cuerpo, en realidad te da los medios para Experimente algo más allá y mejor. La mayoría de la gente no tiene idea de cómo bien que realmente podían sentir. Un objetivo principal del curso es llevar al estudiante a un Identidad y experiencias asociadas que no son de este mundo. Estos no

experiencias intelectuales, que paradójicamente son el resultado de procesos, son de hecho el precursor de la respuesta permanente del Espíritu Santo a esta mundo. La mayoría de la gente dudaría en renunciar al mundo, pero ¿serían tan

¿Duda si se les diera una idea clara de la alternativa? Dada una autentica experiencia espiritual, encontrarían el mundo material como una broma cruel en comparación con lo que está disponible.

Todas las experiencias, incluido el sexo, son estados mentales, incluso si la ilusión es que tienen lugar en el cuerpo. Recuerdo haber visitado una iglesia en Boston para escuchar un conferencia de dos monjes budistas que crecieron cerca de la frontera de la India y el Tíbet. Después de la conferencia, las personas de la audiencia tuvieron la oportunidad de preguntar preguntas. La mayoría de ellas eran las agradables preguntas "espirituales" que la gente suele hacer.

Entonces una mujer tuvo el valor de levantarse y preguntarles a los monjes cómo podían pasar tanto tiempo —en un caso, treinta años— sin tener relaciones sexuales. El monje que tenía había sido célibe por más tiempo, y que hablaba inglés tan bien como el Dalai Lama, pensó por un minuto y luego sorprendió a la audiencia con su respuesta: "Cuando vienes todo el tiempo, no hay ninguna diferencia ".

Desde el punto de vista de mis nuevas experiencias, ahora podía ver que feliz respuesta del monje en sincronía con la respuesta del Curso al dilema de renunciar al Universo cambiante e ilusorio. Lo que el Espíritu Santo ofreció fue *constante,*

comparado con la experiencia precaria y poco confiable de cada aparentemente mente separada. La Palabra eterna de Dios *no* podría volverse realmente temporal carne, excepto en sueños irreales, pero la carne *podría* ser llevada a la verdad.

Dado mi deseo de hablar sobre el tema del sexo durante nuestro próximo encuentro, Estaba con feliz anticipación de que iría a mi sala de estar en abril de 1999, cada vez con la esperanza de la próxima aparición esperada de Arten y Pursah. Entonces,

A última hora de la noche de lo que los habitantes de Nueva Inglaterra llaman el Día de los Patriotas, recibí la visita Estaba esperando por.

Un sueño no es nada y el sexo no es nada. Pero no lo recomendaría te vuelves hacia tu pareja después de hacer el amor y le dices: "Eso no fue nada".

ARTEN: Hola, Gary.

PURSAH: Hola, Gary.

GARY: Hola, chicos. ¡Estoy emocionado! Gracias por venir. Parece tan largo desde que te vi

PURSAH: Siempre estamos aquí; simplemente no siempre nos ves. Hablando de un largo vez, después de esta visita, nuestras últimas tres apariciones serán todas en diciembre, la próxima tres temporadas de vacaciones: 1999, 2000 y 2001. Ya sabes lo suficiente para perdona, y sabemos que continuarás con tu camino elegido. En este punto estamos Solo vengo a apoyarlo y agregar algunas observaciones para su beneficio. Ya que

el sexo es parte de lo que llamas vida, y como ya sabemos que quieres hablar al respecto, ¿por dónde le gustaría comenzar?

Gary: El bueno de Pursah; siempre directo al grano. Ya hablaste de cómo el Curso enseña que la tentación quiere convencerme de que soy un cuerpo, así que Supongo que la pregunta es: ¿Cómo puedo vivir la vida normal que dijiste que podía vivir? practicar el Curso, y aún no sentirse mal por esa parte de identificación corporal de mi vida soñada?

ARTEN: Recordando lo que es y perdonándolo en el momento adecuado. UNA el sueño no es nada y el sexo no es nada. Pero no recomendaría que recurrieras a tu pareja después de hacer el amor y decir: "Eso no fue nada".

GARY: Yo *sabía* que estaba haciendo algo mal.

ARTEN: Sin embargo, puedes darte cuenta de cuál es la verdad cuando quieras. por Por ejemplo, el Curso dice desde el principio:

... Las fantasías son un medio de hacer asociaciones falsas e intentar obtener placer de ellos. Pero aunque puedas percibir falso asociaciones, nunca puedes hacerlas reales excepto para ti mismo. Tu crees en lo que haces. Si ofreces milagros, serás igualmente fuerte en tu creencia en ellos.

Gary: Entonces todo es una fantasía, y la parte sexual es un intento de derivar placer de una asociación falsa. Entiendo que parte de eso sería el hecho de que hemos hecho un ídolo falso del sentimiento sexual, como un sustituto de Dios.

PURSAH: Sí. Escuche esta cita de la sección del texto llamada "La Antecristo." J está hablando aquí de diferentes tipos de ídolos, y el sexo Sin duda, ser considerado uno de ellos.

No dejes que su forma te engañe. Los ídolos no son más que sustitutos de tu realidad. En de alguna manera, crees que completarán tu pequeño yo, por seguridad en un mundo percibido como peligroso, con fuerzas acumuladas contra tu confianza y tranquilidad. Tienen el poder de suplir tus carencias y agregar la valor que no tienes. Nadie cree en ídolos si no ha esclavizado él mismo a la pequeñez y la pérdida. Y así debe buscar más allá de su pequeño yo para fuerza para levantar la cabeza y mantenerse al margen de toda la miseria del mundo refleja. Esta es la pena por no mirar hacia adentro en busca de certeza y tranquilidad.

calma que te libera del mundo y te deja apartar, en silencio y en paz.

Gary: Ahora realmente me estás poniendo de humor.

Pursah: No temas, querido hermano. Como te dice J:
Este curso no intenta quitarte lo poco que tienes. 5
Simplemente lo coloca en una posición en la que puede reclamar su herencia, que es mucho más grande que cualquier sentimiento corporal que puedas evocar.

GARY: Sabes, antes del Curso no lo hubiera pensado, pero el

El Espíritu Santo en realidad me ofrece algo mejor que el sexo. De hecho, no es incluso cerca.

PURSAH: Eso es correcto. Al mismo tiempo, no busca privarte de lo que percibes temporalmente como tus deseos. Hablando de tus deseos ¿Karen no está aquí esta noche?

Gary: Nop. Fue a New Hampshire para hacer algunas compras con ella.

madre. Pasará la noche allí con ella.

PURSAH: Una historia probable.

GARY: Gracioso. Sabes que le estaba contando hace unas semanas sobre cuando estaba un adolescente y yo fuimos a un baile en el salón de una iglesia católica. Estaba bailando un lento bailar, muy cerca de esta chica. De repente, una monja se acercó corriendo y puso una regla entre nosotros y dijo: "Ahora niños, dejemos suficiente espacio allí

por el Espíritu Santo ". Siempre me gustó eso.

ARTEN: Sí, la mayoría de las religiones siempre han buscado reprimir la expresión sexual.

—Hasta que sea hora de casarse y hacer más cuerpos para la iglesia, por supuesto.

Decirle a la gente que reprima sus deseos inconscientes y preprogramados es como decirle a un pájaro que no vuele. ¿Recuerda a ese ministro moralista en el Iglesia bautista cuando estaba en la escuela secundaria, que solía hablar en contra de la

los males del sexo, mientras perseguía a la mitad de las mujeres del ¿congregación?

Gary: ¡Oh, sí! Lo llamábamos "Viejo, bendícelos y desnúdelos".

ARTEN: Entonces, cuando estás en la escuela secundaria y estás muy cachondo, ¿cómo

¿Es probable que escuches a un hipócrita como él?

Gary: No mucho.

ARTEN: No, lo que nos lleva a un tema que no es divertido, pero que deberíamos
cubrir brevemente.

Durante los primeros 750 y algunos años impares de la existencia oficial de la iglesia, desde 325 a alrededor de 1088, no existía tal cosa como un requisito para los sacerdotes celibato. Entonces el Papa Gregorio, que no tenía sentido del humor, insistió en que todos los sacerdotes ser célibes, ¡incluso los que en ese momento estaban casados! Por supuesto que plantea la pregunta, ¿qué podría haber tenido que ver la decisión de Gregory con J?

GARY: Ah, ¿nada?

ARTEN: Precisamente. Así que durante los últimos 900 años o más, los sacerdotes han tenido que ser
célibe. En algunos casos eso está bien, pero en otros casos ha dado lugar a instancias de abuso sexual que de otra manera no habría ocurrido si solo el sacerdote hubiera tenido salida legítima para sus deseos sexuales. El universo ilusorio es un lugar de tensión y liberar. Eso es dualidad. Lo ves todo a través de lo que llamas naturaleza. Incluso
encuéntrelo en la música. No es natural hacer que alguien renuncie a ciertos tipos de
comportamiento hasta que ellos mismos estén completamente preparados, ni en el caso de la mayoría sacerdotes es necesario de todos modos. Y sí, hay abusadores de niños que no deberían ser
sacerdotes sin importar las reglas.

Ahora con el Curso la tensión se libera con el perdón, pero hasta alguien es muy competente en eso, no se debe esperar que renuncie a la mayoría
deseos terrenales. Eso es algo que surge naturalmente con la madurez de un mente avanzada en los caminos del verdadero perdón.

La tensión se puede liberar con el perdón, pero hasta que alguien esté muy competentes en ello, no deberían verse obligados a renunciar a los deseos terrenales.

Incluso J no siempre fue célibe, y aunque no necesitaba sexo, los últimos años de su vida, *estuvo* casado durante los últimos quince años.

GARY: ¿ Disculpa?

ARTEN: Hoy, esa idea te parece inusual. Sin embargo, si estuvieras allí 2000 años atrás, lo que habría sido muy inusual era que un hombre judío de la edad de J *no* estar casado. No fue hasta más de mil años después que el Papa decidió tenías que ser célibe para ser sacerdote. Solo por tu visión deformada de historia, junto con siglos de proyección del pecado y la culpa inconscientes en el sexo,

¿Ves ahora la idea de que J sea célibe como una necesidad?

Gary: ¡Oye, no me importa una mierda! Alguien más podría.

ARTEN: Entonces hágales saber cómo fue realmente. Toda la idea sobre el sexo

ser algo malo nunca vino de Dios y nunca vino de J. Si piensas

hay algo mal con el sexo, entonces también puedes pensar que hay algo

mal comer alimentos. Ambas son actividades normales para un cuerpo y cualquier idea

por el contrario, está completamente compuesto por personas, no espiritualmente inspirado. Sin embargo es

perfectamente apropiado para alguien a renunciar al sexo si ellos *mismos* se sienten inspirados

para hacerlo como una expresión de lo que realmente son.

GARY: Sí, estaba pensando en eso recientemente. Dime, ¿con quién estaba J casado?

esa chica de María Magdalena?

ARTEN: De hecho, lo era. Muchos hoy en día piensan en ella como una

prostituta, no es que la Biblia diga que lo era. No es así. La Biblia tenía tantos

prostitutas en él que la gente asume que María Magdalena también era una. Ella no lo estaba;

ella era la amada esposa de J. Por cierto, según la ley judía en ese momento una persona está muerta

El cuerpo solo puede ser ungido por miembros de su familia, y si miras en tu

Nuevo Testamento, encontrará que aunque el cuerpo de J ya no estaba allí, Mary

A Mag'dalene se le permitió ir al sepulcro para ungirlo. ¿Qué debería eso

¿decirte?

Gary: Bastante interesante.

ARTEN: El punto es simplemente que la gente tiene muchas suposiciones, pero J no vino al mundo para iniciar alguna religión para que la gente pudiera hacer otras personas se equivocan por tener cuerpos y querer usarlos. Él enseñó perdón, y todavía lo hace, para enseñar a la gente la total insignificancia de la cuerpo —y guiarlos a su verdadera Identidad como Cristo.

GARY: Entonces puedo vivir y perdonar simultáneamente, y es posible tener tanto una erección *como* una resurrección.

ARTEN: Eso es cierto, ¡pero no al mismo tiempo! En algún momento tendrás que elige el cuerpo o el espíritu, de una vez por todas.

PURSAH: Hablando de cuerpos, realmente no importa lo que sea sexual preferencias son o lo que les gusta. En este momento, ciertas partes del cuerpo son más importante para ti, pero ninguna parte del cuerpo es realmente más importante que otra, del mismo modo que ningún cuerpo es realmente más importante que otro. Son realmente todos los lo mismo en su irrealidad. Por cierto, eso se aplicaría a ese fetiche tuyo.

Gary: ¿ Te refieres a mi atracción por la barriga y el ombligo de una mujer?

PURSAH: Sí. Por cierto, esa fijación es más común en Oriente Medio.

Debe comprender que la gente hace asociaciones en la mente, pero son jugado en el nivel de la forma para hacer que la gente se sienta de cierta manera.

A veces están diseñados para hacerte sentir diferente y, por tanto, culpable.

Generalmente no se sabe que existen dos etapas de desarrollo sexual para el cuerpo humano. Todo el mundo conoce la segunda etapa, que es la pubertad, pero La mayoría de la gente no se da cuenta de que las preferencias sexuales se suelen determinar durante la primera etapa del desarrollo sexual, y *eso* tiene lugar cuando eres solo un

niño. Por ejemplo, y teniendo en cuenta que tus padres son un invento sustituto de su relación con Dios: un niño puede estar jugando cerca de su

los pies de la madre, y hace una asociación inconsciente entre los pies y su. Luego, cuando llega a la pubertad, descubre que está excitado sexualmente por un pies de mujer. Su madre simboliza a Dios y los pies simbolizan a su madre.

Es solo una falsa asociación y sustitución tras otra, y a menudo es bastante simple, pero luego se niega y se proyecta. Todo estaba decidido antes de tiempo, pero así es como parece desarrollarse en el mundo. En tus caso de que te guste el ombligo de una mujer. Lo que sea que encienda a alguien

siempre se remonta a una edad muy temprana y algo

que era una asociación que luego se convirtió en un recuerdo inconsciente. Esa asociación luego resurge más tarde en *forma* de un deseo sexual particular.

GARY: Eso tiene sentido. A veces me he sentido diferente por eso, y supongo que eso es el equivalente a la culpa. Obviamente el perdon es lo correcto

respuesta.

PURSAH: Sí. Recuerde, no importa cuáles sean sus preferencias, el Curso no se trata de cambiar tu comportamiento. Si tu comportamiento cambia, que así sea. Si se no lo hace, no te preocupes. Puede que ni siquiera quieras que lo haga. La cosa importante es comprender tu total inocencia.

GARY: Gracias.

ARTEN: Hablando de asociaciones, un hombre tiene una conexión entre el Cielo y el vientre de su madre. Esa conexión también está ahí para una mujer, pero se nota. más en la forma de un hombre que quiere meterse dentro de una mujer, y a veces un mujer queriendo.

GARY: Eso explicaría por qué un hombre nace a través de la vagina de una mujer, y

luego pasa el resto de su vida tratando de volver allí.

ARTEN: Me alegro de *que lo* dijeras.

Gary: Hablando de preferencias, ¿cómo es posible que un musulmán en el Medio Oriente tener cuatro esposas y nosotros, los estadounidenses, solo podemos tener una?

ARTEN: En realidad, *se* le permite tener cuatro esposas en este país, pero no de repente.

Gary: Oh, sí. Quizás sea más divertido así. Mejor sigamos adelante; Yo creo que, Me estoy metiendo en problemas aquí.

ARTEN: ¿ Tú, Gary? Nunca.

GARY: Oye, Pursah, ¿tienes algún consejo para las mujeres sobre sexo?

PURSAH: Sí. Cuidado con la serpiente de un solo ojo.

GARY: Lindo. ¿Algo más?

PURSAH: No tienes que preocuparte por las mujeres y el sexo. Ellos hablan con cada uno otros al respecto; es prácticamente un culto. Al no tener el virus macho, a menudo son útiles unos a otros. Una vez más, en algún momento siempre vuelve a

perdón.

Gary: Sabes, siempre pensé que cuando fuera un poco mayor me asentaría y tener tres hijos; ya sabes, uno de cada uno, y haz lo familiar. Ahora

No estoy muy seguro. Me parece que todas las relaciones especiales dependen de un pasado y un

futuro, al igual que todo juicio. No digo que crea que hay algo mal con los niños, es solo que ya no estoy tan seguro de la necesidad de tenerlos.

ARTEN: Continúa uniéndote a Dios y serás guiado en ese asunto.

En última instancia, un salvador del mundo se une a Dios de la misma manera que una monja

se casa con Jesús, pero no es necesario que lo hagas por completo ahora mismo si no estas listo Si te sirve de ayuda, Gary, ya eres padre.

GARY: ¿Quién dijo eso? ¡Niego todo!

ARTEN: No me refiero a ese tipo de padre, amigo. Te recuerdo esto declaración interesante del libro de trabajo:

¡Libera el mundo! Tus creaciones reales esperan este lanzamiento para darte la paternidad, no de ilusiones, sino como Dios en verdad. Dios comparte su paternidad contigo que eres Su Hijo, porque Él no hace distinciones en lo que es Él mismo

y lo que todavía es Él mismo. Lo que Él crea no está separado de Él, y en ninguna parte termina el Padre, el Hijo comienza como algo separado de

Él.

GARY: Genial. Estás diciendo que realmente puedo ser *exactamente* como Dios cuando estoy en ¿Cielo?

ARTEN: Sí, exactamente como Él.

Gary: Va a ser bastante impresionante, ¿no?

ARTEN: Lo tienes. Sigue preparándote con tu perdón, y cuando estás listo para regresar a tu estado natural, estarás allí con Dios. Eso es suyo promesa, no solo la nuestra. A medida que J continúa instruyéndolo en ese mismo libro de trabajo lección:

... Niega las ilusiones, pero acepta la verdad. Niega que eres una sombra puesta brevemente sobre un mundo moribundo. Libera tu mente y verás un mundo liberado.

Pursah: Entonces hermano, ¿tienes alguna pregunta antes de que regresemos a dónde? ¿vinimos?

GARY: No que pueda pensar en este momento. Es curioso cómo se ponen las cosas perspectiva. Cuando era niño solía pensar que mi generación era mucho más genial que la generación de mis padres. ¡Y mis dos padres eran músicos! Ahora puedo ver que cada generación piensa que inventaron la música y el sexo y que su los padres no están bien. Antes de que te des cuenta, tienen un montón de niños que crecen y piensan *que* inventaron la música y el sexo y que *sus* padres no son geniales.

PURSAH: Muy atento. Todo es estilo y hormonas. La verdadera idea detrás de esto que es la idea de separación del ego, permanece igual. Tu trabajo es reemplazar esa idea con el amor del Espíritu Santo.

Gary: Sí, y creo que aprecio lo poderosa que es la mente ahora, incluso en el nivel de forma. Estaba leyendo en el periódico que las chicas muestran signos de pubertad a una edad más temprana. Los científicos buscan razones físicas, como la genética y el entorno social. Lo que sus métodos ni siquiera les permiten considerar es que la mente es responsable de esto, y que constantemente

bombardeando a todos con imágenes sexuales solo porque es la mejor manera de vender

realmente está provocando cambios en el cuerpo de los niños. Estoy *no* decir esto a

juzgar el sexo, pero creo que señala que la mente dirige el cuerpo, no genética o el medio ambiente o la evolución.

ARTEN: Lo que dices es verdad. La identificación corporal se refuerza y el espíritu la identificación libera el cuerpo. Cada uno debe tomar esa decisión personal. Perdona las figuras del sueño, hermano mío, y tu recompensa será tu Ser.

PURSAH: Quizás sea mejor dejarle una declaración del Texto que te recordará el camino a casa. Nos vemos en Navidad. Hasta luego recuerda tu propósito, que es el del Espíritu Santo, y recuerda estos

palabras:

Del mundo perdonado, el Hijo de Dios es elevado fácilmente a su hogar. Y allí sabe que siempre ha descansado allí en paz. Incluso la salvación convertirse en un sueño y desaparecer de su mente. Porque la salvación es el fin de sueños, y con el cierre del sueño no tendrá sentido. OMS, despierto en el cielo, ¿podría soñar que alguna vez podría haber necesidad de salvación?

MIRANDO HACIA EL FUTURO

La presencia del miedo es una señal segura de que estás confiando en tu propia fuerza.

El final del milenio fue una época de cambios para Karen y yo. Nosotros se mudó de la casa en la que habíamos vivido durante diez años y se mudó a un apartamento en la ciudad que ofrecía un nuevo mundo de comodidades en lugar de los desafíos de la vida en el campo a la que nos habíamos acostumbrado. A menudo habíamos pensado en movernos pero nos quedamos donde estábamos en beneficio de uno de nuestros mejores amigos, nuestro perro Nupey. Pero después de quince años de darnos amor incondicional, Nupey había hecho su transición ese año al más allá de un sueño de perrito.

El zoroastrismo considera que los perros son espiritualmente iguales a los humanos, y no No hubo nada en mis observaciones que me hiciera estar en desacuerdo con eso.

Los budistas creen que la mente es mente, y realmente no importa cuál sea el contenedor parece ser. Una vez más, no vi ninguna razón para discutir. Sabíamos que lo haríamos extraño a nuestra Nupey, pero que algún día estaría con nosotros en el Cielo, que era nuestro realidad.

También habíamos hecho una larga y deseada visita a Hawai ese otoño, y vimos nuestra mudanza a un apartamento como parte de un plan a más largo plazo para vivir en un condominio en ya sea Oahu o Maui. Mientras tanto, tenía mucho en qué pensar mientras el mundo preparado para un importante rito de iniciación.

Durante la década anterior, había escuchado constantes predicciones sobre terribles cosas que suceden alrededor del cambio de siglo. Escritores y oradores de la Nueva Era habían estado cayendo unos sobre otros para predecir grandes cambios en el clima causada, entre otras cosas, por un desplazamiento de los polos magnéticos de la tierra, lo que a grandes inundaciones, terremotos, condiciones heladas donde el calor existía actualmente,

y el calor del verano donde ahora reinaban las condiciones invernales. Terribles terremotos remodelar el mundo, y solo los espiritualmente avanzados serían guiados a la seguridad.

Estos pronósticos no sonaron muy diferentes a las advertencias del final.

veces había escuchado de los entusiastas del Libro del Apocalipsis. Sin embargo, ese libro podría interpretarse, y ha sido, casi de cualquier forma que un lector quiera verlo.

Era muy posible que la mayoría de estas interpretaciones tuvieran poco que ver con lo que el celoso escritor del libro tenía en mente. Por ejemplo, en lugar de prediciendo la venida de un anticristo que de alguna manera estaría conectado con el

número 666, era muy posible que el número fuera una referencia hebrea a el Emperador Nerón, y nunca fue la intención de describir a nadie más excepto que enemigo particular y odiado del cristianismo. También era muy posible que el escritor de Apocalipsis, como muchos otros cristianos de la época, vio el regreso de J en forma física como ocurre dentro de unos pocos años de su escritura, haciendo ellos mal por casi dos mil años.

Sin embargo, la naturaleza humana dicta que si un ministro de hoy en día desea éxito, una de las mejores técnicas es hacer todo lo posible y enérgicamente advertir a los seguidores de la terrible ira de Dios que está a punto de manifestarse como "el fin del mundo." Había funcionado en aquellos con culpa inconsciente durante 2,000 años y era sigue trabajando hoy, no solo para los cristianos sino también para los oradores de la Nueva Era y sus oyentes: las mismas personas que los cristianos conservadores consideran herramientas del diablo.

En la historia del mundo, *siempre* ha habido cambios terrestres y siempre sería, pero no en un momento establecido artificialmente por la gente. El tiempo para todos los eventos fue establecido en la mente inconsciente que la gente ignoraba. Arten y Pursah tenían razón; el ego amaba los despertares bruscos, y las tragedias terribles generalmente sucedió cuando la gente *no los* esperaba, no cuando los estaban buscando.

Las primeras décadas del nuevo milenio probablemente traerían su parte de tiempos maravillosos buenos y malos tiempos repugnantes, pero no tiempos finales. El ego tenía un buen juego va. ¿Por qué no continuar un poco más?

Arten y Pursah me habían dicho desde el principio que no revelarían mucho sobre el futuro. Aun así, era un especulador y pensé que sería divertido ver si podía sacarles algo de información sobre lo que vendría en el nuevo milenio. Sabía que me habían estado observando y sabía que no me decepcionaba ellos con la forma en que estaba haciendo mi tarea de perdón. Aunque yo inicialmente desaprobado de gran parte de lo que vi en el mundo, todavía recordaría perdonar a mis hermanos y hermanas. Después de todo, cuando perdoné en lugar de sostener personas prisioneras de la culpa, ¿quién era realmente el perdonado? En nuestro

conversaciones, yo mismo había citado anteriormente el curso preguntando:

... ¿Puedes tú a quien Dios dice: "Libera a mi Hijo!" tener la tentación de no escuchar, cuando se entera de que es usted a quien pide liberación?

Recuerde siempre dejar que otras personas tengan sus creencias. No es necesario para lograr que otras personas estén de acuerdo contigo.

Acababa de desempacar algunas cajas en nuestro nuevo apartamento cuando Arten y Pursah apareció de repente en el mismo sofá en el que habían proyectado su imagen tantas veces antes.

ARTEN: Oye, hermano, como dicen en tus islas favoritas. ¿Cómo te gustó tu

vacaciones en Hawaii?

GARY: Fue genial, hombre. Gracias. Me encanta ese lugar. La gente está tan relajada atrás, diciendo cosas como "No es gran cosa, hermano", y lo dicen en serio. Cómo puedes vencer eso? ¡Qué gran viaje!

Pursah: Siempre que no fuera un viaje de culpa. Realmente, nos alegra que hayas tenido un buen

hora. Este es un lugar pequeño y agradable que tienes aquí. Puede que te acostumbres a los condominios vivo.

Gary: Puedes apostar. Ya no tendré que cortar el césped.

PURSAH: ¿ Fuiste a dos reuniones de grupos de estudio cuando estabas en Hawaii?

GARY: Sí, lo hicimos. Es divertido ver cómo las personas ven el conjunto cosa. El primer grupo de Oahu comprendió la naturaleza no dualista del Curso,

y el de Maui no lo hizo. Realmente pude notar la diferencia cuando hablaron sobre eso. Aunque no dije nada.

PURSAH: Bien por ti. Recuerde siempre dejar que otras personas tengan su creencias. No es necesario que consigas que los demás estén de acuerdo con lo que piensas y no es necesario que las personas, ya sea que estudien el curso o no, estén de acuerdo con las cosas que informará en su libro. Solo saca la verdad y vete el resto depende del Espíritu Santo. Todos aprenden y aceptan exactamente lo que se supone que deben aprender exactamente cuando deberían. No podrías cambiar eso si querías, y no deberías querer. ¡Es solo un sueño! Si, di lo que tu Piense, pero no haga que los demás se equivoquen. No esté en desacuerdo con ellos; solo di lo que tu saber es verdad de una manera agradable. Luego retrocede; nunca confrontar. ¿Me escuchas, hermano?

Gary: Alto y claro. Entonces dime, ¿la paz estallará en lo nuevo? ¿milenio?

ARTEN: Bueno, no. Por un lado, no puedes tener paz hasta que la gente se detenga identificarse con sus naciones particulares y empezar a ver a todos sus hermanos y hermanas —y por lo tanto ellas mismas— como espíritu. Cuando eres ilimitado, no tienes fronteras que defender y, por tanto, nada por lo que matar. Eso no significa que no puedas

ve a cantar *The Star Spangled Banner* en Fenway Park; significa que mientras tu parece vivir su vida normal, sabe en su corazón a dónde pertenece *realmente* ,y que el camino a casa no es defendiendo ilusiones con ilusiones, sino perdonándolos.

GARY: Excelente. Entonces, dímelo directamente. ¿Está el Apocalipsis a la mano con

¿el cambio de siglo? No lo creo, pero dímelo de todos modos.

ARTEN: La idea del Apocalipsis es más antigua que las

colinas. En realidad es pre Judío. Se remonta a Persia y Zoroastro. Por supuesto que teníamos nuestra propia versión.

con Daniel, y los cristianos tienen Apocalipsis. Los tipos de la Nueva Era y las dudettes tienen sus "cambios terrestres". Es todo el mismo miedo. Sabes lo que el ¿Qué es lo mejor del Libro de Apocalipsis? En última instancia, el mal no se vence

fuerza sino por amor. De eso se trata el cordero. El amor es más fuerte que el miedo y eso es lo que la Biblia quiere decir cuando dice que el bien siempre vencerá al mal. Permíteme darte un ejemplo rápido de cómo el amor supera el miedo y el Espíritu trabajando en una situación que probablemente ni siquiera conocías, pero que estuvo *muy* cerca de matarte a ti y a todos tus conocidos.

En 1983, los soviéticos creían que Ronald Reagan se estaba preparando para atacar ellos. Estados Unidos estaba experimentando la mayor concentración militar en tiempos de paz de la historia, y

entonces sucedió algo que nadie anticipó. El día 26 Septiembre , una falla de software en Rusia hizo que sus computadoras interpretaran el rebote de la luz solar de las cimas de las nubes como misiles estadounidenses entrantes. Los soviéticos fueron

dentro de los cinco minutos de ordenar un ataque total. Si lo hubieran hecho, 100 millones de personas habría sido asesinado en *cada* lado inmediatamente. Cada ciudad importante tanto en el Estados Unidos y la Unión Soviética habrían sido completamente destruidos, y el mundo no habría sido más que un infierno viviente para los supervivientes, que habría envidiado a los muertos.

GARY: Mierda, hombre. ¿Qué lo detuvo?

ARTEN: Solo un hombre. Este es un ejemplo de alguien que escucha al Santo Espíritu sin siquiera pensarlo de esa manera. Su nombre era coronel Petrov, y valientemente fue en contra del procedimiento, insistió en que las computadoras estaban equivocadas, y abortó el ataque. Por sus nobles esfuerzos, finalmente fue expulsado del militar por sus superiores que, con sus anteojeras mentales, *habrían* dejado que el El ataque avanza en lugar de arriesgarse a equivocarse. El coronel Petrov escuchó el amor en lugar de miedo. Tú y tus seres queridos habéis podido vivir los dos últimos décadas por ello.

GARY: Vaya. El militarismo y el nacionalismo están haciendo del mundo un lugar más seguro.

lugar, ¿eh?

ARTEN: Obviamente. Ese coronel hizo una de las cosas más amorosas de la historia.

Salvó a la mayor parte de la raza humana y nadie sabe quién es.

GARY: Te llamaré cuando la vida sea justa.

ARTEN: Solo la vida en el cielo es justa, porque es perfecta. Eso es lo que Dios Hijo es digno de. Aquí en la tierra, te diremos lo que puedes esperar en general

este próximo siglo. Puede esperar que todo sea más grande, más rápido y más aterrador.

El siglo XX era ridículo en su violencia, su aceleración de la aparente el progreso industrial y tecnológico y sus titulares aterradores. Este siglo

puede esperar más de lo mismo, solo que más grande, mucho más rápido e incluso más aterrador.

Eso es lo que le gusta al ego.

Usted no tendrá cambios de la tierra, sino que *va a* tener un clima más violento y mayores extremos de temperaturas, tanto calientes *como* frías. La gente piensa que estás recibiendo

el calentamiento global debido a toda la contaminación que pone en la atmósfera y eso es cierto, pero también tendrás extremos más fríos. Jugando con el la atmósfera causa ambos. Esto conducirá a estudios científicos contradictorios que

confundir a la gente y dar a las corporaciones una excusa suficiente para seguir adelante haciendo lo que están haciendo. Después de todo, si la ciencia no es concluyente, ¿por qué? ¿Deberían hacer algo a lo que no estén obligados? Entonces, ¿qué pasa si más y más de tu los niños tienen asma y la lluvia ácida mata todos los lagos? Estas mismas corporaciones, a través de la letra pequeña de sus acuerdos comerciales, buscará reemplazar las leyes de las naciones con las decisiones de los consejos. Eso los pondrá en una posición en la que no tendrán que seguir el leyes de muchos países y no tendrá que pagar el dinero de las demandas que

pierden frente a los individuos, colocándolos efectivamente por *encima de* la ley. En el XX, el dinero del siglo se volvió más importante que las personas en su país. En el siglo XXI, el dinero se volverá más importante que las leyes aprobadas por

sus funcionarios electos, que deben el dinero de sus campañas y, por lo tanto, sus elecciones a estas mismas corporaciones de todos modos. Así se pondrá el gran dinero en una posición de autoridad total. El proceso de democracia legislativa, que es ya una farsa, se convertirá cada vez más en un combate de lucha libre profesional

donde es todo para mostrar y el resultado ya ha sido determinado.

GARY: ¿ Pero la tierra no cambia?

PURSAH: Seguro, habrá terremotos, tsunamis y huracanes que matarán miles de personas y asustar a todo el mundo. Si realmente piensas en

¿No *ha* habido *siempre* terremotos, tsunamis y huracanes que mataron miles de personas y asustado como el infierno de todos?

Hubo un terremoto en China en la década de 1960 que mató a *medio millón* personas. Si eso sucediera hoy en California, todos pensarían que es el

fin del mundo. Pero no sería el fin del mundo. Desafortunadamente, sería simplemente una continuación del mismo tipo de cosas que siempre ha

sucedió en áreas propensas a terremotos, solo que más grande y más aterrador. Para tener un buena economía, necesitas ciudades en el océano con buenos puertos y, por supuesto, mucho de estas ciudades resulta que están en el borde del Pacífico. Incluso una ciudad como St. Louis, que está en el río Mississippi, se encuentra justo en una falla sísmica. Más la gente ni siquiera se da cuenta de que la ciudad de Nueva York se encuentra en una falla sísmica. Cómo conveniente una configuración para el morboso guión del ego.

ARTEN: En lo que respecta a su clima, uno de los mayores problemas en este siglo que viene será la alternancia de inundaciones y sequías. Dentro de los treinta años, los automóviles propulsados por hidrógeno y varios híbridos comenzarán a dominar, primero en Europa y más tarde en América, pero solo después de que sus corporaciones hayan apestado cada dólar que pueden con el uso de vehículos a gasolina. Muchos aceites las empresas relacionadas seguirán existiendo debido a otros productos, pero las células de hidrógeno son la energía del futuro.

En cuanto a otras formas de viaje, ahora mismo se necesitan cinco horas para volar desde Nueva

York a Los Ángeles; más adelante en este siglo tendrás aviones comerciales que Hará el viaje en 30 minutos.

Habrá buenos y malos, como siempre debe haber con la dualidad. El mundo todavía estará compuesto por los que tienen y los que no tienen. Para buenas noticias, debería señalar que con la caída del comunismo el mundo se prepara para gradualmente sufrir la mayor expansión económica en la historia de la humanidad, y su Dow Jones Industrial Average cotizará al nivel de 100.000 dentro de cincuenta años.

NOTA : La semana que Arten pronunció estas palabras, el Dow Jones Industrial El promedio alcanzó un récord para ese momento de 11,750, y luego un mercado bajista empezó. El Dow y la mayoría de los mercados de valores tendrán que forjar una impresionante aumentará en los próximos cincuenta años para que la predicción de Arten se materialice.

GARY: Demasiado para el fin del mundo.

ARTEN: Sí. Ahora, déjame preguntarte algo. En uno de tus viajes a New Ciudad de York, subiste a la cima del Empire State Building, ¿verdad?

GARY: ¡Sí! Eso fue realmente genial.

ARTEN: ¿Por qué subiste allí?

Gary: Bueno, supongo que significó mucho para mí. Ya sabes; toda la historia del cine y el hecho de que durante mucho tiempo fue el edificio más alto del mundo.

ARTEN: Sí. ¿Y por qué se construyó el World Trade Center unos pisos más alto?

GARY: Entonces sería un poco más grande.

ARTEN: Precisamente, pero subiste a lo alto del Empire State Building. Porque significó más para ti.

GARY: Sí; ¿entonces?

ARTEN: Un edificio significó más para ti, pero el otro lugar significa más para otros. No todos los ídolos son iguales, pero todos tienen una cosa en común. ¿Qué parecen dar los ídolos a las personas, sin importar la forma que adopten?

¿tomar? Como explica el curso:

... Debe ser más. Realmente no importa más de qué; mas belleza, más inteligencia, más riqueza o incluso

más aflicción y más dolor. Pero más de algo es un ídolo. Y cuando uno falla, otro toma su lugar, con la esperanza de encontrar algo más. No se deje engañar por las
formas "Algo" toma. Un ídolo es un medio para obtener más. Y es esto lo que es contra la voluntad de Dios.
Dios no tiene muchos hijos, sino solo uno. Quién puede
tener más y quién recibir menos?

GARY: Sé que es verdad, pero normalmente no me impide querer más.

Hasta que perdone, eso es. Sabes que hice eso cuando
subí a la cima de Diamond Cabeza. Fue la mejor vista y
se la di a Dios. Me di cuenta de que solo estaba intentando ocupar su lugar estando en la cima, así que me
uní a él. Supongo que hay

variaciones del perdón, dependiendo de la situación. Lo importante es perdonar no importa cuál sea
la forma apropiada. No digo que la gente no deba ir a
la cima de las cosas y pasar un buen rato; Solo digo que
tarde o temprano es hora

perdonar.

ARTEN: Eso es todo lo que necesitas hacer, hermano. Les
aseguro que el siglo XXI

no privará a nadie de la oportunidad de hacerlo. Por
ejemplo, estos terroristas del que hemos hablado. ¿
Qué les daría más?

GARY: Bueno, imagino que tendrían que hacer algo más
grande; Algo para asustar a la gente que nunca se ha
hecho antes. Supongo que tendrían que mantener su-
perarse a sí mismos y a los demás.

ARTEN: Exactamente. Después de eso, tendría que ser
algo más grande de nuevo, no. Importa cuánto tiempo
tomó. En la siglo XXI, la mayor amenaza para la seguridad en el Occidente será la amenaza del terrorismo nuclear y biológico. Convencional

Los bombardeos continuarán, pero la necesidad de hacerlos más grandes se hará trágicamente aparente.

Gary: ¿Conseguirán los terroristas hacer explotar un dispositivo nuclear en una ciudad importante de el próximo siglo?

ARTEN: No para asustarte, pero la respuesta a esa pregunta es, lamentablemente, sí.

Después de eso, la vida en su mundo nunca volverá a ser igual, pero continuará. La pregunta es, ¿para qué usará la gente la situación? Esa respuesta sera diferente por varias personas, pero para un estudiante del curso no *es* sólo una respuesta. Eso

debe usarse para el perdón.

Gary: ¿Puedes decirme en qué ciudad?

ARTEN: Creo que sabes que no puedo hacer eso. Si te dijera dónde estaba, podría cambiar lo que hacen algunas personas. Sin embargo, todos los que vienen a este mundo lo hicieron con un conocimiento inconsciente de lo que iba a suceder. Eligieron su destino y tienen la oportunidad de aprender sus lecciones de lo que ocurra. Usted

podría pensar que le estaríamos haciendo un favor a la gente ayudándoles a evitar sus problemas, pero la verdad es que tendrían que pasar por el mismo tipo de cosas en todas partes otra vez de todos modos, porque la culpa inconsciente continuaría desarrollándose hasta que sea perdonado. Incluso si no siempre te parece así, lo mejor

Lo que hay que hacer es aprender a perdonar sin importar *lo que* parezca suceder. Esa es la unica

una forma real de salir de toda esta pesadilla, e incluso si no parece una pesadilla para algunas personas, siempre se convierte en una eventualidad.

Lo mejor que puedes hacer es aprender a perdonar sin importar lo que parezca suceder. Esa es la única forma de salir de esta pesadilla.

En cuanto a la actitud de las masas, siendo la comunicación lo que es y todos los que quieran tener lo que ven en la televisión, la gente se igualará más materialista en todo el mundo. Eso no significa que el capitalismo no sea mejor que el fascismo; por supuesto que es. La gente tiene la libertad de buscar la verdad.
bajo el capitalismo, y aquellos que buscan sinceramente la verdad no pueden evitar encontrarla.

En general, sin embargo, más personas harán del dinero su nuevo dios, incluyendo aquellos que buscan la abundancia a través de lo que consideran como medios espirituales. Como hemos dicho, no hay nada de malo con el dinero, pero no hay nada espiritual sobre esto tampoco — y aquellos que buscan a Dios primero lo encontrarán primero.

Llevará tiempo comprender los principios de *Un curso de milagros* por la sociedad, y la abrumadora mayoría de la gente seguirá creyendo siempre lo han hecho. Continuarán viviendo en negación. Intentarán traer a Dios en el mundo y espiritualizar el universo, pensando que hay algún tipo de inteligencia compasiva detrás de lo que en realidad es un pensamiento asesino. Lo harán ver la muerte como parte de un "círculo de la vida", cuando en realidad es solo un símbolo de la gran Error. Así que pasarán por alto todo. Nadie hablará del hecho de que la mitad de sus personas sin hogar y sus prisioneros *deberían* estar recibiendo tratamiento mental instituciones, o que mueren más policías por suicidio que en el cumplimiento del deber.

En su nación a menudo atrasada e incivilizada, donde la atención médica nacional es disfrutado por aquellos en su Congreso pero no por la gente, alrededor de 8.000 de sus ciudadanos serán asesinados el próximo año con armas de fuego, mientras que en sus vecinos país de Canadá, solo unas 100 personas serán asesinadas con armas de fuego. Tu país tiene una tradición de violencia y los problemas extremos requieren soluciones radicales. Todavía los fanáticos de tu país que atesoran las armas más que la gente continúan saliéndose con la suya en contra de la voluntad de la mayoría, y niegan que su políticas claramente locas cuestan la vida a miles de personas cada año, todo mientras el ego sonríe con deleite.

En el próximo siglo, los humanos caminarán sobre el planeta Marte y eventualmente descubrir pruebas antropológicas impactantes de que ha existido vida inteligente allí.

También se producirá el primer contacto entre el ser humano y la vida desde un otro planeta que no sea la Tierra, pero esta forma de vida humanoide no será de Marte.

A lo largo de todo esto, cuanto más cambien las cosas, más permanecerán mismo.

Ahora, aquí hay algo que probablemente no notó sobre todas estas cosas;¡ *Todas* son lecciones de perdón! Todos ellos están conectados de alguna manera a los cuerpos, porque las relaciones juegan en cada situación de alguna manera eventualmente. No solo ¿Es su tarea perdonar lo que ve en la televisión o lee en Internet, pero Es *especialmente* vital para usted perdonar los cuerpos que sus ojos ven como relaciones en tu vida diaria. Estas personas están ahí por una razón. Como dice J:

La salvación no te pide que contemples el espíritu y no percibas el cuerpo.

Simplemente pide que esta sea su elección. Porque puedes ver el cuerpo sin ayuda, pero no entiendo cómo contemplar un mundo aparte de él. Eso

es tu mundo la salvación deshará, y te permitirá ver

otro mundo tus ojos nunca pude encontrar. 4

O puede continuar adorando a sus ídolos. Pero, ¿qué tan sabio sería eso? Como el Curso también te aconseja:

No busques fuera de ti mismo. Porque fallará, y llorarás cada vez que un ídolo cae. El cielo no se puede encontrar donde no está, y no puede haber
la paz excepto allí.

Gary: Sin embargo, todavía puedo vivir mi vida, perseguir mis metas y perdonar al mismo tiempo.

hora. Se trata de renunciar al apego psicológico. Eso es bastante bueno.

ARTEN: Sí, y es posible que descubra que sus objetivos cambiarán como resultado de la inspiración y la guía que recibe al practicar la verdadera oración y
perdón. Obviamente, ha estado pasando por un proceso de convertirse en uno de Mensajeros de Dios. Esta no es tu primera vida en la que has sido mensajero para Dios, por lo que no debería parecer inusual para ti. Siempre debes recordar lo que
el Curso dice al respecto.

Hay una gran diferencia en el papel de los mensajeros del cielo, que los distingue de los que el mundo designa. Los mensajes que entregan
están destinados primero a ellos. Y es solo cuando pueden aceptarlos por ellos mismos para que sean capaces de llevarlos más lejos, y darles
en todas partes donde estaban destinados a estar. Como mensajeros terrenales, lo hicieron
no escriben los mensajes que llevan, pero se convierten en sus primeros receptores en el
sentido más verdadero, recibir para prepararse para dar.

Gary: Lo entiendo. Y lo estoy haciendo, algunas veces.

ARTEN: De hecho, muchas veces. Solo te toma un tiempo

en cierto circunstancias, pero su consistencia en perdonar todo eventualmente es

impresionante. Cualquier retraso que pueda eliminar simplemente contribuirá a su propia paz, y ¿no es ése el objetivo inmediato?

Todos tendrán sus propias lecciones de perdón particulares y, a medida que avancen junto y perdonar con el Espíritu Santo, y poner todo lo que hacen más y más más bajo Su control, ellos, como usted, alcanzarán lo inmediato *y* eventualmente el objetivo a largo plazo del Curso. Como dice J a todos en el Manual:

… Seguir la guía del Espíritu Santo es dejarse absolver de culpa.

También dice en esa misma sección:

… No pienses, entonces, que es necesario seguir la guía del Espíritu Santo simplemente por tus propias insuficiencias. Es la salida del infierno para ti.

GARY: Lo creo. Estás predicando al coro ahora, hombre. Yo se que estás haciendo. Siempre tengo que recordarme, y no solo me estás hablando

de todos modos, ¿lo eres?

ARTEN: Lo tienes, amigo.

PURSAH: *Un curso de milagros* es una presentación de la verdad absoluta, que lo que hemos dicho se puede resumir en solo dos palabras, pero solo aceptado por una mente que ha sido preparado para ello. Dentro de dos mil años, "Dios es" seguirá

sea la verdad absoluta, y Dios seguirá siendo Amor perfecto. La verdad *real no* cambio. Sin embargo, aceptarlo requiere el tipo de entrenamiento mental que el Curso te dio. Algunas personas pueden optar por no estar preparadas en esta vida. Ellos

Quieren que el significado de Dios y del mundo esté abierto a sus propias ideas. Eso es bien si eso es lo que quieren por ahora. Pero como J te pregunta en su Curso: ¿Habría dejado Dios el significado del mundo a su interpretación?

GARY: Él y sus preguntas retóricas inteligentes.

PURSAH: Sí. No es fácil ser humilde cuando lo sabes todo. En general, creo que J ha hecho un buen trabajo.

ARTEN: Para aquellos que quieren unirse a él, como nosotros, nos sentimos honrados de unirnos

contigo. Porque como el Curso declara cerca del final del Manual: A través de ti se introduce un mundo invisible, inaudito, pero verdaderamente allí.

PURSAH: Te amamos, Gary. Y ahora te perdonaremos si festejas como está 1999.

NOTAS SOBRE LA RESURRECCIÓN DE LOS MUERTOS

Encarnación del miedo, anfitrión del pecado, dios del culpable y señor de todas las ilusiones. y engaños, el pensamiento de la muerte parece poderoso.

Una noche yo estaba en un centro comercial cerca de trece millas de su casa cuando una el joven fue apuñalado, lo que fue un hecho inusual en la zona. yo vio como el hombre entraba corriendo desde el estacionamiento, tropezaba con un

droguería sosteniendo su garganta cortada y luego cayó en el centro comercial que estaba lleno de gente compradores que lo atraviesan. El hombre aterrorizado luego rodó boca abajo y desangrado.

No había mucho que yo o cualquier otra persona pudiera hacer por el pobre, que estaba dolor irreparable. Ayudé a contener a la multitud y mantuve a la gente en movimiento para que los técnicos de emergencias médicas, que llegaron rápidamente, pudieron hacer su trabajo. yo Ocasionalmente miraba hacia atrás al hombre apuñalado y se sorprendía por la cantidad de sangre que puede contener un cuerpo humano. Mientras el hombre agonizaba en el suelo, el charco de sangre que se derramaba de su garganta rodeaba completamente su cuerpo y estaba formando un óvalo cada vez más amplio a su alrededor. La multitud de personas pasaba silenciosamente como si estuviera viendo un ataúd abierto en una recepción fúnebre, silenciado por el pensé en la muerte que nos rodeaba a todos.

Mientras participaba en la espantosa escena, no me sentí como si estuviera realmente ahí. Mientras miraba el cuerpo, le dije mentalmente al hombre: "Ese no eres tú. Eso no puedes ser tu. No somos nosotros. Somos Cristo ". El cuerpo, la sangre, el pensamiento de muerte; nada de eso parecía más real que una película. No era que me hubiera convertido incapaz de ser sorprendido. En un mal día todavía podría tener mis reacciones. Pero esta colección particular de imágenes me trajo a casa la irrealidad del cuerpo,

y cuán falsa era la idea de que cualquiera pudiera estar contenido en un Vasija temporal y frágil. La vida de este joven había terminado menos de un tercio de el camino a través del viaje promedio; todas sus esperanzas, sueños, miedos y alegrías llevado de vuelta a la mente ilusoria de la que habían venido. ¿Fue realmente algo?

que podría denominarse vida?

Más tarde, le pregunté al Espíritu Santo si mi pensamiento de esta manera era una forma de negación.

La respuesta que me llegó fue sí, absolutamente, fue una negación del ego. Mi

pensar en la escena no me había impedido hacer todo lo posible para ayudar, o

como dirían mis profesores, las cosas que habría hecho de todos modos, excepto que

mientras las hacía, mi mente se alejaba del error en lugar de ir hacia él.

En diciembre de 2000, mientras contemplaba el tema de la muerte y también maravillarse con el espectáculo de una elección presidencial estadounidense

decidido por un Tribunal Supremo designado en lugar de la voluntad de los votantes, Arten

y Pursah se me apareció por decimosexta vez.

ARTEN: No hay mucho que decir sobre la experiencia en el centro comercial. Es como pone las cosas en perspectiva.

GARY: Eso es correcto; esto realmente no somos nosotros. Lo sé. He tenido muchas experiencias

que me lo dijo, pero esa es la primera vez que un truco del ego que se *supone* que convencerme de la realidad de que el cuerpo de otra persona fue usado por el Espíritu Santo para enséñame lo contrario.

ARTEN: Muy bien. Volveremos al tema que nos ocupa en un minuto.

Pero brevemente, ¿no estaba contento con la forma en que salieron las elecciones?

GARY: ¿Qué elección? Es posible que ni siquiera lo hayamos tenido. La corporación- candidato comprado y pagado pierde por medio millón de votos oficiales, no para mencionar otro millón de votos descalificados, principalmente en áreas minoritarias, y luego el Tribunal Supremo lo nombra presidente, con el voto decisivo de alguien que fue designado por su padre! Otro juez de la Corte Suprema, que dijo en público que cree que está en una "guerra cultural" con sus oponentes,

de hecho escribió en su decisión que sería incorrecto continuar contando votos en Florida porque podría cuestionar la legitimidad de la elección de Bush.

Tengo noticias para ti, hombre, la democracia está muerta.

ARTEN: Herido, pero no muerto. Es cierto que en tu país la voluntad del Las personas a menudo pueden ser manipuladas por los poderes ocultos, incluidos los medios de comunicación modernos y totalmente corporativos. En los casos en que no se pueda manipular, puede ser movido. Finalmente, una investigación del *New York Times* , que será

ignorado en la televisión, concluirá que si *todos* los votos en Florida hubieran contado, entonces Gore habría ganado las elecciones. Pero la mayoría de los estadounidenses son demasiado preocupados por sus propias ambiciones para preocuparse por el bien común. Esta resulta en un público políticamente analfabeto al que normalmente se puede engañar para que acepte consecuencias negativas a largo plazo, muchas de las cuales ni siquiera conocen.

No siempre involucra al presidente. Podríamos contarte historias, como cuando sus bancos y la Junta de la Reserva Federal crearon deliberadamente la inflación de finales de los 70 y principios de los 80, por lo que los estadounidenses promedio tendrían que convertirse en esclavos a los bancos de por vida solo para poseer sus propias casas. Ahora en lugar de pedir prestado $ 30,000, la gente tuvo que pedir prestados $ 130,000 o $ 230,000 y pagar a los bancos cuatro veces más. Observe que cuando la inflación bajó, los precios no lo hicieron. Pagar nunca subieron tanto como los precios. El presidente Carter, que era un

buen hombre espiritual, era el chivo expiatorio perfecto para asumir la culpa políticamente.

GARY: Sabes, recuerdo algo sobre eso. El presidente Ford sabía la inflación era un problema; todo el mundo lo hizo. Incluso tenía estos botones "WIN" que son las siglas de "Whip Inflation Now". Pero cuando Carter fue elegido presidente, el la Junta de la Reserva Federal subió las tasas de interés a la *baja*. Dijeron públicamente que estaban tratando de evitar una recesión, pero en realidad fue como echar gasolina al fuego.

Vaya, qué estafa. La mayoría de nosotros no presta mucha atención a cosas así. Personas tuve que prestar atención a estos resultados electorales, pero dudo que cambie cualquier cosa.

ARTEN: Mira el lado positivo. No estarás tan interesado en la política después esta.

GARY: ¿ Eso es bueno? ¿No es eso lo que los dueños corporativos del país ¿desear?

ARTEN: Es bueno en cierto modo, porque una cosa te puedo garantizar la política es que siempre será coherente. No importa de qué lado estés, el

el otro lado siempre estará ahí en tu cara. Eso no significa tu no debería seguir votando como una forma de registrar su opinión. Siempre has

votado. La mayoría de los estadounidenses, aunque dicen ser patriotas, ni siquiera se molestan en hacer ese. Pero debes votar, perdonar y que *esa* sea tu contribución real a política.

GARY: ¿ Incluso si los resultados son un fraude?

ARTEN: Todo es percepción, hermano. Los republicanos dirían que Kennedy robó Illinois en 1960.

GARY: Sí, pero incluso si el alcalde Daley de Chicago produjo milagrosamente algunos votos para Kennedy entre los fallecidos, Kennedy todavía tenía suficiente vota para ganar esa elección *sin* Illinois. No puedes decir eso de Bush y Florida. Además, Kennedy también ganó el voto popular nacional. Como has señalado fuera, ha habido un montón de cosas raras que han sucedido desde 1960 para cambiar la país, y no para mejor. Por lo que puedo ver, Eisenhower tenía razón sobre el

complejo militar-industrial, y una de las primeras partes importantes de su absoluta la toma de poder fue el asesinato de Kennedy.

ARTEN: No vamos a ir más lejos en los detalles de eso, sino que *eran* hablando de política y elecciones. El punto es que incluso si algunos de ellos tienen

ha sido fraudulento, gana unos pocos y pierde algu-

LA DESAPARICIÓN DEL UNIVERSO

nos. Eso es dualidad. Es solo con Dios que no puedes perder, por eso tu verdadero trabajo siempre vuelve a perdón. Entonces, ¿puedes perdonar esta elección?

GARY: Está bien, mi hermano. Odiaría que mi cuerpo muriera y todavía tuviera algo tan estúpido como eso no debe perdonarse.

ARTEN: Excelente. Porque a veces te consideras un especulador y capitalista, ocasionalmente nos hemos tomado el tiempo para hablar contigo sobre el dinero y política. Pero no eres realmente esas cosas, y no importa si eres precisa sobre los detalles de sus quejas en el nivel de la forma. Lo que eres Ver no está realmente ahí. Lo inventaste. Dado lo que sabes, no tienes cualquier razón lógica para proyectar su culpa inconsciente sobre los ricos, especialmente porque no te importaría ser uno de ellos. Eso significa que tienes un oportunidad perfecta para perdonarse a sí mismo perdonando al otro. La verdad es todo estas cosas son lecciones de perdón y todas las lecciones de perdón son iguales, hasta e incluida la muerte.

Hasta esta noche, a veces has retrasado la aplicación del perdón que has aprendí si las circunstancias eran especialmente difíciles para ti. Cuando tienes perdonado, como siempre lo hace eventualmente, y como lo hizo incluso a veces durante el debacle electoral, te sentiste bien. Entonces tienes una tendencia a deslizarte y permitircomprometerse en su forma de ver las cosas. Eso lleva a un temporal falta de paz. La miseria ama la compañía, pero eso no significa que tengas que aceptar

la invitación. Es hora de que vayas hasta el final con la verdad. No más comprometer. Eso nos lleva de vuelta al tema de la discusión de esta noche.

Ahora sabes sin lugar a dudas que no eres un cuerpo y que no puedes realmente morir, ¿verdad?

Gary: Correcto. También creo lo que dicen tanto la Biblia como el Curso, "Y el el último en ser vencido será la muerte ".

ARTEN: Sí. Ahora, si no puedes morir, nadie más puede hacerlo. Si no pueden morir tú tampoco puedes. Las dos ideas son una.

La miseria ama la compañía, pero eso no significa que tengas que aceptar la invitación.

PURSAH: La muerte es un símbolo de tu separación ilusoria de Dios. Qué ¿Qué pasa cuando alguien a quien ama parece morir? De repente estás separado. Pareces perderlos al igual que parecías perder a Dios. Pero no es verdad. usted realmente no puedes perderlos más de lo que puedes perder a Dios. Eres inseparable. Usted llorar cuando un cuerpo que amas parece morir, pero como el Curso te enseña, es realmente tu experiencia de Dios y el cielo que extrañas. ¿Y quién lloraría si no fuera por su inocencia?

Gary: Lloré por mis padres, pero no importa quién es el que lloramos, es realmente extrañamos nuestro hogar natural, y nuestro verdadero estado de Ser con Dios. Nosotros solo no hagas la conexión porque es inconsciente.

PURSAH: Eso es correcto. Ha tenido muchos padres diferentes en sus muchos vidas y muchos cónyuges e hijos. Muchos de ellos parecen morir en usted mientras aún estaba en un cuerpo. Esa es la forma del mundo de los sueños. Pero es *sólo* un mundo de sueños y realmente estás con Dios. El pensamiento del Espíritu Santo el sistema te está despertando; depende de usted hacer su parte y *recordarlo* y Su sistema de pensamiento en este nivel una vez que lo hayas aprendido.

GARY: Por eso, cuando recuerdo que no debería tener quejas, entonces yo no. Realmente no hay ninguna injusticia si lo inventé todo y lo inventé todo por una razón. Me siento en paz cuando recuerdo eso, pero luego me olvido de hacerlo y volver a ser absorbido por la mierda del ego.

PURSAH: Sí. Y *ahí* ha identificado uno de los mayores problemas para todos. estudiantes serios del Curso.

Gary: Una vez que conoces y comprendes la verdad, puede ser muy difícil recuérdalo cuando suceda una mierda, especialmente cuando tenga que ver con algo eso es importante para ti.

PURSAH: Precisamente. La vigilancia puede ser difícil, pero es obligatoria. Necesitas Vuelva a comprometerse de vez en cuando a estar aún más alerta. Es tuyo felicidad que se retrasa cuando no recuerdas la verdad el Espíritu Santo te ofrece. Como pregunta el Curso: ¿Qué es un milagro sino este recordar? ¿Y quién hay en quien este la memoria no miente?

Gary: Sé por experiencia que puedo hacer este Curso cuando me acuerdo.

PURSAH: Sí, puedes. Puede hacerlo independientemente del problema al que se enfrente, incluyendo la muerte de sus seres queridos y la muerte de su propio cuerpo, que, como le hemos dicho, ocurrirá en un punto del guión que ya se ha determinado -por ti. ¿Por qué preocuparse por eso? Es solo otro de tu perdon oportunidades. Pase lo que pase, lo más inteligente que puede hacer es tomar

aprovecharlo perdonándolo, preferiblemente más temprano que tarde.

ARTEN: Le temes a la muerte conscientemente y te atrae inconscientemente. Usted una vez dijo que era como una polilla a la llama. La atracción de la muerte es la tercera de lo que el Curso describe como los cuatro obstáculos principales para la paz, 5 y su miedo a la muerte está subordinada solo a tu temor erróneo de Dios. Se podría decir el miedo

de la muerte es un símbolo del temor de Dios, y sin

culpa en tu inconsciente Tenga en cuenta que tampoco le será imposible temer. J no le tenía miedo a la muerte, y ciertamente no tenía miedo de Dios. Ya no hay necesidad de que temas a tu padre de lo que había para él.

Deberías considerar la muerte ilusoria de tu cuerpo físico como una graduación. Día. Significa que obtuviste todo lo que se supone que debes obtener de este particular, aula temporal. ¡Se han aprendido las lecciones! Debería ser una celebración. Te aseguro que será muy divertido. En la mayoría de los casos, si la gente supiera qué libertad

del cuerpo es como si no lloraran a los muertos, estarían celosos. El problema es que la diversión no dura. Como hemos subrayado, la culpa se pone al día con usted y hace que se esconda en un cuerpo de manta de seguridad de nuevo. Es solamente un

continuación del sueño de nacimiento y muerte.

GARY: Por eso quiero asegurarme de aprovechar mi perdón. Posibilidades *ahora*. De esa manera, la muerte será más divertida y podré avanzar más en

mi progreso ya sea que parezca estar en un cuerpo o no. Si me convierto en iluminado esta vez, tanto más fresco. Si no es así, todavía estoy mucho mejor.

Has hablado de la reencarnación, pero ahora entiendo que es solo algo eso parece suceder; Solo estoy soñando que voy de un cuerpo a otro próximo.

ARTEN: Eso es correcto. Con respecto a la reencarnación, realmente no importa qué la creencia personal de uno se trata de eso, siempre y cuando perdone. El curso dice: Todo lo que debe reconocerse, sin embargo, es que el nacimiento no fue el comienzo, y la muerte no es el final.

GARY: Entonces la conciencia, aunque es un estado irreal, continúa después la aparente muerte del cuerpo. Cuando te despiertes completamente del sueño, la conciencia desaparece y experimentas tu unidad con Dios y Todo Creación.

Pursah: Muy bien, hermano. Todos volverán a entrar al Reino juntos porque, como hemos hablado, el tiempo es solo una ilusión. No hay mucho período de espera entre la iluminación y la espera de que alguien más sea iluminado, porque la iluminación es un estado del Ser que está más allá del confines de tiempo y espacio. La mente hizo tiempo y espacio y por lo tanto debe, por definición, estar fuera de él. Una cosa más: está bien lamentar el muerte de un ser querido al principio. Más adelante, la mayoría de la gente perdonará algo. Como eso. Sea apropiado en la forma en que trata con las personas.

Gary: Mencionaste algo hace mucho tiempo sobre J curando a algunos personas que ya estaban muertas. Supongo que Lázaro era uno de ellos, pero ¿cómo J ¿hazlo?

ARTEN: El acto de resucitar a los muertos no es diferente de curar a los enfermos. El verdadero sanador sigue siendo la mente del paciente. Te unes con esa mente para para *recordarle* su verdadera Identidad. J estaba tan avanzado que no estaba dispuesto a compromiso con una idea muy importante. Como dice en el Curso, comentando tu relación con él... Tu mente elegirá unirse a la mía, y juntos somos invencibles.

Tú y tu hermano todavía se unirán en mi nombre, y tu cordura será restaurado. Resucité a los muertos sabiendo que la vida es un atributo eterno de todo lo que creó el Dios vivo. ¿Por qué crees que es más difícil? ¿Para mí inspirar a los desanimados o estabilizar a los inestables? Yo no cree que hay un orden de dificultad en los milagros; tú lo haces.

Gary: Así que resucitar a los muertos no era más importante para él que sanar enfermo, o perdonar a alguien por decirle algo desagradable a él oa cualquier otro milagro. Son todos iguales. Siendo la vida un atributo eterno de todo Dios creado, J sabía que la muerte no existía realmente. Solo lo que Dios creó es real y lo que Él creó nunca morirá.

ARTEN: Sí. No olvides que el cuerpo es solo un símbolo. J no estaba haciendo la de Lázaro cuerpo fuera para ser algo especial, más de lo que haría su propio cuerpo especial. Hacer que la mente vuelva a animar temporalmente la proyección del cuerpo fue simbólico. El cuerpo en sí es insignificante. El objetivo era simplemente enseñar que no *es* ninguna muerte. A pesar de lo que dice la Biblia, Lázaro no se quedó en su cuerpo mucho después de que J lo crió. Dejó su cuerpo a un lado y pasó a su transición alegre y pacíficamente, porque le habían mostrado que no había absolutamente nada que temor.

Gary: Está bien. Entonces, cuando J se unió a la mente de Lázaro mientras todos pensaban que él
era carne muerta en la tumba, era como si J se estuviera uniendo con su propia realidad como
Cristo o el Espíritu Santo y unirse a Lázaro como uno al mismo tiempo.
Las mentes están unidas, por lo que J podría hacer brillar su amor en la mente de Lázaro y ambos
ser uno con el Espíritu Santo, que J sabía que era su verdadera Identidad de todos modos. Que en su turno *recordó a* Lázaro lo que realmente era, haciendo que su mente volviera a animar su proyección corporal como símbolo de la negación de la muerte.

ARTEN: Te elegimos sabiamente, hermano. No lo olvide, J estaba tan avanzado como cualquiera puede estar en su capacidad para unirse con otros en el nivel de la mente y recordarles su inocencia, razón por la cual fue un gran sanador.

No se decepcione si no resucita a los muertos en su primer intento.

GARY: Entiendo. Si llega el día en que bendice a alguien cuyo cuerpo está muy muerto y se levantan y comienzan a caminar, entonces

tómelo como una buena indicación de que estoy en algo.

ARTEN: Muy bien. Te dijimos hace años que no serías capaz de comprender cómo proyectamos nuestros cuerpos, pero entiendes mucho más ahora que estás bien encaminado hacia la meta. En resumen, proyectas tu imagen corporal de la misma manera que proyecta imágenes cuando sueña por la noche. Tu mente está proyectando una película, entonces, en su experiencia, parece que los ojos de su cuerpo están viendo su propio cuerpo, así como esos otros cuerpos, pero en realidad es su mente aparentemente separada que está viendo sus propios pensamientos, proyectados desde un nivel diferente, oculto.

Cuando la mente se vuelve a plenitud, no *es* ninguna separación de niveles, y

por lo tanto, no se proyecta ninguna película y no hay cuerpos para ver. Tu cuerpo luego desaparece

de la película. Como todo lo demás, el cuerpo es una experiencia mental y no física.

uno. ¡Nunca existió! Pero es posible que el amor de un Ser iluminado sea

dado forma en el sueño, como J después de la crucifixión. Este amor es ahora el Santo

Amor del espíritu. Después de todo, tendrías que ser uno con Él para poder ser iluminado.

en primer lugar.

PURSAH: Tú, querido hermano, seguirás aprendiendo y creciendo con el paso de los años.

y, a medida que aumente su conciencia, comprenderá más y más acerca de tales cosas. Una vez más, sería útil que estuviera aún más dispuesto a

perdonar desde este punto en adelante. Has perdonado mucho en los últimos años; por qué

¿No estar aún más decidido?

GARY: Te escucho. El curso dice mucho sobre no comprometerse, y creo que

Estoy listo para ser más serio al respecto.

PURSAH: Excelente. Que otros comprometan el Curso. No es tu trabajo

detenerlos, solo para perdonarlos. No tiene necesidad de comprometerse, y hay

en realidad no hay nadie más. Solo hay *un* ego apareciendo como muchos. Entre los aparentemente separados, no hay ninguna creencia donde el compromiso sea más voluntariamente aceptado que la creencia en el sueño de la muerte. Como dice el Curso eso:

Realmente no hay nadie más ahí fuera. Solo aparece un ego como muchos.

... Si la muerte es real para algo, no hay vida. La muerte niega la vida. Pero si hay es la realidad en la vida, se niega la muerte. No es posible ningún compromiso en esto. Ahi esta ya sea un dios del miedo o uno del amor. El mundo intenta mil

compromisos, e intentará mil más. Ninguno puede ser aceptable a los maestros de Dios, porque nadie podía ser aceptable a Dios. No lo hizo

haz la muerte porque no hizo miedo. Ambos son igualmente insignificantes para Él. La "realidad" de la muerte está firmemente arraigada en la creencia de que el Hijo de Dios es un cuerpo. Y si Dios creara los cuerpos, la muerte sería real. Pero dios no sería cariñoso. No hay un punto en el que el contraste entre, la percepción del mundo real y la del mundo de las ilusiones

se vuelve más
claramente evidente.

GARY: Una vez más, el mundo real es lo que veré, no con
los ojos de mi cuerpo.

pero con mi actitud, cuando he perdonado completamente al mundo, así que no estoy proyectando cualquier culpa inconsciente sobre él. Eso también tendría
que significar que *soy* completamente perdonado, y
esa percepción y el tiempo están llegando a su fin para
mí.

PURSAH: Eso es correcto, mi hermano. Es bueno verte
hacer tu curso

leer la tarea, así como la tarea de perdón.

GARY: Gracias. Hablando de la creencia de que el Hijo de
Dios es un cuerpo, noté

este año que los científicos llamaron el mapa del ge-
noma humano, que es el

esquema completo del código genético humano, el
"libro de la vida". Ellos lo dijeron

determina quién eres!

PURSAH: Sí. Adoran la complejidad y la supuesta belleza
del cuerpo.

e ignora la mente que lo dirige. Eso es como pensar que
una computadora, que puede no hacer nada, es importante y el programador que le dice qué hacer debe ser
ignorado. El ego lo ha logrado temporalmente.

Recuerde, si algo ayudará a los investigadores a descubrir tratamientos para enfermedades que pueden
ayudar a las personas, no nos opondríamos a ello. Ya
tenemos indicó que la mayoría de las mentes pueden
curar el cuerpo más fácilmente si hay un tratamiento
involucrados que la persona pueda aceptar sin miedo. Pero recuerda algo *más*.

Hay personas que tienen todas las razones físicas para
tener una enfermedad cardíaca y Enfermedad de Alz-
heimer, cuyas arterias están obstruidas o tienen una

familia desafortunada historia, sin embargo, no muestran síntomas de la enfermedad en absoluto. Siempre es el mente que decide si enfermarse o no, y si mejora o no.

GARY: Genial. Oye, sé algo que he querido preguntarte durante años y siempre se olvidó. ¿Es la Sábana Santa de Turín realmente la tela funeraria de J? ¿Dejó intencionalmente su imagen en él como señal de la resurrección?

ARTEN: No queremos tirar un trapo mojado sobre algo que la gente es emocionado, pero la Sábana Santa es una brillante falsificación, tan grande como para ser obra de un genio. Ha habido pruebas científicas contradictorias, algunas de las cuales parecen indican que la Sábana Santa es auténtica. Hay otras explicaciones para los resultados.

Debes darte cuenta de que la Sábana Santa se hizo en un momento en que era *muy* Es importante que las iglesias tengan reliquias religiosas de personajes famosos. Ellos eran entonces se consideraba que tenía un gran poder.

Déjame preguntarte esto: ¿De verdad crees que J dejaría algo detrás para glorificar la realidad de su imagen corporal? No. Con la resurrección, el cuerpo simplemente desaparece. Por cierto, la imagen de la Sábana Santa no es lo que J en realidad parecía, como tampoco lo son sus pinturas. La evidencia física no es necesario, Gary. La fe es todo lo que necesitas. El cuerpo de J no era nada para él. No intentes haz que una imagen sea importante ahora.

El cuerpo, el universo y todo lo que hay en él son solo imágenes en tu mente, partes de un juego de realidad virtual. Quizás a veces sea una falsificación bastante convincente de la vida, pero como la Sábana Santa, es una falsificación. No busques allí tu salvación.

Mire siempre dónde está realmente la Respuesta: en la

mente donde el Espíritu Santo permanece, y lo encontrarás. Recuerde, decimos que Dios es, y luego dejamos de hablar porque no *hay* nada más.

PURSAH: Al cerrar nuestra discusión sobre el tema de la muerte, recuerde lo que el Curso dice acerca de su aparente vida o muerte en este mundo:

... En cualquier estado que no sea el Cielo, la vida es una ilusión. En el mejor de los casos, parece la vida; en el peor, como la muerte. Sin embargo, ambos son juicios sobre lo que no es la vida, iguales en su inexactitud y falta de significado. La vida no en el cielo es imposible, y lo que no está en el cielo no está en ninguna parte.

¡J te llama para que estés con él y únete a él donde realmente está la vida!

La Primera Venida de Cristo es simplemente otro nombre para la creación, porque Cristo es el Hijo de Dios. La Segunda Venida de Cristo no significa nada más que el fin del gobierno del ego y la curación de la mente. yo estaba creado como tú en el primero, y te he llamado para que te unas a mí en el segundo.

Si está listo para responder a la llamada, entonces conozca cuán profundo el inconsciente la culpa puede ser, estarás cada vez más decidido a perdonar a tu hermano cada oportunidad que tengas.

... Y estarás con él cuando se acabe el tiempo y no quede rastro de Sueños de despecho en los que bailas al son de la fina melodía de la muerte.

LA DESAPARICIÓN
DEL UNIVERSO

L as imágenes que usted crea no pueden prevalecer contra lo que Dios mismo quiere que usted ser.

Septiembre 11, 2001: Cuando Arten y Pursah aparecieron por primera vez para mí y nueve años antes, estaba en guerra. Ahora estaba en paz la mayor parte del tiempo y Estados Unidos Estados estaba en guerra.

En este día, el World Trade Center, el Pentágono y cuatro comerciales, los aviones de pasajeros se convirtieron en el objetivo de los terroristas, destruyendo todos los objetivos.

excepto el Pentágono, que sufrió graves daños. Miles de desarmados civiles fueron asesinados, y el pueblo estadounidense, a excepción de un muy pequeño minoría, no estaban en disposición de *ningún* tipo de perdón.

Este fue un nuevo tipo de guerra para un mundo más complejo. El guión del ego no ya exigía guerras con un enemigo claramente definido y visible. Podría ser mucho más temeroso de tener enemigos en curso que rara vez se pueden ver o

predijo, no cumplió con ninguna de las "reglas" de la guerra, y lo creyó fanáticamente era el deseo de Dios que mataran a los estadounidenses. ¿Cómo pudo una guerra como esta *realmente* acabarse"?

Ese martes por la mañana, junto con millones de personas, me quedé aturdido.

silencio mientras las imágenes en vivo en la pantalla de mi televisor mostraban la segunda torre de el World Trade Center colapsando. Las imágenes combinadas del ataque produjo algunas de las imágenes más horribles de la historia, imágenes que, aunque el público no me di cuenta, simbolizaba la separación de Dios, la pérdida del cielo y

la caída del hombre. En el nivel de la forma, este era el loco sistema de pensamiento del ego siendo llevado a un extremo ilógico. Los victimarios en esta vida El guión seguramente estaría entre las víctimas en otro. Mientras observaba la catástrofe infernal y sus resultados, casi lloré mientras visualizó la horrible pesadilla que sin duda estaba experimentando aquellos dentro y alrededor de los edificios. Entonces, en un milagro nacido de la costumbre, le pedí a J ayuda. Casi instantáneamente me vinieron a la mente un par de pensamientos: pensamientos Había leído al principio del Curso muchas veces, pero que nunca había Me pareció más apropiado aplicar que en este terrible momento.

No hay orden de dificultad en los milagros. Uno no es "más duro" o "más grande" que otro. Cuando me uní a J, me sentí casi avergonzado por un minuto de sentirme mejor ante lo que parecía estar pasando. Podría realmente ser tan simple?

¿Podría realmente negar la capacidad de algo que no sea de Dios para afectarme? Estaba allí

¿Realmente *no hay* jerarquía de ilusiones, incluida cualquier forma de muerte? Podría ¿Estar atentos sinceramente sólo a Dios y Su Reino? Fueron todas las imágenes del mundo solo tentaciones diseñadas para persuadirme de que yo era un cuerpo, así que juzgaría otros y mantener mi culpa inconsciente, mi ciclo de vida-sueño de reencarnación y el ego intacto? ¿Fue el perdón del Espíritu Santo realmente la salida que condujo a la paz de Dios, mi regreso al cielo y la desaparición del universo?

Finalmente supe con certeza que la respuesta a todas estas preguntas era sí.

Aunque todavía me sentiría mal a veces durante los próximos días, también sabía que cualquier sentimiento que tuviera no era nada comparado con lo que hubiera sido si No tenía a J y su Curso. Eso *no* significó que la acción no sería apropiado en una crisis como esta. Sin embargo, por lo que pude determinar, el ego había establecido una situación sin salida.

Si Estados Unidos *no* tomara *ninguna* acción militar, no disuadiría a los psicópatas.

y probablemente los alentaría, como fue el caso de Hitler. Si America tomó una acción militar, que parecía inevitable, probablemente resultaría en otras ataques terroristas, incluidos asesinatos, incluso si la acción militar de EE. UU.

exitoso. ¿Quién sabía cuándo vendrían estos ataques? Habían sido ocho años entre los dos ataques separados contra el World Trade Center. Cuántos

¿Más años estarían dispuestos a esperar los terroristas para volver a atacar dentro de los Estados Unidos?

Estados Unidos podría tomar represalias y ser atacado, o no tomar represalias y aún así ser atacado, y podría suceder en cualquier momento en un futuro lejano o no muy lejano. Esto fue un dilema para el que no vi una respuesta fácil. Como era a menudo el caso con el ego guión, la trama sumaba "maldito si lo haces y maldito si no lo haces".

En cualquier caso, mi trabajo era el perdón y decidí dejar las decisiones como a lo que el país debe hacer con los políticos. Ese era *su* trabajo, porque

eso es lo que querían, no es que no pudieran practicar el verdadero perdón en ningún situación si aprendieran cómo. Daría dinero, daría sangre y daría mi perdón. Era posible hacer estas cosas sin venganza en mi corazón,

sin ira, juicio ni culpa. No importa lo que pareciera suceder, yo Recuerde siempre que los ataques a Estados Unidos solo demostraron que este mundo no Mundo de Dios, y nadie en su sano juicio vendría aquí, excepto para enseñar otros cómo irse. Pero aquí *podría* tener un feliz sueño de perdón; la

sueño que condujo al mundo real.

También estaba muy agradecido de que Arten y Pursah me hubieran prometido una visita a fin de año; Quería discutir esta situación inexplorada con ellos. Sin embargo, ¿no sabía ya lo que dirían? Casi pude escuchar a Pursah ahora. Los milagros son todos iguales, Gary, lo quieras creer o no. Y

si los alumnos del Curso no perdonan, ¿quién lo *hará?* "

A finales de octubre, asistí a la décima conferencia anual *Un curso de milagros* celebrada en Bethel, Maine. Mientras estuve allí, conocí muchos cursos maravillosos estudiantes y profesores, incluido Jon Mundy, uno de los primeros de todos los cursos maestros, que habían sido presentados a *Un curso de milagros* en 1975 por Helen Schucman, Bill Thetford y Ken Wapnick en el apartamento de Ken en Nueva York. yo amé la Conferencia de Betel y me di cuenta por primera vez de que algunos de mis la temida timidez había desaparecido. Esto me hizo pensar que tal vez si el Santo El espíritu me guió a hacerlo en el futuro, comenzaría a viajar más para reunirme con otros que estudian el Curso.

El 21 de diciembre, Arten y Pursah se me aparecieron durante el último de nuestros reuniones programadas.

PURSAH: Hola, mi querido hermano. Así te llamé la primera vez que te vi ¿tu recuerdas? Estamos felices de verte, pero sabemos que ha sido un momento difícil en America. ¿Como estas?

GARY: Considerando todas las cosas, lo estoy haciendo muy bien. Ser una acción y opciones trader, me identifiqué con algunas de las personas en las firmas de corretaje en el mundo Centro de Comercio. Muchos de ellos no lograron salir. Sé que todos elegimos el guión pero no lo elegimos en este nivel y ha sido una experiencia terrible para muchos

personas y sus familias, y ha hecho que los estadounidenses se sientan menos seguros, al menos temporalmente.

Como estoy seguro de que sabe, aproximadamente una semana después de los ataques fui con mi

hermano, que venía de Florida, para ver a los Medias Rojas en Fenway como nuestra forma de

diciendo que los terroristas no iban a afectar nuestras vidas. Una cosa que realmente hizo, me siento genial fue durante el tramo de la séptima entrada cuando todos los fanáticos que usualmente abucheos esos Yankees se levantaron y cantaron "New York, New York", como una forma de mostrando nuestro apoyo a la gente de la Gran Manzana. Para todos los que fuimos allí, fue bastante conmovedor.

PURSAH: Sí. Una forma de unirse. Mucha gente en Nueva York se enteró de eso.

y lo aprecio. Debo decir que hiciste un buen trabajo con tu perdón en el día de los ataques.

Gary: Estaba tratando de juntar diferentes partes de nuestro libro y no lo hice. Tener la televisión encendida antes de los ataques. Cuando empecé a mirar, me tomó un tiempo ellos para decir lo que estaba pasando. Cuando dijeron que una de las torres estaba caída, yo no podía creerlo. Pensé que debía ser un error. Todo no puede ser *abajo*. Cuando cayó el segundo, casi lo pierdo.

ARTEN: Pero recuerdas a J.

GARY: Sí; que nunca falla. Tan pronto como lo recuerdo,

la separación terminado — nunca sucedió. Sin embargo, en una situación como esa puede sentirse un poco inapropiado dejar de simpatizar con las víctimas.

ARTEN: Por supuesto. Como saben, no tenemos nada en contra de ser apropiados.

Todavía puedes identificarte con ellos como Cristo, y no hay diferencia entre sentirse mal y sentirse culpable. Un leve malestar no es diferente a una tremenda rabia o pena. La idea de los niveles fue creada por ti. Recordar la verdad puede traerle paz sin importar cuál sea el evento aparente o la persona que está siendo perdonado. Mientras recuerde la verdad, estará haciendo su trabajo.

A veces tu sueño parece agradable, pero luego sin avisarlo se convierte en una pesadilla. Esa es la recreación de la separación de Dios. Todavía
ni lo malo ni lo bueno que parecía precederle son verdaderos. Como el curso, te recuerda:

… Los cuentos de hadas pueden ser agradables o espantosos, pero nadie los llama verdad. Niños
puede creerles, y así, por un tiempo, los cuentos son ciertos para ellos. Sin embargo, cuando
la realidad amanece, las fantasías se han ido. La realidad no se ha ido en el mientras tanto.

PURSAH: Quieres asegurarte de continuar perdonando pase lo que pase parece suceder. Ésta *es la* tentación de considerarte a ti mismo como un cuerpo; primero por reaccionando como persona a las tragedias que ocurrieron el 11 de septiembre, y luego por identificarse como estadounidense y responder como tal. Sin multa, americano honrado va a tomar algo como *esto* acostado, ¿verdad?

Entonces ahí está, en el mismo círculo vicioso de siempre, a menos que perdone. Si Algunas personas piensan que estaría mal perdonar tal cosa y enseñar solo el amor.

en lugar de miedo, tal vez deberían recordar que los locos que cometido estos actos nunca lo hubiera hecho si solo alguien hubiera tomado el

tiempo para enseñar a *ellos* cómo perdonar.

En un caso como este, la mayoría de los cristianos ni siquiera se molestarán en preguntar lo que Jesús haría. Eso es porque la respuesta no coincidiría con sus sentimientos. Como tenemos indicado antes, la respuesta siempre sería la misma: perdonaría. Hay no debatir eso. Si perdonó a la gente por matar *su* cuerpo, ¿realmente crees ¿Tomaría represalias ahora? Por supuesto que estoy hablando de la histórica e intransigente J y no el ícono religioso de ir en cualquier dirección, galimatías. Yo digo que para los cristianos que tienen oídos para oír. En cuanto a los ataques a Estados Unidos, hablaremos en breve sobre la mejor manera de proceder en asuntos como este.

Recuerde siempre que su estado de ánimo y el objetivo resultante lograr están en tus propias manos, porque en realidad solo hay dos cosas que puedes haz: juzga como una expresión de miedo o perdona como una expresión de amor. Uno

la percepción conduce a la paz de Dios y la otra percepción conduce a la guerra. Como el curso enseña:

Ves la carne o reconoces el espíritu. No hay compromiso entre los dos. Si uno es real, el otro debe ser falso, porque lo real niega su opuesto. No hay otra opción en la visión que esta. Y:

Las lecciones a aprender son solo dos. Cada uno tiene su resultado en un mundo. Y cada mundo se sigue seguramente de su origen. El resultado seguro de la lección de que el Hijo de Dios es culpable es el mundo que ves. Es un mundo de terror y desesperación.

ARTEN: Depende totalmente de ti dónde quieres construir tu tesoro. Es también depende de usted qué camino espiritual desea utilizar para ayudarlo si elige construir tu tesoro en el cielo. Si eliges *este* camino, como hicimos durante nuestra final

vidas, entonces le pedimos que simplemente preste atención a lo que este autoaprendizaje

El curso realmente está diciendo, entonces úselo y no intente cambiarlo. Porque como explica J:

... El Espíritu Santo es el traductor de las leyes de Dios para aquellos que no entiéndelos. No podría hacer esto usted mismo porque una mente en conflicto no puede ser fiel a un significado, y por lo tanto cambiará el significado a

preservar la forma.

Gary: De acuerdo. No quiero esperar, cuéntame cuál es la mejor manera de proceder en asuntos como la tragedia del 11 de septiembre.

PURSAH: Piense en nuestra discusión sobre la verdadera oración y cómo recibir Guia. Así es como puede inspirarse y recibir soluciones creativas para su problemas, y se aplica a cualquier problema, sin excepción. Únete a Dios y

experimentar Su Amor, y las respuestas en el nivel de la forma les llegarán como un extensión natural.

No podría haber mejor ejemplo de resolución de problemas inspirada que la forma Gandhi expulsó al Imperio Británico de la India sin siquiera disparar un solo tiro. Su La no-violencia bien organizada y muy pública eventualmente cambió la opinión de la Pueblo británico contra su propio ejército y a favor de la independencia india.

Gary: Eso es cierto, pero funcionó porque los propios británicos *son* muy civilizado. La noviolencia no funcionará contra alguien a quien no le importa Maldita sea si la gente muere, o *quiere con* entusiasmo que los maten.

PURSAH: Tienes razón, pero trae un punto importante. El inspirado las respuestas son diferentes para diferentes situaciones y diferentes personas. No hay una respuesta a cada problema. La verdadera inspiración se aplicará a lo que sea pasando *contigo, ahora.* Para Gandhi, lo que hizo funcionó en ese lugar y hora. En su caso, es posible que tenga un tipo diferente de problema que requiera una

solución aún más creativa. ¿Cómo se va a inspirar la gente si no lo hace? aprender qué es lo que produce verdadera inspiración y luego practicarlo?

Hemos mencionado que como la fuerza más poderosa en la historia de este mundo, Estados Unidos tiene mucha más responsabilidad que cualquier otro país cuando viene a encontrar soluciones creativas a los problemas. El gobierno no es tu elegido profesión, pero debe usar lo que ha aprendido en su propia vida y compartir tu experiencia con los demás. Llegará el día en que emergerá un presidente que sepa unirse a Dios en verdadera oración y encontrar inspiración genuina. El Espíritu Santo trabaja con cada individuo aparente, caso por caso, y el enfoque de cada uno debe estar siempre en trabajar con Él.

El Espíritu Santo trabaja con cada individuo aparente en un caso por caso. base, y el enfoque de cada uno debe estar siempre en trabajar con Él.

Gary: Ya tocamos la idea de que Estados Unidos se convierta en totalmente libre de su adicción al aceite y no tener que involucrarse en el medio

Oriente, excepto para hacer el bien. Parece que sería un punto de partida lógico.

Pursah: Sí, lo haría, pero eso no va a suceder pronto, y usted como individuo no puede hacer que suceda. Usted *puede,* sin embargo, que se inspiró en cuanto a lo hacer en tu propia vida. A medida que cada uno aprende a hacer lo mismo, el mundo ilusorio no puedo evitar parece beneficiarme al mismo tiempo.

ARTEN: Elige entre la fuerza de Cristo y la debilidad del ego. Los el mundo está dormido. Ahorre tiempo en su despertar y no podrá evitar ayudar a los demás en el nivel de la mente. Usualmente no ves cuál es tu perdón lograr, pero les aseguro que es vital, y el plan del Espíritu Santo no puede ser

completa sin ti.

El curso dice:

Las leyes de la percepción deben revertirse, porque *son* reversiones de las leyes.

de verdad. Sea parte de esta inversión de pensamiento concentrándose en su *propio* perdón lecciones en lugar de las de otra persona. Nos sentimos honrados de haber participado con usted en este proyecto para hacer que más personas sean conscientes de la verdad. Eso no significa deberías intentar guiar a otros. Ese es el trabajo del Espíritu Santo. *Tu* trabajo es seguir Él y permita que su percepción aparentemente personal se invierta. Si te enfocas en sus propias oportunidades de aprendizaje, ahorrará un tiempo inconmensurable.

Te has acostumbrado tanto al mundo imaginario del ego de efímero órganos que se necesitará determinación y disciplina adicionales para que usted Continuar liberando. Tenemos plena confianza en que tendrá éxito.

PURSAH: En lugar de encarcelar a las figuras del sueño del robot corporal, libéralas como actúan para usted. A veces es posible que desee utilizar pensamientos como este de el Libro de ejercicios para comenzar el día con el pie derecho.

Hoy dejo que la visión de Cristo mire Todas las cosas por mí y no las juzgues, pero da Cada uno, en cambio, un milagro de amor.

ARTEN: No olvides nunca el proceso de pensamiento del perdón que te dio Pursah. Esa es la forma en que el Espíritu Santo quiere que pienses en este nivel para ayudar Él te llevará a donde los niveles no existen. De hecho, ni siquiera recordará el

concepto de niveles cuando el universo desaparece y regresa a casa. Como el

El curso dice:

No recordarás el cambio y el cambio en el cielo. Tienes necesidad de contraste sólo aquí. El contraste y las diferencias son ayudas didácticas necesarias, para por ellos aprendes qué evitar y qué buscar. Cuando hayas aprendido esto, encontrará la respuesta que hace la necesidad de cualquier diferencia desaparecer.

PURSAH: A medida que lea el Curso, verá por sí mismo que las cosas que

he dicho acerca de que son verdad. La siguiente cita es muy representativa del declaraciones que hace J sobre el sistema de pensamiento del ego, que es el pensamiento sistema del mundo:

La culpa pide un castigo, y se le concede. No en verdad, sino en el mundo de sombras e ilusiones construido sobre el pecado.

Sin embargo, el Curso también enseña un sistema de pensamiento distinto que no se puede combinar con el ego, pero ha aparecido para reemplazarlo. Lo estás aprendiendo bien. Vas a perdona al mundo de la manera que J te enseña, tal como lo hizo.

… Y somos salvos de toda la ira que creíamos que pertenecía a Dios, y Descubrí que era un sueño.

GARY: Te creo. Sabía que tenía que haber más en J que lo que las iglesias me dijo cuando estaba creciendo. Mucho de esto de alguna manera suena familiar. Yo Toma en cuenta que el sistema de pensamiento del amor era exactamente lo que reflejaba la actitud de J cuando ¿Estuviste allí con él hace dos mil años?

PURSAH: ¡Por supuesto! No quedaba nada en él más que amor. Su perdon fue perfecto.

Gary: Y tu estilo de enseñanza *directa*, a veces, lo llamaremos, era estrictamente para mi beneficio?

PURSAH: Tú y los demás. A veces tienes que exagerar un poco para conseguir alguien a quien prestar atención. En esta época eso se aplicaría a muchos otros miembros de la ruidosa sociedad en la que pareces vivir. Tú, querido hermano, has se ha establecido firmemente en la dirección correcta ahora. Usted *está* aprendiendo el perdón perfecto aquí como lo hicieron todos los maestros ascendidos, y el Amor perfecto será todo lo que conozcas en Cielo. Recuerde, cuando se despierta de un sueño, el sueño desaparece. Eso desaparecerá por completo. No extrañarás a nadie, porque todos los que alguna vez los conocidos y amados estarán allí, porque serán uno contigo. Es impresionante.

Gary: ¡ Está bien! Entonces, ¿tiene alguna instrucción de última hora para nuestro libro?

ARTEN: Porque vas a notar las citas que usamos del Por supuesto, decidimos arreglarlo para que cuando termine de escribir nuestro libro, habrá utilizado exactamente 365 de ellos, uno para cada día del año.

Estas citas, si se leen solas, constituyen un repaso de lo que *Un curso in Miracles* está diciendo. Aunque algunos de ellos están parafraseados, se pueden leer en el orden exacto yendo de nota en nota, y dan una presentación de J en sus propias palabras. Solo un par de ellos se usaron más de una vez, y pueden ser empleado durante un año como un pensamiento del día para ayudar a mantener lectores de puntillas. En cualquier caso, las personas pueden elegir cómo quieran usar nuestro libro en el futuro.

Además, como sugirió hace mucho tiempo, es posible que desee deshacerse de su notas y especialmente las cintas de casete activadas por voz tan pronto como esté terminado con ellos. No querrás verlos aparecer en subasta el Internet algún día. Aparte de eso, acaba el libro y haz las cosas con

es de lo que hablamos en privado. No sienta ninguna presión. Nuestro mensaje es eterno.

GARY: Genial. Sabes que algunas de esas cintas no salieron tan bien de todos modos. Yo, tuve que llenar muchos espacios en blanco. Menos mal que tomé notas. Dijiste el libro no tiene que ser una transcripción literal de todos modos, ¿verdad?

PURSAH: Eso es correcto. Sabes que J también le dijo a Thaddaeus y a mí, de vuelta hace veinte siglos, que no deberíamos sentir ninguna presión. Dijo salvación vendría a cada mente cuando se suponía que debía hacerlo. Mientras estaba allí, en un cuerpo

que se suponía que ya estaba muerto, nos aconsejó que le demos a la gente nuestro amor, nuestro perdón y nuestra experiencia, y dejemos que el Espíritu Santo se encargue del resto.

GARY: Vaya. Eso debe haber sido increíble. Sabes, desearía *conocerte* cuando eras Santo Tomás; Apuesto a que eras un tipo interesante.

Pursah: todavía no era un santo; Esa fue una acción de la iglesia posterior, ¿recuerdas?

En realidad, *qué* me conoces cuando era Thomas. De hecho me conociste mejor como ninguno.

Gary: ¿Qué quieres decir?

Pursah: Tú y yo estamos más unidos de lo que crees.

GARY: ¿A qué quieres llegar?

Pursah: Verás, Gary, *eras* Thomas.

Gary: ¿Qué quieres decir con que yo era Thomas?

Pursah: Eras Thomas hace 2.000 años, y serás *yo* en tu próximo toda la vida.

GARY: ¡ ¿Qué ?!

PURSAH: Todo es parte del guión, querido hermano, y

debes interpretar tus papeles.

Has tenido muchas vidas que fueron muy interesantes y algunas que no lo fueron genial. Eso es cierto para todos.

GARY: ¿Me estás diciendo que te apareces a *ti mismo* en tu anterior toda la vida, y que yo soy tu? Estuve allí con Thaddaeus y J hace 2000 años como Thomas? ¿Escribí *El Evangelio de Tomás?* Voy a ser tú, una mujer, la próxima tiempo alrededor? Y esa será mi última vida, aquella en la que realmente logre ¿iluminación?

PURSAH: Lo tienes. Muy bien, Gary. Sabes que se necesitaría alguien con un trasfondo espiritual para conseguirlo. Trata de entender que vine a ayudarte y ayudar a los demás a través de usted, y también Arten. Todo es parte del santo El plan holográfico de perdón del espíritu.

Arten y tú se conocen desde hace muchas vidas, incluida la donde estaban Thomas y Thaddaeus. Tú también lo conoces en esta vida, pero

te dejaremos averiguar quién es. Tenerme, tu futura imagen corporal como Pursah: aparecerte y ayudarte en esta vida es parte del plan, y

refleja la ley del cielo que terminé ayudándome a mí mismo. Es *siempre* a sí mismo a quién estás ayudando realmente. Por cierto, estás viendo una versión de 32 años de El cuerpo de Pursah para ayudarte a prestar atención. Creo que funcionó muy bien.

Una parte de tu mente conoce completamente el pasado, el presente y el futuro. El Espíritu Santo, mirando hacia atrás desde el fin de los tiempos, decidió que en algunos casos usa el futuro para ayudar a sanar el pasado, así como usa el presente para sanar el futuro. El mundo realmente tiene que acostumbrarse a pensar de manera más holográfica.

en lugar de la forma lineal a la antigua.

GARY: ¿Entonces soy tu preencarnación?

PURSAH: Sí, pero realmente sucedió de una vez. Te visitamos ahora desde *fuera* del tiempo.

GARY: No sé qué decir.

ARTEN: Excelente. Una buena calificación para un estudiante, ¿recuerdas? Sé que es un explota cabezas. A-costumbrarse a él. Tienes muchas cosas fascinantes guardadas. Sólo sigue haciendo tu tarea de perdón. Recuerda, debes perdonarlo todo,

no importa lo que pueda suceder en el futuro. Solo Dios es real.

Nos disculpamos por no revelar esto antes, pero no habrías estado tan listo para aceptarte como la reencarnación de un santo famoso sin pensarlo

te hace especial. Ahora estará listo para verlo como una lección más en el aula. La mayoría de la gente asume que solo porque fuimos llamados santos por el iglesia entonces debe significar que esas vidas como dos de los discípulos originales

fueron nuestros últimos, aquellos en los que logramos la maestría. No funciona eso camino. Nadie puede juzgar realmente el nivel de logro espiritual de otra persona.

Solo el Espíritu Santo tiene toda la información necesaria para hacer eso.

No se suponía que debías empezar a recordar que eras Thomas hasta que esto punto en el tiempo. La razón por la que siempre tuviste ese anhelo de saber cómo era estar allí con J como estudiante de hace 2000 años era porque tú *estabas* allí,

y que *eras* hace un estudiante de sus 2.000 años. Solo estabas tratando de recordar.

GARY: Puedo ver eso. Es como tratar de recordar un sueño que tuviste en cama la otra noche, pero no puedes poner el dedo en ella. Supongo que eso es lo que también es como tratar de recordar el cielo de manera

más consistente. Esto es todo
tomará un poco acostumbrarse; No puedo creer que escribí *El Evangelio de Tomás.*

Pursah: Sí, pero tu vida como Thomas no fue la última, y tú finalmente escribió otro libro espiritual. A medida que pasaba el tiempo, se leía mucho más ampliamente y señaló a mucha más gente en la dirección correcta. Se llamaba *El Desaparición del Universo,* y lo vas a terminar unos meses después salimos de aquí esta noche. En cierto modo, incluso podrías llamarlo el segundo *Evangelio de Thomas.* Ponte a trabajar, holgazán.

Gary: Esto es mucho para que lo asimile de una vez. No se si me gusta la idea de tener que estudiar el Curso en más de una vida para poder ser ilustrado.

PURSAH: Algunas personas estudiarán el Curso en más de una vida y algunos serán iluminados durante la primera vida en la que lo estudien. En *cualquiera* caso, es un proceso. Ha logrado un progreso tremendo y continuará haciéndolo.

Como casi todas las personas, tienes una culpa profundamente enterrada que no conoces sobre, por lo que todavía tienes algo de miedo. Se necesitará aún más perdón quitando la culpa inconsciente, para que te despiertes por completo. *Por* eso seguimos enfatizando el perdón; es lo que te despierta. Ya estas en el proceso de despertar! Sus ojos se abren y terminan el trabajo después de solo dos vidas finales de trabajo es mucho mejor que tomar otras cien vidas para hacer eso. Les aseguro que sin el Curso se *hubieran* necesitado otros cien.

Además, sé por experiencia que su estudio del Curso como Pursah te resultará aún más fácil, porque ya estarás familiarizado con
En esta época.

Gary: ¿Recordaré todo esto durante la próxima vida?

PURSAH: Todavía haces buenas preguntas, querido hermano. Curiosamente, recuerde lo suficiente y olvide lo suficiente de esto para hacer su último restante experiencias de aprendizaje posibles. Vas a postergar la lectura del libro que escribiste en esta vida hasta mucho después de la lección de perdón en la universidad que describí

para ti. Estudiarás otras cosas antes de eso, incluido el clásico Wapnick materiales. Una vez que llegue al punto en su vida donde se lee *el*

Desaparición del Universo, juntarás las piezas del rompecabezas y recuerda todo. Tu conciencia se habría expandido a la de un maestro ascendido, además Arten habría estado en tu vida por un tiempo ayudando tú. Recordarán muchas cosas juntos.

Por supuesto que hablo en pasado porque ya pasó nosotros, y en un sentido más amplio, todo ya ha sucedido. Ustedes dos estaban capaz de perdonar todo, y no tuviste resentimientos. No tenias miedo porque no valoraste incorrectamente, y elegiste la fuerza de Cristo en cada

oportunidad.

Por cierto, no estamos usando nuestros nombres reales de esa vida o algún otro la gente en el futuro estaría mirando para ver si pueden descubrir quiénes somos, y eso podría complicar las cosas. Realmente tenía un nombre del sur de Asia, pero

se ha cambiado en beneficio de estas discusiones.

GARY: Vaya, es gracioso cómo encaja todo.

PURSAH: Esa es la naturaleza de un holograma, pero todavía tiene que ser perdonado con el Espíritu Santo si quieres encontrar la salida.

Querer encontrar la salida solo llega cuando reconoces la verdadera naturaleza del universo ilusorio. No se deje atrapar por su éxito; no siempre espere un acuerdo. No tienes que esperar a que todos en el universo para despertar y oler la realidad.

Eres muy afortunado de que durante tus miles de vidas llegaste a ser amigos tanto de J como del Gran Sol. Si alguna vez sientes la tentación de pensar que eso hace eres especial, entonces recuerda esto: *todos,* durante al menos uno de sus muchos

encarnaciones o encarcelamientos, cualquiera de los dos sería exacto, felizmente llegarán a ser

un amigo o seguidor de un iluminado que todavía parece estar en un cuerpo.

A veces ese Ser iluminado es famoso o al menos muy conocido, pero por lo general él o ella no lo es. Les dijimos que la mayoría de los iluminados no buscan un papel de liderazgo, pero tienden a atraer a algunos amigos y seguidores, y es

a menudo una experiencia de aprendizaje muy importante para esas personas. También señalamos para usted que J no fue tan famoso como lo fue Juan el Bautista durante sus vidas. J se hizo mucho más famoso *después de* la crucifixión y la resurrección, pero incluso antes de eso tuvo sus leales amigos y seguidores, quienes nos incluyeron.

Hoy en día, hay más personas afortunadas que nunca que son o serán iluminado esta vez por tener la culpa inconsciente en sus mentes completamente sanado por el Espíritu Santo. El número de ellos ha aumentado en el las últimas dos décadas, principalmente porque hay mucha gente estudiando y practicando el Curso. Pensaste que iba a decir que es porque el mundo es más iluminado. Lo siento, pero la salvación no es una cuestión de masa crítica. Personas no puede ser iluminado por el pensamiento de otros, o simplemente por estar en su presencia. Pero *pueden* apuntar en la dirección correcta.

La mayoría de las personas que están iluminadas hoy, o pronto lo serán, no van a para ser escrito en los anales de la historia espiritual. Eso no importa. Cómo ¿Podría realmente importar en un sueño? Si realmente saben que es solo un sueño, entonces ¿por qué? tendrían *que* pensar que es relevante si los demás sepan acerca de ellos? Haz los detalles de su las vidas realmente significan algo? No. Pero todavía hay amigos que beneficiarse compartiendo su experiencia.

ARTEN: Sabes de lo *que* estás destinado a seguir aprendiendo. Ahi esta no sustituye a la lectura del texto del curso y el libro de ejercicios, incluso después ya has hecho las lecciones. Usa tu mente para elegir entre el cuerpo y espíritu verdadero, y al hacerlo perdonar al mundo. Es a través de tu perdón que tu ego se deshará. Como dice el Curso de manera tan conmovedora:
La salvación está deshaciendo. Si eliges ver el cuerpo, contemplarás un mundo de separación, cosas no relacionadas y sucesos que no tienen ningún sentido. Esta uno aparece y desaparece en la muerte; que uno está condenado al sufrimiento y
pérdida. Y nadie es exactamente como era un instante anterior, ni será el lo mismo que ahora es un instante de aquí. ¿Quién podría tener confianza donde tanto? se ve el cambio, porque ¿quién es digno si no es sino polvo? La salvación es deshacer
todo esto. Porque la constancia surge ante los ojos de aquellos cuyos ojos la salvación ha liberados de mirar el costo de mantener la culpa, porque eligieron dejar va en su lugar.

PURSAH: J ha dejado muy claro lo importante que es tu salvación para él. Como tu ego se deshace gradualmente, te acercas más y más al principio; ese
momento en el que cometió el único error que resultó en todos los demás. Luego Podrás elegir una vez más

por última vez, lo que resultará en tu regreso a Cielo y Unidad eterna con Dios. J estará contigo en cada paso del camino.

Porque como te dice en el Libro de ejercicios:

… No me he olvidado de nadie. Ayúdame ahora a llevarte de regreso a donde el Se inició el viaje, para hacer otra elección conmigo.

No podría haber mejor manera de cerrar nuestras citas de nuestro líder. Nosotros Te amo, J, y te agradecemos por tu luz eterna y cierta guía. Estamos

tus discípulos hasta que se acabe el tiempo para todos. Y te amamos, Gary. Tenemos un mensaje más para que lo entregue, pero oirás nuestras voces combinadas en una, porque en realidad son la Voz del

Espíritu Santo, que todavía estará aquí contigo cuando parezca que nos vamos.

Gary: ¿Te volveré a ver alguna vez?

ARTEN: Eso depende de ti y del Espíritu Santo, querido hermano. Deberías hablar con

Él al respecto, como debería hacerlo con todo lo demás.

Gary: No te vayas todavía.

ARTEN: Está bien. Verás. Todo va a estar bien.

NOTA : Con eso, los cuerpos de Arten y Pursah comenzaron a fusionarse en una hermosa espectáculo de luz blanca gloriosa y prístina, llenando lentamente la habitación hasta Todo lo que pude ver y sentir fue el maravilloso y cálido resplandor de la luz que rodeándome. Entonces escuché la siguiente declaración de la Voz, después de lo cual la luz se expandió en un destello brillante y luego desapareció— dejándome en la habitación para pensar en todo lo que había pasado, y todo

la ayuda que necesitaría en el camino que se extendía ante mí.

ARTEN Y PURSAH COMO UNO : Los amo, mis hermanos y hermanas, que son realmente, Yo, pero aún no lo sé del todo. Sea agradecido por las oportunidades de perdonar a cada uno otros y por lo tanto ustedes mismos. Reemplaza tus quejas con amor. Deja que tus mentes sean llevado a la paz de Dios, y la verdad que está dentro de ti llegará a tu
conciencia.

Puede recordar que cerca del comienzo de estas discusiones, Arten estaba describiendo a J como una luz que lleva a los niños de regreso a su verdadero hogar en el cielo. Eso Resultó que todos los niños finalmente encontraron el camino a casa. Entonces, al igual que todos reconocieron que son uno y se encontraron inocentes, el no
una parte más larga aparentemente perdida y escindida de la Mente Crística fue bien recibida por
Dios en el Reino de la Vida, para nunca más ser visto. El falso universo desapareció, de vuelta al vacío que nunca estuvo allí. La mente ilusoria fue liberado en espíritu, para amar como se pretendía.

Ahora Cristo es tan feliz que no puede contenerse a sí mismo, por lo que se extiende más allá infinito. Y todas las ideas tontas del sueño de un niño no existen para ser recordado. No hay fronteras ni límites, solo plenitud y plenitud. Ahí no hay pasado ni futuro, solo seguridad y alegría. Porque Cristo está en cualquier lugar, porque Dios está, en todas partes. Ilimitado para siempre, no se hace distinción entre ellos. Todas que permanece es Uno, y Dios Es.

La dedicatoria del
presente Libro
se divide
en 3 partes;
para Elizabeth;
para Elias Alberto;
para Jessica Berenice
y para ti
que me has seguido hasta el final.

33833876R00297